当代中国人文大系

中国现代新诗与古典诗歌传统

（增订三版）

李怡 著

中国人民大学出版社
·北京·

“当代中国人文大系”出版说明

改革开放以来，中国社会的变革波澜壮阔，学术研究的发展自成一景。对当代学术成就加以梳理，对已出版的学术著作做一番披沙拣金、择优再版的工作，出版界责无旁贷。很多著作或因出版时日已久，学界无从寻觅；或在今天看来也许在主题、范式或研究方法上略显陈旧，但在学术发展史上不可或缺；或历时既久，在学界赢得口碑，渐显经典之相。它们至今都闪烁着智慧的光芒，有再版的价值。因此，把有价值的学术著作作为一个大的学术系列集中再版，让几代学者凝聚心血的研究成果得以再现，无论对于学术、学者还是学生，都是很有意义的事。

披沙拣金，说起来容易做起来难。俗话说，“文无第一，武无第二”。人文学科的学术著作没有绝对的评价标准，我们只能根据专家推荐意见、引用率等因素综合考量。我们不敢说，入选的著作都堪称经典，未入选的著作就价值不大。因为，不仅书目的推荐者见仁见智，更主要的是，为数不少公认一流的学术著作因无法获得版权而无缘纳入本系列。

“当代中国人文大系”分文学、史学、哲学等子系列。每个系列所选著作不求数量上相等，在体例上则尽可能一致。由于所选著作都是“旧作”，为全面呈现作者的研究成果和思想变化，我们一般要求作者提供若干篇后来发表过的相关论文作为附录，或提供一篇概述学术历程的“学术自述”，以便读者比较全面地了解作者的相关研究成果。至于有的作者希望出版修订后的作品，自然为我们所期盼。

“当代中国人文大系”是一套开放性的丛书，殷切期望新出现的或可获得版权的佳作加入。弘扬学术是一项崇高而艰辛的事业。中国人民大学出版社在学术出版园地上辛勤耕耘，收获颇丰，不仅得到读者的认可和褒扬，也得到作者的肯定和信任。我们将坚守自己的文化理念和出版使命，为中国的学术进展和文明传承继续做出贡献。

“当代中国人文大系”的策划和出版，得到了来自中国社会科学院、北京大学、清华大学、中国人民大学、北京师范大学、复旦大学、南京大学、南开大学等学术机构的学人的热情支持和帮助，谨此致谢！我们同样热切期待得到广大读者的支持与厚爱！

中国人民大学出版社

扭转又扭转，这一颗烙印
终于带着伤打上他全身，
有翅膀的飞翔，有阳光的
滋长，他追求而跌进黑暗，
四壁是传统，是有力的
白天，扶持一切它胜利的习惯。

——穆旦：《裂纹》

序

当上帝把我定格在现代文学研究领域的时候，我已经过了爱读诗、爱写诗的年龄，粗糙的人生已经磨钝了我的敏锐的诗感，所以现代诗歌研究领域我一直不敢问津，现代诗论著作也读得很少。但就我有限的经验，我敢说，李怡这部《中国现代新诗与古典诗歌传统》是我迄今为止读到的一部极好的现代诗论著作。虽然已经耽误了李怡该书出版的时间，但我还是一口气读完了李怡寄来的全部文稿，几乎它的每一个章节都使我感到震动，感到一种求知的喜悦。可以毫不夸张地说，他的全书从开头到结尾，到处都有闪光的论述。这是我所始料不及的。

诗歌研究有个困难，即诗歌欣赏要求诗论家要像诗人一样敏感，一样易于被一个具体的对象感动，一样富有想象力，但这样的诗论家则往往让人感到有些小家子气，有些钻牛角尖，这当然首先是由我们这些感觉较迟钝的读者造成的，他们感受到的我们感受不到，他们想象得出的我们想象不出，所以我们感到他们对着芝麻粒大的一首小诗，对着其中的一个意象、一个词语说了那么多的话，就把这微末的东西当成整个大世界，有些小，不大气，有些怪，难以让人理解。但与此同时，诗论家也不能不负着一点责任，因为诗论总是给不那么懂诗的人看的，你得让他感到意义，感到真确的内容。假若你在一个微末的细节上都有超常的感动，见月伤心，见花流泪，在一个平淡无奇的诗句中也能引申出全部人类的全部感情，读者也就难以跟得上你的思路了。在这时，他感到你诗论家太小家子气，太有些罗曼蒂克也就不是毫无道理的了。诗论还是论，它总得有点理论深度，有个居高临下的气势，有个囊括一切而又能分辨其不同等级、不同个性的框架。我认为，迄今为止，中国新诗研究的这个框架还是没有建立起来。论郭沫若便用郭沫若的标准，论冯至便用冯至的标准，其结果还是无法把他们放在一个统一的现代新诗的框架中，越研究越零碎，越说越杂乱，不是抓住一个丢掉一切，就是对每个人都说一大堆好话，这样便失去了研究的价值了。李怡这部书的最大贡献就是给中国新诗的研究建立了一个宏大的现代诗学的框架，虽然它不是唯一合理的框架，但却是一个有自身合理性的框架。这个框架不是任意加诸对象的，而是反映着中国新诗发展特点的一个框架。中国新诗发展的一个显著的特点就是它是在中国古典诗歌传统、西方诗歌传统、现代诗人的个性追求这三种不同力量的综合运动中进行的。李怡一旦把全部中国新诗纳入这个历史的框架，他的研究就有了宏阔的气势，有了博大的胸怀，不再使人感到那么小家子气。但这宏观的气度并没有使他失去对诗歌的敏锐感受，反而使他对现代诗的感受更细致、更具体了。我认为，每个读完全书而又不怀有偏见的人，都会与我有相同的感受。

任何一个诗人的创造都离不开自己的传统，但在我们过去的理解中，传统似乎仅指中国古典诗歌的传统，实际上，传统是一个浑融的整体，是诗人所赖以创造的全部基础。对于中国现代诗人，中国古代的诗歌和西方的诗歌都是他赖以起步的诗歌传统，只是它们在各个不同的历史时期所起的作用有所不同，诗人自身对它们的意识有所不同。在新诗初建的时候，新诗作者在西方诗歌的传统中看到发展中国新诗的契机，所以他们提倡向西方诗歌学习，介绍西方诗人的创作和理论，努力把西方诗歌的经验和理论运用于自己的诗歌创作，但他们这样做的时候，并不能完全摆脱中国古代诗歌的传统，更不能完全摆脱传统思想和中国语言特点的束缚，西方的传统到了中国的诗歌中，发生了变异，有了不同的特质，当向西方诗歌学习成了一种定势，人们就感到自己仍然无法离开中国古代诗歌的传统，并且中国古代诗歌的成就仍然对于发展新诗有着不可忽视的重要作用。在这时，诗人们就会重点转向中国古代诗歌传统，用中国古代诗歌的创作和理论改造中国的新诗，但在这时，中国新诗的作者却已经接受了西方诗歌的影响，他们已经无法完全洗净也不想洗净这些影响了，不但古代的文化传统已经不可能原封不动地搬进现代，就是古典诗歌的文言基础也与现代白话语言有了根本的不同。古典诗歌的部分美学特征已经随文言格律诗形式的改变而不可挽救地丧失了。我认为，这两种传统在现代诗人意识中正像红绿灯一样，一个亮起来，一个暗下去，暗下去的又亮起来，亮起来的又暗下去，轮番发挥着自己的作用，促进了中国新诗的不断演变和发展。但在这一亮一暗当中，又构成了东西方诗歌的各个不同的对应点，因为亮也不是整个传统的亮，暗也不是整个传统的暗，当西方浪漫主义诗歌传统，当惠特曼、华兹华斯、泰戈尔这些外国诗人的创作在郭沫若的意识中亮了起来的时候，中国古代的诗歌传统就从整体上暗了下来，但屈原、陶渊明、李白、王维的古典诗歌传统却在整体暗下去的背景上显得愈加突出，这就构成了东西方诗歌传统的对应点，郭沫若的诗歌就在这两个对应点间移动，有时更近于西方诗歌传统，有时又更近于中国古代诗歌传统。而在选择这对应点时，又随着诗人自身的个性和当时中外诗歌发展的不同情势有所变动。我认为，李怡的论著对中国现代新诗这一发展脉络的缕述格外精细，常常发人所未发，见人所未见，很多有才华的论述都建立在这样一个脉络的缕述过程中。他的诗人论颇见功底，这当然与他的诗歌审美感受力之强有着直接关系，但若不在这样一个发展脉络中感受具体的诗人创作，恐怕也是不可能达到现有的成就的。

中国新诗在东西两种诗歌传统的基础上起步，但最终起关键作用的还是中国现代诗人的精神发展状况。诗歌是最纯粹的语言艺术，之所以说它最纯粹，并不是因为以前诗论家所说的诗人可以不食人间烟火，诗人可以完全脱离社会人生、现实政治和物质实利关系，那只不过是一些诗人和诗论家的错觉，是自己无力正视现实社会和人生痛苦的一种遁词。诗歌之所以是纯粹的，只是因为它应当或尽量多地摆脱掉除语言之外的中间环节而直接呈现诗人自己的精神感受，小说、戏剧、散文都要多多少少地借助情节和人物，都要借助非语言自身的力量，而诗歌则是更纯粹的语言的艺术，在语言的意蕴与形式的张力关系中实现精神感受的传达。正是由于诗歌的这一特点，诗人自身精神的特点便起着更直接的巨大作用。诗人的精神较之小说家、散文家、戏剧家更是精赤的，尽管他的语言更朦胧、更模糊，但他对世界、对人类、对周围世界的各种具体事物的感受在诗中则是更加无所遮拦的，否则，他就不能创作出好的诗歌。小说家、戏剧家、散文家可以用别人的语言说话，可以把自己埋藏在别人的语言里，但诗人只能自己说话，用自己的语言说话，除了他的语言什么都不能成为他内在感受的遮蔽物。正是在这样一个意义上，李怡着重揭示了中国现代诗歌与中国古代诗歌在审美特征上的千丝万缕的联系。读完他的这部著作，你不能不相信他的论断，不能不认为整个中国现代诗歌与其说更接近西方诗歌，不如说更接近中国古代诗歌，虽然在表面特征上恰恰相反，它在表面特征上更接近西方诗歌，而与中国古代格律诗截然不同。

在很多人的观念中，直观、直感是不受社会文化的制约的，是人类中人人相同、没有任何本质差别的东西。大概正是在这样的认识基础上，像梁实秋这类的文艺理论家建立了自己的人性论，并在人性论的基础上把东西方文化和东西方文学沟通起来，认为找到了评价东西方文学和文化的统一的标准。实际上，越是直观和直感，越是反映着不同文化乃至不同个体之间的巨大差别。直至现在，我们黄种人还很难在直观和直觉中觉出一个黑人美女的美，我们的眼睛更易接受杨贵妃、林黛玉式的美女形象。直观和直感是长期的审美经验积累起来的，是在完全自然的情况下的文化观念的呈现，倒是理性更能帮助我们进入别人的和别种文化的直观、直感体验中去。对于自己的直观和直感，是不需理解，不用思考的，它在刹那间呈现，在一瞬间实现，是整体的，不必重新组装，一眼就能感受到对象的整体特征。在东西方文化数千年的独立发展中，彼此因对世界和人类自身的理解不同，形成了绝不相同的感受方式，它不但凝结在人们的心灵中，而且凝结在各自的语言中。在西方，世界万物都是具有超验特征的上帝所创造的，因而世界万物都体现着超验的上帝的创造意志，体现着它的精神，但这种精神、这种创造意志又不是直接呈现的，它包含在世界万物的物质性的外壳中。物质性的外壳不但自身不具有精神性的特征，而且把那种超验的精神禁锢在自己的物质外壳中，以物质的外壳掩盖着它的超验的精神。这样，世界万物便都同时具有两个层次的意义：物质性的和精神性的。物质性的外壳是人间的、世俗的、实利的，具有现世的实利性的价值，但它却不是精神性的价值，精神性的价值是超验的、非人间的、非实利的，具有非现实实利的精神意义。物质的和精神的共存于同一事物之中，但二者不是统一的，各自有不同的内涵，物质的外壳仅具有相对性，精神性的价值才是绝对的，但这绝对又永远只以相对的形式体现着，只有上帝这个非人间的、彼岸的创世主才以绝对性呈现其绝对性，但它却因不具有相对性的形式而无法用我们的直观和直感而感知，它只存在于我们的精神性的感受中。直观和直感只能感知具有相对性的物质的形式，内在精神才能感知具有绝对意义的内在精神。人也是上帝的一种创造物，它也具有上帝的精神素质，但上帝的创造意志同样不是直接呈现出来的，而是在有限的、粗俗的、人间的肉体中禁锢着，所有属于人的欲望、智慧、道德观念都是人的现世特征，都是与上帝的创造意志不同而又禁锢着超验的精神的东西。人无法仅从对自身的理智认识中把握自己内在的精神，只有在心灵的精神感受中才能与它接近。人永远是不纯粹的，人生而有罪，人的精神永远禁锢在自己的肉体的、物质性欲望中的有限形式中。人要找到自我的内在精神，就必须超越自己的物质存在的形式，而只在心灵中呈现出它的存在。中国人的文化观念中不存在完全超验的精神，我们不认为世界的万物除了物质的特征外还有不属于物质的另一种精神性的东西。我们面前的世界是单层面的，物质和精神不相分离，精神是物质的精神，物质是体现着特定精神的物质，你肯定了它的物质也就同时肯定了它的精神，你肯定了它的精神也就意味着肯定了它的物质。美的就是美的，丑的就是丑的。牡丹花是美的，它的物质和精神就都是美的，它自身不具有任何禁锢美、限制美的粗糙物质性外壳，因而人直观中的牡丹花本身就是美的；乌鸦是丑的，它的丑既是物质性的也是精神性的，它自身不具有任何被禁锢着的美，人在直观中便能感受它的丑。人自身也是这样。西方人从物质和精神的二元对立中不认为在此岸世界的人会是至善至美的人，而中国的文化则告诉我们，人在现世就可以成为圣人或真人，你不能做到这一点是因为自己努力不够，因为自己没有严格约束自己，因而你的任何不属于真善美的东西都应由自己负责，都是应当感到羞耻的事情。必须看到，中外这种不同的文化观念也凝结在彼此的语言中。在西方的那种文化观念中，任何一个语言概念都不是绝对真的、善的、美的，也不绝对是假的、恶的、丑的，它们都有物质的、现世的、粗俗的、实利的、形式的特征，也有精神的、超验的、非人间性的特征；而在中国的语言中，即使多义词也都处于一个平面上，而没有外与内的差别，通过现象我们就能发现它的本质，现象与本质是同一的。这一切，都使中国古代诗歌与西方诗歌的审美特征有着本质的不同。这种不同甚至表现在关于诗人和诗歌的根本观念上。在中国，诗人就是能够驾驭诗歌这种语言形式的人，诗歌就是一种表情达意的语言形式。你也热爱祖国，我也热爱祖国，但你不会写诗，无法借助诗歌这种语言形式表达自己对祖国的热爱之情，我会作诗，也就可以用诗表达出来。在西方，诗人的观念与我们不同，诗人是与普通人有所不同的人，诗人有一种与平常人不同的能力，他能通过世界的物质性外壳感受到它的内在的精神。在相当长的历史阶段，诗歌被认为是上帝的声音，是诗人在上帝的启示下创作出来的。诗歌不但是超越平常人的，同时也是超越诗人自己的，它只是在一刹那间、在内在心灵中上帝的（或绝对精神的）自身呈现。所以，诗歌是诗人的精神追求，是自我精神的升华，而不是诗人思想情感的现实性平面展示。诗歌不是平凡的，诗人不是平庸的，诗歌是人类的精神追求，诗人是不断超越自我和现实而进入另一个更完美的精神世界的人。当然，他们进入这个世界的方式各不相同。但在中国，诗歌就是诗人的现实思想感情的表现，诗歌完全代表着诗人自身的道德品貌。诗人不是世界的猜谜人，而是世界的描述者；不是精神领域的探险家，而是停留在某种精神高度的有修养的人。我认为，如果我们在东西文化这种根本不同特征上理解李怡该书对中西诗歌审美特征的比较，便可发现它们是相当深刻，相当精确的。出于篇幅的关系，我就不一一引述他对中西诗歌不同审美特征的具体论述了。

假若本书还稍有欠缺，除了任何一部学术著作都可挑剔的小的不足外，我认为作者对古典格律诗与现代白话诗的不同审美特征分析得还不够深入具体，远远不如对中西诗歌不同特征的归纳和梳理。我之所以提出这一点，是因为只有把这一方面也做得十分充分，才会使读者感到，不但中国现代诗人根本不可能走出自己的文化而完全进入西方的文化，而且也不再有可能走出现代而完全走回古代。在诗歌创作上和在文化上一样，全盘西化是不可能的，全盘复古也只是一种幻想。我们被推到了现代中国，不论怎样，都只能是一个现代的中国人，彼此的差别也只能是现代中国可能有的差别。洋与古都只是我们的文化参照物，而不是我们选择的本身。闻一多的新格律诗的主张不是为了替古人写诗，冯至的十四行诗也不是代洋人作诗，他们都是为了作好中国现代人的现代诗。

王富仁

1994 年 4 月 10 日于北京师范大学中文系

目　　录

导论　中国现代新诗与古典诗歌传统

一、中国新诗：创作和阐释的艰难

即便是到了新世纪的今天，大概也没有人会从历史事实上否认中国现代新诗之于整个中国现代文学的“首开风气”之功，没有人会漠视在响应 20 世纪世界艺术种种潮流之时，中国现代诗人所一再呈现出的果敢、敏捷和热情。不管人们持怎样的评价，这个事实显然能获得普遍性的认可：中国现代诗人在思想和艺术方面的探索是十分广泛的，从思想到艺术，从自我表现到大众化，从西方到东方，从散文化到纯诗化，从浪漫主义、现代主义到现实主义，可以说，在现代艺术这块土地的每一个角落，都留下了中国诗人矻矻耕耘的足迹。

与之同时，新诗从它诞生的那一天起，就不得不踏上一条崎岖坎坷的道路，所有的耕耘似乎都不足以使它能够在世界诗坛上昂首天外，从整体上看，似乎也不足以与它试图超越的中国古典诗歌相媲美。连续不断的责难贯穿了现代诗史，时时昭示着新诗创作的尴尬处境。胡适 1919 年评价他的同代人（初期白话诗人）说：“我所知道的‘新诗人’，除了会稽周氏弟兄之外，大都是从旧式诗，词，曲里脱胎出来的。”[①] 胡适的感慨还余响未绝，穆木天、王独清等人就在 1926 年把批判的矛头对准了他：“中国人现在作诗，非常粗糙……”“中国的新诗的运动，我以为胡适是最大的罪人。”“中国人近来做诗，也同中国人作社会事业一样，都不肯认真去做，都不肯下最苦的工夫，所以产生出的诗篇，只就 technique 上说，先是些不

---

① 胡适：《谈新诗》，见《中国新文学大系·建设理论集》，300 页，上海，良友图书公司，1935。

伦不类的劣品。”[①] 1931 年陈梦家编选《新月诗选》，他也回顾着“新诗在这十多年来”的成就：“中国的新诗，又比是一座从古就沉默的火山，这一回，突然喷出万丈光芒沙石与硫磺交杂的火焰，只是煊亮，却不是一宗永纯的灿烂。”[②] 左翼的中国诗歌会同样在感叹：“中国的诗坛还是这么的沉寂；一般人在闹着洋化，一般人又还只是沉醉在风花雪月里。”（《缘起》）20 世纪 30 年代中期，孙作云谈论“十年来新诗的演变”，他认为：“若苛薄一点说，便是在这十年中的新诗，尚没有使我们永久不忘的好诗。”[③] 此后不久，鲁迅在会见美国记者斯诺时提出了一个更加严厉的判断，他认为，即便是最优秀的几个现代诗人的作品也“没有什么可以称道的，都属于创新试验之作”，“到目前为止，中国现代新诗并不成功”[④]。李广田则在 20 世纪 40 年代如是描述：“当人们论到五四以来的文艺发展情形时，又大都以为，在文学作品的各个部门中以新诗的成就为最坏。”[⑤] 20 世纪 90 年代中期郑敏著名的“世纪末的回顾”引发了余响不绝的争论，而郑敏对中国新诗所表达的质疑其实不过就是穆木天、王独清当年判断的一种继续。[⑥]

的确，应当正视的事实是：在中国现代文学诸种体裁当中，新诗的实绩往往引起了更多的怀疑。在许多人的眼中，《呐喊》、《彷徨》和《野草》大概已经证明了现代小说与现代散文的独特价值，而《雷雨》、《原野》显示了现代戏剧的生命力，它们都初步确立了一种区别于中国古典文学的现代形态，并从世界文化的“边缘”出发，开始了与“中心”的对话，相对而言，新诗的成就似乎就充满了更多的不确定性。我们对新诗的喜爱总是混杂着另外一些人吵吵闹闹的意见分歧，无论是在草创期还是在成熟的 20 世纪三四十年代，也不管是以什么样的派别为基准，都不约而同地、连续不断地传来对新诗的指摘、抱怨和叹息，这说明，中国现代新诗甚至还不曾完全征服一个基本的读者群落。这样的结果比照先前的种种探索、

---

① 穆木天：《谭诗——寄沫若的一封信》；王独清：《再谭诗——寄给木天、伯奇》，载 1926 年 3 月《创造月刊》第 1 卷第 1 期。

② 陈梦家：《新月诗选·序言》，见《新月诗选》，新月书店，1931。

③ 孙作云：《论“现代派”诗》，载 1935 年 5 月《清华周刊》第 43 卷第 1 期。

④ 《鲁迅同斯诺谈话整理稿》，载《新文学史料》，1987（3）。

⑤ 李广田：《论新诗的内容和形式》，见《诗的艺术》，上海，开明书店，1943。

⑥ 参见郑敏：《世纪末的回顾：汉语语言变革与中国新诗创作》，载《文学评论》，1993（3）。

种种热情，我们确乎可以感到中国现代新诗的发展是何等的艰难了！

艺术发展本身的艰难性亦将显示为艺术阐释的艰难性。

对一种基本上趋于价值“稳定”的艺术形态的阐释和对一种价值“尚未稳定”的艺术形态的阐释是非常不同的两种情形，趋于“稳定”的艺术形态都有一种自足性、完整性，它充分吸收了历史和现实的文化信息，并恰当地完成了对这些信息的融化和组合，当同样带着历史和现实信息的阐释者走近它时，阐释者和被阐释者的“视界融合”是很容易实现的，阐释似乎是没有多大阻碍就能切中肯綮，同时也完成了阐释者的自我释放。我们说，对中国现代文学其他品种（如现代小说）的阐释就要略为“方便”一些，这并不意味着这些艺术形态是简单透明的，而是说作为被阐释者，它们较为成型，便于主客体的叠合，当然，也有利于文学批评家们扬长而避短。在这些容量丰富的客体面前，我们似乎获得了某种“自由”感。相对来说，中国现代新诗这一尚在艰难中摸索前进的艺术形态就并不那么“稳定”，也就是说在我们公共性的艺术价值标准中，它自身充满了不确定性，满腹疑窦的阐释者不得不瞻前顾后，左支右绌。这个时候，批评家那些丰富的历史经验和现实感受都不大容易能够“自由”地释放和投射了，主体和客体的错位很容易发生，或者扭曲了被阐释者，或者就委屈了阐释者自身。回顾中国现代新诗阐释史，我们可以清清楚楚地看到这种艰难性。

比如，以蒲风等左翼诗人在20世纪30年代对新诗的一系列阐释为先导，我们逐渐形成了一套思路：20年代前期的绝大多数诗歌都深受资产阶级思想的影响，如郭沫若的《女神》“真正反映了中国新兴资本主义向上势力的突飞猛进”，徐志摩等人的作品则属于封建贵族、资产阶级的脱离现实的滥调，随着20年代后期无产阶级文学的出现及30年代中国诗歌会的诞生，中国新诗才走上了一条崭新的“新现实主义”（社会主义现实主义）的道路。[①] 无产阶级意识同封建贵族意识、资产阶级意识在矛盾斗争中发展，这似乎就是中国新诗走向光明的历程。但是，以蒲风为代表的中国诗歌会诗人的创作，还有40年代的抗战诗歌，是不是就符合“客观、冷静”的现实主义原则呢？其中那些鲜明的情感性因素不也是浪漫主义的特征吗？如果说“新现实主义”本身就兼有写实性与情感性的两重因素，那么

① 参见蒲风：《五四到现在的中国诗坛鸟瞰》，载1934年12月至1935年3月的《诗歌季刊》第1卷第1～2期。

这本身就意味着我们必须对“现实主义”重新定位了。况且三四十年代诗坛本身十分复杂，中国诗歌会的“现实主义”和七月诗派的“现实主义”就是两码事，当我们笼统地冠以“现实主义”的名目时，这不是让阐释的对象变得清晰明了，让阐释的过程变得轻快顺利，倒是让我们陷入了一系列的新的困惑之中。[①]

又比如，经由二三十年代沈从文、梁实秋、余冠英等人的阐述，产生了一个迄今为止仍有着广泛影响力的诗歌史判断：新诗从草创到相对成熟，总的规律是，旧诗的格调愈来愈少，现代的色彩愈来愈浓，或者说，草创期是“无意识的接收外国文学的暗示”，成熟期则“认清新诗的基本原理是要到外国文学里去找”[②]。这种判断显然是将新诗纳入到中国文学“走向世界”这一总体进程中来加以观察、分析的结果。的确，20 世纪中国文学从总体上看是显示为从一个封闭的封建角落走向一个开放的现代世界的过程，中国新诗当然也置身其中，不过，文学的发展总有它出人意料的部分，当我们抛开一切外在的历史概念，平心静气地梳理新诗的历程时，却又不难感到，中国现代新诗在由草创向成熟的演变过程中，外国文学的浓度固然还在增加，但古典诗歌的浓度却同样有增无减。比如在新月派、象征派和现代派这一比较“纯粹”的艺术探索的轨道上，本土与外来两相比较，我们自身的传统的影响力恐怕还更引人注目一些，石灵就说，新月派是在“旧诗与新诗之间，建立了一架不可少的桥梁”[③]，现代派诗人卞之琳更是总结说：“在白话新体诗获得了一个巩固的立足点以后，它是无所顾虑的有意接通我国诗的长期传统，来利用年深月久、经过不断体裁变化而传下来的艺术遗产。”[④] 于是，我们单纯以中国文学“世界化”进程为背景的这一阐释便又一次遇到了困难。

不仅是在诗史的阐释方面遇到了种种的困难，在新诗批评的一系列基本问题上，我们似乎也颇觉踌躇。比如，“纯诗化”和“散文化”都是贯穿于新诗发展过程的重要现象，那么，究竟什么是“纯

---

① 多年前，有的诗家针对这一阐释的窘境曾提出，诗歌中本来就没有“现实主义”一说，可惜并没有引起学术界足够的重视。参见蓝棣之《关于诗歌中的现实主义问题》，载《贵州社会科学》，1987（2）。

② 梁实秋：《新诗的格调及其他》，载 1931 年 1 月《诗刊》创刊号。

③ 石灵：《新月诗派》，载 1937 年 1 月《文学》第 8 卷第 1 号。

④ 卞之琳：《戴望舒诗集・序》，见《人与诗：忆旧说新》，64 页，上海，上海三联书店，1984。

诗”呢？中国现代新诗所追求的“纯诗”是不是就等于法国象征主义的“纯诗”？穆木天、梁宗岱、刘西渭各自的“纯诗”主张又是否一致？“纯诗化”的主张与“纯诗化”的实践又有怎样的关系？① 同样地，胡适“以文为诗”的散文化和艾青的散文美是不是一回事呢？从整个新诗的发展来看，是不是“纯诗化”才是指向“诗本体”的？某些诗人（如艾青、穆旦）的“散文化”创作就在“诗之外”吗？在中国现代诗人那里，这些重要的诗学概念并没有比我们这些阐释者有更统一的价值标准，而舶来的概念也常常产生着难以预料的变异，阐释者就不得不经常地调整，以适应千差万别的诗歌现象，为西方诗歌发展所验证的一些基本概念恐怕并不会给我们提供多少的便利。

所有这一切，似乎都要求我们的阐释走过一条艰难曲折的道路，我们既得擦净现代诗歌概念中的那些“他者”的文化的痕迹，又得辨别中国诗人种种“误读”、“反读”所带来的种种歧义。在这个意义上，我认为走出阐释困境的选择便是：

进入新诗本体！

二、进入新诗本体

“进入……本体”、“回到……本身”都曾是20世纪80年代中国现代文学研究的相当重要的口号。其主要含义大约有二：（1）清除长期以来“左”倾思潮强加给文学的种种僵化的教条，如唯阶级斗争论；（2）恢复文学作为个体性活动的本来面目，请“神”返回人间，让“鬼”恢复人形。我所谓的“进入本体”、“回到本身”当然是这一尚未完成的课题的继续，但又不止于这两层含义。在我看来，如何恢复文学作为个体性活动的“本来面目”，进入文学的所谓“本体”还只是一种比较抽象的理想，归根结底，任何历史形态的存在其实也并不会有一个什么纯客观的“本来”、一个纯客观的内在的“本体”；所谓“回”与“入”不过是在不受到其他非文学压力的情况下所作出的接近事实的阐释罢了，对“本体”和“本身”的阐释也不会只有一个，站在不同的观察角度就会得到不同的阐释，于是，

① 直到20世纪90年代以后才有人开始深入研讨这方面的问题，如吴晓东《从“散文化”到“纯诗化”》，载《中国现代文学研究丛刊》，1993（3）。

本体或本身也就有了不同的侧面。相对来说，中国新诗的不成型特征会让我们单一的观察陷入窘境，比较接近事实的策略应当是多重观察的“视界融合”。进入新诗本体和回到新诗本身都意味着从多种文化的价值标准出发来“恢复”新诗固有的“立体特征”。我们要紧紧依托诗的文体特征，主要从新诗自身的语言编码和文化编码入手（而主要不是从外在的社会文化概念入手）来探讨诗的历史存在。这并不是否认外在的社会文化概念，而是说，所有外在的社会文化概念只有在经过了诗这一特定艺术形式的接纳、融解和重新编制以后才是有意义的，也才有研究的必要，在这样一个过程当中，就产生了我们所谓的新诗自身的语言编码和文化编码。

比如，我们在评论中国新诗时常用“现实主义”这一概念。我们暂不卷入诗歌中究竟有无现实主义这种论争，仅仅就中国左翼革命诗人所宣扬的“理想”型现实主义来看，就分明与西方诗歌不大一致。在西方诗歌史上，现实主义精神的影响主要在于对个人情感的某种节制、压抑，换之以一种客观的叙述语调，冷静地看待人生世事，如法国的巴那斯派和英国的维多利亚诗风，“理想”正是这种现实主义所拒斥的；我们又曾把某些初期白话新诗称为“现实主义”，但显而易见，那些初期白话诗人绝无西方诗人式的自觉的冷静，没有把冷静、客观作为一种个性化的生命态度。这都说明了什么呢？我认为，这都说明了中国新诗自有其特定的“语码”，外来的概念往往与这些“语码”很不相同，概念经过了编制，经过了调整。我们研究中国现代新诗，是从若干的概念出发呢，还是从新诗自身的语码出发呢？答案是不言而喻的。

我们必须适当转换我们的研究态度。

进入新诗本体既是一种研究态度的转换，同时又展开了一片宽广的学术境域，等待我们探索和阐释的东西很多：

新诗在中国诗歌史中的生成。

新诗内在的发展动力。

新诗的分流与整合。

新诗的“诗”学内涵。

新诗诗学追求与艺术创作之关系。

新诗的形式意识。

…………

我试图完成其中的一部分，很小的部分。

本书可能也仅仅是“走向”而已。

我认为，进入“本体研究”有一个亟待解决的关键性环节，这就是，在20世纪中国诗歌的发生发展过程中，我们诗歌的“传统”究竟都体现出了哪些意义——不是诗歌之外的历史政治具有哪些“要求”，而是诗歌本身的传统发生了怎样的变异——这就是我们最朴素的关于“进入新诗本体”的设想。

三、传统：百年中国新诗发展的一个关键词

进入本体，我们首先面对的是中国新诗与“传统”的话题。

中国新诗诞生发展过程当中与古典传统诸多纠缠不清的事实引发了几乎一个世纪的热门话题。众所周知，中国新诗的开拓前行不时利用各种“反传统”的旗帜，中国新诗的流派之间的观念之争常常在“西方还是传统”的模式中展开；但另外一方面，讨论中国新诗的“传统”，这在今天人们的心目当中也引发出多种不同的理解：

一是“反传统”成为中国新诗发展前进的旗帜。在这个时候，“传统”便理所当然地意味着保守、落后与停滞，需要我们在发展与前进当中予以批判和清除。

二是“传统”也可能成为我们想象与呼唤的对象。因为，“反传统”并不能保证中国新诗的顺利发展，这样，中国新诗发展过程中所遭遇到的许多困难与问题也总是被人们联系到“传统”中来加以分析，与传统的疏离同时也让我们困惑与失落，以至常常怀疑着这样的疏离，当现实诗歌发展的某些“弊端”呈现出来的时候，我们自然也会思考这样的问题：这样的现实是不是就是传统的“报复”？是我们自绝于传统的苦果？

就这样，“传统”不断被我们提及，我们总是将许多的希望与失望寄托在它的身上。

然而，所有对于“传统”林林总总的议论似乎并没有让中国新诗的许多问题获得顺理成章的解决。90年代中期，在中国大陆，当著名诗人郑敏提出“世纪末的回顾”之时，她提出的问题和对问题的分析都很让我们轻而易举地“回到”了70多年前：

读破万卷书的胡适，学贯中西，却对自己的几千年的祖传文化精华如此弃之如粪土，这种心态的扭曲，真是值得深思。[1]

如前所述，将近70年前，主张新诗应该有“民族彩色”的穆木天提出了一个类似的著名指控：

中国的新诗的运动，我以为胡适是最大的罪人。[2]

将中国新诗发展中的问题归咎于背弃了古典传统，这样的判断在“世纪末”如此，在“世纪初”亦如此，当然并非专指胡适。例如闻一多也这样批评郭沫若的《女神》：

近代精神——即西方文化——不幸得很，是同我国的文化根本背道而驰的；所以一个人醉心于前者定不能对于后者有十分的同情与了解。《女神》底作者，这样看来，定不是对于我国文化真能了解，深表同情者。[3]

问题并不在这些批评本身，而在于是它们思路的共同性给我们揭示了一个发人深省的事实：大半个世纪的批评似乎并没有让我们的现代诗人“警觉”起来，大量的现代新诗依旧我行我素，带着一大堆的问题和批评与所谓的“传统”渐行渐远，被不断召唤的“传统”信仰事实上也没有发挥“拨乱反正”的功效。

必须指出的是，一再出现于中国新诗批评话语中的关键词——传统，其实是相当暧昧的，它至少被人们置放在多重价值的含义上加以征用，又由于批评者各自所认可的价值立场的差异性，许多由抽象的“传统”而引发的话题其实很难在同一个层面上进行，并最终通过大半个世纪的推演，让“问题”得以丰富地展开或者深化。

认真分析起来，我们今天反复讨论的所谓“传统”其实又可以归结为两个方面的问题，一是作为中国新诗存在前提的中国古典诗歌所形成的“传统”，二是中国新诗在自身发展过程中所形成的新的

① 郑敏：《世纪末的回顾：汉语语言变革与中国新诗创作》，载《文学评论》，1993(3)。

② 穆木天：《谭诗——寄沫若的一封信》，载1926年《创造月刊》第1卷第1期。

③ 闻一多：《〈女神〉之地方色彩》，载1923年6月《创造周报》第5号。

"传统"问题。这两种意义上的"传统"都关乎我们对于中国新诗本质的把握，影响着我们对于其未来发展的估价。

首先是与中国新诗形成历史对应意义的中国古典诗歌的"传统"。

关于中国新诗与中国古典诗歌"传统"的关系，这在不同的时期曾经有过截然不同的理解。这不同的理解直接影响到了我们心目中对于"传统"的定位。

传统＝保守，中国新诗的反传统＝最值得肯定的进步的实绩，这是我们长期以来的一个基本判断。现在看来，这样的推理方式明显有它值得商榷之处，但 90 年代以后，随着商榷之声的不断响起，新问题又出现了：传统＝反对西方文化霸权？中国新诗的反传统＝臣服于西方文化霸权的自我失语？

当我们把包括白话新诗在内的五四新文学运动置于新/旧、进步/保守、革命/封建的尖锐对立中加以解读时，自然就会格外凸显其中所包含的"反传统"色彩，在过去，不断"革命"、不断"进步"的我们大力激赏着这些所谓的"反传统"形象，甚至觉得胡适的"改良"还不够，陈独秀的"革命"更彻底，胡适的"放脚诗"太保守，而郭沫若的狂飙突进才真正"开一代诗风"。到 20 世纪 90 年代以后，同样的这些"反传统"形象，却又遭遇到了空前的质疑：五四文学家们的思维方式被贬为"非此即彼"的荒谬逻辑，而他们反叛古典"传统"、模仿西方诗歌的选择更被宣判为"臣服于西方文化霸权"，是导致中国新诗的种种缺陷的根本原因。

对于这一"传统"难题的破解最好还是回到历史本身，让中国新诗历史的事实来说话。其实，如果我们能够不怀有任何先验的偏见，心平气和地解读中国现代新诗，那么就不难发现其中大量存在的与中国古典诗歌的联系，这种联系从情感、趣味到语言形态等全方位地建立着，甚至在"反传统"的中国新诗中，也可以找出中国古典诗歌以宋诗为典型的"反传统"模式的潜在影响。对于这一问题，我们历来缺乏更系统更有说服力的证明。

事实上，中国新诗的新传统与我们源远流长的古典诗歌传统本身是两个相互联系的层面。这样的两个过程几乎就是同时进行的：

（1）古典诗歌传统在中国诗歌"现代"征途上出现了种种的变异和转换。

（2）外来诗学观念与现代生存条件对中国诗歌"现代"取向产

生着种种的影响，它们同时也受到了中国古典诗歌传统的限制、侵蚀和择取。

显然，第一个层面属于传统文化的阐释视野，在西方被称为“原型批评”。不过，在西方文化的背景下，原型通常都与“神话”相联系，我们的集体无意识就是关于神的诞生、历险、受难和复活的记忆，文学就是这一古老而常新的神话模式的反复讲述。然而在中国，高度成熟的儒家文化却早已涤除了我们原始年代的诸多“神的记忆”，因而我们所谓的“原型”又主要是一种世代相传的典型的社会文化心理，就诗歌而言，指的就是中国古典诗歌在它的发展成熟过程中所建立的审美理想、艺术追求。由唐宋时代的极盛而衰之后，这些审美理想和艺术追求似乎都成了可望而不可即的高峰，它们久久地回旋在人们的心底，从不同的意义上影响着新的创作活动。中国现代新诗的建立与西方诗歌的输入关系甚大，但是，“文化及其产生的美感感受并不因外来的‘模子’而消失，许多时候，作者们在表面上是接受了外来的形式、题材、思想，但下意识中传统的美感范畴仍然左右着他对于外来‘模子’的取舍”①。

第二个层面似乎一直都是我们议论的话题。其实不然，当梁实秋声称“新诗，实际就是中文写的外国诗”② 时，这实际上就是将中国新诗当作了对西方诗潮的单纯回应。从这个单纯的角度出发其实并不利于新诗的阐释，我们所说的“影响”是在时刻注意将中国诗歌作为中国文化之一部分这一基础上加以阐发的。西方诗歌对中国现代新诗的“影响”，就是一个文化体与另一个文化体的“对话”，当然，我们更关心的是，在“对话”中，中国诗歌文化“同意了”西方诗歌文化的什么观念。

既然“同意”是在“对话”中发生的，那么，我认为，目前有必要首先弄清楚，中国诗歌文化本身究竟有些什么内涵，它在现代诗歌史上有些什么样的显现，起了什么样的作用。只有对我们自身的这一文化系统作出认真的清理，才可能找到中外诗歌文化在现代中国相互“对话”的基础，真正说明外来的“影响”是在哪一个层面上发生的，又在哪一个层面上遭到了拒绝。这也就意味着，在传统文化的阐释视野里，探讨中国古典诗歌与中国现代新诗的关系是

① 叶维廉：《东西方文学中“模子”的应用》，见《寻求跨中西文化的共同文学规律》，17页，北京，北京大学出版社，1986。

② 梁实秋：《新诗的格调及其他》，载1931年1月《诗刊》创刊号。

我们将要展开的工作的第一步。随着这一工作的展开，中国现代新诗的历史特征应当可以得到新的深入的阐释。

也只有对这一新诗本体问题作深入细致的回答，才能有效地回应某些“新诗现代化”质疑者乃至白话新诗合法性质疑者的挑战，重新梳理我们现代诗歌的深远的背景，也实事求是地揭示这一背景可能存在的“问题”。

四、中国现代新诗与古典诗歌传统

在所有的文学体裁当中，诗歌与本民族传统文化的关系最深、最富有韧性。从审美理想来看，诗与小说、戏剧等叙事性文学不同，它抛弃了对现实图景的模仿和再造，转而直接袒露人们最深层的生命体验和美学理想。当现实图景的运动带动叙事性的文学在流转中较快地过渡到一个新的历史时代时，诗还是无法掩饰人内心深处最稳定的一面。于是，诗就被“搁浅”了，它让人们清清楚楚地看到了民族集体无意识心理。正如艾略特所说：“诗歌的最重要的任务就是表达感情和感受。与思想不同，感情和感受是个人的，而思想对于所有的人来说，意义都是相同的。用外语思考比用外语来感受要容易些。正因为如此，没有任何一种艺术能像诗歌那样顽固地恪守本民族的特征。”① 再从语言来看，每一种诗歌都有在文人提炼中“凝固化”和在社会活动中“灵动化”的两种趋向。相对来说，便于追踪现实社会活动的叙事性文学语言可能更俗、更白、更富有时代变易的特征，而经过反复推敲、打磨的诗的语言则因“凝固”而更接近传统文化的“原型”。

如果说在西方诗歌自我否定的螺旋式发展中，民族文化的沉淀尚须小心辨识方可发现，那么，中国诗歌不都如此，在漫长的历史中建立的一个又一个的古典理想常常都为今人公开地反复地赞叹着，恢复诗的盛唐景象更是无数中国人的愿望。在中国，民族诗歌文化的原型并非隐秘地存在，只会在“梦”里泄露出来，相反，它似乎已经由无意识向意识渗透，回忆、呼唤、把玩古典诗歌理想，是人们现实需要的一部分，维护、认同古典诗歌的表现模式是他们自觉

---

① ［英］艾略特：《诗歌的社会功能》，见《西方现代诗论》，87页，广州，花城出版社，1988。

的追求。俞平伯说："我们现在对于古诗，觉得不能满意的地方自然很多，但艺术的巧妙，我们也非常惊服的。"[①] 叶公超谈出了一些诗人的感受："……旧诗词的文字与节奏都是那样精炼纯熟的，看多了不由你不羡慕，从羡慕到模仿乃是自然的发展。"[②] 周作人也表示："我不是传统主义（Traditionalism）的信徒，但相信传统之力是不可轻侮的；坏的传统思想自然很多，我们应当想法除去它，超越善恶而又无可排除的传统却也未必少，如因了汉字而生的种种修词方法，在我们用了汉字写东西的时候总摆脱不掉的。"[③] 这些都生动地道出了现代中国人的基本心理状态。这种基本心理既存在于诗人那里，又存在于普通的读者那里，创造者和接受者共同"期待"着中国古典诗歌理想的实现。创造者的"期待"决定了诗歌创作的潜在趋向，接受者的"期待"则鼓励和巩固着这种趋向。

从总体上看，中国现代新诗与古典诗歌传统的关系时隐时显，时而自觉，时而不自觉，时而是直接的历史继承，时而又是现实实践的间接契合。

以胡适为代表的初期白话新诗袭取了宋诗"以文为诗"的传统。胡适描述说："这个时代之中，大多数的诗人都属于'宋诗运动'。"[④] 他"认定了中国诗史上的趋势，由唐诗变到宋诗，无甚玄妙，只是作诗更近于作文！更近于说话"[⑤]。不过，符合传统模式的"以文为诗"同那些滚滚而来、杂乱无章的西方诗歌究竟该取着怎样的结合呢？初期白话诗人尚未有过细的思考。在《尝试集》中，我们看到的就是东西方诗歌理想的杂糅，类似的情形亦见于郭沫若的《女神》。郭沫若极力推崇先秦的动的文化精神，对屈骚爱不释手，但同样欣赏陶渊明的飘逸、王维的空灵，西方诗人惠特曼、拜伦、雪莱、歌德也投合他的性情[⑥]，于是，古今中外这些纷繁复杂的诗歌理想又不加分别地混合了起来。比较自觉地从传统中汲取营养是从冰心、宗白华等人的小诗创作开始的。闻一多在1923年6月提出了著名的"地方色彩"主张，

---

① 俞平伯：《社会上对于新诗的各种心理观》，载1919年10月《新潮》第3卷第1号。

② 叶公超：《论新诗》，载1937年5月《文学杂志》第1卷第1期。

③ 周作人：《扬鞭集·序》，载1926年《语丝》第82期。

④ 《胡适文存》，第2卷，214页，台北，远东图书公司，1975。

⑤ 胡适：《逼上梁山》，见《中国新文学大系·建设理论集》，8页。

⑥ 参见郭沫若：《今昔集·题画记》，见《沫若文集》，第12卷，北京，人民出版社，1959。

"要做中西艺术结婚后产生的宁馨儿"[1]，实际上就是要自觉地维护和保持新诗的民族特征，而将引入西方诗艺作为增添"地方色彩"的手段这一民族化的主张显然在新月派的诗歌创作中得到了充分的实践。从新月派、象征派到现代派，中国现代新诗较好地再现了极盛期古典诗歌理想（唐诗宋词）的种种韵致和格调，同时也重新调整了西方现代诗艺的作用，使之较好地为我所用，这便从根本上改变了五四诗歌多重文化混杂不清的局面，通过"融合"顺利地完成了向古典诗歌境界的折返。紧接着，这样的一条折返之路受到了三四十年代的其他一些诗人的怀疑和指摘。左翼革命诗人以"大众化"攻其贵族式的狭窄化，九叶派诗人也因"新诗现代化"的要求而批评诗坛上盛行的"浪漫的感伤"，唐诗宋词仿佛不再为这些诗人所吟咏唱诵了；不过，当中国诗歌会和40年代解放区诗歌开始大规模地采集民歌民谣，以此维护"中国作风与中国气派"时，我们不就依稀看到了遥远的"采诗"景象，那四处响起的不就是《国风》、乐府式的歌谣曲调吗？当九叶派诗人重新以叙述性、议论性的诗句表达他们的人生感受时，我们是不是也会想起宋诗呢？当然，较之于新月派、象征派和现代派，中国诗歌会、解放区诗歌和九叶派与古典诗歌的关系是间接的或者隐蔽的，它们是创作实践本身所导致的远距离沟通和契合，其中，九叶派诗人与宋诗的关系尤其如此。

通过以上对新诗史中的古典传统影响的简要追述，我们大体上可以总结出古典诗歌原型在现代复活的几个主要特征：

（1）古典诗歌的影响归根结底是通过具体的诗派、诗人来表现的，而多样性、个体性又是现代诗派与诗人的显著特征，每一个流派、流派中的（或流派外的）诗人对传统本身的理解和情感又是各不相同的，所以说，中国古典诗歌作为一个整体对现代新诗造成全面的影响已经是不可能的了。我们看到，中国现代新诗表现出的往往只是古典诗歌理想的一部分内涵，不同的流派、不同的诗人，只对古典诗歌理想的某一部分"记忆"犹新。这一点可以说是它的"不完整性特征"。

（2）原型的复活并不等于简单的复古，它往往是随着时代思潮的发展而出现的，与时代的某些特征相互联系着。由于时代发展的原因，古典传统中某些被压抑的部分可能会得以强化，变得格外显

① 闻一多：《〈女神〉之地方色彩》，载1923年6月《创造周刊》第5号。

赫，如屈骚、宋诗和诗的歌谣化趋向。这些古典诗歌形态显然都不及唐诗宋词璀璨夺目、玲珑精致，也不是中国古典诗歌美学最具有代表性的部分，但恐怕正是因为它们的某些“非典型性”，才使之能够在反拨腐朽传统的新诗运动中重见天日，发扬光大，反传统的新诗似乎也获得了来自传统内部的某些支撑，显然，这正是一些中国诗人求之不得的。这一点可以说是“时代性特征”。

（3）中国现代诗人面对的是整个世界诗歌的潮起潮落，而非仅仅是一个遥远的传统文化，他们不仅要满足无意识的诗美“期待”，也必须回答 20 世纪的各种“挑战”。于是乎，当古典诗歌的影响以各种形式曲折地表现出来的时候，它很可能同时接受了种种的改造、重组。有时候，古今的联系是相当隐蔽的、间接的，其中嵌入了其他诗学因素的影响，比如九叶诗派和宋诗之间就显然嵌入了太多太多的西方 20 世纪诗学的内涵，我们甚至已经不能断言九叶诗派实际成就的取得包含着宋诗的多少功劳，我们只能说九叶诗派的作品与宋诗有某些远距离的契合。这一点可以说是“被改造特征”。

（4）与前面的第二、第三方面相联系，中国现代新诗对古典传统的接受又可能与它对西方诗歌的接受互相配合。我们注意到，西方诗歌经常是被移作古典美学现代生命的证明，如新月派、象征派、现代派就看中了西方 19—20 世纪前后某些诗歌的“东方色彩”，从而以“中西交融”为过渡，理直气壮地向古典诗歌传统汲取养料。或者也就可以这样说，在一些诗人看来，中国现代新诗移植西方诗艺的基础还是在古典诗歌传统的内部。这一点可以叫做“中西交融特征”。

总之，不完整性、时代性、被改造和中西交融就是中国现代新诗接受古典诗歌传统影响的几个主要特征，也可以说是古典诗歌传统继续作用于现代新诗的几种主要方式。在本书各部分的阐述中，我们都可以看到它们的存在。

那么，这些古典诗歌传统的影响对于中国现代新诗自身的完善和发展究竟有什么样的意义呢？

我以为意义是多方面的，也是具有多重性质的。

最容易看到的一点是，正是中国诗人对古典诗歌理想的自觉继承推动了中国新诗的成熟，并使之赢得了广泛的读者群。众所周知，白话诗刚刚兴起的时候，反对之声大起，俞平伯叙述道：“从新诗出世以来，就我个人所听见的和我朋友所听见的社会各方面的批评，大约表示同感的人少怀疑的人多。”[①] 这充分表明了中国读者从固有的审美需要出发对这一新生艺术的陌生感和抗拒心理。那么，中国读者又是从什么时候开始认可新诗的呢？有人认为是在徐志摩出现以后。[②] 而我们知道，中国现代新诗对古典传统的自觉继承始于以徐志摩为代表的新月派。中国读者分明因这些“自觉”的诗美继承而倍感亲切。前文我们谈到，来自创造者和接受者的“期待”是中国诗美原型复活的主要动力，这一道理也可以表述为，只有以某种方式满足了这种“期待”的新诗才能赢得它的读者，因为只有在读者那里，艺术品才得以最后完成。

这里也产生了一个适应“期待”的“度”的问题。当中国现代诗人一味依循于这类诗美的“期待”时，就很可能会在追踪古典情趣的过程中滑入作茧自缚的褊狭状态。我们注意到，徐志摩、邵洵美等新月诗人都写过猥琐的香艳诗，就仿佛中国古代的风流才子都要涂抹几首“宫体诗”一样，而现代派诗人在他们创作的后期也陷入了诗形僵死、文思枯竭、未老先衰的境地[③]，这难道不正是传统诗艺的负面意义么？如果中国现代诗人将古典诗美因素仅仅作为一种潜能，一种不具备现代特征的诗学潜能，有意识地结合现代文化的发展加以改造性的利用，如果传统诗歌的文化因素能在一个更深的层面上存在下来，并注入更多的新的文化养分，让“陌生化”和“亲切感”相并存，并互为张力，那么，古典诗艺的影响又未尝不可以更具积极性、更具正面的意义。在这方面，40 年代的九叶诗人或许为我们树立了良好的榜样。当然，纵观中国现代新诗史，我认为不得不指出的一点是，古典诗歌影响的负面意义似乎更让人忧虑，中国现代新诗创作和阐释的艰难又似乎都与这一负面性的意义有关。

五、旧传统与新传统

最后，我想提出的一点，即我们的这种古今联系的寻觅最好不要给人留下一种自我“辩诬”的印象，更不应该落入接受/否定的简单思维，甚至在不知不觉中遗忘了对中国新诗发展诸多“问题”本

① 俞平伯：《社会上对于新诗的各种心理观》，载 1919 年 10 月《新潮》第 3 卷第 1 号。
② 参见卞之琳：《徐志摩选集·序》，见《人与诗：忆旧说新》，34 页。
③ 柯可：《杂论新诗》，载 1937 年《新诗》第 2 卷第 3、4 期。

身的探究。实际上，关于中国新诗存在的合法性，我们既不需要以古典诗歌“传统”的存在来加以“证明”，也不能以这一“传统”的丧失来“证伪”，这就好像西方诗歌的艺术经验之于我们的关系一样。中国新诗的合法性只能由它自己的艺术实践来自我表达。这正如王富仁先生所指出的那样：“文化经过中国近、现、当代知识分子的头脑之后不是像经过传送带传送过来的一堆煤一样没有发生任何变化。他们也不是装配工，只是把中国文化和西方文化的不同部件装配成了一架新型的机器，零件全是固有的。人是有创造性的，任何文化都是一种人的创造物，中国近、现、当代文化的性质和作用不能仅仅从它的来源上予以确定，因而只在中国固有的文化传统和西方文化的二元对立的模式中无法对它自身的独立性做出卓有成效的研究。”① 这启发我们，“传统”的诗歌史意义并不一定如我们理解的那样充满对抗色彩，或者说它本来就只是一种诗歌元素之一。在历史发展的某些紧张时刻，我们也许能够看到“传统”的焦虑，然而，在整个诗歌历史的长河中加以观察，我们却更多地发现“传统”仅仅是作为个人诗歌选择元素的一种“温和”的存在，对比台湾诗歌的历史，这一表现就相当突出，在 20 世纪 50 年代到 70 年代，台湾诗坛上曾经发生过大规模的西化/传统之争，然而，论争的双方都各自在自己的理解中发展着，也调整着，“传统”的余光中诗歌发展了，而“西化”的洛夫也改变了自己，到今天，台湾诗坛似乎已经相当成熟——至少他们已经无须在“传统”的论战中来发展自我了。

既然“传统”仅仅是诗歌创作资源的一种元素，那么“传统”也就不是我们今天用来确立诗歌合法性的价值尺度，我们提出中国新诗并没有脱离中国古典诗歌传统这一现象并不是为了阐述中国古典诗歌模式的永恒的魅力，而是借此说明中国新诗从未“臣服于西方文化霸权”这一事实。中国新诗，它依然是中国的诗人在自己的生存空间中获得的人生感悟的表达，在这样一个共同的生存空间里，古今诗歌的某些相似性恰恰是人生遭遇与心灵结构相似性的自然产物，中国诗人就是在“自己的”空间中发言，说着在自己的人生世界里应该说的话，他们并没有因为与西方世界的交流而从此“进入”到了西方，或者说书写着西方诗歌的中国版本。即便是穆旦这样的

① 王富仁：《对一种研究模式的置疑》，载《佛山大学学报》，1996（1）。

诗人，无论他怎样在理性上表达对古代传统的拒绝，也无论我们寻觅到多少穆旦诗歌与西方诗歌的相似性，也无法回避穆旦终究是阐发着“中国的”人生经验这一至关重要的现实，如果我们能够不带偏见地承认这一现实，那么甚至也会发现，“反传统”的穆旦依然有着“传统”的痕迹，例如王毅所发现的《诗八首》与杜甫的《秋兴八首》之间的联系。

然而，问题显然还有另外的一方面，也就是说，中国现代新诗的独立价值恰恰又在于它能够从坚实凝固的“传统”中突围而出，建立起自己新的艺术形态。正是在这个意义上，我们说单方向地证明古典诗歌“传统”在新诗中的存在无济于事，因为在根本的层面上，中国新诗的价值并不依靠这些古典的因素来确定，它只能依靠它自己，依靠它“前所未有”的艺术创造性。或者换句话说，问题最后的指向并不在中国新诗是否承袭了中国古典诗歌的“传统”，而在于它自己是否能够在“前所未有”的创造活动中开创一个新的“传统”。

当我们需要对整个中国新诗作出判断的时候，我们所依据的是整个中国诗歌历史的巨大背景，而如果结合这样的背景来加以分析，我们就不得不承认，中国新诗显然已经形成了区别于中国古代诗歌的一系列特征，例如：

其一，追求创作主体的自由和独立。发表初期白话新诗最多的《新青年》在发刊词中就开宗明义地指出，“近代文明特征”的第一条即是“人权说”。从胡适的《老鸦》、《你莫忘记》到郭沫若的《天狗》，包括早期无产阶级诗歌，一直到胡风及七月派都是在不同的意义上演绎着主体的意义。尤其值得注意的是，这些诗人对自我的强调已经与中国古典诗人对于“修养”的重视有了截然不同的内涵。

其二，创造出了一系列的凝结着诗人意志性感受的诗歌文本。也就是说，中国诗歌开始走出了“即景抒情”的传统模式，将更多的抽象性的意志化的东西作为自己的表现内容。与中国诗学“别材别趣”的传统相比较，其突破性的效果十分引人注目。这其中又有几个方面的具体表现：一是诗人内在的思想魅力得以呈现；二是诗人以主观的需要来把玩、揉搓客观物象；三是客观物象的幻觉化。

其三，自由的形式创造。“增多诗体”得以广泛实现，如引进西方的十四行诗、楼梯诗，对于民歌体的发掘和运用，以及散文诗的出现，戏剧体诗的尝试，等等。虽然在这些方面成就不一，但尝试本身却无疑有着极其重要的价值。在这方面，郭沫若说过一段耐人寻味的话："好些人认为新诗没有建立出一种形式来，便是最无成绩的张本，我却不便同意。我要说一句诡辞：新诗没有建立出一种形式来，倒正是新诗的一个很大的成就。" "不定型正是诗歌的一种新型。"①

显然，在这位新诗开拓者的心目当中，"不成型"的中国新诗恰恰因此具有了前所未有的"自由"姿态，而"自由"则赋予现代诗人更大的创造空间，这，难道不就是一种宝贵的"传统"吗？与逐渐远去的中国古代诗歌比较，中国现代新诗的"传统"更具有流动性，也因此更具有某种生长性，在不断流动与不断生长之中，中国新诗尽管还有许多"问题"与"缺陷"，但的确已经从整体上呈现出了与历史形态的差异，这正如批评家李健吾所指出的那样："在近二十年新文学运动里面，和散文比较，诗的运气显然不佳。直到如今，形式和内容还是一般少壮诗人的魔难。" "然而一个真正的事实是：唯其人人写诗，诗也越发难写了。初期写诗的人可以说是觉醒者的彷徨，其后不等一条可能的道路发见，便又别是一番天地。这真不可思议，也真蔚然大观了。通常以为新文学运动，诗的成效不如散文，但是就'现代'一名词而观，散文怕要落后多了。"②

中国新诗的这一"传统"，分明还在为今天诗歌的发展提供种种的动力，当然，它也需要我们付出更多的理解。

---

① 郭沫若：《开拓新诗歌的路》，见《郭沫若论创作》，58页，哈尔滨，黑龙江人民出版社，1982。

② 李健吾：《〈鱼目集〉——卞之琳先生作》，见《李健吾批评文集》，104、107页，珠海，珠海出版社，1998。

第一章　物态化与中国现代新诗的文化特征

何谓“物态化”？在20世纪的世界诗歌史上，中国现代新诗的民族文化特征又是怎样的呢？这不是三言两语就能回答的问题。还是让我们返回中国现代新诗自身，从几个侧面对它进行审视、检测吧。

我们先来讨论中国新诗的发生发展，看一看它是如何“生成”的，成熟时期的中国新诗艺术究竟给人哪些方面的启示。

一、兴与中国现代新诗的生成

自古工诗者，未尝无兴也。
观物有感焉，则有兴。

——葛立方：《韵语阳秋》

我们所谓的“生成”包括两层含义：一是新的文学样式的“发生”，二是新的文学作品的“生产”。“发生”是针对中国现代新诗这一文学“新”样式而言，“生产”则是针对具体的新诗作品而言。无论是作为文学样式还是作为具体的文学作品，新诗的生成都体现了显著的民族特色。

● 中国现代新诗生成的两种文化根基

探讨中国现代新诗的发生之源并非始于今日，郭沫若早在1921年的《论诗三札》中就提出：“要研究诗的人恐怕当得从心理学方面，或者从人类学、考古学——不是我国的考据学方面着手，去研究它的发生史，然后才有光辉，才能成为科学的研究。”[①] 20年代的

① 《沫若文集》，第10卷，203页。

俞平伯、康白情、周作人，30 年代的梁实秋、陈梦家、朱自清等人都曾论及新诗的发生渊源问题，但直到今天，我们也几乎无一例外地认为新诗运动的能量来自西方。关于这一点，梁实秋在 1931 年表述得最清楚："我一向以为新文学运动的最大的成因，便是外国文学的影响；新诗，实际就是中文写的外国诗。"① 且不管这位白璧德主义者的真实动机如何，这个论断的真理性都是毋庸置疑的，也应当是我们进行新的阐释的基础。

不过，在充分尊重这一基本论断的前提下，我却要提出另外一个层面的思考：外来的启示难道就能够取代自我的生成么？新的生命体的生成总是对固有生命质素的利用、组合和调整，外来能量是重要的，但外来的影响终究也要调动固有生命系统的运动才能产生作用。

中国现代诗歌史上的重要事实是：五四初期译介、模仿西方诗歌的人们在后来都受到了不同程度的指摘，如闻一多认为郭沫若的《女神》丧失了"地方色彩"，穆木天甚至说胡适是中国新诗运动"最大的罪人"。新诗从草创到成熟，外来的影响并不是越来越浓、越来越深了，事实上，初期白话诗歌中的某些"西方风格"倒是在后来被淡化或被抑制了。比如胡适那首标志"新诗成立纪元"的译诗《关不住了!》：

我说"我把心收起，
　像人家把门关了，
叫'爱情'生生的饿死，
　也许不再和我为难了。"

但是屋顶上吹来，
　一阵阵五月的湿风，
更有那街心琴调，
　一阵阵的吹到房中。

一屋里都是太阳光，
　这时候"爱情"有点醉了，

① 梁实秋：《新诗的格调及其他》，载 1931 年 1 月《诗刊》创刊号。

他说，“我是关不住的，

我要把你的心打碎了！”

诗写“我”与“爱情”之间的一场“争斗”，它最显著的特色就是“爱情”这一抽象形态的概念化的东西被当作了表现的主体。S. 蒂丝黛儿（S. Teasdale）的原作虽不能代表西方近现代诗歌之精华，但显而易见，那种对知性事物、抽象概念的深切关注却是西方诗歌的故辙。反过来考察成熟期的中国新诗，对爱情作此类抽象表现的作品实在就不可多得了。中国新诗脍炙人口的爱情篇章往往都有具体的人物、可感的背景、生动的情节（或特写镜头），如徐志摩《我来扬子江边买一把莲蓬》：“我来扬子江边买一把莲蓬；/手剥一层层莲衣，/看江鸥在眼前飞，/忍含着一眼悲泪——/我想着你，我想着你，啊小龙！”也不仅仅是爱情诗，成熟期的新诗更愿意“感性抒情”，过多的知性诉说仿佛又成了诗的一大讳忌。特别值得注意的是，自 20 年代中期以后，中国诗人及诗论家的诗学见解已经带上了鲜明的民族化特征，中国古典诗学的诸多理想如性灵、神韵、意境等重新成了人们自觉追求的目标。诗人卞之琳就说过：“在白话新体诗获得了一个巩固的立足点以后，它是无所顾虑的有意接通我国诗的长期传统，来利用年深月久、经过不断体裁变化而传下来的艺术遗产。”“倾向于把侧重西方诗风的吸取倒过来为侧重中国旧诗风的继承。”①

这是不是表明：中国新诗并不曾完全沿着西方诗学所牵引的方向走向成熟，中国新诗史上首先出现的“成熟”是以它在诗学追求上的某种转向为前提的；没有民族文化精神的复归，中国新诗也就没有这样的“成熟”。这样，从整个历史的发展来看，我们似乎可以认为，中国新诗的生成具有某种“二次”性，或者说至少具有两种不同的文化根基。

从中国古典诗学的角度来看，这生成的能量之源就是“兴”。兴是中国古典诗歌文化提供给我们的一份发生学遗产。“兴者，起也。”（刘勰《文心雕龙·比兴》）“兴者，先言他物以引起所咏之词也。”（朱熹《诗集传》）中国古典诗歌的创作就尤其忌讳那些架空的说理、抽象的描述，它的情绪和感受都尽可能地依托在具体的物象上。皎

① 卞之琳：《戴望舒诗集·序》，见《人与诗：忆旧说新》，64、63 页。

然《诗式》云："取象曰比，取义曰兴。义即象下之意。凡禽鱼草木人物名数，万象之中义类同者，尽入比兴。"在中国古典诗歌史上，"从兴产生以后，诗歌艺术才正式走上主观思想感情客观化、物象化的道路，并逐渐达到了情景相生、物我浑然、思与境偕的主客观统一的完美境地，最后完成诗歌艺术特殊本质的要求"①。

《尝试集》是质朴的直言其事，《女神》是爽快的直言其情，早期的中国新诗尚没有意识到化情于象、即物即真的必要性。有意识开掘物我间的一致性，通过对"象下之意"的寻觅，"言在于此而意寄于彼"（南宋罗大经语）这一"兴"的艺术在反拨五四诗艺取向中逐渐显示了自己的价值，并最终形成了中国新诗史上的第二次生成的艺术资源。新诗的再生成包含了"第一次"的外来启示，但又十分自觉地不愿止足于这种启示，它努力从中国诗歌传统内部寻找养分，发掘"兴"的诗学价值。所以，从整体上看，本来包含着"第一次"营养的"第二次"生成倒是自觉地反拨了前人的若干追求。

这种反拨首先体现在新月派诗人一系列的创作实践中。石灵说，新月派的功绩在于"他在旧诗与新诗之间，建立了一架不可少的桥梁"②。新月派诗歌是中国新诗再生成的重要代表。

通过新月诗歌与五四诗歌的比较，我们就可以见出"兴"的启示意义。这一启示意义主要表现在三个方面。

首先，对抽象意念的表现大大减少了。在五四初期的白话新诗中，抽象意念曾经一度引起了不少诗人的兴趣，如林损的苦、乐、美、丑（《苦—乐—美—丑》），康白情的"爱的河"（《"不加了！"》），黄仲苏的"心灵"（《问心》），唐俟（鲁迅）的文化冲突（《他们的花园》），胡适的活跃的思维（《一念》），刘半农的灵魂（《灵魂》），刘大白的"淘汰"（《淘汰来了》），也包括郭沫若对"涅槃"这一东方生命观念的表现（《凤凰涅槃》），以及当时流行于诗坛的大量译诗，都属此例。但从新月诗歌开始，这样的创作倾向受到了明显的抑制，仅以"爱情"这一常见的诗题为例，在五四新诗中，"叫爱情生生的饿死"这类的抽象表述颇有代表性；在新月派诗歌中，尽管徐志摩也曾写过《这是一个懦怯的世界》，但其真正的代表作却是《雪花的快乐》、《呻吟语》、《偶然》之类。

---

① 赵沛霖：《兴的源起》，184页，北京，中国社会科学出版社，1987。

② 石灵：《新月诗派》，载1937年1月《文学》第8卷第1号。

其次，纯粹写景、写实的诗几乎绝迹了。在新文学史上的第一部新诗总集《分类白话诗选》中，写景、写实与写情、写意分别归类，足以见出当时追求客观真实的趋向。余冠英先生曾“以《诗镌》为界分新诗为前后两期”，他比较的结果是：“后期哲理诗一类的作品之不如前期多最为显然，写景诗亦复甚少，现在随便找一个证据，例如翻开《诗刊》的第一、二、三三期差不多近九十首诗竟无一首纯粹写景，而全体是抒情诗。”①

最后，纯粹想象性的物象也日渐减少。五四白话新诗中，纯粹想象性的物象与纯粹的写景写实类相映成趣，如唐俟的《桃花》、光佛的《心影》、陈建雷的《树与石》等，郭沫若《女神》中的许多作品就更不用说了。纯粹想象性的物象充分显示了诗人对客观世界的创造力、操纵力；除少数作品外，新月诗歌均以表现“原生”状态的物象为主，“原生”当然也包含着一定情感，与写实写真不同，但它的情感又相当自然地融化在物象本身的性质之中，而不是对事物进行强制性的扭合、撕扯。新月派诗人如徐志摩、闻一多等虽也强调过“想象”的重要性，但他们所谓的想象已经与西方诗学相去甚远，在想象中求和谐，求统一，求自我情绪的克制才是其诗学精神的实质，所谓“诗意要像叶子长上树干那样的自然”②。

对中国新诗第二次生成所体现出来的这一系列的变化，不妨可以作这样的认识：摒弃抽象意念，实际上是阻挠着诗歌通向纯粹内心世界的道路，把诗的视野引向客观世界；而回避单一的写景写实，又在客观世界中保留了主观心灵的位置；最后，当客观世界呈现在我们平和的心境中，而诗人也不再以个人想象的力量去破坏它的原生形象，转而追求物我间的和谐时，一个全新的迷人的诗的境界就诞生了。在这样的境界中，诗在于象又在于意，在于“象下之意”的兴味。这正是古人所谓的“因事有所激，因物兴以通”（梅尧臣《宛陵集》）。

当中国现代新诗在“兴”的启示下第二次生成并开始指向成熟之际，中国现代诗论也作出了及时的阐述和总结，从而把这一生成的意义确定和推广开来。1926 年周作人在为刘半农《扬鞭集》所作

---

① 余冠英：《新诗的前后两期》，载 1932 年 2 月《文学月刊》第 2 卷第 3 期。但余冠英又称：“前期的诗受旧诗的影响多，后期的诗受西洋诗的影响多。”对此，我却不能赞同。

② 徐志摩：《翡冷翠的一夜·序言》，见《翡冷翠的一夜》，上海，新月书店，1927。

的“序”中第一次明确提出了“兴”的问题，并把它与当时流行的另一种外来艺术——象征联系在一起，作了不失时机的中西汇通。周作人当时就很有发生学意识，他设想：“新诗如往这一路去”，“真正的中国新诗也就可以产生出来了”[①]。

后来的历史证实了周作人的预言。从新月派到象征派直至30年代的现代派，物我共生的艺术思维日渐成了新诗创作的基本特色。“兴”完成了中国新诗史上影响最为深远的再生成。

● 以物起情、随物宛转的诗歌表现模式

“兴”在宏观上引导着诗人对“象下之意”的追求，从而开辟了中国现代新诗史上的一个崭新的时代。在具体的艺术手段方面，兴所代表的那种以物起情、随物宛转的表现模式也深得人心，成为中国现代新诗创作的基本特征之一。

“兴者，先言他物以引起所咏之词也。”（朱熹语）“他物＋抒情”的思维方式曾经是中国古典诗歌最早的也是最常见的“起兴”模式。在中国现代新诗中，这一模式仍然获得了广泛的重视和运用，如徐志摩手剥莲蓬，目睹江鸥而想起心中的恋人（《我来扬子江边买一把莲蓬》），又因宁静的庭院、当空的明月而思绪飞扬（《山中》），闻一多见瓶中盛放的秋菊而联想到遥远的祖国和东方文明的“高超”、“逸雅”（《忆菊》），林徽因深夜听乐而生出无限的忧伤（《深夜里听到乐声》），方玮德在自然界的风暴里引发了自我心灵中的风暴（《风暴》），李金发淋小雨而思故乡（《雨》），冯乃超“看着奄奄垂灭的烛火/追寻过去的褪色欢忻”（《残烛》），卞之琳由小孩扔石头而悟出生命被“抛落尘世”的事实（《投》），戴望舒目击落叶、牧女而做秋梦（《秋天的梦》），随海上的微风泛动“游子的乡愁”（《游子谣》），何其芳感雨天的阴晦潮湿而叹相思的寂寞（《雨天》）。甚至，我们还可以在五四白话新诗里（即在中国新诗的第二次生成之前）找到这类抒情模式的某些痕迹，如胡适的《四月二十五夜》、罗家伦的《往前门车站送楚僧赴法》等。由此可见，兴作为一种艺术表现模式更有它广泛的影响力。

与中国现代新诗分段抒情的客观体式相适应，“他物＋抒情”的起兴模式也作了一些新的调整：起兴之物不再是一次出现，它所引

---

① 周作人：《扬鞭集·序》，载1926年《语丝》第82期。

发的情感也不再一贯到底；在一首诗中，他物往往内容丰富，频繁展现，而生成的诗情也此起彼伏，绵亘悠长。如徐志摩的《再别康桥》，由“河畔的金柳”而生故人的遐想，由“软泥上的青荇”引出温软的情怀，由“榆荫下的一潭”勾起往昔的梦幻；李金发《有感》睹秋叶飘落慨叹生命的凄清，闻月下的醉歌悟出及时行乐的必要；冯至观“雄浑无边的大海”而反省“人的困顿”，迎风吹拂的乱发又提醒着他光阴的流逝（《海滨》）。如果说一次性的“他物＋抒情”可以被称作是“以物起情”，那么，这种多次性的“他情＋抒情”则应当称作是“随物宛转”了。

“以物起情”是起兴的简单模式，而“随物宛转”就要复杂和成熟多了，因为，在这个时候，兴象不仅启动了情感，而且能够比较自然地嵌入诗情的流动之中，构成诗情的一个有机组成部分。“随物宛转”既属于现代诗歌特有的新体式的产物，又暗合了中国古典诗歌起兴模式的发展线索：由机械的开头称韵转为浮动于诗情中的物象，直到不露痕迹，物我不分，景语即情语，情语即景语。

在中国古典诗歌中，起情之物与所“起”之情浑然一体，不分彼此，在对物的直观呈现中暗示情的流动，这才是真正高级的表现模式，我们也可以把它看作是一种更高级更理想的“随物宛转”。在20年代的林徽因，30年代的何其芳、戴望舒等人的现代派诗歌中，一次或多次性的以物起情都很难找到，起情的物消失了标志，完全成为情的一部分，这就是高级的“随物宛转”。如何其芳的《欢乐》：

欢乐是怎样来的？从什么地方？
萤火虫一样飞在朦胧的树阴？
香气一样散自蔷薇的花瓣上？
它来时脚上响不响着铃声？

“欢乐”本属于情，但却被当作物象来表现了；飘散的花香，清脆的铃声，飞动的萤火，这些生机盎然的物象本身不也是一种“欢乐”吗？

在《欢乐》式的表现模式中，起情意义的“兴”显然是隐匿了，淡化了；但是，从诗学精神的发展来看，诗歌表现模式由显而隐，由人工而自然，这却是历史的进步。

与中国新诗在表现模式上的“兴味”淡化倾向相适应，中国现代诗论对“兴”的热烈讨论也在30年代中期以后趋于平静，到40年代，在朱光潜建立他那更加庞大的现代诗学体系时，“兴”已经退居到一个相当次要的位置了。在我看来，这倒恰恰说明，“兴”已经完成了它对中国新诗的“发生”使命，进入到与其他艺术表现形式共生共容的浑融状态了。

● 现代诗人的主体创作机制

兴对中国现代新诗的发生学意义，还通过对中国现代诗人的主体创作机制的影响表现出来。这种影响又主要体现在诗人的人格修养及基本的创作心境两个方面。

诗人的人格修养是主体创作机制的重要基础。在这方面，当然不能忽视西方浪漫主义、象征主义诗学对中国诗人所产生的影响，如郭沫若提出“人格比较圆满的人才能成为真正的诗人”[1]。穆木天等人也重复过法国象征派的“纯诗”观念，但应当指出的是，西方近现代诗学对自我或者潜意识的这类内向性开掘并没有成为中国现代诗人人格修养的主要内容，即便是那些阐述西方诗学人格观的诗人也都同样醉心于中国传统诗学的兴发人格，对自然化的人格津津乐道。郭沫若对宗白华的心物感应说就颇为欣赏。穆木天说：“感情、情绪，是不能从生活的现实分离开的，那是由客观的现实所唤起的”[2]，最后还必须“彻底地，去克服我们的个人主义的感伤主义”[3]。

兴发人格的基本内涵就是诗人在客观世界中强调自己情感的韵律，并不断求返诗人的内心世界，最终实现两者的协调一致，这样，一个弃滓存精、洗净铅华的自然化人格就形成了。

1920年《少年中国》上刊登的几篇诗论奠定了中国新诗人人格陶冶的基本思路。宗白华的《新诗略谈》认为，要养成“诗人人格”，除“读书穷理而外”，最重要的是“两种活动”：第一是“在自然中活动”，这是“前提”；第二是“在社会中活动”。[4] 康白情在《新诗底我见》中说，“养情”“有三件事可以做”：“在自然中活动”，

① 郭沫若：《文艺论集·论诗三札》，见《沫若文集》，第10卷，201页。

② 穆木天：《诗歌与现实》，见《平凡集》，上海，新钟书局，1936。

③ 穆木天：《建立民族革命的史诗问题》，载1939年6月《文艺阵地》第3卷第5期。

④ 宗白华：《新诗略谈》，载1920年2月《少年中国》第1卷第8期。

“在社会中活动”，“常作艺术底鉴赏”。[1] 两人的意见大同小异，都格外看重大自然的意义，至于把社会现象也作为重要的客观条件，则多少与现代人生存环境的新变有关（当然古人也有重视社会现象的）。这两条意见都突出了外物的本体性意义，而“读书穷理”和“艺术底鉴赏”也是自我体验、求返内在情绪节律的关键。两者的同步运行，就是兴发的基础，所谓“外感于物，内动于情，情不可遏，故曰兴”（贾岛《二南密旨》）。

在中国现代诗论中，关于诗人的人格修养多有论述，但这里所阐述的主客观条件却具有相当的代表性。梁宗岱认为：“诗人是两重观察者。他底视线一方面要内倾，一方面又要外向。”[2] 中国现代文学史上第一部新诗史的作者张秀中认为，诗人的修养包括“要穷究宇宙的奥蕴”，“在自然中活动”；“要透见人性的真相”，“在社会中活动”和“常作艺术的鉴赏”。[3] 值得一提的是，有些现代诗论较多地运用着西方近现代文艺思潮的术语，但从一个更宽泛或者说更根本的层次上看，又几乎都还是“兴”所要求的人格模式的投影，接受苏联无产阶级文艺观影响的诗论就是这样，比如臧克家在40年代提出，诗人深入生活时必须“和客观的事物结合”，“生活愈丰富，愈变化，所得的灵感也就愈多，愈频”。[4]

一个自然化的人格，一副纯净无私与客观世界息息相通的胸怀，当它面对大千世界，最纤细最微弱的信息都会汹涌而来，不可遏制，诗情在这时候开始酝酿，开始涌动，开始生成，这属于诗歌创作的基本心境。自然化的人格在诗的生成之际，仍然需要继续保持那种收敛心性的“自然化”状态，提神太虚、凝神静气地体察外物的生命韵致，这时候，过分锋利的个性棱角会破坏外物的完整，过分亢奋的热情会模糊诗人的耳目。“夫置意作诗，即须凝心，目击其物，便以心击之，深穿其境。”（《文镜秘府论》）康白情认为新诗创造的第一步是“无意”地去宇宙里选意。[5] 冰心认为：“冷静的心，/在任何环境里，/都能建立了更深微的世界。”（《繁星·五七》）林徽因的“灵感”显然也只能在这种冷静中产生：“是你，是花，是梦，打这

---

① 参见康白情：《新诗底我见》，载1920年3月《少年中国》第1卷第9期。

② 梁宗岱：《谈诗》，载1934年11月《人间世》第15期。

③ 参见张秀中：《中国新诗坛的昨日今日和明日》，北京，海音书局，1929。

④ 参见臧克家：《新诗常谈》（载1947年10月《文潮月刊》第3卷第6期）、《谈灵感》（载1942年10月《文艺杂志》第6卷第6期）。

⑤ 参见康白情：《新诗底我见》，载1920年2月《少年中国》第1卷第9期。

儿过，/此刻像风在摇动着我；/告诉日子重叠盘盘的山窝；/清泉潺潺流动转狂放的河。”（《灵感》）宗白华曾细腻而生动地描述过他的《流云小诗》的创作心境：

> 黄昏的微步，星夜的默坐，大庭广众中的孤寂，时常仿佛听见耳边有一些无名的音调，把捉不住而呼之欲出。往往是夜里躺在床上熄了灯，大都会千万人声归于休息的时候，一颗战栗不寐的心兴奋着，静寂中感觉到窗外横躺着的大城在喘息，在一种停匀的节奏中喘息，仿佛一座平波微动的大海，一轮冷月俯临这动极而静的世界，不禁有许多遥远的思想来袭我的心，似惆怅，又似喜悦，似觉悟，又似恍惚。无限凄凉之感里，夹着无限热爱之感。似乎这微渺的心和那遥远的自然，和那茫茫的广大的人类，打通了一道地下的深沉的神秘的暗道，在绝对的静寂里获得自然人生最亲密的接触。我的《流云小诗》，多半是在这样的心情中写出的。①

就在这样的人格修养与创作心境当中，“世界和我们中间的帷幕永远揭开了。如归故乡一样，我们恢复了宇宙底普遍完整的景象，或者可以说，回到宇宙底亲切的跟前或怀里，并且不仅是醉与梦中闪电似的邂逅，而是随时随地意识地体验到的现实了。”“一线阳光，一片飞花，空气底最轻微的动荡，和我们眼前无量数的重大或幽微的事物与现象，无不时时刻刻在影响我们底精神生活，和提醒我们和宇宙底关系。”②

一些新诗作品就是在这样的心境和状态中产生了出来。

从史的发生到作品的生产，兴的意义都值得我们重视。

● 兴与象征

有意思的是，中国现代新诗与“兴”的历史性相会倒多少包含着西方诗学的一份功劳。1926 年周作人第一次把“兴”与象征相联结，这实际上已经为现代诗歌运动提供了十分宝贵的理论支点：中国古典诗歌的基本思维获得了符合世界潮流的解释，外来的诗学理论也终于为本土文化所融解消化，于是，中国现代诗人尽可以凭借

---

① 宗白华：《我和诗》，见《美学与意境》，177 页，北京，人民出版社，1987。

② 梁宗岱：《象征主义》，载 1934 年 4 月《文学季刊》第 2 期。

"象征"这一体面的现代化通道，重新回到"兴"的艺术世界中去了。

在今天看来，这样的中西融会却未能避免周作人本人的"理解的迷误"。

在用具体意象表达抽象的思想感情这种思维方式上，"兴"与"象征"确有惊人的相似。但是，如果我们引入民族文化这一深厚的背景，那么它们各自的差异就依旧是不容忽视的。

"兴"孕育自中国原始宗教，但它的成熟却主要得力于消解这一宗教精神的"人文化"的传统哲学。所以，"兴"的本质就不是宗教的迷狂而是诗人一瞬间返回"天人合一"状态的微妙体验。在中国式的"人文化"哲学观念里，情感不是人的专利，而是宇宙中普遍存在的自然生命现象，"夫喜怒哀乐之发，与清暖寒暑，其实一贯也"（《春秋繁露·阴阳尊卑》）。"象征"亦可以追溯到原始宗教，但它的成熟却是在西方中世纪的宗教神学时代。"象征"在本质上是诗人对形而上的神性世界的感知与暗示。象征主义先驱波德莱尔说："正是由于诗，同时也通过诗……灵魂窥见了坟墓后面的光辉。"①

"兴"的物象自成一体，浑融完整，在中国哲学中，"一"是本原，也是最理想的归宿，"象征"的物象则比较支离破碎，它们仅仅统一在诗人宗教化的概念之中；"兴"的物象能够与诗人的心灵相互交流，彼此契合，具有比较独立的意义，"象征"的物象则没有这样的独立性，它纯粹是诗人主观意志、宗教信仰的产物，所以在西方诗学中，象征（symbol）又被干脆冠之为"标志"，是"作为逻辑表象的替代物"②。

"兴"与"象征"作为诗思，其产生的过程与基本特征也各不相同。前文所述，"兴"的启动须"致虚极，守静笃"，"涤除玄览"，以平和宁静的心灵观照大千世界；"象征"思维却充满了亢奋和宗教化的迷狂，波德莱尔认为："诗的本质不过是，也仅仅是人类对一种最高的美的向往，这种本质表现在热情之中。"③ 美国20世纪诗人里查·艾伯哈特（Richard Eberhart）也用柏拉图式的语言说："诗乃神授"，"写诗的

① ［法］波德莱尔：《再论埃德加·爱伦·坡》，见《波德莱尔美学论文选》，206页，北京，人民文学出版社，1987。

② 康德语，转引自［英］罗杰·福勒：《现代西方文学批评术语辞典》，275页，沈阳，春风文艺出版社，1988。

③ ［法］波德莱尔：《再论埃德加·爱伦·坡》，见《波德莱尔美学论文选》，206页。

过程，其终极是神秘的，牵涉到全身的冲力，某种神赐的力量”[①]。

与之相适应，“兴”的艺术和“象征”的艺术对诗人的素质要求也不大相同。我们已经知道，“兴”的要求归纳起来就是对客体的尊重和对主体的磨砺；“象征”的艺术要求则同西方诗学崇拜自我、强化诗人主体性的一贯主张有关，所以“想象力”依然是象征艺术对诗人的要求。兰波（Rimbaud）谓“诗人＝通灵人”，甚至说：“我将成为创造上帝的人。”他的代表作《醉舟》就是在根本没有见过海的时候对海的精彩描绘。

在中国现代诗人那里，“兴”与“象征”的这些深刻的文化差异性似乎都被忽略了。西方诗歌潮流冲击下的焦躁以及建设中国现代新诗的急切，这是弥漫于现代中国诗坛的基本心态。在许多时候，文化的复兴都显得比文化的改造更深入人心，也仿佛更有实践的可能性。于是，中国传统诗学的“兴”终于承受住了“象征”的冲击渗透，在中国新诗中牢牢地扎下根来。

二、比与中国现代新诗的修辞

不学博依，不能安诗。

——《礼记・学记》

修辞是“一种以特殊方式呈现思想的艺术”[②]。文学作品的独立性事实上就集中体现为修辞的独立性，即语言操作的独立性。中国现代新诗的艺术追求也就是它的修辞追求。

要详细剖析新诗修辞方方面面的特征还不是这本小书的任务，我们只选择诗歌修辞中一个富有代表性的策略——比喻来加以考察，并且这种考察也不完全是在语言学的层面上展开，而是从文化看修辞，属于所谓的“文化修辞学”范畴。

● 远取譬与近取譬

中国现代新诗的比喻艺术有一个逐渐走向成熟的过程。

---

① ［美］里查・艾伯哈特：《我怎样写诗》，见《诗人谈诗》，35页，上海，上海三联书店，1989。

② ［英］罗杰・福勒：《现代西方文学批评术语辞典》，295页。

初期白话新诗中的比喻是相当零落的，仅以1920年上海崇文书局刊印的第一部新诗总集《分类白话诗选》为例，写景类中，出现了比喻的新诗大约只占1/4，写情类中只占1/5，写意类中则还不到1/10，写实类更少，几乎找不到一处真正的比喻。这些凤毛麟角般的比喻也大多朴素而简明，例如描述雪"那白砂糖似的东西"，"像棉花"，又"像面粉"（易漱渝《雪的三部曲》），状写除夕是"乐味美深，恰似饧糖"（沈尹默《除夕》）。等到"湖畔"诞生，冰心《繁星》、《春水》出现，小诗运动展开，比喻才逐渐丰富起来，郭沫若的诗歌创作更是充分地调动了比喻的力量，那些喻象常常以铺天盖地的气势迎面扑来，让人叹为观止。不妨顺便统计一下《女神》中的几首名作，《凤凰涅槃·凤歌》、《浴海》中1/3的句子使用了比喻，《地球，我的母亲》、《新阳关三叠》中3/5的句子使用了比喻，《日出》、《笔立山头展望》全诗均只有16句，出现比喻倒有10处以上。至此，中国新诗的比喻艺术算是基本成型了。

《女神》式的比喻和《繁星》、《春水》式的比喻都可以说是中国新诗比喻艺术走向成熟的标志，不过，我们又感到，它们各自的形态特征却是大不相同的。《女神》式的比喻以它丰富的想象力取胜，在一种"有距离"的联系中刺激、掀动着读者的思绪，如"我是一只天狗"，头颅"好像那火葬场里的火炉"，贝多芬"高张的白领如像戴雪的山椒"等；《繁星》、《春水》式的比喻则以这样的话语为典型："我们都是自然的婴儿/卧在宇宙的摇篮里"（《繁星·一四》），这样的修辞，显然并不是以其怪异活跃在我们眼前，它是温软的，恬静的，在运用想象的同时恰如其分地化解了想象的锐利，修辞性的话语与整个语境水乳交融，它仿佛真是心平气和地描绘着我们生存的真相：我们不的确是宇宙的婴儿么？这哪里像是技术性的刻意为之的比喻呢？借了朱自清用过的术语，我们可以把《女神》式的比喻称作"远取譬"，把《繁星》、《春水》式的比喻称作"近取譬"。朱自清曾说，"所谓远近不指比喻的材料而指比喻的方法"，"远"就是"在普通人以为不同的事物中间看出同来。他们发见事物间的新关系，并且用最经济的方法将这关系组织成诗"①。"近"则注意缩短事物间的距离，注意组织事物间的联系。远取譬往往出人意料，让人惊叹，令人思索；近取譬常常使人倍感亲

① 朱自清：《新诗的进步》，见《新诗杂话》，8页，上海，上海三联书店，1984。

切，它新鲜但不奇特，更不会让我们为了破解它而苦苦思索，绞尽脑汁！

朱自清是在总结象征派诗歌的艺术特征时提出“远取譬”一词的，其实，并不是所有的象征派诗人都选择了这种比喻模式，李金发写蚊虫“狂呼在我清白之耳后，/如荒野狂风怒号”（《弃妇》），写“我的爱心”“如平原上残冬之声响”（《爱憎》），胡也频“海潮如人间之土匪”（《噩梦》），这是远取譬，但穆木天写妹妹的“泪滴是最美的新酒”（《泪滴》），写逝去的记忆“是梦里的尘埃”（《弦上》），冯乃超写“教堂照得天国一样光明”（《岁暮的 Andante》），这又是近取譬了。从总体上看，中国现代诗歌中的近取譬似乎更容易赢得读者的认同，所以出现的频率也更高。从新月派、象征派直到现代派，中国现代新诗不断完善和发展着冰心式的近取譬。特别是在现代派诗歌作品中，比喻通常与即景而生的情、客观场景的描绘相互交织，不动声色地隐藏了自身的主观意图，如戴望舒《我底记忆》、何其芳《月下》、卞之琳《圆宝盒》。有时候，比喻在诗中并没有任何的语词标记，但全诗的情或景本身就构成了一个巨大的隐喻，如卞之琳《距离的组织》。

新诗对近取譬的格外青睐恰恰符合中国古典诗歌的修辞传统。早在《论语》里，“近取譬”就是比喻的代名词了，“能近取譬，可谓仁之方也已”。中国古典诗歌的比喻主要就是一种近取譬，如“南国有佳人，容华若桃李”（曹植《杂诗》），“人生无根蒂，飘如陌上尘”（陶潜《杂诗》），“花红易衰似郎意，水流无限似侬愁”（刘禹锡《竹枝词》），“问君能有几多愁？恰似一江春水向东流”（李煜《虞美人》）。之所以说这些比喻是“近取”的，就是因为它们的本体和喻体距离较小，要么是在诗人抒情达志时目光所及的范围内，要么就是在诗人习惯性的思维逻辑当中，凭着一位中国读者的直感能力和基本的文化素养，是不难迅速把握其中的意蕴的。刘勰将这一比喻策略总结为“切至”，他说：“比类虽繁，以切至为贵，若刻鹄类鹜，则无所取焉。”（刘勰《文心雕龙·比兴》）看来，“刻鹄类鹜”似的远取譬是中国诗学所反对的。

中国现代新诗的比喻为什么会与中国古典诗歌的选择不谋而合呢？这似乎可以从文化修辞学的角度加以阐释。

作为修辞，比喻当然是一种“特殊的语言手段”，较充分地表现着诗人的主观性、意志性，但是，“文学作品通过特殊的语言手段达到预期的效果，这一点并不能使其脱离语言的共核”①。比喻属于具体的言语行为，它不可能脱离语言本身的深层结构。中国现代诗人所接受的全部蒙学教育就是“超稳定”存在着的汉语言系统，这就在他们内心深处形成了一个根深蒂固的“语言共核”，他们个体化创作的“言语”必然要受到这个“核”的制约，“核”提供了艺术的语言库以及变通的可能性；尤其是对诗而言，白话与文言的区别并不大，其内在的语言结构如词法、句法、章法、音韵等绝无本质性的差别。语言深层结构上的同一性是中国现代新诗再现古典诗歌修辞现象的重要基础。

新月派、象征派与现代派诗人一般都具有丰厚的传统文化素养，而像何其芳、卞之琳、戴望舒、孙大雨等人对汉语又作了深入的修辞学研究，这都构筑了中国现代新诗比喻艺术生存发展的文化修辞学基础。

● 近取譬的两个特征

中国现代新诗的近取譬有两个主要特征，它们都具有鲜明的民族文化品格。

首先，中国现代新诗的喻象都比较注意“环境化”。所谓环境化，就是诗中的喻象注意相互协调，共同组成一处气象浑融的场景。有的是几个喻象之间注意配合，如徐志摩《呻吟语》：“我亦想望我的诗句清水似的流，/我亦想望我的心池鱼似的悠悠”，前后两个比喻性物象真是“如鱼得水”了！再如何其芳的《欢乐》：“告诉我，欢乐是什么颜色？/像白鸽的羽翅？鹦鹉的红嘴？/欢乐是什么声音？像一声芦笛？/还是从簌簌的松声到潺潺的流水？”白鸽的羽翅，鹦鹉的红嘴，声声的芦笛传响，松涛阵阵，流水潺潺，这样的环境本身不就是充满了“欢乐”吗？有时，诗的喻象又与诗中的其他物象相互融合，如林徽因的《仍然》：“你舒伸得像一湖水向着晴空里/白云，又像是一流冷涧，澄清/许我循着林岸穷究你的泉源：/我却仍然怀抱着百般的疑心/对你的每一个映影！”诗中的喻象湖水、冷涧与诗中的想象性物象泉源、映影共同营建了一处空灵、纯净的场景。又如臧克家《春鸟》中写春鸟的鸣唱“像若干只女神的手/一齐按着生命的键。/美妙的音流/从绿树的云间，/从蓝天的海上，/汇成了

---

① ［英］雷蒙德·查普曼：《语言学与文学》，123页，沈阳，春风文艺出版社，1988。

活泼自由的一潭”。

在圆圆融融的场景中，局部的喻象被打磨得毫无斧凿痕迹，作为一种有意为之的修辞，它在表现自己的同时恰当地“淡化”了主体意志的锋芒。

中国现代新诗喻象的“环境化”实际上折射出了中国文化固有的修辞学观念。《老子》开宗明义：“道可道，非常道；名可名，非常名。”就是说，人根本无法认识更无法用言语来传达天地万物的终极奥秘，“知者不言，言者不知”。这样，保持事物“未加名义”的浑一状态才是明智的选择，非解释性、非主观意志性就是中国诗歌语言的主要特色。比喻，是一种有意图的话语，但在中国诗歌的实践中却极有必要消解它的“有意图性”，于是，喻象就与“山川之境”融为一体了。依着山川之境本身的感性风貌，人类修辞才仿佛达到了最贴近“道”的程度。

较之于西方近现代诗歌的比喻模式，中国现代新诗喻象的民族特色就更加清晰了。西方诗人显然无意依托山川之境“本身”来表达他们对世界意义的认识，他们笔下的喻象从不在“环境化”当中返回世界的原来的浑一状态，无论是浪漫主义海阔天空的明喻（Simile）还是现代诗歌凝练晦涩的隐喻（Metaphor），这种修辞都仅仅是作为诗人主观意志所选择的一种“技巧”而存在；无论在什么时候，诗人一己的意志都是不容辱没的至尊。华兹华斯说：“你的精神像一颗遥远的星星，/你崇高的说话声音像是大海。”（《伦敦，一八〇二》）魏尔伦说：“我是一只摇篮，/有只手把我摇着，/在墓穴里摇我：沉默吧，沉默！”（《大而黑的睡眠》）人的精神与遥远的星辰，“我”和摇篮，这些物象都隔着千山万水，很难在某一个自然环境里浑融统一起来，那么，又是什么东西把它们连接到一处的呢？是人主观性的感受和思索。借着自身的思辨能力，西方诗人无所顾忌地拉大了喻体和本体之间的距离，喻象几乎就不可能返回世界“本体”的自然状态，比喻仅仅只是技巧，是手法。

我们注意到，中国现代诗哲对我们的比喻传统的把握是相当清醒的，比如，钱钟书就提出，如果说理论文体中的比喻还仅仅是工具，可以叫做“符”（Sign）的话，抒情词章却不能如此，抒情词章中的比喻应当称之为“迹”（Icon）。他认为，在理论文体中，“理之既明，亦不恋着于象，舍象也可”，就是说，比喻最终是可以被舍弃的，就如同“到岸舍筏”一样，但在抒情词章中，比喻是有机性的成分，“诗也者，有象之言，依象以成言；舍象忘言，是无诗矣”①。这样的认识的确就与西方诗学判然有别了。比如，新批评大师瑞恰慈（Richards）恰恰就把隐喻称为抵达真理彼岸的舟筏。在瑞恰慈眼中，外物本来无所谓意义，是我们赋予其意义，先有人，后有物，先有语言，后有现实。

其次，中国现代新诗的喻象具有一定的文化传承性，即较多地接受了中国古典诗歌的原型喻象。早期新诗中寥若晨星般的几个比喻几乎都是直接移用古典诗歌的喻象，如唤飘雪为“花朵”、“棉花”，谓天空为“碧玉”等；成熟的现代新诗，其比喻虽是现代话语，但意蕴却源于中国古典诗歌传统，如徐志摩的名喻：“最是那一低头的温柔，/像一朵水莲花不胜凉风的娇羞。”将女性的情态与莲花互喻是中国诗歌的典型话语，如唐代诗人郭震《莲花》云：“脸腻香薰似有情，世间何物比轻盈，湘妃雨后来池看，碧玉盘中弄水晶。”戴望舒“雨巷”中的丁香让人想到李璟“青鸟不传云外信，丁香空结雨中愁”（《摊破浣溪沙》）。卞之琳《音尘》将书信喻为“游过黄海来的鱼”，“飞过西伯利亚来的雁”，这自然又是“鱼雁传书”的现代变形。还有，闻一多“忘掉她，像一朵忘掉的花”，沈从文的情诗“你是一枝柳”，邵洵美以女性为“蛇”②，这里的花、柳、蛇都有众所周知的原型意义。新诗里常见的喻象原型还包括作为某种人生境遇的符号：梦、孤雁、流萤、秋叶、朝雾、漂泊的扁舟、月亮的圆缺，作为某种人生追求的象征：鱼、蚕、闲云流水、飞蛾扑火等。

历史传承性事实上是强化了比喻作为语词的聚合功能，它将孤立的语词带入到历史文化的广阔空间，并在那里赋予其新的意义，由此，比喻这样的个体行为又再次消融着它的锋芒，在历史的空间继续其“环境化”的过程。

历史的传承性与语象的环境化就这样相得益彰了。

西方诗歌的喻象是不是也具有历史的传承性呢？也许有吧，因为我们从艾略特等人的现代诗歌中不就找到了来自《圣经》或者其他神话的“原型”喻象吗？但是，统观西方诗歌的传统，我还是认为，对喻象的历史性开采本来是人与世界相互涵化的一种方式，从总体上看，西方诗人对这种“涵化”是不怎么感兴趣的，因此，他

---

① 钱钟书：《周易正义·二乾》，见《管锥编》，第1册，12页，北京，中华书局，1979。

② 分别见闻一多《忘掉她》、沈从文《颂》、邵洵美《蛇》。

们并不热衷于对喻象的历史形态的借用，其个体的主观能动性永远都是最重要的，即便是艾略特，当他在《荒原》中大量化用神话、传说、人类学、哲学和文学著作中的许多典故、喻象时，也丝毫不意味着他打算把自己心安理得地托付给历史，恰恰相反，灌注于其中的基本精神是艾略特对人类历史与现实复杂关系的深刻思考。于是，我认为，罗杰·福勒的一段总结对于西方诗歌是有代表性的："隐喻在语言中是如此关键，以至于它作为一种文学手法不仅显得十分重要，而且还特别无从捉摸和变化多端。"①

● **变异的传统**

在以上一系列的分析之后，我们似乎会留下这样的印象：中国现代新诗的比喻好像纯粹就是古典诗歌修辞传统的简单再现。其实，问题还不是这么简单。中国现代新诗终究属于20世纪语境的产物，理所当然地，它必须面对和回应20世纪中国的风浪与剧变，作为对一个变动着的时代的话语表述，修辞亦将对自身的传统进行适当的调整。当世界的"本体"已经动荡不安，"喻体"还可能固守那一份清静么？当工业时代的机器、枪炮和生存竞争占据了诗人的人生，他们还能仅仅靠几片落花、几丝杨柳来自我"映射"么？20世纪越来越走向沉重，走进复杂，落花、杨柳毕竟还是轻软了，单纯了。

较之于中国古典诗歌，中国新诗的比喻艺术至少发生了三个方面的"新变"。

首先是赋予历史性的喻象新的多样化的内涵。比如臧克家有喻"灾难是天空的星群"（《生活》），天空的星群多是灿烂光明的，但在这里却充满了不幸。又如殷夫说"静默的烟囱""她坚强的挺立，有如力的女仙"（《我们的诗·静默的烟囱》），柔美飘逸的仙女竟如此的坚强有力，这是现代人的感念。再如邵洵美"我犯了花一般的罪恶"（《花一般的罪恶》），袁可嘉写"难民""像脚下的土地，你们是必需的多余"（《难民》），鲜花何以"罪恶"，土地又如何成了"必需的多余"？这些喻象在传统诗歌中都不可能引出这样的意义。

其次是开始在比喻里发现事物间的新关系，本体和喻体间的距离拉大，也就是说产生了一些"远取譬"。除郭沫若、李金发之外，其他一些诗人有时也选取这种比喻方式，如闻一多"家乡是个贼"

① ［英］罗杰·福勒：《现代西方文学批评术语辞典》，330页，着重号为引者所加。

(《你看》)，陈梦家“他庄严依旧像秋天”（《白俄老人》)，柯仲平“贫像个太古时的/没有把刀斧的老百姓”（《这空漠的心》)，杭约赫说都市的人们“像发酵的污水”(《复活的土地》)，杜运燮说“落叶”好像一个“严肃的艺术家”（《落叶》)，胡风说天气“如死蛇一样摊卧着”(《废墟上的春天》)。

最后是出现了一些非物理可感性的喻象。喻象的物理可感性是中国传统诗歌的显著特征，古语称比喻就是“假物之然否以彰之”（王符《潜夫论·释难》)，“以彼物比此物也”(朱熹《诗集传》)，有着具体的物理特征的事物常常被中国诗人移作诗意的说明。如以坚挺的竹节喻人意志的刚毅：“人怜直节生来瘦，自许高材老更刚。”（王安石《与舍弟华藏院此君亭咏竹》）以苍松翠柏喻人之老当益壮：“老柏摇新翠，幽花茁晚春。”（顾炎武《嵩山》）以清香四溢的梅花喻清高脱俗的节操：“不要人夸好颜色，只留清气满乾坤。”（王冕《墨梅》)

除了具体的物象外，中国现代新诗也不时使用一些抽象的概念，有的喻象本身就是理性的产品，没有多少感性特征可言，如“我们期望的只是一句诺言，/然而只有虚空，我们才知道我们仍旧不过是/幸福到来前的人类的祖先”（穆旦《时感》)，“归燕的平和之羽膀，/像是生命的寓言”（李金发《夜之来》)；有的喻象是感性的描绘中渗入了强烈的思辨性，如“小小的丛聚的茅屋/像是幽暗的人生的尽途，呆立着”(穆旦《荒村》)，“生命便是/死神唇边/的笑”(李金发《有感》)，“那天真的眼睛”“只像一片无知的淡漠的绿野”（郑敏《小漆匠》)。这类比喻模式倒让我们想起了西方诗歌的传统。在西方诗学里，比喻本身就是一个相当宽泛的概念，并不一定具象。莎士比亚名言“成熟就是一切”向来被人们认为是典范性的比喻。因为，西哲认为：“每种语言本身就已经包含无数的隐喻。它们本义是涉及感性事物的，后来引申到精神上去，‘掌握’（Fassen）‘捉摸’（Begreifen）以及许多类似的涉及知识的字按它们的本义都只有完全感性的内容，但是后来本义却不用了，变成具有精神意义的字：本义是感性的，引申义是精神的。”[1]

那么，这是不是说，中国现代新诗比喻艺术的新变就与民族文化传统毫无关系了呢？

---

① ［德］黑格尔：《美学》，第2卷，128页，商务印书馆，1979。

当然不是。我认为，这种“关系”至少可以从两个方面看出来。

首先，中国传统的“近取譬”精神对于这样的新变产生着明显的制约性影响，抑制和规定了它的存在。因此，从“史”的角度来看，比喻的传统模式依然居主导性的地位，“变异”虽然新鲜而奇丽，也更符合20世纪的走向，但在很长的一段时间里还是影响有限，并没有从整体上改变中国新诗的修辞本色。郭沫若开一代诗风，又曾为新诗比喻模式的现代变异作了许多的贡献，但到后来，却还是要强调“新诗在受了外来的影响的同时，并没有因此而抛弃了中国诗歌的传统”①。

尤其是那些“非物理可感性”的喻象，似乎也可以说是“远之又远”的取譬吧，它的设立，必然意味着一系列抽象概念的出现，语言活动势必走向逻辑化，显而易见，这与中国传统的喻象模式相去甚远。诗歌语言逻辑性的加强必然需要从词法、句法、章法等许多方面重新组装中国诗歌，因而这一新变所受到的传统阻力最大，中国传统似乎并不鼓励这样的修辞模式，以至于作诗近四十年以后，连最坚持抽象抒情的穆旦也困惑了：“总的说来，我写的东西自己觉得不够诗意，即传统的诗意很少。这在自己心中有时产生了怀疑。有时觉得抽象而枯燥；有时又觉得这正是我所要的……”②

其次，我们还可以在文化修辞学的层面上来剖析这种“变异”和“稳定”的内在联系。事实上，民族语言的深层结构同样也是言语新变的重要基础。修辞作为一种有意图的言语，它变异的可能性、深浅度和方向感都与汉语言、汉文化关系紧密，或者可以说就是汉语言深层结构“转换生成”的结果。变异和稳定相互依存，传统本身也支配着对传统的调整。

比如，我们所谓“赋予历史性的喻象新的多样化的内涵”，这是不是也与古典诗歌比喻艺术中相对的灵活性有关呢？人类文化中的比喻大致有三类：一是宗教性的比喻，如《圣经》中的种种喻象，它神秘而刻板；二是西方现代诗歌的隐喻，它突破了一切规则，纯粹是诗人主观意念的结果，自由而较难把握；三就是我们所说的中国古典诗歌的近取譬，它具有与前述两者都不相同的特征：并非变幻莫测，并非纯粹的主观意念，凭着我们的直觉感悟，就能把握它

---

① 郭沫若：《雄鸡集·谈诗歌问题》，见《沫若文集》，第17卷，267页。

② 转引自蓝棣之：《论穆旦诗的演变轨迹及其特征》，见《正统的与异端的》，315页，杭州，浙江文艺出版社，1988。

的内蕴。“人怜直节生来瘦，自许高材老更刚。”王安石以竹喻己，说自己生来端直，老更刚毅，不借助于任何的解释，我们就能准确地领会；同时，这类比喻又并不刻板，有一种相对的灵活性，在一定的范围内，它允许我们从特定的角度出发，对它作出新的理解。比如，王安石以竹喻己，赋予竹端直刚毅的性格，而杜甫却说：“新松恨不高千尺，恶竹应须斩万竿。”（《将赴成都草堂，途中有作，先寄严郑公》）杜甫以竹喻阻碍生命的势力，赋予其“恶”的形象，到了清人郑燮笔下，竹又成了彼此支持的生命体：“新竹高于旧竹枝，全凭老干为扶持。”（《新竹》）

再如，中国传统的近取譬精神实际上又暗暗地渗透了现代诗歌中的那些“远”取譬，于是，相对于西方诗歌的隐喻来说，中国新诗的比喻再“远”都还是“切近”的。像李金发“我的灵魂是荒野的钟声”，胡也频“我如负伤的勇兽”，蓬子写女性的长发“有如狮子的鬓毛”，这些比喻，乍一看颇觉新鲜，但仔细咀嚼，又不会特别惊讶，因为它的基础照旧是人对自然的某种认同，而且大体都是“原生”的未经主观过分扭曲的自然。尽管西方近现代诗歌也被中国诗人奉为样本，但从实践来看，西方诗人在破坏中重组喻象的方法又实在不能让他们接受。西哲曾说喻体与本体的连接属于一种“违反逻辑的逻辑”（logic of logical abermation），又说诗的真理来自形象的冲突（Collison）而不是靠他们的共谋（Collusion），对于大多数的现代中国诗人来说，这些取象方式还是“遥远”了些。

三、比兴传统与中国现代新诗的物态化特征

瞻万物而思纷

——陆机：《文赋》

从“生成”和“修辞”两个侧面观察中国现代新诗，我们不难看出古典诗学理想在其中所产生的重要影响，兴与比是我们无法割舍的传统。在兴与比的背后，我们又可以发现一种统一的存在，这就是环境性的“物”。兴和比都努力在一个“物”的环境中来运转艺术的思维：“索物以托情谓之比，情附物者也；触物以起情谓之兴，物动情者也。”（胡寅《斐然集·与李叔易书》，引李仲蒙说）“比者，

比方于物也；兴者，托事于物也。”（郑玄《周礼·大师》，注引郑众说）“比则取物为比，兴则托物兴词。”（朱熹《楚辞集注》）诗不“生成”于纯主观的想象，而是主客间相交触的结果，物感发了人的诗情；修辞也淡化了主观的意图，“近取譬”悠然存在于一个和谐、亲切的“境界”。我认为，这就是中国诗歌文化精神的一个重要表现：物态化。古典诗学里，兴和比常常并举（“比兴”），用来描述诗的艺术特色，并举的基础就在于它们都体现了中国诗歌的物态化追求。

●“物态化”辨

我将“物态化”作为中国诗歌文化精神的重要表现，这似乎就需要对它略加辨析了，因为，我们传统的阐释一般都沿用“言志”或“缘情”的旧说，把中国诗认定为某种“心志”或“情感”的表现。我认为，这对于我们开掘民族特性的目标是极为不利的，它不仅无助于我们对中国古典诗歌的深入认识，也将混淆中国现代新诗在自身发展过程中的两重文化冲突，从而妨碍今人的观察和探究。

我认为，无论是先秦《尚书·尧典》的“言志”还是西晋陆机的“缘情”都属于对艺术的终极性的判断，但在传统“体用不二”思维模式的影响下，它们常常被不加细究地推广到中国古典诗歌阐释的一切领域，这就极易混淆问题的本质。特别是我们在比较文化、比较诗学的意义上谈“文化特征”，这与在终极意义上推导“诗是什么”、“诗从何处来”是大有区别的（虽然在创作过程中也不时提到类似的问题，但毕竟含义和侧重点都不同了）。这样，当我们一口咬定古典诗歌的思维过程就是“缘情”或“言志”时，其似是而非的局限性就势不可免了。我们从以下四个方面略加辩证：

（1）随着中国古典诗歌艺术的发展，中国古典诗论对诗歌创作艺术的解说也有一个逐渐发展、日趋准确的过程。中国古典诗歌艺术的成熟是魏晋至唐宋，而“言志”则是中国诗歌发展之初级阶段的理论，西晋初年的“缘情”说也不能说包含了对艺术鼎盛期的全面省视，我们没有理由格外强调这一结论而置魏晋以降的诸多诗论于不顾。

（2）考察中国古典诗论，我们可以知道，“志”或者“情”都不是阐述的终点，也不是唯一的概念，其他诸如“意”、“理”、“趣”等也都在讨论之列。全面考察中国古典诗歌的艺术论，我们就会看到，经常被使用的概念倒是“物”。《文心雕龙》云：“人禀七情，应物斯感”（《明诗》），“物色之动，心亦摇焉”（《物色》），这是感物而起的诗思；庄子“吾游心于物之初”（《田子方》），钟嵘“指事造形，穷情写物”（《诗品序》），这是诗思的运动轨迹；“以物观物”（《伊川击壤集序》），“万物归怀”（郭象《庄子注》）就属于诗思的圆熟之境了。

（3）从历史来看，“言志”与“缘情”在现代被抽取出来作为艺术本体论显然是受到了西方浪漫诗学的影响，但如此突出诗人的主观性却也并不是中国诗歌的本来面目；就是在原来的“言志”、“缘情”说中，“志”与“情”也实在没有这样显耀的独尊地位，属于“言志”派的《礼记·乐记》云：“人心之动，物使之然也。”陆机《文赋》谓“情”的本质是“遵四时以叹逝，瞻万物而思纷；悲落叶于劲秋，喜柔条于芳春”。从这些表述中我们可以看出，“志”与“情”并不是独立自足的，在很大的程度上（甚至可以说是在根本上），它们的发生发展都取决于“外物”。

（4）如果说“言志”与“缘情”在单纯描述诗人的主观世界时还有它一定的意义，那么在把它用于阐释诗歌艺术的文化特征时则完全不能切中肯綮了。众所周知，在中国传统文化中，诗歌的创作活动都被赋予了浓厚的文化哲学意蕴。孔子“兴于诗，立于礼，成于乐”，刘勰从庄子的“逍遥游”推导出诗的“神与物游”，严羽“论诗如论禅”，诗的运思就是儒道释体验世界的过程。但是，在单纯的“志”、“情”阐述中，我们看不到这样的哲学意识。

基于以上的认识，我们从文化学的角度将中国古典诗歌的思维方式概括为“物态化”。在“物”中求得自我的体认是中国古代哲学的总体精神，儒家以社会伦理为“物”，道、释以自然存在为“物”。作为传达这一哲学精神的诗歌，它最显著的特征就是否认人是世界的主宰和精华，努力在外物的运动节奏中求取精神的和谐。在诗歌的理想境界之中，个人的情感专利被取缔了，自我意识泯灭了（“无我”、“虚静”），人返回到客观世界的怀抱，成为客观世界的一个有机成分，恢复到与山川草木、鸟兽虫鱼亲近平等的地位，自我物化了。诗歌游刃有余地呈示着物态化的自我所能感受到的世界本来的浑融和韵致，这就是中国古典诗歌艺术的基本文化特征。它并不否定情志，但却把情志视作物我感应的结果，它也热衷于“模仿”世界，但又透过模仿的机械化外表显示着生命本然意义的灵动。诗人放弃唯我独尊的心态，拒绝旁若无人的抒情，转为“体物”，转为捕捉外物对心灵的轻微感发。于是，诗人仿佛另换了一副心灵，它无私忘我，化入一片清虚之中，通过对象的存在而获得自身的存在，物即我，我即物，物化于我心，我心化于物，这就是所谓的“物态化”。物态化艺术的理想境界不是个人情绪的激荡，不是主观思辨的玄奥，而是物我平等，物物和谐，“物各自然”。也就是说，这是一个万事万物都各得其所、各安其位又气象浑融的物理世界，我们谓之“意境”。古人曾一而再、再而三地描绘“意境”的美妙，说它“如空中之音，相中之色，水中之月，镜中之象，言有尽而意无穷”（严羽《沧浪诗话·诗辨》）。意境之中，景语即情语，情语即景语，写实亦理想，理想亦写实（王国维《人间词话》），再难发现多少人工的痕迹了，所谓“羚羊挂角，无迹可求”（严羽《沧浪诗话·诗辨》）。总之，意境就是一个最充分的“物态化”世界。意境理想是在从魏晋至唐宋这样一个漫长的过程中逐渐产生、日臻完善的，这也就是说，中国古典诗歌的物态化精神最完整地体现在魏晋唐诗宋词之中。“人闲桂花落，夜静春山空。月出惊山鸟，时鸣春涧中。”（王维《鸟鸣涧》）“天门中断楚江开，碧水东流至此回。两岸青山相对出，孤帆一片日边来。”（李白《望天门山》）“碧云天，黄叶地，秋色连波，波上寒烟翠。山映斜阳天接水，芳草无情，更在斜阳外。”（范仲淹《苏幕遮·碧云天》）这些诗句都生动地体现了中国诗歌物化于我、我化于物的“物态化”追求，直到今天，也仍然是脍炙人口的。

当然，任何概念的定位都只能选取最典型最有代表性的层面进行。我们对中国诗歌物态化追求所作的分析，主要就是在人与大自然这个层面上展开的，因为正是在对大自然的观照和表现当中，中国诗歌与西方诗歌判然有别了。不过，我认为，在这个层面上所进行的分析并不会缩小这个概念的适用度，在中国诗歌非自然的社会性题材里，“物态化”的思维方式同样存在。

中国古典的以社会为题材的诗歌作品有这样一个显著的特征，那就是诗歌一般不对社会现象作纯客观性的描写，而是尽可能地把自我与社会连接起来，贯通起来，自我不是高高在上的理性的审视者，而是社会历史的自觉的承担者。外在的社会现实总能内化成为诗人的道德使命，而诗人的道德使命又不是个体智力的突现，它也必然通过对某个社会角色的认同表现出来，从思维方式上看，这不是与“外感于物”，“情动于中”十分相似吗？曹植《白马篇》有云：“弃身锋刃端，性命安可怀？父母且不顾，何言子与妻？名在壮士籍，不得中顾私。捐躯赴国难，视死忽如归。”韩愈《左迁至蓝关示侄孙湘》：“一封朝奏九重天，夕贬潮阳路八千。欲为圣朝除弊事，肯将衰朽惜残年。云横秦岭家何在？雪拥蓝关马不前。知汝远来应有意，好收吾骨瘴江边。”年轻气盛的曹植慷慨激昂，花甲之年的韩愈则抑郁悲凉，但诗歌并没有沿着这两种心情深入开掘，展示个人精神世界的繁杂，而是在个性与道德使命两者的接壤处烘托渲染，于是，诗中的情感无论高昂还是低沉，都属于一种道德化的情感，体现了人对社会角色的认同，对社会使命的肩负。在这里，诗人不是仍然首先需要“社会化”（亦即“物态化”）吗？诗的世界不也是人与社会道德相互融会的世界（亦即“物态化”境界）吗？

● 中国现代新诗的物态化特征

正如比兴传统在中国现代诗坛具有广泛的影响力一样，物态化作为中国诗歌的基本文化精神也在现代充分显示了它的存在。

中国现代新诗的物态化特征表现在许多方面，比兴本身就是物态化精神的表现。

兴的诗学意义在于“生成”，比的诗学意义在于“修辞”，放在诗歌创作的物态化追求上来看，我们又可以说，兴是物态化追求的准备，是“进入”物态化的重要环节，比则是物态化艺术的自我完善。

将世界的本然状态认定为和谐，并由此推导出“天人合一”，牵引诗人由体物而物化，由物化而物我两忘，这恐怕仍然不过是人的一种观念，比如，如果沿着西方进化论的思路走下去，我们不又可能把世界的本然状态认定为竞争吗？重要的又在于，物态化追求对于20世纪的中国诗人究竟意味着什么？它意味着观念与现实的分离越来越大。20世纪的中国，无论是生存环境的改变还是生存发展的要求，都让中国诗人不得不时常偏执于“我”的权益、“我”的立场、“我”的意志，这样，即便席勒所说的那种古典时代的物我和谐真的出现过，到此时也已经不复存在了，诗人真的由“朴素”转向了“感伤”，个人情感的泛滥势所难免。

在这样的“分离”当中，如何将七情六欲的现代人“超度”到物态化的审美心境中去，就成了中国新诗颇难解决但又极想解决的问题。于是乎，“兴”的诗学价值的再发现就成了中国新诗“物态化”走向的第一步，也是必不可少的一步。

“兴”的人格修养及审美期待是创作主体的一种“准备活动”，它们形成了诗感的格局和格调。徜徉在大自然的青山绿水之间，以平静的心来感应那轻微的自然生命的律动，个人意志的种种躁动不就荡然无存了吗？宗白华在《诗》里说得好：“啊，/诗从何处寻？——/在细雨下，/点碎落花声！/在微风里，/飘来流水音！/在蓝空天末，/摇摇欲坠的孤星！”雨打落花，流水淙淙，星光摇曳，这既是中国诗人陶冶性灵的自然环境，又是他们“等待”感兴的心理氛围。

值得注意的是，陶冶性灵仅仅是人格修养的一个手段，现代人并不总有机会忘情于山水，他们经常处于以个体面对世界的“危险”的独立状态，这个时候，他们又如何进行“修养”和“期待”呢？中国现代诗人又结合现代文化发展的特点，调动“理性”的力量来自我节制。从新月派、象征派到现代派，随着中国新诗在艺术上的日趋成熟，一些专注于艺术探索的诗人又自觉地运用理性的手段来节制主观欲望，把个人放任不羁的情绪收缩在一个“适度”的范围内，试图从理论的高度为现代诗歌的“无我”指明方向。新月派诗人、现代派诗人和一些象征派诗人（如穆木天、冯乃超等）都曾对西方巴那斯主义的“以理节情”表现出不同程度的兴趣。当然，巴那斯主义在他们那里主要还是一种术语的借用，西方诗学的“理念”或“直觉理性”显然并没有主宰徐志摩、戴望舒、何其芳诸人的头脑，中国诗人从不曾绝对地压制情感，而只是借理智的力量排开情感的漩涡，腾出一份清静来感物咏志，抒写物理世界的些微颤动，是为“性灵”。所以石灵认为，新月派“在旧诗与新诗之间，建立了一架不可少的桥梁”①。在谈到中国的现代派诗歌时，孙作云又强调指出，像这样的“东方的诗是以自然为生命”②。有的诗题本来是自我的呈现，但营造起来的意境却又完全是一处“忘我”的物化世界，比如现代派诗人何其芳写爱情：

藕花悄睡在翠叶的梦间，
它淡香的呼吸如流萤的金翅

① 石灵：《新月诗派》，载1937年1月《文学》第8卷第1号。
② 孙作云：《论“现代派”诗》，载1935年5月《清华周刊》第43卷第1期。

飞在湖畔，飞在迷离的草际，
扑到你裙衣轻覆着的膝头。

——《夏夜》

这样的爱情仅仅只剩下了情调和色彩，似乎爱情双方的情态、思想、个性都无关紧要了。显然，若讲到化解情感的主观性，当然是以这样温和的情调为好，既克制又不僵化，保持了性灵的跃动。

我们又曾谈到，中国现代新诗的近取譬比较注意喻象的环境化以及传承性，这实际上又暗合了物态化诗歌的理想，保持了世界的原真状态。环境化的喻象和传承性的喻象自有一种“默默无闻”的境界，根本无须诗人来解释、说明，一时间，我们主观世界的种种欲望和情绪，都不得不大加收敛，首先我们必须“物化”，然后才谈得上与这个物质性的环境和谐圆融。在一些不假修饰的诗歌描写里，物态化的“原真”效果更为显著，如穆木天的《雨后》：

我们要听翠绿的野草上水珠儿低语
我们要听鹅黄的稻波上微风的足迹

我们要听白茸茸的薄的云纱轻轻飞起
我们要听纤纤的水沟弯曲曲的歌曲

我们要听徐徐渡来的远寺的钟声
我们要听茅屋顶上吐着一缕一缕的烟丝

在这“雨后”的世界里，野草、微风、稻波、薄云、溪流、钟声、炊烟构成了一幅令人陶然忘返的图画，“我们要听”是人的欲望，但却已经是一种充分“稀释”之后的欲望，它飘飘渺渺，稀稀薄薄，可有可无，没有了棱角，没有了锋芒，世界一片和平，物各自然。

社会性题材的大量出现是中国现代新诗的一个显著特征。从初期白话新诗中的《相隔一层纸》、《人力车夫》、《卖布谣》到蒲风《茫茫夜》、王亚平《农村的夏天》以及田间《给战斗者》、何仲平《告同志》，社会现实成为中国现代诗人十分关注的对象，这类诗歌又因三四十年代的社会动乱、民族危机而越发显得举足轻重。在以后几章的论述中，我们将看到，作用于这一类诗歌的诗学因素也是相当复杂的，但这里我要强调的是，中国传统的物态化精神的影响相当明显，也就是说，其中有相当一部分诗人仍然和中国古典诗人一样，无意在社会活动中显示自我的力量，他们自觉地把个人与群体相融合，把自我和社会相融合，在揭示社会现实的时候，他们回避了“小我”的喜怒哀乐，自觉以“大我”的思想为思想，以“大我”的情感为情感，他们“消失”在了对象之中：“工人乐——/富翁哭——/富翁——富翁——不要哭，——/我喂猪羊你吃肉；你吃米饭我吃粥。”（沈玄庐《富翁哭》）这是“工人”的情感。他们情感的潮汐汇入了民族情感的海洋：“我要汇合起亿万的铁手来呵，/我们的铁手需要抗敌，/我们的铁手需要战斗！”（蒲风《我迎着风狂和雨暴》）他们时时提醒自己和自己的同志们放弃一己的独立，投身于社会的道德义务：“但也不要过于爱惜你的热情/当你应该哭，笑的时候/你就得和大家一起欢乐/一起流泪……”“请不要忘记人类底悲苦和灾难/当你那些亲密的兄弟/为我们明天的幸福而战斗着的晚上/你能守住你的妻子对着炉火安眠?”（力扬《给诗人》）这些诗歌中的相当一部分还有一个显著的特征，那就是以群体性的“我们”而不是以个体性的“我”作抒情主人公，正如中国诗歌会的宣言中所说：“我们要使我们的诗歌成为大众歌调，/我们自己也成为大众中的一个。”（《新诗歌·发刊诗》）对读雪莱诅咒波拿巴“这么个最卑贱不过的奴才”（《一个共和主义者闻波拿巴垮台有感》），对读拜伦“若国内没有自由可为之战斗/就该为邻人的自由而战”（《若国内没有自由可为之战斗》），惠特曼“来，我要创造永不分解的大陆，/我要创造太阳自古以来照耀过的最壮丽的民族”（《为了你呀，民主！》），我们很容易见出中西诗歌在社会性题材中的差异，西方诗歌即使表达个人的社会道义，也显然是自我力量的实现，是个人的某种创造，主体显然也绝不愿“大众化”。

四、意志化与物态化的消长

我们诉诸感情，只是为了给理智找到营养，
我们破坏常规，只是为了创造理想。

——桑塔雅纳：《诗歌的基础和使命》

从比兴出发挖掘中国现代新诗的物态化根性，这绝不意味着中国现代新诗就是中国古典诗歌的自然延伸，是古典诗学精神孕育下的产儿；正如我们在前文已经提及的那样，新诗初创的动力来自西方，西方诗歌及西方诗学的影响绝对是不可轻视的，这是我们认识的前提，抛开了这个前提，我们同样也会模糊历史发展的本质。我认为，西方诗歌以及西方诗学对中国新诗的影响也是持续不断的，问题在于，我们应当如何来重新认识这一影响的具体特征，以及它又是如何与中国传统诗歌理想相互缠绕、抵牾和结合的，这些缠绕、抵牾和结合在中国现代新诗史上有什么样的表现。

我认为，西方诗歌的文化特征在于“意志化”。在中国现代新诗史上，“意志化”与“物态化”呈现为一种彼此消长的关系。

●“意志化”辨

“意志化”是在与“物态化”相对应的意义上加以定义的。

西方文艺思想的奠基人柏拉图曾经非常矛盾地表述了他的“诗说”，他以“理性”的鞭子把诗人赶出了“理想国”，却又满怀深情地述说着诗歌运思的迷狂状态：诗神“凭附到一个温柔贞洁的心灵，感发它，引它到兴高采烈神飞色舞的境界”①。柏拉图是自我矛盾的，但我们也看到，无论是矛盾的哪一面都强调了这样一个观念，诗不是对客观世界的回归和品味，而是对某种超越性的意识形态的表达，或者是“理性”，或者是神的意志。理性自然是自我意识强化的产物，而所谓神的意志也不得不经常由个人的自我意志来表达。于是，这互有矛盾的东西又总是可以统一起来的，并最终构成了诗人追求自我意志的最早根据，诗人的意志化贯穿了西方诗歌创作发展的全过程。从古希腊到18世纪的整个西方诗歌史，是“意志化”思维模式主导一切、操纵一切的历史。中世纪的神学无疑也以效忠上帝的形式凸现了“意志”的作用，在这一观念中，对客观世界的亲近就是对上帝的亵渎。18世纪后期的感伤主义与19世纪的浪漫主义似乎是打开了一扇通向自然的门扉，但自然还是自然，西方诗歌并无放弃个性、返回自然乃至“物态化”的打算。“因为他们，像康德一样，认为纯然感受外物是不足的，真正的认识论必须包括诗人的想象进入本体世界的思索，必须挣扎由眼前的物理世界跃入（抽象的）

① ［古希腊］柏拉图：《文艺对话集》，朱光潜译，118页，北京，人民文学出版社，1963。

形而上的世界。"[1] 浪漫主义诗歌的基本特征是诗人对客观自然的不断解说、明辨，不断追问它们何以如此存在，"意志化"依旧处于统摄地位。现代西方，与哲学上一系列"反传统"的观念调整相适应，以象征主义为先驱，开拓了诗歌艺术的新境界，这种艺术思维用奥逊（Charles Olson）和克尔里（Robert Creeley）的话来说即是"在创作的瞬间物象的发生……可以、应该、必须按它们在其中发生时的原原本本的情况去处理，而非经过任何外来的观念或先入为主的概念"[2]。但是，所有这些"原原本本"的物象却并不就是客观事物的原真状态，而是经过了诗人主观意志"陌生化"处理的东西。庞德（E. Pound）对"意象"的界定是："意象"不是一种图象式的重现，而是"一种在瞬间呈现的理智与感情的复杂经验"。现代诗作为"理智与感情的复杂经验"的展示，其意志化的特征依然是彰明较著的。自我意识并没有在艾略特的"非个人化"中泯灭，它倒是经过这样一场前所未有的语言革命重新塑造了自己的形象。

总而言之，西方从诗学理论到诗歌创作都始终保持着对诗人主观意志的肯定和推重。在他们看来，诗人主体的意志性高于一切，客观外物是被操纵被否定被超越的对象；诗应当成为诗人从自我出发，对世界的某种认识和理解；艺术的世界是一个为自我意识所浸染的世界；诗人们着力于自然的"人化"而不是自我的"物化"，所有这些，都属于西方诗歌的意志化特征。

● 中国现代新诗的意志化趋向

我们同样应当重视中国现代新诗的意志化趋向，因为，对西方诗歌的大规模译介、对印欧语法规范的借鉴、外来语的引入，以及存在于这些文学现象背后的无法拒绝的"西学东渐"，都不断给中国诗人注入了异域的文化观念，提供了崭新的艺术样本，这都是西方诗歌意志化精神移向中国的社会文化基础。

归纳起来，中国现代新诗的意志化趋向主要表现在这样几个方面。

首先，纯粹自我的情绪开始成为一些诗歌描摹的对象。从理论

① 叶维廉：《中西诗歌山水美感意识的演变》，见《寻求跨中西文化的共同文学规律》，112页。

② 转引自叶维廉：《语法与表现：中国古典诗与英美现代诗美学的汇通》，见《寻求跨中西文化的共同文学规律》，71页。

上看，不少诗人都宣扬过诗的“自我表现”说，诸如“诗是个性的自我——个人的心灵的总和——一种在语言文字上”“没条件及限制的表现”①，诸如“文艺是出于自我的表现”，“抒情诗是情绪的直写”②。从创作上看，则有郭沫若《天狗》式的自我扩张，有殷夫《让死的死去吧！》式的坚定信念，也有艾青《大堰河——我的保姆》式的激情……中国现代新诗对自我内在情绪的追踪也最终建立了它与西方浪漫主义思潮的深刻联系，虽然比较完整的浪漫主义精神仅仅只在五四的《女神》中一晃而过，但这一诗潮的各个侧面却始终显示在整个中国现代新诗史上。在早期革命诗歌里，我们目睹了个人意志力的主导支配地位，在七月派诗歌中，我们领略了主观战斗精神的风采，在九叶派诗人的创作中，我们又发现了生命追求的顽强毅力。

其次，比较抽象的意念也出现在了一些诗歌作品中。比如刘大白曾把“淘汰”这一进化规律写得活灵活现（《淘汰来了》），饶孟侃沿街叫卖自己的“灵魂”（《叫卖》），闻一多把心灵深处的民族意识渲染得浓密而绚烂（《一个观念》），李金发生动地表现了“希望”与“怜悯”这两种心理类别（《希望与怜悯》），杭约赫细述人类“神话”的历史意义（《神话》），穆旦剖析着历史传统与现实人生的复杂关系（《裂纹》）。

对抽象意念的关注是诗人自我意识日趋健全、以“意志化”的探索叩击世界、追问人生的必然结果，它显然突破了天人合一、情随物转的诗歌艺术模式，为中国现代诗歌提供了最新异的“反传统”的思维途径。40 年代的九叶派诗人就具有明确的“反传统”意图，比如穆旦多次谈到“受旧诗词的影响大了对创作新诗不利”③，而他本人的创作就是一种“几近于抽象的隐喻似的抒情”④。

再次，客观世界成为创作主体调理、操纵的对象，这是追踪内在情绪、表达抽象意念的必然结果。在中国现代新诗中，调理客观世界的方式又表现有三：

其一是削减客观形象，直接呈现主观意识。如初期白话新诗，

① 俞平伯：《诗的自由与普遍》，载 1937 年 1 月《文学》第 8 卷第 1 期。

② 郭沫若：《文艺论集·论节奏》，见《沫若文集》，第 10 卷，225 页。

③ 转引自周珏良：《穆旦的诗和译诗》，见《一个民族已经起来》，20 页，南京，江苏人民出版社，1987。

④ 唐湜：《忆诗人穆旦》，见《一个民族已经起来》，153 页。

郭沫若的《女神》，徐志摩的初期创作及新月派的部分诗歌，早期革命诗歌及中国诗歌会的一些作品，臧克家、艾青的一些作品。

其二是主体介入、干预客观世界。如艾青笔下的大都会巴黎：

巴黎
你是健强的！
你火焰冲天所发出的磁力
吸引了全世界上
各个国度的各个种族的人们，
怀着冒险的心理
奔向你
去爱你吻你
或者恨你到透骨！
——你不知道
我是从怎样的遥远的草堆里
跳出，
朝向你
伸出了我震颤的臂
而鞭策了自己
直到使我深深的受苦！

——《巴黎》

在对巴黎的表现中，诗人投入了一个东方青年特有的复杂情感和评价，诗歌就是巴黎这一客观世界与诗人主观意志猛烈冲撞的结果。没有主观意志的介入干预，就不可能对巴黎作出崭新的评说。来自西方诗学的调理、解说式运思使中国新诗超越了外物原生形态的束缚，为“意志化”的驰骋开拓了广阔的空间。类似的作品还有闻一多的《太阳吟》、蒲风的《生活》、田间的《森林》、郑敏的《金黄的稻束》、穆旦的《旗》等。

其三是客观物象完全属于诗人主观幻觉的产物。如郭沫若的“凤凰”（《凤凰涅槃》）、“天狗”（《天狗》），徐志摩的“瞎马”（《为要寻一颗明星》），闻一多的女鬼（《夜歌》），戴望舒的祖国之躯（《我用残损的手掌》），穆旦的野兽（《野兽》）等。

最后，选择、确立了新的诗歌表现模式，特别是从小说、戏剧的表现形式中获得启示，并把它运用到新诗创作之中。其中，应用得最多也较有成就的是“戏剧道白”，即诗歌模拟戏剧艺术的独白或对白，从一个新的方向展示诗人意识的诸多侧面。沈玄庐五四时的《“姓甚”》是最早的戏剧道白诗之一，它通过诗人和“他”关于姓氏的一段对白，挖掘了姓氏文化中所显示的男女不平等观念；闻一多的《天安门》则采用了一种独白的方式，借一位拉车人的市井语言表现了反动当局镇压学生运动的白色恐怖，而拉车人特有的粗俗的充满市民价值观念的道白又把这一历史事件所产生的复杂社会效应展示得淋漓尽致，耐人寻味；卞之琳的《奈何》是诗人“黄昏和一个人的对话”，对话归结到“要干什么呢?”“到哪儿去好呢?”诗人不知，对话者亦不知，其中的人生无奈之叹很耐人咀嚼。

戏剧道白的表现形式就其诗学渊源而言，与西方浪漫主义诗歌有密切的关系。戏剧道白曾经是19世纪西方浪漫主义诗歌的重要艺术形式，它使叙述者能够站在一个相对超脱的立场上，借助发话者与回话者对某一人生事件的不同态度，在彼此的差异所形成的碰撞当中呈现人生意蕴的复杂性。如果我们考虑到“对话”本身就是人对于世界的存在方式，那么这一表现模式的哲学意义就更加明显了。所有这一类的复杂的艺术选择，均属于“意志化”的努力。

● 意志化与物态化的消长

“物态化”是中国现代新诗的民族根性，“意志化”又是西学东渐时代的必然趋向。在中国新诗运动中，这两种文化追求盘错在一起，彼此矛盾、消长，形成了中国现代新诗在文化特征上的复杂性。这样，意志化和物态化都不可能再完整地显示自己固有的价值取向，它们在与对方的碰撞当中彼此消耗、削弱，而双方在一定角度上的相似性又促成了它们有趣的“融合”。

意志化的锋芒不断受到物态化需要的包裹、消化，失去了向西方诗学的深层系统作进一步推进的可能。我们看到，尽管中国现代新诗曾史无前例地关注了纯个人的情绪，甚至也表现过抽象形态的主观意念，但是这些关注和表现最终也只是在一个相对浅近的表层上展示，又以一般性的描绘居多，而真正向下开掘进去的意志化思索却较少。这样，无论是个人情绪的波澜还是抽象形态的意念都始终没有与最深厚的生命本体的幽邃世界贯通起来，生命自身的意义从来没有被怀疑，被重新估量（显然，中国诗学背后的儒道释生命观阻断了这样的思维途径）。在接受了意志化影响的中国新诗里，表现人生的痛苦但大多纳入了实际生活的感伤，如胡也频《如死神蹑脚在脑后》；勾勒自我形象但并无深刻的自省，如李金发《题自写像》；描绘主观想象但依旧是现实情感的映射，如王独清《哀歌》、戴望舒《雨巷》；抒写人生的终极理想但显得较为空疏、轻飘，如袁勃《真理的船》。

意志化的追求也在物态化理想的涌动中显得支离破碎，缺乏连贯性，它没有能够在中国新诗发展史上造成那种强劲的贯穿始终的影响，我们也很难发现多少乐此不疲的探索者。意志化思维方式的诸多侧面倒是被各不相同的诗人以各不相同的面貌显示着。部分早期新诗、部分革命现实主义诗歌及大多数的九叶派诗歌体现了对抽象意念的重视；郭沫若的《女神》以及蒋光慈、殷夫等人的部分早期革命诗歌又对个人情绪假以青眼；而在新月派、象征派和现代派那里情况又另有不同，从总体上讲，他们在新诗史上的意义主要是开启了一条返回传统的道路，但在一些具体的作品中，仍可不时发现“意志化”的痕迹。《志摩的诗》和《红烛》都有过“火”气，留下了自我内在情绪的灼印，闻一多即便在自我克制的“死水”时期也并没有真正放弃个人顽强的意志力，从而构成了新诗史上罕见的张力现象。其他如李金发，心理失衡让他不时偏向意志化的一侧，戴望舒后期创作“走向现实”，也走向了对个人情绪的新觉识。

与之同时，物态化虽然是中国新诗渊源深厚的文化追求，但面对西方诗歌“意志化”浪潮此伏彼起的拍击，它也不大可能保持自己的完整形态。物态化的追求并不如它在中国古典诗歌史里那样圆融、悠游自在。与意志化趋向的支离破碎、缺乏连贯相对应，中国新诗的物态化追求也摇摆游离。在整体上，它受到了进入中国诗坛的经久不息的西方浪漫诗潮的干扰，不时偏向自我抒怀的一侧；在具体的创作实践里，纷扰喧嚣的现代生存环境又不断提醒诗人，“以物观物”的诗学理想毕竟已是“无可奈何花落去”，为了适应变化着的时代的需要，诗歌物态化思维的具体手段也不得不一再调整，比如，在浪漫主义诗歌美学的渗透下，郭沫若、艾青、穆旦等人的一些诗歌创作就不是单纯的“体物写志”了，其中的自我宣泄味道是很浓的。

中国现代新诗物态化与意志化追求的“融合”向来就是深孚人心的理想。显然，如果融合真能成功，将给那些还踯躅于文化冲突之歧路上的人们莫大的安慰和鼓舞！但是，文化的融合又包含着多少复杂的程序呢，对于“文化中”的我们来说，要清晰地辨明它们之间的相通与相异、相生与相克，谈何容易！“文化”或许本身就是一个极难跨越的陷阱吧。我当然不能宣判“文化中”就等于“陷阱中”，但是，这种主观愿望与冷峻现实的巨大差距无疑是存在的。于是乎，我们所谓的两种文化在“相似性”基础上的融合又必然暗含着种种的“误读”。

中国现代诗人就是在“误读”当中融合中西诗歌的文化追求的。

融合实际上是在两个方向上进行的。

前面我们谈到，象征与兴曾被中国现代诗人相提并论，这事实上代表了中国现代新诗文化融合的最重要的一种方式，即是将中国古典诗歌的物态化理想与西方 20 世纪前后在意志化道路上的某些新变打通了。一些中国现代诗人（特别是象征派、现代派诗人）感到西方象征主义以降的诗学选择与中国古典诗歌的观物取象方式两两相似。于是，从 20 年代中期直至 30 年代末，中国现代新诗史上一场有声有色的融合运动展开了。在以后的论述中，我们还将分析这场运动在诗歌史及作家个人那里所形成的影响。总而言之，这种融合是把物态化的典型形态与意志化的变异形态相互连接。

此外，还有一种融合方式经常被我们忽略，那就是把物态化的初级形态或变异形态与意志化的典型形态相互连接。

我们将中国古典诗歌的民族文化特质概括为“物态化”，这主要是取着与西方诗歌相甄别的立场来思考问题，但与之同时也应该看到，中国古典诗歌本身也是五彩纷呈、形态各异的，它也还存在着发生、发展、成熟以及变异等各种历史阶段，物态化追求的典型形态主要还是出现于中国古典诗歌的成熟时期，即大体上是从魏晋诗歌到唐诗宋词；在此之前的一些诗歌如屈骚就属于“初级形态”，以后的宋诗则属于“变异形态”，此外，也还存在与以上诸类文人创作所不相同的“民间形态”，以古典民歌民谣为代表。这些物态化程度不太充分的诗歌在某些方面倒是与西方的意志化追求略略相似。例如屈骚也在某种程度上突出了诗人的自我，表现了人对客观环境的操纵，宋诗则留下了某些理性思索的痕迹。当中国古典诗歌传统作为一个整体呈现在中国现代诗人面前时，毫不奇怪地就将出现文化融合的选择，中国现代诗人有可能把这些物态化程度不太充分的诗歌作为他们接受西方诗歌文化的内在支撑。例如，一些初期白话诗人曾同时推重宋诗和西方诗歌，郭沫若把屈骚和西方浪漫主义相互说明，一些左翼诗人则将西方的无产阶级诗歌与民歌民谣并举。

那么，这样的融合又产生了哪些新的问题呢？

我认为，所有这些中西融合都给中国现代新诗的文化面貌造成了复杂的影响，它启示我们，仅仅在中西两大诗歌典型形态的比较中认识中国新诗这还是远远不够的，我们还很有必要进一步深入到中国古典诗歌史的内部，同时也深入到中国现代新诗史的内部，更仔细地观察其中各个历史形态究竟起了什么样的作用，以及这些历史形态又与西方诗歌文化构成了怎样的关系。

这便带来了我们下一章的思考。

第二章　中国现代新诗的历史形态

我们继续从诗的民族传统出发，分析中国现代新诗的历史形态。

所谓“传统”，从来都不是铁板一块，它应当是一个综合性的有机体，由许多不同的文化形态所构成。这些文化形态各有其不容代替的特性，各自从属于历史发展的某一个时期，但又都有另外一些共同性的文化取向，“共同”形成了系统的有机性，而差别则表现为系统的丰富性。

我认为，中国传统诗歌文化有四大形态很值得注意，它们对中国现代新诗的影响也最大。这四大形态就是：以屈骚为代表的自由形态，以魏晋唐诗宋词为代表的自觉形态，以宋诗为代表的“反传统”形态和以《国风》、乐府为代表的歌谣化形态。

下面，我们将分别阐释这四大形态在中国现代新诗中的文化意义。

一、屈骚与中国现代新诗的自由形态

这条江，虽然半涸了，还叫汨罗：
这里的人，或许还与当初一样；

——朱湘：《十四行意体（二一）》

●“熬过漫漫长夜的亲切的力量”

按照中国的蒙学传统，屈骚的排名可能会略后于《三字经》、《百家姓》、《千家诗》及四书五经，但显然也是最重要的文学启蒙读物之一。我们很难想象在中国现代诗人中还有对《离骚》、《九歌》、《九章》、《天问》等作品一无所知的，特别是那些出身书香门第、接受了正规教育的诗人，对屈骚耳熟能详，能够随意引经据典者可以说比比皆是。郭沫若说过：“不管你是不是诗人，是不是文学家，凡是中国人没有不崇拜屈原的。"[①]

在中国现代诗人的诗作中，来自屈骚的意象、典故时有所见，至于文学论著、社会评论以及随笔、书信等，关于屈原与屈骚的议论就更是不可胜数了。郭沫若满怀深情地说："屈子是吾师，惜哉憔悴死！"[②] 朱湘对屈原、屈骚钦仰不已，称之为"'伟大'的源泉"[③]。李金发认为《离骚》是"中国诗的精华大成"[④]。俞平伯赞扬朱自清的抒情长诗《毁灭》"宛转缠绵"、"沉郁深厚"、"柔美凄怆"，"只有屈子的《离骚》，差可仿佛"[⑤]。谈到好友杨晦的"泄愤"之作《屈原》时，冯至十分欣赏，"一口气读完"，还多次催促他快些整理出来。[⑥] 卞之琳也用《离骚》"虽九死其犹未悔"来概括好友梁宗岱的人生追求。[⑦] 戴望舒是现代派诗人戴朝寀的笔名，其中"望舒"一词就取诸《离骚》："前望舒使先驱兮，后飞廉使奔属。"仅此几例，我们便可以知道屈原及其骚赋在现代中国各流派诗人心目中的分量了，它是人生、艺术的导师、楷模，是最活跃的生命基因，是浮动在意识最深处的瑰丽的境界。

从原型批评的角度来看，这不难解释。尽管中国现代新诗是对古典诗歌的反拨，尽管在审美趋向、句法形式、格律音韵等方面，中国新诗都与中国传统诗歌产生了很大的差别，尽管这两种诗歌的差别又属于更宏大更关键的社会文化属性的差别，但是，在中国现代知识分子的精神结构之中，传统诗歌文化的元素显然格外丰富，并且"先入为主"地铺垫在了其智力系统的底部，形成了厚厚的一层，任何外来的元素以及社会文化变迁的震撼都只能是由外而内、由浅而深地缓缓渗透。就在这样一个漫长的渗透过程进行的同时，"原初"的传统诗歌文化品格与诗人自我的基本生命追求日渐交融，对中国诗人的人生观、世界观、艺术观产生着潜移默化的影响。从某种意义上看，传统的诗歌意象甚至已经成为与各种现实感受相对应的符号，当中国现代诗人面对纷至沓来的现实景象，当他们需要用符号的艺术来显示这诸多复杂的感受时，中国传统诗歌的意象、

① 郭沫若：《蒲剑集·屈原考》，见《沫若文集》，第12卷，93页。
② 郭沫若：《题画记》，见《沫若文集》，第12卷，238页。
③ 朱湘：《十四行意体（二一）》。
④ 李金发：《卢森著〈疗〉序》。
⑤ 俞平伯：《读〈毁灭〉》，载《小说月报》第14卷第8号。
⑥ 参见《沉钟社通信选》，载《新文学史料》，1987（3）。
⑦ 参见卞之琳：《人事固多乖：纪念梁宗岱》，载《新文学史料》，1990（1）。

境界和人格精神就情不自禁地迸射了出来，并且时常较外来的诗歌意象更亲切、更熨帖。正如容格所说："谁讲到了原始意象谁就道出了一千个人的声音，可以使人心醉神迷，为之倾倒。""他把他正在寻求表达的思想从偶然和短暂提升到永恒的王国之中。他把个人的命运纳入人类的命运，并在我们身上唤起那些时时激励着人类摆脱危险、熬过漫漫长夜的亲切的力量。"[①] 屈原、屈骚就属于这样的"原始意象"。

不过，同样作为无意识的传统，屈原、屈骚的存在较其他一些"原始意象"又有些什么差别呢？换句话说，它的现代显现有什么特别的历史文化根源呢？

我认为，中国现代诗人在文化心态上与屈原的相似性是屈骚精神、屈骚意象一脉相传的重要原因。

屈原面对的是这样的历史现实：故国衰微，君王昏聩，"明于治乱，娴于辞令"的他却遭人谮毁。在他心灵的深处，回荡着个体价值陡然失落的悲哀，他怨愤，他焦躁，甚至对自己固有的价值体系产生了些许的怀疑，但还是"眷顾楚国，心系怀王，不忘欲反"。类似的文化背景及文化心态可以说曾多次出现在中国历史上，"超稳定"体制周期性的动荡让我们的诗人反反复复地陷入到这一古老的梦魇之中。于是，孤芳自赏、傲骨铮铮的屈原总是让人倍觉兴奋，那逐龙唤凤、驱日赶月的精神能量，那淋漓尽致的泄愤，还有那绚烂奇丽的想象，弘博丽雅的辞藻，都一再拨动着他们的心弦，震撼着他们的心灵，给他们展示出一幅个人精神与艺术追求的自由景象，成为他们享受短暂的洒脱、"熬过漫漫长夜的亲切的力量"。

现代中国社会依然动荡不安，列强威慑，外敌入侵，民族危亡的阴云笼罩着大地，翻卷在"救亡图存"的中国知识分子心里，这都与屈原时代颇为相似。而外来的西方自由民主观念在强化中国诗人个性意识、激励其自我实现欲望的同时却也带来了更深的失落体验，愈是个性张扬，自我的发展愈是陷入到孤独零落、众叛亲离的境地，也愈是感到怀才不遇、报国无门的痛苦。仅就这一心理事实来说，相对于整个中国封建社会，现代诗人与屈原在文化根源上的相似性不仅没有减少，反倒是强化了。也正因为诸种流派的绝大多数中国现代诗人都置身于这样的生存体验之中，所以屈骚也就浸润

---

① 容格：《论分析心理学与诗的关系》，见《神话——原型批评》，101页，西安，陕西师范大学出版社，1987。

了许许多多的中国现代诗人，成为一个有广泛影响的“原型”现象。

● 中国现代新诗的屈骚式“自由”

救亡图存、忧国忧民的情怀，自我实现、个性发展的意志，开阖倏忽、纵横捭阖的艺术，这就是屈骚原型贡献给中国现代诗人的自由之境。如果说，在中国封建时代的成熟期里，屈骚给予中国诗人的“自由”启示终归还是短暂的、有限的——在普遍严格的等级秩序中，在日趋晶莹润泽，也日渐狭小的语言框架中，就连“修齐治平”的情感也被纳入了有限的抒发途径——那么，中国现代诗人在自我和艺术两个方面都具备了更多的“自由可能性”。自由形态的屈骚把它特有的“自由”品格带给了中国现代新诗。

首先，屈原“哀民生”、“为美政”的精神得到了强化，成为中国现代诗人救亡图存、匡世济民这一社会意识的重要基础之一。比如，朱湘《招魂辞》、田间《给战斗者》、黄药眠《黄花岗的秋风暮雨》、蔡梦慰《祭》、蔡其矫《肉搏》一类作品很容易让我们想起屈原的《国殇》，它们之间至少存在着这样一系列的相似之处：都是对民族英雄的悲壮赞颂，都是在生生死死的惨烈景象中展开叙述，都布满了杀戮的鲜血，诗人又都满怀着一腔浓烈的炽热的民族情感，情绪发展波澜壮阔，气势磅礴。田间说长诗《给战斗者》是一个“召唤”，“召唤祖国和我自己，伴着民族的号召，一同行进，我的希望，是寄托在人民身上”[①]。诗歌号召人们“在斗争里，/胜利/或者死”，认为“战士底坟场/会比奴隶底国家/要温暖，/要明亮”。这都不能不让人想到屈原的慷慨激昂：“诚既勇兮又以武，终刚强兮不可凌。身既死兮神以灵，魂魄毅兮为鬼雄！”《国殇》对英雄主义的此般颂扬往往就成了后世的民族情感的先导，中华民族“捐躯赴国难，视死忽如归”的追求似乎自觉不自觉地就会向《国殇》认同，向《国殇》靠拢。正如有的人所说：“既战而勇，既死而武，死后而毅。不但以慰死魂，亦以作士气，张国威。”[②]

田间曾深情地回忆了家乡端午龙舟赛的热烈场面，他说：“呵，屈原这位爱国诗人的名字，也流传至今，还为乡民所不忘，它也不

---

① 田间：《写在〈给战斗者〉末页》，见《给战斗者》，桂林，南天出版社，1943。

② 林云铭语，转引自刘毓庆：《古朴的文学》，207页，太原，北岳文艺出版社，1988。

时打动我的心弦。”[1] 被屈原不时打动心弦的当然不止田间一人，当30年代前后无产阶级革命的浪潮翻卷，当三四十年代抗日民族斗争的烽烟四起，一种大义凛然、视死如归的英雄气概充溢着人们的胸怀，忧国忧民的情感也因之而显得格外峻急和炽烈，屈骚恰恰在这些方面为人们提供了激动人心的诗美模式。在早期的无产阶级诗歌里，在中国诗歌会的作品中，在40年代的其他抗战题材的诗作里，我们可以发现这样一个颇具普遍性的诗美模式：鲜明的道德使命、政治追求和浓烈的个人情感相结合，离人望乡的忧伤和傲骨铮铮的怨愤相融会。不妨读一读殷夫的《五一歌》：“在今天，/我们要高举红旗，/在今天，/我们要准备战争！/怕什么，铁车坦克炮，/我们伟大的队伍是万里长城，/怕什么，杀头，枪毙，坐牢，/我们青年的热血永难流尽！”现代民主的壮丽理想激荡在“我们”的热血里。再读一读高兰的《我的家在黑龙江》：“我的兄弟爹娘，/我生长的家乡，/虽然/依旧是冰天雪地，/依旧是山高水长，/可是/三千万的人成了牛马一样，/雪原成了地狱再没有天堂！”“把奴隶的命运，/把奴隶的枷锁，/一齐都交付给了抵抗！/他们流血，/他们死亡！”流离失所的悲与恨都凝聚在这些诗行中了。当然，由于题材的特殊性，我们似乎很难在这些诗句里找到多少直接来自屈骚的典故和语象，但是，放在一个更宽广的历史文化的空间里，我们可以感到，现代诗人在表述这类群体性的“自由”之时，那个普遍性的诗美模式的存在：《五一歌》的刚毅之于《国殇》，《我的家在黑龙江》之于《哀郢》，古今诗歌远距离的沟通是依稀可辨的。其实，从整个中国诗歌史来看，屈骚作为典故和语象对后代诗歌的影响固然是一个方面，但恐怕更重要的还在于，它的“哀民生”、“为美政”的精神延伸进入到了中国诗人的家国之忧里，辗转演化成为杜甫、陆游、岳飞、文天祥等人忠愤热烈的民族情感，显然，它自然也将辗转蔓延到中国现代诗坛。

作为诗歌形态的独立性，屈骚所蕴涵的“个体自由”可能更值得我们重视。

同成熟期（魏晋唐宋）的中国诗歌比较，屈骚显然对个性和自我作了较多的肯定，而这正好成了现代中国诗人呼应西方个性主义思潮的重要基础。

---

① 《田间自述》，载《新文学史料》，1984（2）。

对于郭沫若来说，引进西方的浪漫主义诗歌和复兴屈骚的精神是并不矛盾的，在《屈原研究》里，他评价屈原说："他在诗域中起了一次天翻地覆的革命。他有敏锐的感受性，接受了时代潮流的影响，更加上他的超越的才质和真挚的努力，他的文学革命真真是得到了压倒的胜利。气势和实质都完全画出了一个时期。"[①]在《诗歌底创作》一文中，郭沫若又颇为"浪漫"地认为："屈原所创造出来的骚体和之乎者也的文言文，就是春秋战国时代的白话文，在二千年前的那个时代，也是有过一次五四运动的，屈原是五四运动的健将。"屈骚竟然成了两千年前的五四新文学！更有趣的在于，郭沫若对屈骚的估价和今人对《女神》的估价是何其相似！这似乎启示我们，郭沫若已经自觉不自觉地把自己和屈原，把《女神》和屈骚叠印在了一起。《女神》的自我表现之中不时闪烁着屈骚的意象、屈骚的情绪、屈骚的人格理想。诗剧《女神之再生》的高潮化用了《九歌》中的诗句："万千金箭射天狼"（"举长矢兮射天狼"），《凤凰涅槃·凤歌》让人想起《天问》："宇宙呀，宇宙，/你为什么存在？/你自从哪儿来？/你坐在哪儿在？/你是个有限大的空球？/你是个无限大的整块？/你若是有限大的空球，/那拥抱着你的空间/他从哪儿来？"[②]《电火光中》、《湘累》等诗或诗剧则表现了屈原式的孤傲。

"举世皆浊我独清"、"吾将上下而求索"这大约就是对屈骚个体自由的基本概括。前一句话表明了诗人的内心世界，他的个体人格；后一句话则显示了诗人的现实追求。个体精神的这两个方面都展现在了中国现代新诗的创作里。

创造社诗人成仿吾有诗云："我生如一颗流星，/不知要流往何处。"（《流浪·序诗》）周全平自喻为"洁白的小羊"，迷失在"千百条诡谲的歧路"上，这里有"臭恶的铜腥"，有"血冷心硬的强权"，有"绝情灭理的礼教"，有"悠然自得的隐士"，但是，"我没有卸除责任的思想！/我没有畏惧怕死的心胸！/我不愿把自己的良心放弃"（《迷途的小羊》）。马任寅在"苦行放歌"："负着怨仇/负着忧郁/我，喝着自己的血汗/孤苦地，行过辽阔的沙漠/行过悠长而严寒的时间"，"但，我不战栗/也不沉湎而玩弄寂寞/依然坚韧而倔强地向前"

① 《沫若文集》，第12卷，394页。

② 《天问》有："曰：遂古之初，谁传道之？上下未形，何由考之？冥昭瞢暗，谁能极之？冯翼惟象，何以识之？"

(《苦行放歌》)。从 20 年代到 40 年代，中国现代新诗中的“流浪者之歌”一曲接着一曲，但大体上都包含着这样几个特征：(1) 流浪的无始无终；(2) 流浪者的忧郁和寂寞；(3) 流浪者的坚韧、倔强或者自我的清白体验。实际上，这正是屈骚式的个体“自由”的基本特征，在这些诗歌里，我们不难读出《离骚》的韵味来。

五四以后，来自西方诗歌的个性自由、自我扩张精神从来就没有在中国诗坛上消失过（尽管它时沉时浮），当中国诗人需要从自身的传统教育、传统文化中寻找印证时，屈骚的光彩也自然而然地闪现了出来：作为中国诗歌的早期形态，它与成熟期古典诗歌的显著不同就在于，它尚没有被“天人合一”的“虚境”所俘获，属于自我的个体性的内涵也没有被完全化解和消融。就这样，当中国诗人在屈骚的鼓励下接近西方浪漫主义诗学、建设中国新诗以实现对中国传统诗歌的反拨时，实际上就是启动中国诗歌的原初能量来进行自我的调整。郭沫若就表示要利用他所理解的先秦自由精神来反抗“宗教的、迷信的、他律的”封建文化。先秦屈骚的“自由”也就成了反拨晋唐诗歌艺术“自觉”的一面旗帜。

不仅在意识本质、美学追求上如此，中国现代诗歌的“自由”形式也多得益于屈骚的暗示。张我军在 1925 年谈到他的新诗理论时说得好：“自三百篇以降，离骚、汉魏乐府诸诗篇，形式还没有完备，也还没有束缚。至六朝为律诗、绝诗之源，至有唐而律诗、绝诗大成，形式既备，束缚亦随之而备至。”[①] 当然，有的诗人如朱湘也曾从用韵的角度推崇过屈骚，但是认真分析起来，在朱湘的格律诗创作中，受屈骚影响的作品（如《招魂辞》）仍然是最“自由”、洒脱的，其他相对严格的现代格律诗则主要来源于魏晋唐诗宋词的影响，保留的是“中国旧词韵律节奏的魂灵”[②]。因而，我们可以认为，屈骚原型在不同的意义上，以不同的方式支持了中国新诗语言形式的“自由化”。

● 中西比较说“自由”

任何概念的界定都必须依托于特定的语域，当我们把屈骚对中国现代新诗的影响称为“自由”时，很可能就会与现代人的一些概念范畴混淆起来。因为，现代中国文化最重要的特征就是从西方输

---

① 张我军：《诗体的解放》，载《台湾民报》第 3 卷第 7～9 号。

② 沈从文：《论朱湘的诗》，载《文艺月刊》第 2 卷第 1 期。

入了民主和自由（至少在理论上是如此），按照我们一般的理解，“自由”应当来自西方，是西方文化的重要概念，于是，在中国诗歌传统内部确立“自由”形态，就应当是与西方文化的“自由”所不相同的另外一种自由。那么，这两种文化的自由有什么样的关系？又有什么样的分歧呢？“联系”和“分别”将帮助我们进一步认识中国新诗自由精神的时代特征与民族特征。

西方文化的自由精神通过西方诗歌在现代中国显示着自身的存在，浪漫主义诗歌主要表现了西方文化的个体自由，无产阶级诗歌又主要表现了群体自由。

屈骚式的自由为西方诗歌自由精神的本土输入提供了依据；与此同时，西方诗歌的自由精神也因输入方式的不同而对古老的屈骚产生着影响，由此决定了中国新诗自由形态的实际构成。

在屈骚之中，群体自由（“哀民生”、“为美政”）同个体自由（“深固难徙”，“茕独而不予听”）是互相依存的一个整体，屈原的群体自由是他个体自由的重要内容，而个体自由则是实现群体自由的重要条件。但是，在中国现代新诗的自由形态里，群体的自由与个体的自由却分离了，它们相互对垒，彼此攻讦，左翼革命诗歌与新月诗派恶言相向，《前茅》、《恢复》时期的郭沫若发誓要与前期的个性主义一刀两断，原因何在呢？我认为，这是西方诗歌之自由观念对新诗的猛烈轰击所造成的，而西方的两种自由观念（个体与群体）的输入又是由不同的诗人来完成的，因而各取一端的中西融合就带来了轰击目标的偏离，以至最终就相互对立了。五四反封建的启蒙文化和与之相适应的浪漫主义诗歌强化了个体的自由，将群体的自由“悬置”起来，随着历史的运动，救亡的迫切性和与之配合的苏联无产阶级文学又强化了群体的自由，同时又将个体的自由“悬置”起来。

以上可谓是中国新诗自由形态的时代特征，这一时代特征是屈骚原型与西方诗学共同作用的结果。

屈骚原型与西方诗学的连接又绝不是天衣无缝的，它们毕竟是分别属于两大文化背景的。在中国生存文化背景上诞生的中国诗歌往往很难建立西方式的“自由”，与拜伦、雪莱那种重建世界的恢宏壮丽、马雅可夫斯基未来主义的高迈相比较，这样的“群体自由”实在太现实、太具体了：

要地里
长出麦子；

要地里
长出小米；

拿这些东西，
当做
持久战的武器。

——田间：《多一些》

我们知道，屈骚式的“群体自由”具有鲜明的现实指向，他反复向怀王宣传修明清度、举贤授能，“惜往日之曾信兮，受命诏以昭诗；奉先功以照下兮，明法度之嫌疑”（《九章·惜往日》）。又感叹故都沦陷：“皇天之不纯命兮，何百姓之震愆？民离散而相失兮，方仲春而东迁。”（《九章·哀郢》）

另外一些追求“个体自由”的中国现代新诗也与屈骚一样，它无意把“自由”引入生命本体的层次，无意因“自由”的鼓舞而向世界挑战，同时也向自我挑战。在中国现代新诗中，我们很少看到这样战胜命运的困厄、拥抱自由的动人景观：

一个光荣的民族又一次
　发出照耀万邦的闪电：自由，
把熊熊的火焰直射到天空，
　从心灵到心灵，从高楼到高楼，
在西班牙国土上闪烁着光辉。
　我的灵魂踢开了沮丧的锁链，
雄壮地展开欢歌的翅膀而飞腾，
　像年青的鹰高飞在朝霞中间，
……

——雪莱：《自由颂》

诗人的情绪完全听任自己的思想，在任何一个地方自在地翱翔，仿佛没有任何一个客观的力量能羁绊住它。郭沫若的“天狗”也是自由的，但仔细分析起来，“天狗”从吞噬宇宙到吞噬自我这一心理流程与其说是浪漫主义者信心十足的自我表现，还毋宁说是诗人在企图自我表现的时候，由于某种无形力量的干扰而迷茫失措起来，他似乎糊涂了，究竟什么叫做“自由”，又如何去追求？最后，诗人只能反反复复地宣布：“我便是我呀！”其中的空泛性隐隐可见。

屈骚式的自由既是现实的，没有更多的来自形而上的绚烂，又是有序的，与彻底的自我扩张、激进反叛颇为不同，所以，它便很可能逐渐流向一个新的境界：逍遥。逍遥是一种变形的自由，它无拘无束，无挂无碍，既浪漫又现实，既自在又温良。比如，新月诗人朱湘一生敬重屈原，屈原的名字几乎是刻入了他的生命，他最终也是以屈原的方式终结了人生。朱湘所理解和享受的“自由”就犹如随波飘动的红叶，到处流浪，到处漫游，“涉江”而行，他对这位生命的导师说：

在你诞生的地方，呱呱我堕地。
我是一片红叶，一条少舵的船，
随了秋水、秋风的意向，我漫游。

——《十四行意体（二十一）》

当自由转换为逍遥，实际上也就与中国古典诗歌在魏晋唐宋时代的成熟形态沟通了。如果说屈骚式的自由与西方诗歌的自由属于“似是而非”，那么，它与中国魏晋唐宋时代的理想则可以说是“似非而是”。

我们说过，物态化是中国古典诗歌的文化特征，也就是物化于我，我化于物，物我和谐，天人合一。所谓的“物”通常都是指大自然，但也包括了社会（以及社会的种种道德规范），物我和谐既是人与大自然的和谐，又是人与社会的和谐。汉儒的“天人感应”就是将这两种形式和谐统一起来，这种统一进一步推动了中国诗歌物态化理想的完善。

“自由”的屈骚当然还只是中国诗歌的初途，物态化的程度显而易见低于“自觉”形态的魏晋唐诗宋词，但是，我认为，“自由”与“自觉”之间的差异是相对的。比如，前文已经提到，屈骚的个体自由与群体自由基本上就是一体的，这不正与儒家的“天人合德”互为呼应吗？在屈原与汉儒之间，在屈骚与魏晋唐诗宋词之间，并不存在什么不可逾越的鸿沟，在“合”的取向上，中国诗歌的思维发展有它的连续性。对此，中国现代诗人也是基本认可的。比如最富有叛逆性的郭沫若就这样评价屈骚：“站在艺术的立场有时描写超现实的境地，但在精神方面，却是极端的忠君爱国的伦常思想。屈原的文章里面，没有老子、庄子那样离开现社会沉醉于乌托邦的虚无飘渺的气息。但是《远游》则与老庄的气脉相通，合乎老庄的思想。”[1] 郭沫若发现屈骚也或多或少地有儒道二家的气息，这实在令人玩味不已，须知，魏晋唐诗宋词的“自觉”就是儒与道各自发展又相互渗透的结果。

屈骚式的“自由”呈现了向晋唐式的“自觉”延伸、演化的趋势。这样的趋势同样存在于中国现代新诗之中。

我们注意到了这样的事实：与屈骚精神息息相通的新诗的“自由”形态，虽然在它的诞生发展之初曾对晋唐诗歌有挑战，有不满，但从整体上看，还是对晋唐诗歌颇为宽容，甚至是相当钦敬的。郭沫若一生，不断在屈骚原型与晋唐原型之间选择，难以割舍：“我自己对于这两位诗人（屈原和陶渊明——引者注）究竟偏于哪一位呢？也实在难说。”[2] 朱湘从来没有因为对屈原的一往情深而遗弃了其他古典诗词，他的不少作品都带有浓郁的唐风宋韵，精通古诗的苏雪林就指出，朱湘诗歌的首要特点就是善于融化旧诗词。在绝大多数的中国诗人看来，屈骚与中国古典诗歌的其他形态并没有特别的矛盾，都是他们学习借鉴的榜样，而且意味深长的是，“自由”形态的中国新诗对自己所追求的“自由”似乎并不那么信心十足，踌躇满志，它们热切盼望来自其他中国诗歌原型的支持。

二、魏晋唐诗宋词与中国现代新诗的自觉形态

太阳无量数，太空无限大，
我们只是倏忽渺小的夏虫井蛙。

——戴望舒：《赠克木》

“自觉”是一种思想上的明确认识，诗的自觉就是对作为艺术的

---

① 郭沫若：《蒲剑集·屈原的艺术与思想》，见《沫若文集》，第12卷，111页。
② 郭沫若：《今昔集·题画记》，见《沫若文集》，第12卷，235页。

诗歌有一种清醒的体认，创作在诗歌自身的艺术轨道上进行。如果说，中国诗歌的自由形态主要关心自我情感的抒发，还较少考虑诗歌本身的规定性，它的情绪特征和文体特征，那么自觉形态的诗歌就始终把握着“艺术”的尺度，努力使诗更成其为诗，有时候，我们也将这样的追求称作是“为艺术而艺术”。

屈骚式的自由在中国诗歌史上毕竟只是短暂的辉煌，产生着更为浓烈的影响的还是魏晋唐诗宋词。我们注意到，当中国现代新诗也走上了“为艺术而艺术”的道路时，魏晋唐诗宋词的魅力就显现出来了。

● 走向“纯诗”

中国现代新诗“为艺术而艺术”的自觉主要出现在二三十年代，以新月派、象征派和现代派的创作为代表。

与五四诗歌反封建的自由倾泻相比较，与40年代诗歌肩负的社会使命相比较，与同一时期革命诗歌鲜明的政治功利目的相比较，新月派、象征派和现代派坚定地沿着“诗本身”的艺术规律努力探索，他们更注意诗的内在特质，而把相应的社会历史责任置于远景状态；他们醉心于诗歌语言与音韵的推敲锻炼，在新的层面上重建着诗歌的“自我”，开辟出一条通向“纯诗”的艺术之路。而且，这些诗学追求在他们那里俨然已经上升为一种清醒的自觉，是有意识地以自己的实践来匡正时弊；后人尽管提出过程度不一的指摘，却又都难以回避他们所拥有的这一片艺术的热诚。徐志摩表示“要把创格的新诗当一件认真事情做”[①]。梁实秋从“史”的角度分析说：“新诗运动最早的几年，大家注重的是‘白话’，不是‘诗’，大家努力的是如何摆脱旧诗的藩篱，不是如何建设新诗的根基。”并由此认为，徐志摩、闻一多等人在《晨报》上办的《诗刊》“应该是新诗运动里一个可纪念的刊物”，“我以为这是第一次一伙人聚集起来诚心诚意的试验作新诗”[②]。象征派诗人李金发提出：“艺术是不顾道德，也与社会不是共同的世界。艺术上唯一的目的，就是创造美，艺术家唯一的工作，就是忠实表现自己的世界。”[③] 穆木天把诗与“深的

---

① 徐志摩：《诗刊弁言》，载1926年4月《晨报副刊·诗镌》第1号。
② 梁实秋：《新诗的格调及其他》，载1931年1月《诗刊》创刊号。
③ 华林（李金发）：《烈火》，载1928年《美育》第1期。

大的最高生命"[①] 联系起来，王独清"努力于艺术的完成"，以"做个唯美的诗人"，他又引郑伯奇的话说，"水晶珠滚在白玉盘上"的诗才是"最高的艺术"[②]。现代派则将现代中国的"纯诗"运动推向了顶峰，现代派诗人活跃的日子往往被人称为自五四以后中国"纯文学"发展的"黄金期"、"狂飙期"、"成熟期"。[③]《现代》编者旗帜鲜明地说："《现代》中的诗是诗。"

从新月派、象征派到现代派，中国新诗沿着自觉的艺术之路前进，这首先让我们想到的还是来自西方诗歌的影响。中国现代新诗的运动大多与西方诗潮的涨落起伏息息相关，新月派的理论权威梁实秋就说："我以为我们现在要明目张胆的模仿外国诗。"[④] 在新月派、象征派和现代派那里，西方浪漫主义、唯美主义、象征主义都留下了鲜明的印迹，其中，唯美的巴那斯主义贯穿始终。巴那斯主义反对"感伤"，反对情感的泛滥，主张理性的节制，倡导艺术形式的工巧，诗歌造型的精致。这一诗学追求关涉着新月派诗歌的独特面貌，又经由新月派继续对现代派诗人产生影响。[⑤] 象征派诗人如穆木天、冯乃超等也陶醉在巴那斯主义当中，巴那斯先驱维尼的诗作是穆木天"热烈地爱好"[⑥] 的对象，冯乃超"喜欢高蹈的东西"[⑦]。

从新月派到现代派，中国现代新诗的"纯诗"追求始终与巴那斯精神紧密相连，这倒又与西方近现代诗歌本身的发展轨迹大相径庭了。在西方，在中国新诗"艺术自觉"的西方导师们那里，巴那斯与象征主义恰恰呈现为一种相互抗衡、对立的状态。魏尔伦、马拉美都是巴那斯的逆子贰臣，他们之所以重新聚集在象征主义的旗帜之下乃是出于对巴那斯主义"无我"、"取消人格"、"不动情感"之强烈不满，"在巴那斯派诗人这方面，他们的确都是诗的忠仆，他们甚至把自己的人格也奉献给诗了；而青年一代诗人，他们从音乐

① 穆木天：《谭诗——寄沫若的一封信》，载 1926 年 3 月《创造月刊》第 1 卷第 1 期。

② 王独清：《再谭诗——寄给木天、伯奇》，载 1926 年 3 月《创造月刊》第 1 卷第 1 期。

③ 参见吴奔星：《社中人语》，载 1936 年 10 月《小雅》第 3 期；路易士：《三十自述》，见《三十年集》，诗领土出版社，1945。

④ 梁实秋：《新诗的格调及其他》，载 1931 年 1 月《诗刊》创刊号。

⑤ 参见李怡：《巴那斯主义与中国现代新诗》，载《中州学刊》，1990（2）。

⑥ 穆木天：《我的诗歌创作之回顾》，载 1934 年 2 月《现代》第 4 卷第 4 期。

⑦ 冯乃超：《我的文艺生活》，载 1930 年 6 月《大众文艺》第 2 卷第 6 号，"巴那斯"又译作"高蹈"。

直接获得创作冲动，这是前所未有的”[1]。现代主义诗人也“抛弃了陈腐的维多利亚的装饰，以赤裸裸的激情者面目出现”[2]。在艺术的探求中，象征主义、现代主义取着与巴那斯主义完全不同的方向，相反，中国现代新诗从新月派到现代派虽各有特色，但在巴那斯主义“以理节情”这个基点上，诸种诗派却统一了起来。

这是不是表明，中国现代诗人所理解的“自觉”本来就与西方诗学貌合而神离呢？

问题在于，中国现代诗人为什么对巴那斯主义的节制与工巧念念不忘，依依不舍？

答案正好可以在中国古典诗学中找到。从魏晋到唐宋，中国古典诗歌艺术成熟的重要标志便是对诗情的修饰和对形式的打磨。相对于屈骚时代的自由宣泄来说，魏晋唐诗宋词自然就是节制而工巧的。

魏晋唐诗宋词是中国诗歌“自觉”形态的古典原型。从早期的粗朴中脱颖而出，不再满足于“助人伦、成教化”，辞藻、对偶、声律日渐获得了重视，“天人合一”的意境理想日臻晶莹，这就是中国古典诗歌从魏晋到唐宋的艺术探索进程。魏晋南北朝诗歌大体上可以说是艺术自觉的奠基时期，盛唐诗歌可以说是成熟时期，晚唐五代诗词和宋词可以说是升华时期。[3] 到唐诗宋词的时代，中国诗人似乎已经找到了表现中国文化精神的最佳形式，以精致工巧的语言模式表现诗人不愠不怒的细腻感兴。

何其芳晚年的一首《忆昔》生动地描写了自觉形态的中国古典诗歌对现代诗人的意义：“忆昔危楼夜读书，唐诗一卷瓦灯孤。松涛怒涌欲掀屋，杜宇悲啼如贯珠。始觉天然何壮丽，长留心曲不凋枯。儿时未解歌吟事，种粒冬埋春复苏。”是魏晋唐诗宋词第一次打开了中国诗人那一颗颗年轻的心，把生命的奇妙韵律输入到他们质朴的灵魂，唤起他们潜在的诗兴，把他们带入一个全新的艺术王国。那些“镜花水月”的文字已经像种子一样埋藏了下来，怎么也不会随风而逝了，它们栖息在诗人丰腴的心田里，在未来的岁月里接受阳

---

① ［法］马拉美：《关于文学的发展》，见《西方文论选》（下），261页，上海，上海译文出版社，1979。

② 罗斯·佩尔·詹姆逊语，转引自［英］艾略特：《四个四重奏》，裘小龙译，7页，桂林，漓江出版社，1986。

③ 我把宋词和宋诗区别开来。在营造情调气氛、润饰意境、探索声律等方面，宋词更近于唐诗，宋诗则另辟蹊径。可参见本书第二章第三节。

光雨露，寻找破土而出的时机。当五四新旧诗歌还处于尖锐对立，旧诗的重压窒息着萌芽状态的新诗时，现代诗人实际上是不可能无所顾忌地寄情于历史的，但是一旦新诗获得了一个基本的立足点，情况就不同了，遥远的传统诗歌和最新的西方诗潮似乎变得平等了，各有其动人的一面，尤其是作为中国文化的传人，人们又总是在情感上更能认同传统的诗歌原型，冬埋的文化种粒终于复苏了，而且日长夜大。反过来，人们也会理所当然地以传统的模式来理解、认同、接受外来的诗歌文化，于是，巴那斯主义的冷静、客观就与中国古典诗歌“哀而不伤，乐而不淫”的抒情模式相结合了，并久久地盘旋在一代又一代的诗人心里。新月派、象征派、现代派的“为艺术而艺术”其实就是中西融合，是以中国成熟期的诗歌形态为基础来容纳外来的西方诗歌文化。石灵说得好，新月派的功绩就在于“在旧诗与新诗之间，建立了一架不可少的桥梁”[①]，穆木天、冯乃超曾热烈讨论“我们主张的民族彩色”[②]，卞之琳总结道：“在白话新体诗获得了一个巩固的立足点以后，它是无所顾虑的有意接通我国诗的长期传统，来利用年深月久、经过不断体裁变化而传下来的艺术遗产。”[③] 冯文炳更是明确指出，新诗将是温庭筠、李商隐一派的发展[④]，甚至连古典文学修养相对薄弱的李金发也在《食客与凶年》的自跋里表示，他就是要沟通或调和中国古诗和西方诗歌之间的“根本处”[⑤]。

总而言之，我认为，追求艺术自觉的新月派、象征派与现代派，与其说他们是不断追随现代西方诗歌潮流的代表，倒毋宁说是中国诗人返求传统的典型；与其说他们是自觉地实践着从巴那斯主义到现代主义的艺术理想，还不如说是把对传统的继承上升到一个“自觉”的境地。走向“纯诗”也就是走进一个更纯粹的古典艺术的天地。

● 生命与艺术

中国现代新诗的自觉形态究竟从哪些方面袭取了魏晋唐诗宋词

---

① 石灵：《新月诗派》，载1937年1月《文学》第8卷第1号。

② 穆木天：《谭诗——寄沫若的一封信》，载1926年3月《创造月刊》第1卷第1期。

③ 卞之琳：《戴望舒诗集·序》，见《人与诗：忆旧说新》，64页。

④ 参见冯文炳（废名）：《谈新诗·九〈草儿〉》，北京，人民文学出版社，1984。

⑤ 李金发：《食客与凶年》，北京，北新书局，1927。

的理想呢？换句话说，魏晋唐诗宋词作为一种艺术范式究竟对中国现代新诗产生了什么样的影响？

前文已经谈到，节制与工巧这就是魏晋唐诗宋词给现代诗人留下的深刻印象，这一印象又决定了中国现代诗人之于巴那斯主义的亲切感，决定了中国现代诗歌对巴那斯精神的固恋，其实，这还只是魏晋唐诗宋词的一点表面化的意义，在我看来，更具有实质意义的影响主要表现在两个方面，即诗人在诗歌中所拥有的生命态度以及他们对诗歌艺术形式的理解。

屈骚着力于自我的突现，个体的伸展，世界环绕在“我”的周围，听凭“我”的呼唤、驱赶。这样的“自由”当然还在魏晋唐诗宋词中时时涌起，如李白“大鹏一日同风起，抟摇直上九万里”，“三杯吐然诺，五岳倒为轻”，但显而易见的是，魏晋唐诗宋词在整体上绝不是对屈骚精神的强化和推进，它是依着另一个方向来表现“自我”，展示诗人的生命态度的，屈骚以个人为中心的“自由”在中国诗歌的“自觉”之路上被逐渐消解，取而代之的是人对客观世界的容纳和接受。如果说屈骚中的生命是由个体自身的奔突、求索来完成的，那么魏晋唐诗宋词中的生命则是由个体对客观环境的不断认同来完成的。

慷慨悲凉的建安诗歌主情，但这种情已不再是屈骚式的自我生命的喷射，而是“秋风萧瑟天气凉，草木摇落露为霜”（曹丕《燕歌行》），是“山不厌高，水不厌深”（曹操《短歌行》）。也就是说，诗人的生命态度与他对客观世界的态度联系着，外“物”的价值引起了诗人的注意；从正始时代的嵇、阮到东晋，诗逐渐趋于主理，但这种“理”又不是纯粹个人的批评、议论，而是佛理与玄谈。释道二学恰恰就是对个体生命意志的软化和稀释；齐梁诗歌的显著特征就是日常生活的诗化，嘲风雪弄花草的生命与自然和谐的景观在齐梁时代随处可见；初、盛唐诗歌是对自建安到齐梁的生命意识的总结，盛唐时代的昂扬使人在大自然的怀抱里神思飞扬：“滟滟随波千万里，何处春江无月明！”（张若虚《春江花月夜》）“忽如一夜春风来，千树万树梨花开。”（岑参《白雪歌送武判官归京》）至此，中国诗歌中所表现的一种与屈骚很不一样的生命观就基本上确立了。晚唐五代诗歌及宋词（主要是慢词）没有了盛唐的阔大，但它们的婉转缠绵、浅唱低吟倒似乎更适合于主体蜷缩的意志，更便于人与世界的交融，便于个体的生命融解在温润的自然环境当中，所以说，这一时期的诗歌又实在是“自觉”境界的升华。概括这一生命态度的术语就是“意境”。盛唐时代的王昌龄第一个提出了“意境”的概念，但作出更透辟更细腻阐释的却是在盛唐以后。中唐皎然的《诗式》推崇“取境”，提出“诗情缘境发”，晚唐司空图细品境中之“味”，南宋严羽以禅趣、禅境“悟”诗，强调诗境就“如空中之音，相中之色，水中之月，镜中之象，言有尽而意无穷”（严羽《沧浪诗话·诗辨》）。从不同的角度出发，我们可以对“意境”作多方面的理解，如情景交融，物我合一，内在情绪客观化与客观物象内在化的统一等，但从我们的立场来看，则可以说是个体生命对自然世界的最大程度的容纳，是生命个体性的稀释，直到可以毫不费劲地与自然的秩序相互粘连。

总之，从魏晋诗歌至宋词，走向“自觉”的中国古典诗歌虽然风格各异，成就不一，但都的确是在努力探索着一种与屈骚精神不同的生命态度，它们的探索曾在各个角度上进行，但又都不约而同地指示着一个方向，即如何在与客观世界的紧密联系中释放自我的生命感受。魏晋唐诗宋词在自觉之路上的诗学成果代表了中国诗歌“物态化”精神的最高境界。

自觉形态的魏晋唐诗宋词是现代蒙学教育的主要内容，它们的生命态度以及表达这一态度的“意境”理想无疑就成了中国现代诗人艺术创作的某种“先在”。

意境在五四时代就引起了中国诗人的兴趣，抒写意境理想逐渐成为建设中国新诗的“自觉”追求。胡适在1919年的《谈新诗》里赞叹温庭筠、姜白石等人的诗词意境，第二年，宗白华就给诗下了定义：“用一种美的文字——音律的绘画的文字——表写人底情绪中的意境。”他又进一步阐述说，“诗的意境”就是“诗人的心灵，与自然的神秘互相接触映射时造成的直觉灵感”[①]。这显然是用现代的语言道出了魏晋唐诗宋词的艺术体验。有趣的是，就在宗白华提出“意境”说的同时或者稍后，闻一多、徐志摩这两位后来的新月派主将走上了诗坛。当然，我们不能说这些追求“艺术自觉”的诗人就是在宗白华诗论的启迪下进行创作的，但我们至少可以这样认为，正是从那个时候起，现代诗人对中国古典诗歌“艺术自觉”的美学内涵有了相当深刻的体悟，这正是中国新诗走向“自觉”的文化心

---

① 宗白华：《新诗略谈》，载1920年3月《少年中国》第1卷第9期。

理基础。

前文已经谈到，新月派诗人主张以理节情，反对浪漫的感伤，闻一多“冷”，朱湘“稳”，徐志摩早期曾以“诗哲”为笔名，有意思的是，在一般读者的心目中，新月派诗歌还是抒情的，甚至也不乏感伤之作，这说明了什么呢？我认为这倒是生动地表明了新月派诗学主张的民族特色：他们既以理节情，又以情节理，关键的还在于，他们所要节制的“情”其实是个体生命的自由宣泄（如郭沫若那样），而非性灵的颤动，他们所要推崇的“理”也是某种自我克制的行为规范，而非什么样的哲学思想。作为一定量的“情”和一定量的“理”，两者在那种物我和谐的、浑然一体的生命形态中是可以共存的。我们注意到，“星光的闪动，草叶上露珠的颤动，花须在微风中的摇动，雷雨时云空的变动，大海中波涛的汹涌”①，这都是新月派诗人感兴的对象，他们是把个体生命融入了这些客观的自然景物；对于个体生命的现实发展——“文章和政论”他们是不感兴趣的，他们一心“超脱”，“取乐于山水，墓道，星月下的松树”②，陶醉于美的“意境”。

现代派诗人废名说过，“新诗将是温李一派的发展”③。的确，30年代的现代派诗歌很容易让人想到晚唐五代诗词，它们都是那样的惝恍迷离，哀怨婉转，都是那样的凄艳美丽，洋溢着女性化的柔弱和温馨，其中，最值得我们注意的还是它们的生命观。卞之琳说现代派是要“无所顾虑的有意接通我国诗的长期传统”，这也就意味着，古典诗歌自觉形态的生命态度将为他们所“自觉”地继承。现代派诗歌重要的创作原则就是“客观化”，“在不能自已的时候，却总倾向于克制，仿佛故意要做‘冷血动物’”④。对比现代派诗歌和郭沫若的《女神》，我们看得格外的清晰，现代派并不和盘托出自我的情感，不是对内在情感的释放，不是凌驾于客体之上的抒情，它力图把自我寄托在客观的形象上，以客观来暗示主观，寻求主客间的交流、配合和补充。过去评论界曾认为，现代派诗歌的“客观化”是西方象征主义尤其是后期象征主义影响的结果。的确，同浪漫主

① 徐志摩：《自剖》，载1926年4月《晨报副刊》。

② 分别见陈梦家、方令孺《信》及陈梦家《梦家存诗·自序》。

③ 冯文炳（废名）：《谈新诗·九〈草儿〉》。

④ 卞之琳：《雕虫纪历·自序》，见《雕虫纪历》，1页，北京，人民文学出版社，1984。

义诗歌相比，后期象征主义更强调“情感的放逐”，“非个人化”，但是，我们也绝没有忘怀这个事实，在所有那些“客观”的背后都活跃着一颗颗跳动不息的刚强的心脏。艾略特说得好：“诗不是放纵感情，而是逃避感情，不是表现个性，而是逃避个性。自然，只有有个性和感情的人才会知道要逃避这种东西是什么意义。”① 从本质上讲，“情感的放逐”、“非个人化”恰恰是诗人避免为污浊、琐碎的现象界所玷污，在“否定”当中实现新的肯定的重要方式，“一个艺术家的前进是不断的牺牲自己，不断的消灭自己的个性”②。对于西方诗论传统来说，“客观”只可能是手段，是过程，而不是目的。阅读中国现代派诗人的自述和作品，我们便可以知道，他们其实多半不是对西方象征主义本身感兴趣，而不过是从西方象征主义中看到了中国古典诗歌的理想。具体说来，就是从“客观化”当中看到了晚唐五代诗词的完美的“意境”，也就是说，中国式的生命态度是掀动他们情感的真正力量。戴望舒的忧郁并不指向生命的本体，而更像是李商隐的“晓镜但愁云鬓改”，或者就是“夕阳无限好，只是近黄昏”；何其芳把他的美梦依托于“佳人芳草”的形象当中；卞之琳冷静地进行着“距离的组织”，他说，诗中的“我”也可以和“你”或“他”（“她”）互换③，我以为，这个说法对许多现代派诗歌都具有典型意义。自我的生命形态可以由你与他或她来替代，这正是诗人有意识的自我消解行为，消解结束了个体的为所欲为，消解让诗歌进入了古典式的艺术自觉。

魏晋唐诗宋词艺术自觉的另一个标志就是诗歌形式意识的产生。从文学发展的规律来看，文体的成熟往往就表现为它对形式的自觉探寻，我们说屈骚是自由的而不是自觉的，也就是说那时还没有产生一种明确的形式意识。中国古典诗歌比较全面地探寻辞藻、骈偶、用典、声律等形式因素始于魏晋南北朝。建安曹丕、曹植一反前人，开始在诗中铺陈一些绚丽的辞藻，曹植又自觉地使用骈偶，“诗赋欲丽”是曹丕对这一语言追求的概括（《典论·论文》）；太康时代“骈偶大作”，陆机以专注于词采的推敲而著称，他的《文赋》用了不少篇幅讨论遣词造句，这正是他在诗歌实践中苦心孤诣的表现；南朝宋人颜延之好用对偶和典故，“这在古体文笔（魏晋之前）向今体文

① ［英］艾略特：《传统与个人才能》，见《西方现代诗论》，80 页。

② 同上书，76 页。

③ 参见卞之琳：《雕虫纪历·自序》，见《雕虫纪历》，3 页。

笔（唐朝的律诗律赋四六）转化过程中是一个关节”[1]。声律的研讨又是所有这些形式探寻中最重要的活动。音韵学在三国时代就已兴起，经由历代文人的尝试，到齐永明中，沈约“四声八病”之辨的提出，则意味着取得了重大的成果，由此，中国古典诗歌出现了历史性转折，所谓“古之终而律之始也”（陆时雍《诗镜总论》）。唐诗集大成地总结了魏晋南北朝时代的形式研究，并更上一层楼，它既充分吸收了前朝诗歌的词采、对偶、用典等形式因素，又将齐梁的声律和谐由“一简之内”、“两句之中”推广到诗的全篇，并避免了“酷裁声病”之弊，从而最终确立了近体律诗的文体规范。至于后来由诗到词的文体演变，似乎又正是这种“形式意识”在新的历史条件下的继续表现。

中国五四诗坛曾受到胡适“作诗须得如作文”的影响，有重质轻文的流弊，新月派最显著的流派特征就是为新诗的形式“立法”，由此而被称为是新诗中的“格律诗派”。闻一多的“三美”代表了新月派诗人在选字（“绘画美”）、造句（“建筑美”）、音律方面的精心设计。特别值得一提的是，“三美”所要达到的最终理想“均齐”恰恰就来自闻一多对中国古典律诗的深入研究，他在《律诗底研究》一文中指出，“抒情之作，宜整齐也”，“均齐之艺术纳之以就矩范，以挫其暴气，磨其棱角，齐其节奏，然后始急而中度，流而不滞，快感油然生矣”。“抒情之作，宜精严也”，“诗之有藉于格律音节，如同绘画之藉于形色线”。他还认为：“中国艺术中最大的一个特质是均齐，而这个特质在其建筑与诗中尤为显著。”[2] 象征派也对“非常粗糙”的早期新诗不满，甚至认为胡适是新诗运动最大的罪人，象征派从法国象征派的“纯诗”理论中受到了启发，提出“诗要兼造形与音乐之美”[3]，情与力应加上音与色才成其为诗[4]，这些术语似乎也是对法国象征派诗人魏尔伦、兰波的“移植”，但显而易见的是，只要诗歌本身是运用汉语创作的，造形、音乐、色彩又必然通过汉语的选字、造句加以表现，汉语本身的语言特征仍然是形、音、

---

① 范文澜：《中国通史》（二），523页，北京，人民出版社，1978。

② 闻一多：《律诗底研究》，见《闻一多全集》，第10卷，156、157、159页，武汉，湖北人民出版社，1993。

③ 穆木天：《谭诗——寄沫若的一封信》，载1926年3月《创造月刊》第1卷第1期。

④ 参见王独清：《再谭诗——寄给木天、伯奇》，载1926年3月《创造月刊》第1卷第1期。

色的主要依据。在这个意义上，魏晋唐诗宋词作为汉语形式的一种完美的典范也就不可能不产生出潜在的牵引力量了。比如，穆木天就认为李白的诗属于他所谓的“纯粹诗歌”；为了加强诗的暗示性，他甚至主张废止句读，因为诗的句读对于旋律有害，它“把诗的律，诗的思想限狭小了”①。其实，中国古典诗歌不就没有句读么？在诗与格律的关系问题上，现代派诗人意见不一：一方面，废名、陈江帆、禾金、侯汝华、金克木、李白凤、李广田、李心若等大多数诗人的作品都是自由的，较少研讨形式问题，戴望舒从《我底记忆》开始也似乎趋于形式的自由化，但是，在另一方面，何其芳、卞之琳、林庚这几位最著名的现代派诗人却始终对诗的形式建设相当关注，从来就没有停止过试验，从他们各自的表述来看，显然又都是自觉地继续着闻一多等新月派诗人的思考，并且是把问题推向了深入。这是不是表明，中国新诗的形式“自觉”在许多时候都注意袭取魏晋唐诗宋词的传统。

● 面对挑战

魏晋唐诗宋词的生命态度和艺术理想在现代诗歌的艺术自觉中继续存在，但这种存在却有它无法逃避的尴尬，它不得不随时面对外来的入侵，面对完全异质状态的西方诗歌的挑战，它已经失却了历史本来所有的自足性和稳定性，在现代生存的众声喧哗中，它必然是摇摆的，甚至不得不是隐匿的，它更像是一段欲了而未了的情，一个美丽而飘忽的梦，中国现代诗人很难严格按照魏晋唐诗宋词的模式来进行自己的艺术创作了。

西方诗歌文化的渗透尤其不能忽略。

不错，新月派、象征派与现代派似乎都是在学习西方的近现代诗歌的过程中返回了自己的古典传统，西方的诗歌总是鼓励他们在“一见如故”之时更大胆地侧重于传统诗风的继承，但是，不容忽视的是，西方诗歌（包括巴那斯主义、象征主义等）毕竟还是属于另一文化系统的东西，它一旦被纳入到中国诗歌体系就不会在短时期内被融解消化，作为西方诗文化的符号，它还会顽固地散发信息，传播自身的影响。这些域外信息与现代中国的时代氛围（突破封闭、建立于广泛的世界联系基础上的动荡、喧嚣的生存环境）结合起来，

① 穆木天：《谭诗——寄沫若的一封信》，载1926年3月《创造月刊》第1卷第1期。

为中国传统诗歌精神在现代的生长设置了重重障碍，干扰甚至破坏了人们建设着的古典的“物化”意境。

物我和谐的生命态度是否就真的能够取消现代人的意志力呢？我认为是有困难的。闻一多的诗歌创作就不时呈现出这样的矛盾：一方面竭力弥合传统的审美理想，另一方面却又涌现出一系列的怀疑与困惑，如《红烛》、《雨夜》、《睡者》、《春光》、《静夜》等，闻一多既为来自西方的顽强的生命意识所鼓动，又具有敏锐而真诚的社会感受能力，多重诗文化观念的冲撞使他难以平衡，以至于放弃了诗歌创作。

另外一些诗人，他们虽然也醉心于晚唐两宋诗歌客观、无我的“浑融”之境，但他们似乎并不总能做到“物我两忘”，他们笔下的现代意境也不都是圆润和谐的。对于自我，戴望舒时而设想，“为人之大道全在懵懂，/最好不求甚解，单是望望，/看天，看星，看月，看太阳”，但忽然又克制不住生命的冲动，“或是我将变一颗奇异的彗星，/在太空中欲止即止，欲行即行，/让人算不出轨迹，瞧不透道理，/然后把太阳敲成碎火，把地球撞成泥”（《赠克木》），他还是不能“忘我”！卞之琳的《西长安街》似竭力渲染北京古城特有的清淡和宁静，把生命凝固在一片古老的安详中，但字里行间却不断跃出骑兵队、司令部、枪声等动荡时代的意象，最后，还是按捺不住生命的冲动，道一声：“朋友，我们不要学老人，/谈谈话儿吧。……”物我合一的意境就这样被瓦解了。

既然包括现代派在内的一些中国诗人都直觉到了传统意境理想在现代社会的不稳定，那么，这一“艺术自觉”所设立的目标就不能不说面临危机了。在现代派诗歌创作后期，艺术的尴尬终于来到，相当多的现代派诗人文思枯竭，难有新鲜之作，这说明，现代生活已经不能为他们过于“纯粹”的艺术提供养料了。中国新诗的“艺术自觉”应该也必须从传统的“自觉”模式中挣脱出来，从中国传统语言和传统美学所挟持的“纯粹”里脱身，开辟一条新的道路，正如柯可在当时所呼吁的：“诗僵化，以过于文明故，必有野蛮大力来始能抗此数千年传统之重压而更进。”①

响应这一呼吁的是20世纪40年代的九叶派、七月派，是他们超越“纯粹”，实现了“反传统”的新的艺术理想。九叶派、七月派

① 柯可：《杂论新诗》，载1937年1月《新诗》第2卷第4期。

的出现，标志着中国新诗为艺术而艺术的“自觉”形态的终结。

三、宋诗与中国现代新诗的反传统趋向

诗国革命何自始？要须作诗如作文。

——胡适：《戏和叔永再赠诗却寄绮城诸友》

“反传统”可以说是中国现代新诗的基本趋向之一。对于日渐衰萎的中国古典诗歌传统，初期白话新诗可谓是逆子贰臣；对于20年代前期的中国式的浪漫主义传统，20年代末到30年代的革命诗歌则大行否定批判之道；对于20年代到30年代的所谓感伤主义余风，40年代九叶诗人和七月诗人的反叛意识也显得特别的强烈。中国现代新诗从诞生、发展到成熟，始终响彻着反传统的呼声。

中国新诗的“反传统”常常借助外来文化的力量，如胡适首开风气的“尝试”之于英美意象派，革命诗歌之于世界无产阶级文学，九叶派、七月派之于叶芝、艾略特等人的20世纪诗风或者西方浪漫主义等。我们完全可以认为，没有外来文化的启示和激励，中国现代新诗的“反传统”将难以发生。但是，作为中国语言文化组成部分之一的中国新诗，它对传统的所有背离行为终究还是在“传统”之中进行的，剔除、删减了某些传统，又组合运用另外一些传统，并且继续形成着属于中国诗歌文化的新的传统，外来文化的刺激和影响最终也还是要通过“传统”语言、“传统”心理的涵养和接受表现出来。从这个意义上讲，“反传统”永远不等于两种文化的简单碰撞与冲突，它的实质是对“传统”的再发现、再认识和再结构。当然，外来文化也会影响着这种“发现”、“认识”和“结构”的具体方式及其深度。

于是，我认为，要深入剖析中国现代新诗的反传统趋向，就不能继续停留在与外来诗潮的种种联系之上，而要进一步地向下挖掘，探讨这些“叛逆”之所以发生的自我根源，总结它们是在何种层面上展开的，对我们传统的诗文化作了何种方向的改造，又有何种程度的保留。“反传统”恰恰需要我们新的民族文化批评。

● 宋诗：“反传统”的诗文化原型

中国现代新诗的反传统能否获得中国古典诗歌精神的支持，或

者说，在中国古典诗歌几千年发展所形成的“传统”中是不是存在着自我否定、自我反拨的文化原型，这是我们研究的起点。因为，如果不存在这样的原型，中国新诗接受异质文化也就失去了最起码的基础，失去了“叛离”所要求的基本的心理承受能力。

我认为，宋诗就是存在于传统之中的“反传统”原型。

中国古典诗歌艺术是在中国“大一统”的文化环境中成长定型的，随着中国文化去粗取精、多元而一元地走向成熟，中国古典诗歌也由先秦的“自由”转向晋唐的“自觉”。这个转向，实际上就意味着对个体自由的逐渐削弱和淡化，意味着自我物态化、天人合一的最高境界的精纯和完善。特别是晚唐五代及两宋的词作，更是从生命追求和艺术形式两个方面将这“大一统”的诗学意境推向了峰巅。当然，所有这些艺术成就都是在“大一统”的文化背景中实现的，如果社会文化在高度成熟之后没有自我否定的趋向，如果诗人的个性继续消退，而它所浸染着的物化境界本身又不可能出现更多的更复杂的变化，那么成熟也就包含着深刻的危机了。晚唐五代及两宋词（特别是慢词）终究沦入了空疏、浮糜的绝境。魏晋唐诗宋词代表了中国古典诗歌传统的典型形态，包括它的兴盛与危机。

与晋唐诗、也与同代词（以慢词为主流）的美学艺术追求颇不相同，宋诗有意识地另辟蹊径，走出了一条“反传统”的新路，所谓苏黄一出，沧海横流，唐风尽变，唐宋诗界限判断始分。我认为，宋诗的“新变”特征可以从以下几个方面加以认识。

政治上浓厚的道德观念。这是后期封建社会意识形态的独特话语。盛唐可谓是前期封建社会的繁荣期，蒸蒸日上的国势酝酿着开明的政治观念，诗，作为意识形态的艺术话语也呈现出一种开阔的政治胸怀，“登高壮观天地间”，具有较大的包容性，仕与隐，进与退，“修齐”与“治平”各得其所，取舍由人。有宋一代转入中国封建社会后期，官僚体制优势耗尽，积贫积弱。南渡之后，更是南北辐裂，中原易主，泰山压卵。在没有新的政治文化引入之前，人们似乎更愿意竭力维护儒家道统观念的统治地位，希望通过强化儒家的政治伦理思想以力挽狂澜。欧阳修、王安石、苏轼、黄庭坚等诗人皆终生沉浮于宦海之中，他们都把文学创作活动与政治活动紧密地联系起来，明道致用，诗派与理学结盟，诗歌带有较多的说教意味，又都对偏离儒家道统轨道的晚唐五代文风大加鞭挞。杜甫“奉儒守官”的一面成为宋代诗人人生与艺术的榜样，“子美集开诗世界”（王禹偁《日长简仲咸》），其“仁政爱民”的政治理想和深广的社会责任感都一再激荡在宋代诗人的心中。

文化上鲜明的理性意识。儒释道多种文化体系在宋代相互参融、渗透，理学予儒家的性命道德之学以佛老式的思辨特征，佛老之玄学思辨极大地影响了一代人的思维方式。从庆历到元祐，经世致用的理性思潮在政治变革失败后演变为自觉的理性反省，重在治心养气，格物致知。这也表现在了诗歌创作之中。如果说盛唐传统是蓬勃向上，豪情奔放，充满青春与朝气，那么宋诗则已进入到历史的反思阶段，充满思辨色彩，它不以现实图画见长，而把摹写生活图画提高为剔抉解剖生活，把描绘人生提高为探索思考人生，表现人格修养。宋代诗人倾向于从世事万物中玄思天地造化，相信“一一事中，理皆全遍”，时时透出睿智的哲学风范。例如苏轼在流连山水之余，还不忘理性的证悟：“不识庐山真面目，只缘身在此山中。”（《题西林壁》）

人生观上的沧桑体验。中国封建社会后期，随着这一体制内在活力的丧失，长时期积聚起来的矛盾再难掩盖，也没有解决的途径。在高度严密化的政治秩序里，在内忧外患、风云动荡的催迫下，知识分子基本上已经失却了进取的信心和能力，更多地浸泡在世事无常、命运堪忧的嗟叹当中，政治上执着的道统观念倒越发将人推进理想与现实相分离的尴尬境地，从而加深了人生如梦的悲剧性体验。盛唐气象是明快欢畅的，即便忧伤，也属于少年式的空灵的感伤；宋代诗歌则凝重沉郁，思虑重重。苏轼喟叹“嗟予潦倒无归日，今汝蹉跎已半生”（《侄安节远来夜坐三首》），黄庭坚“想得读书头已白，隔溪猿哭瘴溪藤”（《寄黄几复》），陈师道“花絮随风尽，欢娱过眼空”（《夏日书事》）。有评论家说得好，在宋诗绚烂之极归于平淡的“老境”背后，“是一种人世沧桑的凄凉和强歌无欢的沉郁”①。

艺术观上的革新精神。随着一系列政治观、人生观、文化观的改变，宋代的诗歌艺术已经建立在了一个新的历史层面之上，同晋唐的诗歌传统比较，它洋溢着强烈的革新精神。宋代文学素以“诗文革新”为口号，黄庭坚诗云：“随人作计终后人”，又说：“文章最忌随人后。”（《苕溪渔隐丛话》）关于宋革唐风的种种特征，前人曾作了多方面的归纳，如云：“唐人豪迈者，宋人欲变之以幽峭；唐人

---

① 张毅：《对理趣与老境美的追求》，载《南开学报》，1992（2）。

粗疏者，宋人欲加之以工致；唐人流利者，宋人欲出之以生涩；唐人平易者，宋人欲矫之以艰辛；唐人藻丽者，宋人欲还之以朴淡；唐人白描者，宋人欲益之以书卷；唐人酣畅者，宋人欲抑之以婉约；唐人多炼实字，宋人兼炼虚字。”（陈祥耀《宋诗话》）林林总总的概括之中，我认为最首要的还是所谓的“以文为诗”，即打破晋唐诗歌物我涵化、含蓄蕴藉的美学规范，反对传统竭力营造“纯诗”境界的路数，用散文化的方式创造诗歌，广泛采用叙述性、议论性的语句；同时抛弃传统语言留空白、求意会的氤氲氛围，刻意突出语词本身艰硬的难以回避的表达效果，造拗句，押险韵，寻典故，“点石成金”，“脱胎换骨”，“以腐朽为神奇”。

宋诗的这一系列思想艺术追求，都是与晋唐传统很不一致的，属于另一重天地。如果我们从文化哲学的高度进一步加以梳理和总结，把这些思想艺术潜在的文化取向加以扩张、放大，那么就更可见出它们与晋唐传统的深刻差别了。政治观念上的儒释道兼容，人生观念上的享受生命，文化观念上的感性思维，以及艺术观念上的纯诗追求，这都使得晋唐诗歌比较容易地淡化“自我”，进入“物化”的意境，从而在世界诗歌史上放射出最具有民族色彩的光芒；而宋诗的诸种趋向却显然是扩大了个人的意志力和思想的辐射力，述说个人的社会人生感慨，将自我带离可亲可近的客观世界，转而在人类文化的创造物中寻求语言的信息。由此，物态化的意境理想遇到了困难，面临着危机。

如果我们承认晋唐诗歌的物化境界代表了中国古典诗歌传统最典型的形态，那么，宋诗对这一境界的某些偏离则体现了中国古典诗歌中一种十分难得的“反传统”力量，宋诗便是存在于传统之中的“反传统”文化原型。

● 反传统的中国新诗

中国现代新诗从它与传统诗歌对抗诞生的那一刻起，就暗含了同“反传统”的宋诗建立起千丝万缕联系的可能。宋诗作为反传统的文化原型很可能在一定的气候下复活，不管它采取什么样的方式。

真正对中国现代新诗构成巨大历史压力的显然不是所有的中国古典诗歌。明清没落期的衰弱的中国古诗不大可能成为中国新诗发展的绊脚石，因为在这个时候，传统艺术的黯淡无光倒恰恰证明了开拓前进的必要性，并且赋予中国诗人莫大的自信心和优越感；能够对稚嫩的新生的艺术造成巨大威慑的是古典艺术的极盛期，是在它的思想和艺术等各个方面都散发出无穷魅力的时代，它的存在、它的辉煌都时刻反衬出新生力量的羸弱、渺小和粗陋。如前文所述，中国古典诗歌传统的典型形态是晋唐诗歌，所以，与中国现代新诗形成历史对抗的“传统”元素正存在于晋唐。中国新诗要摆脱古典诗歌的束缚，建立新的富有时代精神的美学理想，就必然要突破晋唐传统的艺术模式，包括自我物化、天人合一等内容自然都得“价值重估”。宋诗正是在这样一个背景上为现代新诗提供了可资借鉴的诗学取向。

同时，在作为中国现代新诗外来渊源的西方诗歌那里，最特异且最显著地区别于中国传统诗歌的艺术理想也是非意境、非物化，追求诗人自我坚强的“意志性”力量，以强烈的主观感情来感受、评价世界。于是，宋诗又与外来的诗歌理想产生了某种程度上的相似性，让人似曾相识，油然而生亲切之感。

凡此种种，都为宋诗作为文化原型在现代的复活，为它的艺术趋向获得新诗“反传统”主义的认同，也为外来诗学的本土移植奠定了基础。

我曾经强调说：五四诗歌的发生与西方诗歌的译介关系紧密，胡适“开纪元”的《关不住了!》就是一首颇具西方色彩的译作，至于中国现代诗人主动地自觉地接受古典诗歌的影响，则是从新月派开始的。① 但这是不是说初期白话诗人就与中国古典诗歌传统毫无关系了呢？当然不是。我们可以说初期白话新诗与中国诗歌“物态化”理想的典型差距很大，但却不能认为它们可以随意挣脱整个古典诗歌传统，更不能说它们的“尝试”是在毫无内在支点的情况下凭空进行的。事实上，当时的一些白话诗人就有意识地从中国古典诗歌的演变过程中寻找变革的基因了。他们相信，中国诗歌的演变规律是由禁锢到开放，由束缚到自由，至宋元就已经出现了白话。胡适说：“中国诗史上的趋势，由唐诗变到宋诗，无甚玄妙，只是作诗更近于作文！更近于说话。”“宋朝的大诗人的绝大贡献，只在打破了六朝以来的声律的束缚，努力造成一种近于说话的诗体。”并十分明确地指出：“我那时的主张颇受了读宋诗的影响。”② 尽管胡适的这些思想在某些继续主张“纯诗”化的后人那里曾招来了不少指摘，尽

① 参见本书第一章第一节。

② 胡适：《逼上梁山》，见《中国新文学大系·建设理论集》，8页。

管我们也不能说所有“反传统”的现代诗人都接受了这种理论，但是，在历史新纪元的起点，一位“首开风气”者的文化心态，却不能不说是很有一种深刻的典型性的，因为，正是在继往开来的历史转折期，在面对瓦砾与废墟的抉择里，民族文化心理总可以无所顾忌地袒露出来，它还来不及也不必裹上太多的时代包装。我认为，胡适从历史里剔抉未来，向传统索取发展的养料，这恰恰显示了中国文人源远流长的“复古明道”心理。由于新文学建设的急迫性，白话诗草创期的艰难性，胡适不得不特别突出他的“白话文学史”观，特别证明其“尝试”的正统性；而在此之后，诗人跨过了历史转折的门槛，解除了部分的历史包袱，因此类似的民族心理往往也下沉到一个更深的层次。不过，原型毕竟是原型，在汉语言文化的特定氛围当中，它的复活就是艺术史的必然，并且也是意义深远的。

“作诗如作文”这是胡适对宋诗最直觉最朴素的阐释，也影响了他及其他初期白话诗人的“反传统”创作。如果我们把问题引向世界诗歌的广阔背景来加以分析，就得承认，“诗”与“文”的文体关系颇为复杂，浪漫主义之于古典主义是自由的、散文式的，诗律规则较为宽松，象征主义之于浪漫主义又是“纯诗”化的、音乐化的，“反传统”自然未必都是“作诗如作文”了。但是，在整个中国现代诗史上，“反传统”诗歌形态一般都倾向从“文”的体式中探求“诗”的新变，将散文化的叙述性语句引入诗的创作。柯可提出，散文诗、叙事诗和诗剧是现代诗歌特别值得注意的新趋向。[①] 茅盾说：“从抒情到叙事”，“这简直可说是新诗的再解放和再革命”[②]。艾青提出：“由欣赏韵文到欣赏散文是一种进步。”[③] 九叶诗人袁可嘉虽然不同意“散文化”的主张，但同样认为，“现代诗人极端重视日常语言及说话节奏的应用”[④]。不能说这些诗学取向都是从宋诗里引申出来的，但至少在“以文为诗”的选择上，古今诗歌的确是走到了一起，这都提醒我们必须重视宋诗原型所起的无形的作用。

理性化也是中国现代新诗反传统趋向的特征。“新诗的初期，说理是主调之一，新诗的开创人胡适之先生就提倡以诗说理，《尝试集》里说理诗似乎不少。俞平伯先生也爱在诗里说理；胡先生评他

① 参见柯可：《论中国新诗的新途径》，载 1937 年 1 月《新诗》第 4 期。

② 茅盾：《叙事诗的前途》，载 1937 年 2 月《文学》第 8 卷第 2 号。

③ 艾青：《诗的散文美》，见《诗论》，人民文学出版社，1980。

④ 袁可嘉：《新诗现代化》，载 1947 年 3 月 30 日天津《大公报・星期文艺》。

的诗，说他想兼差作哲学家。”[1] 抗战以后，新诗的理性化因素又普遍增加，七月派诗人绿原在诗中说：“人必须用诗找寻理性的光。”（《诗与真》）九叶派诗人袁可嘉也强调：“好的诗篇常常包含抽象的思想。”[2]

强烈的社会责任感又是贯穿于所有这些“反传统”作品中的重要人生态度。胡适、沈尹默、刘半农、刘大白等人的早期白话诗作中洋溢着浓厚的人道主义精神，表现“今日的贫民社会，如工厂之男女工人，人力车夫，内地农家，各处小负贩及小商铺，一切痛苦情形”[3]，蒋光慈、殷夫“勉力为东亚革命的歌者”[4]，中国诗歌会想要“打碎这乌黑的天地”（杨骚《乡曲》），左翼革命的热诚无疑强化了诗人干预社会的愿望，而抗战的爆发又把更多的诗人推到了民族存亡的庄严主题之下，田间以“燃烧”、“粗野”、“愤怒”的诗句书写“斗争的记录”，艾青“以最高的热度赞美着光明，赞美着民主”[5]，九叶派诗人也认为：“今日诗作者如果还有摆脱任何政治生活影响的意念，则他不仅自陷于池鱼离水的虚幻祈求，及遭到一旦实现后必随之而来的窒息的威胁，且实无异于缩小自己的感性半径，减少生活的意义，降低生命的价值。”[6] 如果说中国现代新诗的种种“反传统”形态在具体的诗学追求上还有着种种的差别，那么在肩负社会道义、民族责任这一点上，却几乎都走到了一起，出现了惊人的相似性。我认为，除了从特定的时代风云中寻找解释之外，宋诗式的“道统”观念也起了潜在的作用。我们也不难发现，在中国新诗所有“反传统”倾向的对立面，都是那些吟风弄月或个人身世感怀的“情景交融”之作。胡适对当时诗坛上“浮夸淫琐”的“伤春悲秋”之调大为不满[7]，“沉醉在风花雪月里”的新月派、现代派是左翼诗歌的“革命”对象，袁可嘉将徐志摩式的传统主义与穆旦的反传统主义作了对比，他说，徐诗“重抒情氛围的造成”，“感情浓，意象华丽”，而穆旦“不重氛围而求强烈的集中”，作为现代人，“我

① 朱自清：《诗与哲理》，见《新诗杂话》，23 页。

② 袁可嘉：《诗与意义》，载 1947 年《文学杂志》第 2 卷第 6 期。

③ 胡适：《建设的文学革命论》，见《中国新文学大系・建设理论集》，136 页。

④ 蒋光慈：《新梦・自序》。

⑤ 艾青：《为了胜利》，载 1941 年 1 月《抗战文艺》第 7 卷第 1 期。

⑥ 袁可嘉：《新诗现代化》，载 1947 年 3 月 30 日天津《大公报・星期文艺》。

⑦ 胡适：《寄陈独秀》，转引自祝宽：《五四新诗史》，132 页，西安，陕西师范大学出版社，1987。

们也自然不无理由对穆旦底诗表示一点偏爱”[1]。这样的两两对抗，是不是也让我们想起了宋诗对晚唐五代诗风的抨击呢？

● 局限、变形与超越

以上我们从中国现代新诗“反传统”的整体追求出发，考察了它与宋诗直接或间接的联系。应该指出的是，中国现代新诗的诸种“反传统”形态依然各自保持着较多的独立特征，胡适、沈尹默、刘半农等人“首开风气”的反传统，左翼革命诗人的反传统，以及七月派、九叶派等诗人的反传统都各不相同，这可以说是受惠于宋诗的现代诗史区别于古典诗史的特异之处了。在中国古典诗歌史上，宋诗作为最独一无二的反晋唐模式已经成了所有“反传统”倾向的典型，此后，“反传统”的愿望就比较单纯地认同着宋诗的理想，于是一切复兴晋唐正统与改造晋唐正统的分歧都表现为“唐诗派”与“宋诗派”的分歧。唐宋之争概括了自南宋末年至晚清的整个中国诗歌的发展，在没有更丰富的异域诗歌文化潮流涌入之前，中国诗人只能作如此的选择。但中国现代新诗则不同，它的发生、发展和成熟都与西方诗潮源源不断的冲击有关，自始至终，它都置身于中西文化交会的广阔原野上，承受八面来风；况且对于现代的白话新诗来说，“传统”实际上就是从先秦到晚清的整个古典诗歌，也包括了宋诗本身，古典诗歌各个艺术形态对现代人都具有一种潜在的“原型”力量，反晋唐传统是一回事，不知不觉地返回到这一传统也不无可能。所有这些中西诗学的复杂汇合，都带来了现代诗人“反传统”选择的复杂性。就这样，同样认同于宋诗原型的艺术理想，却产生了颇不相同的实践方式，或者基本上遵循原型的语意，在原型所提供的文化境域内建设新的文学；或者执着于原型的某些启示，又汇合了其他诗学追求；或者与原型保持一种远距离的历史联系，自由地借用时代的力量对“历史”作新的组装，输入新鲜的血液，锻造全新的筋骨。这三种实践方式我分别称之为宋诗原型的“局限”、“变形”与“超越”。

初期白话新诗较多地显示了宋诗的文化特征，如社会道义、理性思维、以文为诗等。这主要根植于胡适等诗人的自觉认同。当然，这一代人也接受了其他传统诗学的影响，比如胡适也曾主张“诗的

---

① 袁可嘉：《诗与民主》，载1948年10月30日天津《大公报·星期文艺》。

具体性”，强调“引起读者浑身的感觉”，反对抽象的做法[①]，这似乎属于晋唐诗歌的意境理想；胡适、刘半农、刘大白等人又曾在理论或实践上探索过诗歌歌谣化的问题，这也与“学者化”的宋诗取向不尽一致。但是这些异质的诗学并没有从根本上改变初期白话新诗的“宋诗特征”，晋唐的境界对于胡适而言终究只是想象中的境界，其诗作的总体特色还是“以文为诗”，抽象性、理智性的成分居多，以致在后来不断招来非议；歌谣化的趋向从未动摇这一代诗人逆晋唐而动、另辟蹊径的执着愿望，并且在某种程度上，歌谣的叙事成分与叙述语调也与宋诗式的“散文化”特征彼此依托，互为支撑。[②]如刘大白《田主来》：

辛苦种得一年田，
田主偏来当债讨。
大斗重秤十足一，
额外浮收还说少。
更添阿二一只鸡，
也不值得再计较！

这种“诵之村妪妇孺而皆懂”的白居易诗风本来也属于宋代诗人反叛晋唐境界的“楷模”。王禹偁有“北山种了种南山，相助力耕岂有偏”（《畲田调》），苏舜钦有“十有八九死，当路横其尸”（《城南感怀呈永叔》），范成大有“室中更有第三女，明年不怕催租苦”（《后催租行》）。从这些方面分析，我倒认为，初期白话新诗实践着宋诗式的反传统，也较多地为这一理想所“束缚”了，属于我所谓的“局限”的实践。

左翼革命诗歌（包括早期革命诗歌、中国诗歌会）“反传统”的某些特征也与宋诗有相同之处，如鲜明的社会责任感以及叙事性成分、叙述性语调等，不过，宋诗式的理性主义却没有出现在左翼革命诗歌中。相反，在蒋光慈、殷夫、蒲风等诗人那里，情感被提升到一个相当高的位置。30年代的穆木天认为，诗人必须“把握时代的进步的感情”[③]，蒲风赞扬说，在诗人温流的贡献中，“尤其重要的

---

① 参见胡适：《谈新诗》，见《中国新文学大系·建设理论集》，309页。
② 可参见本章之下一节。
③ 穆木天：《诗歌创作上的题材与主题的问题》，见《怎样学习诗歌》，生活书店，1938。

是针对现实而愤怒，而诋毁，而诅咒，而鼓荡歌唱”①，殷夫自觉是“枕着将爆的火山，火山的口将喷射鲜火深红”（《地心》）。这一重要的改变是因为西方浪漫主义及苏俄无产阶级诗潮的汇入（两者在突出诗的情感特征这一点上异曲而同工）。尽管左翼革命诗歌对浪漫主义也曾有过排斥，但最终还是经由“革命浪漫主义”的鼓励而容纳了浪漫的激情。激情代替了宋诗的理性色彩，而西方浪漫主义与苏俄无产阶级诗潮的磅礴、雄健的社会意识又进一步改造了中国式的民族忧患，使之突破了“仁政爱民”的狭窄框架，抗争，搏击，奔涌着新世纪的生命长河：

> 像决堤的黄河水，
> 谁有力量去拦堵？
> 像海洋的浪，
> 澎湃汹涌着的是我们的队伍。
>
> ——蒲风：《六月流火》

社会使命与澎湃情感的融合也促使左翼革命诗歌接受了“内美修能”的屈骚的影响，比照晋唐诗歌的物化境界、宋诗的理性主义，屈骚原型自有一份令人回肠荡气的自由。② 古今中外多种诗学精神改造了中国“反传统”固有的模式，左翼革命诗歌属于这一“反传统”原型的“变形”的实践。

七月派、九叶派及艾青等人的创作是对宋诗原型的“超越”性实践。在一系列的“反传统”趋向上，它们与宋诗似非而是，似是而非，取着“远距离”的文化联系。他们皆有自觉的社会意识，并以此作为反传统的标志之一；但是他们又并没有用外在的社会意识来代替个性本身，而是力求在两者之间寻找一个结合的部位。九叶派诗人感到“肯定诗与政治的平行密切联系”“并不等于主张诗是政治的武器或宣传的工具”③。他们反对“片面地过分迷信文学的工具性及战斗性”④。七月派提出燃烧着的“主观精神”，艾青把诗的“宣

① 蒲风：《几个诗人的研究·温流的诗》，见《现代中国诗坛》，广州，诗歌出版社，1938。着重号为原文所有。

② 参见本章第一节。

③ 袁可嘉：《新诗现代化》，载 1947 年 3 月 30 日天津《大公报·星期文艺》。

④ 袁可嘉：《“人的文学”与“人民的文学”》，载 1947 年 7 月 6 日天津《大公报·星期文艺》。

传的功能”与个人情感的“发酵、酝酿”维系在一起；他们表现出了不同程度的理性精神，但又把理性引向了一个更丰富、更深厚的层面，并同人的其他精神元素交相辉映。九叶派诗人唐湜赞赏的是把“深沉的思想皆化为清新的精神风格与情感代价”，“用身体的感官与生活的‘肉感’（SenSuality）思想一切”[①]。袁可嘉归纳说，诗除了有理性的“概念逻辑”之外还要有“想象的逻辑”。七月派诗人胡风认为，理论的正确是诗以前的东西，而诗只能是以正确的理论为基础去抒写诗人“对于斗争的情绪的感受或感应”[②]，他坚决反对诗是抽象思想“形象化”的说法。[③] 艾青重视诗的联想、想象、形象思维。他们都倡导过诗的口语化、叙述性及“说话节奏”，但又并不停留在包容散文话语的愿望上。在七月派诗人胡风看来，诗的语言“得是没有拘束的形式，才能自由地表现作者底情绪”[④]，艾青也阐述了类似的观点：“宁愿裸体，却决不要让不合身材的衣服来窒息你的呼吸。”[⑤] 这都表明，他们重视选择“以文为诗”的深层原因，较之宋人，更有一种清醒的现代意识。对于九叶派诗人而言，“日常语言及说话节奏”绝不是刻意出新的语言技巧，其文学价值在于：它的“变化多，弹性大，新鲜，生动的文字与节奏才能适当地，有效地，表达现代诗人感觉的奇异敏锐，思想的急遽变化，作为创造最大量意识活动的工具”[⑥]。同时，“民间语言与日常语言的好处都在他们储藏丰富，弹性大，变化多，与生活密切相关而产生的生动，戏剧意味浓，而并不在因为他们仅仅是民间用的或日常说的话语”[⑦]，说话节奏也无意混淆诗与文的界限，诗还是诗。九叶诗人深受 20 世纪西方诗潮的影响，努力区别“诗的语言”与“科学的语言”，这样，经过对诗歌“以文为诗”的否定之否定，实际上是把问题引向了一个更深的层次。

除此之外，在 40 年代的这一系列“反传统”选择里，还与众不同地突出了人生的沧桑体验、苦难意识，把它作为诗歌最深厚最坚

① 唐湜：《飞扬的歌·后记》，平原社，1950。

② 胡风：《略观战争以来的诗》，见《胡风诗全编》，615 页，杭州，浙江文艺出版社，1992。

③ 参见胡风：《关于“诗的形象化”》，见《胡风诗全编》，649 页。

④ 胡风：《略观战争以来的诗》，见《胡风诗全编》，616 页。

⑤ 艾青：《诗论》。

⑥ 袁可嘉：《新诗现代化》，载 1947 年 3 月 30 日天津《大公报·星期文艺》。

⑦ 袁可嘉：《对于诗的迷信》，载 1947 年《文学杂志》第 1 卷第 11 期。

韧的意志力量。在中国初期白话新诗建设的亢奋与二三十年代愈演愈浓的“古风”之中，沧桑感与苦难感十分鲜见，新月派、象征派、现代派的“青春期感伤”缺乏更恢宏的生命宇宙感；“反传统”的左翼革命诗人又以提倡革命乐观主义为己任，这实际上都是在不同的角度上漠视了生存的真相。与此前的新诗形态（包括“反传统”的新诗形态）大相径庭的是，40 年代的这几类“反传统”诗歌都饱含着对生命的沉重思考，细诉着它的苦难、它的沧桑，其直面人生的大胆、坦率和疾言厉色都让人叹为观止。七月诗人“压缩”、“凝结”了对民族战争灾难性现实的痛苦观察，艾青用凡尔哈仑、波德莱尔式的忧郁读解社会与人生，九叶派诗人则一再抒写着传统与现代转折期一个古老民族的“丰富的痛苦”，如穆旦细腻地品味着中国式的人生矛盾：“告诉我们和平又必需杀戮，/而那可厌的我们先得去欢喜。/知道了‘人’不够，我们再学习/蹂躏它的方法，排成机械的阵式，/智力体力蠕动着像一群野兽”（《出发》），如此“丰富的痛苦”不仅在现代中国所有的“反传统”选择中实属少见，就是与宋诗的沧桑感相比较，也有了更深入的意义扩展。宋诗的沧桑感虽较传统诗歌丰富，但毕竟“去古未远”，又没有接受其他新的文化思潮的冲击，所以从一个更深的层次上看，依旧没有摆脱古典诗人的特定文化心态——他们的沧桑感多半不脱“时不我待”、“人生如梦”的狭窄窠臼，缺乏将个人痛苦向民族乃至人类痛苦上升的宇宙意识，也无意对种种痛苦本身作更深入细致的挖掘、解剖，至于反抗绝望、与黑暗捣乱的勇气就更难见到了；相反，倒往往在人生苦难的叙述中点缀着若干智慧性的幽默，让人在把玩鉴赏之余，暂时忘却了痛苦的压力，这就是所谓的“理趣”。“仰头月在天，照我影在地。我行影亦行，我止影亦止。不知我与影，为一定为二？月能写我影，自写却何似？……”（杨万里《夏夜玩月》）从痛苦中提炼出某种趣味，这是禅家的风范，的确让人神往，但痛苦本身的深邃意义也就被荡去了许多。40 年代的“反传统”新诗大大地超越了它的文化原型，它很少强作笑意，很少以阿 Q 式的精神胜利掩饰生命中不可改变的事实，它咂摸着苦难，分解着苦难，以对生命的苦难性思考作为主体意识的重要根基，其他所有的人生选择、社会选择、艺术选择都紧紧地熔铸在这一层面之上。由此看来，40 年代前后的“反传统”新诗不仅在各个诗学选择上赋予了宋诗原型更雄厚的内容，还根本改造了诗人的主体意识。

不难看出，在 40 年代前后“反传统”选择超越宋诗的实践中，20 世纪西方诗潮起了至关紧要的作用。从它们各自对内在情绪性因素的重视，对人意志力的凸现，对那种独具魅力的诗的文体特征的探索，以及对个人的或世界的苦难的深刻反思，都可以触摸到西方 19 世纪至 20 世纪诗歌发展的强劲脉搏。其中的大多数诗人，都是在西方诗歌启示下，第一次睁大了双眼，敞开了胸怀，没有西方诗歌的哺育，就没有穆旦，没有九叶派诗人，也没有艾青、田间和胡风。宋诗为“反传统”树立了遥远的榜样，而 19、20 世纪的西方诗风又提供了及时而现实的能量，宋诗与西方诗风有某种相似的取向指引了“反传统”的方向，西方诗风又为这一选择充实了更丰富更具有时代气息的内容。从这里分析，我认为，40 年代前后的“反传统”选择属于区别于 30 年代的新的“中西诗学融合”，其融合的结果是，现代新诗既没有为中国古典诗学的原型所局限（因为它大量吸收了外来诗学的新内涵），也没有为西方诗学所轻易俘虏（因为它从宋诗的启示中明确了“反传统”的基本方向）；这些诗歌既是中国的，又是现代的，既是民族的，又是超越了所有古典传统的。只要中国现代新诗继续浸润在汉语言文化的氛围中、生存在中国文化蜿蜒曲折的长河里，只要中国诗人依旧还是现代的“传统人”，那么，这一时代的“反传统”实践就可谓是最成功的典范。它为中国新诗的健康发展、为真正的属于现代的“中西融合”留下了许多宝贵的经验。

四、《国风》、乐府与中国现代新诗的歌谣化趋向

> 我们要使我们的诗歌成为大众歌调，
> 我们自己也成为大众中的一个。
>
> ——中国诗歌会：《新诗歌·发刊诗》

对于民歌民谣，中国现代诗人表现出了一种比较广泛而持久的兴趣，“歌谣热”几乎与五四的激情一起生成。1920 年 12 月成立的北京大学歌谣研究会是五四新文化运动中最早成立的一批群众社团之一，它的发起者、参与者囊括了我国最早的白话诗人，如刘半农、沈尹默、钱玄同、沈兼士、周作人等；由它主办、创刊于 1922 年 12 月的《歌谣周刊》也是中国现代文化史上出现较早、坚持时间最长

（1937年6月终刊）、影响较大的期刊之一，不少著名诗人或诗评家如胡适、朱自清、朱光潜、钟敬文等均参加了编辑工作或撰写重点文章。歌谣的影响鲜明地显示在了众多诗人的作品之中，如刘半农、刘大白、沈玄庐、蒲风、任钧、田间、柯仲平、阮章竞、马凡陀、李季、贺敬之的创作，甚至连徐志摩、闻一多、朱湘、戴望舒这样的"艺术忠臣"也一度捉笔写作现代民谣。如果把其他片言只语的评论感慨也算上，那么我们简直可以认为，几乎所有的现代诗人都对这一古老而常新的民间艺术形式歆羡不已，歌谣化是中国现代新诗最值得重视的创作趋向之一。

需要我们作出回答的是：是什么样的社会的文化的或者心理的力量推动中国现代新诗走向"歌谣"，歌谣化的中国新诗究竟有什么样的文化意义，在文学史上的地位如何，与其他中国现代新诗构成怎样的关系？

● 中国现代新诗的歌谣化潮流

歌谣化是中国现代新诗较有普遍性的创作趋向，从五四至40年代，这一趋向又集中表现在三次大的诗歌潮流中。

第一次是五四时期，以初期白话诗人刘半农、刘大白等人的创作为代表。从1918年起，刘半农就和沈尹默等人共同倡导征集歌谣。刘半农不断从故乡江阴采集民谣刊行于世，1920年、1921年，他又用江阴方言写作"四句头山歌"二十余首，汇编成《瓦釜集》，由此被人称作"中国文学上用方言俚调作诗歌的第一人"①。"瓦釜"与"黄钟"相对，代表着一种来自民间的朴拙之音。紧跟着出版的《扬鞭集》，也容纳了不少现代"山歌"。刘大白《卖布谣》、《田主来》等诗也直接模仿了民间歌谣的体式。有人认为："在我国新诗运动刚刚兴起的五四时期，自觉地创作民歌体诗歌，就只有他（指刘半农——引者注）和刘大白两人。"②

第二次是在30年代前期，以中国诗歌会诸诗人的左翼革命诗歌为代表。中国诗歌会机关刊物《新诗歌》的《发刊诗》宣称："我们要用俗言俚语，/把这种矛盾写成民谣小调鼓词儿歌，/我们要使我们的诗歌成为大众歌调，/我们自己也成为大众中的一个。"对民谣，

① 渠门：《读〈瓦釜集〉以后捧半农先生》，载1926年10月《北新》周刊第9期。

② 潘颂德：《刘半农的诗论》，见《中国现代诗论40家》，57页，重庆，重庆出版社，1991。

中国诗歌会模仿创作与搜集整理并重，且有理论研究，希望“借着普遍的歌谣、时调诸类的形态，接受它们普及、通俗、朗读、讽诵的长处，引渡到未来的诗歌”①。中国诗歌会健将蒲风的作品成就最大，影响深远，曾获得茅盾等人的高度肯定，被认为是向民间歌谣学习“尝试成功的第一人”②。

第三次是从30年代中后期到40年代抗战胜利前后。全民性的救亡图存运动大大地缩小了诗人与普通民众的心理距离，民谣成了最方便也最有影响力的时代之声。田间、柯仲平都十分注意吸收民谣的语言长处，李季从陕北“信天游”里找到了艺术的灵感，阮章竞陶醉于“漳河小曲”，马凡陀胎息于吴歌，贺敬之、萧三、魏巍、陈辉、林山这些知名的解放区诗人和许多不知名的群众诗人共同造成了民间歌谣创作的强大声势。

在这三次诗歌潮流里，以第二次尤其是第三次的阵容最大，给诗歌史留下的经验也最多，中国歌谣化新诗思想和艺术的许多特征都在这两个时代有比较充分的表现，我们往往也能在这两大潮流中寻找到中国新诗之所以歌谣化的最基本的解释。

容易看出，两个时代的两大诗潮分别受到了两种力量的推动：一是世界无产阶级文学观念，一是抗日图存的民族大团结意识。相对来说，30年代前期的中国诗歌会主要得益于第一种力量，而30年代中后期直至40年代的其他各路抗战诗人则借助了第二种力量。世界无产阶级文学从一开始就生存在社会大众的海洋中，早期无产阶级文学作家包括英国的宪章派诗人和法国的杜邦、巴黎公社诗人等本身就是清一色的工人群众，文学创作、诗歌创作就是他们所从事的群众性革命活动的组成部分。苏联无产阶级文学更是被自觉地当作了教育人民、服务于人民的革命工具。列宁反复强调，文学应该为“千千万万劳动人民”服务，“艺术是属于人民的”，无产阶级文学必须为劳动群众“所了解和爱好，它必须结合这些群众的感情、思想和意志，并提高他们”③。列宁的这些主张早在20年代后期就被我们作为权威性论断引入中国，被认为是“普罗文学底大众化问题

① 《我们的话》，载1933年《新诗歌》第2卷第1期。

② 茅盾：《文艺杂谈》，载1943年2月《文艺先锋》第2卷第3期。

③ 《列宁论文学与艺术》，第2卷，912、916页，北京，人民文学出版社，1983。

底理论的根据”[1]。中国诗歌会便是在“大众化”的无产阶级文学潮流中应运而生的，歌谣即是“大众化”的诗歌。来自苏联无产阶级文学的“大众化”观念继续对30年代后期至40年代的“抗战”诗人产生着影响，不过，我认为，对于这些“抗战”诗人来说，无产阶级文学的“大众化”理论显然已不那么重要，更激荡他们灵魂的还是疮痍满目、生灵涂炭的现实，是民族共同的历史命运带来了各阶层的共同话题，歌谣是“高贵”的诗人与平俗的大众引以共鸣的心声，大众的痛苦和愤怒也就是诗人自己的痛苦和愤怒，诗人所咏唱的歌谣也出诸大众的喉舌。作为这一时代精神精辟总结的《在延安文艺座谈会上的讲话》，它所追求的就不是理论逻辑的雄辩效果，而是平实朴素的情感感染力：“在群众面前把你的资格摆得越老，越像个‘英雄’，越要出卖这一套，群众就越不买你的帐。你要群众了解你，你要和群众打成一片，就得下决心，经过长期的甚至是痛苦的磨练。”[2] 其实，这正是救亡图存的时代发展给每一位抗战诗人的教训。毛泽东的《讲话》及《讲话》以后歌谣创作活动的蓬勃发展都是这一时代发展合情合理的结果。如果说20年代前期中国诗歌会的歌谣化趋向主要根源于外来理论的启迪，那么在此之后，抗战诗人的歌谣化追求则属于时代精神的必然发展。

● 歌谣化的历史根基

但是，到此为止，我们就完满地解释了中国新诗歌谣化的社会文化渊源了吗？我认为没有。因为以上的几种解释仅仅是在最肤浅最表面化的层次上进行的，最多只是梳理了这一诗学取向的外部环境因素，更深入的一些疑问并没有得到回答，例如，“外来文化”与“时代发展”这样多重性的环境力量是否存在统一的层面，三次大的诗潮又是如何互相贯通的，主体的潮流和个别的民谣化倾向有无共同的心理根据；我们也还没有充分考虑到古今中外的一些相似的诗学取向并与之相互参照。特别是，我们显然暂时忽略了歌谣化同样也是中国古典诗歌重要趋向这一历史事实。同作为中国文化系统的组成元素，中国新诗与中国古典诗歌的血脉联系是无法割断的，“原

---

① 林伯修（杜国庠）：《一九二九年急待解决的几个关于文艺的问题》，载1929年3月《海风周报》第12号。

② 毛泽东：《在延安文艺座谈会上的讲话》，见《毛泽东选集》，第3卷，851页，北京，人民出版社，1991。

型”的力量也常常不以任何个人的主观愿望为转移，中国新诗的歌谣化绝非单纯的外来文化与时代发展的产物，它应当有更深厚的历史渊源。

那么，在民族文化的长河里，诗的歌谣化有什么样的历史内涵，或者说，中国古典诗歌歌谣化趋向的文化意义何在，它何以会产生，又何以会持续下去呢？这又还得从中国古典诗歌文化的总体特质说起。

我们前面说过，中国古典诗歌的文化特征是“物态化”，其中，又以“意境”为自己的最高艺术理想。所谓“意境”，即“不涉理路，不落言筌”，“惟在兴趣”，“羚羊挂角，无迹可求”，“如空中之音，相中之色，水中之月，镜中之象，言有尽而意无穷”（严羽《沧浪诗话·诗辨》），亦“如蓝田日暖，良玉生烟，可望而不可置于眉睫之前也”（司空图《与极浦书》引戴叔伦语）。“泪眼问花花不语，乱红飞过秋千去。”（欧阳修《蝶恋花·庭院深深深几许》）“寒波澹澹起，白鸟悠悠下。”（元好问《颍亭留别》）“细雨鱼儿出，微风燕子斜。”（杜甫《水槛遣心二首》）这些为历代诗论家一再品评的诗句就是中国诗歌“意境”的典型形态。按照这样的思路，诗人应当恰到好处地在客观物象中消解自我，客观物象也得到了灵巧的调整和排列，以便尽可能地保持其浑融完整的原真状态，同时，词语本身又被作了精细的推敲润饰，以充分调动汉字本身的象形会意功能。所有的这些“诗艺”，都要求诗人具有很高的文化修养、极灵敏的直觉悟性、极纯熟的语言文字技巧。于是，在客观上，中国古典诗歌走上了一条高度“文人化”与“贵族化”的道路。或许文人有文人的品位，贵族有贵族的典雅，但是，不容否认的是，“文人化”与“贵族化”又都非常容易陷入狭窄、枯涩，甚至矫揉造作的境地。例如，晚唐五代词营造了中国诗歌的完善“意境”，而这一“意境”恰恰又是狭窄的，诗的语言也因刻意雕琢而有造作之嫌。宋诗代表了中国古典诗歌的某些自我否定倾向，但宋诗的“反传统”也还是在文人圈子里、贵族境界中进行的，因而依旧难脱“枯涩”的命运。那么，在狭窄、干枯的威慑下，中国古典诗歌何以又能绵延发展数千年呢？在数千年漫长的历史发展当中，中国诗人何以又能一如既往地保持着对“意境”理想的迷恋呢？在理想的晶莹润泽与现实的枯萎干涩之间，起着平衡调剂的是什么？我认为，这就是以《国风》、乐府为原型，又弥漫生长在广大民间的歌谣艺术。是歌谣这一完全非文人化、非贵族化的纯朴自然的诗歌形式，不断带给中国诗人新鲜的刺激，促使他们暂时离开固有的轨道，汲取丰富的营养，借民间艺术的活力稍稍拨正那过分扭曲的“正统”诗路，维持着诗的历史运动。

歌谣本来就是诗的源头，中国诗歌中的歌谣至少可以追溯到“杭育杭育”派，追溯到传说中黄帝时代的《弹歌》。不过，真正具有完整形态并对后代产生实质性影响的还是先秦的《国风》和汉魏的古乐府（我统称为“乐府”），后者虽在一定的意义上继承了前者的精华，但在后代诗人心目中还是常常被置于本原性地位，因此，我把乐府和《国风》统一起来，看作是中国诗史上歌谣化趋向的原型形态。《国风》保存了最早的也是最完整的周代人民的口头创作，民间特色十分浓厚，因其属于“诗教”的重要组成部分，所以在历代诗人那里都受到无上的敬仰。乐府是汉魏音乐机关特别采集记录下来的歌谣，规模与《国风》不相上下。它虽然没有像《国风》那样取得整体文化上的崇高声誉，在一个时期之内还曾受到过排斥，但仍然深入人心，回响不绝，甚至也正是因为它没有“诗教”的典正神圣，而更令后代诗人倍感亲切，所以不少诗歌运动都直接以“乐府”为口号，为旗帜，“乐府”成为一种特殊的诗体，历代诗人都有仿效汉魏乐府而作的诗篇。《国风》和乐府既处于中国诗歌发展的初途，因简单粗糙而显得朴素自然，又完全没有文人创作的种种弊陋——老于世故、处心积虑，它洋溢着一份泥土味十足的生命的活力。于是乎，每当中国古典诗歌因“成熟”而失却前路，因“完美”而心浮气躁，又因“高贵”而沦入矫情的时候，总是有那么一些诗人冲出文化的重围，另辟蹊径，引民歌民谣的活水浇灌干涸的诗之田，借《国风》、乐府的诗学标准抨击变了质的文人“正统”。例如白居易就以“风雅”、“比兴”为武器反拨齐梁的“嘲风雪弄花草”，倡导所谓的新乐府运动。以后各代诗人也各有乐府体诗作，清末的“诗界革命”提出要“复古人比兴之体”，“取《离骚》、乐府之神理”[1]。《国风》、乐府在思想和艺术各个侧面的特点带给“正统”的文人化诗歌创作丰富的启示，并往往推动了一个时代的诗体的演变，五言诗的发展，唐诗的成熟，以及由诗到词，由词到曲的转化，都是如此。

---

① 黄遵宪：《人境庐诗草·自序》。

歌谣的调节修正不时给中国古典诗歌的发展输送能量，帮助它在每一回的空虚颓败之际渡过难关，转入新一轮的历史。遵循这样的规律，五四时代的新变也是“有章可循”的，朱自清先生曾经指出：“照诗的发展旧路，新诗该出于歌谣”，“但是新诗不取法于歌谣，最主要的原因还是外国的影响”①。情形的确如朱自清先生所说，西方诗潮的冲击和裹挟在很大程度上取代了歌谣的固有地位，没有西方诗歌的启迪，就没有中国新诗史上一系列波澜壮阔的运动。不过，我认为，需要进一步补充的是，从中国新诗发展的历史来看，《国风》、乐府所体现的歌谣精神依旧默默地流淌着，并以各种新的方式显示着自身的价值；因为，中国现代新诗的创立，本质上就是对中国古典诗歌美学理想的怀疑和反叛，也是对那种僵硬、扭曲的“文人化”、“贵族化”品格的反动。用俞平伯在当时的说法就是，诗应当还淳返朴，将诗的本来面目从脂粉堆里显露出来，推翻诗的王国，恢复诗的共和国。

反对文学的贵族化、大力倡导“平民文学”是五四新文学运动最重要的内涵之一。“贵族文学，藻饰依他，失独立自尊之气象也；古典文学，铺张堆砌，失抒情写实之旨也；山林文学，深晦艰涩，自以为名山著述，于其群之大多数无所裨益也。”② 在这一思潮当中，《国风》、乐府几乎是理所当然地登上了诗的大雅之堂，成为一些诗人青睐的对象。新诗第一次歌谣化运动的主将刘半农赞扬说：“《国风》是中国最真的诗”，“以其能为野老征夫游女怨妇写照，描摹得十分真切”③。周作人亦提出：“我们若是将《诗经》旧说订正，把《国风》当作一部古代民谣去读，于现在的歌谣研究或新诗创作上一定很有效用。”④ 五四时期的歌谣化趋向明显继承了中国古典诗歌的自我修整方式，以复兴《国风》、乐府的精神反拨传统的迟滞与愚钝。沈尹默的处女作《人力车夫》透出古乐府的味道，沈玄庐的“《入狱》、《荐头店》，运用四言五言，颇类《诗经》；《种田人》、《乡下人》、《农家》、《夜游上海有所见》、《工人乐》、《起劲》，有‘新乐府’遗风”⑤，刘大白《卖布谣》中的诗篇，很容易让人“联想到

---

① 朱自清：《真诗》，见《新诗杂话》，86、87 页。

② 陈独秀：《文学革命论》，见《中国新文学大系·建设理论集》，46 页。

③ 刘半农：《诗与小说精神上之革新》，载 1917 年 7 月《新青年》第 3 卷第 5 号。

④ 周作人：《古文学》，见《自己的园地》，22 页，长沙，岳麓书社，1987。

⑤ 祝宽：《五四新诗史》，314 页。

《诗经》里的‘国风’，汉魏乐府诗以及白居易倡导的新乐府诗等古代民歌民谣与拟民歌民谣的文人诗来”[①]。刘半农直接从家乡采集而来的民歌中汲取营养，这一行为本身也深得“采风”之神髓。

那么，中国新诗歌谣化的第二、第三次浪潮呢？是不是因为有外来文化的引入和时代发展的催迫就脱离了中国诗歌的固有轨道？是不是《国风》、乐府所代表的反贵族化、反文人化的调节、修正意义已不复存在了？我认为并非如此。事实上，早在五四时代，复兴《国风》、乐府和输入外来文化、感受时代氛围这三者就是联系在一起的，且能相互促进，彼此生发，例如刘半农既是五四文学革命的一员猛将，“活泼，勇敢，很打了几次大仗”[②]，同时又积极致力于外国民歌的翻译介绍工作，仅在《新青年》上发表的译诗就有20来首，其中的《马赛曲》、《缝衣曲》等都是脍炙人口的名作。中外诗歌文化的这种融合方式贯穿了整个新诗发展史。20世纪30年代的中国诗歌会在它大力宣传无产阶级文学理论的时候，继续把斗争的矛头指向陈腐的古典诗歌及20年代中国新诗发展中流露出来的新的“贵族化”倾向。蒲风、任钧、穆木天都曾批评或反省过新月派、象征派、现代派诗歌所继承的古典传统的“纯诗”主义，认为那属于“过时的贵族地主官僚阶级的悲哀”，表现的是“一种无病呻吟式的世纪末的情绪”[③]。蒲风还赞扬诗人温流说，他“决不是拿高贵的眼光”去怜恤下层百姓，“而是自己本身作为上述诸种人之一份子而自己抒唱出自己的苦痛及前途来的”[④]。王独清也在1934年指出：“我以为近日的诗坛退回到封建时代去。现在我们需要的是大众的诗歌，是社会的诗歌。因为这类的诗歌才是火，可以摧毁封建的骷髅。”[⑤]这样的思想亦见于抗战诗人。按照当时的理解，五四以来受传统影响较大，追求晋唐“意境”理想的诗歌均属于小资产阶级的个人主义，对抗战毫无助益。毛泽东的《讲话》准确地道出了这一时代“大众化”运动的实质：要及时地清除五四新文化运动的缺点（脱离

---

① 祝宽：《五四新诗史》，299页。

② 鲁迅：《且介亭杂文·忆刘半农君》，见《鲁迅全集》，第6卷，71页，北京，人民文学出版社，1981。

③ 参见蒲风：《五四到现在的中国诗坛鸟瞰》，载1934年12月至1935年3月《诗歌季刊》第1卷第1～2期；任钧：《关于新诗的路》，见《新诗话》，上海，新中国出版社，1946。

④ 蒲风：《几个诗人的研究·温流的诗》，见《现代中国诗坛》。

⑤ 《王独清先生来信》，载1931年3月《诗刊》第2期。

人民大众的贵族意识)，要反对“言必称希腊”，中国文学必须回到中国最普通的民间，首先不是“化”大众，而是努力为大众所“化”，“提高是应该强调的，但是片面地孤立地强调提高，强调到不适当的程度，那就错了”。“一切革命的文学家艺术家”只有“把自己当作群众的忠实的代言人，他们的工作才有意义”[①]。与30年代前期的“大众化”相比，抗战时期所做的工作更多也更脚踏实地。尽管这一思潮的最高权威毛泽东还是在继续使用着“舶来”的马列主义术语，但其真正的内涵却完全是“中国作风与中国气派”。正如毛泽东所说：“我们讨论问题，应当从实际出发，不是从定义出发。”[②]

必须说明的是，中国新诗歌谣化的第二次浪潮、第三次浪潮并不像五四初期的第一次浪潮那样，直接以复兴《国风》、乐府为口号，引起诗人们兴趣的主要是现代民间流传的各种歌谣，他们主要不是从古代典籍而是从现实生活中去寻找民间的质朴与清新。那么，古典传统与民间艺术究竟有怎样的关系，当时的人又是如何在创作实践中处理这一关系的呢？具体而言，以《国风》、乐府为原型的古典歌谣是不是从此失却了它的现实意义呢？我们可以通过40年代前后的一场讨论来加以观察。这场讨论就是文学史上著名的“民族形式问题的讨论”。意见大体上有三类：一是以向林冰为代表，他认为古典传统（“旧形式”）与民间艺术（“民间形式”）是一致的，又主张“旧瓶装新酒”，即新文学的创作应全面继承民族遗产，旧形式也是大众化的唯一途径[③]；二是以葛一虹、胡风为代表，他们比较坚决地反对旧形式的运用，认为新文学主要应当从“世界进步文艺”中“移植”，旧形式是适应“一般人民大众”的“低下”的知识水准，利用旧形式就是“降低水准”[④]；三是以国统区的郭沫若、茅盾等人及解放区作家群为代表，他们一般都持着“矛盾统一”的辩证观，就是说对旧形式既要利用又要改造，而利用和改造的价值指向就是当代民间大众的要求。也就是说，旧形式和民间形式既有区别又有

① 毛泽东：《在延安文艺座谈会上的讲话》，见《毛泽东选集》，第3卷，859、864页。

② 同上书，853页。

③ 参见向林冰：《“旧瓶装新酒”释文》、《再答“旧瓶装新酒”怀疑论者》，见《通俗读物论文集》，重庆，生活书店，1938。

④ 葛一虹：《民族形式的中心源泉是在所谓“民间形式”吗》，载1940年4月10日《新蜀报·蜀道》；胡风：《论民族形式问题》，重庆，生活书店，1940。

统一。[1] 这三类意见差别甚大，但综合起来看，我认为，它们又在一个重要的环节上显示了一致性：它们都在不同程度上承认了古典传统（“旧形式”）与民间艺术（“民间形式”）之间的紧密联系。向林冰在肯定的意义上利用着这种联系，葛一虹、胡风在否定的意义上论及了这种联系，第三类作家则是在矛盾统一的意义上认可了这种联系。从这里，我们可以看出，民间艺术与古典传统的内在联系既是中国文学发展中的一个客观事实，又是中国现代作家的一个心理事实，而后者的意义更为深远。当中国现代诗人在这样的“心理事实”中开掘现代歌谣的质朴与清新之时，他们就不可能从意识深处对古典传统加以拒绝，于是，古典歌谣—古典传统—现代歌谣—现代诗人就构成了一段彼此连接的合乎逻辑的文化链条，《国风》、乐府作为古典歌谣的原初形态就必然向现代歌谣以及现代诗人渗透。

《国风》、乐府式的非贵族化、非文人化取向继续成为中国歌谣化新诗的自觉追求，而且，我们还可以说，这种追求比历史上的任何一个时候都更自觉，也更彻底，《国风》、乐府作为一种文化精神，它们不仅仅是被继承，而且显然是被空前地发扬光大了。更有趣的是，发现、奖掖、培养群众歌谣能手的运动在三四十年代盛极一时，在解放区更是蔚为大观，从党政领导到高级知识分子再到普普通通的工农兵，从自发的搜集、整理到有组织的文艺运动，群众歌谣被抬高到民族民主斗争的伟大事业中来加以认识和倡导，其实，这不就是《国风》、乐府时代的“采诗”么？所不同的在于，诗人不仅异常积极地“采诗”，还努力把自我下沉为民间生活的普通一员，力求最大限度地融化“文人”与“民间”的界限，直到写诗也就是采诗，“采”与“写”并无二致。

对于其他的中国现代诗人，虽然他们并没有完全跻身于这三次民谣化的浪潮，甚至在某种程度上还站在了这一浪潮的对立面，继续推行现代诗的“纯粹”化，但是，谁也无法回避这样的事实：中国现代新诗的独立品格恰恰在于它对中国古典诗歌传统的超越和对“意境”理想的解构，这是肩负于每一位现代诗人身上的客观历史使命，我们别无选择。这样，就出现了我们前文已经提及的情况：几乎所有的现代诗人都对这一古老而常新的民间艺术怀有不同程度的

---

① 参见郭沫若：《“民族形式”商兑》，载1940年9月10日重庆《大公报》；茅盾：《关于民族形式的通信》，载1940年9月15日《文学月报》，第2卷第1、2期合刊。

兴趣，甚至徐志摩、闻一多、朱湘、戴望舒也不例外，因为，“为艺术而艺术”终究还得生活在现实中，他们不可能对中国诗歌萎靡不振的现实熟视无睹，例如，体式的整一和谐本来是新月诗歌的流派特征，但朱湘却又感到，新诗有必要“在文法上作到一种变化无常的地步”[①]，因此就得向“比喻自由，句法错落”[②] 的古代民歌学习。在抗日烽火的映照下，戴望舒也尝试着创作了四首反战民谣。[③]

● 中国新诗歌谣化的基本特征

《国风》、乐府式的歌谣化诗歌有些什么特征？它对中国现代新诗歌谣化趋向的具体影响又表现在哪些方面？

我认为，可以从五个方面来加以认识。

第一，求“真”成为诗歌创作的基本原则。

在中国古典诗歌系统里，《国风》、乐府显得最为真诚、坦率，不伪饰，不造作，无论是农家劳作、士卒征战，还是爱情婚姻，皆“原样”写来，绝不遮遮掩掩，吞吞吐吐，欲语还休。民间艺术的作者还没有彻底浸泡在封建士大夫文化的浓液当中，他们与正统的文化精神、美学趣味保持着一定的距离。当然，在中国诗歌史上源远流长的一系列艺术理想诸如含蓄蕴藉、物我涵化、天人合一也是一种极有魅力的艺术境界，但不容否认的是，正是在这样的艺术境界里，个体的、自我的现实生存真相被淡化了、遮掩了、遗忘了，所有不同遭遇、不同情感、不同命运的诗人都被融解在同样的静穆和谐之中，这当然就不能说是艺术的“真”了。

艺术的“真”追求着对自我现实人生的极力“突出”，而中国古典诗歌的意境传统则是极力“消退”。故鲁迅谓中国传统文艺是“瞒和骗”的文艺，刘半农形象地说，这些诗人“明明是贪名爱利的荒伧，却偏喜做山林村野的诗。明明是自己没甚本领，却偏喜大发牢骚，似乎这世界害了他什么。明明是处于青年有为的地位，却偏喜写些颓唐老境。明明是感情淡薄，却偏喜做出许多极恳挚的‘怀旧’或‘送别’诗来。明明是欲障未曾打破，却偏喜在空阔幽渺之处主

① 朱湘：《诗的产生》，见《文学闲谈》附录，上海，北新书局，1934。

② 朱湘：《古代的民歌》，见《中书集》，上海，北新书局，1934。

③ 参见郑择魁、王文彬：《戴望舒在抗战期间》，载《抗战文艺研究》，1986（4）。

论，说上许多可解不解的话儿，弄得诗不像诗，偈不像偈”[①]。

正是在与传统文人化诗歌相对立的意义上，刘半农和其他的中国现代诗人竭力肯定了《国风》、乐府式的“真”，并以之作为自身创作的基本原则。刘半农赞扬《国风》是“中国最真的诗”，又总结自己的歌谣创作经验说：“我们要说谁某的话，就非用谁某的真实的语言与声调不可；不然，终于是我们的话。”[②] 周作人全面研究了民歌民谣之后提出，它们的真挚与诚信可以作为新诗创作的参考。[③] 蒲风积极投身于诗歌“大众化”运动，向民歌民谣学习，他认为：“没有真实的生活写不出真实的诗，我们的优美的国防诗歌，不在空洞的意识观念上发出的抗敌呐喊中，而在一切真实的抗敌生活及其观察，体验，反应上。”[④] 田间自我评价说：“没有诳语/诚实的灵魂/解剖在草纸上……”[⑤]

第二，怨愤与反抗是诗歌的主要情绪。

真诚、坦白地表现生存实际，当然也包括传达自己的真实感受。在封建传统社会的等级秩序里，无论是普通大众还是素以“倡优”自喻的知识分子，都不可避免地处于被挤压、被盘剥、被束缚的地位，因而，怨愤与反抗便成了诗歌极重要的情绪之一。《国风》的《七月》、《伐檀》、《硕鼠》、《式微》、《击鼓》，汉乐府的《妇病行》、《十五从军征》就是劳作者浸透着血泪的悲号，而《国风》的《氓》、《谷风》，汉乐府的《白头吟》、《有所思》则是不幸妇女的一曲曲怨歌。《国风》、乐府这些题材和情感都在现代歌谣化新诗中得到了很好的继承。刘半农的歌谣化诗歌向来以暴露性、批判性著称，他自述《瓦釜集》的创作意图是：“要试验一下，能不能尽我的力，把数千年来受尽侮辱与蔑视，打在地狱底里而没有呻吟的机会的瓦釜的声音，表现出一部分来。”[⑥] 刘大白借农家之口，控诉着地主对农民的剥削：“勤的饿，惰的饱，/世间哪里有公道！” “怎样田主凶得狠，/明吞面抢真强盗！”（《田主来》）沈玄庐常对剥削者进行讥讽揶揄：“富翁——富翁——不要哭，——/我喂猪羊你吃肉；你吃米饭我吃粥。”（《富翁哭》）抗战的巨浪更把几乎所有的诗人都卷入到愤

① 刘半农：《诗与小说精神上之革新》，载1917年7月《新青年》第3卷第5号，着重号为原文所有。

② 刘半农：《瓦釜集·代自叙》，见《瓦釜集》，上海，北新书局，1926。

③ 参见周作人：《歌谣》，见《自己的园地》，36页。

④ 蒲风：《抗战诗歌讲话》，4、5页，广州，诗歌出版社，1938。

⑤ 田间：《我怎样写诗的（代序）》，见《未明集》，上海，群众杂志公司，1935。

⑥ 刘半农：《瓦釜集·代自叙》。

怒、反抗的情绪漩流当中，田间发出号召：“射击吧，东北的民众呵。”（《松花江》）他吟诵的“中国牧歌”全部是“燃烧”的、“粗野”的和“愤怒”的。[1] 李季唱着高亢的“信天游”：“身子劳碌精神好，闹革命的心劲高又高”，“闹革命成功我翻了身，不闹革命我也活不长”（《王贵与李香香》）。袁水拍哼着山歌小调挖苦国民党的统治：“这个世界倒了颠，/万元大钞不值钱，/呼吁和平要流血，/保障人权坐牢监。”（《这个世界倒了颠》）

第三，诗歌注重对具体行为、具体事件的叙述、表现。

这是歌谣化诗歌特有的艺术手法，尤其与纯粹文人化的作品判然有别：在具体的事物与抽象的感念之间，它更侧重于“具体”；在婉曲的抒情与直接的叙述之间，它更侧重于“叙述”。《国风》中许多篇章都是描写具体事物，突出生活的一个侧面或人物特征，叙“事”成分较重，如《七月》、《黄鸟》、《陟岵》等。《七月》就描绘了一年劳作的过程，以至方玉润认为：“《七月》所言皆农桑稼穑之事，非躬亲陇亩，久于其道，不能言之亲切有味也如是。”（《诗经原始》）班固《汉书》概括乐府民歌的特征是“感于哀乐，缘事而发”。汉乐府的叙事性较《国风》更为突出，诗的故事性、戏剧性大大加强了，不少作品都能就某一中心事件集中进行描绘，且出现了有一定性格的人物和比较完整的情节，如《陌上桑》、《东门行》。中国诗歌缺乏原始史诗的传统，古典叙事诗是由民歌民谣演化发展而来的，正是在汉乐府民歌里，中国叙事诗走向了基本的成熟，《孔雀东南飞》就是其成熟的重要标志。这些艺术特点构成了中国现代歌谣化新诗的主要趋向。刘半农、刘大白、沈玄庐等人的作品均以所谓的“白描”手法为主，具体地刻画了下层人民的形象及其生产生活的“实景”，尽管因之缺少了一种“余香与回味”[2] 而被后人批评为“浅”、“露”，但在事实上，这正是歌谣化诗歌的艺术本质。在30年代至40年代，歌谣化传统除了继续影响中国诗歌会、抗战诗人的艺术表现手段外，还带来了中国新诗史上一个十分重要的诗学现象：叙事诗特别是长篇叙事诗急遽增多，一时蔚为大观，让人目不暇接，如田间的《赶车传》、李季的《王贵与李香香》、阮章竞的《漳河水》、张志民的《死不着》、李冰的《赵巧儿》等都是名噪一时的佳作。我们还可以把问题扩展开去，看一看中国现代新诗史上的“叙

---

① 参见田间：《中国牧歌·诗，我的诗呵（跋语）》，见《中国牧歌》，诗人社，1936。

② 周作人：《扬鞭集·序》，载1926年《语丝》第82期。

事”现象，如朱湘、臧克家、何其芳这些比较重视“文人色彩”的诗人也在特定的条件下创作过叙事成分明显的作品，值得一提的是，他们在创作这些作品的时候，都不约而同地对民歌民谣假以青眼。朱湘主张新诗应向古代的民歌学习，臧克家认为“有很多的土语民谣是可以入诗的”[①]。中国现代叙事诗的传统渊源不在屈骚，不在“纯艺术”的唐诗宋词，也不在说理的宋诗，它与《国风》、乐府的歌谣化艺术更接近一些。

第四，语言朴素、平实，大量采用“本色”口语。

同后来的纯文人化诗歌比起来，《国风》、乐府的语言特征是粗、白、俗，以口语为主，发自天籁，一般很少选择那些晶莹如玉的词语，也并不作词句上的刻意雕琢与打磨；它又竭力用本色语言表现事件或行为的本色，胡应麟说得好：“汉乐府歌谣，采摭闾阎，非由润色。”（《诗薮》）现代歌谣化新诗的作者无疑将这一传统发扬光大了。在一个时期内，刘半农等人首先投入了对方言土语的发掘运用。他的《拟儿歌》模仿小孩语调，《拟拟曲》、《面包与盐》神似北京劳动者口语，《瓦釜集》里的山歌又是江阴俚语。尽管方言能否入诗在中国现代新诗史上还有不同的观点，但在诗歌创作的口语化、朴素化这一点上却取得了极广泛的共识。蒲风的语言标准是“识字的人看得懂，不识字的人也听得懂”[②]。李季面对“信天游”“单纯而又深刻的诗句惊呆了”[③]。就连臧克家这样“不完全”的歌谣化诗人也大受感染，他在1947年感叹道：“雕琢了15年，才悟得了朴素美！”

第五，自由宽松而又富于强烈节奏感的音乐效果。

《国风》、乐府对诗歌音乐性的要求显然没有后来的近体律诗那样严格，《国风》大都出于天籁，成于自然，那时还没有形成严密的韵律，用韵十分自由宽松，可以说几乎包括了所有的用韵方式：句句用韵，隔句用韵；单句和单句押韵，双句和双句押韵；起句入韵，第三句以下才双句用韵；第一、二、四句用韵，第三句不用韵；有一韵到底，也有中途换韵；既有句尾韵，也有句中韵。汉魏乐府基本上继承了《国风》的自由用韵方式，也仍然不讲平仄。不过，在自由宽松的音乐形式中，《国风》和乐府又照样追求着强烈的节奏感，力图通过音乐节奏的特殊效果给人以深刻的印象，撼动读者的

① 臧克家：《论新诗》，载1934年《文学》第3卷第1号。

② 蒲风：《抗战诗歌讲话》，19页。

③ 李季：《我是怎样学习民歌的》，载1949年12月10日《文艺报》第1卷第6期。

心灵。而构成这一音乐效果的重要手段之一便是所谓的“复迭”。《国风》作品各“章”（即乐调上的一个段落）之间字句基本相同，只换少数词语，反复歌咏，颇有“一唱三叹”之感。乐府以词语或句子的重复为主，如《有所思》“从今以往，勿复相思，相思与君绝!”《江南》“鱼戏莲叶东，鱼戏莲叶西，鱼戏莲叶南，鱼戏莲叶北。”这些诗学特征在现代诗歌中清晰可见。刘半农认为：“诗律愈严，诗体愈少，则诗的精神所受的束缚愈甚，诗学决无发达之望。”为了突破传统的诗律束缚，刘半农主张“破坏旧韵重造新韵”，“增多诗体”，自造或输入他种诗体，于有韵之诗外，另增无韵体①，民间歌谣的自由用韵方式就这样引起了诗人的重视。蒲风将民间歌谣的形式总结为十项，其中的第五、第十项就属于音乐性方面的：“有自然音韵，有韵脚”；“叠句——这也是很常见的形式之一，在合唱中很有一些便利，而且，有时就内容本身来讲，也常能因是而加重力量。”② 中国现代歌谣化新诗均采用自然化的韵律，除无韵体诗外，有韵诗的押韵方式也灵活多变，诗中多番自由换韵，一段之内押韵的次数、方式时有不同，或仅押两句，或句句皆押，一首之内，无韵与有韵兼容。词与词、句与句、段与段之间的相互“重叠”也不时采用，以此作为现代诗歌“加重力量”、“更深刻的感动读者”的重要手段。比如阮章竞的《漳河水》就不时重复着“漳河水，九十九道湾”、“桃花坞，杨柳树”等，提醒给我们特定的地域概念，强化着读者的“乡土印象”。

● 自由、自觉、反传统与歌谣化

中国现代新诗的艺术追求接受了中西多种诗潮的熏陶和影响，这样的熏陶和影响又各不相同，由此而构成了中国现代新诗的多种形态特征。仅从传统诗歌文化出发，我们便可以按其影响的不同而将现代诗歌划分为屈骚的“自由”形态，魏晋唐诗宋词的“自觉”形态，宋诗的反传统趋向，以及本节所述的以《国风》、乐府为原型的“歌谣化”趋向。在这一丰富而复杂的形态格局里，歌谣化的中国新诗又居于一个什么样的位置呢？这一形态与其他的几种形态的关系如何？

首先，不言而喻的是，歌谣化的中国新诗显然以其特有的民间

---

① 刘半农：《我之文学改良观》，载1917年5月《新青年》第3卷第3号。

② 蒲风：《诗歌大众化的再认识》，见《抗战诗歌讲话》，60、62页。

色彩与其他形态产生了程度不同的差别。“自由”、“自觉”与所谓的“反传统”就其本质而言皆属于典型的文人化创作。“自由”之诗唱出了中国现代诗人的不屈与抗争，诗人或突出、强化了自己的个人意志、主观情感，或肩负着恢宏的国家民族责任，流淌着20世纪中国诗人特有的怨愤忧患之情，就如同这一形态的传统原型屈骚那样，其中“天将降大任于斯人”式的知识分子心态昭然若揭，知识分子特有的人格尊严与道德准则使得这一形态的诗歌不可能是平实拙朴的，“俗言俚语”并非处处可用。“反传统”显示了中国诗人对极盛期中国诗歌理想的某些怀疑和反叛。这一怀疑和反叛主要还是在文人文化的范畴内进行的，比如宋诗和“新乐府”以及其他的民谣也曾发生过千丝万缕的关系，但这种“关系”并没有改变它固有的文人式情趣，理性化的思维、生命流程的沧桑体验也不是单纯、朴素的民间艺术所能承载的。中国新诗“反传统”的最高成就当属于九叶派诗人，九叶派诗人是继续在文人文化的范畴内作诗的探索，其理论权威袁可嘉就尖锐地批评了诗人对于民间语言的“迷信”。他说：“民间语言往往有强烈的地方色彩，在地方语言极不统一的我国境内更是如此，因此如果毫无保留地采用各地的民间语言来写作，我们所得的怕不会是全国性的文学作品而是割据性的地方文学，即使我们以国语为准，在说话的国语与文学的国语之间也必然仍有一大方选择，洗炼的余地。”[①] 能够在“说话”与“文学”之间自由“选择”、“洗炼”的当然只有文化人了。“自觉”形态的新诗代表了中国诗歌文人化的极致，它对诗人人格的封闭和打磨，对诗歌语言的精细提纯，以及对诗歌本身的“贵族”地位的维护都一再表现了这些诗人所拥有的学识和修养。这一形态与晋唐诗歌这一古典诗歌的典型范式走得最近，受其影响也最大。于是乎，作为中国诗歌理想模式的反拨，歌谣化新诗最直接最重要的对立面就是“自觉”形态。无论是新月派的徐志摩，还是象征派的王独清，现代派的戴望舒、何其芳，显然都不需要那些不够“含蓄”、缺乏“意境”、没有包裹的“真”；他们更习惯营建和陶醉在各种温软的美梦当中，反对无所顾忌的暴露、批判和过多地渲染个人的怨怒；他们更喜欢委婉曲折的抒情，意在言外的暗示，而忌讳直截了当的叙述；对于语言的雕琢和打磨则是他们的重要工作。在这些方面，歌谣化新诗均与

① 袁可嘉：《对于诗的迷信》，载1947年《文学杂志》第2卷第11期。

“自觉”形态的新诗尖锐对立着，恐怕也还是在这样的对立状态中，歌谣化新诗才获得了自己的独立的不可代替的价值。

不过，歌谣化新诗同“自由”形态、“反传统”趋向又不可能是水火不容的。因为，它们虽然分别汲取了来自“文人”与来自“民间”的营养，却又在背离晋唐诗歌原型这一点上取得了共识，个性的“自由”区别于“纯诗”化的“自觉”，“反传统”就是对晋唐模式的革命，“歌谣化”则为文人的僵化注入了新的生命活力，在现代新诗史上，共同的背离愿望和共同的方向选择使得这三种诗歌创作形态有可能在发展过程中互相支持、互相配合，实现对“正统”诗歌传统的革新和开拓。在这个意义上，“歌谣化”与“自由”、“反传统”倒又不会形成深层的矛盾和冲突，甚至，它们不时还彼此渗透，取长补短。比如，在国家民族危亡的时刻，“自由”原型的屈原人格、“反传统”原型的道统观念和“歌谣化”原型的怨愤反抗都紧密地结合在了一起，共同铸造了中国现代诗人的忧患意识。初期白话诗人、30 年代的中国诗歌会诗人和 40 年代以田间为代表的较有知识分子气质的抗战诗人也曾同时受到了“反传统”原型或“自由”原型的某些影响。这样，从现代诗人角度看，我们要机械地划分他们所属的诗歌形态已经不那么容易了。一位生活在现代环境里的诗人，本来就是全方位地感受着来自“整个”传统的丰富信息，传统的各种原型亦在他们的心底重新进行着组合与装配。从中国现代新诗自身来说，“形态”的分别具有较大的模糊性、含混性，不少现代新诗都是综合地表现着传统诗歌原型的种种特征。只是，我们今天为了更清晰更准确地分析传统原型的现代功能，就不得不勉为其难地努力将之划分开来，区别对待，各有阐扬，以期有细致的发现。

同样的复杂性甚至还部分地反映在“歌谣化”与“自觉”的关系中。在中国现代新诗的传统原型那里，“歌谣化”在校正调节“自觉”形态的干枯与僵化的同时，显然从来没有在根本上颠覆和破坏“文人化”传统本身，更没有取“正统”诗歌的美学理想而代之，相反，倒是“文人化”的传统之人每每都能从民间艺术里汲取营养，反过来又继续推动“文人化”创作向着更精致更纯熟的方向迈进。诗歌由四言向五言变迁，近代律诗的日趋成熟，以及由诗至词的转化就是这样，民间歌谣就其本质来说，终不免处于被把玩、被取舍的陪衬地位。出于对中国诗学意境理想的不自觉迷恋，中国现代那些推重《国风》、乐府的诗人，似乎并不因《国风》、乐府的存在而放弃了对“意境”传统的向往。较之于传统诗歌现象，歌谣化趋向可能还是较为稳定较为执着的，对古典“自觉”范式的抨击是这些诗人不遗余力的选择，不过，从总体上看，这种抨击和批判又并没有在未来的历史上刻下深深的印迹。民间歌谣的人生观、艺术观显然没有得到现代诗人自觉的和完整的总结，进而上升到一个全新的历史层面，并以此造成世纪性的诗学跃迁，文人化的创作从来没有因民间歌谣的催迫而实现自我否定，螺旋上升，它依然如故，只是暂时藏敛了自身的固执，民间歌谣所能给它的只是一份特殊的清爽和宽慰，缓和了它因僵化而来的枯萎。历史的硝烟散尽之后，中国诗人依旧迷醉于晋唐诗歌的浑圆之境，新月派、象征派和现代派余音袅袅，绵延不绝，待民间歌谣这一点有限的“新异”感耗散干净之后，中国诗人与中国读者首先寻找和择选的还是徐志摩、王独清、戴望舒、何其芳、卞之琳，以及这一诗歌形态的传统原型。整个20世纪的中国新诗史就交织着“歌谣”和“自觉”的复杂更迭与循环。

我们看到，民间歌谣曾经对西方近现代诗歌的发展起了重要的作用。为反对古典主义的清规戒律，19世纪的西方浪漫主义提出回归自然、返璞归真，宗法制农村的淳朴和牧歌引起了浪漫主义诗人极大的兴趣。欧洲各国的浪漫主义诗歌运动大都是从收集民间歌谣开始的。德国海德堡派的布伦塔诺和阿尔尼姆在1805年至1808年间出版了民歌集《男童的神奇号》，这是西方浪漫主义与民间歌谣相结合的标识。海涅、柯勒律治、骚塞、莱蒙托夫、裴多菲、密茨凯维奇等人都曾实践过“歌谣化”的创作。从总体上看，民间歌谣的平易、坦率及其自由多变的格律形式最终取代了古典主义的典雅和规范，使西方诗歌进入到了一个崭新的历史时代。

中西近现代诗歌“民谣化”运动的这种不同的结果源于中西诗歌文化结构的差异。在西方的古典主义时代，文人诗歌与民间歌谣是彼此完全对抗的两种形态，古典主义的繁荣是纯粹理性统治之结果，相应地民间歌谣则交上了被排挤被冷落的不幸命运，浪漫主义运动调动了民间歌谣的全新的艺术功能，以此驱逐了古典主义。二元结构的二元化发展使西方诗歌的否定性机构十分健全，并获得了巨大的发展动力。相反，中国诗歌的“文人化”却没有彻底排斥歌谣，倒不时地取其精华，为我所用，这是一种一元式的又包含着某些复杂性的诗文化结构，歌谣被允许生存发展，只是，其内在的能量也不断耗散殆尽，终于不足以改朝换代，引导中国新诗自我否定，曲折前进。

中国现代新诗歌谣化趋向的主要意义还在于自我的调节与平衡，它没有也不可能成为一股空前绝后的潮流，为我们刷新一个世界。

第三章　传统文化与中国现代新诗的本文结构

文学的生命不仅表现为独特的思想追求，而且还直接凝结在它与众不同的形式里，这就形成了所谓的本文结构。诗歌的本文结构可以从多个层面加以剖析——由选词、造句、联篇所构成的文法追求，由节奏、押韵、声调所构成的音韵系统。

一、辨与忘：中国现代新诗的文法追求

> 最好的诗，应当要那最好
> 的章法，最好的句法……
>
> ——李广田：《论新诗的内容和形式》

对现代新诗文法的考察必然关涉着对现代汉语词法、句法、章法的考察。在汉文学的思想追求与语言模式的现代嬗变过程中，似以文学思想追求的跃迁更明显，而语言的深度模式（包括词法、句法、章法）显得更稳定一些。于是，中国现代诗人关于“最好的章法，最好的句法”这样的讨论，又多半是在整个汉语体系之内进行的，并且时常很难作出严格的古今划分，古典诗歌在文法上的一系列成就往往就会给今人直接的启发。

那么，我们还是先回过头来，看一看中国古典诗歌的有关情形吧。

● 循环往复的辨与忘

考察中国古典诗歌的文法追求，我们看到，存在着这样两种方式的词句结构：其一是致力于语词含义的明晰性、准确性，句子篇章富有逻辑性、思辨性；其二是有意模糊语词的内涵与外延，造句

自由而随意，没有固定的规则，全篇各句之间的关系以“并列”为主，非逻辑，非因果。前者发挥了语言追踪主观思维运动、以言尽意的“明辨”功能；后者则分明保持了语词与主观思维的距离，陈述无意直奔主题，组词成句、联句成篇的语法规则都不重要，谨严有序的语言法则仿佛可以变通，甚至“忘却”。参照一些学者对古典诗学的阐释，我把这两种文法追求分别概括为“明辨”和“忘言”①，简称就是“辨”与“忘”。

应当说，语言的“辨”和“忘”对于诗歌创作都是必不可少的，不过，从总体上看，“明辨”和“忘言”在中国古典诗歌史上又属于两种循环往复、交替出现的文法追求。大体说来，唐以前的古诗“明辨”，唐诗宋词“忘言”，宋诗又“明辨”，“自宋以后之诗，不过花开而谢，花谢而复开”（叶燮《原诗·内篇》）。

从诗骚到魏晋，中国诗歌的用词一般都含义清晰、明确、单纯，词类的灵活转用也相对少见，以至在整体上没有多少含混模糊之处。如屈骚以异常丰富的、充满奇情异想的辞藻而著称，但这些辞藻又都包含着明晰的政治道德意义，在表达“内美”、“修能”的意向上并不会产生多大的歧义。从句子来看，这一时期的诗歌创作名词、动词、形容词、关系连词等一应俱全，且基本上都遵循了“主—谓—宾”的规则，显得完整有序。如《古诗十九首》的“浮云蔽白日”、“西北有高楼”、“客从远方来”、“人生天地间，忽如远行客”等。从整首诗来看，句子与句子之间以两种方式构成：一是时间推进，一是因果相生。前者如王粲《七哀诗》其一：“西京乱无象，豺虎方遘患。复弃中国去，委身适荆蛮。亲戚对我悲，朋友相追攀。出门无所见，白骨蔽平原。路有饥妇人，抱子弃草间，顾闻号泣声，挥涕独不还，‘未知身死处，何能两相完？’驱马弃之去，不忍听此言。南登霸陵岸，回首望长安。悟彼《下泉》人，喟然伤心肝。”后者如《古诗十九首》之“回车驾言迈”：“回车驾言迈，悠悠涉长道。四顾何茫茫，东风摇百草。所遇无故物，焉得不速老？盛衰各有时，立身苦不早。人生非金石，岂能长寿考？奄忽随物化，荣名以为宝。”古诗的词、句、篇的这些特征在整体上实现了文意的明晰感、顺畅感和流动感。

自南北朝时代的“山水诗”、“咏物诗”萌芽到唐诗宋词，趋于

① 此处参考了韩经太：《中国诗学与传统文化精神》，成都，四川人民出版社，1990。

成熟的是另外一种新的文法追求。在这里，诗歌的语词被赋予了更丰富也更复杂的意蕴，它既属于文化，又属于自然，既具有历史的象征意义，又往往保持了第一次感受自然的新鲜感。在人文传统与客观自然的丰富语域里，语词失去了固定的一一对应的意义，给人多层面多方向的联想，如“杨柳”一词给人以轻盈飘逸的感受，同时又寄寓了男女情爱的文化内涵，如刘禹锡“杨柳青青江水平，闻郎江上唱歌声”（《竹枝词》其一），柳永“杨柳岸晓风残月”（《雨霖铃》），明媚动人的环境与内心的柔情蜜意相交织，极大地丰富了语词的审美信息。类似的语词不胜枚举，如凄清的“春草”（与“离别”相联系）、缠绵的“杜鹃”（与“思归”相联系）等。有时诗歌还故意造成语词意义的分歧，让人把玩不已，如李白《峨眉山月歌》：“峨眉山月半轮秋，影入平羌江水流。夜发清溪向三峡，思君不见下渝州。”“君”究竟是友人还是前文的“月”，众说纷纭，莫衷一是。至于语词的属性则又灵活多变，汉语的一些基本属性如动词不分性、数、格，动词无人称时态、体式之别等，都在唐诗宋词中尽情展现。名词、动词、形容词又彼此转用，如“渭城朝雨浥轻尘”系形容词作动词（王维《渭城曲》），“东边日出西边雨”系名词作动词（刘禹锡《竹枝词》），“西楼望月几回圆”系形容词作动词（韦应物《寄李儋、元锡》）。组词成句的方式更是自由随便，古体诗中“主—谓—宾”的秩序已发生了根本性的变化，主谓宾有时就很难分辨清楚，如“人闲桂花落，夜静春山空”（王维《鸟鸣涧》）。有的句子甚至由一系列的名词组成，毫无语法性的连接，如“鸡声茅店月，人迹板桥霜”（温庭筠《商山早行》），句与句之间的时间或因果关系被大大地冲淡了，取而代之的是建立在语词对应关系之上的和谐。有关词性上的相同，句子在语意上的对仗，以及内在结构的一致都决定了这些诗行之间的关系不可能是线性发展的，而是并列的，跳跃的。这些词、句、篇的文法特征，实际上是在不同的层次上消解了“语法”的严密性、逻辑性，让诗意飘浮于模糊、朦胧的空间。

接着，宋诗却在一系列的文法追求方面显示出了与唐诗宋词的区别，它把词、句、篇重新纳入到思维运动的波澜起伏当中，“以文字为诗，以才学为诗，以议论为诗”（严羽《沧浪诗话·诗辨》），实则是赋予诗歌语言鲜明的主观思辨色彩，“以腐朽为神奇”的创意让语词的内涵必然变得清新明确，议论化的陈述也使得语词的组合方式必须遵从严格的语法规则，句与句之间的逻辑推进效果比较明显，同讲究感兴、推重含蓄蕴藉之风的唐诗宋词比较起来，宋诗的语言自然就显得直露、干瘦甚至生涩了。如黄庭坚答和苏轼的一首诗："我诗如曹郐，浅陋不成邦，公如大国楚，吞五湖三江。"（《子瞻诗句妙一世，乃云效庭坚体，次韵道之》）不过，直露、干瘦、生涩却也正是"明辨"的必然结果。

中国古典诗歌"辨"与"忘"的文法追求至此似乎完成了一个历史的循环，"自宋以来，历元、明、清，才人辈出，而所作不能出唐宋之范围，皆可分唐宋之畛域"①。"诗分唐宋"从某种意义上看，其实就是诗分"辨"与"忘"，"辨"与"忘"的循环往复，大体上概括了中国古典诗歌的文法追求。

我们注意到，中国现代新诗的文法追求也具有"辨"与"忘"的二重性。

初期白话新诗的文法追求侧重于"辨"。胡适说，"诗界革命"必须完成三件事，其中的第二条就是"须讲求文法"②。他如此突出语言自身的内在规范，当然是"辨"而不是"忘"。胡适特别看重叙述性强、语法规范明确的语言："诗国革命何自始？要须作诗如作文。"《尝试集》中许多诗歌都语意清晰，句法层次鲜明，从逻辑上讲更像是分行抄的散文："我大清早起，/站在人家屋角上哑哑的啼。/人家讨嫌我，说我不吉利：——/我不能呢呢喃喃讨人家的欢喜！"（《老鸦》）类似的文法追求在其他诗人的作品中也比较突出，如俞平伯《春水船》："我只管朝前走，/想在心头，看在眼里，/细尝那春天底好滋味。"刘半农《相隔一层纸》："屋子外躺着一个叫化子，/咬紧了牙齿，对着北风呼'要死'！"康白情《车行郊外》："好久不相见了，/又长出了稀稀的几根青草；——/却还是青的掩不了干的。"周作人《画家》："可惜我并非画家，/不能将一枝毛笔，/写出许多情景。——"

大约从五四后期开始，中国现代新诗逐渐减弱了追踪复杂思维的努力，模糊的诗意、整体性的朦胧感受逐渐引起了人们的兴趣，于是，"忘言"的文法追求开始出现了。在冰心的《繁星》、《春水》，宗白华的《流云》里，现代汉语的坚硬结构第一次被软化。《繁星·一三八》："夏之夜，/凉风起了！/襟上兰花气息，/绕到梦魂深处。"

① 钱钟书：《诗分唐宋》，见《谈艺录》，3页，北京，中华书局，1984。

② 胡适：《尝试集·自序》，见《尝试集》，139页，北京，人民文学出版社，1984。

夜、风、兰花、梦魂，这些语词似乎已经超越了因果逻辑链条的束缚，而就是这种超越带给了它们丰富的审美信息。20 世纪 20 年代中期以后的新月派、象征派诗人则进一步“忘却”了语法的严密性，让词义、句子结构、篇章逻辑都处于松松散散、飘忽不定的状态。如徐志摩《再别康桥》的名句：“悄悄是别离的笙箫”、“沉默是今晚的康桥”，超常规的词类活用，是陈述句却又缺乏清晰的合乎逻辑的语意，纯粹暴力式的语言结构，这都表明诗人无意辨析自身思想的繁复性、矛盾性，诉诸读者的是情感的总体色调。从《再别康桥》全诗来看，悄悄、别离、沉默之类的语词与依依不舍、流连徘徊的情绪成为了和谐的一体，单个语词释放出的信息量就是“诗意”本身，至于按照严密的语法规则组词成句，似乎倒与全诗的朦胧情调不相吻合了。类似的句子又如林徽因《情愿》：“但抱紧那伤心的标帜，/去触遇没着落的怅惘；/在黄昏，夜半，蹑着脚走，/全是空虚，再莫有温柔。”饶孟侃《惆怅》：“徒然的千呼万唤，/只空山和你答话。/转眼又是个黄昏，/惆怅充满了天涯。”王独清《但丁墓旁》：“那光阴是一朵迷人的香花，/被我用来献给了你这美颊；/那光阴是一杯醉人的甘醇，/被我用来供给了你这爱唇……”冯乃超《现在》：“我听得在微风之中/破琴的古调——琮琮/一条干涸无水的河床/紧紧抱着沉默的虚空。”这类诗句还表现出了一个相当引人注目的文法特征：往往是前一个句子与后一个句子各自独立，即非时间关系也非因果关系，它们的联络完全依赖全诗的整体的“意境”，依赖读者超越时空的“意合”，这很容易就让人想到近体律诗相邻两个句子的对照映衬关系。

“忘言”在 30 年代的现代派诗歌中达到了炉火纯青的程度。戴望舒认为诗是一种吞吞吐吐的东西；卞之琳说他怕公开个人的私情，早期抒情诗里的“我”也可以和“你”或“他”（“她”）互换[①]；何其芳事实上也略去了语言的“链锁”，“越过了河流并不指点给我们一座桥”[②]。从文法追求的角度来看，这都可以理解为是诗人自觉地颠覆语法规则，追求语词的含混、句子连接的非逻辑化。正如废名的比喻，诗就是一盘散沙，粒粒沙子都是珠宝，很难拿一根线穿起来。[③] 与新月派、象征派比较，现代派诗歌显然更是精益求精

① 参见卞之琳：《雕虫纪历·自序》，见《雕虫纪历》，3 页。

② 何其芳：《梦中道路》，见《何其芳文集》，第 2 卷，66 页，北京，人民文学出版社，1983。

③ 参见冯文炳（废名）：《已往的诗文学与新诗》，见《谈新诗》。

地雕琢那些“并列”的词句。通过对传统语言的借鉴，通过对词性的“忘却”，通过对句子篇章的“省略”和调整，现代派诗歌较多地营造了近似于唐诗宋词式的“意境”理想。有时，这些诗歌也继续使用汉语中具有鲜明逻辑性的连词、副词，却又别出心裁，恰到好处地消解了其中的思辨因素，显出一种超越语言规则之后的圆润与浑融。如卞之琳《候鸟问题》：“叫纸鹰、纸燕、纸雄鸡三只四只/飞上天——上天可是迎南来雁？/而且我可是哪些孩子们的玩具？/且上图书馆借一本《候鸟问题》。”

40 年代的中国新诗又普遍转向“明辨”，九叶诗人推重的“新诗现代化”特别强调对语言潜能的开掘，强调的“是如何在种种艺术媒剂的先天限制之中，恰当而有效地传达最大量的经验活动”[1]。语言多层次的矛盾冲突，以及在矛盾冲突中的辩证发展、螺旋推进成了一些九叶派诗歌的基本文法特征；艾青及七月诗派也主张语言的“明快，不含糊其词”，“以全部力量去完成自己所选择的主题”[2]，其他的许多抗战诗歌皆词义明确，词性单一，句子主谓宾成分清晰，逻辑性鲜明，全诗的流动感、推进感十分明显。例如蔡其矫《风雪之夜》：“风呀！你是要打倒敌人还是要摧毁田园？/雪呀！你是要孕育丰年还是要带来灾难？/寒冷到了最后，黑夜到了尽头，/中国呀！你在胜利的面前站立起来！”黄宁婴《泪的故事》：“我想写一首诗/总结我近年来流过泪的故事/因为像那样的日子/很快很快就要永远地过去。”严辰《送别两章》：“你走了，/带不去的/是你辛勤开垦的土地，/是你亲手制的纺车，/你的许多有意义的时日。”在这方面，九叶诗人穆旦尤为自觉，他认为，“诗要明白无误地表现较深的思想”[3]，他笔下这样的诗句是何等地具有“明辨”的色彩：“虽然现在他们是死了，/虽然他们从没有活过，/却已留下了不死的记忆，/当我们乞求自己的生活，/在形成我们的一把灰尘里。”（《鼠穴》）诗人郑敏认为穆旦诗歌的文法特征是：扭曲，多节，满载到几乎超载。[4]

如此说来，“明辨”与“忘言”的循环往复便是古今中国诗歌共同的文法追求了。

---

① 袁可嘉：《新诗现代化的再分析》，载 1947 年 5 月 18 日天津《大公报·星期文艺》。

② 艾青：《我对诗的要求》，见《艾青谈诗》，38 页，广州，花城出版社，1982。

③ 转引自郭保卫：《书信今犹在，诗人何处寻》，见《一个民族已经起来》，180 页。

④ 参见郑敏：《诗人与矛盾》，见《一个民族已经起来》，33 页。

● 两种诗法背后的两种思维

语言是人类认识、读解世界的符号，人们依赖语言，确定大自然的万事万物，借助语言与世界和他人互相沟通，传播思想，又反过来积累自己的历史文化成果。相应地，语言也就与人最根本的世界观、最基本的思维方式联系在了一起。从这个角度来说，所谓“文法”便反映了人运用自己的思维，对世界整体结构与运动秩序的理解和模仿。在中国诗歌“明辨”与“忘言”两种文法追求的背后，显示出中国诗人的这样两重思维：价值判断和神与物游。

设想在没有人出现，也没有“意义”产生之前，世界本身是浑融完整、“物各自然”的，无所谓层次，无所谓秩序，也无所谓运动和发展，一切尽在“虚境”当中。之后，人从大自然中屹立起来，并日渐以世界的主人自居，这时，人之为人显然就取决于他征服世界、改造世界以及按照自己的主观意志不断重新解释世界这一系列的文化活动，与这些文化活动联系在一起的，便是价值判断。人寻找和建立着一个又一个价值标准，又用这样的价值标准来认识世界，判断人生。在价值判断下，客观世界显示了有层次、有顺序、有运动与发展的景象。中国人的价值判断在诗歌作品中催生了“明辨”式的文法追求。

中国古典诗歌“明辨”式的文法追求总是出现在中国诗人极力显示自身“文化格调”的时代。“文化”以其区别于“自然化”而存在，是人按照自我意识创造世界的结果。所谓“文化格调”就是炫耀自身智慧性的存在，突出自己不甘屈从于历史习惯的气质与个性。

从整体上看，古诗的发生发展表现为一个对民间集体创作不断革新、不断超越的过程，在这样一个过程当中，不断得到肯定和强化的便是诗的“文化格调”，宋诗则以“革新”为旗帜，竭力表现自身的学养和知识，竭力证明其文化水准是如何地有别于前人。

五四和20世纪三四十年代均属于文化的动荡期。一方面是新旧文化自身冲突形成的动荡，另一方面是社会战乱带来的民族文化的蜕变。在这两个时代，“价值重估”都是中国人的必然选择，诞生在这一历史背景上的中国新诗必然充满了以我为主的价值判断，因而也就出现了明辨式的文法追求。当然，正如我在前一章所阐述的那样，五四新诗和九叶诗派、七月诗派以及其他的抗战诗歌都在不同程度上接受了宋诗的影响，于是，历史的发展和文化的原型又都为中国新诗的文法追求提供了共同的根据。

与之同时，我们又注意到了这样的事实：我们虽然竭力要从大自然当中挣脱出来，以主人翁的心境去褒贬世界，剔抉世界，但我们毕竟还是属于自然的一员，属于大千世界的一分子。对于以个体生命形式存在的人而言，宇宙的恢宏阔大总是无边无际、无始无终的，而人自身终归是渺小的、短暂的，因而从本质上讲，人是无法掌握世界和准确地解释世界的，在每一番合乎逻辑的解释之后，我们都会生出新的甚至是更多的困惑来。分明地，那原本还是完整的世界景观因我们的"指义"而显出了某些分裂、破败，我们主体意志所假定的层次、顺序似乎并非世界所固有，在我们的判断和世界的本来面目之间，出现了令人尴尬的错位。面对这样的尴尬，中国哲学不似西方哲学那样偏执，一味在强化个人独立的道路上去"重振乾坤"，从一开始，中国哲学就敏锐地感受到了人与世界的复杂关系，并努力探索着调和的路径，老子"复归于婴儿"（《道德经》），庄子极力描绘"未始有物"的"古之人"（《庄子·齐物论》）。童真和古人就是中国哲学所理解的那种人我不分的状态，混混沌沌，万物相应，不假思索，不借逻辑。

这种思维方式迥然不同于"价值判断"。它需要的不是"自作主张"的各种观念与思想，更不以这些观念与思想为"标准"来肢解浑圆的万事万物，相反，它力图恢复世界最原始最本真的生存状态，人的心灵应当应和于客观世界的脉搏，依附于它而生，为它的性质所同化。人的思维绝非天马行空，左冲右突，为所欲为，而是随物宛转，神与物游。在诗的美学追求上，它表现为"物态化"的艺术理想；在诗的文法追求上，它表现为"忘言"，即淡化、模糊、"忘却"语言结构的逻辑性，"把限指、限义、定位、定时的元素消除或减灭到最低的程度"①。也就是尽力消退"文化"的痕迹，以多义的多向联系式的语词并呈模拟"未加名义"的物各自然。"道可道，非常道；名可名，非常名。"（《道德经》）大道自然是无言的，但一诉诸文学，却又不能不是有言的，那么，怎么办呢？有言而又忘言，这就是中国诗人贡献给世界诗歌史的最独特的创意。

中国古典诗歌的"忘言"追求产生在传统诗文化高度成熟的时代，尤以唐诗宋词为典型。这是一个有趣的现实，一方面是诗歌文

① 叶维廉：《语言与真实世界》，见《寻求跨中西文化的共同文学规律》，145页。

化的高度发达与成熟，一方面却又是消退“文化”的努力。其实这本身是十分正常的。中国诗文化的高度发达和成熟同道释二家的哲学思想向着诗的渗透息息相关，而道释二家又都在不同的意义上消解着以人为主体的“文化”，对文化中人的立体性作某种形式的消解是中国传统文化的一个显著特色。在这个时候，中国诗歌的“文人化”品格并不意味着对文化的开拓和对文化创造活动的激赏与推动，它的取向可能恰恰相反。于是，倒是在中国诗歌趋向成熟又尚未成熟的时代或者是在盛极而衰的转折期，“文化追求”的气质才是比较浓厚的。

中国现代新诗的“忘言”追求得力于两种力量的推动：其一是现代诗人对魏晋唐诗宋词的继承，从冰心开始，经由新月派、象征派到现代派，这种继承的要求愈见强烈，并上升为“自觉”的思想意识。在前一章，我曾有过详细的阐释，这里所要强调的是，就文法特征来说，传统中国哲学的语言观念又起了直接的作用。比如，判断式的思维驱使胡适选择了“明辨”，在他看来，语言完全应该也完全可能听命于人的主观意志，“有什么话，说什么话；话怎么说，就怎么说”[①]。按这一逻辑产生的诗就是好诗。到了冰心那里，情况就发生了很大的变化，“真理，/在婴儿的沉默中，/不在聪明人的辩论里”（《繁星·四三》），所以说，“诗人呵！/缄默罢；/写不出来的，/是绝对的美”（《繁星·六八》），“婴儿，/是伟大的诗人，/在不完全的言语中，/吐出最完全的诗句”（《繁星·七四》）。的确，从这以后，中国现代诗人都开始构织那些“不完全的言语”，以求“最完全”的宇宙真理，这就是“知者不言，言者不知”（《道德经》），“素处以默，妙机其微”（司空图），“不涉理路，不落言筌”（严羽）。其二是汉语深度模式本身的超稳定性。不言而喻，现代白话同古典文言比较，已经发生了较大的变化，如与现代口语更接近，引入外来语，仿效西方语言，增加了一系列的介词、连词以强化语意的逻辑性等，但是，就诗歌语言来说，这种古今差异却又远远没有进入到实质性的层次，相对而言，文言文的僵硬性更多地表现在古典散文中。对于现代新诗，它所采用的现代汉语在词法、句法上本来就与古代汉语有颇多共性。例如文字的象征性、意象性，词语的多义性，词类的灵活性，组词成句的随意性，语言简练，“辞达而已”，

---

① 胡适：《尝试集·自序》，见《尝试集》，149页。

少作盘旋曲折的分层追踪等。汉语超稳定的这种存在方式为今人进行相似的哲学思考提供了最坚实的基础，现代中国人照样容易根据汉语本身的象征会意特征体悟世界的“原真”状态，又以“忘言”的策略突出汉语的意象性、灵活性，最终再构着世界本身的浑融与模糊。

● 在“辨”与“忘”之间

综上所述，我们看到，由于受到了来自古典诗歌传统、汉语言自身稳定性及与之相关的基本哲学思维的影响，中国现代新诗的文法特征显著地表现为“辨”与“忘”这两重因素的循环往复。不过，现代文化自身的演进趋势同样不容忽视。由于现代文化发展的推动，这两重因素的存在和循环也出现了一些新的特色，值得我们加以辨析。

首先，西方诗歌文化的引入给新诗的明辨式追求注入了前所未有的动力。

从中西诗歌文化的比较来看，“明辨”可以说是西方诗歌始终不渝的文法追求。西方语言很早就走上了拼音化的抽象思维之路，这种追求也早在古希腊时代就为柏拉图、亚里士多德阐述清楚了，其影响直到现代的象征主义诗歌仍绵延不绝。对照中国古典诗歌的“辨”与“忘”，西方诗歌文化的明辨式追求显得格外的干脆和彻底。从历史事实看，中国古典诗歌“辨”与“忘”的关系倒是彼此过渡的，其间还多有交织和黏着。在语言自身的发展程序上，汉语保留了初级阶段（表意、象形）的主要特征①，因而反逻辑重意合的“忘言”式文法追求实在又是中国语言艺术的最高典范，它牵掣和影响着“明辨”式追求的发展，不仅决定了古体诗向近体诗过渡的必然性，也使得宋诗的“反传统”能量有限。明辨的宋诗同时包容了盛唐以来的“忘言”的某些因素，比如语词的多重文化内涵（典故），组句成篇的均齐、和谐感及其相应的“并置”效果等。

在汉语诗歌自身的发展史上，中国现代新诗无疑是最具有“明辨”意识的。而且更为重要的是，因为输入了西方式“明辨”精神的血液，中国新诗的“明辨”式文法追求还获得了某种程度上的独

① 摩尔根《古代社会》认为，文字符号之发展过程可分为五段：“一、手势或个人符号语言；二、图画文字或表意符号；三、象形文字或约定俗成的符号；四、表音的象征文字或用于简单记事的音符；五、拼音字母或书写下来的声音。”

立品格——它一方面努力寻找着属于自己的更深厚的哲学基础，另一方面又自觉地反思、批判着中国传统诗歌的“忘言”。中国现代新诗“明辨”形态中的“忘言”因素已经减少到了汉语文学史上的最少程度，日常口语大规模地涌入诗的境地，它明快、清晰、鲜活，不能不对语词固有的悠远的文化内涵形成冲击；对西方文学逻辑性语言的译介，也迫使中国诗歌创立了不少新的逻辑性鲜明的词汇，连词、介词的显著增加使得句子获得了鲜明的层次感、程序感，加强了语意的线性推进效果。与上述语言自身的变革联系在一起的是思维方式的嬗变。在现代中国巨大的文化危机与文化冲突当中，中国文化人竭力想摆脱传统的压力，寻找新的价值标准、新的理性之光，所以，在整个现代中国，价值观的讨论、价值性的判断总是如此的深入人心，动人心魄！这种思维方式在现代中国诗人中的影响是超流派的，比如，当中国诗人需要全面、清晰地阐述自己的价值观，需要进行有层次有逻辑的抗诉、辩驳或直抒胸臆时，那些长短不齐、参差错落的自由式、推进式句子便应运而生了，它从整体上瓦解了传统诗歌句式的均齐性、并置性。为了追踪主观意志，有的句子还一再拉长，如车轮般滚滚向前，它信息量大，逻辑严密，给人极大的感染力。在中国现代新诗史上，这样的句子几乎在各个流派的多个诗人那里都出现过，如胡适《送叔永回四川》：“这回久别再相逢，便又送你归去，未免太匆匆！/多亏得天意多留你两日，使我做得诗成相送。”沈尹默《人力车夫》：“出门去，雇人力车。街上行人，往来很多；/车马纷纷，不知忙些甚么？”郭沫若《立在地球边上放号》：“无数的白云正在空中怒涌，/啊啊！好幅壮丽的北冰洋的情景哟！/无限的太平洋提起他全身的力量来要把地球推倒。”闻一多《李白之死》：“他翻身跳下池去了，便向伊一抱，/伊已不见了，他更惊慌地叫着，/却不知道自己也叫不出声了！”戴望舒《断指》：“他的话是舒缓的，沉着的，像一个叹息，/而他的眼中似乎是含着泪水，虽然微笑是在脸上。”穆旦《玫瑰之歌》：“我长大在古诗词的山水里，我们的太阳也是太古老了，/没有气流的激变，没有山海的倒转，人在单调疲倦中死去。”艾青《大堰河——我的保姆》：“我呆呆地看着檐头的我不认得的‘天伦叙乐’的匾，/我摸着新换上的衣服的丝的和贝壳的钮扣。”蔡其矫《肉搏》：“第二年，在那流血的地方来了一只山鹰，/它瞅望着，盘旋着，要栖息在英雄的坟墓上。”

在强劲的明辨精神及其浓郁的文化背景中，忘言式的文法追求也出现了一系列新的特点。

中国古典诗歌的忘言式文法，在语词、组词成句、联句成篇方面均有丰富的表现。每一个细微的语言结构单元都尽力保持多义性、模糊性、并列性，以便与诗歌美学上的含蓄蕴藉、婉曲朦胧相适应。中国现代新诗的忘言式文法追求也试图在每一个细微的语言单元上都有所作为，但事实上，由于思维形式及语言本身的嬗变，又并非总能成功，现代诗歌的“忘”往往也需要采取另外的补救措施。

从语词来看，口语、俗语词汇被广泛采用，其特有的浅明性较多地代替了传统语汇固有的多义性、模糊性，一些具有丰富历史内涵的语词反倒成了语言支流中的一个个孤岛，突兀而起，引人注目，而对语词多重意蕴的运用也带上了比较鲜明的刻意性，不如古典诗歌来得自然、贴切，如卞之琳《音尘》：“绿衣人熟稔的按门铃/就按在住户的心上：/是游过黄海来的鱼？/是飞过西伯利亚来的雁？”不用怎么解释，我们也能悟出游来的鱼和飞来的雁是某种“外来信息”的具象，同时，诗人又巧妙地借用了古语“鱼雁传书”的意义，这两个语词的内涵由此得以扩展，不过，同古典诗歌比较起来，卞之琳显然特别地突出了鱼和雁，以期引人注目，给人留下深刻的印象，这样，人工痕迹就势不可免了。

同样，白话口语的叙述性和社会交际功能使得组词成句不得不遵循比较严格的语法规范。在现代，完全超越词性的语词已不能适应时代发展的要求，“鸡声茅店月，人迹板桥霜”、“枯藤老树昏鸦”式的语词排列毕竟难以显示新诗之“新”来，那么，中国现代新诗如何实现语词的自由性呢？我认为，其主要方法是：在主谓宾明确、基本逻辑清楚的格局中，恰到好处地调动个别语词的自由性，以句中少数词语的词性活用或出乎意料的搭配给人以丰富的联想，并在这一瞬间挣脱日常语法的锁链。前者如“你的愉快是无拦阻的逍遥”（徐志摩《云游》，形容词作名词），“叹息似的渺茫”（林徽因《别丢掉》，形容词作名词），“你秀媚的眼光灿烂在黑暗里”（胡也频《别曼伽》，形容词作动词），“五百里的水波澎湃着”（胡也频《洞庭湖上》，形容词作动词），“我的忧愁随草绿天涯”（卞之琳《雨同我》，形容词作动词），“窗子在等待嵌你的凭倚”（卞之琳《无题二》，动词作名词），“过了春又到了夏，我在暗暗地憔悴”（何其芳《秋天（一）》，形容词作动词），“秋天梦寐在牧羊女的眼里”（何其芳《秋天（二）》，名词作动词）。后者如“我想攀附月色”（徐志摩《山中》），“吹落那一天的日月星辰”（孙大雨《一支芦笛》），“告诉日子重叠盘盘的山窝”（林徽因《灵感》），“新年等在窗外”（林徽因《忆》），“我凝固着像岸边一块石头”（陈梦家《哀息》），“古钟飘流入茫茫四海之间”（穆木天《苍白的钟声》），“摘你底泪珠”（冯乃超《月光下》），“淡淡的微风葡匐我发上”（蓬子《苹果林下》），“彷徨了安静的渔舟”（胡也频《洞庭湖上》），“你装饰了别人的梦”（卞之琳《断章》），“在月夜，我要猜你那儿/准是一个孤独的火车站”（卞之琳《音尘》），“我喝了一口街上的朦胧”（卞之琳《记录》），“别人豪欢而我阑珊”（常白《看灯》），“迢遥的，寂寞的呜咽”（戴望舒《印象》），“穿过白露的空气，如我叹息的目光”（何其芳《秋天（一）》）。

关于联句成篇的“忘言”方式，中国现代新诗也有多方向、多层面的创造。

追求句与句之间的并呈效果，这是中国古典诗歌最主要的篇章结构方式，在中国现代新诗里，这一方式继续使用。如“我亦想望我的诗句清水似的流，/我亦想望我的心池鱼似的悠悠”（徐志摩《呻吟语》），“告诉日子重叠盘盘的山窝；/清泉潺潺流动转狂放的河；/孤僻林里闲开着鲜妍花，/细香常伴着圆月静天里挂”（林徽因《灵感》），“悲哀衣了霓裳轻轻跳舞在广阔的厅间/黄昏静静渡过枝梢叶底悄悄阑入空寂的尘寰”（冯乃超《悲哀》），“隔江泥衔到你梁上，/隔院泉挑到你杯里，/海外的奢侈品舶来你胸前：/我想要研究交通史”（卞之琳《无题四》），“开落在幽谷里的花最香。/无人记忆的朝露最有光。/我说你是幸福的，小玲玲，/没有照过影子的小溪最清亮”（何其芳《花环》）。

不过，特别值得我们注意的是，在中国现代新诗里，由于前文所述的一系列语词与句子的多义性、模糊性受到了较大的限制，现代诗歌已不大可能如古典诗歌那样简洁省力。也就是说，在一个简单的句子里，它还不能完全传达出层次、逻辑都相当清晰的语意，于是，现代诗歌一个集中的文意往往需要分配在好几个分行的句子里，如“假如我是一朵雪花，/翩翩的在半空里潇洒，/我一定认清我的方向——/飞飏，飞飏，飞飏，——/这地面上有我的方向”（徐志摩《雪花的快乐》）。一个“假如”用五个分行的句子来阐述。再如“小镇上有两种声音/一样的寂寥：/白天是算命锣，/夜里是梆子”（卞之琳《古镇的梦》）。“我不懂别人为什么给那些星辰/取一些它们不需要的名称，/它们闲游在太空，无牵无挂，/不了解我们，也不求闻达。”（戴望舒《赠克木》）这样，需要我们“意合”的就不完全是相邻的两个句子了，意义的并置很可能是前后的两个句义群（一个句义群由几个分句组成）或者两个段落。

句义群的并置和段落的并置可以说是中国现代新诗普遍采用的“忘言”方式。

现代汉语语意繁复，句式参差错落，这显然又为“并置”增加了难度，它再也不能依靠古典诗歌的均齐、整一及粘对方式来暗示相互的应和关系了。那么，靠什么手段来予以补救呢？现代诗人又采取了这样一种方式，即适当重复句子（或一个句义群，一个段落）当中的某些语词（以开端的语词较多），造成一种相近的语言结构模式，以暗示它们之间的内在联系。如：

句与句的并置：“一缕一缕的心思/织进了纤纤的条条的雨丝/织进了淅淅的朦胧/织进了微动微动微动线线的烟丝”（穆木天《雨丝》）。

句义群与句义群的并置：“我昨夜梦入幽谷，/听子规在百合丛中泣血，/我昨夜梦登高峰，/见一颗光明泪自天坠落。”（徐志摩《哀曼殊斐儿》）

段与段的并置：如徐志摩《石虎胡同七号》共四段，每一段开头都是“我们的小园庭，有时……”《“我不知道风是在哪一个方向吹”》共六段，每一段共四句，前三句都完全相同：“我不知道风/是在哪一个方向吹——/我是在梦中”，戴望舒《不要这样盈盈地相看》共五段，其中三次重复“不要这样盈盈地相看，/把你伤感的头儿垂倒”。

在整个汉语诗歌的文法史上，“辨”与“忘”的关系都是循环中的螺旋发展。如果说，中国古典诗歌是以“忘”为最高典范，由“忘”来牵掣“辨”的发展，那么，中国现代新诗则进入到“辨”与“忘”彼此矛盾对立的复杂时代，而且“辨”反过来开始制约着“忘”的发展，这是现代诗歌文法追求的新的特点。

二、协畅与拗峭：中国现代新诗的音韵特色

> 旧诗、词、曲的音律的美妙处，易为我们领解、采用。
>
> ——朱自清：《〈冬夜〉序》

音韵是诗内在的生命和外在的标志。在所有文学品种的本文结构当中，似乎只有诗才如此深入地嵌进了韵律节奏因素，无论远古还是当今，域内还是域外，格律还是自由，没有韵律节奏，就无所谓诗了。

同时，音韵又直接地与民族语言本身的属性紧紧相连，不同的语言产生了具有不同韵律节奏特征的诗歌，不同的民族自有其不可替代的诗律规则。正如斯太尔夫人所说，学习一种语言的诗律学，比学习任何别的东西都更能深入到该国的精神世界中去，因为它属于民族性格中最精细、最无以名状的范畴。①

● 协畅与拗峭

诗的音韵问题，大体上包括诗的节奏、押韵和声调诸方面。

从音韵的角度看中国现代新诗，我们会很自然地把诗划分为格律体与自由体两大部分。格律体新诗的传统从五四一直延续到40年代，陆志韦、闻一多、孙大雨以及一定时期的林庚、冯至、卞之琳、何其芳在理论研究或创作实践中都做了大量的工作，取得了引人瞩目的实绩；其中，最值得大书特书的当然是以闻一多、徐志摩、朱湘等人为代表的新月诗派。格律体诗人对汉语的节奏、押韵及声调有深刻的体悟，并且自觉地运用到了创作实践上，格律体新诗致力于节奏的均齐、有规律的押韵及声调的和谐。自由体新诗则在节奏、押韵及声调的处理上表现出了较多的随意性、自由性，一般说来，节奏、押韵的有规律性和声调的和谐都不是它必然遵循的准则。从五四时代暴躁凌厉的《女神》到超越新月诗派而起的现代派，以及40年代绝大多数诗人的创作，我们可以看到，自由体诗往往都洋溢着一股锐意进取的精神，与时代发展的步伐相一致，扮演着某种时代先锋的形象，它似乎忽略了具有古典主义色彩的格律化追求。

但是，仅仅从“格律”与“自由”的分野上来讨论中国现代新诗的音韵问题，我认为还是很不够的。一位在汉语文化的哺育下成熟起来的中国诗人，他对汉语言自身音韵规律的体味可以说是与生俱来的，汉语音韵旋律的魅力无疑已经深入其心灵，沉淀为其无意识感受的一部分，这就不是理性层次的“自觉”与否所能概括得了

① 转引自飞白：《诗律学》，见《诗海》，1600页，桂林，漓江出版社，1989。

的。在中国现代诗人那里，对音韵的把握和运用具有较大的复杂性，我们不能说格律体诗人懂得音韵而自由体诗人不懂，或者说格律体诗人对音韵知之甚多而自由体诗人寡见少闻。格律诗派的诗人并不拒绝创作自由体诗，如闻一多《红烛》集中的许多篇章，朱湘《夏天》中的《迟耕》、《春》、《北地早春雨霁》等；自由诗派的诗人也有推敲韵律的作品，如戴望舒前期与后期的一些作品，甚至在郭沫若这样“自由”之极的诗人那里也可以找到《死的诱惑》、《维纳斯》、《天上的市街》等。[①] 这里有一个至关重要的问题，自由体诗是不是就不再需要韵律了，是不是就是完完全全的信笔所之，没有任何的音韵规则可言？从诗歌史的发展来看，显然不是这样的。自由体诗虽没有固定的格律，但并非不讲究节奏、韵律，只是它的韵律各不相同，变化多端罢了。事实上，韵律性恰恰是诗最本质的文体特征之一，是它区别于散文体文学的重要标识，所以，我们不难发现，对许多现代诗人来说，音韵都是他们创作必须考虑的诗学因素，“格律”与“自由”的分界有它的模糊性。从流派的意义上看，冯至、卞之琳、何其芳、林庚等都应当划入“自由诗派”，但有趣的是，正是他们在理论或实践上探索了现代新诗韵律节奏的若干重要事项，艾青、臧克家等三四十年代诗人亦属“自由派”，但他们的创作也相当重视节奏和押韵，以至有的评论家将之描述为“半自由体”[②]。

那么，究竟该怎样来认识中国现代新诗的这种既有趋同性又有差异性的音韵追求呢？

我认为，既然汉语文化的音韵规律已经广泛地潜沉到了中国诗人的心里，成为他们集体无意识的一部分，那么，他们对诗歌音韵的理解就不可能是一个简简单单的留舍问题，他们之间的分歧应当是对诗歌音韵的建设有了各自不同的理解，这些理解显然又都与汉语音韵本身的特质取着不同层面的联系。而在汉语诗歌漫长的发展史上，音韵规律作为集体无意识也自有其漫长的历史，形成了丰富的文化“传统”。所以说，中国现代诗人对汉语音韵的觉悟以及基于

---

① 据有的论者考证，郭沫若《死的诱惑》（1918）是“新诗史上最早一首符合现代格律要求的作品”。参见余见：《“现代格律诗”（新体格律诗）：回顾，现状与展望》，载《中外诗歌交流与研究》，1992（2）。

② 参见孙玉石：《中国初期象征派诗歌研究》，25页，北京，北京大学出版社，1983。

不同层面上的韵律建设的理想，都势不可免地与一定的历史文化“原型”大有关系。

检讨汉语诗歌的音韵历史，剖析中国古典诗歌的“音韵意识”，这是从一个更深的层面上认识中国新诗音韵追求的窗口。

显然，韵律节奏之于中国古典诗歌不是一个需要与否的问题，而是如何使用如何建设的问题，这便涉及到了中国古典诗人那独特的“音韵意识”，涉及到了中国传统文化的音乐观念。我认为，最值得我们注意的古典音韵追求有两个：其一是“协畅”，其二是“拗峭”。

“协畅”可以说是中国古典诗歌韵律追求的最高境界，它根源于中国“八音克谐”的音乐理想。《尚书·尧典》云：“诗言志，歌永言，声依永，律和声。八音克谐，无相夺伦。”协畅就是在精研中国语言声律的基础上，协调语词的抑扬顿挫，使之配合得当，和乐自得，无拘无碍，悦耳动听。沈约说：“夫五色相宜，八音协畅，由乎玄黄律吕，各适物宜，欲使宫羽相变，低昂舛节。若前有浮声，则后须切响。一简之内，音韵尽殊；两句之中，轻重悉异。妙达此旨，始可言文。”（《宋书·谢灵运传论》）从总体上看，成熟期以前的中国古典诗歌的发展就表现为一个不断趋于音律“协畅”的过程。东汉以前的中国诗歌，本身与音乐关系紧密，《诗经》是合乐的诗篇，乐府诗是合乐的歌诗，东汉以后文人创制的五言、七言诗，却脱离了音乐，这便促使诗人从语言本身寻找音乐的和谐，这种探索经由齐梁的奠基，至唐代可谓是登峰造极了，八音协畅的中国古典诗歌至此而被称为“律诗”。在语言的声调、押韵和句子的节奏诸方面，近体律诗作了多方面的研磨、推敲，构成了中国古典诗歌音韵传统的主要内涵：诗行中字音的平仄须彼此相间（多是两两相连），上下行的平仄相对，两联间的平仄相粘，一对一粘，循环往复，造成了一条前后呼应、高低起伏而又工整稳定的旋律；押韵的细则也颇丰富，讲究一韵到底，不许通韵，限押平声韵和偶数句押韵等，“结果，本文言语网络的关节点上便总是出现含有质地相同的音素的音节，它们可以造成一种富有审美意味的音调效果”[①]。其句子的节奏以音组和音组之间的“顿”为基础。音组由字组成，形成一字组、两字组、三字组等，诗歌各句的“顿”数及结构方式都保持一致。

① 康林：《中国古典抒情诗的本文结构方式》，载《河北学刊》，1990（3）。

五言诗系一个两字组加一个三字组，为“△△—△△△”（一说“△△—△△—△”），七言诗系两个两字组加一个三字组，为“△△—△△—△△△”（一说“△△—△△—△△—△”），又因为汉语是一字一音，所以音顿的整齐，实则就是字数的整齐。继律诗之后，又有词、曲的出现。词、曲虽然突破了各句字数整一的束缚，显得长短错落，灵活多变，但因为它本身就是配乐的歌诗，所以在音韵的均齐畅达方面并不亚于近体律诗，近体律诗的韵律传统给词很大的影响，而词又在此基础上深入一步，研磨出了一系列更严格的规则，以便在参差的句式中保持音韵的和谐。词、曲基本上接受了近体律诗平仄音两两对比的方式，且把平仄分得更精细。词不仅讲平仄，还讲“四声”，曲把上声和去声也加以区分，对末句和韵脚尤其要求严格。词、曲的押韵也由各自的“调性”（词牌、曲牌）所决定，能否换韵，平声仄声的韵位，可否通押等皆据于此；“调性”也大体上决定了内部各句的音组结构、节奏模式，较之律诗自有它的严格性。在中国古典诗歌艺术中，音韵规则的严格性表明了打磨语音的艰难性，须知，要完全消除语音的千差万别、矛盾冲突，使之互相配合，没有间隙，没有梗阻，温软圆滑，一唱三叹，为中国诗歌的“意境”营造回肠荡气的音韵氛围，这曾经耗费了中国多少代骚人墨客的心血呀！

与之同时，正如我在前文所阐述过的那样，唐诗宋词式的意境理想并不能完全概括中国诗歌的美学趋向，在“自觉”的艺术道路上，曾响起过“自由”的声浪、“反传统”的呼唤以及转向民间化通俗化的潮流。这样的潮流反映在诗歌的文法追求上，便是“忘言”中掺入了“明辨”，反映在诗歌的音韵追求上，便是“协畅”中出现了“拗峭”。

何谓“拗峭”？顾名思义，就是不顺口、违拗。平心而论，无论是客观世界的演化还是主观思维的运动，都有其纷繁复杂性，天人合一的意境、圆融无隙的韵律都不过是人某一个方面的“设想”而已，八音克谐的协畅再近似于“天籁”，也是对自由思绪的某种切割，只不过这种切割更不露痕迹罢了。即是说，就诗追踪自由思绪这一本质来说，韵律在某种程度上偏离圆润畅达的水准是完全正常的，并且极可能的是，正是这种偏离本身又创造着人们可以接受的新的韵律规则，从而推动诗歌的音韵艺术在自我否定中发展。中国古典诗歌不时以超逸“协畅”这一“常格”的方式，传达出一些并不和谐、并不“天人合一”的感受，或者革新的信号。峭者，劲拔有力也。尽管这样的音韵追求既不连贯，也不彻底，但毕竟出现过，存在过，显示了中国诗人运用汉语在音韵艺术方面进行多向选择的可能性。按照律诗的“协畅”标准，唐以前的中国诗史，“拗峭”之声随处可闻。沈约辨四声，析八病，恰恰说明近体律诗成熟以前的中国诗歌多因自由放任而四声不分，八病流行。重要的是，就在律诗定型以后，不少中国诗人仍然对“拗峭”之韵怀着浓厚的兴趣，他们模仿古体诗的格调，与近体诗所要求的格律相违背，创造违反平仄的“拗句”，不拘粘连、对仗，只求其拙，力避其工。唐人李白、杜甫、李商隐、韩愈等都有过“拗律”作品，到宋代，这样的音韵追求获得了充分重视，尤以黄庭坚为代表的江西诗派之实践而名噪一时。自然，有了“拗”，就得通过调整其他的语言来尽力“补救”，不过，在我看来，“拗救”照样是有意识的“拗”在先，而且也不可能因为有“救”就抹煞了它违背“常格”、刻意求新的初衷。

汉语语音特征的历史延续性是架设在古今诗歌间的一座桥梁，正是通过这座桥梁，中国古典诗歌的诗律观念以及在这一观念背后的哲学思想才滔滔不绝地流向了现代诗坛。“协畅”与“拗峭”可以说是所有中国现代诗歌韵律艺术的深层基因，无论它们属于何种流派。当然，这两种艺术趋向对中国新诗产生影响的程度、范围也还是各有差别的，一般说来，这种差别主要取决于这样两方面的事实：其一，同“协畅”与“拗峭”联系在一起的两种哲学思想，即人天和谐与自由精神在中国现代诗坛的地位颇不一致；其二，作为一种韵律艺术的美学概括，“协畅”与“拗峭”又具体地表现在节奏、押韵、声调这样的实际性技巧中，而节奏、押韵、声调这些技术性因素在现代汉语里所产生的作用各不相同，接受外来语言方式的渗透也有差异，接受者对它们的需要各有重心。于是乎，从不同的哲学意识出发，我们组合不同的质与量的节奏、押韵、声调而成为“协畅”或者“拗峭”，便在诗歌史上留下了不同程度与不同范围的印迹。

● 中国现代新诗的协畅化追求

从中国现代新诗的整体发展来看，协畅的传统韵律艺术产生着较为深远宽广的影响，显然，传统的人天和谐意识对中国诗人仍有较大的操纵力，而“协畅”境界对节奏、押韵、声调的种种要求也获得了更多的认同。

在中国古典诗歌音律“协畅”的追求中，节奏、押韵、声调几项因素所起的作用各不相同，其中居于轴心地位的应当是节奏。从《诗经》、《楚辞》到古诗、律诗，词、字的声调搭配，句子的押韵方式皆各有变化，但保持节奏（音节）的和谐匀称这一趋势却始终如一。

古诗不讲平仄，押韵自由，音顿均齐，四言诗一般是上二下二，五言诗一般是上二下三，七言诗一般是上四下三，近体律诗将音节的整齐确定为严格的规则，正是对中国诗歌节奏艺术发展史的总结。词的句子长短不一，似乎很难实现句与句之间音顿的整齐了，其实不然，一首词虽然可以囊括从1字到11字的多种句式，虽然因之而形成的音顿节奏大相径庭，但是，在词的典型形态里（那种上下两片的对称结构），又恰恰为音顿的匀称提供了新的手段。这里，不是近体律诗式的每一个句子都具有完全相同的音顿结构，而是下片与上片相对应的两个句子之间音顿数的一致，这样，就在表层文字的自由伸缩当中，造成了一种特殊的内在的应和与整一。可以这样说，经由中国古典诗歌的研磨、涵化和推广，音节的均齐感已经深入到了所有汉语言说者的心底，成了他们不自觉的一种语句“期待”，特别是成了汉语诗人的一份重要的音律美学“需要”。

对于不少中国现代诗人来说，古典诗歌作为“格律”形式的束缚主要是指其呆板的平仄和押韵，而不是它内在的节奏（音节）上的均齐，节奏的均齐似乎已经被当作了诗所固有的文体特征，是无须在中西古今诗学观念的冲撞下反复辨认的“自明真理”。最初的白话诗尝试者胡适抨击旧体诗的平仄、押韵，倡导“诗体大解放”，但他仍然将音节的优美和谐作为新诗必要的形式特征，《谈新诗》一文曾用专节来讨论新诗的音节问题，他说，音节“全靠两个重要分子：一是语气的自然节奏，二是每句内部所用字的自然和谐”，“研究内部的词句应该如何组织安排，方才可以发生和谐的自然音节”①。当然，胡适所谓的“音节”还是一个比较笼统的概念，包括了声调（平仄）、押韵等，而且对新诗的自然音节如何才能和谐，胡适又语焉不详，他文中所列举的诗“节”也并不那么“和谐”。但这位“首开风气”的先驱者能够提出音节的问题，本身却显示了一个重要的

① 胡适：《谈新诗》，见《中国新文学大系·建设理论集》，303、306页。

信息：中国现代诗人并没有在“反传统”中排斥节奏和谐的理想。类似的提出了见识又未作具体探讨的人在初期白话诗人中并不鲜见，俞平伯认为，新诗的“音节务求谐适，做白话诗的人，固然不必细剖宫商，但对于声气音调顿挫之类，还当考求”[①]。朱执信说：“许多做新诗的人，也不懂新诗的音节，是很危险的事情，将来要弄到诗的破产。”[②] 到了陆志韦那里，可以说对现代诗的节奏和节奏和谐的意义有了自觉的清醒的认识，他打破了以平仄当节奏的时见，借用西方诗歌的抑扬规则，第一次把现代新诗的节奏认定为音的强弱和长短，又涤清了“口语的天籁”与“节奏”之间的差别（在胡适那里，所谓音节的“自然和谐”其实是一种相当含混的提法，体现了介乎传统与反传统的一代人的某种尴尬），鲜明地提出，“有节奏的天籁才算是诗”[③]。陆志韦从西方诗歌抑扬节奏中所得到的启示，其实正与中国古典诗歌音顿节奏的本质相吻合，而这一本质又常常被初期白话诗人所忽视，以至把字的声调（平仄）同句的顿挫（音节）混为一谈。沿着陆志韦方向继续发展的新月派显然就更清楚地意识到了节奏和谐理想之于古典诗歌的关系，闻一多就从不隐讳他的格律主张与中国律诗的关系，他赞叹说：“律诗乃抒情之工具，宜乎约辞含意，然后句无余字，篇无长语，而一唱三叹，自有弦外之音。”[④]新月诗人格外重视诗的音节，闻一多认为诗的“形式之最要部分为音节”[⑤]，徐志摩说：“诗的生命是在他的内在的音节”，他提出“彻底的音节化”就是“诗化”[⑥]，饶孟侃、朱湘等人也有过类似的议论。闻一多在促进新诗音节的完美化方面着力最多，他认为音节完美的中心就是人工的参与、锤炼和润饰。“所谓‘自然音节’最多不过是散文的音节”，“散文的音节当然没有诗的音节那样完美”，他又具体地在技术性的层面上归纳说，音尺（即音顿）的铿锵和字数的整齐便是音节和谐化手段，每行诗音尺的总数必须相等，音尺的字数构成必须一致，“整齐的字句是调和的音节必然产生出来的现象。绝对

---

① 俞平伯：《白话诗的三大条件》，载1919年3月《新青年》第6卷第3号。

② 执信：《诗的音节》，见《分类白话诗选》，17页，北京，人民文学出版社，1988。

③ 陆志韦：《我的诗的躯壳》，见《渡河》序言，上海，亚东图书馆，1923。

④ 闻一多：《律诗底研究》，见《闻一多全集》，第10卷，144～145页。

⑤ 闻一多1926年4月15日致梁实秋、熊佛西，见《闻一多全集》，第12卷，233页。

⑥ 徐志摩：《诗刊放假》，载1926年6月10日《晨报副刊·诗镌》。

的调和音节，字句必定整齐”[①]。闻一多所谓的“三美”之音乐美与建筑美都与音节的调和联系在一起，新月诗人一些脍炙人口的作品都大体上具有这样的节奏方式，如闻一多的《死水》为每句四顿，每句又都是三个二字组和一个三字组：

这是—一沟—绝望的—死水，
清风—吹不起—半点—漪沦。

又如朱湘的《葬我》为每句三顿，每句又都是一个三字组和两个二字组：

葬我在—荷花—池内，
耳边有—水蚓—拖声，

再如孙大雨的《一支芦笛》为每句四顿，每句又都是两个三字组和两个二字组：

自从—我有了—这一支—芦笛，
总是—坐守着—黄昏—看天明。

不过，严格说起来，要求诗歌每句音顿的总数相等且各音组的字数构成完全一致，这是一项严整到近于苛刻的节奏要求。较之于古代汉语，现代汉语的语意繁复，二音、三音、四音词骤增，既要运用现代语汇表达现代人的复杂情绪，又要完全遵从古典诗歌的音节规则，这是颇让人为难的事。徐志摩就说过：“由于现代汉语中复音节词增多，往往要好几个音才能表示一个意象或概念，这就使得中国现代诗要求每行音数相等这一点颇为不易。”[②] 因而，在徐志摩等人的作品里，音节的和谐均齐又不时建立在另一番参差错落的格调中，这可谓是结合现代汉语的独特性所作的一点灵活的变通吧，其民族文化的原型似乎可以追溯到词的音节处理。这样的“变通方式”大体上有：（1）就音组内部的构成来看，由于现代汉语词的变长以及朗诵语流的速度加快，古典诗歌清一色的一字成组、二字成

① 闻一多：《诗的格律》，载1926年5月13日《晨报副刊·诗镌》。
② 转引自潘颂德：《中国现代诗论40家》，129页。

组显然就过于细碎缓慢了（古典诗的三字组亦完全可以归并为一字组加二字组），这样就有必要扩大音组自身的字数构成，一句之内，很可能以四字、五字乃至六字为一音顿，分别形成四字组、五字组和六字组。如古典诗歌是“红绽—雨肥—梅”，“江间—波浪—兼天—涌”，皆为一字组或二字组。现代新诗就可能是“门外—坐着—一个—穿破衣裳的—老年人”，“若火轮—飞旋于—沙丘之上”，三字组较多，也有四字、五字组的。胡适早在1919年的《谈新诗》里就总结了这一变化，他把我们所谓的音组叫做“节”，他说：“白话里的多音字比文言多得多，并且不止两个字的联合，故往往有三个字为一节，或四五个字为一节的。”（2）音顿整齐和全诗句子的关系也有“调整”。在保持全诗大多数句子音顿数整齐的前提下，也允许少数句子略有变化。如徐志摩《康桥再会罢》以三顿句为主，但亦夹杂有几个二顿句“康桥—再会罢”。（3）各句音组总数基本相同，每句的音顿构成却有差别，一字组、二字组、三字组乃至四字组等等皆因地制宜，各取所需，但丝毫也没有破坏由于音组数目均齐而产生的整体和谐感。如林徽因《情愿》各句皆为三顿，各句音组构成有所不同，以第一段为例：第一句是四字三字二字组各一个，“我情愿—化成—一片落叶”，第二句是四字组两个一字组一个，“让—风吹雨打—到处飘零”，第三句是四字组两个一字组一个，“或—流云一朵，—在澄蓝天”，第四句是四字三字二字组各一个，“和大地—再没有些—牵连”。（4）各句音组数、音组构成皆差异较大，但放在各个诗节（段落）来看，相应位置的句子却又基本上保持了一致性，由此而形成了全诗内部的前后呼应，一唱三叹。如徐志摩《偶然》、《海韵》、《“我不知道风是在哪一个方向吹”》，朱湘《采莲曲》、《招魂辞》、《沧海》、《夜歌》，孙大雨《海上歌》，林徽因《深夜里听到乐声》、《深笑》等。（5）各句音组数、音组构成有差别，段与段之间的对应关系又不明显，音节的和谐主要依靠各段内部句子间的迎送呼应。这一手法技术性很强，若能娴熟运用，必将成就一篇不可多得的佳作。如徐志摩《再别康桥》，既有三顿句，“油油的—在水底—招摇”，又有二顿句，“软泥上的—青荇”，但整体上却是十分匀称的。为什么呢？因为在这些顿数有别的段落内，前两行与后两行各自形成了一个相对独立完整的结构，彼此顿数之和又是相等的，而且第一与第三、第二与第四行的顿数及音组结构也大体相同，诸如“软泥上的—青荇”和“在康河的—柔波里”，“向青草更青处—

漫溯”和“在星辉斑斓里一放歌”。新月诗歌这种变通后的音节和谐方式为后来的现代派诗人所注意。在戴望舒、何其芳、卞之琳、林庚、番草的一些作品里，其影响是显而易见的，仅以戴望舒的《雨巷》来说，显然就是将上述若干变通策略作了比较综合而完美的运用，全诗既有三顿又有二顿，各句音组的内部结构更是千差万别，它实现音节协畅的方式主要有三：一是尽可能保持段落内部顿数相同，如第二、第六段；二是段与段的对应，如第一、第七段（首尾段）；三是段落内部句子的应和关系，如第三、第四段的首尾行皆三顿，互相照应，中间四行均为二顿，第五段则两行之间顿数一致，一、二行，五、六行为二顿，三、四行为三顿。在既充分尊重现代语言规律，同时又满足中国诗学的协畅化理想这一取向上，《雨巷》的确是既集前人之大成，又给予其他的自由体新诗很好的启示。恐怕正是在这个意义上，我们才可以说这首诗是真正“替新诗的音节开了一个新纪元”①。

尽管戴望舒和其他的一些现代派诗人在后来又对音节的和谐失去了兴趣，走上了另外的艺术道路，但是，现代派的另外两位主将何其芳与卞之琳却依旧在这一取向上默默耕耘，没有过多的理论宣言，甚至也并不是特别的偏执，但他们一系列的代表作却继续为我们显示了自由体诗歌在节奏上的优美和弦。到了50年代，在关于“诗的形式问题”的讨论中，何其芳、卞之琳对音节的建设提出了继往开来似的意见，这些意见正是他们当年艺术实践的理论总结。何其芳意识到，“构成中国古代的诗的节奏的一个很重要的因素”便是“每句有相等数量的顿”，并结合中国新诗的现状说：“格律诗和自由诗的主要区别就在于前者的节奏的规律是严格的，整齐的，后者的节奏的规律是并不严格整齐而比较自由的。但自由诗也仍然应该有比较鲜明的节奏。”② 何其芳和卞之琳都把顿的整齐作为“现代格律诗”的重要属性之一，两人又都一再强调诗歌必须合乎现代口语的规律，由此将顿的均齐与各行字数的相等区别开来，取前而舍后。卞之琳还特别将音顿分为说话式的二字顿（组）和歌唱式的三字顿（组），强调行与行之间应有参差错落，二字顿对应三字顿

① 叶圣陶语。笔者认为，只有放在中国新诗音节艺术的发展历程中，我们才可能准确领会此说之内涵，须知，音节的“开纪元”功绩，并非属于戴望舒。

② 何其芳：《关于写诗和读诗》，见《何其芳文集》，第4卷，454～455页，北京，人民文学出版社，1983。

(特别是收尾顿)。较之于新月派诗歌，他们显然找到了调和现代语汇与传统艺术理想的更好的方式。

恐怕正是有赖于从闻一多、徐志摩到戴望舒、何其芳、卞之琳等人的不懈探索，中国现代新诗才拥有了一份十分宝贵的节奏艺术经验。随着诗歌运动的发展，文化的互相交流，所有的这些艺术经验都自然成了全体中国诗人的共同感念，沉淀为中国现代诗歌文化的无意识。因此，即便是那些相当自由化的诗行，我们也能够不时品读出它们在音顿上的和谐性来。

例如：

我们要听—徐徐渡来的—远寺的—钟声
我们要听—茅屋顶上吐着—一缕一缕的—烟丝 } 四顿
——穆木天：《雨后》

乌鸦—来了，
唱—黑色之歌； } 二顿
——路易士：《乌鸦》

从远古的—墓茔
从黑暗的—年代 } 二顿

从人类—死亡之流的—那边
震惊—沉睡的—山脉
若火轮—飞旋于—沙丘之上
太阳—向我—滚来…… } 三顿
——艾青：《太阳》

河流
一条条 } 一顿
纵横在—地面
街巷
一道道 } 一顿
交错又—连绵 } 二顿
——陈敬容：《群象》

除节奏的和谐之外，造成中国现代新诗协畅效果的还有传统的押韵技巧，概括起来，中国古典诗歌的协畅化的押韵可以说是一种“有章可循”的刻意安排，《诗经》及唐以前的古体诗虽也押韵，但并无什么规则，纯然随意变化，所以即便今人总结出了若干模式，也不能说它是“有章可循”的。协畅化的押韵是从近体律诗开始的，近体律诗要求必须押平声韵，一般押偶数尾韵，一韵到底，不得中途更换，词曲貌似灵活的押韵实则却由它严格的调性决定了一切，变化不过是固有规则的一项要求罢了，词曲属于中国诗歌协畅化押韵的又一典型形态。

虽然关于押韵和新诗形式的关系问题现代诗人尚众说纷纭，莫衷一是，特别是在竭力突破传统束缚的五四时代，押韵的重要性受到了比较普遍的怀疑，甚至一度被作为必须打破的“枷锁”；不过，从总体上看，有规则的押韵依然存在于现代人“可有可无”的宽容心境当中，而且在实践上影响深远，不时掀起的格律化呼声显然更是加强了它的影响力。我曾对几本有代表性的重要诗歌选集作了一个初步的统计，以“有章可循”这一押韵方式为标准，在第一部新诗总集《分类白话诗选》中，符合这一押韵标准、可以大体上分析出内在规律的诗占 65.5%，在《创造社丛书·诗歌卷》（黄侯兴编）中，大约占 58.8%，在《新月派诗选》（蓝棣之编）中，大约占 85.4%，在《象征派诗选》（孙玉石编）中，大约占 37.8%，在《现代派诗选》（蓝棣之编）中，大约占 27.2%，在《九叶集》中，大约占 50%，在《七月诗选》（周良沛编）中较少，大约接近 10%。自然，这样的统计是相当粗略的，忽略了其他流派和流派性模糊的诗人的作品，不过我以为它至少还是能够表明两个重要事实：（1）“有章可循”的押韵影响到了整个的中国现代诗坛。（2）其影响的程度也不小，平均下来将近 50%了（不同的诗集中重复出现的诗人诗作只计一次）。

在这样的押韵追求里，有一小部分采用了一韵到底的形式。这些诗数量虽不大（如在《新月派诗选》里也仅占 10%左右），但却格外地引人注目，因为相同质地的语音出现在语句的间隙处，必然形成一种铿锵整齐的艺术效果，按照闻一多的说法，这无疑是直接接受了近体律诗的影响。在下面这首诗里我们便可以看到，它虽然抛弃了平声韵、偶数韵等旧规（这是现代口语的自然要求），但却摄取了律诗的神髓：

有一句话说出就是祸，
有一句话能点得着火。
别看五千年没有说破，
你猜得透火山的缄默？
说不定是突然着了魔，
突然青天里一个霹雳
　　爆一声：
“咱们的中国！”

——闻一多：《一句话》

词曲式的有规律的换韵给予现代新诗的影响更大。当然，这种“规律”不会再是词曲的“调性”了，而是根据现代诗的基本语言特征创立的一系列新的法则，如全诗皆单行或双行押韵，每个诗段换韵，并在此基础上发掘或引入了一些不常见的韵式，如交韵、抱韵、行内韵（腰韵）。交韵即abab式，抱韵即abba式。交韵在我国《诗经》和《花间集》里曾出现过，《定风波》那样的词韵似也含有近乎于抱韵的结构，但从整个古典诗歌史来看，它们都还不能算是我们民族诗歌的“典型”形态，相反，在西方诗歌里却大量存在着这两种韵式。中国现代新诗较广泛地使用交韵和抱韵，这恐怕首先还是出于对西方诗韵的借鉴吧。自然，在耳熟能详之后，反回头来发掘自身并不典型的那些韵式传统，本身也是一种“创新”，卞之琳就是如此。中国现代新诗的交韵如饶孟侃《叫卖》：“我为了卖这颗灵魂，/当胸插一株草标；/从早起直喊到黄昏，/向街前街后的叫。”陈梦家《铁马的歌》：“没有忧愁，/也没有欢欣；/我总是古旧，/总是清新。”抱韵如朱湘《晓朝曲》：“宫门前面两行火把的红，/冲破了黑暗，映照着宫墙，/金黄的火星腾过华表上，/墙头瞧得见翠柏与苍松。”孙大雨《招魂》虽是五行，也基本上模仿了抱韵的方式：“没有，没有去，我见你/在风前水里/披着淡淡的朝阳，/跨着浮云的车辆，/倏然的显现又倏然的隐避。”行内韵通常是指行中顿与行末押韵（腰韵），一般与诗的跨行有关，如林徽因《忆》：“心在转，你曾说过的/几句话，白鸽似的盘旋。”郑敏《诗人和孩童》：“我们只有时常凝视着墙头/的牵牛，好像旅人把满腔的期望/寄向一片狭窄的绿洲。”

中国现代新诗还充分借用西方的十四行韵式来建设符合现代语

言习惯的"协畅"。十四行本来是意法交界的普罗旺斯地区的一种民间诗体，经过彼特拉克、但丁、斯宾塞、莎士比亚等人的耕耘，在欧洲抒情诗中占据了最显赫的位置。它一般分为前八行和后六行两部分，韵式变化可以说集西方各种样式之大成，如标准的彼特拉克体为 abba abba cde cde，标准的莎士比亚体为 abab cdcd efef gg，显得既灵活自如又在关键性的诗行联结处相互应和，这恰好既适应了现代口语的自由性，又满足了中国诗人寻求均齐整一、一唱三叹的传统心理。所以说，在很大的程度上，十四行体就成了中国现代诗人在接近西方之中重返传统的桥梁。中国诗人论十四行，总是情不自禁地联想到中国的古典诗歌传统，并油然而生亲切之感。最早赋予十四行中文译名（"商勒"）的闻一多说："故中诗之律体，犹之英诗之'十四行诗'（Sonnet），不短不长实为最佳之诗体。"① 卞之琳说："十四行体，在西方今日似还有生命力，我认为最近于我国的七言律诗体，其中起、承、转、合，用得好，也还可以运用自如。"② 唐湜也说："十四行就它的整齐的行列，多变的言律与浓郁的色彩说，有些近于中国的律诗。"③ 正如有的论者所分析的那样："20 年代，同十四行体一起被输入中国的，有许多欧洲格律诗体如三叠令、回环调、巴俚曲、圜兜儿等。但这些诗体大都昙花一现，不能像十四行体那样形成流脉，贯穿诗史，我们认为，其原因是十四行体和中国的传统诗歌在审美意识、形式规律和节奏特点等方面的'契合'。"④ 需要补充一句的是，十四行韵式在中国不仅"贯穿诗史"，而且还广泛影响到了诸多流派的作品，这里既有初期白话诗人郑伯奇、浦薛凤，也有成熟期的冯至；既有"格律派"的闻一多、孙大雨、徐志摩、朱湘，也有"自由派"的李金发、穆木天、屠岸；既有自觉继承传统诗艺的戴望舒、卞之琳、何其芳，又有自觉超越传统的九叶派诗人穆旦、郑敏、唐祈、陈敬容、杭约赫。由这一现象我们确乎可以认为，有规律的押韵还是中国现代诗人的颇有代表性的心理需要，它从另一个方面表现了音律协畅传统的现代生命力。

对于诗歌用字的平仄传统，中国现代诗人也曾各持己见。胡适、

---

① 闻一多：《律诗底研究》，见《闻一多全集》，第 10 卷，145 页。

② 卞之琳：《雕虫纪历·自序》，见《雕虫纪历》，17 页。

③ 唐湜：《幻美之旅·前记》，见《幻美之旅》，银川，宁夏人民出版社，1984。

④ 鲁德俊、许霆：《再谈十四行体在中国》，载《中国现代文学研究丛刊》，1992 (2)。

俞平伯、卞之琳、冯文炳等人在理论上明确地趋向于“不当规定平仄四声”，更多的诗人对此虽然未置一辞，但看得出来也是不以为然的，冯文炳在谈到这类形式问题时断言：“新诗的音乐性从新诗的性质上就是有限制的”①，所谓“新诗的性质”恐怕就是指新诗白话口语所决定的言说的自然性，以至四声意义有所下降这一现实。对此，卞之琳也有过较详细的分析：“我到现在为止，只是觉得平仄关系在我们口语里并不如文言里那么重要”②，“例如《瞬息京华》这个著者自译的四字文言书名，是顺口、顺耳的，而改成《京华烟云》这个四字文言译书名就不然：这是因为前者是仄仄/平平，而后者是平平/平平。但是倘改成我们的白话，现代口语式，则不仅‘京华的瞬息’，而且‘京华的烟云’也就顺口、顺耳。可见在我们的白话或口语句式里平仄作用，关系不大了”③。但另一方面，也有饶孟侃、朱湘、梁宗岱、朱光潜等人的明确主张：新诗不应当抛弃四声平仄。饶孟侃以朱湘《采莲曲》为例，提出平仄是汉字的一种特色，汉字的抑扬轻重完全由它所决定，抛弃平仄就等于抛弃节奏和韵脚。④ 朱湘认为“平仄是新诗所有的一种珍贵的遗产”⑤。意见的分歧再一次表现了中国现代诗人在走向现代与继承传统之间的二重选择，不过，正如我在前文所反复阐述的那样，在现代中国，这两种选择之间的距离绝没有我们想象的那么巨大，某些表面结论的差异并不妨碍深层意识上的沟通，在时代是非问题上的分歧并不影响他们接受那些获得普遍承认的“不刊之论”，况且理论上的分歧是一回事，实践上的认同又是另外一回事。比如，抛开他们关于平仄这一敏感的陈旧术语的讨论，我们仍然可以找到几点重要的共同趋向：那些鼓吹继承传统者并没有强调句与句之间严格的以至于僵化的平仄粘对关系，显然在对现代白话口语基本性质的认识上，他们获得了共识；那些走向现代者，在他们关于现代音律的诗论中，也几乎都认为轻重音相搭配构成了最小的音节（顿），而轻重音的声调问题其实便对应着古典诗歌的平仄问题，在对汉语基本特质的尊重上，他们获得了共识——在走向现代与继承传统的取向上，中国现代诗人并不乏共同

① 冯文炳：《谈新诗·九〈草儿〉》。

② 卞之琳：《哼唱型节奏（吟调）和说话型节奏（诵调）》，见《人与诗：忆旧说新》，139～140页。

③ 卞之琳：《与周策纵谈新诗格律信》，见《人与诗：忆旧说新》，163～164页。

④ 参见《新诗的音节》，载1926年4月22日《晨报副刊·诗镌》。

⑤ 朱湘：《诗的产生》，见《文学闲谈》附录。

的语言。

所以，从实际的创作来看，字音的选择上注意轻重搭配，以便参差错落，前后照应，这在中国现代新诗史上还是颇有影响的。如卞之琳的《音尘》中的诗句，我们以“—”表示弱音（平声），以“|”表示强音（仄声）：

绿衣人熟稔的按门铃
|— — —|—|— —
就按在住户的心上：
| | | | |— —|
是游过黄海来的鱼？
|—|—|— — —
是飞过西伯利亚来的雁？
|—|— —| |— —|

现代口语的自然随意性无疑已经突破了文言诗的种种“忌讳”，但现代诗也有它的“宫羽相变”：一句之内，仍然是强弱相间，显得高低起伏，轻重悉异，上下两句的收尾字，也有意无意地彼此相对，“若前有浮声，则后须切响”（沈约），就是冯文炳（废名）的诗句也自然形成了轻重强弱，如《寄之琳》中的几句：

我想写一首诗，
| | |—|—
犹如日，犹如月，
—| |　—| |
犹如午阴，
—| |—
犹如无边落木萧萧下，——
—|— —| |— —|
我的诗情没有两个叶子。
|———— | | | | —

在中国现代新诗发展史上，朗诵诗的兴起及其影响是一个重要的现象，它的出现固然与抗战前后的社会需要有关，但也是对中国

诗歌协畅传统的继承和利用。朗诵诗成功的先决条件就是能够最充分地调动观众（读者）的听觉，与之合拍，与之共振。这里包含着现代诗人对中国语言音韵遗产的一系列卓绝的开掘使用，在节奏方面，在押韵方面，莫不如此，而我以为，它对字音强弱的搭配也是一个特别值得分析的方面，如高兰《自流井的天然瓦斯火》："在远古，/在祖国，/三百丈深的地下，/大自然的监牢，/我们已深藏了若干年月！"

● 中国现代新诗的拗峭特征

同样，中国现代新诗从思想到形式反拨古典诗歌而自创一格这一历史事实本身就表现出了鲜明的、自由的"拗峭"精神，没有自由，就不足以与现代社会蓬勃发展、锐意进取的文化背景相适应，没有拗峭，也不足以与现代口语之自然流泻形态相吻合，也就不能从极盛期中国古典诗歌庄正典雅的压力下解放出来，获得自己独立发展的空间。由此，中国古典诗韵传统中那常常被掩盖着、排挤着的"拗峭"追求便也史无前例地得到了强化。

就诗的音节节奏来看，"协畅"要求的是音顿数的相对整齐，句子内部音节结构的错落往往又在相邻诗句里寻求着有规律的对照性安排，以求整体上的和谐，而"拗峭"则突破了这一份均齐，句子或长或短，音顿数目和音节结构自然就有所不同了，在中国古典诗歌史上，这样的诗句虽然没有自成一派，形成独立的美学阵营，但也时有闪烁，给今人以宝贵的启示。如在四言二顿的《诗经》作品里就穿插有二言、三言、五言、七言、八言，伸缩自如，并无规律。《楚辞》更以其诗句变化的自由性著称，即便到了唐宋，在各类"拟古"模式中，也还在继续创造这样的诗句"噫吁戏！危乎高哉！蜀道之难，难于上青天！"（李白《蜀道难》）"君不能狸膏金距学斗鸡，坐令鼻息吹虹霓。"（李白《答王十二寒夜独酌有怀》）"胡人以鞍马为家，射猎为俗。"（欧阳修《明妃曲》）"君不见咫尺长门闭阿娇，人生失意无南北！"（王安石《明妃曲》）在中国现代新诗里，有意识突破音顿限制的诗句随处可见，倡导过音节和谐的胡适并不谙和谐之"真谛"，他的《鸽子》、《黄克强先生哀辞》当中，二字、三字、四字、五字顿杂乱无章，李金发诗歌中有很大一部分都是很少顾及音节均齐的，即便是精研音韵的新月派也有过《一条金色的光痕》（徐志摩）、《再看见你》、《当初》（陈梦家）、《我爱赤道》（方玮德）

等这些并不考虑音节规范的作品。在三四十年代的各派自由体诗歌里，音节的自由变化更是不胜枚举。

在这里，我还要特别提出中国现代新诗中出现的一类特殊的音节现象，即一个诗句包含的字数很多，音顿很多，“撑满”甚至超过了人们从传统审美心理出发产生的“需要界限”。中国传统审美心理对音顿数目的“承受”量是多大呢？朱湘认为诗行不宜超过 11 字①，即一般为四音顿。朱自清根据卞之琳的经验，认为新诗最适当的长度为十个字左右，最多五个音节。② 卞之琳则在后来说：“在我国汉语新诗格律里，每行不超过四音组或四顿，比较自然。”③ 综合起来看，我们可以说，中国新诗一般以每行 10 个字左右、4 音顿以下为好，最多也不得超过 11 字 5 音顿。但是，在具体的实践中，中国现代诗歌时常“满载”或突破这个界限，“满载”到 5 音顿的诗句数量并不少，而 5 音顿以上的句子也不难找到（这里，我暂时还没有考虑句中多次以标点分断以至被一些诗家称为“散文诗”的情况，如徐志摩《毒药》、《白旗》、《婴儿》等）。如郭沫若“有几个—小巧的—纸鸢—正在空中—飞放”（《心灯》，14 字 5 顿），“无限的—太平洋—提起他—全身的—力量来—要把—地球推倒”（《立在地球边上放号》，21 字 7 顿）。李金发“肃杀之—冷冬—正为我们—准备—更为—灿烂的—来春”（《失望之气》，18 字 7 顿），“越显出—人间世的—无味—及彷徨终夜—流落者—之哭声”（《西湖边》，20 字 6 顿）。穆木天“我们—直走到—我们的—心波—寂蛰在—朦胧的—怀里”（《雨后》，18 字 7 顿），“我愿—静静的—听着—刷在金沙的岸上——一声一声的—轻轻的—打浪”（《我愿》，24 字 7 顿）。艾青“在你—补好了—儿子们的—为山腰的—荆棘扯破的—衣服之后”（《大堰河——我的保姆》，22 字 6 顿）。郭小川“我的—同志的—眼睛—都闪着—深沉的—骄傲”（《草鞋》，15 字 6 顿）。穆旦“我要—赶到车站—搭—一九四 O 年的车—开向—最炽热的—熔炉里”（《玫瑰之歌》，23 字 7 顿）。从文法上讲，长句子往往显示了中国诗人明辨式的句法追求，从音韵上讲，则属于一种有意识制造的拗峭节奏，这可以说是中国现代新诗对拗峭传统的新发展——当一长串的连续不断的令人疲惫紧张的诗句涌现在你的面前，“八音克谐”的轻松圆润

① 参见《朱湘致赵景深》，见《朱湘书信集》，52 页，天津，人生与文学社，1936。

② 参见朱自清：《诗的形式》，见《新诗杂话》，104 页。

③ 卞之琳：《读胡乔木〈诗六首〉随想》，见《人与诗：忆旧说新》，125 页。

之境就很难产生了。

就诗的押韵方式来看，“协畅”要求的是有章可循，而“拗峭”则是随意写来，无拘无束。在中国现代新诗里，这也有两种方式：其一，无韵。仍以前文所述的几本诗集为例，无韵诗在创造社诗歌和象征派、现代派、九叶派、七月派诗歌里均有使用，约占创造社诗歌的40%，象征派诗歌的62%，现代派诗歌的70%，七月派诗歌的80%，在初期白话新诗（1919年以前）里大约有30%，在新月派诗歌里大约有12%。通过这几个粗略的统计数据，我们大体上可以知道，无韵诗在中国现代诗歌史上也得到了比较广泛的使用，尤其是在自由体的诗歌创作中。其二，无规则的用韵。与有规律的换韵不同，无规则的用韵完全信笔所之，时押时不押，可有也可无，韵脚的产生纯属自然行为，绝非刻意安排，或合韵的字零星寥落，如现代派诗人玲君《到果树园的路途》全诗共六节，只有第一节的“上”、“老”，第六节的“里”、“气”彼此合韵，其他各节各句皆自由产生。象征派诗人蓬子《秋歌》全诗共四节16句，只有第二节的“泣”，第三节的“寺”、“址”、“忆”合韵；或合韵字虽然较多，但也出现得毫无规律，如穆旦《控诉》第一部分八节，每节四句，第一节三、四句“容”、“中”押，第二节二、四句“里”、“气”押，第三节无韵，第四节一、二句“窗”、“程”押，第五节三、四句“争”、“城”押，第六节三、四句“助”、“木”押，第七节一、三句“度”、“苦”押，第八节一、二、四句“前”、“天”、“店”押。从具体的艺术手法来说，这两类情况都不见于中国古典诗歌，属于中国现代新诗根据现代的特殊的语言环境所作出的新的创造，但在违背“协畅”化的押韵“常格”这一取向上，倒也合乎“拗峭”之要求。

此外，成熟期的中国古典诗韵传统还注意到，用相同的字作句尾，并不利于全诗在音韵上的和谐，真正的和谐必然来自不同字音（声母不同）的相互配合，因此，力避收尾字的重复亦是“协畅”艺术的一大原则。但是，在成熟期之前的中国古典“自由”诗中却还是能找到相同的收尾字的，比如《诗经》中的不少作品就是如此，字乃至句基本相同。——在简单质朴的重复中反复歌咏，这恰恰是早期中国诗歌的重要特色。同成熟期的“协畅”相比较，这何尝又不是一种“拗峭”呢？中国现代新诗史上存在着不少的尾字重复现象，有的是实词重复，如康白情《江南》：“赤的是枫叶，/黄的是茨叶，/白成一片的是落叶。”有的是虚词重复，如傅斯年《阴历九月十五夜登东昌城》："月光光的，/夜寂寂的，/天旷旷的。"有的是其中某些句尾的重复，如胡适《"应该"》、戴望舒《我底记忆》、胡风《给怯懦者们》，有的则是所有句尾皆重复，如沈尹默《月夜》、刘半农《车毯》、郭沫若《晨安》、杜运燮《雷》。某种程度上，我可以说这是对那几乎被淹没掉了的古老传统的某种强化。

就字的平仄来说，"协畅"要求诗用字的声调高低起伏，轻重搭配；"拗峭"则不受此局限，信马由缰。当然，这里有一个特殊的情况，即按日常的口语习惯论，语句的高低起伏也是一个比较自然的现象，中国现代新诗对字音轻重的协畅化调整，本来就已经较多地扬弃了传统平仄规范的某些僵化内涵（如强调严格的对仗，力避"孤平"之类），也就是说，仅就平仄来看，现代式的"协畅"已经显得较为宽容，与作为诗本身所要求的情绪的旋律感相比，特殊性大大减少，反过来这实际上也就缩小了"拗峭"反拨的可能。所以说，在中国现代新诗史上，绝对反对轻重音协调的拗峭方式并不太多，至少整首诗都不顾轻重的例子是几乎找不到的，违反轻重律的现象只出现在少数诗行里，如诗的收尾音，很可能不注意轻重搭配："一切的一，常在欢唱。/一的一切，常在欢唱。/是你在欢唱？是我在欢唱？/是他在欢唱？是火在欢唱？/欢唱在欢唱！/欢唱在欢唱！/只有欢唱！/只有欢唱！/欢唱！/欢唱！/欢唱！"（《郭沫若《凤凰涅槃》）"你没有学会放开喉咙歌唱：/'起来！饥寒交迫的奴隶！……'/你不习惯于高声地喊：/'我们，钢铁波尔什维克！……"（公木《哈喽，胡子！》）"在寒冷的腊月的夜里，风扫着北方的平原，/北方的田野是枯干的，大麦和谷子已经推进了村庄，/岁月尽竭了，牲口憩息了，村外的小河冻结了，/在古老的路上，在田野的纵横里闪着一盏灯光。"（穆旦《在寒冷的腊月的夜里》）郭诗、公诗皆以仄声（去声）收尾，穆诗皆以平声（或轻声）收尾，当然这是比较极端化的摘句，因为这种收尾方式并不见于全诗，不过，仅这几行诗对"协畅"的颠覆还是给人留下了深刻的印象。郭诗、公诗正是在不顾轻重的收束中洋溢着一股轩昂向上的激情，而穆诗那一片平缓沉寂的尾音也传达出了旧时代的沉闷和迟滞。在表现诗人某种非和谐的情绪或感受的时刻，不顾轻重强弱的拗峭别有意味。

除了以上这些反拨性的违拗之外，中国现代新诗的"拗峭"之于"协畅"还有没有什么联系呢？当然是有的，我认为，这种彼此的联系主要有两个方面：

首先，拗峭性的追求和协畅性的追求往往相互推动，不断发展，没有对拗峭传统的强化，没有对古典诗歌一系列僵化的音韵规范的否定，就不可能推动人们去熟悉、去研究、去完成现代的语言，并在此基础上探讨符合口语习惯的新的协畅形态。实践证明，中国现代新诗的音律协畅追求产生于五四革命（拗峭）之后；反过来，协畅化的努力总是一个时代语言成熟的标志，它总能使“革命”的成果得到最充分的运用，在革命之后的破败里，营建出一片令人心醉神迷的景致来，也是它在完善自身的同时自我消耗，并为新一轮的违拗积聚能量。中国现代诗韵的发展史就是一部拗峭与协畅永无休止的更替史，对个人诗风的变迁如此，对整个思潮运动也是如此。

其次，在这一互为助力的客观运动背后，便是拗峭与协畅的某些内在的同一性。拗峭与协畅并不是完全对立的，作为诗，必然要求一定的旋律感，旋律就带来语音在对立层面上的某些和谐性，所以说，任何拗峭当中都包含着某些协畅性因素，只不过，它是力求将外在的语音上的均齐减少，并包裹在情绪本身的起伏状态当中，当思想和情绪本身的冲击力、爆破性要求冲破“和谐”时，它毫不犹豫地将不均衡的语音形态本身当作旋律的魅力，而不是处处削除锋芒，以求整齐。同时，协畅无疑也具有鲜明的时代性，它必须建立在时代语言的坚实基础上，而现代语言之于传统语言本身也是一种变异，一种违拗，所以说，协畅当中也包含着某些拗峭性因素。拗峭与协畅的这种同一性使得它们对中国现代诗韵所产生的影响往往是整体的、连带性的，于是，在现代格律诗人笔下也有过纯粹不拘格律的自由诗，或者在某一方向上接受了协畅传统的影响，又在另一方向上体现了拗峭的追求。中国现代的自由体诗人并非对音韵避而远之，他们也常常致力于某一方向上的协畅化的推敲，这在前文所举的实例中可以看到。凡此种种，都造成了中国现代新诗在音韵特征上的复杂性，当然，也带来了我们在研究上的困难。

第四章 文化传统中的个体

文化传统具有二重性。

一方面，文化传统的存在是超个体的，它以一种集体无意识的形式沉淀在我们思想的深层，常常不以我们现实意义的喜怒哀乐为转移。

另一方面，文化传统又是具体的、现实的，因为世界总是由具体的现实的人所组成，离开了个体的人，就无所谓社会，文化传统终将由个体来承担、显示和传递。对于鲜活的个体，文化传统又不可能成为一个高高在上、为所欲为的精神主宰，个体永远是而且只能是在他固有的潜能和生存根基上表现着文化传统的一部分，同时也就必然意味着将会舍弃另一部分，个体的变易和灵动又将调整传统的某些结构，或者增添一些什么。

文学创作的基础是个性，诗则是个性中的个性。中国古典诗歌传统作为集体无意识是超个体的，这不言而喻，但它的显现却又必然通过个体化的现代诗人来进行，这也是历史的事实。超个体与个体化的二重组合就是中国诗歌传统之于现代的复杂授受关系。于是，仅仅在“类”的层面上解剖中国现代诗人和传统的联系就还是很不够的了，我们有必要再进一层，把问题引向个体的生存感念，看一看在这个基础上，文化传统究竟是如何产生影响，个体又是怎样来接纳、利用和转换这个影响的，个体的现代体验如何具体地与古老的传统相交会。或许，这是关于传统与新诗的更细致的阐发吧。

我们选择了十五位个体。这种选择并不是对他们在中国新诗史上的实际地位的说明（那还需要引入更多的价值衡定标准），也不想以此来抹煞其他诗人与中国诗歌传统的密切联系，而是因为，这些诗人既出现在我们已经论及的几个重要的时期，同时在各自的诗歌追求中，又体现出了前文所不能完全概括的个体性特征，仔细解剖他们，有助于问题的展开。

一、胡适：两种诗歌文化的慢流

文章革命何疑！且准备搴旗作健儿。

——胡适：《沁园春·誓诗》

把胡适简单地认定为“反动文人”的时代显然已经过去了。于是，我们的印象似乎被变动的历史引向了一个新的方向：胡适，这位学贯中西的诗人第一次自觉地敞开胸怀，引进了西方诗歌的文化巨流，从而实现着从语言方式和思想追求的一系列“诗国革命”；他对西方诗歌的译介、模仿和对中国文学自身活力的开掘仿佛都是高度的理性思索的结果，是他周密审慎的选择。无疑，这样的理解清清楚楚地把胡适与“诗界革命”的前辈划分开来。的确，黄遵宪、梁启超等人的“改良”何尝有过如此的清醒呢，何尝如此地珍视西方诗歌自身的独立价值从而进行“前空千古，下开百世”的文化移植呢？但是，就是在竭力确立胡适超越于晚清诗人的历史地位之时，我们是不是也不知不觉地夸大了他进行新诗尝试的自觉性？胡适早期的诗歌尝试作为一个整体来看是复杂的，就是在《尝试集》当中，旧体诗或近乎于旧体诗的作品也仍然占了绝大多数①，这不容忽视；作为过渡时期的“中间物”②，胡适与传统的联系同样是清晰明显的，这也不容忽视。事实上，胡适并不可能也的确没有站在世纪的废墟上，无所顾忌地招来异域的诗歌文化，完成史无前例的崭新创造。胡适介入中国现代新诗显然属于一种过渡中的摸索，这种摸索是曲折的、艰难的，其历史进步的意义只能在这种“过渡”、“摸索”中去寻找。

● 在偶发与明确之间

对胡适投身五四文学革命的过程以及《尝试集》文本作一全面

---

① 除《去国集》、《尝试集》中的旧诗外，胡适早期旧诗尚有90余首（参见《胡适文存》）。

② 用“中间物”角度解读胡适的诗理始于董炳月同志。我认为这是一个极其重要的视角［参见董文：《中间物：胡适新诗理论的历史特征》，载《中国现代文学研究丛刊》，1990（2）］。

的审视，我们便会得到这样的结论：胡适介入中国现代新诗绝非深思熟虑、清醒而明确的选择，其行动带有一定的偶然性，其艺术本文则包含着较多的冗杂性。

从上海梅溪学堂抄阅《革命军》，澄衷学堂捧读《天演论》一直到纽约哥伦比亚大学拜师杜威，胡适的民主政治知识与现代哲学知识逐渐增加，不过，所有这些西方先进的文化观念并没有被迅速地聚合起来，作为撑破传统束缚的锐利的武器，语言文学的革命也没有一开始就成为胡适文化追求的重要组成部分。这与鲁迅呼唤“精神界之战士”，把摩罗诗力作为文化追求之核心颇有不同。甚至，他还为某青年彻底改革中国文字的偏激之论大动肝火，有了一番同样激烈的批判；在这个时候，他也没有表现出对一位同辈的语言文化改革者的宽容与理解。[①] 接着，他倒是以一种超越于幼稚青年的、博古通今的学者姿态投入到汉语文化的研究当中，其初衷无疑包含了拨正偏颇、维护汉语研究之严正传统这一意愿，至于他最后发现了文言白话之差别，文字死活之要旨，则又似乎有些始料不及了。从维护传统、杜绝怪论到最终解构传统，为后来的文学革命奠定基础，事情的转变很有些戏剧性、偶发性，超出了胡适本人的理性设计。

直接促使胡适提出其诗歌革命主张的是他偶然写就的《送梅觐庄往哈佛大学》。诗中夹杂着的外文名词招来了朋友的非议，胡适很不服气，义正辞严地为自己辩护：“诗国革命何自始？要须作诗如作文。”（《戏和叔永再赠诗却寄绮城诸友》）于是，一场没有准备的小范围的学术争论就缘着这略带意气成分的“革命宣言”展开了。不妨再读一读那首争鸣诗的句子：“但祝天生几牛敦，还乞千百客儿文，辅以无数爱迭孙，便教国库富且殷，更无谁某妇无裈。乃练熊罴百万军。谁其帅之拿破仑。恢我土宇固我藩，百年奇辱一朝翻。”显然，这样的古典爱国主义并没有超过晚清诗歌的水准，如黄遵宪《冯将军歌》、《度辽将军歌》，梁启超《爱国歌四章》、《读陆放翁集》等。诗中直接使用外文音译的手法也让人想起“纲伦惨以喀私德，法令盛于巴力门”一类的东西。我认为，这清楚地表明，胡适“诗国革命”的起点并不算高，此刻，他也没有多少超越晚清、“深化改革”的系统思想，因之而生的学术风波与其说是朋友们对胡适特异行为的批评，还不如说是对晚清“以文为诗”余风的不满。其中包

---

① 参见朱文华：《胡适评传》，68 页，重庆，重庆出版社，1988。

含着的乃是正统的中国诗学与非正统的新变由来已久的分歧（唐宋之争），——如果以为梅、任之言是专就胡适而发，那显然是莫大的误会！

晚清“诗界革命”的终点也就是胡适在朦胧中为自己选择的起点，至于从这个起点出发，该走向何方他自己一时也感到有些茫然，目的并不那么明确。所以他的诗路选择也继续带有一定的偶然性，留下了在各个方面艰苦摸索的印迹。《去国集》及其他早期旧体诗作（共约 113 首）包括了古风、近体律诗及词、曲等各种体裁；白话的《尝试集》同样是驳杂的，有近似于五言诗的如《江上》，有近似于七言诗的如《中秋》，有新填的词如《沁园春》、《百字令》，当然也有比较纯粹的自由体诗如《梦与诗》、《老鸦》、《艺术》等。在这里，胡适本人对《尝试集》那种三番五次的增删变化也很值得我们注意。从 1920 年 3 月初版到 1922 年 10 月第四版，每一次都有删有增，有的全诗删去，有的改动部分句子或词语，不仅自己动手，也请他人帮忙，并尽可能地接受他人的意见，任叔永、陈莎菲、鲁迅、周作人、俞平伯、康白情、蒋百里等人都删改过胡适的诗作，到第四版时，经过变动的作品已经超过了初版原有作品的 70%，由此可见作者诗歌审美标准的不稳定性。在最初的一段时间里，他分明没有找到一个比较稳定的“新诗标准”，还处于不断摸索不断调整的过程当中，这才产生了放弃个人引以为荣的独创性，转而广泛吸取他人建议这样一个有趣的现象。可以说，如此大规模的由多人参与的删诗活动在中国现代新诗史上是非常罕见的，它恰恰说明了胡适作为草创期、过渡期白话诗人的某种仓促。

总而言之，胡适介入中国现代新诗的首创活动包含着较多的“偶发”因素，诗歌主张的形成、诗歌实践的趋向都并非出自他全面的策划与思考，他甚至缺乏更多的更从容的准备，就被一系列始料不及的事件推到了历史的前台。当然，被推到历史的这个位置又未必就不是一种幸运，因为，胡适真切地体验到了来自周遭的文化冲突，他不得不据理力争，不得不证明自身在诗歌中的存在。他也第一次认真地清理着自己原本是没有多少系统性、锐利感的语言文学思想，并在一个抗拒他人传统习惯的取向上不断调整和完善自己，这便有了追求上的明确性。胡适诗歌革命与文学革命的明确性来自他先前朦胧状态的偶发性，而且正如《尝试集》所显示的那样，在他明确的探索之中，仍然渗透了不少的迷茫与困惑。方向感的某种模糊，行动上的某些犹疑，这又说明其意识的明确度还不够。偶发与明确的互相交叉，这就是摸索，这就是历史的过渡。

胡适诗歌革命的追求，介乎于偶发性与明确性之间。

● 两种诗歌文化：活的与死的

介乎于偶发性与明确性之间的胡适形成了他基本的诗歌文化观念，同后来者高度的清醒与自觉比较，胡适的这一观念是相当独特的。

在五四以后一代又一代执着的新诗创造者那里，中国现代诗歌的生成包含着十分丰富而具有时代感的信息。此时此刻，中国现代社会与现代文化的发展已经把它的核心问题明确地推到了人们面前，这就是中国传统文化与西方文化的关系。人们感到，中国传统文化活力丧失，这是导致近现代以来中国社会衰败委顿的根本原因；与之同时，西方世界的强悍又时时提醒我们，西方文化具有长盛不衰的生命力。于是，对中国现代化问题的探讨也就自然集中到对中国传统文化与西方文化的比析推敲之中。人们反思中国传统文化自身的种种弊陋，又以西方文化为参照，探寻中国文化未来的发展方向。中西文化的讨论是自近代以来最精彩热烈又持续不断的历史事件，在逐渐穿越了物质与制度这样的文化层面之后，讨论在五四以后深入到了精神的层面，文学自然也就充任了在精神领域进行中西讨论的主要角色。五四以降的现代诗人和诗论家，他们的诗歌观念都直接地与中西诗歌相生相克的事实熔铸在一起，新月派诗歌“要做中西艺术结婚后产生的宁馨儿”①，现代派诗歌是自觉地把西方象征主义的“纯诗”主张与中国传统诗歌的“意境”理想相结合，九叶派诗歌所追求的“新诗现代化”其实也是在一个新的层面上重新组合“西洋化”与旧传统，就是延安地区倡导“中国作风和中国气派”的诗人们也仍然认为“欧化”与“民族化”应当在某种意义上相互结合，“欧化与民族化并不是两个绝不相容的概念”（周扬语）。当然，反对“欧化”者（如萧三）看到的是西方诗歌文化与中国本土相冲突的一面，但这样的观念也仍然是以承认中西诗歌文化在现代中国彼此影响这一基本事实为前提的。五四以后的中国现代诗歌发展就这样不断地传达着中与西两大诗歌文化的精神交会、精神碰撞。

---

① 闻一多：《〈女神〉之地方色彩》，载1923年6月《创造周报》第5号。

从近代到现代，从五四前到五四，胡适所具有的“历史过渡”性使得他在当时还不可能完全自觉完全清醒地意识到中西文化在精神层面交会、碰撞的事实，他理解中的诗歌运动主要还是中国诗歌系统内部的一种自我演化，这种自我演化在历史上就曾经发生过多次，诗体也获得了多次的解放、进化。骚赋文学脱去了《三百篇》“风谣体”的简单组织，“这是一次解放”；“汉以后的五七言古诗删除没有意思的煞尾字，变成贯串篇章”，“这是二次解放”；词创造出“比较自然的参差句法”，“这是三次解放”；由词、曲到新诗，“这是第四次的诗体大解放”。“这种解放，初看去似乎很激烈，其实只是《三百篇》以来的自然趋势。”“新体诗是中国诗自然趋势所必至的。”① 那么，在中国诗歌的这种自我进化过程当中，具有生命力的因素是什么，趋于没落的因素又是什么呢？胡适在他一系列的文章中都反复使用了一对概念：活的文学与死的文学。在胡适看来，是活的文学精神（及其活的诗歌精神）推动着历史的发展。活与死就是胡适从中国文学系统内部开掘出来的两种对立的诗歌文化形态。

1915 年胡适为康奈尔大学留美中国学生会写作的年会论文《如何可使吾国文言易于教授》可以说是胡适文学革命观念的最早的奠基，就是在这篇论文中，胡适提出了“活”与“死”的概念。他说，古文是半死的文字，白话是活的文字；文言是死的语言，白话才是活的语言。由此，活与死便作为一种基本的文化价值尺度进入到胡适的思想系统内。语言文字有死活之分，文学也有死活之分。他评论同学任叔永的四言诗《泛湖即事》说：“诗中所用‘言’字‘载’字，皆系死字”，“载笑载言”“为三千年前之死句”②，又在答梅光迪的打油诗中写道：“文字没有古今，却有死活可道。”③ 从这样的感性体验当中，胡适提炼着自己的理性认识。他反思中国文学的发展史认为，一部文学史就是“活文学”随时起来替代“死文学”的历史；活与死的矛盾对立是文学系统内部自我发展的动力；今天，“文学革命的目的是要替中国创造一种‘国语的文学’——活的文学”④。

---

① 胡适：《谈新诗》，见《中国新文学大系·建设理论集》，295～299 页。

② 胡适 1916 年 7 月致任叔永，见《胡适来往书信选》，北京，中华书局，1979。

③ 胡适：《答梅觐庄》，见《藏晖室札记》，上海，亚东图书馆，1939。

④ 胡适：《谈新诗》，见《中国新文学大系·建设理论集》，294 页。

从逻辑上讲，死与活并不一定属于中国文学系统内部的概念，它们都不过是对存在的一种描述罢了。但是，从胡适的论述方式及主要的用例范畴来看，却无疑是针对中国语言与中国文学自身的种种特征而言，具有鲜明的民族性。

胡适首先从中国语言入手，阐述了死与活的具体差别，他提出，死与活的不同也就是文言与白话的不同。死的诗歌，其语言与日常口语彼此隔膜，它已经在书面化的死胡同中失却了生机；活的诗歌，其语言根植于日常口语。以此为标准，胡适考察了中国古典诗歌史，他说："自从'三百篇'到于今，中国的文学凡是有一些价值，有一些儿生命的，都是白话的，或是近于白话的。其余的都是没有生气的古董，都是博物院中的陈列品！"《木兰辞》、《孔雀东南飞》、《石壕吏》、《兵车行》之类属于白话的活文学[①]，而那些伤春悲秋式的典型"意境"恰恰便是"陈言烂语"的死文学。很明显，胡适竭力把诗的语言从脱离日常口语的书面化的雕琢中解放出来，这无疑是与中国古典诗歌的成熟化道路背道而驰的。我们知道，从《诗经》、屈骚、古诗直到近体诗在唐代的高度成熟，其显著之标志就是语言的书面化，言与文的分离。这样，胡适就注定不可能从正统的成熟状态的中国古典诗歌中寻找到活的样板，正如他反复列举的诗篇所显示的那样，活的诗歌实际上存在于历史的两个阶段，极盛期以前和极盛期以后，前者如《国风》、古乐府及一些古体诗，后者如宋诗(杜甫作品的理性精神也是在宋诗时代才发扬光大的)。也是在对这些"前正统"或"正统后"古典诗歌的开掘当中，胡适又进一步总结出了它们在文法上的重要特征：以文为诗，即突破雕琢语词、"文胜于质"的"纯诗"化，转而追求一种逻辑性强的叙述性、散文性语句。他说："我认定了中国诗史上的趋势，由唐诗变到宋诗，无甚玄妙，只是作诗更近于作文！"[②] 可以说，诗句的叙述性、散文化就是胡适所认定的活文学的又一个重要标志，是它赋予了"活"具体的内涵，至于其他的理论概括如"不拘格律，不拘平仄，不拘长短"[③]，"言之有物"等不过都是这一散文化要求的技术性细节罢了。由此看来，诗句的口语性和叙述性就是胡适从中国自身的"白话文学史"中开掘出来的活的文学精神，是他用以反拨另一部分僵死传

① 参见胡适：《建设的文学革命论》，见《中国新文学大系·建设理论集》，129页。
② 胡适：《逼上梁山》，见《中国新文学大系·建设理论集》，8页。
③ 胡适：《谈新诗》，见《中国新文学大系·建设理论集》，299页。

统的艺术手段。

胡适的诗歌革命观念是从中国诗歌传统内部来区别死与活，最终抛弃文言的“死”诗，创造白话的“活”诗，这当然不是说他当时的诗歌观念就没有接受外来的影响，就没有受到外国诗歌的启示。众所周知，在绮色佳留学之时，胡适“颇读了一些西方文学书籍，无形之中，总受了不少的影响”[1]，甚至早在中国公学读书的时候，就已经着手翻译西方诗歌作品了。赴美留学后更是译述不辍，至于以意象派为代表的美国新诗运动所给予他的刺激和启示也获得了评论界的公认。[2] 但是，我们同样也不能忽略这样的事实：胡适在五四前夕接触译述的外国文学外国诗歌作品颇为驳杂繁乱。仅以《尝试集》、《去国集》所收译诗来看，就既有浪漫主义的作品如拜伦《哀希腊歌》，也有反浪漫主义的意象派作品如蒂丝黛儿的《关不住了!》；既有西方诗歌，也有转译的东方诗歌如中世纪波斯诗人莪默·伽亚谟（Omar Khay yam）的《希望》；既有公认的名家之作，也有二流作家的产品如苏格兰女诗人安妮·林赛（Anne Lindsay）的《老洛伯》。从这些来源繁杂的异域作品里，我们很难看到西方诗潮的流向和西方诗歌文化的本来面目。显而易见的是，胡适接近和译介西方诗歌的目的并不在完整地认识西方诗歌自身，不在摸清西方诗歌的脉络走向，以便为中国新诗的发展提供成功的先导，以便中国新诗能够追踪世界先进潮流，与西方齐头并进，——如此执着而自觉的中西文化意识属于五四以后，却并不属于尚在摸索当中、过渡当中的胡适。胡适接近和译介西方诗歌主要是对一个东西感兴趣：自然口语化。例如他称《老洛伯》是：“全篇作村妇口气，语语率真，此当日之白话诗也。”[3] 胡适是在为他的“活文学”寻找证明之时，以其目之所及，择取翻译了几首外国诗歌。于是，外国诗歌并不以其自身的思潮、流派特征而熠熠生辉，引人注目，而是权作了胡适诗歌观念的一点旁证和说明。胡适并没有因为译介外国诗歌而建立起中西两大诗歌文化对立统一的观念，他的基本诗歌观念仍然在于“死”与“活”的分别，他需要的是在历史事实的鼓励下挣

---

① 胡适：《尝试集·自序（初版）》，见《尝试集》，135页。

② 评论界公认胡适的“八事”受到了庞德《意象主义者的几个“不”》（A Few Don'ts）的影响，据查，胡适也曾在1916年12月26日的留学日记中抄录过罗威尔的《意象派宣言》。

③ 胡适：《老洛伯序》，见《尝试集》，33页。

脱“死”的束缚，寻找“活”的空间。译诗如此，对异域理论的接受也是如此。胡适其实根本无意探讨意象派理论的来龙去脉、历史蕴涵，他看重的是这些宣言中对平易口语的倡导，不特意象派，只要符合他创立“活文学”的要求，他就加以介绍。又如，在反拨日趋僵化的传统“纯诗”主义的过程中，他提出了以文为诗，追求诗的散文化这一改进语言的设想，于是，西方诗人华兹华斯、济慈、白朗宁等人的散文化、说理之作受到了他的特别推荐。[1] 华兹华斯、济慈与白朗宁及意象派都是风马牛不相及的，完全各自从属于一个诗学体系。关于西方文学与中国文学革命的关系，胡适曾与友人梅光迪有过一番辩论，梅光迪认为胡适是剽窃欧美“不值钱之新潮流以哄国人也”，胡适反驳说：“……我主张的文学革命，只是就中国今日文学的现状立论；和欧美的文学新潮流并没有关系；有时借镜于西洋文学史，也不过举出三四百年前欧洲各国产生‘国语的文学’的历史，因为中国今日国语文学的需要狠像欧洲当日的情形，我们研究他们的成绩，也许使我们减少一点守旧性，增添一点勇气。”[2]

● 从死的诗到活的诗

胡适存在于历史的过渡时期，他的诗歌革命介于偶发性与明确性之间，他的基本诗歌观念立足于中国诗歌自身的传统，是对传统本身的剔抉和分别，外来的文化主要是给予这一剔抉行为以勇气、以鼓励，于是，我们真真切切地感受到了他与晚清“诗界革命”一代人的相似性。黄遵宪“我手写我口”、“复古人比兴之体”、“取《离骚》、乐府之神理”，这与胡适的活文学之说是相通的，胡适诗歌革命的根须扎在了晚清，这应当是没有什么疑问的。那么，这是不是就是说，胡适的诗歌革命就根本没有超过晚清的水准，或者说只是晚清诗界革命的不同的表述呢？我认为又并非如此。作为历史的过渡，胡适诗歌文化观念的一端连接着晚清，另一端则指向了未来，当他把诗文化形态判定为一死一活之时，就已经暗暗地拉开了与“以旧风格含新意境”的距离。虽然初衷都是在传统诗歌文化内部作某种调整，但晚清“以旧风格含新意境”之说显然过分优柔寡断，畏畏缩缩，它显然还在怯生生地乞求正统观念的宽容和保护，所以

---

① 胡适分别译之为华茨活、贵推、白朗吟（见《尝试集》初版自序）。

② 胡适：《尝试集·自序（初版）》，见《尝试集》，144 页。着重号为引者所加。现在看来，此言不虚。

说终究缺乏挣脱羁绊、锐意进取的活力。胡适对死文学的宣判和对活文学的召唤则显得较为果断，洋溢着一股激动人心的创造勇气。胡适也包裹在巨大的中国诗歌传统当中，但他又似乎是以自己全副的力量，背负着这个传统向现代迈出了重要的一步，前所未有的一步。

死的判决已经让胡适挣破了中国传统中最令人窒息的藩篱，活的呼声又为我们展示了一个崭新的境界，一个业经改造之后的鲜活的历史背景。而胡适的可贵又在于，他不仅仅是在诗学理论上分离了死与活，而且还通过自己脚踏实地的“试验”，努力把中国新诗由死的窘地推向活的世界。《去国集》、《尝试集》就生动地表现了五四诗歌是如何从死到活、由旧至新的，胡适为中国诗歌史留下了许许多多宝贵的经验。

前文已经谈到，《去国集》、《尝试集》及同时期的其他诗作表明，胡适的诗学标准还具有较大的驳杂性，他还在多种诗体、多种诗境里辗转彷徨，还需要借他人的评判视角来加以救正，以至删增不断。不过，我们也不要忘了，就是在 1920 年 9 月《尝试集》再版之时，胡适又曾自我总结说：“我自己只承认《老鸦》，《老洛伯》，《你莫忘记》，《关不住了》，《希望》，《应该》，《一颗星儿》，《威权》，《乐观》，《上山》，《周岁》，《一颗遭劫的星》，《许怡荪》，《一笑》，——这十四篇是‘白话新诗’。其余的，也还有几首可读的诗，两三首可读的词，但不是真正白话的新诗。”[1] 平心而论，这样的认识还是比较中肯的，它说明作者此时此刻的新诗观又趋于明确了。以此来反观胡适创作的整体面貌及其发展过程，我认为我们又会看得更深入更细致一些，就是说除了那样的迷茫与犹疑，胡适也有过清醒的一面，在方向感不甚明了的多种途径的“尝试”过程中，诗人创造的自觉性日渐增加，并且终于向着属于现代的方向前进了。尽管这些前进程度不等，成败参半，常常还淹没在了另外一些令人沮丧的平庸中，但毕竟是历史的进步，一种在过渡当中的进步。今天，我们把这些细碎的进步性因素集拢在一起，便越发可以清楚地见出它们在整体上是超越传统、指向未来的。胡适诗作里死与活的关系，当作如是观。

具体说来，这种驳杂里的清醒、偶发基础上的自觉，以及产生

---

① 胡适：《尝试集·再版自序》，见《尝试集》，193 页。

于死文学背景上的活的过渡都统统表现在以下几个方面：

旧诗的违格。如果我们把成熟期中国诗歌的种种形式规范称为“正格”，那么胡适理解中的“活文学”却恰恰是不合“格”的，或者是成熟期之前的自由的“粗朴”，或者是成熟期之后的自觉的拗体。胡适以这些不合正规的非正统遗产为师进行创作，必然就在多方面“违格”，违格的旧诗是胡适创作的起点。曾有学者作了一个统计，在他 92 首早期旧诗里，不受近体诗拘束的古风占 52 首，近体诗作仅 30 首，收入《去国集》的 21 首里，古风就占了 13 首，而近体诗仅 1 首。[①] 在我看来，若以严格的格律准则为尺度，那么《尝试集》中的旧体诗则没有一首是真正的近体诗。胡适有意识地违反常格，这是他反拨中国诗歌正统形态，拒绝进入死文学窠臼的一种方式。

旧诗的再构。违格的旧诗毕竟还是旧诗，它们背离了传统的一部分（主要是指用字的平仄），但也认同了另一部分，甚至这些“违格”的艺术本身就是传统所允许的。胡适违格的旧诗如《中秋》、《江上》在整体意境上并没有多少超越于传统的新意；“再构”则不同，它力图在一个更基本的层次上改变诗的规则，让诗包含更多的新的追求，如《蝴蝶》有七行采取三音顿：“也—无心—上天”，破坏了与其他二音顿诗行所形成的均齐：“两个—黄蝴蝶”，“双双—飞上天”，“天上—太孤单”。如果说其他音顿均齐的诗行给人一种传统式的和谐美，那么这一突兀的诗行则产生出一种动的线性的推进效果。又如《病中得冬秀书》其一：“病中得他书，不满八行纸，全无要紧话，颇使我欢喜。”诗歌尽可能采用现代口语，以近似于“打油”的方式取得了旧诗所难以获得的谐趣效果。有时诗人也有意识地反反复复使用几个大致相同的语词，使诗意格外鲜明、突出，传统所谓的含蓄蕴藉不复存在了，如其三：“岂不爱自由？此意无人晓：情愿不自由，也是自由了。”又如《小诗》：“也想不相思，/可免相思苦。/几次细思量，/情愿相思苦！”后来的新诗发展表明，突出思想的清晰度是走过传统那种空虚之含蓄的有效手段，当含蓄暧昧成为一种千篇一律的境界，诗思的锋芒和棱角就日渐钝化了，这就是艺术精神的“死”；打破迷蒙的含蓄，就是解放诗思，就是艺术精神的复活。

---

① 参见康林：《〈尝试集〉的艺术史价值》，载《文学评论》，1990（4）。

新诗与旧诗的搀杂。“再构”的旧诗还是较多地依托于传统诗歌框架，“搀杂”则更进了一步。在胡适笔下，新旧搀杂有两种方式：一是旧诗的美学追求以新的自由式的诗行表达。如《鸽子》：“云淡天高，好一片晚秋天气！/有一群鸽子，在空中游戏。/看他们三三两两，/回环来往，/夷犹如意，——/忽地里，翻身映日，白羽衬青天，/十分鲜丽!”这一幅晚秋素描，从直观性意象的摄取，到抒情主人公的隐匿，都主要还是属于古典诗歌的美学追求，但诗行的安排却是自由的，尽管深究下去也许还是有词曲的音节节奏①，但至少从视觉效果来看已经是相当自由随意了，这无疑会给未来新诗的鲜活灵动的诗行建设以较大的启示。搀杂之二就是旧诗均齐的诗行与新诗的自由诗行并用。如《三溪路上大雪里一个红叶》，前六行近似于五言诗：“雪色满空山，抬头忽见你！我不知何故，心里狠欢喜；踏雪摘下来，夹在小书里”，接着两行是自由参差的：“还想做首诗，写我欢喜的道理。”最后两行却又是七言诗的形式：“不料此理狠难写，抽出笔来还搁起。”

新诗的全新的尝试。这一部分诗在胡适全部的诗歌创作中仅占很小的部分，但却从不同的方面给我们预示了未来新诗的崭新面貌，它们是任何古典诗歌都不能替代的真正的“新诗”，正是它们的存在才提供了中国诗歌浮出“死水”，迈上“活路”的比较成功的典范。如《老鸦》以拟人化的方式象征了一种独立不倚的人生态度，《一颗遭劫的星》用黑云与星的关系影射北京《国民公报》被封事件，它们都描写了自然的事物，但却不再有物我交融，不再把主观的情感稀释、淡化；相反，主观的意念十分突出，自然事物完全成为诗人操纵、遣使的对象，这里不再是传统的“自然人化”，而是现代的“人化自然”。《上山》完全是表现个人的意志力，《一念》则追踪了自我那转瞬即逝、天马行空般的思维，让人想到后来郭沫若的《天狗》。这些诗的兴奋点、选材点都是中国古典诗歌所没有的。胡适甚至还在个人与国家的对立状态中充分肯定了个人的价值，发出了在古人看来是大逆不道的议论：“你莫忘记：/你老子临死时只指望快快亡国：/亡给‘哥萨克’，亡给‘普鲁士’，——/都可以，——”(《你莫忘记》)“起一个新革命，/造一个好政府：/那才是双十节的纪念了!”(《双十节的鬼歌》)另外一些诗歌表现人的情感世界，但

① 胡适曾说：“我最初爱用词曲的音节，例如《鸽子》一首，竟完全是词。”(《尝试集·再版自序》，见《尝试集》，187页)。

并不假借客观物象，也不取整体呈现、不加分辨的传统套路，而是尽可能清晰地有层次地描述主观心灵的波澜起伏，为新诗尝试着全新的艺术追求，如《“应该”》、《艺术》、《醉与爱》。胡适在《谈新诗》一文中曾特别分析了这一艺术追求：“那样细密的观察，那样曲折的理想，决不是那旧式的诗体词调所能达得出的。”他又以《“应该”》为例说：“这首诗的意思神情都是旧体诗所达不出的。别的不消说，单说‘他也许爱我，——也许还爱我’这十个字的几层意思，可是旧体诗能表得出的吗?”胡适新诗创作在以上几个方面的尝试后来都在其他诗人那里得到了广泛的继承和发展，为中国新诗独立品格的塑造起了相当重要的作用。

从旧诗的违格、旧诗的再构、新旧诗的搀杂直到全新的新诗尝试，这是一个渐进的过程，其间多有反复、犹疑、彷徨，死的文化与活的文化在渐进中进行着艰难的对话，活的文化不断扩展自己的势力，死的文化继续产生影响。胡适的尝试是审慎的、平静的、小心翼翼的。这样，在一个较长的过程中，活与死这两大诗歌文化实际上是在慢慢地调整着彼此的比重、分量，“活性”的成分慢慢增加，而“死性”的成分慢慢减少，但终于没有激烈的冲突、对抗。如果要描绘得形象生动一些，那么就仿佛是一清一浊的两条河流默默地交汇了，没有惊涛拍岸，没有飞流直下，它们在较长的时间里一同流淌着，流淌着，从泾渭分明、你缠我绕、浑然一体到远方的清澈，一切的变化都在悄悄地进行，这就是所谓的“慢流”，胡适诗歌观念与诗歌创作的发生发展，就清楚地呈现了两种诗歌文化的慢流。

在这条诗歌发展长河的前方，终于出现了一片澄清而宽阔的水域，充满生命力的活的文化代替了枯萎的死的文化。当然，在这一质的转换过程中，西方诗歌文化的介入产生了重要的作用。具体到诗歌实践来说，《关不住了!》等译诗在思想和形式上都为胡适创作的成熟提供了榜样。不过，即使是这样，西方诗歌也仍然没有以一个具有独立历史意义的形象为胡适所激赏，胡适所意识到的还不是中国诗歌文化与西方诗歌文化的更恢宏更有深远影响的矛盾对立，他分明还是把来自西方诗歌的某些启示纳入到新鲜的活文学的范畴内来加以领会。也就是说，中西诗歌文化在胡适无意识世界里刚刚接触的时刻仍然是一种两两融会、慢流向前的景象。

当然，中西诗歌文化毕竟是彼此异质的两大系统，从根本上讲，它们不可能如胡适理解的死与活一样缓缓交流、平静过渡，最具有实质意义的碰撞、冲突终将发生；只是，还没有等西方诗歌文化的诸种品格在胡适的思想中成长壮大起来，这位首开风气的尝试者就已经停止了“尝试”。

就这样，胡适完成了中国新诗发生期最重要的过渡，但作为诗的存在，他却永远地留在了两种文化慢流前行的过渡之中。

二、郭沫若：中国诗文化的自由形态与自觉形态

> 我们要把固有的创造精神恢复，我们要研究古代的精华，吸收古人的遗产，以期继往而开来。
>
> ——郭沫若：《文艺论集·一个宣言》

从出现在五四诗坛的那一天起，郭沫若就与众不同地公开宣布“要研究古代的精华，吸收古人的遗产”，将“开来”与“继往”紧密地结合起来。[①] 他历数泰戈尔、惠特曼、歌德等外来的影响，也照样一再重复着屈原、陶渊明、王维、李白、孟浩然等中国古典诗人的“启蒙”意义，直到解放以后，他还坚持说：“新诗在受了外来的影响的同时，并没有因此而抛弃了中国诗歌的传统。”[②] 因此，中国传统文化作为“原型”的意义在郭沫若那里特别地引人注目，它显然已经从无意识提炼为意识，从不自觉上升为自觉了。

● 诗的自由与自觉

从郭沫若的自述来看，投合他的情感，给他深远影响的中国古典诗人实在不少，不过，认真清理起来，又似乎分为两大类：一是以屈原为代表的先秦诗歌，二是以陶渊明、王维等人为代表的晋唐诗歌。他说：“屈原是我最喜欢的一位作家，小时候就爱读他的作品。”[③] 他还在旧体诗中满怀感情地吟叹：“屈子是吾师，惜哉憔悴死！”[④] 在多次的童年记述中，诗人又谈到了晋唐诗歌给他“莫大的

---

① 参见郭沫若：《文艺论集·一个宣言》，见《沫若文集》，第 10 卷，101 页。

② 郭沫若：《雄鸡集·谈诗歌问题》，见《沫若文集》，第 17 卷，267 页。

③ 郭沫若：《屈原·序》，上海，开明书店，1935。

④ 郭沫若：《今昔集·题画记》，见《沫若文集》，第 12 卷，238 页。

兴会”[1]，其中，又以陶渊明、王维为代表。比如在1936年关于《女神》、《星空》的创作谈里，郭沫若说：“至于旧诗，我喜欢陶渊明、王维，他俩的诗有深度的透明，其感触如玉。李白写的诗，可以说只有平面的透明，而陶王却有立体的透明。”[2] 以屈原为典型的诗歌形态和以陶渊明、王维为典型的诗歌形态就是郭沫若诗歌艺术的“原型”。

值得注意的是，这两大原型形态实际上代表着中国古典诗歌史上的两个重要的发展阶段：原始阶段与成熟阶段，或者说是“自由”的阶段与“自觉”的阶段。

屈原及其创作的楚辞是中国古典诗歌的“自由”形态，其基本特征是：（1）自我与个性得到了较多的尊重。如《离骚》满篇流溢着诗人那恢宏壮丽的个人抱负，那“鸷鸟不群”的铮铮傲骨。开篇8句（今人断句），出现“我”（朕、吾、余等）就达6处之多，这在后世是难以想象的。（2）人不仅在客观世界中取得了相对的独立性，还可以反过来调理、选择客观世界（自然与社会）。《离骚》的痛苦包含着他在选择生存环境时的两难；而诗人也尽可以“乘骐骥以驰骋兮”（《离骚》），“登九天兮抚彗星”（《少司命》），逐龙唤凤，驱日赶月，拥有无上的权威。（3）诗歌以意象的玄奇绚丽取胜，“弘博丽雅”（班固语），“奥雅宏深”（汪瑗语）。（4）全诗富于曲折、变化，显示出一种开阖倏忽的动态美。

陶渊明、王维所代表的晋唐诗歌属于中国古典诗歌的“自觉”形态。中国诗歌在这一时期由“自由”走向成熟，恰恰是中国传统文化“大一统”、“超稳定”的产物。“大一统”、“超稳定”为中国文人提供了较先秦时代相对“坦荡”的出路，但却剥夺了那“纵横”驰骋的自由选择，中国文人被确定为一个严密系统中的有限的、微弱的个体，从属于“自我”的本性就这样日渐消融，或散失在了“社会”当中，或淡化在了“自然”当中，儒释道的成熟和它们之间的融洽共同影响着中国诗歌“自觉”形态的基本特征：（1）自我的消解、个性的淡化。（2）人接受着客观世界的调理，追求“天人合

① 郭沫若：《少年时代·我的童年》，见《沫若文集》，第6卷，35页；《我的作诗的经过》，见《沫若文集》，第11卷，147页；《沸羹集·序我的诗》，见《沫若文集》，第13卷，117页。

② 郭沫若：《郭沫若诗作谈·关于〈女神〉、〈星空〉》，载1936年8月《现世界》创刊号。

一”。(3)诗歌追求圆融浑成的“意境”,“隐秀”是其新的美学取向。(4)诗歌的典型气质是“恬淡无为”,显示出一种“宁静致远”的静态美。当然,不是所有的晋唐诗歌都是这样的冲淡平和,“以境取胜”,但是,陶、王的诗歌倾向却代表了中国诗文化在“自觉”时期最独特、影响最深远的抉择,尤其符合郭沫若当时的理解。

不言而喻,从思想到艺术,自由的诗和自觉的诗所给予郭沫若的“原型”启示都是各不相同的。那么,郭沫若又如何看待这样的差别呢?屈原所代表的“先秦自由”向来为诗人所推崇,而陶、王的“晋唐自觉”也同样契合着他的需要。诗人曾经比较了屈原与陶渊明这一对“极端对立的典型”,并且说:“我自己对于这两位诗人究竟偏于哪一位呢?也实在难说。照近来自己的述作上说来,自然是关于屈原的多”,“然而……凡是对于老、庄思想多少受过些感染的人,我相信对于陶渊明与其诗,都是会起爱好的念头的”。“那种冲淡的诗,实在是诗的一种主要的风格。”① 在另外一个场合,他又表示:“我自己本来是喜欢冲淡的人,譬如陶诗颇合我的口味,而在唐诗中我喜欢王维的绝诗,这些都应该是属于冲淡的一类。”② 可见,郭沫若对这样的差别不以为然,他在五四时代的文化宽容精神也包括了对“差别”本身的宽容。

“自由”与“自觉”作为原型的意义就这样被确定了下来,并在诗人主体意识的深处发挥着决定性的作用。

● 自由与自觉的循环:郭沫若的诗歌之路

中国古典诗文化的自由形态与自觉形态是郭沫若用以迎纳、解释、接受西方诗潮的基础,正如庄子、王阳明是他认同西方“泛神论”的基础一样。中国古典诗文化的原型形态为时代精神所激活,在西方诗潮的冲击下生成了它的现代模式,这些现代模式往往包含着较多的现代性和西方化倾向,但追根究底,仍然扭结在中国传统文化精神当中。是中国古典诗文化决定了郭沫若向西方世界选取什么和怎样选取。

“创造十年”结束后,郭沫若有过一段著名的自述:

> 我的短短的做诗的经过,本有三四段的变化。第一段是太

① 郭沫若:《今昔集·题画记》,见《沫若文集》,第12卷,235页。

② 郭沫若:《我的作诗经过》,见《沫若文集》,第11卷,147页。

戈尔式，第一段时期在“五四”以前，做的诗是崇尚清淡、简短，所留下的成绩极少。第二段是惠特曼式，这一段时期正在“五四”的高潮中，做的诗是崇尚豪放、粗暴，要算是我最可纪念的一段时期。第三段便是歌德式了，不知怎的把第二期的情热失掉了，而成为韵文的游戏者。①

尽管他的自我阐释借用了西方诗人的形象，几个阶段的划分也显得比较复杂，但是，一旦我们结合诗人的其他一些重要的自述加以分析，特别是深入到他的诗歌艺术世界之中，问题就比较清楚，比较“单纯”了。导致郭沫若诗歌如此三番五次地转折变化的重要原因，是可以在中国古典诗歌的“原型”那里寻找的，是自由形态与自觉形态的互相消长推动着诗人内在的精神需要发生着波动性的变化，而变化也不是漫无边际、难以捉摸的，或者是“自由”精神的增加，或者就是“自觉”意识的上升，是自由与自觉的循环前进。

在《我的作诗经过》一文中，郭沫若将泰戈尔式的冲淡与陶、王等人的冲淡联系在一起，这说明，在他刚刚踏上诗歌创作道路之时，中国古典诗歌的“自觉”形态起着主要作用，这或许是每一个中国现代诗人都难以避免的诗歌启蒙时期吧，晋唐诗歌毕竟是中国现代诗人蒙学教育的最主要的内容。在郭沫若特有的“创造性误解”中，印度现代诗人泰戈尔创作的“冲淡”唤起了他“似曾相识”的亲近感，鼓励着他进行“中西结合”的选择。

五四时代，随着个性解放呼声的高涨，文学革命的蓬勃展开，惠特曼诗歌的传播，郭沫若那固有的“自由”基因又生长了起来。此时此刻，他所理解的“精赤裸裸的人性”、“同环境搏斗的”“动态的文化精神”以及“自我扩充”、“藐视一切权威的反抗精神”② 都是先秦文化的“固有”表现，而屈原及其楚辞便是先秦文化的诗歌表述。所以说，郭沫若眼中的屈原多少都有点自我投射的影子：

屈原所创造出来的骚体和之乎者也的文言文，就是春秋战国时代的白话文，在二千年前的那个时代，也是有过一次五四

① 郭沫若：《创造十年》，见《沫若文集》，第7卷，67页。

② 参见郭沫若著名论文《我们的文学新运动》、《王阳明礼赞》、《论中德文化书》等。

运动的，屈原是五四运动的健将。[1]

《女神》就是郭沫若创造出来的“自由形态”的骚体。在《女神》之中，郭沫若塑造了一个个打倒偶像、崇尚创造、意志自由的“我”，他假借《湘累》里屈原的口说：“我效法造化底精神，我自由创造，自由地表现我自己。”《女神》极力标举“自我”的地位，而客观世界则是“我”创造、吞噬和鞭策的对象，也是“我”的精神的外化。《湘累》有云：“我创造尊严的山岳、宏伟的海洋，我创造日月星辰，我驰骋风云雷雨，我萃之虽仅限于我一身，放之则可泛滥乎宇宙。”“我有血总要流，有火总要喷，不论在任何方面，我都想驰骋！”《天狗》有云：“我把月来吞了，/我把日来吞了，/我把一切的星球来吞了，/我把全宇宙来吞了。”《日出》中的太阳成了奔腾生命的象征：“哦哦，摩托车前的明灯！/你二十世纪底亚坡罗！/你也改乘了摩托车吗?”与屈骚相类似，《女神》色彩绚丽，意象繁密，充满了波澜起伏的动态美——包括奔突不息的形体运动和急剧变迁的思想运动。如《立在地球边上放号》：“无限的太平洋提起他全身的力量来要把地球推倒。/啊啊！我眼前来了的滚滚的洪涛哟！/啊啊！不断的毁坏，不断的创造，不断的努力哟!”这是形体的运动；又如《凤凰涅槃》：“宇宙呀，宇宙，/你为什么存在？/你自从哪儿来？/你坐在哪儿在？/你是个有限大的空球？/你是个无限大的整块？/你若是有限大的空球……”这是思想的运动。

1921年、1922年两年中，郭沫若多次回国，耳闻目睹的事实彻底摧毁了他复兴先秦文化精神的幻想，“哀哭我们堕落了的子孙，/哀哭我们堕落了的文化，/哀哭我们滔滔的青年”（《星空》）。为了舒散这些“深沉的苦闷”，诗人转向了《星空》时期，也就是他所自称的“歌德式”的创作。不过，所谓“情热失掉了，而成为韵文的游戏者”却并不是睿智而执着的歌德的本来面目，究其实，倒更像是中国诗歌“自觉”原型的第二次复活。如《雨后》：

雨后的宇宙，
好像泪洗过的良心，

① 郭沫若：《诗歌底创作》，载1944年《文学》第2卷。

寂然幽静。

海上泛着银波，
天空还晕着烟云，
松原的青森！

平平的岸上，
渔舟一列地骈陈，
无人踪印。

有两三灯光，
在远远的岛上闪明——
初出的明星？

这很容易就让人想起了王维的《山居秋暝》："空山新雨后，天气晚来秋。明月松间照，清泉石上流。竹喧归浣女，莲动下渔舟。随意春芳歇，王孙自可留。"

"自由"是中国诗人在社会动荡期个性展示的需要，"自觉"则是在社会稳定期聊以自慰的产物。有趣的是，这一历史规律也在郭沫若身上反映了出来。留学海外的诗人，热情勃发，思维活跃，他很容易地举起了"自由"的旗帜；而一旦他不得不面对中国社会稳固沉寂的现实时，"自由"就成了毫无意义的空想，于是，"自觉"的原型便悄悄地袭上心来。

但历史又给郭沫若提供了一次"自由"的机会。1923年以后，随着社会革命的发展，特别是郭沫若对马克思主义思想的接触、认识，他那抑制着的、沉睡着的斗争欲、反抗欲获得了较先前更为强大的支撑，于是《前茅》、《恢复》问世了。"前茅"就是革命的、反抗的"前茅"，而"恢复"则象征着诗人从"深沉的苦闷"中"复活"了坚强的意志，"要以彻底的态度撒尿"，"要以意志的力量拉屎"（《恢复》）。过去一般认为，《前茅》、《恢复》时期的郭沫若是对"从前深带个人主义色彩的想念"之反动，而诗人自己也明确地表示："我从前是尊重个性、景仰自由的人，但在最近一两年间与水平线下的悲惨社会略略有所接触，觉得在大多数人完全不自主地失掉了自由，失掉了个性的时代，有少数的人要来主张个性，主张自由，未免出于僭妄。”[1] 其实，只要认真分析一下这一时期的诗歌，我们就不难透过那些“粗暴的喊叫”，见到诗人那怦怦跳动着的渴望自由、渴望自我展示的心——当他以所有受压迫者的代言人自居，大声疾呼，狂放不羁时，《女神》式的品格、《女神》式的诗学追求便清晰地呈现了出来：

革命家的榜样就在这粗俗的话中，
我要保持态度的彻底，意志的通红，
我的头颅就算被人锯下又有甚么？
世间上决没有两面可套弦的弯弓。

——《恢复》

那么，继中国古典诗歌“自由”原型的第二次复活之后，“自觉”原型是不是也再一次地被激活了呢？从表面上看，包括抗战时期的《蜩螗集》、《战声集》以及新中国成立以后的《新华颂》、《潮集》、《骆驼集》、《东风集》等都洋溢着革命的激情，似与陶、王的“冲淡恬静”相去甚远，但是，考虑到诗人在这一时期，特别是新中国成立以后的特殊地位，我们则可以肯定地认为，郭沫若已经没有可能再狂放不羁、“粗暴的喊叫”了，从理论上讲，他无疑将进入到“自觉”的形态。于是，我们不得不特别注意这样的事实：在这一时期，郭沫若诗歌创作最重要的现象便是大量的旧体诗词的出现，而我们知道，中国古典诗歌正是在晋唐时代确立了自己的典型形式，“自觉”原型的第三次复活似乎首先就表现在诗歌艺术的形式之中；此外，我们还注意到，在郭沫若的旧体诗词中，亦不时流出这样的句子：

山顶日当午，流溪一望中。时和风习习，气暖水溶溶。鸟道盘松岭，胶轮辗玉虹。太空无片滓，四壁耸青峰。（《远眺》）

北海曾来此，岩前有旧题。洞天天外秀，福地地中奇。膏炬延游艇，葵羹解渴丝。留连不忍去，无怪日迟迟。（《游端州七星岩·游碧霞洞》）

---

① 郭沫若：《文艺论集·序》，见《沫若文集》，第10卷，3页。

芙蓉花正好，秋水满湖红。双艇观鱼跃，三杯待蟹烹。莺归余柳浪，雁过醒松风。樵舍句山在，伊人不可逢。（《访句山樵舍》）

居高官，忙政务，自然已不再是“冲淡”的时候了，但偶得闲暇，忘情于山水之间，那意识深处的传统文化原型便还会浮现出来。

总而言之，在郭沫若的诗歌艺术生涯中，中国诗文化的“自由”形态与“自觉”形态始终生生不息，循环往复，发挥着至关紧要的作用。《星空》题序中郭沫若曾引用康德的名言说：“有两样东西，我思索的回数愈多，时间愈久，他们充溢我以愈见刻刻常新，刻刻常增的惊异与严肃之感，那便是我头上的星空和心中的道德律。”结合郭沫若的创作实践来看，他显然是不无中国特色地把“星空”诠释为身外的客观世界，而把自我的自由意志、生存原则诠释为“心中的道德律”，前者诱惑诗人进入“自觉”，而后者则激发着人的“自由”。于是，中国诗歌原型的“自由”与“自觉”就的确是“刻刻常新”，“刻刻常增”“惊异与严肃之感”的。

● 自由与自觉的消长：郭沫若精神结构之一瞥

在我们运用“自由”与“自觉”的原型意义，对郭沫若诗歌创作道路作了简略回顾之后，我认为有两点必须特别指出：

（1）所谓“自由”与“自觉”的循环生长只是我们对问题的比较粗糙的梗概性说明，实际上，除了这样有规律的演变之外，这两大原型形态的关系还要复杂得多，比如，在同一创作时期，“自由”与“自觉”也可能同时显示自己的力量，以至对郭沫若的诗歌创作造成一言难尽的影响。

（2）有趣的还在于，尽管郭沫若经历了这样曲折的诗风变化，尽管他也看到了“自由”原型与“自觉”原型给予自身的影响，但是显而易见，诗人并没有清醒地意识到这两大诗歌形态在他诗歌艺术中的特殊地位——它们的循环生长以及相互间的分歧、矛盾。

综合这两个方面，我们可以得出一个什么样的结论呢？我认为，这已经清楚地表明，在郭沫若的精神结构中，“自由”与“自觉”又隐隐地呈现为一种彼此消长、相生相克的关系，生中有克，克中有生。

首先我们看“生中有克”。

“自由”与“自觉”共生于郭沫若诗歌发展的同一个时期，但是，由于它们在思想意义、艺术境界上的分歧、矛盾，郭沫若的诗歌因此而出现了若干诗学追求中的迷茫与昏乱，这就是所谓的“克”。特别是当这两种原型都竭力在同一首诗中显示自己的意义时，其内在的裂痕就势不可免地裸露了出来。总的说来，“自由”唤起诗人的自我意识，要求对自我的“突现”，而“自觉”则极力消融自我意识，要求对自我实行“忘却”；“自由”让主体的形象与思想在诗中纵横，而“自觉”则一再陶醉在“天人合一”的境界之中。“突现”与“忘却”、“纵横”与“陶醉”作为两种分离的诗歌艺术倾向也不时杂糅在一起，构成了郭沫若诗歌特有的“驳杂”特色。

如《凤凰涅槃》，西方的“菲尼克司”（Phoenix）“集香木自焚”，显然是自由意志的表现，诗中也“突现”了它的意志和思想，让它在咒天诅地中驰骋自己的感情，但是，当它“从死灰中更生”时，竟展示了这样的“自由”景象：

一切的一，和谐。
一的一切，和谐。
和谐便是你，和谐便是我。
和谐便是他，和谐便是火。
火便是你。
火便是我。
火便是他。
火便是火。
……

不分你我他，不分自我与世界，所有的山川草木、飞禽走兽和人类都笼罩在一片“和谐”之中，这恰恰是中国诗文化“自觉”原型的精神。在中国文化中，如此突出“一”的哲学意义，也正是晋唐时代儒道释日渐“三教合一”的特征，只有在这个时候，老子的“道生一”，“圣人抱一为天下式”（《老子》），孔子的“吾道一以贯之”（《论语·里仁》），佛学的“空”才被中国文人如此运转自如地把玩着。“自觉”最终掩盖了“自由”。

又如《西湖纪游·雨中望湖》：

雨声这么大了，
湖水却染成一片粉红。
四围昏蒙的天
也都带着醉容。

浴沐着的西子哟，
裸体的美哟！
我的身中……
这么不可言说的寒噤！
哦，来了几位写生的姑娘，
可是，unschoeh。

Unschoeh意即不美丽，不漂亮。显然，郭沫若本来处于“自失”状态，“忘却”了自我，沉醉于西湖迷蒙的雨景当中。但是，其心未“死”，意识还在隐隐地蠕动，所以当异性一映入到他的眼帘，自我的欲望和思想就迸射了出来。“自由”完成了对“自觉”的排挤。

类似的例子还有《梅花树下的醉歌》、《晚步》、《雪朝》等。

不过，我们也没有必要格外夸大“自由”与“自觉”的矛盾对立关系，因为它们虽有种种的分歧，但毕竟又同属于中国古典诗文化范畴内的两种原型，有对立的一面，更有统一的一面；“自觉”形态与“自由”形态再不同，也还是它辗转变迁的产物。以屈骚为代表的中国先秦诗歌再个性自由、自我突出，也终究不能与西方诗歌，尤其是19世纪的浪漫主义诗歌相提并论，先秦文化的“自由”和晋唐文化的“自觉”都有各自特殊的“中国特色”。

先秦文化的“自由”并没有取得西方式的绝对的、本体性的意义，它是相对的，又与个人的一系列特定的修养相联系。这些修养大体上包括了诸如宗法伦理、内圣外王的道德化人格、先贤遗训以及雏形的“修齐治平”等内容，在屈骚中，这些内涵是非常明显的。事实上，这已经就孕育了消解自我、天人合一的可能性（“天”有多重含义，可以是自然，也可以是天理、国家民族之大义等），为“自觉”时期中国诗文化的本质追求奠定了基础。相应地，晋唐文化的“自觉”又没有完全取消先秦式的“自由”，谈到个人的修养，包括陶渊明这样的诗人都无一例外地看重人伦道德，崇尚先贤风范，晋唐诗人依然“自由”地表述着自我的思想情感，只不过，他们是将更多的“自我之外”的精神因素（自然生命或者民族责任）内化为个人的思想情感，是“自觉”中的“自由”。

自由原型和自觉原型在深层结构上的这种一致性被郭沫若领悟和接受着，并由此形成了郭沫若诗学追求“多中见一”、“杂中有纯”的特色，这也就是我们所谓的“克中有生”。“克中有生”是我们窥视郭沫若诗歌深层精神的一把钥匙。

自《女神》以降，郭沫若的“自由”追求深受着屈骚精神的影响：“自由”不是纯个体意义的，当然更不是绝对的，它总是以民族的救亡图存为指归，“不愿久偷生，但愿轰烈死。愿将一己命，救彼苍生起！”（《棠棣之花》）自我也并不是无所顾忌地追逐个人的利益和幸福，他常常以“济世者”自居，又站在“济世者”的道德立场上去观察世界和他人，这样，“匪徒”就成了献身社会的仁人志士（《匪徒颂》），而劳动人民也成了怜惜、同情的对象（《辍了课的第一点钟里》、《地球，我的母亲》、《雷峰塔下·其一》），郭沫若从来不开掘自我的内在精神状态，从来不对人的精神自由作出更复杂更细致也更恢宏的认识，也较少表现自我与自由在现存世界面临的种种苦况与艰难，而这些又都是真正的现代“自由”所必须解决的问题。郭沫若更习惯于在中国原型形态的定义上来呈现“自由”，来“呼应”西方浪漫主义诗歌。这就带来了一个结果，即当诗人要如西方诗人似的竭力突出“自我”、挥洒“自由”时，他便显得有些中气不足，内在的空虚便暴露了出来。《天狗》可能是郭沫若最狂放自由的作品，但是，在我看来，从吞噬宇宙到吞噬自我，“天狗”的精神恰恰是混乱的，迷茫的，缺乏真正的震撼人心的力度。有时候，诗人为了表现自身的“创造力量”，无休止地将中外文化的精华罗列起来，堆积起来：“我唤起周代的雅伯，/我唤起楚国的骚豪，/我唤起唐世的诗宗，/我唤起元室的词曹，/作《吠陀》的印度古诗人哟！/作《神曲》的但丁哟！/作《失乐园》的米尔顿哟！/作《浮士德》悲剧的歌德哟！”（《创造者》）但一个创造者究竟当有什么样的气魄呢？我们所见有限。到了《前茅》、《恢复》时期，这种自由与抗争的空洞性就更加明显了。有时候，连诗人自己也深有体会：“我是诗，这便是我的宣言，/我的阶级是属于无产；/不过我觉得还软弱了一点，/我应该要经过爆裂一番。//这怕是我才恢复不久，/我的

气魄总没有以前雄厚。/我希望我总有一天，/我要如暴风一样怒吼。”（《诗的宣言》）

自我意识的收缩，自由精神的空疏，这也决定了郭沫若对待客观世界的态度。我们看到，尽管诗人面对高山大海时常升腾起对生命的赞颂，时常唤起一种激动人心的崇高体验，但是，他却始终把自己放在了这么一个“被感染”、“被召唤”的位置，西方浪漫主义诗歌中人与自然相搏斗、相撞击的景观并没有得到更多的表现。从这个逻辑出发，当诗人的“自我”和“自由”在实践中被进一步的删削、稀释之后，客观世界便理所当然地显出一些威严恐怖的气象，给诗人以压迫、以震慑：“啊，我怕见那黑沉沉的山影，/那好像童话中的巨人！/那是不可抵抗的……”（《灯台》）诗人在客观世界的风暴中沉浮，久而久之，他终于疲倦了，衰弱了：“一路滔滔不尽的浊潮/把我冲荡到海里来了。”“滔滔的浊浪/早已染透了我的深心。/我要几时候/才能恢复得我的清明哟？”（《黄海中的哀歌》）

当人在客观世界面前感叹自身力量的弱小，而又并没有获得更强劲更坚韧的支持时，“天人合一”的理想便诞生了。在对民族大义的接受认同中，在“澄淡精致”的大自然中，我们那疲弱的心灵才找到了最踏实更妥帖的依托。于是，中国诗歌便转向了“自觉”形态。“自由”到“自觉”就这样实现了它的内在的过渡，“自由”与“自觉”的循环便是以此为基点、为轴心的。

在《星空·孤竹君之二子》的“幕前序话”里，郭沫若阐发了他关于传统文化的基本观念，“天地间没有绝对的新，也没有绝对的旧。一切新旧今古等等文字，只是相对的，假定的，不能作为价值批判的标准。我要借古人的骸骨来，另行吹嘘些生命进去……”在诗歌创作中，他假借了中国传统诗文化的“自由”原型与“自觉”原型，试图吹进现代生命的色彩；当然，郭沫若还未曾料到，“古人”并没有僵死，更不都是“骸骨”，它也可能对今天的新生命产生鞭辟入里的影响。

三、闻一多：传统心理结构的自我拆解

> 长城啊！让我把你也来撞倒，
> 你我都是赘疣，有些什么难舍？
>
> ——闻一多：《长城下之哀歌》

●“东方老憨”

整个中国现代诗歌的发生发展，都可以说是对中国传统诗歌文化的一种调整，人们逐渐挣脱传统审美境界与语言模式的束缚，寻找着具有现代意义的诗歌样式。不过，在如何理解中国传统，又如何进行现代意义的调整这一过程当中，不同的诗人却有着完全不同的选择。正是来自个体的在选择上的千差万别决定了中国现代新诗的千姿百态——它的特征与取向，成功与失败。

当胡适等初期白话诗人倡导“诗体大解放”之时，不管他们用以反拨传统流弊的工具是西方诗学还是中国传统诗学的另一部分，其态度的积极、果敢都是无可怀疑的，当泰戈尔、惠特曼、歌德先后出现在郭沫若的眼前，不管郭沫若是不是因此就怀疑过陶渊明、王维、李白，他的兴奋和转向都是毫不犹豫的。

但是，稍稍晚于这一代中国诗人出现在新诗史上的闻一多却十分特别，日渐浓厚的新文化氛围分明并没有让他情绪昂扬，高视阔步；相反，他似乎比前一辈更加拘谨、小心，甚至严肃、守旧。这一现象在中国新诗的发展历程上是十分有趣的，就是在新月派内部也颇为独特。

生活中的闻一多素以沉稳质朴、严于律己而著称。在清华学校，他修身持心，一日三省，俨然传统儒生①，他在《清华周刊》上发表的一系列时评都表明了他与“西化”派的格格不入，“恢复伦理”是他自觉的追求；留学美国以后，最让他牵肠挂肚的是大洋彼岸的祖国、家乡、亲人，以及那位遵照父母之命迎娶进门的妻子，芝加哥杰克逊公园的秋色总是与北京城的金黄叠印在一起，他勤奋攻读，拒绝了一位青年人理所当然的娱乐享受；从 1925 年到 1926 年，作为大学教授，他克己奉公，奖掖后学，德高望重，作为学者，他严谨求实，一丝不苟，作为民主战士，他把自己的生命奉献给了国家民族的前途，在事实上实践着传统儒家“克己复礼为仁”、“扶危定倾，身任天下”的道德理想。

更重要的是，古典主义气质浓郁的闻一多在他的学术研究、诗歌创作及整体的文化追求上保持了格外鲜明的中国特征，他自觉地

---

① 关于这方面的情况，可参见闻一多在清华学校所写的《仪老日记》（1919），见《闻一多研究四十年》，北京，清华大学出版社，1988。

把这些创造活动与维护中国传统文化的历史使命联系起来。无论是在“美国化清华”还是在纯朴的“二月庐”，他主要的学习计划都是围绕中国传统文化而制定的；在美国，他大力提倡“中华文化的国家主义”，力图抵御来自异域文化的“征服”。他最早发表的作品《二月庐漫纪》就是学习传统文化的心得，在以后的二十余年的岁月中，他又把主要的精力投入到祖国文化遗产的研究整理之中。闻一多在清华同学中的诗名最早是来自他的旧体诗创作，当白话新诗创作风靡一时的时候，他态度审慎，并没有闻风而动，从《〈冬夜〉评论》到《〈女神〉之地方色彩》，闻一多抨击了五四诗坛上的“欧化的狂癖”。平心而论，《女神》中并不乏对中国古典美的追求，但在闻一多看来也还是缺乏“地方色彩”，有“过于欧化的毛病”。[①] 对于中国早期新诗的激进思潮，闻一多泼出了第一盆冷水，他率先毫不含糊地宣布：“我要时时刻刻想着我是个中国人，我要做新诗，但是中国的新诗。”[②] 闻一多曾先后陶醉在济慈、哈代、豪斯曼、丁尼生、布朗宁等西方诗人的艺术境界里，但所有的这些外来文化又都以他对中国古典诗歌“似曾相识”的怀恋为基础，复活传统诗学就是“中西艺术结婚后产生的宁馨儿”。在闻一多的诗歌创作里，中国古典诗歌的意象、情感连绵不断，尤其是那已经为一些现代诗人所淡忘了的执着而强烈的民族主义意识，以至朱自清先生称赞他差不多是抗战以前“唯一有意大声歌咏爱国的诗人”[③]。闻一多格律化理论的传统渊源也是众所周知的，他认为，中国的律诗是“最合艺术原理的抒情诗文”，又说“均齐是中国的哲学、伦理、艺术底天然的色彩，而律诗则为这个原质底结晶”[④]。“三美”当中，音乐美来自他对中国语言节奏的体会，建筑美来自律诗“节的匀称和句的均齐”[⑤]，而所谓的绘画美其实也不是人们常说的“诗中有画”，而是对中国文字象形特质、视觉效果的运用。[⑥]

应当说，整个中国现代新诗史从来也没有割断与历史传统的血缘联系，中国现代诗人当中，从人生态度、学术思想到创作实践，

① 参见闻一多：《〈女神〉之地方色彩》，载1923年6月《创造周报》第5号。
② 同上。
③ 朱自清：《爱国诗》，见《新诗杂话》，51页。
④ 闻一多：《律诗底研究》，见《闻一多全集》，第10卷，158、159、161页。
⑤ 闻一多：《诗的格律》，载1926年5月13日《晨报副刊·诗镌》第7号。
⑥ 参见蓝棣之：《“新月派”诗歌考释两则》，见《正统的与异端的》，333页，杭州，浙江文艺出版社，1988。

我们都不难发现传统文化的深刻印迹，这些印迹在积极建设新诗的人身上存在，在一度挑剔、反对新诗建设的人身上也存在。郭沫若把斯宾诺莎、泰戈尔的“泛神论”认作中国传统美学的“天人合一”，把五四的文学革命视为屈原精神的发扬，徐志摩抒写“性灵”，象征派诗人讨论“我们主张的民族彩色”①，现代派诗人“无所顾虑的有意接通我国诗的长期传统”②，而在五四时代，新诗的反对者如黄侃、胡先骕、吴宓、梅光迪、章炳麟等显然就更是传统诗歌文化的捍卫者了。那么，闻一多的民族意识又有怎样独立的特质呢？

我认为，这一独立的特质就在于，闻一多竭力维护传统文化的行为是与他内在的情感需要与感受方式联系在一起的，这样的需要较他人更执着更专注，这样的感受也更丰富更真纯。“他从小个性强，有主见，感情很丰富；他认准了要坚持什么，就从不退让。”③对于自身的这一精神特征，闻一多曾用“东方老憨”四个字作了精辟的概括。1922年，他情绪激动地说：“美国化呀！够了！够了！物质文明！我怕你了，厌你了，请你离开我罢！东方文明啊！支那底国魂啊！‘盍归乎来！’让我还是做我东方的‘老憨’吧！理想的生活啊！”④ 东方老憨，唯其因为他有超于常人的执着专一和真纯才能叫做“憨”！

中国传统文化与中国传统诗歌文化都有一个显著的特征，这就是它们都把自己的理想境界建立在一个远离现实的地方。儒家的“圣人”、道家的“真人”、佛家的“涅槃”与诗歌“天人合一”的意境都不是我们现实生命的真实状态，于是，在活生生的生存需要面前，在这些生存的背景又不断发生着运动、变化的情况下，中国传统文化与传统诗歌文化还要力图维护自身的权威性就只可能作两种选择：一是闭目塞听，将自我与真实的生存状态和变化着的时代隔离开来，拒绝感受，拒绝因新的感受而激起的情感要求，“拒绝”导致了他们的腐朽，这是真正的“腐儒”。五四时代，那些新诗的反对者们就属于这种选择，例如胡先骕就根本无法从沈尹默的《月夜》中感受出诗意来。⑤ 但是仔细探究起来，这样的腐言朽语倒也不可能

---

① 参见穆木天：《谭诗——寄沫若的一封信》，载1926年3月《创造月刊》第1卷第1期。

② 卞之琳：《戴望舒诗集·序》，见《人与诗：忆旧说新》，64页。

③ 刘烜：《闻一多评传》，6页，北京，北京大学出版社，1983。

④ 闻一多：《美国化的清华》，载1922年5月22日《清华周刊》第247期。

⑤ 参见胡先骕：《中国文学改良论》，见《中国新文学大系·文学论争集》。

造成对历史运动的太大的威胁，因为它们本身就把自己封锁在了一个逐渐消逝的“过去”。在中国历史上，最有典型意义的应当是第二种选择，这种选择并不那么迂腐地纠缠住传统的理想本身，而是竭力把握时代变迁的信息，力图把传统的理想建构在变迁着的社会之上，这就要求一代又一代的文化传人不断调整传统，同时也不断调整对时代的感受，他们会恰到好处地剔除时代精神中那些最锋芒毕露的、最有颠覆潜能的因素，从而实现传统与现代的和平对接，这样的选择既完美地保存了传统，同时也使主体显得潇洒灵活，游刃有余，中国文化传统与中国诗歌文化传统真正的保存方式应当在这里。郭沫若、徐志摩、象征派与现代派诗人们都主要选择了第二种方式，他们是传统诗文化的继承者，但与之同时，我们却总是看到他们顺应时代潮流，迅速接受现代信息的一面，与新的时代一起降临的西方诗歌文化同他们“先赋”的古典诗歌文化彼此补充说明，互相照应，在融会西方诗歌的过程当中，他们顺利地实践着中国传统的美学理想，这样，他们实在是用不着对传统理想如此的专注和痴迷了！

闻一多也盼望着“中西艺术结婚”（甚至还可以说他就是中西诗学融会最早的倡导者之一），他盼望着自己所喜爱的西方诗歌与中国古典诗歌交相辉映；但我认为，这种“和平共处”的状态主要还是一种想象，因为在闻一多的更多的言论当中，我们得到的却是几多的感慨和叹息。闻一多缺乏郭沫若那样的灵活，也远没有徐志摩从容、洒脱，当然更没有象征派、现代派一代青年人的“无所顾虑”，他把自己的情感深深地沉浸在了传统诗歌文化的理想当中，所以才津津乐道“律诗”的种种韵致，把自己的艺术感受持久地专注于对古典诗歌的品味、鉴赏之上，流连忘返，依依不舍。相对于中国诗人维护传统的典型方式而言，这的确格外的“特别”，格外的“憨”了！当然，闻一多的“憨”也与“腐儒”们守旧的“迂”有本质的区别，其区别就在于闻一多内心还涌动着真挚的情感，同时保持了敏锐的感受能力，而腐朽的文化保守主义者们却完全丧失了这样的精神状态，他们维护的仅仅是作为“文物”的诗歌，而自身却既没有接受新诗的能力，也没有创造旧诗的艺术水准！

情感的真挚性、执着性，感觉的丰富性、纯净性，这就是闻一多的诗人天赋，而在很长的一段时间里，这样的感情与感受却又与中国古典诗歌传统紧紧地缠绞在一起，从而形成了诗人独一无二的

"憨"。闻一多精神追求的"憨"深深地影响着他的《红烛》与《死水》，影响着他的整个诗歌道路甚至人生道路。

● 两种诗歌观念的并存

真挚、执着而纯净的"老憨"特征也形成了闻一多思想意识的复杂性。

情感的真挚性、执着性与感觉的丰富性、纯净性必然在实践中把人引入到一个真实的现实世界，从而与那些脱离实际人生的理想形态疏离开来。任何真正的主情主义与感觉主义在其终极的指向上都是实实在在的现实。当闻一多把自己真挚的情感、纯净的感觉同中国古典诗歌超脱于人生独立于时代的美学境界相联系之时，这本身就带来了其思想体系的不稳定性和复杂性。诗人的初衷是维护现代诗歌的"地方色彩"，维护传统诗歌文化，而他的情感和感觉又让他投入到一个更有时代气息和现实意义的地方。或许在"时代精神"与"地方色彩"，在传统文化与现实存在之间，本不该有如此距离，但是在千年之末诞生的中国新诗却的的确确被抛入了一道不易弥合的缝隙当中。真诚的体验必然意味着对"缝隙"本身的体验。当闻一多分别以"时代精神"与"地方色彩"为题褒贬郭沫若诗作的时候，我们已经清清楚楚地看到了这道缝隙在闻一多思想体系中的存在。

一方面是对时代精神的忠实的感受，另一方面则是对地方色彩与民族传统的苦恋，由此形成了两种取向的情感力量，两种特色的感觉方式。当它们同时存在于诗人的内心世界，而它们之间的矛盾对立又还没有大到彼此分离、互相瓦解时，实际上倒是以一种特殊的方式极大地扩展了诗人的感觉空间，丰富了他的情感需要。从1920年到1922年，闻一多一面接受现代教育，一面畅游在中国传统文化浩瀚的海洋中；一面听从济慈、丁尼生的召唤，一面又频频回首李太白、李商隐，当时的闻一多还没有完全自觉地意识到古今中外这些文化因素之间的矛盾、冲突，因而便诞生了内涵丰厚的《真我集》、《红烛》及其他的早期诗作。

这种内涵上的丰富性可从两个相互联系的方面加以说明：

首先可以说是传统诗歌的感兴融合着现代社会的感受，从而增加了诗的情感内涵。在闻一多整个的早期创作里，这类作品占有的比例最大，如《雨夜》、《雪》、《二月庐》、《花儿开过了》、《春之首章》、《春之末章》、《黄鸟》、《孤雁》、《秋之末日》、《稚松》、《率真》、《朝阳》、《忠告》、《伤心》、《李白之死》、《忆菊》、《红烛》等。这些诗歌的绝大多数都是在自然环境中产生的种种感触，或即景抒怀或托物言志，唯《李白之死》是对人文传统的"重读"，但李白作为传统的符号仍然可以说是广义的"物"。这都是中国古典诗歌的典型母题。闻一多对中国古典诗歌真诚的热爱使得他对传统诗意、诗情、诗境十分熟悉，以至于自觉不自觉地就已经与这些历史的美境"物我合一"了。当晶莹的诗性、浓郁的物象涌现在诗人的眼前时，他就会获得传统式的"感兴"。前面我曾分析过"兴"对中国新诗创作的特殊的"生成"意义，可以说闻一多即景抒怀的大量诗篇都是这样"生成"的。有时候诗人要表达的是内在的某一情绪，他也会依托外物，假借诗的"起兴"模式，如为了表达去国离乡的感念，闻一多幻化成"孤雁"（《孤雁》），为了排遣自身的寂寞，寻找美的镜象，他又请来了李白（《李白之死》）。但是，闻一多毕竟是一位敏于感受的优秀的艺术家，他毕竟时时置身于同样"典型"的现代生活环境当中，现代生活对于人、对于世界的种种新的"塑造"将是任何人都无法拒绝的。他独自一人离家北上求学，这就意味着为他所熟悉的亲善与和谐已经结束，他将较多地依靠自身的力量面对人生。无论是在清华还是在美国，在彼此隔膜、各奔前程的生存竞争之中，自我个性无疑是格外重要的，意志力无疑是特别必需的；同样，无论是在清华还是在美国，浠水农村那纯净无瑕的自然环境都不复存在了，大都市喧嚣忙碌的生存节奏已经破坏了人与自然的浑融关系，人从自然背景中分离了出来，隔着距离打量着这片迷蒙山水，而距离则产生了新的感受。凡此种种，都给闻一多的"观察"带来了超越于旧传统的新的视角、新的基点，于是，虽然还是"即景抒情"、"托物言志"，但人的精神、意志却比较多地渗透于其中，不再是人的"物化"而往往成了物的"人化"。例如诗人不时对自然界中的事物发表评论，总结人生的哲理：莺儿的婉转和乌鸦的恶叫都是天性使然，鹦哥却"忘了自己的歌儿学人语"，终究成了"鸟族底不肖之子"，"率真"是多么重要啊（《率真》）！雨夜的狰狞让人心惊胆战，直想逃入梦乡，但清醒的理性却又提醒诗人要直面人生："哦！原来真的已被我厌恶了，/假的就没他自身的尊严吗？"（《雨夜》）自然事物也成了人的精神、人的情趣的外化，黄鸟是美丽的生命，向天宇"癫狂地射放"（《黄鸟》），稚松"扭着颈子望着你"

(《稚松》)，孤雁脚上“带着了一封书信”，肩负庄严的使命飞向“腥臊的屠场”(《孤雁》)，蜜蜂“像个沿门托钵的病僧”(《废园》)，“勤苦的太阳像一家底主人翁”(《朝日》)，“奢豪的秋”就是“自然底浪子哦!”(《秋之末日》)诗人的主体形象开始上升，开始突出，他们不再仅仅满足于物我感应，不再以“物我共振”为诗情发生的唯一渠道，主体丰富的心灵世界本身就是诗的源泉。“琴弦虽不鸣了，音乐依然在。”“我也不曾因你的花儿暂谢，/就敢失望，想另种一朵来代他!”(《花儿开过了》)诗人眼前的世界不再只有天人合一，不再只有恬淡虚无，这里也出现了斗争，自然界各个生命现象之间的斗争，人与自然的斗争，“高视阔步的风霜蹂躏世界”，“森林里抖颤的众生”奋勇战斗，大雪也“总埋不住那屋顶上的青烟缕”，“啊！缕缕蜿蜒的青烟啊！/仿佛是诗人向上的灵魂，/穿透自身的躯壳，直向天堂迈往”(《雪》)。诗的美学境界就这样拓展了。

其次，在并不刻意颠覆古典诗学模式，造成“陌生化”效果的前提下，闻一多也表述了一些只有在现代条件下才可能产生的新的生存感受。例如诗人体会着人在睡与醒两种状态下的不同形象，睡者如月儿般天真、纯净，而醒客则让他人感到“可怕”(《睡者》)；《时间底教训》、《钟声》等诗篇，又抒写了时间与生命的关系；《幻中之邂逅》、《贡臣》、《国手》则表现一种特殊的爱情：梦幻中的精神恋爱，但也执着，真诚；《志愿》传达了在一个狂乱无序的世界上所应有的真挚与理想，这是“一个不羁的青年底意志”。这些情感与感受都比较抽象，也并不一定要借助于大自然的意象，显然主要是来自诗人的主观意识世界，不过它们又都有一个共同的特征：或者篇幅不长，或者就是受到古典式的即兴抒怀的影响，属于诗人某一局部性的感念，所以说并没有形成自己磅礴的气势，取代中国古典诗歌的抒情模式。

当然，闻一多的现代感受仍然产生过长构（如《剑匣》、《西岸》)，仍然有反即兴的深思熟虑之作（如《艺术底忠臣》、《红荷之魂》)，但是这些刻画个人艺术理想、人格理想或者文化探索历程的诗篇同时又弥漫着一股浓浓的古韵，这又是为什么呢？原来，在这些诗歌本文里，浮动着丰富的古典诗歌的意象或语言，太乙、香炉、篆烟、古瑟、芦花、鸳鸯、圣朝、君臣、宝鼎、高贤、雏凤、如来、王老峰、骚客——闻一多既想表达新的感受，又想营造古典主义的语境，传统艺术的魅力仍然是诱人的。

总而言之，当青年闻一多刚刚踏上独立谋生的道路时，现代社会的新的人生感受便纷至沓来了。诗人是真诚而敏锐的，可以说，他的早期创作（《真我集》、《红烛》等）没有一首不包含着“现代信息”，没有一首是纯粹中国传统美学的产物。但是，直到留学美国的很长一段时间里，闻一多仍然对中国传统诗歌文化怀着极大的好感，仍然是自觉地把自己浸泡在古典文化的美学意境当中，这就是说，他还不可能迅速承认古今文化形态的尖锐矛盾与冲突，因此他的创作显示给读者的，是古今中西诗歌文化相并存的景象。与以上所分析的两个方面的表现相联系，我认为这诸种文化能够“并存”恰恰是因为诗人对这几类文化的认识尚不深入：当中国古典诗文化在现实的存在还没有充分显示其危机的时候，诗人对他的怀念就还是平静的；同样，当真正的生存难题还没有出现的时候，诗人的任何现代体验都只能是浅层次的。两方面的事实在闻一多的情感世界里各自寻找到了一块不大不小的空间，“不大不小”在通常的情况下避免了彼此的冲撞。

● 冲突：从情感到艺术

随着人生经验的丰富，闻一多所同时感受的两种文化形态出现了尖锐的矛盾对立。一方面，学成归国给他造成了巨大的感受落差，古老的中国以及同它联系在一起的中国传统文化绝非如他想象的那样缤纷灿烂，在现实社会，它危机重重，已经丧失了历史典籍所显示的那种生命力；另一方面，随着学生时代的结束，闻一多真正地步入了中国实实在在的人生，步入了那与沉积的文化相一致的苦涩沉闷的社会生活，命运的折磨这才算是真正地展开了。前一个方面促使诗人对我们的古老文化痛惜不已，这一段难以割舍的真挚的感情终于聚集起来，在心底熊熊燃烧着；后一个方面则促使诗人对现实生命的感受达到了相当的深度。年青的与古老的两种文化都在诗人的情感世界里运转着，发展着，它们各自所占有的诗思的空间再也无法平行共存了，矛盾、对立势所难免。闻一多格外尊重诗的感觉、诗的情感，他无意进行任何形式的调和，无意削弱其中的任何一部分情感，这便诞生了《死水》这一部中国现代新诗史上以“自相矛盾”取胜的奇特的杰作。

闻一多深厚的民族意识和他深刻的现实感觉紧紧地缠绞在一起，矛盾与对抗把诗人的情感锻炼得格外的峻急而凌厉。《死水》、《发现》、《一句话》这样的名篇固然表现了诗人的爱国主义、民族主义精神，但我们更应当看到，这绝不是我们所熟悉的那种爱国主义、民族主义，它没有“人生自古谁无死，留取丹心照汗青”的慷慨（文天祥《过零丁洋》），没有郭沫若《炉中煤》的俏皮，没有后来抗战诗歌那样的英勇，甚至也没有诗人前期创作如《我是一个流囚》、《忆菊》那样的单纯，一种严重的受挫感是闻一多爱国主义情感的实质——爱国主义的实质是因爱国的受挫，这是怎样独特的体验呢！深刻的现实体验让诗人清醒地意识到，在这个腐朽的现实社会中，在中华民族“不肖子孙”的把持下，真正的爱国主义是多么的不容易，多么的软弱无力，多么的虚幻啊！他深味着社会的与文化的腐朽，因这样的腐朽而寝食不安，寝食不安却又无可奈何！这就是闻一多在“死水”包围之中“自我矛盾”的种种情感吧！于是他在“发现”中失望，压抑自我又终于忍无可忍，迸出石破天惊的“一句话”，终于又悲愤至极，禁不住发出了对“死水”的诅咒，“索性让‘丑恶’早些‘恶贯满盈’”[①]。

对于闻一多这么一位真诚而执着的爱国知识分子而言，保卫和发扬民族文化这一目的可以说占据着其精神追求的主要部分，这一目标在现实社会的受挫必将对诗人的整个精神世界产生巨大的影响，由此便决定了《死水》在思想艺术特征上与《红烛》等前期创作的差别。

我认为，在思想内涵上，《死水》最值得注意的特征便是它的“矛盾”性。这一矛盾又大体表现在两个方面：首先是诗的选题与情感基调的反差。是爱情诗却没有必要的热烈与温馨，倒是凉似古井，寒气逼人，如《你指着太阳起誓》、《狼狈》、《大鼓师》；是悼亡诗却又竭力克制个人的情感冲动，摆出一副铁石心肠，如《也许》、《忘掉她》。其次是在一首诗的内部所存在的矛盾，或者发生了出其不意的“突变”，如《洗衣歌》是含诟忍辱的行动与不甘受辱的意志之矛盾，《你莫怨我》是言辞上的洒脱与情感上的偏执之矛盾，《春光》是自然的和谐与社会的不和谐之矛盾，《你看》是挣脱乡愁的努力和挣而不脱的事实之矛盾，《心跳》是宁静的家庭与不宁静的思想之矛盾，《什么梦》是生存与死亡两种选择的矛盾，《祈祷》是对中国魂的固恋与怀疑之间的矛盾，《罪过》是生命的不幸与旁观者的麻木之矛盾，《天安门》是革命者的牺牲与愚弱大众的冷漠之矛盾。其中，《口供》一诗是闻一多矛盾性人格的真切呈现，“白石的坚贞”、英

① 朱自清：《闻一多全集·序》，见《闻一多全集》，第12卷，443页。

雄、高山与国旗的崇拜者，这是为我们所熟悉、为世人所仰慕的"道德君子"，"苍蝇似的思想"却又是人之为人所与生俱来的阴暗的一面，饱经沧桑的闻一多在洞察世事的同时对自我也有了更加深入的认识。在他看来，人本来就是伟大与渺小、美丽与猥琐的奇妙结合，光明与黑暗永远是不可或缺的。在这里我们也可以清楚地看到这位"东方老憨"性格稳定的和变化的方面：他能够如此真诚、如此坦率，道他人未敢道之言，的确还有几分"憨直"之气，但与之同时，他却又不愿以忠厚朴实的"老憨"自居了，这显然又是认识的进步。"东方老憨"性格变与不变的两方面冲撞不已，构成了闻一多自我人格的矛盾性，而人格的矛盾性又形成了诗人情感与感受的多重特征，他再难以中国传统诗人的"统一性"来驾驭自己的创作了。

情感与感受的多重特征又形成了闻一多诗歌在思想内涵与形式选择上的"互斥"效果。众所周知，作家对形式的选择永远都属于一种"搏斗中的接近"，作为习惯，作为先在的规范，语言形式似乎天生就与个体性的人存在距离，尤其在最需要利用语言潜能的诗歌创作里更是明显。不过，一般说来，经过了诗人选择过程中的"搏斗"，诗歌文本最终还是出现了一幅思想与形式相对协调的"圆融"景象。但是，与我所看到的"一般说来"不同，闻一多似乎没有最终实现这样的圆融，《死水》文本里，他所选择的语言形式仍然与思想内涵保持着紧张的关系，仿佛搏斗尚未结束。无疑，闻一多的精神矛盾是他自由意志的表现，我们很难再从他的作品中找出"天人合一"的美学理想。他想象飞跃，跨越时空，但是，他所选择的语言形式却又是严格的古典主义样式，均齐的音顿，均齐的句子，均齐的段落乃至均齐的字数，刻板的语言造成了对自由思想的极大的压力，而活跃的思想、变幻的意象又竭力撞开封闭的形式外壳，这就是思想内涵与形式选择上的"互斥"效果。比如《一个观念》，"隽永的神秘"、"美丽的谎"、"亲密的意义"是闪烁着的抽象的意念，"金光"、"火"、"呼声"、"浪花"、"节奏"则是互不相干的物象，它们都沉浮在诗人思维运动的潮流之中，它们之间的差异显示了诗人精神世界的复杂性，是多种情感与感受交替作用的产物，最终诗人也没有进入一种稳定的、单纯的"意境"。"五千多年的记忆"在感受中呈现为"横蛮"与"美丽"两种形象，这表明闻一多的爱与怨、追求与反抗并没有得到妥帖的调配；以上"反意境"的自由运动的思绪却又被桎梏在一种非常严谨的形式中，各句基本上都由四音顿组成，各句字数大体相等（10或11个字），两句一换韵，颇为整齐，诗人的自由思绪在忍耐中冲击着形式，忍耐与冲击就是闻一多思想与艺术的"互斥"。沈从文说《死水》的"作者在诗上那种冷静的注意，使诗中情感也消灭到组织中"①，这是说"忍耐"；臧克家读了《一句话》之后认为："我们读了这16句，觉得比读10个16句还有力量，此之谓力的内在。"②

当然，这样的"互斥"也让闻一多的创作陷入了一种困境，他的自由思想与古典形式之间是这样的难以契合，于是他"苦吟"，他反反复复地修改，而最终也未必就满意了。他说："我只觉得自己是座没有爆发的火山，火烧得我痛，却始终没有能力（就是技巧）炸开那禁锢我的地壳……"③ 有时，他自己也感到工整的语言与"整个诗的调子不协调了"④。

在中国现代新诗史上，闻一多诗歌中的这种"互斥"现象是十分独特的。《女神》包括了雄浑与冲淡两种风格，雄浑磅礴之气大体上使用着一种绝对自由化的语言，如《晨安》，冲淡恬静的意境又盘绕在一些大体上和谐、有章可循的诗行里，如《晚步》，郭沫若的多重心态都顺利地找到了语言的依托；徐志摩的诗歌从本质上讲也是现代自由个性与古典美学精神的结合，但他却能恰到好处地把古典美学的均齐消融在现代语言的自由感上，均齐渗入骨髓，正如盐融于水，我们反而没有感到什么外在的压力了。虽然郭沫若与徐志摩也差别很大，但在"传统—现代"这一复杂的心态调整过程中，他们都在不同的方向上削弱了诸种文化追求的锋芒，成功地实践着现代文化对古典文化的消化、吸收，从而最终维护了感情与感受的统一性，也维护了思想追求与艺术选择的统一性；在闻一多所偏爱的几位青年诗人如臧克家、田间、艾青、穆旦等那里，现代自由精神又基本上完成了对古典情趣的改造，在一个新的超越性的层次上，他们寻找到了与自身精神追求相适应的现代的散文式诗行，"互斥"不复存在。在历史发展的长河中，唯有闻一多被死死地嵌入了文化

---

① 沈从文：《论闻一多的〈死水〉》，载1930年4月10日《新月》第3卷第2期。

② 臧克家：《闻一多先生诗创作的艺术特色》，载《诗刊》1929年4月号。这是说"冲击"。

③ 闻一多：《致臧克家》，见《闻一多全集》，第12卷，381页。

④ 闻一多与闻家驷说《洗衣歌》时就讲过类似的话，参见孙玉石：《中国现代诗歌艺术》，93页，北京，人民文学出版社，1992。

的夹缝，于是他注定要摸索、挣扎。

这又回到了我们前文所述的“东方老憨”精神。从闻一多认同这一中国性格的那一刻开始，他就不知不觉地与传统的典型形态拉开了距离，过分的诚实，诚实到不放过自己的每一点感受，这确实是在进行一种危险的自我颠覆活动。颠覆让自我的文化追求矛盾重重，让中国传统的诗歌文化支离破碎。就这样，闻一多沿着自己的体验和感受，走过“红烛”，走进“死水”，一步步地拆解了他自己所确立起来的传统心理结构。

自然，在历史的背景上，闻一多的整个拆解过程是饶有意味的，带给后人无尽的启示，但对于闻一多本人而言它却未免有些残酷。他承受的心理压力和分裂是许多诗人（如他的同仁徐志摩）所从来不曾有过的。作为现实的人，特别是作为一位杰出的诗人，他也很难长久地生活在思想与艺术的“互斥”之中，“我只要一个明白的字，舍利子似的闪着/宝光；我要的是整个的，正面的美。”（《奇迹》）如此畅达自由的抒情达志终于没有完成，新的“奇迹”迟迟没有降临，于是，我们的诗人结束了他痛苦的诗歌创作活动。从某种意义上看，闻一多诗歌实践的中止是中国传统文化心理在自我拆解之后一时难以重构的结果，中止本身就是中国传统诗歌文化在现代社会难以顺利调整的象征。

四、徐志摩：古典理想的现代重构

在康河的柔波里，我甘心做一条水草！

——徐志摩：《再别康桥》

中国现代新诗批评的权威人士朱自清曾认为：“现代中国诗人须首推徐志摩和郭沫若。”[①] 但是，对于这位“首推”的诗人，我们却一度争议不休，莫衷一是。特别是，在徐志摩那似乎是驳杂的“思想库”中，究竟什么样的追求占据着最根本性的位置，究竟是怎样的因素构成了“徐志摩诗学”的独特性，是民主个人主义，还是英国式的小布尔乔亚精神，或者就是所谓的“单纯的信仰”，是“爱，

---

① 转引自陈从周：《徐志摩年谱·序》，陈从周 1949 年自编自印，上海书店 1981 年复印再版。

自由，美”？显然，这些不同的认识都揭示出了徐志摩思想艺术追求的若干重要内涵；但遗憾之处也存在，我们还没有找到既有统摄性又更具有徐志摩个人特质的思想元素，我们还没有细致地说明，作为一种普遍性的文化思潮或思想趋向，徐志摩所具有的民主个人主义、小布尔乔亚意趣与“爱，自由，美”又有些什么个体意义。

我认为，在徐志摩所有的思想艺术追求当中，最值得我们深究的是他与自然的关系，是他对自然的亲近与投入，对自然的接受和体验。大自然的单纯、和谐深深地内化成了诗人精神世界的一部分，内在地决定着徐志摩诗歌创作的艺术选择；也是在与大自然的亲和当中，徐志摩自觉不自觉地实现了与中国传统诗歌文化精神的默契，从而把现实与历史、个人诗兴与文化传统融合在了一起，完成了中国古典诗学理想的现代“重构”；无论是与自然的亲和还是与传统的默契，在徐志摩那里都显出一种浑然天成、圆润无隙的景象。在竭力反叛传统、创立自身品格的中国现代新诗史上，如此惬意的精神契合，如此精巧的文化重构还是第一次出现。

● 自然之子

大自然参与了徐志摩的人生。童年时代他就“爱在天穹野地自由自在地玩耍，爱在灿烂天光里望着云痴痴地生出一个又一个的幻想”①。登高望远，幻想“满天飞”，这一童年的愿望流转在诗人一生的追求当中。徐志摩是这样久久地如痴如醉地徜徉在大自然的怀抱里，康桥“草深人远”、“一流冷涧”的景致让他着迷，翡冷翠澄蓝的天空、温驯的微风让他充满了遐想，印度的深秋让他感到春意融融，他的足迹与神迹融进了天目山、西子湖、北戴河等名山大川。他喜欢把课堂搬到绿树成荫、鸟语花香的大自然，他遐想着唐代的“月色”、“阳光”、“啼猿”、“涛响”（《留别日本》），他一再呼吁人们“回向自然的单纯”，“回到自然的胎宫里去重新吸收一番滋养”②。特别值得我们注意的是，在徐志摩人生道路上的几个危机性时刻，都是大自然抚平了他心灵的创伤。康河的柔波洗涤了林徽因婉拒所带来的惆怅，翡冷翠的幽静化解了陆小曼痛苦不堪的远影，顺乎逻辑，大自然也成了引发徐志摩感兴的最主要的场所，据我对《徐志摩诗全编》（浙江文艺出版社）的粗略统计，直接以自然风物为题材的诗

① 凡尼、晓春：《徐志摩：人和诗》，7页，桂林，漓江出版社，1992。
② 徐志摩：《青年运动》，载1925年3月13日《晨报副刊》。

作接近一半，其他的抒情达志之作也经常与大自然中的事物联系在一起。

在这样的意义上，我把单纯、天真、随和的徐志摩称为“自然之子”。这样的称谓便于我们更深入地理解诗人的人生、艺术追求，便于我们更清晰地把徐志摩与20年代的其他中国诗人区别开来。

不错，几乎所有的中国现代诗人都有过与自然相亲近的经历。例如，徐志摩之前的郭沫若就是一位流连山水之人，对自然的感兴也占了《女神》一多半的篇幅。① 徐志摩的新月派同仁闻一多认为艺术是“摹仿那些天然的美术品”，“世界本是一间天然的美术馆”②。但是，比较来看，还是以徐志摩的这种情感最浑然天成，在中国现代诗人当中也圆熟得最早。从郭沫若的人生历程来看，他对社会本身的兴趣绝不亚于他对自然的依恋，他一生的起伏曲折都与他社会意识的变迁紧密相连。徐志摩与郭沫若在性格上都活泼好动，但一旦进入到社会领域，徐志摩就显然要迟钝、笨拙得多。③ 郭沫若的活泼好动贯穿了一切领域，他对社会性事务的热心甚至更引人注目，连《女神》中对自然的感兴也渗透了他所理解的社会改造思想。如果说徐志摩是“自然之子”，那么郭沫若则更像是一位“社会之子”。闻一多在赞赏自然之美的同时又不无矛盾地认为：“自然界当然不是绝对没有美的。自然界里面也可以发现出美来，不过那是偶然的事。”④ “选择是创造艺术底程序中最紧要的一层手续，自然的不都是美的。”⑤ 与这样有意识的“选择”相联系的是闻一多执着的文化意识。与徐志摩无所顾忌地依恋自然不同，也与郭沫若浓厚的社会热情不同，闻一多更倾向于在文化的层面上来思考世界、探索人生。闻一多一开始就把自己自觉地放在中西两大文化比较、冲突的位置上，他的怀旧、思乡，他的现代格律诗的试验，他的古籍研究，都从属于弘扬民族文化这一崇高的信念。于是，自然风物本身也烙上了鲜明的文化印迹，他眼中的“孤雁”（《孤雁》）其实并不是大自然的飞禽，而是东方文明之子的象征：“淡山明水的画屏”抹上了一些

---

① 据笔者统计，直接以自然风物为题材的诗篇约占《女神》全部作品的67.9%。

② 闻一多：《建设的美术》，载1919年11月《清华学报》第5卷第1期。

③ 例如他在人际关系处理中一再表现出来的天真、幼稚，在社会政治评论中的草率、肤浅。

④ 闻一多：《诗的格律》，载1926年5月《晨报副刊·诗镌》第9号。

⑤ 闻一多：《〈女神〉之地方色彩》，载1923年6月《创造周报》第5号。

"压不平的古愁"《二月庐》。徐志摩则忘情地投入到大自然的"淡山明水"之中，他常常忘却了身外的社会，也无意感受种种文化的冲突与重压，他在学生时代就不是那么的勤奋刻苦，"对学问并没有真热心"[①]，对林林总总的文化籍典也没有闻一多那样的兴趣；闻一多朝思暮想的"故乡"是中国文化圣地，徐志摩念念不忘的"故乡"是风光旖旎的康桥；闻一多是天生的"文化之子"，而徐志摩则是天生的"自然之子"。

● 自然之魂

对自然的亲近、归依是徐志摩思想与艺术追求的基础，他的其他精神趋向如民主个人主义、英国式的小布尔乔亚思想以及"单纯的信仰"、"爱，自由，美"等都在这一基础上统一了起来。

徐志摩宣称："我是一个不可教训的个人主义者"[②]，他的的确确是站在民主个人主义的立场上来理解人，理解人的个性、自我、情感、人格的尊严乃至社会革命。但是，值得我们注意的是，徐志摩所一再咏叹的个性、自我、情感、人格都绝不带有任何的极端主义倾向，倒是常常与"和谐"相联系，又与"现代文明"的狂放恣肆相对立，这就不是真正的西方意义的民主个人主义了，与五四时代郭沫若天狗式的个性奔突也判然有别。这样的"和谐"显然就来自大自然的启示。例如他在《泰戈尔来华》一文中说："我们所以加倍的欢迎泰戈尔来华，因为他那高超和谐的人格"，"可以开发我们原来淤塞的心灵泉源"，"可以纠正现代狂放恣纵的反常行为"[③]。这样高超的和谐更多地出现在自然环境当中，"只许你，体魄与性灵，与自然同在一个脉搏里跳动，同在一个音波里起伏，同在一个神奇的宇宙里自得"[④]。徐志摩强调在大自然的怀抱里应当"独处"，或许这就是他的"个人主义"的真实内涵吧：并非是现实生命与众不同的独立，而是在无干扰的条件下以个人的感官去细细品味自然那和谐的韵致，"只有你单身奔赴大自然的怀抱时，像一个裸体的小孩扑入他母亲的怀抱时，你才知道灵魂的愉快是怎样的，单是活着的快乐是怎样的，单就呼吸单就走道单就张眼看耸耳听的

---

① 徐志摩：《自剖》，载 1926 年 4 月 3 日《晨报副刊》。

② 徐志摩：《列宁忌日——谈革命》，载 1926 年 1 月 21 日《晨报副刊》。

③ 载 1923 年 9 月《小说月报》第 14 卷第 9 期。

④ 徐志摩：《翡冷翠山居闲话》，载 1925 年 8 月 25 日《晨报副刊·文学旬刊》。

幸福是怎样的”①。

徐志摩所追求的“美”也不是生命搏击下的灿烂辉煌，不是力量的美，雄健的美，悲剧的美。在绝大多数情况下，徐志摩是很难如郭沫若那样“立在地球边上放号”，也不可能从闻一多的“死水”里开垦出美来，他所谓的美应当是浑融圆润、和谐宁静的自然之美：“对岸草场上，不论早晚，永远有十数匹黄牛与白马，胫蹄没在恣蔓的草丛中，从容的在咬嚼，星星的黄花在风中动荡，应和着它们尾鬃的扫拂。”② 他还用同样的美学标准去欣赏人，在英国女作家曼殊斐儿面前，他感到：“仿佛你对着自然界的杰作，不论是秋水洗净的湖山，霞彩纷披的夕照，或是南洋莹彻的星空，你只觉得他们整体的美，纯粹的美，完全的美，不能分析的美，可感不可说的美。”③

徐志摩为之奋斗的“自由”有过多重含义，“生活的自由”、“灵魂的自由”、“思想的自由”等，他还为捍卫自己的“自由”而大谈其政治理想，大作其思想批判的文章，不过，仅就他的人生实践尤其是艺术实践来看，他的“自由”并不是向世界挑战，通常还是徜徉山水，自得其乐，不受他人干扰的一种“逍遥”状态。

“爱”被徐志摩视作生命的中心，尽管人们总是把它与西方文化的“博爱”精神相比附，但纵观徐志摩的言论与吟咏，我们可以知道，徐志摩并没有那样圣洁，他的爱是凡人之爱，是立足于实地的男女之间的至情至爱，是人与人之间的朴素的世俗的情怀。宗教式的博爱把我们的心灵带离人间，带离大自然，直奔天堂，凡人之爱却是人与人之间的亲和，它与美丽的大自然相映成趣，徐志摩感受中的爱的激情就经常与他对大自然的激情相互说明。

把个人的独立作为自得其乐的心境，把美认定为和谐宁静，在逍遥之游中品味“自由”，在与自然的交感中读解爱情，这样的思想追求无疑具有明显的中国特征。老庄思想的核心便是以个体的形式去体验高迈的“道”，而这一“个体”又须“心斋”，亦即碾灭自我意识，消解主体精神，庄子的自由就是“逍遥”，就是“终日见形而神气无变，俯仰万机而淡然自若”（郭象《庄子·大宗师注》），美之“化境”就是“清空一气，搅之不碎，挥之不开”（贺贻孙《诗筏》）。而“爱”则是天地之间的生存快乐之一，与“天”、与自然之精神并

① 徐志摩：《翡冷翠山居闲话》，载1925年8月25日《晨报副刊·文学旬刊》。

② 徐志摩：《我所知道的康桥》，载1926年1月16日、25日《晨报副刊》。

③ 徐志摩：《曼殊斐尔》，载1923年5月《小说月报》第14卷第5号。

无根本的对立："人所恶，天亦恶之也。人所爱，天亦重爱之也。"(《太平经合校》) 徐志摩的爱，还包含着一种"博大的怜悯"①，包含着他对穷人施与的"同情"，而恰恰是在这种居高临下的"怜悯"与"同情"之中，我们嗅出了一股浓烈的传统气息，儒家的"恻隐"、墨家的"兼爱"与释道的"慈仁"。蒲风曾认为徐志摩有的是"贵族地主般的仁慈"②，用语虽然刻薄，但却部分地道出了实质。

值得我们玩味的是，徐志摩思想追求的中国特征主要还不是出于对传统文化的自觉承袭，尽管"他从小被泡在诗书礼教当中"③，但我们看到的事实却是，他总是在逃避着这种强制性的教育。徐志摩走进中国古典诗人的人生境界，主要还是他自身性格、气质自然发展的结果，是他作为"自然之子"的角色排斥了自身投入社会的可能性，也排斥了从文化高度自我反省的可能性，于是徐志摩就成了一位完全浸泡在大自然"意境"中的"纯粹"的诗人。在世界文化的长廊里，显然也只有中国文化对大自然的"意境"，对人与自然的融合关系作了最精彩、最深入的探索，当徐志摩需要借助某种文化观念来说明、阐发个人的感受时，中国文化的"自然观"几乎就成了徐志摩这位"自然之子"的唯一的选择，他的才情、追求也就自然而然地与中国古典诗人契合了。

正因为徐志摩走进传统是性之使然，非教育灌输的结果，所以他很少意识到宣传、鼓吹传统文化的必要性，相反，倒是一而再、再而三地游弋于西方文化，特别是英国文化的海洋中，以至博得了"英国式的小布尔乔亚"之名。在西方现代诸国当中，深受清教道德影响的英国民族显得较为温和、克制，提倡社会在渐进中求发展，"英国人是'自由'的，但不是激烈的；是保守的，但不是顽固的"④。在徐志摩眼中，罗素就是这一英国精神的象征，因为罗素认为人类救度的方法"决计是平和的，不是暴烈的；暴烈只能产生暴烈"⑤。就诗歌文化来看，19 世纪的英国诗歌既格外突出了大自然的形象（如湖畔派），又讲究"以理节情"（如维多利亚时代的诗歌创

---

① 陈梦家：《纪念志摩》，载《新月》月刊第 4 卷第 5 期。

② 蒲风：《五四到现在的中国诗坛鸟瞰》，载 1934 年 12 月至 1935 年 3 月《诗歌季刊》第 1 卷第 1～2 期。

③ 卞之琳：《徐志摩诗重读志感》，见《人与诗：忆旧说新》，21 页。

④ 徐志摩：《政治生活与王家三阿嫂》，原载 1925 年 1 月 4 日、5 日、6 日《京报副刊》。

⑤ 徐志摩：《罗素又来说话了》，载 1923 年 12 月《东方杂志》第 20 卷第 23 期。

作)，显然，这些特征都与“自然之子”徐志摩的人生、艺术理想不谋而合。徐志摩的确希望成为“英国式的小布尔乔亚”，因为英国精神给他“重返自然”的选择以有力的支持。不过，东方才子徐志摩怎么也成不了英国绅士，他显然没有具备英国人的坚忍，没有获得宗教的体验，在他的眼中，达廷顿农村“乌托邦”的魅力不是它改天换地的创意，而是“诗化人生”的梦幻。徐志摩满眼皆是英国文明的意象，跳动着的却是一颗东方才子的心，是归依自然，寻找和谐的意愿让他部分地接受了英国精神的影响，但“英国式的小布尔乔亚”又不是他真实的灵魂，诗人徐志摩的灵魂属于大自然，属于中国文化观照下的大自然。

● 自然之境

作为一位现代诗人，徐志摩在归依大自然的流程中顺水行舟地进入了传统中国的人生境界，他是“中国化”的自然之子，具有中国式的自然之魂，当他以诗的艺术来表达自己的人生感受时，实际上也就是完成了古典理想的现代重构。这一“重构”融入了诗人的真挚坦白，他的灵与肉在中国现代新诗史上也最完整最精致，裂隙最小，因此有着特别的意义。

中国古典人生理想与艺术理想的最高境界就是物态化状态的“和”：与天相和，与地相和，与德相和，这种“和”经常都来自对大自然的细微体验，人们揣摩大自然的韵律，调整自身的生命步伐，内外贯通，物我合一。从人的角度观察，即是主体放弃对客观世界的干扰、介入，保存世界的单纯、完整与自律状态，主体意识应当“物态化”。中国古典诗歌就是“物态化”的艺术表达。对此，徐志摩很有悟性，在诗、散文及其他言论当中，他多次赞叹大自然的基本精神是“凡物各尽其性”①，赞叹大自然给人的“性灵的迷醉”②，徐志摩感到，“自然的单纯”是一种境界，是一种超脱现实人生的境界，在大自然的明净之中，他体验到了“造化”的永恒与神秘，于是决心抛开一切个人的情感与想象，“不问我的希望，我的惆怅”，只求“变一颗埃尘，一颗无形的埃尘，/追随着造化的车轮，进行，进行”(《多谢天！我的心又一度的跳荡》)，徐志摩的诗歌创作可以说是生命物态化的成功尝试。评论界有人把徐诗的发展分作《志摩

---

① 徐志摩：《“话”》，见《落叶》，北京，北新书局，1926。

② 徐志摩：《翡冷翠山居闲话》，载1925年8月25日《晨报副刊·文学旬刊》。

的诗》和《翡冷翠的一夜》、《猛虎集》、《云游》前后两期[①]，有人又分作《志摩的诗》—《翡冷翠的一夜》—《猛虎集》、《云游》三个时期，以期说明徐志摩诗风的变化发展，或者说前期有热情，有“火气”，后期柔丽而清爽，或者说我们的诗人经历了“希望—迷茫—绝望”三个阶段。在我看来，仅就“生命物态化”这一角度分析，徐志摩的追求又是统一的、贯穿始终的。《志摩的诗》中就已经表达了他放弃现实人生，融入大自然怀抱的意愿，比如称“未来与过去只是渺茫的幻想，/更不向人间访问幸福的进门”（《多谢天！我的心又一度的跳荡》），又说，“我欲把恼人的年岁，/我欲把恼人的情爱，/托付与无涯的空灵——消泯”（《乡村里的音籁》）。从这样的基础出发，走向物是人非的感叹：“是谁负责这离奇的人生?”（《在哀克刹脱教堂前》）走向歌唱“解化”（《秋月》）的伟大，直至“翩翩的在空际云游”（《云游》）都是理所当然的。

当然，《志摩的诗》的确升腾着较多的“热气”、“生活气”，仿佛是物化之中的现实生命，而以后的作品则渗透着较多的“冷气”、“空灵气”，仿佛是物化之后的现实生命，但是较之于绝大多数的中国现代诗人，徐志摩的诗歌追求无疑还是最有统一性的，前后变化最小。究其原因，除了与他自身生命的短暂有关外，似乎主要还是因为他最深刻、最完整地领悟了中国诗歌物化传统的真髓，而此前此后的其他中国诗人，尽管也曾不同程度地陶醉于古典文化的理想境界，但在他们身上，其他文化形态的影响也蔓延开了，这便产生了某些“不纯性”，产生了多重诗歌观念之间的冲突，而冲突则造成了他们在诗学取向上的较大的不稳定性。例如郭沫若一度激赏陶渊明、王维的诗歌，创作出了一些“冲淡”的作品，如《女神》中的《晚步》、《夜步十里松原》等，但郭沫若对西方浪漫主义诗学及成熟前的中国诗学（如屈骚）同样满怀兴趣，矛盾冲突的种子就此埋了下来，在《晚步》、在《夜步十里松原》里我们都可以感觉出其意境中浮动着“硬块”，这是一种不太圆熟的“冲淡”，不太精致的“物化”。再如闻一多始终处于对中国古典诗学的亲近与拒弃的矛盾境地，在他的诗歌作品中，很少出现对生命物化境界的忘我的沉迷，他的投入与他的怀疑几乎同时展开。此后，在现代派诗人戴望舒、

---

① 《志摩的诗》大多写于1922年至1924年，初版于1925年；《翡冷翠的一夜》大多写于1925年、1926年，1927年初版；《猛虎集》、《云游》大多写于1927年以后，前者初版于1931年，后者初版于1932年。

何其芳、卞之琳那里，虽然古典诗学的理想被再一次地发扬光大，他们在某些方面探索之深入甚至还超过了徐志摩，但从整体上看，却还是诗分“前后”，不够稳定，不够“纯粹”。中国古典理想重构于现代的最完整的典型还得算是徐志摩的作品。[1]

徐志摩诗歌以生命的物化为理想境界，这在作品的运思上又具体呈现为两个显著的特征。

首先是善于撷取具体的典型的物象以代替直接的抒情达志。不能说徐志摩就完全排斥了直抒胸臆，但他写得最成功的，经常为人们所提及的那些诗篇却多是以主观具体的物象为主，如《石虎胡同七号》、《沙扬娜拉·十八》、《雪花的快乐》、《落叶小唱》、《无题》（“朝山人”）、《山中》等。“徐志摩在构思中注意寻找最有表现力的一个场景，甚至一个细节作为落笔点，以‘一斑’反映出他对生活的独特体会，而不做一般化的平铺直叙。”[2] 这就是中国古典诗学的“托物言志”传统，它的意义在于，把放任不羁的情绪、飘忽不定的感受附着在有形有色的自然物象上，于是，抽象的内涵被赋予了生动的形式，奔流不息的个人观念获得了某种约束与化解。在现代，徐志摩是成功地实现了个人观念物象化的第一位大家。从初期白话新诗、郭沫若到徐志摩以前，反抗旧传统的思潮占据着诗坛的主导地位，这一思潮所强调的恰恰是个人的观念与意志，无论是胡适还是郭沫若，直抒胸臆都是他们的主要选择，也是他们成功的选择；闻一多的诗歌大多是以物起兴的，但在自足的物象与强大的自我意志之间，闻一多似乎更看重后者，于是，他笔下的物象常常又经过了主体的改造和调整，徐志摩所推崇的“凡物各尽其性”很少在闻一多作品里看到——个人意志不仅没有在自足的物象中被约束被消解，反倒冲刷、肢解着物象本身的浑融与完整，这便已经是在很大的程度上改变了中国诗学“托物言志”的传统。准确地讲，闻一多已不是在“托物言志”了，而更趋向于在“造物”、在“移物”当中“言志”。闻一多“言志”的显著特征是求变化，重过程，如借“红烛”传达心声，但这一心声却不能用一句“蜡炬成灰泪始干”概括清楚，一首《红烛》，时而认同于“红烛”，时而又满怀疑虑，情绪时扬时抑，真是“一误再误；/矛盾！冲突！”徐志摩“言志”的显

---

① 蓝棣之先生有一个观点很精彩：“如果徐志摩不死，新月派将自己演变到现代派。”参见《正统的与异端的》，24页。

② 吕家乡：《诗潮·诗人·诗艺》，112页，南京，江苏文艺出版社，1991。

著特征是求统一，重静境，有的选取了一个“定格”的镜头：“最是那一低头的温柔，/像一朵水莲花不胜凉风的娇羞”（《沙扬娜拉·十八》），有的虽意象众多，跨越时空，但注意调配，也妥帖地安置在了一个圆融的静态环境当中，如《山中》的庭院、松影、月色、清风、宁静的“我”和“你”。

自然，现代生活毕竟是急剧变迁的，徐志摩无法拒绝情绪的流动发展，他所接受的 19 世纪英国浪漫主义诗歌也以追踪个人情感以至直截了当的抒怀而著称，这都使得我们的诗人不可能永远沉醉在藏匿自我、随物宛转的古典氛围之中，那么，在现代生活的条件下，在西方浪漫诗学的影响中，徐志摩又该如何处理“情”与“物”、自我与大自然的关系呢？他“再构”古典理想之时又是怎样融化这些个人意念的呢？我认为，徐志摩的许多创作都采取了这样一种方式，即把自我的感念与自然的物象穿插、焊接在一起，相互缠绕，相互阐释，相互映衬。个人的感念获得了某些自由性、流动性，但这些自由的、流动的感念又最终绕在了自成一统的抽象上，自由中有约束，变化中有稳定，于是，一种既照顾现代人复杂感受又符合传统美学理想的诗歌样式就形成了。例如，为了表现心中转瞬即逝的“希望”，诗人把这一抽象的且变幻不定的过程与天空的雷雨景象相焊接，一会儿雨收雷住，彩虹灿烂，一会儿又是一片暗淡，雷声隆隆，“希望，不曾站稳，又毁了”（《消息》），就这样，“希望”本来具有的抽象性、玄学味荡然无存了，换上一副具体可感的面貌，我们的思路不会因“希望”而凌空飞去，无边无际，我们最关心的还是此情此景下的“希望”意味着什么。类似的诗句在徐志摩的作品中比比皆是，诸如“清风吹断春朝梦”（《清风吹断春朝梦》），“希望，我抚摩着/你惨变的创伤，/在这冷默的冬夜/谁与我商量埋葬”（《希望的埋葬》），“我送你一个雷峰塔影，/满天稠密的黑云与白云；/我送你一个雷峰塔顶，/明月泻影在眠熟的波心”（《月下雷峰影片》），“我亦想望我的诗句清水似的流，/我亦想望我的心池鱼似的悠悠”（《呻吟语》），这样的运思方式显然给后来的中国现代派诗人以莫大的启发。

物化的和谐的生命必然需要一种和谐、均齐的语言模式，这种和谐和均齐又主要通过诗歌本身的建筑美（诗行排列）与音乐美（韵律设置）来体现。我们知道，徐志摩所在的新月派素来坚持“三美”，“三美”正是他们区别于初期白话诗人与郭沫若的显著标志。

不过，在新月派内部，积极主张“三美”的还得算闻一多，徐志摩倒不是一位“三美”主张的严格遵循者。那么，这是不是说，徐志摩诗歌的建行和旋律就是随心所欲、信笔所之的呢？绝不能这么说。比较闻一多与徐志摩我们可以知道，闻一多的“严格”已经近乎于迂执和呆板，《死水》中那些划一的诗行、均齐的音律恰恰与其自由的现代意志构成了深刻的矛盾，矛盾带来了《死水》与众不同的奇丽，但也预示着那样的语言模式实在是现代诗歌的束缚！徐志摩的独特性在于，他以自己天赋的感觉能力，十分妥当地调整了自由与均齐之间的微妙关系（就像他调整自由意识与大自然的关系一样），他基本上抛弃了种种外在的整齐，而在一种不太整齐的参差错落中构织着内在的和谐。在《诗刊放假》一文中，徐志摩就提出，讲究格律可能引起形式主义偏向，“这是我们应分时刻引以为戒的”，又说，“诗的灵魂是音乐的，所以诗最重音节。这个并不是要我们去讲平仄，押韵脚，我们步履的移动，实在也是一种音节啊”①。“行数的长短，字句的整齐或不整齐的决定，全得凭你体会到得音节的波动性”②。

徐志摩诗歌建行自由，但这种“自由”又绝不同于《女神》，不是《女神》式的无规则无约束的自由。徐诗的建行都是有规律可循的，有的诗各行的字数虽然不等，但也相差不大，求得一种视觉上的大致整齐，如《石虎胡同七号》每行字数大体上都保持在15～17字之间，《月下雷峰影片》大体保持在9～12字之间，《在那山道旁》大体保持在11～13字之间；有的诗每行字数相差较大，但却符合一张一弛的原则，长短搭配，在整体上反倒是整齐了，如《盖上几张油纸》：“虎虎的，虎虎的，风响/在树林间；/有一个妇人，有一个妇人，/独自在哽咽。”在许多情况下，诗行的长短，又与全诗的音顿设置结合起来，相邻两行之间或者诗段内部的参差错落维持着全诗的分行规律与音顿划分规律，如《偶然》：

> 我是—天空里的——片云，
> 偶尔投影在—你的—波心——
> 　　你不必—讶异，
> 　　更无须—欢喜——

① 徐志摩：《诗人与诗》，载1923年6月《新民意报·朝霞》第6册。
② 徐志摩：《诗刊放假》，载1926年6月10日《晨报副刊·诗镌》第11号。

在转瞬间—消灭了—踪影。

你我相逢在—黑夜的—海上，
你有你的，—我有我的，—方向；
　　你记得—也好，
　　最好你—忘掉，
在这交会时—互放的—光亮！

诗分两段，各行字数相差很大（5～10），各行音顿数也不尽相等，但显然又是有章可循的，在两段相对应的诗行里，音顿数目却是相同的，字数也大体相同，这就是所谓的内在的和谐，一种包容了局部自由的整体意义上的均齐感。徐志摩大多数的诗歌在建行和音顿安排上都有他内在的原则（只不过这些原则并不固定，需就诗论诗罢了），这一合规律的安排加上行末押韵，的确为读者营造了一个没有束缚、没有压迫的和谐的语言世界，这也仿佛就是徐志摩所沉醉的那个既自由又规则的大自然。

传统诗歌理想在现代社会的精致的再构必然要求它包容一定数量的现代信息，因为成功的再构只能交由现代的诗人与现代的读者来进行，过分迂执地强调古典诗歌似的整齐反倒不利于传统理想的实现。所以说，闻一多的迂执在事实上是拉开了与传统的距离，最终走向对传统的拆解，而徐志摩的变通却是真正进入了传统文化的境界，完成了对传统理想的一次相当成功的再现。

五、李金发：沟通与不通

我背负了祖宗之重负，裹足远走，
呵，简约之游行者，终倒睡路侧。

——李金发：《我背负了……》

中国新诗在突破古典传统的重围之后如何寻求新的艺术资源，这是呈现在每一位诗人面前的难题，而几乎所有的诗人都会注目于中外诗歌艺术的交融与沟通，虽然它最后可能还是一种美丽的空虚。

有意思的是，曾被以“诗怪”之名推离中国艺术传统的李金发也有过沟通古典传统的清晰表白：

> 余每怪异何以数年来关于中国古代诗人之作品，既无人过问，一意向外采辑，一唱百和，以为文学革命后，他们是荒唐极了的，但从无人着实批评过，其实东西作家随处有同一之思想，气息，眼光和取材，稍为留意，便不敢否认，余于他们的根本处，都不敢有所轻重，惟每欲把两家所有，试为沟通，或即调和之意。①

那么，在首先以西方象征主义诗风拉开与中国传统距离的李金发这里，中外文化的沟通究竟有怎样的特殊效果呢？或者说，李金发式的“沟通”最终是“通”还是“不通”呢？

这本身就是中国现代诗歌史上的有趣话题。

● 象征主义：波德莱尔与马拉美

作为中国新诗象征主义的始作俑者之一，李金发首先是以他与法国象征主义诗歌的关联而引人注目的，用李金发自己的话来说就是“受波德莱尔与魏尔伦的影响而作诗”②，在李金发出现在中国诗坛的当时，人们发现的确还没有一个人能像他那样长期于黑暗中号啕，在荒冢边踯躅，在腐尸上呻吟；像他那样大谈死亡、疲惫，大谈“世纪末”无法根除的忧患，像孙作云所指出的那样：“在意识上，李先生的诗多描写人生最黑暗的一面，最无望的部分，诗人的悲观气氛比谁都来得显明。”③ 因此，1920 年代的中国诗歌很少有像李金发的作品那样接近波德莱尔、魏尔伦的氛围与格调。

然而，若我们据此便说李金发是中国的波德莱尔、魏尔伦，或者说李金发诗歌就是波氏、魏氏之现代艺术在中国的体现，却未免失之轻率，至少没有理解潜伏在这些现代痛苦之下的“另一个李金发”。

除了接近波德莱尔、魏尔伦的氛围与格调之外，李金发的灵魂其实一开始就还存在“自己”的东西，我们不妨先读一读诗人的

① 李金发：《食客与凶年·自跋》，见《李金发诗集》，435 页，成都，四川文艺出版社，1987。

② 杜格灵、李金发：《诗问答》，载 1935 年《文艺画报》第 1 卷第 3 号。

③ 孙作云：《论“现代派”诗》，载 1935 年《清华周刊》第 43 卷第 4 期。

《题自写像》：

即月眠江底，
还能与紫色之林微笑。
耶稣教徒之灵，
吁，太多情了。

感谢这手与足，
虽然尚少
但既觉够了。
昔日武士被着甲，
力能搏虎！
我么？害点羞。

热如皎日，
灰白如新月在云里。
我有草履，仅能走世界之一角，
生羽么，太多事了呵！

仍然是诗人惯用的佶屈聱牙的诗句，不过我们仔细观察，其主体精神却似乎并不是现代主义式的：诗人欲自比拯救世人灵魂的耶稣教徒，却立即自觉“太多情”了；想象做力拔山兮的打虎英雄，而又自惭形秽地“害点羞”。“我有草履，仅能走世界之一角”，人生苦短，七尺之躯，一掊黄土而已。这里似乎透出一股稀薄的“现代体验”，不过统观全诗，诗人最终还是相当自足的：“感谢这手与足，/虽然尚少/但既觉够了。”微笑中的自信自持，颇具浪漫派风采，而言辞中的随遇而安，自得自足，“独善其身”，分明又是典型的民族传统心理，尤其是这最后一句：“生羽么，太多事了呵！”

为了对照，我们不妨再读一读波德莱尔的《题自写像》，其根本的差异一目了然：

我是伤口，同时是匕首！
我是巴掌，同时是面颊！
我是四肢，同时是刑车！

我是死囚，又是刽子手！
我是吸我心的吸血鬼，
——一个被处以永远的笑刑。
却连微笑都不能的人
——一个被弃的重大的犯罪者！

从诗中，我们可以看出，诗人要做的不是炫耀自我的自信自足，恰恰相反，他要搅碎这个自足自圆的状态。“我是伤口”，但却无意寻找一个疗治的避难所，相反，他还要与匕首为伍！“我是巴掌”，但它并不迎击作恶的敌人，因为“我”本身就是恶，“我”打的也是自己……为了自我的解放和发展，人类创造了文明，而文明一旦建立，却成了人自身的枷锁与牢笼。这个愈见清晰也愈见残酷的现实教育了自波德莱尔以降的现代西方人，他们对人的自身的永恒性、稳定性的传统信仰破灭了，笼罩在心中的是叔本华式的两难阴霾，无所适从的悲剧性体验，因而对他们而言，任何的自满自信都不过是自欺欺人的幻梦而已。

就这样，波德莱尔的“我”就成了反讽的自嘲自虐的“我”，而李金发的“我”却是自足自信的、完完整整的“我”。痛苦归痛苦，号啕归号啕，李金发心灵深处的那块理想的、光明的空地却是守护得好好的，与现实的腐朽无干。在“世纪末”的主题中，诗人李金发的眼前还不时晃动着新世纪美丽的光环。世界虽如“蜂鸣”般喧嚣、烦扰，让人坐立不安，但是，我们仍可能“徐行在天际”、沐浴着阳光（《给蜂鸣》）。这与波德莱尔满眼的丑恶破碎当然不一样。李金发所拥有的文化传统似乎也不允许他把世界人生一眼看“穿”。这样的诗句是李金发不会有的：“虚无也将我们欺骗？/一切，甚至死神也在/对我们说谎？”（波德莱尔《骸骨农民》）

面对这个丑恶的病入膏肓的世界，波德莱尔的理想只能在遥远的依稀的彼岸，只能在迷离的幻觉中：“当我再睁开火眼观照，/看到我恐怖的陋室，/大梦初醒，我心中感到/被诅咒的忧伤和尖刺。”海市蜃楼，去来匆匆！而李金发的理想却要现实、扎实得多。“远游西西利之火山与地上之沙漠”（《给蜂鸣》），这个要求并不过分。那个下午的暖气也是呼之欲出的：“击破沉寂的惟有枝头的春莺，/啼不上两声，隔树的同僚/亦一齐歌唱了，赞叹这妩媚的风光。”（《下午》）欣然投入某个现实角落的怀抱，这倒是浪漫主义诗人的情愫了。

如果说无家可归是现代主义者的共同苦恼，那么李金发倒不是没有“家”，而只是一位迷路者，有着“游猎者失路之叫喊”（《给蜂鸣》）。

因而，作为一位寻觅者，一位暂时受挫的孤胆英雄，他也有必要保护自足自信的心态，而不大可能产生那种自我分裂的感觉。

诗人还相信：“呵，我所爱！上帝永远知道，/但恶魔迷惑一切。”（《丑行》）看来，在李金发这里，并非“上帝死了”，只不过是摩菲斯陀在游猎者的归途中树立了一面面“鬼打墙”。世界的破碎，是魔鬼的肆行，“一切成形与艳丽，/不是上帝之手创了”（《丑》）；世界原来也是和谐的，“我的孩童时光，为鸟声唤了去：/呵，生活在那清流之乡，/居民依行杖而歌，/我闭目看其沿溪之矮树”（《朕之秋》）。苦难只是不测之祸，我们也还有机会向上帝哀告、哭诉（《恸哭》），希望虽如“朝雾”，但毕竟还是希望（《希望与怜悯》）。

这样，李金发也始终相信，这个世界尽管丑恶太多，但美并非只是理想，他时常呼唤现实的美以驱散丑：“吁！这紧迫的秋，/催促着我们 amour 之盛筵！/去，如你不忘却义务，/我们终古是朋友。”（《美神》）

到此，我们似可以解开这个疑团：作为象征主义的李金发，一方面受波德莱尔、魏尔伦的影响而作诗，另一方面却又认为自己与缪塞等浪漫主义诗人“性格合适些”[①]。因为，缪塞就是一个不断寻找理想又不断失望的（这句话也可以反过来说）“天涯飘零”者形象。他有一颗孤傲的心，时常感到个体的“我”与群体的他人的隔膜。孤独是浪漫主义与现代主义的共同体验，但浪漫主义的缪塞多有众人皆醉我独醒的清高，这与李金发“我觉得孤寂的只是我”（《幻想》）是契合的。

缪塞虽不断失望，却也时常勉励自己：“我已决定远走高飞，/走遍天涯的南北东西，/去寻找残存的一线希望。”[②] 不断地走，虽是行路难，但信念犹存。“据说，人从本性上看，主要是善良的，只是受到了这个世界中邪恶力量的侵蚀。有一种与此类似的信仰认为：对理想的追求可能使个人和社会都得到完善。事实上，浪漫主义的

---

① 杜格灵、李金发：《诗问答》，载 1935 年《文艺画报》第 1 卷第 3 号。

② 缪塞：《十二月之夜》，见《法国浪漫主义作品选》，天津，天津人民出版社，1983。

各个方面都包含着这样那样的理想因素。”① 李金发与缪塞一样，都表现出了这样的信仰与理想，他们都属于这理想笼罩下的“飘泊者”与“游猎者”。

在中国现代文学史上，反封建、争个性的时代主题始终或显或隐地贯穿着，浪漫主义的理想光辉深乎人心。尽管作为一种完整运动的浪漫主义可能是短暂的，但是，其精神却依然对众多的作家产生了潜在的影响。正如不少研究者已经指出的那样，中国的现代主义文学实践者们许多都是站在浪漫主义的立场上取舍“现代体验”的。

● 作为人格气质的“传统”

任何一种文学思潮的输入，都必须经受时代特征和民族文化心理的双重筛选。李金发醉心于西方象征主义，但时代大主题却使他抛不开浪漫的理想，更难改变的则是民族的审美心理结构。

“哭”与哀愁、呻吟是李金发惯有的抒情方式，“黑夜长久之痛哭”（《十七夜》），“衰老的裙裾发出哀吟”（《弃妇》），“远处的风唤起橡林之呻吟”（《迟我行道》），这些突破了传统和谐美的意象是李金发诗歌之于中国现代诗坛的一大贡献。但是，从更深的层面讲，它又依然存在着特有的民族心理积淀。比如从心理学上讲，能哭并非大悲，至少它还有痛苦的具体原因，还有哭这个较好的消解方式。真正大悲而绝望者，是不能明确痛苦的具体原因，也找不到发泄解脱的具体手段，如堕冥冥之中而四面受敌，欲呼不能，四喊不应，困顿之极，已无所谓眼泪。我们应该看到，法国象征主义诗歌尤其是后期象征主义诗歌中就很少见到“哭”、“眼泪”这类哀哀怨怨的倾诉，那里多是一种灵魂被风干曝晒得吱吱有声的感觉，如波德莱尔“茫茫深渊上面，/摇我入睡。时而，又风平浪静，变成/我绝望的大镜”（波德莱尔《音乐》）。

在传统中国，社会提供给知识分子的自我实现之路是狭窄的，专制体制造就的依附性生存在中国知识分子那里形成了一种被历史学者称为“臣妾人格”的心理状态，委曲求全、内向柔弱的精神趋向应运而生。哭、哀愁、呻吟便是这种心理的自然流露。同样的忧伤痛苦，在李金发与法国象征主义诗人那里是有很大差异的。

① ［美］理查·泰勒：《理解文学要素》，38页，黎风等译，成都，四川大学出版社，1987。

比如，同是“借酒浇愁”，李金发是“我酒入愁肠，/旋复化为眼泪”（《黄昏》），痛苦之情需要在眼泪中流出，心境盼望重新稳定。而波德莱尔则是：“就在同样的谵妄之中……/逃往我梦想的乐园”（《情侣的酒》）。酒醉并不能够取消梦想的超越意识。

再如，李金发和魏尔伦都喜欢以琴抒怀。李金发的琴声象征着自我的理想，“奏到最高音的时候，/似乎预示人生的美满”。只是，有外来的强力要冲击它：“不相干的风，/踱过窗儿作响，/把我的琴声，/也震得不成音了！”而真正的悲剧却在于：“她们并不能了解呵”。在这里，悲剧被定义在人与人之间的关系当中，也是人伦关系的隔膜造成了自我精神的不适，人伦关系的挤压导致了诗人呻吟似的幽怨：“我若走到原野上时，/琴声定是中止，或柔弱地继续着。”（《琴的哀》）而魏尔伦的琴声，与其说是一种明确的理想，毋宁说是一种无端的叹息，一种莫名的情绪：“一股无名的悲绪，浸透到我的心底。”（《秋歌》）更重要的是，魏尔伦明确宣布，自己的悲哀与人际关系无关：

> 泪水流得不合情理，
> 这颗心啊厌烦自己。
> 怎么？并没有人负心？
> 这悲哀说不出情理。

超越了个人的社会关系的压力，魏尔伦的痛苦来自他对生命与世界的更深的思考与关怀：“这是最沉重的痛苦，/当你不知它的缘故。/既没有爱，也没有恨，/我心中有这么多的痛苦！”

应当看到，李金发诗歌的许多哀怨都与个人的爱情体验有关。李金发的许多爱情诗都给人这样一个感觉，仿佛诗人在吃力地追逐着理想的对象，却多半是可望而不可即，我们的诗人疲于奔命，终于累倒在人生的中途：“我背负了祖宗之重负，裹足远走，/呵，简约之游行者，终倒睡路侧。”（《我背负了……》）疲惫感与柔弱感是一脉相承的。

于是，这样的诗人需要“手杖”：“呵，我之保护者，/神奇之朋友，/我们忘年地交了。”（《手杖》）

于是，这样的爱情充满了“恋母情结”：“你压住我的手，像睡褥般温柔，我一切/管领与附属，全在你呼吸里”（《无题》）；“我在远处望见你，沿途徘徊/如丧家之牲口”（《印象》）；“我恨你如同/轭下的驽马，/无力把缰条撕破，/如同孩子怨母亲的苛刻”（《我对你的态度》），此时的李金发正生活在巴黎。

巴黎，作为西方现代文明的缩影，用巴尔扎克名著《高老头》中的概括来说，就是“一方面是最高雅的社会的新鲜可爱的面目，个个年轻，活泼，有诗意，有热情，四周又是美妙的艺术品和阔绰的排场；另一方面是溅满污泥的阴惨的画面，人物的脸上只有被情欲扫荡过的遗迹”。

一个青年，一个来自古老东方、具有摆脱不掉的传统心理的青年，面临一种反差巨大的生活：冲动与压抑，热烈与自卑，人性与兽性，现实渴望与心理重负……所有这些外在的吸引与内在的自我抗拒都令一个柔弱、疲惫的灵魂苦不堪言。这与郁达夫留日经历大约有些相似，不过郁达夫更多些“暴露癖”，甘愿无情地解剖自己，而李金发似乎更愿意自我掩饰一些。

我认为，李金发诗歌的佶屈聱牙可以从这里得到部分的解释：它来源于诗人对人生欲望的羞涩心理，欲言又惧，如履薄冰，战战兢兢，遮遮掩掩，诗人仿佛总在回避着某些切肤之痛。

不错，李金发是中国诗坛上少有的公开书写“死亡”、“黑暗”、“恐惧”等等深层心理的人，不过，与此同时，我们也应该看到，所有这些抒情大多只出现在一些抽象的概括性的描绘中，一旦进入具体的人生细节，特别是触及诗人的亲身体验之时，他的文字就变得闪闪烁烁起来。如《给 Jeanne》，面对这位法国少女，诗人有些什么意念呢，是“同情的空泛，/与真实之不能期望么？/无造物的权威，/禁不住如夜萤一闪”。“同情的空泛”大约是现实，“真实”大约指“真实的感情”，接下去，应当是“我”无造物的权威，所以不能左右你，“夜萤”估计是暗示少女闪烁的眼睛。这是一种爱而不得所爱，但又不能克制内心欲念的复杂心理。内向的羞涩的诗人在这个时候是不会直抒胸臆的，他有意无意地采用了象征主义的暗示、省略。如果这种手法在诗中多一些，诗就会显得别别扭扭、晦涩难懂了。

“传统”在李金发这里主要不是指一种艺术的境界，而是他无法改变的中国知识分子的心理结构，一种与生俱来的人格气质。因为，虽然诗人表示他试图在中国古典与西方之间有所“沟通”和“调和”，然而，我们在其诗歌创作中读到的却不是更圆熟的古代艺术技巧与品质，而是一种源远流长的处世心态与人格模式。

中外艺术的沟通，对李金发而言还只不过是一种初步的想法。

●“晦涩”与“不通”

以上我们试图用中国知识分子九曲回肠式的传统心理习惯来解释李金发诗歌的语言晦涩问题，但这也只能适用于部分诗歌。羞涩扭曲的含蓄在现代只是中国人的一种深层心理，诗人不可能时刻都处于羞涩、遮掩之中，我们还需要将诗人的精神气质与他的知识结构、诗歌修养结合起来作一些新的综合性分析。

一个艺术家的文化心理与他理性层次的知识结构密切相关，最终影响了艺术的取舍。就李金发的知识结构而言，他同时接受了西方浪漫主义诗歌与象征主义诗歌，就深层文化心理来说，他又具有明显的传统知识分子的人格气质。这样几个方面的艺术指向并非是一致的。比如浪漫主义的乐观理想就不断销蚀着“世纪末”幽邃的思索，引导诗人在自足自信中坚定地面向现实，诗人表面浓郁厚重的现代主义意识实际就被抽空着、瓦解着，同时，源远流长的传统人伦关怀则根本上改造了西方象征主义生命关怀的宏大主题，引导诗人在细碎的人间忧伤中倾诉个人难以启齿的故事与感受。

但问题在于，法国象征主义诗歌所承载的“现代体验”与“现代表达”又已经对中国留学生构成了印象深刻的一种“知识”，一种似乎是当代人“应该”掌握并接受、应用的知识，就是李金发本人也无法拒绝这样的时代诱惑。这是一种相当难以解决的自我的矛盾：心灵深处的气质与理性层次的知识追求这样的不和谐。于是，我们发现，李金发的创作不断呈现出几种力量的消长。当他哭诉理想的渺茫、追求的阻碍，或构筑自己的伊甸乐园之时，诗歌朦胧而韵味十足，但认真分析，此时的李金发多半与文学史上所赞扬的那个象征主义诗人无关；当他刻意以象征主义为旗帜，在诗歌中堆砌现代意象与色彩之时，又往往脱离开了自己精神深处的支撑，所以时常显得意念化、抽象化。如果再仔细分析一下，就会发现这些诗歌的内在情绪是不连贯的，许多“现代”味是黏上去的。

比如，当对“时间”的现代性烦忧成为一种先验的意念时，对时间的感叹就会在许多并不一定涉及时间问题的情态中莫名其妙地钻出来，就在那首公认的代表作《弃妇》中，有“夕阳之火不能把时间之烦闷/化成灰烬……”全诗的情绪还是基本连贯的，但“时间”这个词冒得太唐突，太抽象，太扎眼了。在西方现代主义不可胜数的“时间”忧患诗中，所有的“时间”都是具体的、可感的、切实的，是一个内涵丰富的立体物。李金发还有一首《时间的诱惑》，这本身也是一个内腹开阔，可以充分挖掘的题目，然而读完全诗才知道，诗人对时间到底有哪些“诱惑”，又如何“诱惑”，其实知之不多，每每蜻蜓点水，点得再多，水也没有上来多少。

知识与概念一旦脱离开人的真实感受，就可能出现那种超感觉的人为拔拽，它最终将破坏全诗的情绪气氛，造成诗情血液中的许多癌块，这种例子在李金发那里是不少的。比如称风和雨是世界的“何以”，春夏秋冬是世界的“然后”这种理念化的比喻（《我认识风与雨……》）；再如“我爱无拍之唱/或诗句之背诵”（《残道》）这样毫无必要的别扭的句式。有时诗人还有意追求一种哲学味，如“语言随处流露温爱，/但这‘今日’‘明日’使我灵/儿倒病了”（《北方》）。然而，西方现代诗歌的哲学感并不是用哲学的概念连缀起来的，它是融入诗人的血液之中，从诗人最平实最真切的体验中“蒸馏”出来的。

不管是哲学意识还是现代精神，优秀的诗歌总是以一个“整体”来实现的，如果其意义只能靠几个现代味的专有名词来实现（甚至还打上引号让人注意），那将是一件可悲的事。大家都爱引李金发的名句：“生命便是/死神唇边/的笑。”不错，句子是精彩而极有现代主义感受的，但可惜在那首《有感》中也只有这么一个孤零零的句子，而且很难想象它是怎么钻进去的。这倒好像是中国古人的一种作诗方式，偶有佳句，再前后补缀，“诗眼”很醒目；只是若“有感”的只有这么一句，那还是不要勉强补缀的好。

此外，诗人本身的诗歌修养（特别是诗歌创作的语言修养）也从根本上决定着诗歌表达的成功。马拉美就曾说过：“晦涩或者是由于读者方面的力所不及，或者由于诗人的力所不及。”[①] 在这里，中国读者的“现代”感受我们是无法确切定位的，可以分析的倒是李金发自身的诗歌创作能力——诗歌修养。

作为客家人的李金发，其使用的母语在词汇、句法等方面都与诗歌写作的书面汉语有相当的距离，诗人必须克服这样的距离才能

---

① ［法］马拉美：《关于文学的发展》，见《西方文论选》，下册，263页，上海，上海译文出版社，1979。

将自己的本能的思维形式与通用的表达形式结合起来。问题是他做到了吗？与诗人有颇多接触的人们都不断给我们传达着这样的信息：李金发“是广东人，是华侨，在南洋群岛生活，中国话不大会说，不大会表达”①。这的确是一个令人沮丧的消息，它基本上注定了诗人创作的某种失败。

不仅如此，孙席珍先生还透露说：诗人“法文不大行”，“文言书也读了一点。杂七杂八，语言的纯洁性就没有了”。“引进象征派，他有功，败坏语言，他是罪魁祸首”②。败坏语言，这对于一个视语言为生命的诗人来说，无疑是最严重的指责。如果对于其严重性我们还可能有所怀疑的话，同样作为象征主义追求者的卞之琳的旁证就值得我们冷静思考了。卞之琳断定，李金发“对于本国语言几乎没有一点感觉力，对于白话如此，对于文言也如此，而对于法文连一些基本语法都不懂”③。

在这个时候，李金发对他设想的中外诗歌沟通显然就力不从心了。甚至不仅无法完成更高的沟通，就连达到自身创作的顺畅都相当的艰难。

在现代诗歌艺术中，晦涩是一种新的美学效果，但美学意义的晦涩是思想繁复、感觉深密的一种形式，与表达上的不顺畅根本不是一回事。正如瓦莱里所说，在现代诗歌创作中，应该“旋律毫不间断地贯穿始终，语意关系始终符合于和声关系，思想的相互过渡好像比任何思想都更为重要”④。李金发诗歌的文白夹杂在某种意义上是他急于寻找语言资源的一种焦躁，而寻找若没有更深的语言修养为基础，就很可能坠入“不通”的尴尬。

从竭力“沟通”到相当“不通”，诗人李金发留给我们的经验和教训都是深刻的。

六、戴望舒：中国灵魂的世纪病

我是青春和衰老的集合体，

---

① 孙席珍语，见卞之琳：《人与诗：忆旧说新》，190 页。

② 同上。

③ 卞之琳：《人与诗：忆旧说新》，189 页。

④ ［法］瓦莱里：《纯诗》，见《西方现代诗论》，222 页，广州，花城出版社，1988。

我有健康的身体和病的心。

——戴望舒：《我的素描》

在中国现代新诗史上，戴望舒的形象包含着一系列有待清理的异样因素：一方面，他以《诗论零札》建构了现代派诗歌的艺术纲领，以自己的创作实践着“散文入诗”的新路，从而突破了新月派唯格律是从的僵硬模式，他尽力译介法国象征派诗歌，给中国新诗艺术的发展以极大的启示，他又倡导诗歌的“现代性”，反对用白话抒写古意[①]，从而推进了中国新诗的现代化步伐；另一方面，在公众的心目当中，戴望舒又总是与“雨巷诗人”相联系，而《雨巷》带给人们的其实还是格律，只不过是一种变通了的格律罢了。他对林庚等人的“古意”大加挑剔，而自己的不少作品却照样古色古香，如《自家伤感》、《秋夜思》、《寂寞》之类。

那么，所有这些中西古今的诗歌文化究竟有着怎样的关系，戴望舒又是如何在“异样”的组合中实践象征主义理想的呢？这是我们今天应当回答的问题。

● 爱与隐私：一个抽样分析

作为诗人的戴望舒究竟最关心什么，是什么东西在时时刻刻地掀动着他的情怀？这是进入戴望舒诗歌世界首先必须解决的。

我们看到了戴望舒与政治革命的紧密联系，看到了大革命的失败在一位关心政治的青年身上所投下的浓重的阴影，也看到了他为一般人所不曾有过的狱中体验，他的誓言和胆识，这些观察和结论无疑都是十分有价值的。不过，我们似乎也相对地忽视了这样一个事实：除了《灾难的岁月》里的四五首诗外，他基本上就没有直接表现过政治，他的视野基本上还是局限在个人生活的范畴以内，其中经常出现的主题是爱，频频浮动的意象是女性。

我对浙江文艺出版社出版的《戴望舒诗全编》作过一个统计，在他全部的93首诗歌创作中，直接表现和间接暗示情爱体验的作品（如《我的恋人》、《不寐》）占了全部创作的将近一半，其他略略超过一半的诗歌似乎内涵要宽广些（如怀乡、思友、自我素描等），但同样也常常包含着爱情或与女性有关的成分，如《我底记忆》、《单

---

① 参见戴望舒：《谈林庚的诗见和“四行诗”》，载1936年《新诗》第1卷第2期。

恋者》、《我的素描》都浮现着女性的意象，《二月》风景画的中心是谈情说爱，《秋天》说“我”最“清楚”的是“独身汉的心”。总之，戴望舒对男女之情特别敏感，爱在他的人生体验里占了相当大的比重。

我认为，强调爱情之于戴望舒诗歌创作的重要性并不会降低这位诗人在诗歌史上的地位，也不会抹煞他本来就有的种种政治意识，相反，倒有助于我们深入到诗人的情感世界，体会他把握世界的基本方式，因为，戴望舒的其他的感受通常都是与他的爱情体验结合在一起的，而且很可能就是从个人的爱情出发，融会其他的社会性体验，代表作《雨巷》就是这样。

爱情对于一位青春期的诗人而言，本身也是特别有分量的；况且，戴望舒的现实人生又有它与众不同的沉重：幼年的疾病将生理的缺陷烙在了他的脸上，更烙在了他的心上，烙在了他以后的人生道路上。朋辈中人的讥刺让他时时自卑，也时时自强，笼罩在自卑氛围中的自强本身就是病态的，这样的病态也渗透到了他的爱情需要当中，他似乎比一般人更渴望着爱，对爱的要求也近于偏执，于是反倒招来了更多的失败，这都为我们的诗人堆积了太多的情感，他需要在诗中释放。

爱情成为人生体验的主要内容之一，这本身也是戴望舒诗歌“现代性”的表现。因为，只有在现代社会的条件下，在个人获得了相对自由的环境中，爱情才可能冲破种种的纲常伦理，集中地反复地掀起人的情感波澜。戴望舒的爱情是现代人的生存情绪，这就是他在《诗论零札》中所说的“新的诗应该有新的情绪”，从而与林庚等人的“古风”判然有别。也是在这一取向之上，魏尔伦、果尔蒙等人的法国象征主义爱情诗给了他莫大的兴会，现代意义的中西文化就此融会贯通了。

值得注意的是，爱情主题在戴望舒笔下呈现着一种特殊的形态。

我们看到，戴望舒表现着爱情，但同时却又有意无意地掩饰着爱情的绚丽夺目，他很少放开嗓音，唱一曲或喜或悲的爱之歌，“隐私性”就是戴望舒笔下爱情的显著特征。诗人把爱情当作人生隐秘内涵的一部分，他不想毫无顾忌地暴露它，而是在表现中有遮挡，释放里有收束，隐秘的爱情就成了欲言又止，就成了吞吞吐吐。有时，诗人笔下的现实与梦幻界限模糊，让人很难分辨，例如《不寐》：“在沉静底音波中，/每个爱娇的影子/在眩晕的脑里/作瞬间的散步。”有时，女性的形象在他的心头一闪即逝，再也无从捕捉，例如在萤火飘忽的野外，诗人忽然迸出一个念头：“像一双小手纤纤，/当往日我在昼眠，/把一条薄被/在我身上轻披。”（《致萤火》）有时，诗人根本就回避着爱的真相：“说是寂寞的秋的悒郁，/说是辽远的海的怀念。/假如有人问我烦忧的原故，/我不敢说出你的名字。”（《烦忧》）一位颇有眼光的评论家曾经指出：“从《雨巷》起，戴望舒的爱情描写大都是（不是全部）恋爱情绪与政治情绪的契合，单纯的爱情诗很少。”[1] 我想进一步指出的是，以政治情绪来渗透恋爱情绪是否也属于诗人对爱情的某种理解呢？借助社会意识的干扰不也是维护个人隐私的表现吗？

人们根据杜衡在《望舒草·序》里的说法，曾把戴望舒诗歌朦胧的成分认定为“潜意识”[2]，以此证明戴望舒与法国象征主义诗歌的承继关系。对此我不能同意。这当然不是否认戴望舒诗歌所受的法国影响，而是感觉到在这个地方，戴望舒倒更显示了他作为中国诗人的特殊性。戴望舒的“潜意识”并非社会文化之“显意识”的对立物，相反，如前所述，他的恋爱与政治、个人与社会倒还可能是相互融合的；潜意识也不纯是性欲本能，戴望舒和他的朋友们都对“赤裸裸的本能底流露”不以为然[3]，他所理解的潜意识其实就是爱，而爱情本身却是一种社会性的情感，是现实的需要、人伦的纽带。戴望舒所谓的“潜”并不是因为它本身是摸不着看不到的，而是表明了诗人自身的一种态度，表明了诗人刻意掩饰的企图，“潜”就是遮遮掩掩，吞吞吐吐，朦胧含混，就是戴望舒对个人隐私的维护。

法国象征主义诗歌也充满了爱情咏叹，波德莱尔、魏尔伦、果尔蒙、保尔·福尔、耶麦等都有过爱的杰作，在戴望舒所译的法国诗歌当中，爱情篇章就占了很大的比例。不过，解读法国象征主义的爱情诗歌，我们可以清清楚楚地感受到，他们所谓的潜意识是真正的“潜意识”，是人的本能冲动（如波德莱尔的一些诗歌），本能往往被这些法国诗人当作人自身生命的底蕴，他们体验生命，首先

---

① 吕家乡：《戴望舒：别开生面的政治抒情诗人》，见《诗潮·诗人·诗艺》，170页。

② 杜衡说：“一个人在梦里泄漏自己底潜意识，在诗作里泄漏隐秘的灵魂，然而也是像梦一般地朦胧的。”

③ 参见杜衡：《望舒草·序》，见《戴望舒诗全编》，50页，杭州，浙江文艺出版社，1989。

就要回到本我，去感受人的本能冲动；他们的“爱”大大地超出了现实人伦的范畴而联系着人的本体，爱情往往就是一次恢宏的神秘的生命探险，而晦涩、朦胧不过是“潜意识”自身的存在方式。潜意识受到了社会理性的压迫、干扰，人们是很难准确捕捉的。例如果尔蒙的《死叶》：

当脚步蹂躏着它们时，它们像灵魂一样地啼哭，
它们做出振翼声和妇人衣裳的綷縩声。

西茉纳，你爱死叶上的步履声吗？

来啊：我们一朝将成为可怜的死叶，
来啊：夜已降下，而风已将我们带去了。

西茉纳，你爱死叶上的步履声吗？

爱情就这样与生死复杂地混合起来，给人一种无头无绪的朦胧体验。戴望舒的爱情诗从来没有过如此幽邃的探讨，在不少时候，他的思路都让我们联想到中国晚唐诗人温庭筠、李商隐。

过多地沉浸于儿女情长、红香翠软，这在中国古典诗歌传统来说是大可指摘的。温庭筠、李商隐都以写爱情和女性而著称，从正统的诗教来看，这难免就有点凄艳委靡了。但现代条件下的艺术自由却为戴望舒无所顾忌的吸收创造了条件，于是，温庭筠、李商隐式的“相思”就在戴望舒那里继续进行。“隔座送钩春酒暖，分曹射覆蜡灯红”（李商隐《无题》），“春欲暮，思无穷，旧欢如梦中”（温庭筠《更漏子》），这样的有距离有节制的爱情不也就是戴望舒的特色吗？有意思的是，温庭筠的一些词和李商隐的不少诗就带有不同程度的朦胧晦涩特征，这当然也不是温、李揭示了人的本能、潜意识，而是因为他们自身生活的某些内容颇具隐私性，以至不想袒露无遗罢了。

看来，爱的隐私性本来倒是中国诗歌的传统呢。

戴望舒诗歌的生存感受是多种多样的，并不限于爱情，不过，在我看来，在爱情这一主题上，戴望舒诗歌的现代性和传统性都表现得格外充分，因而也就最有代表性，最值得抽样分析。戴望舒的

爱情经历是现代的、"外来"的，但他所赋予爱情的特殊形态却是古典的、传统的，戴望舒爱情的两重性生动地表现了他生命意识的两重性。

生命意识的两重性又决定了诗歌情调的两重性。

● 感伤的与忧患的

我认为，戴望舒诗歌的情感基调是痛苦。

清冷的天，清冷的雨，飘零的落叶铺在幽静的路上，一位憔悴、衰老的诗人孤独地走着，目光茫然。这就是戴望舒全部诗歌的基本情调，尽管其中也出现过《村姑》的清新，《二月》的轻快，《三顶礼》的幽默，《狱中题壁》的悲壮，但是，从整体上观察戴望舒的诗歌，自早年的《凝泪出门》到 1947 年的《无题》，贯穿始终的意象还是颓唐、烦恼、疲惫、苦泪之类。

以痛苦作为诗歌的情感基调，这正是戴望舒有别于前辈诗人的现代性趋向。郭沫若在情绪的潮汐中沉浮，亢奋是他创作的基调；闻一多在历史与现实的错位里挣扎，矛盾是他的基调；徐志摩在大自然的怀抱里逍遥，恬适是他的基调。从某种意义上讲，痛苦来自诗人深刻的现实体验，属于"现代"的产物。

戴望舒与法国象征主义诗歌最大的相似性其实就是情调的相似性。以痛苦的而不是以乐观的调子抒情，这是法国象征主义诗歌与浪漫主义诗歌的巨大差别。如果说浪漫主义诗歌洋溢着"世纪初"的热力和希望，那么象征主义诗歌则回荡着"世纪末"的哀痛和苦闷。戴望舒的《凝泪出门》描画了一腔的愁苦："昏昏的灯，/溟溟的雨，/沉沉的未晓天；/凄凉的情绪；/将我底愁怀占住。"这不正像他所翻译的魏尔伦的《泪珠飘落萦心曲》吗："泪珠飘落萦心曲，/迷茫如雨蒙华屋；/何事又离愁，/凝思悠复悠。"显然，法国象征主义诗人的"世纪病"传染给了中国的戴望舒。久久地沉浸于世纪的病痛与愁苦里而不知自拔，这是戴望舒之有别于前辈诗人的重要特色，与同辈诗人如卞之琳、何其芳比较起来也显得很特别。在所有接受法国象征主义的中国现代派诗人当中，戴望舒沿着"痛苦"之路走得最远，即使是到了人们常说的诗风开阔、向上的抗战时期，其痛苦的底蕴也仍然保持着——除了《狱中题壁》、《我用残损的手掌》、《心愿》这样痛苦与激情兼而有之的作品外，在《等待》、《过旧居》、《赠内》、《萧红墓畔口占》等篇章里，我们所看到的还是那个寂寞、愁苦、以“过客”自居的戴望舒。

那么，戴望舒是不是就完全认同了法国象征主义诗歌的“痛苦”呢？我认为并非如此。就如同他对爱情主题的表现一样，框架往往是崭新的，现代的，外来的，但细节的开掘却是完全属于他个人，属于他内心深处的民族文化情趣。他往往在主题的层面上指摘他人的“复古”，而自己在细部却陶醉于古典文化而浑然不觉。

戴望舒诗歌的痛苦有一个十分突出的特点，那就是他的痛苦始终是一种盘旋于感受状态的细碎的忧伤，用我们所熟悉的术语来讲就是所谓的“感伤”。戴望舒以他的眼泪和霜鬓，营造了一种感伤主义的情调。

痛苦本身只是一个抽象笼统的名词，其中的实质性内涵可能大有区别。法国象征主义所渲染的似乎主要不是这样细碎的感伤，而是一种幽邃的“忧患”感。

戴望舒的感伤根植于个人生活的碰触，寒风中的雀声提示他的“孤岑”（《寒风中闻雀声》），恋人的冷遇让“自家伤感”（《自家伤感》），海上的微风令游子泛起阵阵乡愁（《游子谣》），在二月的春光里，叹息那令人惋惜的旧情（《二月》）。法国象征主义诗歌的所有情感和思想本身就具有一种“穿透”现实的力量，波德莱尔说通过诗歌“灵魂窥见了坟墓后面的光辉”[①]，兰波认为诗人即通灵人，马拉美的名言是，诗所创造的不是真实的花，而是“任何花束中都不存在的花”，他要在消除我们周围具体生活的所有“回声”的情况下，去创造所谓的纯粹的本质。[②] 法国象征主义诗歌的忧患根植于个体对生命的体验，它并不在意日常生活的患得患失。波德莱尔的“烦闷”是：“我是一片月亮所憎厌的墓地，/那里，有如憾恨，爬着长长的虫，/老是向我最亲密的死者猛攻。”（《烦闷一》）果尔蒙从转动的磨盘体味着人生的“苦役”：“它们走去，它们啼哭，它们旋转，它们呼呜/自从一直从前起，自从世界的创始起：/人们怕着，轮子过去，轮子转着/好像在做一个永恒的苦役。”（《磨坊》）[③]

戴望舒的感伤往往是哀婉的，柔弱的，烙上了鲜明的女性色彩和老龄化痕迹。他常常在女性的形象中去寻找共鸣，以女性的身份

---

① 转引自［英］查尔斯·查德威克：《象征主义》，4页，北京，昆仑出版社，1989。

② 参见［法］波德莱尔：《再论埃德加·爱伦·坡》，见《波德莱尔美学论文选》，206页。

③ 这两首诗都采用了戴望舒本人的译文。

带着女性的气质发言，如哀叹“妾薄命”（《妾薄命》），“我就要像流水地呜咽”（《山行》），“我惨白的脸，我哭红的眼睛”（《回了心儿吧》），“小病的身子在浅春的风里是软弱的”（《小病》）；他又常常感到疲倦、衰老，“就像一只黑色的衰老的瘦猫”（《十四行》），“是一个年轻的老人了”（《过时》），“是青春和衰老的集合体”（《我的素描》）。法国象征主义诗人的忧患则是沉重、悲壮的，衰败的外表下常常跳动着一颗不屈的雄心，“诗人恰似天云之间的王君，/它出入风波间又笑傲弓弩手”，黄昏的忧郁是这番情景：“忧郁的圆舞曲和懒散的昏眩！/天悲哀而美丽，像一个大祭坛。”①

戴望舒的感伤主要在人的感受层面上盘旋，而法国象征主义诗人的忧患则一直伸向思辨的领域，从而与人的哲学意识、宗教体验相沟通；戴望舒为感伤而感伤，他显然无意对诸种痛苦本身进行咀嚼、思考，把现实的痛苦上升到超验层次进行探索则是不少法国象征主义诗人的特点。对于那些飞翔在“超验”领域而显得过分幽邃神秘的作品，戴望舒是不感兴趣的。在法国象征主义诗人当中，他对魏尔伦、果尔蒙的兴趣最大，也是因为这两位诗人相对“现实”一点，注意在感觉中营造气氛，特别是魏尔伦，“他的诗作中大体上缺乏象征主义的超验内容”，其创作的“态度也基本上仍是属于情感方面的”，按照严格的象征主义标准分析，魏尔伦的一些作品就更带有浪漫主义的特征，流于感伤主义的“陈词滥调”。② 相反，像兰波、马拉美这样的“超验”之人就从未进入过戴望舒的情感世界，从未成为戴望舒译介的对象。在这方面，戴望舒的朋友杜衡在《望舒草·序》里有过生动的阐发：“我个人也可以算是象征诗派底爱好者，可是我非常不喜欢这一派里几位带神秘意味的作家，不喜欢叫人不得不说一声‘看不懂’的作品。”在某种意义上，我们也可以把它视作是戴望舒的感受。

拉开了与法国象征主义的距离，我们发现，在现实生活中感受细碎的忧愁和哀伤，这恰恰又是中国晚唐五代诗词的历史特征。与盛唐时代比较，温庭筠、李商隐的诗歌较少直抒胸臆，有若干的“客观”之态，从而独树一帜，但这并不能掩盖其感伤的基调，无论是李商隐还是温庭筠，他们都不曾把这些细微的痛苦与对人类生命状态的思索联系起来，情调的女性化、老龄化更是其显著的特征。

---

① 分别见［法］波德莱尔《信天翁》、《黄昏的和谐》（戴望舒译）。

② 参见［英］查尔斯·查德威克：《象征主义》，23页。

温庭筠的词以表现女性情态为主，李商隐借“名姬”、“贤妃”抒怀，自我都女性化了：“梳洗罢，独倚望江楼。过尽千帆皆不是，斜晖脉脉水悠悠。肠断白蘋洲。”（温庭筠《梦江南·其二》）柔弱的灵魂哪里经得起人生的风霜雨雪呢？30多岁的李商隐就“晓镜但愁云鬓改”了（《无题》），又道“夕阳无限好，只是近黄昏”（《登乐游原》）。

从某种意义上讲，感伤已经成了中国诗人个性气质的一部分，在生活的挫折面前，他们很容易沉入这种细腻的愁怨而不大可能选择形而上的思考。20年代初期的湖畔诗人是感伤的，李金发也是感伤的，新月派揭起了反对“浪漫感伤”之旗帜，但事实上，包括徐志摩在内的不少新月派诗人也仍然不时流露出感伤的调子。法国象征主义诗歌的忧患本来是对感伤情调的扬弃，但到了中国诗人戴望舒这里就非常“中国化”了，感伤完成了对忧患的置换。

是不是可以这样概括：人生的痛苦体验这是法国象征主义诗歌的基本情调，是它们所染的“世纪之病”，而这种情调和疾病在逐渐东移的过程中却与中国文化自身的性格气质产生了某些矛盾、错位，于是，戴望舒最终是以中国的方式理解和表现了外来的影响与时代的要求，他感染的是中国式的世纪病。

中西诗歌文化在矛盾中求取着统一。

● 纯诗的与散文的

中西诗歌文化有矛盾，也有统一，这也构成了戴望舒诗歌艺术探索的基本特质。

戴望舒于1932年11月在《现代》2卷1期上发表的《诗论零札》充分表明了他对诗歌艺术的高度重视。他的17条“诗论”主要都是关于诗艺的探讨，正如人们所注意到的，这些意见基本上都是针对新月派的格律化主张而发的。新月派以“格律”为中心，主张建筑美与音乐美，戴望舒则以“情绪”为中心，认为“韵和整齐的字句会妨碍诗情，或使诗情成为畸形的”。新月派鼓吹绘画美，戴望舒却说“诗不能借重绘画的长处”。在中国现代新诗史上，新月派的形式主张代表了一种现代的古典主义趋向，体现了中国传统诗歌的形式理想，“三美”本来就是闻一多对中国律诗精细体悟的结果。从这个背景来看，戴望舒的“反动”便是反古典主义的，代表了中国新诗的现代化趋向，他一再阐述的建立在自由情绪基础上的散文化形式更符合现代人的生存节奏和思想状态。

但是，就是在反对音乐化的主张中，戴望舒自己却陷入了一个困难的境地，因为，给予他现代化追求以莫大支持的法国象征主义诗歌（特别是前期象征主义诗歌）恰恰是倡导音乐化的，音乐性是象征主义最重要的形式特征。象征主义的先驱美国的爱伦坡早就说过："可能在音乐中，灵魂最接近于达到神圣的美的创造。"瓦雷里说："波特莱尔的诗的垂久和至今不衰的势力，是从他的音响之充实和奇特的清晰而来的。"① 马拉美称"我写的是音乐"，魏尔伦更是把音乐放到了"先于一切"的地位。戴望舒拒绝了法国象征主义的追求，这就注定了他的反传统选择将是孤独的，没有更多的榜样可以借鉴，全然听凭他自己拓荒般的摸索。

值得解决的问题至少有两个：（1）如果"情绪抑扬顿挫"在形式上不转化为一种特定的音乐化的节奏，又该怎样来加以表现呢？（2）突破格律是不是就根本不需要音乐性？音乐与诗究竟有没有必然的联系？

从戴望舒全部的诗路历程来看，我认为他自己并没有解决好这些问题。意识层面的拒绝是一回事，创作实践的履行又是一回事，于是，在前后几个时期，他的艺术追求也游离不定起来。早年"雨巷"阶段的戴望舒显然对音乐美颇有兴趣，叶圣陶称赞《雨巷》"替新诗底音节开了一个新的纪元"，这并不意味着此时此刻戴望舒真正地反叛了新月派，倒是将新月派所主张的和谐、均齐与现代语言的自由性有机地融合了起来，既保存了现代语言的自由伸缩特征，又绝不散漫、破碎。新月派诗人徐志摩的不少创作就在进行着这样的探索，只不过《雨巷》显得更精巧、完美罢了；从《我底记忆》开始直到1934年这段时间里，他似乎脚踏实地地写作着无韵的自由体，但这并不意味着他从此可以抛开音乐节奏了。《望舒草》删掉了《雨巷》、《古神祠前》，但他的抑扬顿挫却还不时借助于字音的力量，并非完全依靠情绪本身的起伏，《印象》、《到我这里来》、《寻梦者》不就使用了尾韵了吗？其他的作品不也基本上注意了一行之内、两行之间的轻重音搭配吗？至少，比起郭沫若的《女神》来，戴望舒的诗歌音韵要匀称得多，难怪有人挑剔地说："所谓音乐性，可以泛指语言为了配合诗或诗情的起伏而形成的一种节奏，不一定专指铿锵而工整的韵律"，"即使戴望舒自己讲了这一番诗话之后，不也仍

① ［法］瓦雷里：《波特莱尔的位置》，见《戴望舒诗全编》，177页。

然在写脱胎于新月体的格律诗吗”[1]？1934年以后，在创作《灾难的岁月》的主要作品之时，戴望舒更是大量借助于音律了。于是在1944年发表的另一篇《诗论零札》里，诗人对早年的观念作了必要的修正：他继续反对“韵律齐整论”，但又声称“并不是反对这些词藻、音韵本身。只当它们对于‘诗’并非必需，或妨碍‘诗’的时候，才应该驱除它们”。

戴望舒关于新诗音乐性的探寻实际上是他所要进行的“纯诗”建设的一部分。“纯诗”是法国象征主义的艺术理想，在后期象征主义诗人瓦莱里那里曾得到过明确的阐述。这一理想经过20年代中国象征派诗人穆木天、王独清等人的介绍和实践又进入了30年代的现代派，其原初的含义是：（1）音乐性；（2）以象征、暗示代替直接的抒情和陈述。戴望舒在意识层面上较多地抛弃了“音乐性”，他所谓的纯诗并不包括“音乐性”：“自由诗是不乞援于一般意义的音乐的纯诗。”[2] 把散文化的句式与纯诗相联系这是戴望舒有别于法国象征主义的独见，同时，对于第二层含义诗人又领悟得颇为透彻，《诗论零札》第16条中说：“情绪不是用摄影机摄出来的，它应当用巧妙的笔触描出来。这种笔触又须是活的，千变万化的。”用“摄影机摄出来”的情绪当然就是直接的抒情，从实际的创作分析，所谓“巧妙的笔触”也就是象征与暗示。例如他把“孤岑”化为客观的象征性意象：“枯枝在寒风里悲叹，/死叶在大道上萎残；/雀儿在高唱薤露歌，/一半儿是自伤自感。”（《寒风中闻雀声》）把浓浓的乡思呈现为：“故乡芦花开的时候，/旅人的鞋跟染着征泥，/粘住了鞋跟，粘住了心的征泥，/几时经可爱的手拂拭？”（《旅思》）把爱国之情寄托在这样的诗句里：“我用残损的手掌/摸索这广大的土地：/这一角已变成灰烬，/那一角只是血和泥。”（《我用残损的手掌》）

众所周知，用象征、暗示代替直接的抒情与陈述，这正是中国古典诗歌在漫长的历史发展中总结出来的艺术手段，特别是温庭筠、李商隐的诗词创作更是使这一艺术日臻完善了。法国象征主义在世纪之交所进行的艺术探索与中国古典诗歌的传统暗合了，东西方诗歌艺术所谓的“纯粹”交融在了一起，这是不是就是戴望舒所谓的“永远不会变价值的‘诗之精髓’”[3] 呢？在接受西方先进诗艺的同时，他找到了古典传统的“精髓”，于是，中西两大文化的“异样”

① 余光中：《评戴望舒的诗》，载《名作欣赏》，1992（3）。

② 戴望舒：《谈林庚的诗见和“四行诗”》，载1936年11月《新诗》第2期。

③ 同上。

因素便再一次地统一了起来。

总之，戴望舒的“纯诗”艺术继续显示了诸种文化的矛盾与统一，反对古典主义的“格律”，以散文入诗，这是他独立的见解，坚持这一见解的时候，他不无矛盾与困难，而倡导客观抒情则又属于融合古今、贯通中西的“统一”之举。饶有意味的是，反叛传统艺术规则的创见总让他迷惑，而对中西艺术规则的继承和容纳则让他走向了成功。

七、何其芳：欧风美雨中的佳人芳草

我将忘记快来的是冰与雪的冬天，
永远不信你甜蜜的声音是欺骗。

——何其芳：《罗衫》

限于本书的选题，我们只考察何其芳前期诗歌。

所谓何其芳前期诗歌，指的是诗人在新中国成立以前的创作，包括《预言》（1931—1937）、《夜歌》（1938—1944）及其他一些作品。这些作品代表了何其芳独特的诗歌观念，确立了诗人在中国现代诗歌史上的基本地位，历来都是我们研究的重点。在这些研究中，我们已经取得了不少的“共识”，比如在思想情调上，这些诗歌大体都表现了诗人的寂寞与忧伤①，在诗学选择上，又广涉中西多种诗歌艺术，走着中西诗学相融合的道路。

但是，我又认为，在迄今为止的研究中，对这些“共识”仍然缺乏更深入更细致的挖掘：寂寞忧伤与中西诗艺的融合都可以说是30年代现代派诗歌的普遍特征，是何其芳同辈诗友的共同选择，戴望舒如此，卞之琳如此，其他不少诗人亦如此。那么，在这样一个背景上，“何其芳特征”又是什么呢？

● 自慰自赏与佳人芳草

何其芳诗歌的独立特色决定于诗人与众不同的世界观、人生观及个性气质。这一“与众不同”就在于，他拥有颇为柔韧的心理能

① 何其芳后来认为，他的《夜歌》依然乐而淫，哀而伤，空想，脆弱。

力，能够在种种的孤独寂寞当中保持最持久的心理平衡，并从平衡中寻找乐趣，编织自我的梦幻。他向来都没有被孤寂榨干情感，没有在生活的挤压下悲观绝望，也无意对人生的苦难作出严肃的戳击，在任何时候，他都包裹着一份温柔、湿润的情感，他不相信人生真的会如此黑暗，也不相信世上会丧失真情，他在不断地寻找，不断地以淡淡的微笑迎接一切。我将这样的心理称为自慰与自赏。

自慰帮助他度过了“营养不足”、发育不健全的童年和“阴暗”、“湫隘”、“荒凉”的少年[①]。从很小的时候起，他就用“孤独和书籍”来保护自己，陶醉在安徒生童话《小女人鱼》的凄美境界中，流连忘返；大学时代，又厌恶那些“嚣张的情感和事物”，“制造了一个美丽的、安静的、充满着寂寞的欢欣的小天地，用一些柔和的诗和散文”[②]，成天梦着一些美丽的温柔的东西，“是个朦胧的理想主义者”[③]，“把自己紧闭在黑色的门里，听着自己的那些独语，赞美着”[④]，文化活动每每成为他自我宽慰、自我欣赏的最佳选择。这种性格在《夜歌》时期的延安也仍然保持着，老朋友们的回忆为我们生动地勾勒出了一个温和、天真、自得其乐的何其芳。“有时候，就连较为合格的诉苦，也会往往叫你感到，他之诉苦，只因为他太愉快了，需要换换口味。而且，并非偶然，长时期来他仿佛都是这样。”[⑤]

相比之下，戴望舒显得有些心事重重，格外重视“自己底潜意识”，还不时流露出颓唐、悲观的调子，“美丽”非他所长；卞之琳又显得格外冷静、矜持，不愿为自己的玄虚的想象灌注更多的温情，“美丽”非他所需。

自慰与自赏决定了何其芳的心理选择偏向于中国古典的“佳人芳草”。流连于个人精神的小天地里，又无意沉入到过深的玄思中，那么，人与人之间的相互理解、安慰就必不可少了，就一位青春期的男性作家而言，最温馨最熨帖的慰藉自然就是女性了。何其芳幻想着“一角轻扬的裙衣”（《秋天（一）》），陶醉于“心上踏起甜蜜的凄动”（《脚步》），他“刻骨的相思”，他几乎就要忘记了“冰与雪的冬天”。女性，作为社会的非权力性角色，作为社会强权与秩序的牺

① 参见何其芳：《街》，见《何其芳文集》，第2卷，78页。

② 何其芳：《一个平常的故事》，见《何其芳文集》，第2卷，215、216页。

③ 周扬：《何其芳文集·序》，见《何其芳文集》，第1卷。

④ 艾青：《梦、幻想与现实》，载1939年6月《文艺阵地》第3卷第4期。

⑤ 沙汀：《何其芳选集·题记》，见《何其芳选集》，1卷，4页，成都，四川人民出版社，1979。

牲品，作为在很多情况下都不得不借助个人精神的幻想聊以生存的弱小者，她的遭遇都与孤寂索寞的诗人叠印在了一起，于是乎，似真似幻的“佳人”越发显得亲切，越发撩人心魄，也自有一种让人心驰神荡的默契。“芳草”可以说是诗人的某种自喻，他自觉不自觉地“塑造”着高洁、清纯、真挚、明净的自我形象，他有着一双温存的手，歌声“沉郁又高扬”，他飞翔在布满白雾的空气里，有着“透明的忧愁”，他守着高楼的寒夜，萧萧白杨陪伴着无言的等待，他自觉是“青条上的未开的花”，唱着“二十年华”的悲悲喜喜。①在很大程度上“芳草”就是诗人自我沉醉的梦境，是他自我确定，自我塑造，从而度过漫漫人生的美丽的选择。

在中国封建政治严密的秩序当中，中国古代知识分子“帮忙”的疲惫，“帮闲”的无聊，以及“倡优”的自悟，都不断迫使他们从社会权力的中心塌落下来，在孤独中品味人生，没有自慰自赏，他们何以能够不精神分裂、痛不欲生呢？没有佳人的温暖，芳草的馨香，他们又将去何处倾诉自己的寂寞，靠什么遗世独立，出淤泥而不染呢？中国古典诗歌的“佳人芳草”传统滥觞于屈骚，以后始终绵延不绝，至晚唐两宋则蔚为大观，特别又以温庭筠、李商隐为代表。如果说屈骚式的“佳人芳草”还回荡着一股浓郁的愤懑不平之气，发出了反社会的呐喊，那么温、李式的“佳人芳草”则消除了那些沉痛的基调，渗透了更多的温情，更多的柔情蜜意，也显得格外的玲珑剔透，香艳美丽。

何其芳的“佳人芳草”显然是温庭筠、李商隐式的，他不是那种气吞山河、叱咤风云的英雄，也无意跋涉奔突，上下求索，他的个性、他的气质都让他认同了温、李一类的温和与美丽。还在念私塾的时候，何其芳就“自己读完过大型六家选本《唐宋诗醇》。他能熟背许多古诗词，多半是唐诗”②，尤其是以温、李为代表的晚唐五代诗词。这些启蒙教育的成分虽然是偶然的，但却包含着文化的必然规律，是诗人自身的个性和气质为教育创造了可能性，充分保证了教育的有效性，巩固和深化了教育的效果。

● 中西文化与现代选择

自然，在现代文化的氛围里，我们的诗人再难用唐风宋韵的曲

① 分别见《预言》、《秋天（一）》、《脚步》、《慨叹》等。

② 方敬、何频伽：《何其芳散记》，27页，成都，四川教育出版社，1990。

调弹唱古老的幽情了，童年时代绽开的那一颗诗心终将在现代文化的语境中寻找新的表达。

这似乎就决定了何其芳独特的“中西汇融”的诗歌道路。

直到15岁以前，何其芳的诗学修养都是纯粹古典的，甚至“还不知道五四运动；还不知道新文化、新文学，连白话文也还被视为异端”[①]。1927年，诗人祝世德任教万县中学，第一次给他带来了新文学的风采。祝世德自己的诗作深受新月派的影响，由此把何其芳带入了新月诗歌的境界当中。1929年至1930年，在上海中国公学念预科时，他又再一次地沉浸在新月派的艺术氛围里。“校长是新月派的主帅，教授当中当然就不乏新月人物。《新月》杂志在学校流行，爱好新诗的青年学生读徐志摩、闻一多的诗几乎成风。新诗迷住了其芳，他对新诗入了迷。”“一时他最爱读的是闻一多和徐志摩的诗，他们的几个诗集常不离手。其中的好诗他能背诵……”[②] 在中国现代诗歌史上，新月派诗歌正是架在古代与现代、东方与西方之间的一座桥梁，它将法国巴那斯派的克制、理性，以及“为艺术而艺术”的赤诚同中国“哀而不伤”传统汇合了起来，给那些既学习西方诗歌，又眷恋传统艺术的现代中国人莫大的亲切感。新月派的选择给了何其芳最初的，并且在我看来也是最重要的启示，从此他找到了一种符合自己的天性与朦胧中的艺术趋向的现代诗歌样式。

沿着新月派诗歌的外来艺术脉络，何其芳进一步踏进了“为艺术而艺术”的天地：法国的巴那斯派（何其芳译为“班纳斯”）、济慈等人的英国浪漫派以及以丁尼生、罗赛蒂为代表的维多利亚诗歌。这些林林总总的西方诗潮有一个共同的特征，就是对艺术本身的近于痴迷的赤诚，甚至在人生与艺术的唯一选择之中，他们很可能牺牲人生而服从艺术，因为这些诗人眼中的现实人生危机四伏，污浊不堪，人与人之间互相疏离，“人万世过着孤独的生活”，我们怀着的是“一种酷似绝望的盼望”（阿诺德《再致玛格丽特》），艺术成了人自我设计的象牙塔，它晶莹、明净，是我们聊以自慰和暂且偷生的庇护所，既然现实不值得我们为之献身，为之进行卓绝的奋斗，那么，“为艺术而艺术”吧！“不管那风狂雨暴，敲打我紧闭的窗户，

① 方敬、何频伽：《何其芳散记》，22页。

② 同上书，32页。

我制作珐琅和玉雕。”[①] “要在这种生活批判的诗里找到慰藉和支持。”[②] 可以想象，西方诗歌这种背弃现实，专注于个人艺术幻想的趋向很自然地引起了何其芳“似曾相识”的感觉，于是，深受中国古典诗歌理想熏陶又渴望着为这一理想寻找现代话语的何其芳也来不及仔细辨析中西不同文化背景中诗学选择的本质差异了。

何其芳继续沿着现代艺术的发展轨迹向前推进，并经由戴望舒诗歌的影响而与法国象征主义一见如故。“他曾对班纳斯派精雕细琢的艺术形式有过好感。而最使他入迷的却是象征派诗人斯台凡·玛拉美、保尔·魏尔伦、亚瑟·韩波等。后期象征派诗人保尔·瓦雷里他早就喜欢了。”[③] 不过，何其芳接受象征主义并不意味着对“为艺术而艺术”精神的抛弃（这一点与象征主义本身是不同的），严格说来，倒是为先前所有的人生—艺术追求找到了一个最现代也最纯熟的诗歌模式。因为西方的象征主义与中国晚唐五代诗词有更大的相似性，所以“其芳已受过晚唐五代的冶艳精致的诗词的熏染，现在法国象征派的诗同样使他沉醉。一个是中国古代的，一个是外国现代的，两者在他心里交融”[④]。西方象征主义诗歌促使了何其芳创作的全面成熟，《预言》就是这一交融的艺术总结。

一般认为，《夜歌》显示了何其芳对《预言》的突破，在创作内容的现实性、思想追求的社会性、情调的明快性、语言的朴素性等方面都与《预言》大异其趣。但是，这是不是说诗人完全否定了先前的“佳人芳草”心态，寻找到了全新的艺术模式呢？我个人认为，《夜歌》与《预言》固然有所不同，但并不存在着什么天壤之别。《夜歌》并没有完全改变诗人自慰自赏的个性气质，从某种意义上看，不过是对“佳人芳草”心理选择的转化性发展。《夜歌》时期的何其芳，分明已经把延安地区蓬蓬勃勃的新生活当作自己梦寐以求的灵魂的栖息所，把火热的劳动斗争当作理想的生命形态，他笔下的“文化像翅膀一样长在每个人身上”，“然后我们再走呵，/走向更美满的黄金世界……”（《新中国的梦想》）他热情描绘中国革命领袖：“他把中国人民的梦想/提高到最美满，/他又以革命的按部就班/使最险恶的路途变成平坦。”（同上）他又幻想列宁“坐在清晨的窗

① ［法］戈蒂耶：《珐琅与雕玉·自序》，见飞白：《诗海》。
② 阿诺德语，转引自飞白：《诗海》。
③ 方敬、何频伽：《何其芳散记》，35～36页。
④ 同上书，36页。

子前”“给一个在乡下工作的同志写信”，并且说，“他感到寂寞。他疲倦了。我不能不安慰他。/因为心境并不是小事情呀”，恍惚之中，诗人自己似乎就“收到了他写的那封信”（《夜歌（二）》）。不难看出，此时此刻的何其芳仍然沉浸在他的生活蜜梦当中，仍然努力为自己的“寂寞”、“疲倦”求取精神的慰藉和寄托，所有这些热气腾腾的新生活，这些灿烂鲜明的人生理想都被诗人纳入到个人寂寞与孤独的解脱之路上来加以解释。在《夜歌》里，社会生活的风采总是与个体的脆弱、不稳定联系起来，诗人竭力用社会生活的新理想、新境界消解个人的感伤。我们是不是可以说，这些用来自我鼓励的理想形态也属于“佳人”、“芳草”原型的遥远而曲折的投影呢？不妨顺便一提的是，在中国古典诗歌的长河里，在“佳人”、“芳草”最早的原型屈骚那里，“佳人”、“芳草”恰恰就具有浓厚的政治寓意。

● 何其芳特征

那么，“何其芳特征”又是什么呢？

我认为，起码表现在这样几个方面。

首先是心灵深处幼稚与成熟的奇妙结合。在《预言》里，何其芳诗情的青年特征最是明显。欢乐如“白鸽的羽翅”、“鹦鹉的红嘴”（《欢乐》）那样明媚、鲜亮，忧伤亦如“纯洁的珍珠”（《圆月夜》），快乐和忧伤均来源于青春期的特殊生活体验，大多缺乏深广的宏观感、宇宙感。但有趣的是，这些幼小而稚嫩的情感又具有一定的“成熟”的外壳，他对生命的流逝有早熟性的洞察：“南方的少女，我替你忧愁。/忧愁着你的骄矜，你的青春”（《再赠》），也流露出对历史的沧桑的体验：“望不见落日里黄河的船帆，/望不见海上的三神山……”（《古城》）他似乎也特别中意于象征成熟的“秋天”：“放下饱食过稻香的镰刀，/用背篓来装竹篱间肥硕的瓜果。/秋天栖息在农家里。”（《秋天（二）》）在《夜歌》里，何其芳的稚嫩表现为他天真的脆弱，而成熟则属于他所捍卫的那些茁壮的社会政治理想。

或许我们可以把中青年文化在诗歌中的结合看作是30年代中国现代派诗歌的共同趋向。戴望舒有名句：“我是青春和衰老的集合体，/我有健康的身体和病的心。”（《我的素描》）评论界认为，这样的诗句“对现代派诗人是典型的”①。而实际上，不同的诗人在如何

① 蓝棣之：《现代派诗选·前言》，见《现代派诗选》，北京，人民文学出版社，1986。

调整青年和中年、幼稚与成熟的比例时却差别甚大。戴望舒包容了世纪末的疲惫的冷静与青春期的骚动不安，“因为当一个少女开始爱我的时候，/我先就要栗然地惶恐”（《我的素描》）。这似乎更像是青年文化与老年文化相结合的产儿，并且不无矛盾和冲突；在卞之琳诗歌里，成熟的、中年的成分常常压倒了稚嫩的青年的成分。他的爱情也充满了玄学味、思辨性：“我在簪花中恍然/世界是空的，/因为是有用的，/因为它容了你的款步。”（《无题五》）能将幼稚与成熟、青年文化与中年文化在心灵深处运转自如，最自然最妥帖最优雅最不露痕迹地融合起来的，只有何其芳，他善于利用“自慰自赏”的心理力量，尽可能地消除那些矛盾的不和谐的因素，让年轻的偏执的心自由徜徉在成熟的超然的空气里：

谁的流盼的黑睛像牧人的笛声
呼唤着驯服的羊群，我可怜的心？
不，我是忆着，梦着，怀想着秋天！
九月的晴空是多么高，多么圆！
我的灵魂将多么轻轻地举起，飞翔，
穿过白露的空气，如我叹息的目光！

——《秋天（一）》

何其芳对自慰与自赏、佳人与芳草、幼稚与成熟、情绪与理念的精细调配又决定了其前期诗歌那浑融圆润、晶莹如玉的特殊意境。诗人特别强调诗歌的整体效果，强调具象化情感之间的衔接与契合，以突出整体氛围的统一感，所谓“细致的描写，反复的抒情”[①]。骆寒超先生将之归纳为“一种静态的调子”[②]。这是相当精辟的。他惯于把抽象的爱情融化在这样一个具象的完整的空间里：“晨光在带露的石榴花上开放。/正午的日影是迟迟的脚步/在垂杨和菩提树间游戏。/当南风从睡莲的湖水/把夜吹来，原野上/更流溢着郁热的香气，/因为常青藤遍地牵延着，/而菟丝子从草根缠上树尖。/南方的爱情是沉沉地睡着的，/它醒来的扑翅声也催人入睡。”（《爱情》）最浑融的天际、最纯粹无滓的境界只能存在于杳无人迹的“纯自然”

① 何其芳：《关于写诗和读诗》，见《何其芳文集》，第4卷，452页。

② 骆寒超：《论何其芳早期诗作的抒情个性》，见《何其芳佚诗三十首》，重庆，重庆出版社，1985。

当中，人类活动本身就是对“圆润”空间的意志化的干扰和破坏，所以说，当诗人执迷于他所营造的艺术氛围时，便理所当然地带上某些“离尘弃世”的幻想色彩，真所谓是“开落在幽谷里的花最香。/无人记忆的朝露最有光”，“没有照过影子的小溪最清亮”（《花环》）。

《夜歌》里，主体的“我”比较活跃，叙述性的诗句大大增加，而情感的具象策略相对减少，晶莹润泽的意境也不再多见。但是较之同一时代的延安地区的群众诗歌创作，何其芳作品显然又有浓重的文人风范，仍然不时流露出对“气氛”、“情调”的兴趣，仍然不忘把人的活动浸润在大自然的清秀与和谐当中。

> 世界上仍然到处有着青春，
> 到处有着刚开放的心灵。
> 年轻的同志们，我们一起到野外去吧，
> 在那柔和的蓝色的天空之下，
> 我想对你们谈说种种纯洁的事情。
>
> ——《我想谈说种种纯洁的事情》

同派同辈诗友之中，戴望舒、卞之琳也都重视“意境”的建设，不过，戴望舒低吟浅唱，情调沉郁，属于另外一种类型，其诗并非晶莹如玉、一尘不染的唯美之乡，他的情绪也多有转折起伏动荡，许多作品都不是“静态的调子”，如《断指》、《到我这里来》。卞之琳跳动的玄想也时时跃出“意境”的统一场，理念运动着，划过思想的天空，将一个个的“硬块”留在了作品之中，如《无题四》：“隔江泥衔到你梁上，/隔院泉挑到你杯里，/海外的奢侈品舶来你胸前：/我想要研究交通史。”

从自慰自赏到佳人芳草，从青年的稚嫩到中年的成熟，从意象的晶莹到意境的浑成，不难想象，这特别需要一番精细的语言推敲和打磨，诗人须具有高超的提炼能力，及时筛选、抉择出那些最具有诗性的语言，又恰到好处地安置它，调整它，方能使之成为所有多重思想意蕴的最佳黏合剂，由此形成了何其芳前期诗歌的苦心雕琢、镂金错彩的语言风格。因为刻意求工，《预言》中的许多诗显得细腻而浓艳，如“美丽的夭亡”、“甜蜜的凄动”、欢乐“如我的忧郁”之类的表现繁复理意的诗句屡见不鲜，“这里的每一行，仿佛清朝帽上亮晶晶的一颗大宝石”①。何其芳也自述说，“我喜欢那种锤炼，那种色彩的配合”②，“《预言》中的那些诗，语言上都是相当雕琢的”③。《夜歌》风格有变，趋向朴素自然，但变中有不变，诗人追求语言富丽绵密的潜意识又在另外一种句式中表现了出来：“我为少男少女们歌唱。/我歌唱早晨，/我歌唱希望，/我歌唱那些属于未来的事物，/我歌唱正在生长的力量。”（《我为少男少女们歌唱》）“去参加歌咏队，去演戏，/去建设铁路，去作飞行师，/去坐在实验室里，去写诗，/去高山上滑雪，去驾一只船颠簸在波涛上，/去北极探险，去热带搜集植物，/去带一个帐篷在星光下露宿。”（《生活是多么广阔》）

中国20世纪30年代现代派诗歌都或多或少地追求着语言的雕琢效果，不过，仔细比较起来，彼此都各有侧重。以戴望舒为代表的主情诗着意于“语言”的流动和转换，在这方面把玩推敲，狠下功夫，于是有云：“你去攀九年的冰山吧，/你去航九年的旱海吧，/然后你逢到那金色的贝。”（《寻梦者》）以卞之琳为代表的主知诗又重在“语象”的奇妙对照与配合方面，求语出惊人，方才堆砌了这样的典故：“绿衣人熟稔的按门铃/就按在住户的心上：/是游过黄海来的鱼？/是飞过西伯利亚来的雁？”（《音尘》）何其芳则更注意词语的色彩和情调，竭力调制出一幅明媚、艳丽、情调浓郁的图画来：“南方的乔木都落下如掌的红叶，/一径马蹄踏破深山的寂默，/或者一湾小溪流着透明的忧愁”（《秋天（一）》）。这种差别在诗人各自的诗风有所转变之后，倒看得更加清楚了。戴望舒1945年的《偶成》云：“如果生命的春天重到，/古旧的凝冰都哗哗地解冻，/那时我会再看见灿烂的微笑，/再听见明朗的呼唤——这些迢遥的梦。”还是语意的奔流。卞之琳1938年《修筑公路和铁路的工人》：“你们辛苦了，血液才畅通，/新中国在那里跃跃欲动。/一千列火车，一万辆汽车/一齐望出你们的手指缝”，依旧是语象拼接的机智与巧妙。大概只有何其芳才继续借助于“赋”的语言功能，营造他所迷醉的色彩和情调。

---

① 刘西渭：《读〈画梦寻〉》，载《文学月刊》第1卷第4期。

② 何其芳：《梦中道路》，见《何其芳文集》，第2卷，66页。

③ 何其芳：《写诗的经过》，见《一个平常的故事》，101页，天津，百花文艺出版社，1982。

以上三个方面集中体现了何其芳前期诗歌的思想与艺术上的独特追求，可以称之为“何其芳特征”。结合全文，我们可以说，所谓“何其芳特征”归根到底，也就是诗人自慰自赏、佳人芳草“人生—艺术”理想的创作显示，也是诗人多重诗学修养的相生相融，不过，其中居于基础性地位的还是何其芳深厚的古典诗文化观念，是从自慰自赏引申出来的佳人芳草意识，何其芳是在这样的原初心理上选择组合着外来的“为艺术而艺术”。他厌而不弃，有回避却没有悲剧性，所有的诗情都尽力浸泡在温和的、美丽的溶液中，他为现实的人生真挚地即兴抒怀，一唱三叹。

八、卞之琳：楼下的风景

你站在桥上看风景，
看风景人在楼上看你。

——卞之琳：《断章》

戴望舒、何其芳、卞之琳是中国现代派新诗最主要的代表。如果说中国现代派最显著的特征是将西方的象征主义诗艺与中国固有的诗歌传统互相印证，尝试“中西融合”，那么，不同的诗人出自不同的性格气质，所进行的融合尝试又是各不相同的。通常认为，戴望舒、何其芳属于融合中的“主情派”，而卞之琳则属于融合中的“主知派”。这种差别究竟是如何产生的？是什么样的性格气质促使卞之琳走向了“主知”的选择呢？卞之琳“主知”的实质又是什么？这都是我们既感兴趣又还没有细致分析过的问题。

●“冷血动物”的认同

“冷血动物”是卞之琳对自己创作态度的一种概括，他说：“我写诗，而且一直是写的抒情诗，也总在不能自已的时候，却总倾向于克制，仿佛故意要做‘冷血动物’。”① 我认为，诗人在这里所总结

① 卞之琳：《雕虫纪历·自序》，见《雕虫纪历》，1页。

的并不仅仅是他的创作态度，实际上，他已经有意无意地道出了自己基本的个性气质。卞之琳从来都不是那种四处张扬、自我表现的人，“总怕出头露面，安于在人群里默默无闻，更怕公开我的私人感情”[①]。从1931年的“九一八”到1938年的延安之行，他在每一个可能投入历史巨流的时刻都保持了特有的冷静，“人家越是要用炮火欺压过来，我越是想转过人家后边去看看”[②]。在延安，“在大庭广众里见到过许多革命前辈、英雄人物”，这也没有让他迅速地投入到新的生活中去，以至到了1948年中国历史发生巨大变动的年代，他还在“英国僻处牛津以西几十公里的科茨渥尔德中世纪山村的迷雾里独自埋头”[③]。诗人解释说，这是“由于方向不明，小处敏感，大处茫然，面对历史事件、时代风云，我总不知要表达或如何表达自己的悲喜反应”[④]。对照戴望舒、何其芳，卞之琳性格的这一特征就更是明显了。抗战以前的戴望舒尽管也想维护个人生活的隐秘性，但并不拒绝表达自己对社会生活的喜怒哀乐，抗战以前的何其芳善于用梦和幻想把自己包裹起来，但梦和幻想也是诗人浓丽的情感的外化。当抗战的大潮涌来时，他们都比卞之琳更热情、更主动，也都积极转到了一种新的生活方式当中。

艺术实际上就是艺术家从自身的个性气质出发对人和世界的一种观照方式。艺术家认同什么样的艺术思潮归根到底是由他最基本的个性品格所决定的。从表面上看，卞之琳和戴望舒、何其芳一起都趋向于将西方的象征主义诗艺与中国固有的诗歌传统互相印证、中西融合，西方象征主义诗人如波德莱尔、魏尔伦、瓦雷里等，中国晚唐五代诗人如温庭筠、李商隐等都是他认同的对象，但仔细分析起来，冷静、矜持的卞之琳却是与戴望舒、何其芳颇有差别的，波德莱尔、魏尔伦式的忧伤虽然也进入过他初期的创作，但从整体上看，促使诗人艺术成熟的还是以叶芝、里尔克、瓦雷里、艾略特为代表的后期象征主义。对中国古典诗歌，他也有自己独特的理解。

同以波德莱尔为先驱，以魏尔伦、马拉美、韩波为代表的前期象征主义比较，以叶芝、里尔克、瓦雷里、艾略特为代表的后期象征主义最显著的特征就是对人生世事持一种冷眼旁观的姿态。如果

---

① 卞之琳：《雕虫纪历·自序》，见《雕虫纪历》，3页。

② 同上书，5页。

③ 同上书，8、9页。

④ 同上书，3页。

说前期象征主义更喜欢自我表现（这与浪漫主义不无共通之处），那么后期象征主义却更喜欢自我消失，喜欢“非个人化”；如果说前期象征主义更喜欢抒发自我的情感，那么后期象征主义却更主张“放逐情感”，追求客观的理性的观照。从选择诗歌艺术的那一天起，卞之琳的天性就不允许他过分地自我炫耀、自我抒怀，像他最早描写北平街头灰色景物的一些诗作，虽然受波德莱尔的影响，抒发过一些命运的慨叹，但是比起戴望舒类似的作品（如《生涯》、《流浪的夜歌》）来说，卞之琳简直连自我的形象都不愿出现，他总是以摹写他人来代替描画自身，又都是尽可能地冷淡、平静，还不时开点玩笑，这就注定了真正使他“一见如故”的还是“20年代西方‘现代主义’文学”[1]。这里所说的“现代主义”文学其实就是后期象征主义，在卞之琳的诗歌文本中，能寻找到的西方诗歌的印迹尤以后期象征主义为多。如评论界已经注意到，《还乡》“电杆木量日子”化自艾略特《普鲁费洛克的情歌》中的名句“我用咖啡匙量去了一生”；《归》“伸向黄昏去的路像一段灰心”化自艾略特的这样几句诗：“街连着街，像一场冗长的辩论/带着阴险的意图/要把你引向一个重大的问题”（同前）；《长途》“几丝持续的蝉声”让人“在不觉中想起瓦雷里《海滨墓园》写到蝉声的名句”[2]，写《鱼化石》时，诗人“想起爱吕亚（P. Eluard）的：‘她有我的手掌的形状，她有我的眸子的颜色’”[3]。相比之下，戴望舒、何其芳虽然也接触了一些后期象征主义诗歌，但还基本上是站在前期象征主义“自我表现”的立场上来加以理解、加以接受的，所以他们在事实上就只是部分地接受了后期象征主义，且加以了较多的改造，例如在戴望舒眼中，保尔·福尔“为法国后期象征派中的最淳朴、最光耀，最富于诗情的诗人”，果尔蒙的诗又表现了自我“心灵的微妙”[4]。

我也注意到，卞之琳对晚唐五代的中国诗歌一往情深，对南宋词人姜白石颇感亲近，对正始诗人嵇康“目送归鸿，手挥五弦”的境界也赞叹不已，他说：“手挥目送，该是艺术到化境时候的一种最神、最逸的风姿。”[5] 这些跨时代的诗歌现象同样有着一个共同的特

---

① 卞之琳：《雕虫纪历·自序》，见《雕虫纪历》，3页。

② 同上书，16页。

③ 卞之琳：《十年诗草》，香港，明日社，1942。

④ 见《戴望舒诗全编》，555、236页。

⑤ 卞之琳：《惊弦记：论乐》，见《卞之琳文集》，中卷，39页，合肥，安徽教育出版社，2002。

征，那就是，它们一般都对人生的感受作“冷处理”，以淡然的态度面对自身的现实境遇，它们很少直接地描写个人的情感动向，个人的情感总是远距离地转移到“第三者”处。嵇康的四言诗虽蒙“直露”之名，但多是理性批评的直露，并非情意绵绵，他的创作预示了东晋偏离个人情感、奢言老庄玄理的“玄言时代”的即将来临；李商隐诗有“深情绵邈”之称，但他的情却又往往隐藏在若干抽象的客体背后，给人曲折幽邃的感觉（尤其是晚年的诗作），何其芳看中了李商隐的深情，而卞之琳则看中了他的“隐藏”，谓之“含蓄”；以温庭筠词为代表的《花间集》，“多为冷静之客观”“而无热烈之感情及明显之个性”[①]；姜白石的词作带着他早年所袭江西诗派的理性思维，王国维《人间词话》有云：“白石有格而无情。”

就是在对具体生活情态、具体人生感念的某种“超脱”性的观照中，卞之琳既认同了西方的后期象征主义，又认同了从嵇康的“玄言”到姜夔的“无情”，中西两大诗歌文化在这一特定的心态上交融了。“一个手叉在背后的闲人”捏着核桃在散步；遥远的大山里，和尚撞过了白天的丧钟；“她”在海边的崖石上坐着，看潮起潮落；在卖酸梅汤的小摊旁，在老王的茶馆门口，在“路过居”，三三两两的人有一搭没一搭地聊着，卞之琳都默不作声地观察着，有时候，“我”也像“广告纸贴在车站旁”，幻想“捞到了一只圆宝盒”，“想独上高楼读一遍《罗马衰亡史》”，但透过这个“我”，读者也只是看到了一个冷冷淡淡的卞之琳，却不知道诗人内心情感的起伏。于是关于卞之琳，我们总是在争论、猜测，连李健吾、朱自清这样的行家也只能瞎子摸象似的解诗，闻一多则根本没有读“懂”《无题》。[②]《断章》、《旧元夜遐思》、《白螺壳》究竟又表现了什么？[③] 卞之琳还以这样的自述继续阻挠着我们的思索：“这时期（指 1930—1937 年。——引者注）的极大多数诗里的‘我’也可以和‘你’或‘他’（‘她’）互换。”[④] 这样长时期的争议不休让我们想起了艾略特的《荒原》、《四个四重奏》，也想起了李商隐的《锦瑟》，真正是“在我自己的白话新体诗里所表现的想法和写法上，古今中外颇有不

① 叶嘉莹：《迦陵论词丛稿》，18、19 页，上海，上海古籍出版社，1980。

② 闻一多曾赞扬卞之琳不写情诗，其实《无题》就是情诗。

③ 历来评论界对这几首诗也是争论不休的。

④ 卞之琳：《雕虫纪历·自序》，见《雕虫纪历》，3 页。

少相通的地方”[1]。

如果要作出一个形象的比喻，我可以说卞之琳简直就像是“站在楼上看风景”，“楼下”的风景中有别人，或许也有他自己的幻影，但他却始终呆在“楼上”，“楼上”与“楼下”的距离有助于他冷却自己的热情。

● 冷峭的与平静的

卞之琳从他固有的克制与冷静出发，融会中西诗歌文化，但这并不就意味着中国古典的诗歌传统与西方现代的诗歌趋向可以毫无矛盾地水乳交融。应当看到，中国古典诗歌与西方现代诗歌毕竟是在两种完全不同的哲学背景上发生发展的，不管西方现代诗歌如何接受了中国传统的启发，它都还是在西方文化这棵大树上结出的果实。中西两大诗歌文化的实质内涵是有差别的，对卞之琳的影响也各有深浅。

凸显个人的意志是西方诗歌固有的传统。后期象征主义强调自我的消逝，追求“非个人化”似乎是对这一传统的否定；但是，谁也无法否认这样的事实：提出这种“否定”的恰恰是一些竭力寻找自我的现代诗人，“否定”本身就是他们区别于浪漫主义与前期象征主义的“个性”之所在！艾略特说：“诗不是放纵感情，而是逃避感情，不是表现个性，而是逃避个性。自然，只有有个性和感情的人才会知道要逃避这种东西是什么意义。”[2] 从实质上讲，后期象征主义“消灭自我”和“非个人化”都是诗人从自身的理解出发，对世界、未来、人类真理的一种痛苦的严肃的追问方式，因为在他们看来，现实的自我（及其情感）已经被现象界玷污了，我非我，人非人，诗人只有在“消灭”的过程中重新获得他们！艾略特说，诗人“就得随时不断的放弃当前的自己，归附更有价值的东西。一个艺术家的前进是不断的牺牲自己，不断的消灭自己的个性”[3]。里尔克甚至认为，“与世隔绝，转入内心世界”创作的诗才是“你的生命之声”[4]。对于自我具体的生活感受和现实情感，后期象征主义诗人的确是冷漠乃至拒弃的，但从一个更深的意义上看，对琐碎事实的冷

---

① 卞之琳：《雕虫纪历·自序》，见《雕虫纪历》，15 页。
② ［美］艾略特：《传统与个人才能》，见《西方现代诗论》，80 页。
③ 同上书，76 页。
④ ［奥地利］里尔克：《致一位青年诗人的信》，见《西方现代诗论》，232 页。

漠和拒弃实际上又是为了他们能够对人类本体进行恢宏、庄严的思考，因而“冷”实在就是一种极有哲学品格的“冷峭”。它“冷”而犀利，揭示出了人类生存的许多真相，诸如世界的“荒原”状态，人性自身的精神的“墓园”，以及我们是怎样地渴望驶向“拜占庭”。

“冷峭”让人们清醒地意识到了许许多多的被前人所掩盖了的哲学课题：死与生，灵与肉，时间和空间，等等。

后期象征主义引导卞之琳步入了现代哲学的殿堂。在卞之琳的诗歌里，出现了一系列睿智的思想，他注意把对现实的观察上升到一个新的哲学高度。如他从小孩子扔石头追思下去：“说不定有人，/小孩儿，曾把你/（也不爱也不憎）/好玩的捡起，/像一块小石头，/向尘世一投。”（《投》）他因爱的失望而悟出了“空”：“我在簪花中恍然/世界是空的”（《无题五》），他的许多诗境本身就来自他理性意识的组合，如《断章》、《旧元夜遐思》、《圆宝盒》、《对照》、《航海》、《距离的组织》等。在中国现代新诗史上，卞之琳是一位真正具有自觉的哲学意识的诗人。西方后期象征主义对这种“哲学意识”的影响是显而易见的：《投》讨论命运观，《断章》展示主客关系，《水成岩》描述时间的体验，这都属于后期象征主义诗歌的话题。后期象征主义的“冷峭”使得卞之琳相对地与一些同辈诗人如戴望舒、何其芳等拉开了距离，指向着未来新诗的某些趋向，因而便继续对 40 年代的中国现代主义诗歌产生着影响。

但是，我认为绝不能过分夸大后期象征主义的“冷峭”对于卞之琳的意义。因为，一个同样明显的事实是，卞之琳触及了一些西方现代哲学的话题，但又无意在这些方面进行更尖锐更执着的追究，他的智慧之光时时迸现，又时时一闪即逝，如《投》；他喜欢捕捉一些富有哲学意味的现象，但并不打算就此追根究底，如《断章》；他又往往能够把思索的严峻化解在一片模模糊糊的恬淡中，《无题五》的“色空”观这样演示着：“我在簪花中恍然/世界是空的，/因为是有用的，/因为它容了你的款步。”恬淡之境似乎暗示我们，卞之琳冷静的“底蕴”实在缺乏那种沉重而锐利的东西，与西方后期象征主义的“冷峭”大有差别，他的冷静重在“静”，讲得准确一点，似乎应当叫做“平静”。平静就是面对世界风云、个人悲欢，既不投入，又不离弃，淡然处之，似有似无，若即若离，间或有心绪的颤动也都能及时抚平，“还从静中起，却向静中消”（韦应物语）。“平静”的心态更容易让我们想起中国古典诗歌，想起从嵇康“手挥目送”的脱俗，温庭筠“梧桐夜雨”的宁静，李商隐“暖玉生烟”的逸远到姜白石“垂灯春浅”的清幽，中国古典诗人超脱于人情世故的选择大体都是如此。

中西诗歌文化的一个重要差别或许就在这里。西方后期象征主义诗歌的“冷峭”仍然是诗人个人生存意志的顽强表现，它在一个层面上改变了西方诗歌“滥情主义”的传统，却又在另一个更深的层面上发展着西方式的“意志化”追求，而“意志化”又正是西方诗歌的一个根本性的“传统”，这一传统在古希腊时代的“理念”中诞生，经由中世纪神学的逆向强化，在文艺复兴、启蒙运动的“理性”中得以巩固，它已经深深地嵌入了西方诗人的精神结构，成为一个难以改变的事实；中国古典诗歌的“平静”则从一个侧面反映了中国诗人的生命选择，他们从纷扰的社会现实中退后一步，转而在大自然的和谐中寻求心灵的安谧和恬适。无论是“托物言志”，还是彻底的“物化”，也不管是性灵的自然流露还是刻意的自我掩饰，总之“平静”的实质就是对个人生存意志的稀释，是对内在生命冲动的缓解。在没有任何先验的“理念”能够居于绝对领袖地位的时候，在上帝权威不曾出现的文化氛围里，“平静”式的理智就成了中国古典诗人的精神特征的典型。

中国现代文化的发展并没有从根本上颠覆我们中国文化固有的哲学背景，中国古典诗歌的这种“平静”也通过各种启蒙教育继续对中国现代诗人产生精神上的辐射。而重要的是，在诗人卞之琳的意识层面里，也从来就不是把中西两种诗歌文化的“冷静”都处于同等重要的位置，他明确地指出，30 年代的现代派诗歌是“倾向于把侧重西方诗风的吸取倒过来为侧重中国旧诗风的继承”①。

是不是可以这样认为，后期象征主义诗歌的“冷峭”曾经给了卞之琳较大的启发，引导他走向了艺术的成熟，但是，在精神结构的深层，他还是更趋向于中国古典诗歌的“平静”。

冷静、客观的心态决定着诗歌创作的理性精神，卞之琳的“平静”决定了他必然走向“主知”，而这一“主知”却又具有鲜明的民族特色，与西方后期象征主义诗歌的哲学化趋向是有区别的。

后期象征主义诗歌“哲学化”的魅力来自它思考的深入透辟、思想的错综复杂。叶芝认为：“只有理智能决定读者该在什么地方对

---

① 卞之琳：《戴望舒诗集·序》，见《人与诗：忆旧说新》，63 页。

一系列象征进行深思。如果这些象征只是感情上的，那么他只能从世事的巧合和必然性之中对它们仰首呆看。但如果这些象征同时也是理智的，那么他自己也就成为纯理智的一部分。”① 卞之琳诗歌“主知”的魅力则来自它观念的奇妙，它并不过分展开自身的哲学观念，而只是把这种观念放在读者面前，让人赏鉴，让人赞叹。后期象征主义诗歌以理性本身取胜，卞之琳诗歌则以理性的趣味性取胜，这也正符合中国诗论的要求：“诗有别趣，非关理也。”（严羽）

卞之琳写时间的运动，写时空的相对性，他的思想是睿智的，但思想本身又主要浸泡在若干生活的情趣之中，他很少被“思想”牵引而去。《白螺壳》“无中生有”的意蕴与某种旧情的怀想互相渗透：“空灵的白螺壳，你，/孔眼里不留纤尘，/漏到了我的手里/却有一千种感情”；《音尘》的历史意识只是“思友”的点缀：“如果那是金黄的一点，/如果我的坐椅是泰山顶，/在月夜，我要猜你那儿/准是一个孤独的火车站。/然而我正对一本历史书。/西望夕阳里的咸阳古道，/我等到了一匹快马的蹄声。”他“想独上高楼读一遍《罗马衰亡史》”，但终于还是在友人带来的“雪意”中清醒，返回了现实（《距离的组织》）。卞之琳在注释中阐述这一首《距离的组织》说：“这里涉及存在与觉识的关系。但整诗并非讲哲理，也不是表达什么玄秘思想，而是沿袭我国诗词的传统，表现一种心情或意境。”

任何超越生活情趣的思想都必将指向一个更完善的未来，因而它也就必然表现出对现实人生的一种怀疑、哀痛甚至否定。西方的后期象征主义诗歌就是这样。里尔克从秋日的繁盛里洞见了“最后的果实”：“谁这时孤独就永远孤独”（《秋日》），艾略特感到：“四月是最残忍的月份”（《荒原》），卞之琳既无意把理念从生活的蜜汁里抽象出来，那么他也就不可能陷入苦难的大泽。批评家刘西渭认为《断章》里含着莫大的悲哀，卞之琳却予以否认。还是现代派同仁废名的体会更准确一些，他读了卞之琳几首冷静的“主知”诗以后，感叹道：“他只是天真罢了，‘多思’罢了”，并非“不食人间烟火！”② 有时候，诗人甚至根本就不想追问什么，他更愿意接受古典诗人“诗化人生”的逍遥：“让时间作水吧，睡榻作舟，/仰卧舱中随白云变幻，/不知两岸桃花已远。”（《圆宝盒》注）

从总体上看，平平静静的卞之琳是无意成为什么“诗哲”的，

---

① 叶芝：《诗歌的象征主义》，见《西方现代诗论》，228页。

② 冯文炳（废名）：《谈新诗·〈十年诗草〉》。

站在楼上看风景，淡淡地看，似看非看，似思非思，他“设想自己是一个哲学家”，但又是一个“懒躺在泉水里”，“睡了一觉”的哲学家（《对照》）。

在诗的精神的内层，卞之琳具有更多的民族文化特征。

● 诗艺的文化特征

中西诗歌文化的多层面融合在卞之琳诗歌的艺术形式中同样存在。

一般认为，卞之琳诗歌在艺术上的主要贡献有三：注意刻画典型的戏剧化手法；新奇而有变化的语言；谨严而符合现代语言习惯的格律。我认为，正是在这三个方面，我们可以看到中西文化的多重印迹。

戏剧的手法与新奇的语言可以说都是后期象征主义的艺术特征。艾略特提出：“哪一种伟人的诗不是戏剧性的？”他特别注意以戏剧性手法来表达自己的体验，或者是戏剧性的人物对话，或者是消失了叙述者的戏剧性的场景，戏剧化手法有效地避免了诗人琐碎情感的干扰，让读者更真切地“进入”到世界和人类生存本质的真实状态。向指称性的语言发起反叛，创造语词的多义性、晦涩性和出人意料的“陌生化”效果，这又是现代诗人的自觉追求。卞之琳“常倾向于写戏剧性处境、作戏剧性独白或对话、甚至进行小说化”[①] 创作。《酸梅汤》、《苦雨》、《春城》都全部或部分地使用了独白与对白，在《寒夜》、《一个闲人》、《一个和尚》、《长途》、《一块破船片》、《路过居》、《古镇的梦》、《断章》、《寂寞》等作品中几乎就没有“我”作为叙述者的介入，而在《音尘》、《距离的组织》、《旧元夜遐思》、《尺八》、《白螺壳》等作品里，尽管有叙述者“我”的存在，但在整体上又仍然保持了客观的自足的戏剧性场景；同时，卞诗又素有晦涩之名，语词间、句子间的空白颇大，跳跃性强。前文已经谈到，诗评家李健吾、朱自清、闻一多尚不能完全破译这些语词的“秘密”，何况他人！然而，晦涩难懂的又何止是《断章》、《距离的组织》、《无题》组诗呢？《旧元夜遐思》不也朦胧，《音尘》、《白螺壳》不也暧昧？还有《圆宝盒》、《鱼化石》、《淘气》……卞诗戏剧化手法及语言的跳脱显然从后期象征主义那里得益不少。

---

① 卞之琳：《完成与开端：纪念诗人闻一多八十生辰》，见《人与诗：忆旧说新》，10页。

卞之琳又总是把这些外来的诗艺与中国自身的传统互相比附、说明。比如他把戏剧化手法与中国的“意境”打通：“我写抒情诗，像我国多数旧诗一样，着重‘意境’，就常通过西方的‘戏剧性处境’而作‘戏剧性台词’。”① 又说语言跳脱而造成的“含蓄”也是中西诗艺“相通”、“合拍”的地方②，的确，中国古典诗歌的理想境界就是“物各自然”，它反对主体对客体的干扰，保持情状的某种客观性，“中国诗强化了物象的演出，任其共存于万象、涌现自万象的存在和活动来解释它们自己，任其空间的延展及张力来反映情境和状态，不使其服役于一既定的人为的概念”③。这不就是戏剧化么？中国古典诗歌又一向强调对语言“指称”性的消解，维护其原真状态的立体性、多义性，是为“含蓄”，20世纪西方现代诗歌的语言操作本身就受到了中国古典诗歌的影响。但是，我认为，所有的这些相似性都还不能证明中西诗歌艺术是真正地走到了一起。事实上，在这些“貌合”的外表下蕴藏着深刻的“神离”：西方后期象征主义的戏剧化手法主要是为了唤起读者的“亲历感”，让所有的读者都走进诗所营造的生存氛围之中，共同思索世界和人类的命运；暂时消除叙述者的声音是为了避免诗人个人的褊狭造成的干扰，但需要消除的也只是个人的褊狭，而非人之为人的伟大的意志；相反，戏剧化的手法正是为了调动许许多多接受者自身的意志力。所以说，戏剧化手段所谓的“客观”仅仅也是手段，其终极指向恰恰还是作为人的主观性、意志性。中国古典诗歌的“意境”却不仅仅是为了唤起读者的“亲历感”，“意境”本身就是中国哲学与中国文化的理想状态。消除所有的意志化痕迹，让主观状态的人返回到客观，并成为客观环境的有机组成部分，这就是“意境”。“意境”绝非什么手段，它本身就是目的！如果说戏剧化情景中流淌着的还是人心目中的世界，是充满了破碎、灾难与危机的物象，那么，意境中栖息着的却像是原真状态的世界，人与世界生存于和谐、圆融之中。同样，西方后期象征主义反叛语言的“指称”也并非是要消灭语言中的人工因素，而不过是反传统的一种方式，它们涤除了旧的“指称”，却又赋予了新的“指称”，语言还是在不断追踪着人自身的思想。当诗人

① 卞之琳：《雕虫纪历·自序》，见《雕虫纪历》，15页。

② 同上。

③ 叶维廉：《语法与表现：中国古典诗与英美现代诗美学的汇通》，见《寻求跨中西文化的共同文学规律》，65～66页。

的思想过分超前，为传统的语法规则所束缚时，诗人便毫不犹豫地打破这些规则，使传统意义的“语言的碎片”适应新的思想。艾略特等人的追求就正是如此。所以说后期象征主义语言的新奇、跳脱而形成的“晦涩”实质上就是诗人的思维运动超出了世人的接受、理解能力，是思想的超前效应。中国古典诗歌则试图不断消除语言的人工痕迹，彻底突破语法的限制，至少也要把限指、限义、定位、定时的元素减灭到最低的程度；但这不是为了适应某种新奇的、超前的思想，而是返回到没有人为思想躁动的“通明”状态，“指义前”的状态。这样的处理既超越了我们的理性意识，又不会让我们感到别扭、古怪，它新鲜而自然，因为从本质上讲，它适应了我们最本真的生命状态。

我始终感到，将卞之琳诗歌的戏剧效果称为“手段”并不合适。在一些作品里，卞之琳的戏剧效果都特别注意烘托那种浑融、完整的景象，暗示着他对生命状态的传统式认识，更像是中国的“意境”。旷野、蝉声、西去的太阳、低垂的杨柳、白热的长途组成了挑夫的世界（《长途》），潮汐、破船片、石崖、夕阳、白帆就是“她”的空间（《一块破船片》），破殿、香烟、木鱼、模模糊糊的山水、昏昏沉沉的钟声，这是和尚“苍白的深梦”（《一个和尚》）。另外的一些作品如《距离的组织》、《尺八》、《圆宝盒》等意象繁复，但也不是恣意纵横，它们都由某种淡淡的情绪统一着，具有共同的指向。在《距离的组织》是飘忽的人生慨叹，在《尺八》是依稀的历史感受，在《圆宝盒》是爱的幻觉，而且这些戏剧场景又都注意内部的呼应、连贯、配合，完全不像后期象征主义诗歌那样破碎，其思维还是中国式的，“中国式的思维可以说是一种圆式思维，思想发散出去，还要收拢回来，落到原来的起点上”①。卞之琳说：“我以为‘圆’是最完整的形象，最基本的形象。”②

卞之琳诗歌语言的跳脱固然也给我们的理解带来过某些困难，但是，应当看到，这并不是诗人要刻意拉开与我们的思想差距，而是有他更多的现实性考虑，一方面是他羞于暴露个人的某些隐秘性情感（这与戴望舒有共同处），另一方面则是借语言跳脱的自由感建立人与世界跨时空的有机联系。从本质上讲，这样的跨时空联系并没有撑破我们对汉语变异的容忍限度，它陌生、新奇但并不怪异，

---

① 白云涛、刘啸：《中国古典诗歌的文化精神》，载《文艺研究》，1987（1）。

② 卞之琳：《关于〈鱼目集〉——致刘西渭先生》，载1936年5月10日天津《大公报》。

读后往往让人叹服而不是心绪繁乱。他的语词的“跳脱”主要是对词性的活用和对语词使用习惯的改变，如“我喝了一口街上的朦胧”(《记录》)，“友人带来了雪意和五点钟”(《距离的组织》)，他的句子跨时空“跳转”的根据其实就是中国传统的时空观、矛盾观，如《无题五》：“我在散步中感谢/襟眼是有用的，/因为是空的，/因为可以簪一朵小花。”他作注解释这一跳转说：“古人有云：‘无之以为用。’”《慰劳信集》以后，卞之琳的创作进入了一个新的时期，有了新的风貌，但在语言的机智性“跳脱”方面却一如既往，如《一处煤窑的工人》：“每天腾出了三小时听讲学读，/打从文字的窗子里眺望新天下。”《地方武装的新战士》：“当心手榴弹满肚的愤火/按捺不住，吞没了你自己。”《一切劳苦者》的句子跳转：“一只手至少有一个机会/推进一个刺人的小轮齿。/等前头出现了新的里程碑，/世界就标出了另外一小时。”

众所周知，卞之琳曾长期致力于对中国现代新诗格律形式的探索，他尝试过二行、三行、四行、五行、六行、八行、十行、十四行等多种样式，有正体也有变体，其中用心最勤的是西方的十四行诗体。以十四行为代表的格律诗在西方诗歌史上一直绵延不绝，其影响一直延续到 20 世纪的后期象征主义，马拉美、瓦雷里、叶芝、里尔克、艾略特等人都创作过格律诗，这对卞之琳的格律化探索无疑是一种鼓励。他自己说，他的一些诗的格律样式就是直接套用西方的诗体，如《一个和尚》之于“法国 19 世纪末期二三流象征派十四行诗体”，“《白螺壳》就套用了瓦雷里用过的一种韵脚排列上最较复杂的诗体”，《空军战士》套用了瓦雷里“曾写过的一首变体短行十四行体诗”[①]（应为《风灵》——笔者注）。除诗体的扩展外，他还仔细推敲了格律的节奏问题（“顿”），介绍了除一韵到底之外的多种押韵方法，换韵、阴韵、交韵、抱韵以及诗的跨行。从卞之琳有关格律问题的大量阐述来看，他努力的目的就是为了寻找一种更符合现代语言习惯的样式，探索在现代汉语条件下，诗歌如何才能既协畅又自然。他讨论的前提常常是“我国今日之白话新诗”如何，“在中文里写十四行体”如何，这都表明了卞之琳对汉语言深刻的感受力和接受西方文化的自信，这种符合时代发展要求的开阔襟怀也是卞之琳超越于前辈诗人闻一多的地方。仅从格律的具体实践来看，

① 卞之琳：《雕虫纪历·序》，见《雕虫纪历》，16、17 页。

闻一多的建筑美、音乐美都显得呆板、机械、保守，而卞之琳则要灵活、自由和开放得多。

不过，我们也应该注意到这个事实，卞之琳关于诗体、节奏、押韵及跨行的种种灵活和开放都不是他无所顾忌的创造，同其他的思想艺术追求一样，这也体现了诗人对中国古典诗歌传统的自觉继承。卞之琳认为西方的十四行“最近于我国的七言律诗体，其中起、承、转、合，用得好，也还可以运用自如”①。受之启发，他曾想用白话创造新的八行体的七言律诗，他又证明说，换韵、阴韵、抱韵、交韵乃至跨行都是中国“古已有之”的东西，只要不再强调平仄，不再强求字的均齐，整齐的音顿同样能达到类似于中国古典诗词的旋律效果。② 于是，我们仿佛又重睹了徐志摩诗歌的格律化风采，将格律化的均齐与现代汉语的自由灵活相调和，这正是徐诗的魅力所在，冯文炳曾说卞之琳是“完全发展了徐志摩的文体”③。我认为这话有它的深意。至少客观地讲，“发展”并不等于彻底的否定，而是否定中有肯定，甚至是延伸、强化。徐志摩所代表的新月派诗歌是新诗与旧诗间的一座桥梁（石灵语），那么卞之琳呢，他不更是如此么？他接受了以后期象征主义为主的西方诗歌文化的影响，但又总是把这些影响放在中国古典传统的认知模式中加以碾磨、消化、吸收，以求得中西诗歌文化的多层面融会。

九、梁宗岱：意志化的辉光与物态化的迷醉

> 我们似乎已经走到了一个分歧的路口。新诗底造就
> 和前途将先决于我们底选择和去就。
>
> ——梁宗岱：《新诗分歧路口》

● 从“意志化”开始

今天我们讨论梁宗岱的诗歌与诗学贡献，大都离不开“中西交融”的基本判断，这固然符合了梁宗岱本人的艺术履历与诗学趣味，

---

① 卞之琳：《雕虫纪历·自序》，见《雕虫纪历》，17页。

② 参见上书。

③ 冯文炳（废名）：《谈新诗·〈十年诗草〉》。

但问题在于，当对初期白话新诗的不满已经成为20世纪20年代以后中国诗坛的一种主流话语时，“中西交融”也就成为了包括新月派、象征派、现代派等诸多诗人的“共同目标”。在这种意义下，作为个体的梁宗岱还有什么样的特色呢？这是我们今天研讨梁宗岱的成就所必须回答的问题。

我想从梁宗岱20年代前期的诗歌谈起，下面的这首诗就出自他的诗集《晚祷》：

当夜神严静无声地降临，
把甘美的睡眠
赐给一切众生的时候，
天，披着件光灿银烁的云衣，
把那珍珠一般的仙露
悄悄地向大地遍洒了。
于是静慧的地母
在昭苏的朝旭里
开出许多娇丽芬芳的花儿
朵朵地向着天空致谢。

——《夜露》

这是1923年的一个夜晚，中国诗人梁宗岱写下了这首静谧安详的“夜之颂”。之所以称之为“夜之颂”而非传统的“静夜思”，就在于诗人在这里为我们展现的已经不是传统诗歌物我融洽、浑成一体的夜景，不是自然之夜的纤细的律动印证和引发了诗人内心的思绪。“夜静群动息，蟪蛄声悠悠。庭槐北风响，日夕方高秋。”（王维《秋夜独坐怀内弟崔兴宗》）“风景日夕佳，与君赋新诗。澹然望远空，如意方支颐。”（王维《赠裴十迪》）“山月临窗近，天河入户低。芳春平仲绿，清夜子规啼。浮客空留听，褒城闻曙鸡。”（沈佺期《夜宿七盘岭》）在中国古人那里，夜色、夜声与诗人的心灵浮动都控制在了一个基本感觉的自然延伸的范围之内，所谓即景生情、托物言志的诗思，“景”与“情”、“物”与“志”在彼此的和谐中保持了某种“同构”关系。梁宗岱的“颂”勾勒的则是一个安详和谐而又分离的世界：安详和谐的是它的气质与氛围，分离则是它的存在方式——天上是“夜神”的恩典，是环绕着神恩的非凡的壮丽，地上是承受着神恩的万千生命，它们仰视苍穹，默默地虔敬地“向着天空致谢”。在这样一个由“神恩”引领的世界秩序里，人的自我精神也不是蜷曲在大自然声色的本原形式里，不是在本然形态的浑融和谐里追寻自我情绪的浮动，人类向“神”感恩致谢的“颂”歌就是对神所创造的“分离”世界的体认：我们都有必要不断脱离凡俗的人间，向着永恒的壮丽的苍穹礼赞和飞升，祈祷、礼赞都是自我精神超越的高尚形式。祈祷被称为“宗教的灵魂和本质”，“最具有自发性和最属个人的宗教表达”，“人在祈祷中向上帝舒展开自己的肢体。他想超越自身，不想再孤独，不想再让自己与自己独处”①。“沉思的人已在祈祷中与他的信仰融合为一了，因此才能够在其中见出上帝的天启，或者达到福象（beatific vision），这和我们刚才讲的精神升华的最高境界是处于同等水平的。”② 梁宗岱的晚祷与夜颂与同一时期的许多中国象征派诗歌是有区别的，例如穆木天的《薄暮的乡村》：

村后的沙滩
时时送来一声的打桨
密密的柳荫中的径里
断续着晚行人的歌唱
水沟的潺潺　寂响……
旋摇在铅空与淡淡的平原之间
悠悠的故乡
云纱的苍茫

是眼前“薄暮”中的景观牵动了诗人的意绪与缅想，显然，穆木天的“薄暮世界”是一个浑然完整的世界，诗人的自我与思绪也都飘动在这个世界的物象之中，没有“上”与“下”的分别，没有从凡俗到圣境的飞升，从本质上讲，它更近于中国古典诗歌的“即景抒怀”模式。

我曾将中国古典诗歌的精神追求概括为“物态化”，以此与西方诗歌的“意志化”传统区别开来。物态化的诗歌艺术并不追求个人情绪的激荡奔涌，也无意沉醉于主观思辨的玄奥之乡，它的理想世

① ［德］奥特：《祈祷是独白和对话》，见《二十世纪西方宗教哲学文选》，上卷，606页，上海，上海三联书店，1991。

② 孙津：《基督教与美学》，196页，重庆，重庆出版社，1990。

界是物我平等、物物和谐、物各自然。“体物写志”、“以物观物”被视作中国古典诗歌抒情艺术的至境。在中国现代新诗发展史上，随着人们对初期白话新诗的粗糙之弊批评渐增，转而从中国古典诗歌的千年传统中寻觅艺术的滋养就成了一个诱人的选择，于是，从20年代初期开始，在新月派、象征派诗人的笔下，就再次浮现起了白话形式的“物态化”诗歌境界。

梁宗岱的晚祷与夜颂之所以为我们创造了一个“非物态化”的诗境，是因为他少年时代求学于教会学校的知识与精神背景为他提供了另外一种同样诱人的心灵选择：不是在与自然的融洽而是在与自然“之上”的神的对话中寻觅生命的意义，在由祈祷与天启所引领的神性秩序里，神的意志贯穿了整个宇宙，不是自然本身而是神的意志在引导我们的生命完成最根本的超越，在这种精神资源中，“物”只是“意志”的体现，而“意志”本身才是生命的根本，我们通过景仰和领受神的“意志”的方式提升着自我的“意志”。基督教文化就是通过这一过程继续强化了西方艺术自古希腊以来的“意志化”传统。梁宗岱沐浴于“晚祷”境界的体验给了他一个走出“物态化”传统的机会，每当夜幕降临，诗人不是如古代士子一般在自然的宁静中品味人间的温良与感伤，而是在凡间的黑夜之外冥想着另外的“光明”，那就是造物主意志的“光明”。“我只含泪地期待着——/祈望有幽微的片红/给春暮阑珊的东风/不经意地吹到我底面前。”（《晚祷》（二））“让心灵恬谧的微跳/深深地颂赞/造物主温严的慈爱。”（《晚祷》（一））而充满了造物主意志的夜空竟是如此的壮丽：“深沉幽邃的星空下，/无限的音波/正齐奏他们的无声的音乐。/听呵！默默无言地听呵！/远远万千光明的使者”（《星空》）。诗人不仅颂扬着意志的超越，也开始在“物质”的世界中发现自我意志的映射：“金丝鸟”与“黑蝴蝶”也如人类一般循声寻觅生命的伴侣（《失望》），夜枭的呜呜幻化为“人生诅咒的声音”（《夜枭》），“晨雀”吟唱“圣严的颂歌”（《晨雀》），不管这些诗歌本身还有多少的稚拙与简单，我们都不得不承认，它们的确是在中国古典诗歌的惯常模式之外，开辟了另一重新的境界。

如果对读后来进入梁宗岱视野的西方诗歌，我们便不难发现那种“意志化”的物我关系与意象处理方式，在魏尔伦那里就是这样读解自然的存在与意义的：

天空，它横在屋顶上，
　　多静，多青！
一棵树，在那屋顶上
　　欣欣向荣。

一座钟，向晴碧的天
　　悠悠地响，
一只鸟，在绿的树尖
　　幽幽地唱。

上帝呵！这才是生命，
　　清静，单纯。
一片和平的声浪，隐隐
　　起自诚心。

——魏尔伦：《狱中》[①]

这是一个不断“向上”的感受，大地之上是房屋，房屋有屋顶，屋顶之上有“一棵树”，树上有“一只鸟”，在这一切之上更有安静的青天，更有上帝。这就是人类精神超越的典型形式，是高远的生命意志鼓励诗人鄙弃牢狱般的现实，不断地挣扎向上。我们往往认定西方诗歌自象征主义开始已经自觉不自觉地接近了中国古典诗歌的物我理想，其实，这里的区别仍然是显著的：不是将世界读解为一处自然浑成的整体，而是努力在其中分辨出意义不同的境界，从中寻找出我们精神升华的路径，这样的意志化诗思在西方象征主义诗歌那里是十分突出的。瓦雷里是与梁宗岱关系密切的诗人，他眼中的“大地”也充满了意志与心灵的动能：“这片充满无形烈火的圣洁含蓄的大地/是献给光明的赠礼，/我喜欢这里，它由高擎火把的翠柏荫庇，/树影幢幢，金光闪闪，片石林立”（《海滨墓园》）。[②]

可以说，梁宗岱少年时代所获得的宗教精神资源是他接近西方意志化“诗思”的一个重要原因，而意志化的诗歌选择则是他走出中国传统诗歌模式的主要表现。

---

① 见《梁宗岱译诗集》，53页，长沙，湖南人民出版社，1983。

② 参见葛雷、梁栋译：《瓦雷里诗歌全集》，140页，北京，中国文学出版社，1996。

● 来自“物态化”的误读

然而，梁宗岱是否就能沿着这一意志化的道路一直走下去呢？我提醒大家注意他的诗学代表作《诗与真》及《诗与真二集》。在既往的研究中，我们都比较充分地发掘了这两部诗学论著的重要价值，诸如它们所揭示的“象征”、“纯诗”、“契合”等重要的诗学概念，诸如它们对中外诗学精髓的深入把握与独到融会等，然而，除此之外，我们是不是也可以沿着诗人早年已经形成的独特诗歌选择——意志化方向继续追问，看一看他究竟是强化还是改变了这一先前的立场，他此时的诗学姿态与他的诗歌创作究竟存在着什么样的关系？

我以为，梁宗岱此时的诗论与他作为诗人的身份有着重要的关系，其主要表现就在于，他基本不是以一个从事诗学大厦建构的学者而是以执着于艺术创作的诗人的姿态展开理论的。梁宗岱自我定义为新诗的“实验者”、“探索者”，他格外关心的的确是中国诗坛的现状与未来，同为北京大学教授，同为饮誉诗坛的诗论家，梁宗岱特地对比过自己与“畏友”朱光潜，他说：“光潜底对象是理论，是学问，因求理论底证实而研究文艺品；我底对象是创作，是文艺品，为要印证我对于创作和文艺品的理解而间或涉及理论。”①

但是，与《晚祷》少年时代的单纯的诗人身份不同，此时的梁宗岱已经浸润于中外诗学的丰富营养之中，作为大学教授，作为学贯中西的一代学人，他都必然展现出他对于中外诗学传统的熟稔与兴趣，作为 20 世纪 30 年代中国诗学探索的重要一员，他的首要任务不是听任自己的性灵的自由飞扬，而是回答当前诗学发展中的重要问题，于是，“象征”、“纯诗”、“契合”等影响中国诗学发展的重要概念都成了梁宗岱阐释的主要的内容。关于梁宗岱在这些概念阐释上的诗学成就，近年来人们已多有总结，我们这里就不再重复了。很明显，他关于“象征”的论述比周作人的直觉性言论更周全更详尽，也比朱光潜的结论更符合诗歌思维的整体性特征，他关于“纯诗”的解说比穆木天“纯粹的诗歌”理想更具体也更有明确的实践意义，他关于“契合”的阐述深入了中国式象征主义诗歌的诗思本质，而这一点也没有被其他中国诗论家所明确论及。在所有这些诗学概念的发掘方面，梁宗岱都充分展示了他作为一位新诗实践者的

---

① 梁宗岱：《论崇高》，见《宗岱的世界·诗文》，175～176 页，广州，广东人民出版社，2003。

丰富艺术经验。

最值得注意的还在于，就是在这些诗学阐述中，梁宗岱开始对中外诗歌的融会之处有了更多的认可与肯定，这与他早年直取“意志化”的诗思有了实际的差异。梁宗岱所阐述的三大诗学概念虽是所谓的“中西交融”，但都主要符合了中国古典诗歌的“物态化”追求。与周作人等人一样，他继续借用“兴”来描述“象征”的堂奥，又辅以“即景生情，因情生景”或者物我两忘、心凝形释等中国化的说明，由此而冲淡了西方象征主义的主观意志色彩；在瓦雷里那里，“纯诗”是“绝对的诗”、“理想的诗”，它与现实绝缘，是“与实际秩序毫无关系的世界的事物的秩序和关系体系”，从根本上讲，这就是“一个难以企及的目标”[①]。梁宗岱虽然也认为“纯诗”是“现世所未有或已有而未达到完美的东西”，是“比现世更纯粹更不朽的宇宙”[②]，但他显然比瓦雷里更现实更乐观，其理由也在中国古典传统：“我国旧诗词中纯诗并不少”，其举例如陈子昂《登幽州台歌》，姜白石《暗香》、《疏影》等[③]，在这里，物态化诗歌传统与意志化的差异又一次被按下不表；至于“契合”，在梁宗岱看来，就是一个诗人（或读者）在创作（或欣赏）时的心凝形释、物我两忘，世界的颜色、芳香、声音与人的官能合奏“同一的情调”，诗人“与万化冥合”[④]，在诗人竭力标举的“宇宙意识”中，我们看到的已不是他早年诗歌中那种生命郁勃、自我超越的壮丽图景：

> 从那刻起，世界和我们中间的帷幕永远揭开了。如归故乡一样，我们恢复了宇宙底普遍完整的景象，或者可以说，回到宇宙底亲切的跟前或怀里，并且不仅是醉与梦中闪电似的邂逅，而且是随时随地意识地体验到的现实了。

> 当我们放弃了理性与意志底权威，把我们完全委托给事物底本性，让我们底想象灌入物体，让宇宙大气透过我们心灵，因而构成一个深切的同情交流，物我之间同跳着一个脉搏，同

① 《瓦雷里诗歌全集》，304～307页。

② 梁宗岱：《诗·诗人·诗评家》，见《宗岱的世界·诗文》，217页。

③ 参见梁宗岱：《谈诗》，见《宗岱的世界·诗文》，159页。

④ 梁宗岱：《象征主义》，见《宗岱的世界·诗文》，147页。

击着一个节奏的时候，站在我们面前的已经不是一粒细沙，一朵野花或一片碎瓦，而是一颗自由活泼的灵魂与我们底灵魂偶然的相遇：两个相同的命运，在那一刹那间，互相点头，默契和微笑。[①]

在这样的宇宙意识里，世界不再是由神所操纵，不再分裂为光明的彼岸和晦暗的此岸，宇宙是"普遍完整"的，而我们与宇宙也是平等亲切的，所谓宇宙的"意识"当然就与任何超验的精神无干，而个人的"意志"也必须被摒弃，剩下的就只是物我之间的那一份和谐与默契，所谓"众鸟高飞尽，孤云独去闲。相看两不厌，只有敬亭山。"（李白《独坐敬亭山》）"明月松间照，清泉石上流。""随意春芳歇，王孙自可留。"（王维《山居秋暝》）物态化境界的中国古典诗歌就是这种宇宙意识的生动体现。

梁宗岱如此重视中西诗歌精神的沟通，一方面与他所熟悉的法国文学界的期许有直接关系，瓦雷里就是这样赞赏梁宗岱和他所翻译的中国诗歌的："梁君几乎才认识我们底文学便体会到那使这文学和现存艺术中最精雅最古老的艺术相衔接的特点。"[②] 此外，梁宗岱所崇拜的另一位法国文学大家罗曼·罗兰也在通信中感叹陶渊明与拉丁诗歌的"血统关系"，甚至说："这已经不是第一次了：我发觉中国的心灵和法国两派心灵中之一（那拉丁法国的）许多酷肖之点。这简直使我不能不相信或种人类学上的元素底神秘的血统关系。——亚洲没有一个别的民族和我们底民族显出这样的姻戚关系的……"[③] 众所周知，中国现代新诗与整个中国现代文学一样，是在强势的西方文化不断涌入的压力之下发生发展的，这既带来了中国文学自身发展的丰富信息资源，也造成了某种巨大的心灵焦虑，诗人闻一多曾经十分形象地道出了这一焦虑和当时人们解决焦虑的策略："自从与外人接触，在物质生活方面，发现事事不如人，这种发现所给予民族精神生活的担负，实在太重了。""一想到至少在这些方面（指中国古代的哲学思想与文学艺术——引者注）我们不弱于

① 梁宗岱：《象征主义》，见《宗岱的世界·诗文》，149页、151～152页。
② ［法］保罗·梵乐希：《法译〈陶潜诗选〉序》，见《宗岱的世界·译文》，436页。
③ 梁宗岱：《忆罗曼·罗兰》，见《宗岱的世界·诗文》，224页。

人，于是便有了安慰。”[①] 来自西方世界的赞赏无疑将对中国诗人产生难以估量的“导向”作用。在 20 世纪 30 年代的中国，在执着于中国新诗艺术探求的诗人那里，也已经及时地“接收”了类似的域外信息，并以此为契机，“倾向于把侧重西方诗风的吸取倒过来为侧重中国旧诗风的继承”[②]。可以说这又成为梁宗岱借了“中西交融”理想最终返回中国古典诗歌立场的一个重要原因。今天，我们可以看到的是，无论是来自法国文学界的赞赏还是来自国内诗歌界的带动都清晰地表现出了一种“文化误读”的本质，波德莱尔是在“契合”中发现“坟墓后面的光辉”，马拉美营造的是“由看不可触摸的石头建成的宫殿”，对于瓦雷里来说，纯诗并非现实感觉的产物，它就是“一种幻觉”，“与梦境很相似”[③]。如此鲜明的超验主义特征是很难与中国传统诗思相“交融”的，如果说瓦雷里、罗曼·罗兰的误读是以西方民族不言自明的“意志化”思维覆盖、裹挟了遥远的中国诗学趣味，那么梁宗岱等中国现代诗人则是用我们根深蒂固的“物态化”思维挑选和改动了西方的象征主义追求，与此同时甚至也暗移了西方的误读内容——将西方“意志化”思维的覆盖、裹挟返转成为“物态化”思维的自我巩固。

这一误读方式及其误读过程都不得不引起我们相当的重视。

● 中西诗学的交融与交错

当然，梁宗岱的复杂性和认识价值还不仅在于此。事实上，作为一位有着独特艺术感受能力，又有过早年“异样”的艺术实践的诗人，他绝不可能漠视和忽略掉新的艺术品格，不可能从根本上否认西方诗歌的异样的经验，特别是它的新的发展现实。

于是，我们发现，就在梁宗岱看起来圆满自如、中西交融的诗学阐释里，常常都隐含了不少理论细节上的矛盾。这是一位有过“异样”艺术经验的诗人在汇入集体性的思维模式之时的必然，而矛盾恰恰是他某种真实艺术体验的产物，例如，在论及一系列中国古典诗歌的艺术理想之时，其艺术感受的细节不时羼杂进了某些“异

---

① 闻一多：《复古的空气》，见《闻一多全集》，2 卷，351 页，武汉，湖北人民出版社，1993。

② 卞之琳：《戴望舒诗集·序》，见《人与诗：忆旧说新》，63 页。

③ ［法］瓦雷里：《纯诗》，见《现代西方文论选》，27 页，上海，上海译文出版社，1983。

样”的成分。他以“物我两忘”的庄禅境界解释了“契合”，但进一步的描述却又是这样的：“这颜色，芳香和声音底密切的契合将带我们从那近于醉与梦的神游物表底境界而达到一个更大的光明——一个欢乐与智慧做成的光明。”[1] 这里的“醉与梦”属于瓦雷里的用词，其中已经不自觉地羼杂了西方象征主义的超验意识，而“欢乐与智慧做成的光明”则更是西方意志化传统的自我超越与自我升华。在这一瞬间，诗人梁宗岱似乎又回到了早年《晚祷》的精神体验。

同样，他在引述具有“宇宙意识”的中国古典诗歌如王维、陈子昂的作品之时，也会情不自禁地感叹道：“不过这还是中国的旧诗，太传统了！我们且谈谈你们底典型，西洋诗罢。”[2] 于是，“中西交融”的例证便转向了西方，在这里，隐隐浮动的还是诗人对于异域艺术方式的独特兴趣。我以为，正是从这一独特的感知需要出发，梁宗岱也同时道出了西方诗歌的许多民族特性，例如他深刻地指出，瓦雷里诗歌的独特之处在于提出了一系列“永久的哲理，永久的玄学问题：我是谁？世界是什么？我和世界底关系如何？它底价值何在？在世界还是在我，柔脆而易朽的旁观者呢？”[3]

梁宗岱将他的诗论定名为“诗与真”，按照他的说法，这一命名是受了歌德自传 *Dichtung und Wahrheit* 的启发，“诗”指的是幻想，而“真”指的是事实，幻想与事实就是一个人“将毕生追求的对象底两面”[4]。考虑到梁宗岱早年《晚祷》中的圣境礼赞，以及后来诗论中也不时流露出来的对于“光明”境界的向往，我甚至怀疑，在少年时代就深受基督教影响的梁宗岱的心目中，是不是也一直暗含着对于“真”的另一重超验的理解？在基督教的观念中，上帝就是真理本身，就是至高无上的真理。“我是道路、真理、生命”，这是全部基督教信仰的基石。《约翰福音》有云：“我为此而生，也为此来到世间，特为给真理见证。”当然不是说基督教观念就支配了梁宗岱的思维，但有过类似的人生履历也似乎意味着“真”至少并不就是简单的“现实”，而是与某种心灵的超越性经验相联系的东西。

梁宗岱可能存在的对“真”、对“事实”的这样的理解也充分表

① 梁宗岱：《象征主义》，见《宗岱的世界·诗文》，148页。
② 梁宗岱：《论诗》，见《宗岱的世界·诗文》，113页。
③ 梁宗岱：《保罗·梵乐希先生》，见《宗岱的世界·诗文》，104页。
④ 梁宗岱：《诗与真·序》，见《宗岱的世界·诗文》，91页。

现在他关于诗歌与“生活”关系的深刻论述中。

梁宗岱毕竟是一个有过丰富艺术创作经验的诗人，虽然他“中西交融”的理想更多地受制于自新月派到现代派的中国诗人的集体误读，但他关于诗歌现实经验的论说却直接与对徐志摩《诗刊》的批评有关，“《诗刊》作者心灵生活太不丰富”，他是如此郑重其事地提出：“我以为中国今日的诗人，如要有重大的贡献，一方面要注重艺术底修养，一方面还要热热烈烈地生活，到民间去，到自然去，到爱人底怀里去，到你自己底灵魂里去，或者，如果你自己觉得有三头六臂，七手八脚，那么，就一齐去，随你底便！总要热热烈烈地活着。”① 有人认为这反映了梁宗岱诗歌观念中的“现实主义”因素，其实，用过去的现实主义来“修正”所谓象征主义的“唯心”之弊，这在很大程度上恐怕都是一相情愿的，我们必须从诗人实际的艺术经验、从他对诗歌艺术发展的感知出发寻求解释。从前期象征主义到后期象征主义，直到梁宗岱所关注的里尔克“诗是经验”的实践，西方现代诗歌的发展已经逐渐将内在体验与外在经验的双重意义凸显了出来，到后来叶芝、艾略特的诗歌追求，更是证明了在深入外在世界的同时展示心灵活动的价值，并且在根本的意义上看，这一符合西方诗歌潮流的选择也更加有利于解决中国现代新诗在 20 世纪 30 年代以后出现的问题：在艺术自觉的道路上，人们一味返回到由古典意境所造就的空虚的诗情之中，最终不得不陷入到“诗情干枯”的窠臼。在这个意义上，只有真正地投入人生，用现实人生的血肉来激活内在的灵性，中国新诗才可能有光明的未来。这里所谓的“现实”当然不是那种排斥心灵价值的“主义”，而是诗人自我经验的一部分。用梁宗岱的话来说，就是诗人应当成为“两重观察者”：“他底视线一方面要内倾，一方面又要外向。”“二者不独相成，并且相生：洞观心体后，万象自然都展示一副充满意义的面孔；对外界的认识愈准确，愈真切，心灵也愈开朗，愈活跃，愈丰富，愈自由。”②

梁宗岱对于现实生活“经验”与心灵世界的这种互动性理解接通了前往 40 年代中国新诗的可能，在梁宗岱与冯至以及 40 年代的“新诗现代化”追求之间，也就有了某种十分值得注意的贯通关系。我以为，从某种意义上说，梁宗岱这一论述之于中国现代新诗史的

① 梁宗岱：《论诗》，见《宗岱的世界·诗文》，107 页。
② 梁宗岱：《谈诗》，见《宗岱的世界·诗文》，156 页。

价值决不亚于他的“三大诗论”，其开创价值甚至有过之而无不及。正是在这里，我们又看到了一个充满生命活力、充满现实“质感”的梁宗岱，他并不是以学贯中西而著称，也不是以再一次地重温中国古典诗歌的艺术境界而名世，他就是一个直面中国新诗当下事实的艺术家，一个昭示了当前创造障碍的极具现代意识的诗人。

十、艾青：中国传统的“弃儿”与叛逆

我是“犯了罪”的，
在这里
芦笛也是禁物。
我想起那支芦笛啊，
它是我对于欧罗巴的最真挚的回忆

——艾青：《芦笛》

关于艾青的描述我们已经有了很多：他与中国现实主义新诗艺术，他与法国象征主义诗歌艺术，他与中国新诗的“散文美”取向，他对20世纪40年代中国新诗的影响……然而，作为中国30年代走向西方现代诗艺的诸多诗人中的一位，究竟是什么力量让他与当时影响颇大的“纯诗”选择拉开了距离，是什么力量使得他与中国式的现代派诗人有如此的不同？这些问题仍然期待着我们作出切实的回答。而这些回答显然又都集中在这么一个问题上，即诗人艾青与中国诗歌传统的关系——当中国式的现代派诗人在中西交融的理想旗帜之下折回到中国诗歌传统的“纯诗”之路时，同样接受西方现代诗艺的艾青却在一个更大的范围内突破了这一传统，支撑起他对“散文美”的追寻，就是这种突破最终确立了他在40年代诗坛的地位。发现艾青的胡风回忆了他读到诗集《大堰河》时的感受，他认为这部作品“感情内容和表现风格都为新诗的传统争得了开展”①。胡风简短精当的判断启发我们对艾青的诗歌艺术选择作出更深入的说明。

●“弃儿”艾青

正如胡风是通过《大堰河——我的保姆》认识了艾青一样，艾

① 胡风：《胡风回忆录》，70页，北京，人民文学出版社，1993。

青的诗歌艺术也似乎将永远地与大堰河——这位贫苦朴素的农妇联系在了一起。然而除了对诗人阶级情感的渲染之外，我们似乎还缺少对“大堰河”意义的更深入的开掘。艾青因为“克父母”的恶咒而只能在大堰河那里去寻找一点宝贵的母爱，这一段特殊的经历实际上并不仅仅是培育着一种“地主儿子”对劳动人民的情感，它同时也引导了诗人艾青对人生、对人与人之间情感关系的最真切的感受：一位无辜的孩子，就是因为那场身不由己的出生艰难而丧失了父母之爱，成为父母的“弃儿”，这个家庭无法收容他这个弱小的生命，父亲、母亲成了“叔叔”、“婶婶”，他只能寄居到另一个毫无干系的农家，这是怎样的创伤和屈辱呢？

传统中国对人的规范和塑造是由家庭内部的人伦训育开始的，但艾青所面对的现实却是，他固有的家庭粗暴地拒绝了那种习见的“温情脉脉”的训育。5岁时，“弃儿”艾青终于回了“家”，但迎接他的却是父亲无缘无故的打骂与呵斥。在诗人幼小的心田里，忧郁的阴云由此更加浓重地弥漫开来了。

艾青说：“我长大一点后，总想早点离开家庭。”[①] 父亲的冷漠和歧视中断了他受哺于传统人伦关系的可能性，他力图冲出家庭的包围，实际上也同时意味着对传统人伦关系及其道德观念的抗拒，叛逆与倔强因此在艾青的精神世界里生长起来。到后来，艾青留学巴黎的时候，一方面是父亲断绝了经济的支持，另一方面是他顽强地打工过活，两方面的力量都在加固着诗人的叛逆之路，以至到了父亲病危和去世这样的时刻，艾青竟也拒绝回家“尽孝”。在诗中，他坦言道：“我害怕一个家庭交给我的责任，/会毁坏我年轻的生命。”“我走上和家乡相反的方向”，“在这世界上有更好的理想”（《我的父亲》）。在家中，艾青是长子，一个拒绝承担“家庭责任”的长子，这在现代中国作家的“长子”行列中，也是少见之极的！在一个人的成长过程中，他对自我与环境相互关系的体验首先是在家庭中进行的，一个和谐的家庭可能会让他感到舒适，也可能从中学会“顺从”和“忍让”，学会牺牲自我的“适应”；相反，一个冷漠的家庭可能会让他倍感孤独，但也可能会激发叛逆与反抗之情，并决定他在以后的人生中保持自我的独立。从叛逆之路上走过来的艾青确乎保持了更多的个性与自我。如果将反叛家庭的艾青与相对温和的另

① 转引自叶锦：《艾青谈他的两首旧作》，见《艾青专集》，63页，南京，江苏人民出版社，1982。

一位七月诗人田间作一对比，看一看他们各自最终的文学取向，那肯定会是一件相当有趣的事！

反抗父性权威似乎先天就包含着一种文化的内蕴。艾青对父亲的背弃和挑战同时与他的文化反叛交相辉映。“从高小的最后一个学期起，我就学会了全盘否定中国的传统的旧文艺。对于过去的我来说，莎士比亚、歌德、普希金是比李白、杜甫、白居易要稍稍熟识一些的。我厌恶旧体诗词，我也不看旧小说、旧戏。”“我所受的文艺教育，几乎完全是‘五四’以来的中国新文艺和外国的文艺。”[①] 这个故事也经常被后人提起：艾青上初中时的第一次作文，便援用了胡适的名言作题《一个时代有一个时代的文学》，在文中他猛烈地抨击了文言文。老师批语道：“一知半解，不能把胡适、鲁迅的话当作金科玉律。”没想到，艾青竟敢在老师的批语上打一个大大的“叉”！

后来的事实证明，没有将古典诗词背得滚瓜烂熟的艾青照样成了诗人，而这样的“一知半解”恐怕恰恰保证了他拒绝传统文学压力之后的一种心灵的自由，艾青不是在反复诵读中国古诗的过程中触摸世界并最终成为诗人的，他的诗歌灵感是在对世界的直接感触中获得的，他甚至首先是一个天才的画家，借重画家的眼睛和手在后来写出了流动的诗行，这样的诗人似乎更有一种浑然天成的味道。

● 先锋派艺术的反传统

今天人们比较容易注意到绘画艺术对艾青诗歌的影响，却可能会忽略一个更重要的事实，即艾青原本无意走进诗歌艺术的殿堂，他在孩提时代所表现出来的是对美术的浓厚的兴趣：一位无意成为诗人的画家最终竟成了诗人，这样的艺术之路不也是逸出了人们的传统观念了吗？

艾青 18 岁进入杭州西湖艺术院绘画系，半年后在林风眠院长的建议下赴法留学。他此时的初衷和以后不时流露出的意趣都一再证明成为画家才是艾青最执着的愿望，而诗歌好像倒有几分“业余”的味道——众所周知，就是在北京解放的时候，艾青因受命接管中央美术学院，“又一次燃烧起对重新搞美术工作的希望。这个希望是很强烈的”[②]。如果不是后来的变动，很难说我们就不会再看到一位

① 艾青：《谈大众化与旧形式》，见《艾青全集》，3 卷，234 页，石家庄，花山文艺出版社，1994。

② 艾青：《母鸡为什么下鸭蛋》，见《艾青全集》，5 卷，254 页。

美术家艾青！

但更有意义的在于艾青所选择的美术之路对他的诗歌艺术观念产生了重要的影响，而这样的影响恰恰在20世纪30年代的其他诗人那里很少看到。

在巴黎，艾青失去了父亲的经济支持，他半工半读地学习着绘画。半工半读使得他没有机会进入正规的艺术院校，只能到画室里去买票学画。当时的巴黎街头正汇聚着各种才华横溢又富有叛逆精神的先锋派艺术家，于是，他爱上了"莫内、马内、雷诺尔、德加、莫第格里阿尼、丢飞、毕加索、尤脱里俄等等。强烈排斥'学院派'的思想和反封建、反保守的意识结合起来了"①。半工半读也给了艾青更多的自由读书的机会，他读着汉译的俄罗斯文学，读着法译的俄苏诗歌，读着法国和比利时的现代诗歌，渐渐地，他"开始试验在速写本里记下一些瞬即消逝的感觉印象和自己的观念之类。学习用语言捕捉美的光，美的色彩，美的形体，美的运动……"② 一个无意成为诗人的画家就这样成了诗人。同样，在1934年的中国上海，当美术家艾青已经无缘继续参加"中国左翼美术家联盟"的活动，无力再为"春地画会"出力的时候，他进入了生平第一次的诗歌写作高潮，而且在那么一个飞雪盈天的清晨，创作出了一首长达百行的佳作《大堰河——我的保姆》：

大堰河，今天我看到雪使我想起了你：
你的被雪压着的草盖的坟墓，
你的关闭了的故居檐头的枯死的瓦菲，
你的被典押了的一丈平方的园地，
你的门前的长了青苔的石椅，
……
我是地主的儿子，
在我吃光了你大堰河的奶之后，
我被生我的父母领回到自己的家里。
啊，大堰河，你为什么要哭？

艾青以从大堰河那里所感染来的忧郁诉说着世道沧桑、人生变

① 艾青：《母鸡为什么下鸭蛋》，见《艾青全集》，5卷，250页。
② 同上书，251页。

幻，在大堰河不幸的命运当中也渗透着诗人自己作为传统伦常“弃儿”的所有辛酸和屈辱，这些复杂的情感以一种不可遏制的姿态奔涌而出，完全冲出了中国传统诗歌的“和谐”理想的阻障，那份厚实的忧郁、那自由不羁的散文式语句，都与当时盛行于诗坛的现代派诗歌和左翼诗歌大相径庭。这就是一位传统的“弃儿”走向“叛逆”的宝贵成果！

抗战以前的艾青诗歌已经显示了这种反叛中国诗歌传统的基本特色。

艾青诗歌的特色与他走进艺术殿堂的独特方式，与他旅法三年的人生境遇有着密切的关系。

如前所述，由于种种原因，艾青未能进入法国正规的艺术院校，接受严格的“学院式”教育，但这样的偶然恰恰又使得诗人叛逆的个性在巴黎的“拉丁区”找到了知音，西方现代派艺术的反学院派的叛逆性追求鼓励着艾青向着自由、健旺和血性充溢的方向发展。绘画如此，用“语言捕捉”感受的诗也同样如此。在艾青诗歌的几乎每一幅图画中，我们都能感受到一位现代艺术家所特有的骚动和挣扎：巴黎有过他勃动向前的意志，马赛留下了他爱恨交织的诅咒，乡村“透明的夜”煽动着浪客的野性，透过监牢的狭小的窗口，他也能目睹那“白的亮的/波涛般跳跃着的宇宙”（《叫喊》）。中国的现代派诗人们认同了现代艺术的反叛西方传统这一选择，接着又顺着他们的思路折回到了中国自身的传统，而艾青所认同的却是他们反传统这一行为本身，并由此强化了对中国自身传统的反叛，这是两种完全不同的思路。艾青诗歌的骚动和挣扎完全打破了中国诗歌寻找平衡与静穆的理想，凸显了一个现代中国诗人的全新的人生感受。

当然艾青也舍弃了西方现代艺术观念中的某些内容，比如它对人的潜意识世界的揭示，对人的形而上问题的叩问以及与此相关的神秘主义色彩等——对于一位从“遥远的草堆里”冒险闯入现代都市的中国人而言，这些纯生命意义上的话题似乎还是玄虚了一些，艾青所关心的是现代人的生存的苦痛和精神的搏击。正因为如此，他同时也阅读俄苏文学，阅读马雅可夫斯基与拜伦、雪莱、惠特曼，他们的豪情同样能够掀动一位正在追求人生、反抗社会压迫的中国青年。艾青的诗歌也特别地感染上了凡尔哈仑的“忧郁”，这位比利时现代诗人同艾青一样有着从农村走进城市的骚动和不安。农民式的忧郁和不屈反抗、不懈追求的努力构成了凡尔哈仑一生丰富的诗歌内涵。“我一生在诗上最喜欢或受影响较深的是凡尔哈仑的诗。”[①]艾青如是说。

● 艾青的“芦笛”

无论是对西方现代艺术叛逆精神的认同，对苏俄革命诗歌的接受，还是对某些现代西方诗艺的扬弃，艾青都把它们作为自己追求自由、追求个性独立的一部分，后来的人们都依照胡风的概括，将艾青称为“吹芦笛的诗人”。“芦笛”这一语象来自法国诗人阿波里内尔（G. Apollinaire）的名句：“当年我有一支芦笛，拿法国大元帅的节杖我也不换。”在这里，芦笛正代表了诗人的独立与自由。在《芦笛》一诗中，艾青写道，阿波里内尔的芦笛是他“对于欧罗巴的最真挚的回忆”，“我曾饿着肚子/把芦笛自矜的吹，/人们嘲笑我的姿态，/因为那是我的姿态呀！/人们听不惯我的歌，/因为那是我的歌呀！”能够旁若无人地吹奏自己的歌，这是诗人的勇气，也是诗人的力量。在这个意义上我们再读《大堰河——我的保姆》就会发现，这首诗在当时之所以如此动人，恐怕并不仅仅是因为它描写了一个贫苦农妇的遭遇，更重要的是其中流淌着诗人难以遏制的内在激情——一位被父母遗弃的孩子在一位质朴憨厚的农妇那里找到母爱，而她却与自己的生活道路有着这么巨大的差异，这爱与痛、恋与怜、悲与悔的复杂冲荡嵌合，汇成了一股滔滔不绝的诗情之流。当同一时代众多的中国诗歌在“走向社会”的道路上走失了自我的情感和思想，艾青的这首诗却以诗歌最重要的特质——自我之情唤起了人们阅读的快感，温暖了无数日渐干涸的诗心。

西方现代艺术的熏陶也使得艾青诗歌注意对“印象”的捕捉和对“意象”的提炼。在艾青所熟悉的“后印象派”画家高更和凡·高那里，“印象”是渗透着艺术家情感的象征与暗示。而引起他很大兴趣的法国象征主义诗歌同样倡导主客观的“契合”，着力营造“象征的森林”。这都对艾青自身的创作有很大的启发。他的处女作《会合》一开篇就带上了“印象派”绘画的意味：“团团的，团团的，我们坐在烟圈里面，/高音，低音，噪音，转在桌边，/温和的，激烈的，爆炸的……”在《巴黎》、《马赛》等诗里，艾青运用繁复意象表达错综情感的能力更是得到了充分的展现。可贵的是，这样的意

---

① 冬晓：《艾青谈诗及写长篇小说的新计划》，见《艾青专集》，49 页。

象艺术又没有堕入陈旧的物我和谐的意境当中，它仍然奔流在诗人无规则的语言之流里，任由语句在长短参差中裹挟冲撞，生动地映现了现代中国人的复杂感受。

仅就以上这几个方面的特点来看，艾青诗歌就足以在中国诗坛上独树一帜了，他的叛逆，他的独立与自由，他的意象艺术以及他自由奔放的诗句都与当时的许多中国诗歌（包括现代派诗歌与左翼诗歌）大相径庭。艾青之于“密云期”中国诗坛的位置不禁让我们想到了田间。的确，田间的早期诗作——他的情感与意象以及自由的诗行——都似乎有着与艾青相似的选择，不过，平心而论，就诗的感受、艺术探索的开阔与深远来看，艾青留给我们的成果还是要丰富一些。难怪我们读胡风的《中国牧歌·序》和《吹芦笛的诗人》，总能感到两文之间的一点微妙的差异，前者是理性的，仿佛一位高瞻远瞩的批评家面对着一位艺术新秀，满怀爱怜却又不忘谆谆教诲，后者却情绪激荡，仿佛一位苦苦求索的独行者猛然间发现了一位难得的知己，那么激动，那么兴奋，他似乎忘记了学术批评的惯例，只作品读性的玩味，流连在艾青一首又一首的诗歌当中；前者理性地概括着甲乙丙丁，后者简单得只剩下感觉的直写了！

● 在抗战中走向成熟

从抗战爆发直到 1941 年到达延安，艾青的步履遍布了大江南北，那颠沛流离的生活体验再一次拓展了诗人创作的广度和深度，推动他在反叛中国传统诗歌理想、建设新诗现代观念的道路上迈向成熟。

三类崭新的意象出现在艾青的诗歌中，它们分别是“北方”、“战争”和“乡村”。北方的苦难和它的土地一样广阔厚实，看惯了江南明山秀水的艾青从中感到了一种巨大的心灵撞击，吱呀的独轮推车，古老的风陵渡口，灰黄的沙漠风暴，还有那驴子、骆驼、乞丐，这一切又都与我们民族悠久的历史和沉痛的记忆联系着，北方让艾青“沉实”起来。为死难者画像，画下那一张破烂的“人皮”，画下那城市的火焰，画下“吹号者”和“死在第二次”的士兵，酷烈的战争给诗人留下了前所未有的血色风景。而后方的乡村和旷野，那水牛，那小马，那青色的池沼，又总是让诗人浮想联翩，想起生存的艰辛，想起文明的含义，还有自己那割舍不去的土地的“根”。

与那些单纯的自我抒发式的浪漫主义诗人不同，艾青所追求的是自我之于世界的更大的辐射力和涵盖力。这样，正是在“移步换景”的过程中，世界丰富的景观充实了艾青的诗感，壮大了他的诗歌精神。

艾青诗歌深度的掘进亦得力于抗战。抗战中的人生复杂而混乱，复杂混乱的人生撑满了诗人的心灵。在这里，欢乐与痛苦、希望与失望、亢奋与颓顿常常是不分彼此地绞缠在一起，撕扯着人也升腾着人。艾青这一时期的诗作继续显示着他把握和处理繁复感情的能力，一对对相互矛盾又相互依存的“诗情”与“诗力”流转在他的笔下：土地的淳朴和悲凉，农夫的愚蠢和执着，战士的惨烈和崇高以及人的死亡和再生。“为什么我的眼里常含泪水？/因为我对这土地爱得深沉……”（《我爱这土地》）这经典性的诗句传达着经典性的错综情感，诗的现代魅力得到了尽情的展现。

艾青的诗歌实践还与他自觉的理性探索相互应和着。总结自己的诗歌创作实践，他张扬着一种充满力量的动态的“诗美”，“存在于诗里的美，是通过诗人的情感所表达出来的、人类向上精神的一种闪灼。这种闪灼犹如飞溅在黑暗里的一些火花；也犹如用凿与斧打击在岩石上所迸射的火花”。他总结自己为自由和独立而奋斗的历程，提出：“他们能向世界要求什么呢——最主要的是发言的自由，——而这些常常得不到，因为任何暴君都知道，一个自由发言的，比一千个群众还可怕。”他深刻地指出：“诗，永远是生活的牧歌”，但“所谓‘体验生活’是必须有极大的努力才能成功的，决不是毫无感应地生活在里面就能成功的”。他充分肯定意象、象征、联想和想象在现代诗歌创作中的意义，同时又竭力宣传新诗的口语化与散文美，“最富于自然性的语言是口语”①，“由欣赏韵文到欣赏散文是一种进步”，“散文是先天的比韵文美”②。而所有这一切又都包含着他对中国新诗发展道路的严肃思考：“目前中国新诗的主流，是以自由的、素朴的语言，加上明显的节奏和大致相近的脚韵，作为形式；内容则以丰富的现实的紧密而深刻的观照，冲荡了一切个人病弱的唏嘘，与对于世界之苍白的凝视。”③

1941 年以后的延安生活似乎给诗人艾青带来了某种稳定性：一

---

① 艾青：《诗论》、《诗人论》，见《艾青全集》，3 卷，7、86、18、38 页。

② 艾青：《诗的散文美》，见《艾青全集》，3 卷，64、65 页。

③ 艾青：《诗与时代》，见《艾青全集》，3 卷，72～73 页。

个中国人伦传统所遗弃的孩子在一种新型的人际关系模式中建立着自己稳定的生活，他无须再漂泊流离了。伴随着生存环境的这种变化，诗人艺术追求上的叛逆的锋芒也出现了明显的“钝化”——尽管在进入延安的诗人当中，艾青的自我意识和现代艺术精神是保留得最多的一位，但他依然真诚地希望将固有的理想交付给一个憧憬中的未来，并且为自己这一并不完全熟悉的未来做好牺牲的准备，让新时代的“脚像马蹄一样踩过我的胸膛”，“为了它的到来，我愿意交付出我的生命/交付给它从我的肉体直到我的灵魂”（《时代》）。对于这个时候的艾青，我们似不便再用“弃儿”和“叛逆”的模式来加以描述了。

十一、冯至：“远取譬”与“最为杰出的抒情”

我们准备着深深地领受
那些意想不到的奇迹，
在漫长的岁月里忽然有
彗星的出现，狂风乍起。

——冯至：《十四行之一》

众所周知，冯至最初的诗名与鲁迅1936年在《中国新文学大系·小说二集·导言》中的评价关系甚大：“中国最为杰出的抒情诗人”。到后来，文学史便有了这样的认识：“毋庸置疑，鲁迅这一评价对奠定冯至在中国文学史上的地位产生了一言九鼎的功用。”[①] 但是，鲁迅心目中的“杰出”究竟有什么特殊内涵呢？鲁迅自己对此语焉不详。由此也就引发了后人的多种猜测：鲁迅发现了冯至幽婉、含蓄的抒情风格？发现了早期新诗直白、理智之外的秉承于中国抒情传统的追求？例如，有观点认为，冯至是“很巧妙地把古典诗歌的特点融入到新诗当中去。这是鲁迅理想中的诗歌，所以他才会给予冯至如此高的评价”[②]。当然，也有人怀疑：如此“绝对”的判断对尚在发展初期的冯至来说是否还是有些“溢美”之嫌？

---

① 杨汤琛：《试评鲁迅对冯至诗歌的评价》，载《徐州师范学院学报》，2007（3）。

② 王堆：《鲁迅高度评价冯至诗歌的原因探析》，载《牡丹江教育学院学报》，2010（2）。

讨论这个问题，不仅有助于辨析鲁迅的诗歌标准，认识冯至的特点，而且有利于深入当时的中国新文学界代表人物对诗歌未来的一种期待，以及这种期待视野中冯至选择的历史标志意义。

而在我看来，要准确地辨析这样的判断，有必要同时把握这样三种背景：冯至诗歌之于中国诗歌史的真正的特质或者说潜质；鲁迅之于中国诗歌传统与现实的基本认识；鲁迅本人显露出来的对诗歌发展的期待。

● 在感性抒情之外

到鲁迅发表评论之时，冯至已经出版了《昨日之歌》和《北游及其它》两部诗集，这些作品显然不同于早期新诗诸如胡适等人的直白、理智，但是，它们是不是继承了中国古典诗歌幽婉、含蓄的抒情传统并因此而获得了鲁迅的青睐呢？显然没有如此的简单，因为到鲁迅发表议论的1936年，中国新诗已经在离开早期新诗范式的道路上走了很远，种种的抒情模式都已经得以发展，所谓幽婉、含蓄的抒情风格在新月派诗歌例如徐志摩等人的作品中已经有充分的呈现，但是，鲁迅却明确表示“更不喜欢徐志摩那样的诗”[①]。如果说幽婉、含蓄在某种意义上代表了中国古典诗歌感性抒情传统的一种风格，那么也没有证据表明鲁迅期待这种“感性”风格应该成为中国现代新诗的“未来”。鲁迅对徐志摩关于诗歌感觉的说法曾经有过批评。徐志摩1924年译介波德莱尔《死尸》时议论道：“诗的真妙处不在他的字义里，却在他的不可捉摸的音节里。他刺戟着也不是你的皮肤（那本来就太粗太厚!）却是你自己一样不可捉摸的魂灵”，又说这种神秘的音乐就是“庄周说的天籁地籁人籁”[②]。针对这样的“感性”言论，鲁迅在《“音乐”?》一文中提出了自己的看法。文章开篇就是：“夜里睡不着，又计画着明天吃辣子鸡，又怕和前回吃过的那一碟做得不一样，愈加睡不着了。”[③] 寥寥数语，道出了物质欲望对于人类的纠缠，相对而言，那些空灵玄妙的“感觉”的确就有点虚无缥缈了，在鲁迅看来，离开尖锐的现实来谈感觉的神妙，很不可靠。

---

① 鲁迅：《集外集·序言》，见《鲁迅全集》，7卷，4页，北京，人民文学出版社，1981。

② 见1924年12月1日《语丝》。

③ 鲁迅：《集外集·“音乐”?》，见《鲁迅全集》，7卷，53页。

今天人们常常引用鲁迅关于诗歌的只言片语——诸如《诗歌之敌》中“诗歌是本以发抒自己的热情的”，“诗须有形式，要易记，易懂，易唱，动听”① ——似乎鲁迅倡导一种接近中国古典诗歌范式的写作，其实综合鲁迅的各种论述来看，他恰恰倾向于从传统的欠缺处入手，拉动中国文学的更新和变化，激赏的是“摩罗诗力”，“放言无惮”，向往的是“血的蒸气”，“震悚的怪鸱的真的恶声”，反对的是“平和为物”，质疑的是“静穆”之美②。

冯至前期创作虽然还没有达到《十四行集》那样的成熟，但是却已经显示了与中国古典诗歌感性抒情传统有别的路径。《蛇》不是古典士子的感伤，《蚕马》的苦闷也不再是“士不遇”的孤独，除了苦闷与孤独，《蚕马》还有一种惊心动魄的力量：

一瞬间是个青年的幻影，
一瞬间是那骏马的狂奔；
在大地将要崩溃的一瞬，
马皮紧紧裹住了她的全身！

同样，在《蛇》中，我们也不仅仅是读到了寂寞与忧伤，这里显然不是那种悲情的倾诉，而是贯穿了某种悠远、执着而坚定的思想：

它是我忠诚的侣伴，
心里害着热烈的乡思：
它想那茂密的草原——
你头上的、浓郁的乌丝。

从整体上看，《蛇》已经大大超越了传统抒情的婉转与悲切。寂寞与孤独或许是中国传统诗歌的一个母题，但刚刚踏上诗歌创作的冯至，却赋予了孤独这样的力量：

① 鲁迅：《致蔡斐君（350920）》，见《鲁迅全集》，13 卷，220 页，北京，人民文学出版社，1981。

② 鲁迅：《且介亭杂文末编·白莽作〈孩儿塔〉序》，见《鲁迅全集》，6 卷，494 页，北京，人民文学出版社，1981。

没有朋友，没有爱人的尼采在他独卧病榻的时候，才能产生了萨拉图斯特拉的狮子吼；屈原在他放逐后，徘徊江滨，百无聊赖时，才能放声唱出来他的千古绝调的长骚。①

所以说，冯至虽然不时自称是“在唐宋诗词和德国浪漫主义的影响下”② 写诗的，但影响他生命观深层的一些素质却无疑是诺瓦利斯、荷尔德林、里尔克等西方的诗学精神，并且以此为基础重新发现我们自己的传统。

不仅如此，在鲁迅评论冯至的时候，冯至已经开始了诗歌写作上的重要转折，即从 1920 年代的情感抒发型转向经验抒写型，强调人生经验的提取和挖掘，这离感性抒情的古典传统就更远了。他充满感情地引用过里尔克的《随笔》，其中对自我感受的描述，已经不再是“以物起兴”、“随物宛转”的感性思维所能够概括的了：

我们必须观看许多城市，观看人和物，我们必须认识动物，我们必须去感觉鸟是怎样飞翔，知道小小的花朵在早晨开放时的姿态。我们必须能够回想：异乡的路途、不期的相遇、逐渐临近的分离；——回想那还不清楚的童年的岁月；……想到儿童的疾病……想到寂静、沉闷的小屋内的白昼和海滨的早晨，想到海的一般，想到许多的海，想到旅途之夜，在这些夜里万籁齐鸣，群星飞舞——可是这还不够，如果这一切都能想得到。我们必须回忆许多爱情的夜，一夜与一夜不同，要记住分娩者痛苦的呼喊，和轻轻睡眠着、翕止了的白衣产妇。但是我们还要陪伴过临死的人，坐在死者的身边，在窗子开着的小屋里有些突如其来的声息。……等到它们成为我们身内的血，我们的目光和姿态，无名地和我们自己再也不能区分，那才能以实现，在一个很稀有的时刻有一行诗的第一个字在它们的中心形成，脱颖而出。③

---

① 冯至：《好花开放在最寂寞的园里》，见《冯至全集》，3 卷，170～171 页，石家庄，河北教育出版社，1999。

② 冯至：《在联邦德国国际交流中心“文学艺术奖”颁发仪式上的答词》、《论诗歌创作》，见《冯至全集》，5 卷，196 页。

③ 冯至：《里尔克》，见《冯至全集》，4 卷，86 页。

这不是过去我们所熟悉的即景抒情、托物言志，而是世界与我们内在的生命体验的深层对话，空间的深度和时间的长度保证了对话不会滑行于感觉的表层，而是双方的激情拥抱、冲击甚至彼此拷问的搏斗。尽管有时候诗人还在借用佛学体验来描述这样的物我关系，但是在事实上，他却已经借助里尔克的哲思，为"物态化"的中国诗歌传统注入了大量崭新的"意志化"的内涵，或者说，是重新塑造了他心目中的"传统"，正如冯至在后来的《传统与"颓毁的宫殿"》一文中所说："现在常常有人谈论继承传统问题，并不是无故的。我只担心，在大家向过去一回顾时，只看见些'颓毁的宫殿'，而因此望不清传统的本来面目。""这就是拆除那些颓毁的宫殿，不要让它们长久蒙混纯正的传统。"[①] 当然，这"纯正"来自冯至的创造，或者说是他创造力激活的结果。

●"远取譬"与思想的建构

朱自清评价李金发的诗时提出过意象的"近取譬"、"远取譬"之说，我觉得也可以用在这里。远与近指的是喻体和本体之间的关系的远近，分别指向的是我们欣赏习惯的陌生感与熟悉感。冯至的诗歌思维也可以借用此说，诗人其实是在与古典审美形态的有距离的方向上发展新的可能性。当冯至说他的寂寞"是一条蛇"时，我们都会觉得"寂寞"和"蛇"之间的距离很大，要用很多描述才能说服读者，这就与中国诗歌通常的即景抒情的传统有了距离，冯至有强烈的建构和表达自己思想的欲望，而且他的思想是很丰富的。徐志摩的诗歌是他个人体验的留痕，他无意要展示其思想的丰富性和奇异性，他要展示的是他的感受能力。对思想的展示，则是要跳脱外部世界对自己的牵制。当人感到轻松、不那么严肃时，人的灵性与世界是搅扰在一起的，世界总是刺激人的感受；而当一个人严肃地面对世界之时，他就可能把更多的精力用在自己的思想发展上。当我们跳脱了外在世界的牵制时，我们内部的思想就开始发展起来。在这个意义上，冯至的素质恰恰在于他比较看重自我思想内部的建构。在这条道路上，德国浪漫派与现代主义都给了他新的艺术资源。

回过头来，我们可以继续追问：鲁迅为什么如此"绝对"地夸赞冯至？这里当然可以有多重解释，包括他们某些共同的心境等，

① 见《冯至全集》，4卷，26、27页。

但是，刻意地展开“思想建构”，在与古典审美形态的有距离的方向上发展新诗可以说更是共同的倾向，在这方面不仅要看鲁迅的只言片语，更要看他的“敲边鼓”的早期创作，虽然从艺术的完整性来看，它们未必那么成功，但值得注意的是，这些并不那么协畅、顺达的诗句都表现出了与古典诗歌大相径庭的旨趣。几乎在每一首鲁迅新诗里，我们都可以感受到为传统诗歌无法包容的情绪内涵与精神境界。《梦》是对混沌的无意识世界的有层次感的刻绘，这在当时的新诗中十分鲜见；《爱之神》仿佛是一篇现代爱情的宣示，而且抒发了“无爱情，毋宁死”的极端情绪，完全诀别于“温柔敦厚”的诗教传统；《桃花》暗示了中国的人伦关系，诗歌以艳丽的桃花比喻狭隘的世人，本身也属于“远取譬”；《人与时》表达的是直面现实、投入生命的人生态度。这样的创作都展示了鲁迅对自我思想复杂性的偏好，与中国古代的诗歌抒情方式判然有别，所以编选《中国新文学大系·诗集》的朱自清认为，“只有鲁迅氏兄弟全然摆脱了旧镣铐”[①]，同一时代首开白话诗之风的胡适也承认，早期白话诗人“大都是从旧式诗，词，曲里脱胎出来的”，只有“会稽周氏弟兄”除外[②]。

为什么重提鲁迅对冯至的判断问题？因为包括语言艺术在内的中国新诗的现代建构始终都是一个难题，其间争论不休，而每当我们的诗歌陷入发展的困境之时，都会响起“回到传统”这样一种看似理所当然，实则歧义丛生甚至似是而非的声音。其实，“传统”一词哪里是可以轻易说明的，“近取譬”唤起了我们重温传统的亲切感，而“远取譬”也可能开创新的艺术空间，并最终发现冯至所谓的“纯正的传统”。阅读冯至，我们或许可以发现，“传统”不一定就近获得，“远”也不失为一种有力或者有效的方式。

● 意志的起承转合

沿着这样一种“远取譬”——与传统抒情有距离的语言建构的方向观察冯至，我们才能够深入理解他的真正的诗歌史贡献。

一般认为，中国新诗从1930年代至1940年代的转折与冯至和卞之琳有关，正是他们诗歌中的哲理性启发了如“中国新诗派”这样的诗人群体，推动了诗歌历史的发展。这大体上是不错的，但是，具体

---

① 朱自清：《〈中国新文学大系·诗集〉导言》，见《中国现代诗论》，上编，242页，广州，花城出版社，1985。

② 胡适：《谈新诗》，见《中国新文学大系·建设理论集》，300页。

到一些历史的细节和诗人个体的选择，也还有进一步梳理的必要。

卞之琳的哲理其实与冯至有很大的差异，究竟是怎样的形态更加有力地推动了历史的转折？

前面我们已经有所论述，卞之琳诗歌的哲理化的因素加强了，但似乎并不能将这样的诗歌称作“哲理诗”，有的诗，比如《断章》，很难严格地界定是哲理诗还是抒情诗，这里有一个难以分类的灰色地带：如果侧重于诗中所表达的相对关系，那么可以认为该诗是一首哲理诗；如果侧重于诗歌所表达的某种单向度的暗恋情绪，那么又可以视之为抒情诗。重要的是卞之琳显然无意展开“冗长”的哲理思考，他只愿意呈现自己的一些闪光的念头。

如果说卞之琳愿意“呈现”，那么冯至则开启了思想“起承转合”的过程。卞之琳的“呈现”是区别于冯至的“起承转合”的，呈现追求的是一刹那，可称作顿悟，而冯至则是逐渐展开的思考，是渐悟，这是一个过程，是思想的脉络流动，包括思考过程的矛盾都呈现了出来。冯至是人生的行走者、思考者，他在行走，在思想，并把置身其中的奋斗都展现出来，这是一种动态的感觉，是行走当中的感触，而卞之琳相对而言更像是静态的，有一种独特的旁观的态度。卞之琳总是否认自己的诗中有很深的哲理，他更倾向于认为是一种“意境”。其实意境这个词是很有深意的，不是对诗歌艺术趣味的随意表述，它属于中国古典美学的范畴。从总体上看，意境是静态的，是始终围绕一个中心反复渲染的，但渲染再多也不能跳脱这个核心的意义，意境并不追求思维的过程，其中并没有人生的起承转合的曲折。比如郭沫若的《天狗》，这样的诗歌绝对不能用追求“意境”来加以描述，因为《天狗》的情绪运动整个是一个过程，一个不知所起、不知所终的过程，诗人截取了这一段，完成的是一种情绪的宣泄，实现的是一个生命运动的过程，我们看不到它要流向何方，也无法准确把握。这里，我们可以看出现代诗歌和古典诗歌在美学追求上的区别。

郭沫若刻画的是情绪的过程，冯至展现的则是思想的过程。

在思想的跨度上，冯至的诗与卞之琳的诗差别显著，卞之琳是点到即止，冯至则是把思想推向各个方面。比如冯至的《别离》：

我们招一招手，随着别离
我们的世界便分成两个，
身边感到冷，眼前忽然辽阔，

像刚刚降生的两个婴儿。

通常一般的抒情诗在写别离之时，都是沿着忧伤的路子——也就是诗歌中的“冷”——来写。而冯至却说，在感到了冷的同时，他又因为别离而获得了一个世界。接下来他还反复推演、阐释：

啊，一次别离，一次降生，
我们担负着工作的辛苦，
把冷的变成暖，生的变成熟，
各自把个人的世界耘耕，

为了再见，好像初次相逢，
怀着感谢的情怀想过去，
像初晤面时忽然感到前生。

一生里有几回春几回冬，
我们只感受时序的轮替，
感受不到人间规定的年龄。

诗人完全不满足于离别之情的种种特征，而是以此为起点，对离别形成的人生意义不断追问、想象，对因为分离而各自展开的新的世界深入推进、拓展。另外一首诗《我们天天走着一条小路》也有类似的思想展开。既然是“天天走”的路，那应该是相当熟悉的，而冯至偏偏又从熟悉中发现了陌生：

我们天天走着一条熟路
回到我们居住的地方；
但是在这林里面还隐藏
许多小路，又深邃、又生疏。

走一条生的，便有些心慌，
怕越走越远，走入迷途，
但不知不觉从树疏处
忽然望见我们住的地方，

像座新的岛屿呈在天边。
我们的身边有多少事物
向我们要求新的发现：

不要觉得一切都已熟悉，
到死时抚摸自己的发肤
生了疑问：这是谁的身体？

由现实的路扩展到人生抽象的路，又由路的追问深入到生命的疑惑，这样的思维能力真令人叹为观止！通常我们都会写到对熟悉的事物的亲切感，当然也可能有厌烦甚至疲惫体验，但是，冯至并没有仅仅停留在这些感觉的表面，他努力发掘出熟悉事物的多重可能，直到对自己的身体产生奇异的“顿悟”。这里的思维空间很大，是诗人不断对自己的思想进行反问和耕耘的结果。在中国古典诗歌的传统中，诗人的情绪常常需要借助对世界的不断接触来激发，需要所谓的“兴”；而像冯至这样的诗人则开始尝试另外一种能力：通过对自我的挖掘和追问来发现思想，寻找新的有意味的诗情。这更接近我所谓“意志化”的诗歌思维。

十二、穆旦：“反传统”与中国新诗的“新传统”

一个圆，多少年的人工，
我们的绝望将使它完整。
毁坏它，朋友！让我们自己
就是它的残缺，比平庸更坏：
闪电和雨，新的气温和泥土
才会来骚扰，也许更寒冷，
因为我们已是被围的一群，
我们消失，乃有一片“无人地带”。

——穆旦：《被围者》

与艾青一样，穆旦之于中国古典诗歌传统的关系也属于一种“反叛”当中的张力关系，在张力关系当中，穆旦以其区别于中国古典诗歌的"现代特征"确立了自己，开辟着中国新诗的"新传统"，虽然这样的"新"不能说就是割断了历史文化的更深的血脉（如中国诗歌内部存在的宋诗式的反叛精神）。

然而在20世纪90年代以后传统/反传统的新的纠缠当中，我们对穆旦意义的把握却也面临了不少的困难。

进入90年代以后，随着西方一系列"反现代化"思想的引入，中国学术界对"现代化"与"现代性"的质疑、重估之声日渐高涨，中国现代作家所具有的"现代特征"（即"现代性"）连同我们对它的阐释一起都似乎变得有点尴尬了。正是在这个时候，一部分学者的质疑和另外一部分学者的回应重新唤起了人们对于"现代"、"现代性"以及"现代化"的思考。而且看来这种思考将不得不经常地触及中国新诗史，触及开启中国文学"现代性"追求的五四白话新诗，触及中国新诗全面成熟的40年代。其中，穆旦诗歌也被引入这种"现代性"质疑似乎是一件十分有趣的事：一方面，众所周知的事实是，作为40年代"新诗现代化"最积极的实践者，穆旦所体现出来的对"现代性"的追求和对传统诗歌的背弃都十分的醒目；另一方面，也是这位穆旦，在某些"现代性"质疑者那里，却也照样成了现代诗的成功的典范！[1]

我们不难发现，在某些质疑者对穆旦的肯定当中，包含了这样一种颇具普遍性的思路，即以穆旦为成功典范的中国现代主义诗歌，与直奔西方"现代性"的五四白话新诗大相径庭。胡适、刘半农们似乎是偏执地追求着明白易懂，因求"白"而放弃了诗歌自身的艺术，而穆旦却在"奇异的复杂"里展现了现代诗的艺术魅力，以穆旦为代表的中国现代主义诗歌是对五四新诗的"反动"。这种思路固然是甄别了穆旦诗歌与五四新诗的艺术差别，但却完全忽略了穆旦诗歌与五四新诗在"现代性"追求上所具有的一致性，而且真正将批评的矛头直指胡适的是20年代的象征派和30年代的现代派，他们的"反动"与穆旦的诗歌选择恐怕也不能画等号。这里实际上折射了一种诗学理解上的矛盾丛生的现实。我感到，今天是到了该认真讨论穆旦诗歌以及中国新诗的"现代特征"的时候了，我们应当弄清穆旦现代诗艺究竟有何特色，它与文学的"现代化"及"现代性"追求究竟关系如何。

---

① 参见郑敏：《世纪末的回顾：汉语言变革与中国新诗创作》，载《文学评论》，1993（3）。

如果说五四新诗因过于明白浅易而背弃了诗歌艺术自身，自象征派、现代派至九叶派的中国新诗又是在朦胧、含蓄、晦涩当中探入了艺术的内核；如果说正是晦涩而不是浅易最终构成了从李金发到穆旦的中国现代主义诗歌的显著特征，那么，这也并不等于说从象征派、现代派到九叶派都具有完全相通的“成熟之路”，也绝不意味着从李金发到穆旦，所有的现代诗艺的“晦涩”都是一回事，事实上，正是在如何超越诗的浅易走向丰富的“晦涩”的时候，穆旦显示了他与众不同的思路。那么，就先让我们将目光主要对准超越胡适，自觉建构“现代特征”的现代主义诗歌，而且首先就从目前议论得最多的作为现代诗艺成熟的标志——晦涩谈起。

● 晦涩与现代诗艺

我想我们首先得去除某些流行的成见，赋予“晦涩”这个术语以比较丰富的含义，并承认它的确是现代诗歌发展中一种自觉的艺术追求。因为，较之于浪漫主义诗歌那种诉诸感官的明白晓畅，自象征主义以降的西方现代主义诗歌显然更属于一种契入心灵深处的暗示和隐语。“暗示”将我们的精神从平庸的现实中挑离出来，引向更悠远更永恒的存在，比如，“超验象征主义者的诗歌意象常常是晦涩含混的。这是一种故意的模糊，以便使读者的眼睛能远离现实集中在本体理念（essential idea，这是个象征主义者们非常偏爱的柏拉图的术语）之上”①。“隐语”又充分调动了语言自身的潜在功能，在各种奇妙的组合里传达各种难以言喻的意义，以至有人断定“诗人要表达的真理只能用诡论语言”②。从西方现代诗歌发展的事实来看，朦胧、晦涩、含混这样一些概念都具有相近的意义，都指向一种相同的诗学选择——对丰富的潜在意蕴的开掘和对语言自身力量的凸显。正如威廉·燕卜荪所说：“‘含混’本身可以意味着你的意思不肯定，意味着有意说好几种意义，意味着可能指二者之一或二者皆指，意味着一项陈述有多种意义。如果你愿意的话，能够把这种种意义分别开来是有用的，但是你在某一点上将它们分开所能解决的问题并不见得会比所能引起的问题更多，因此，我常常利用含混的

① ［英］查尔斯·查德威克：《象征主义》，见《花非花——象征主义诗学》，5页，北京，旅游教育出版社，1991。

② ［美］克林斯·布鲁克斯：《诡论语言》，见《二十世纪文学评论》，上册，498页，上海，上海译文出版社，1987。

含混性……"[1] 中国现代主义诗歌在反拨初期白话新诗那种简陋的"明白"之时，显然从西方现代的"晦涩"诗艺里获益匪浅。人们早就注意到了穆木天、王独清、戴望舒、何其芳对法国象征主义诗人如魏尔伦、兰波、果尔蒙、瓦雷里等的接受，注意到了卞之琳对叶芝、艾略特的接受，当然也注意到了当年威廉·燕卜荪就在西南联大讲授着他的"晦涩"论，而穆旦成了这一诗歌观念的最切近的接受者。至于像穆木天、杜衡等在评论中大谈"潜在意识"，又似乎更是指涉了这一诗歌观念的深厚的现代心理学背景。尽管如此，当我们对读穆旦与李金发、穆木天、戴望舒、卞之琳等人的创作时，却仍然能够相当强烈地感到它们各自所达到的"晦涩"境界是大相径庭的，而且这种差别也不能仅仅归结于诗人艺术个性的丰富多彩，因为其中不少的"晦涩"境界分明具有十分相近的选择，仿佛又受之于某种共同的诗学观念。相比之下，倒是穆旦的诗歌境界最为特别。这里，我们可以作一番比照性的阐释。

李金发诗歌最早给了中国读者古怪晦涩之感。对此，朱自清先生描述道："他的诗没有寻常的章法，一部分一部分可以懂，合起来却没有意思。""这就是法国象征诗人的手法；李氏是第一个人介绍它到中国诗里。"[2] 就揭示李金发与法国象征主义的联系来说，朱自清的这一描述无疑是经典性的。不过仔细阅读李金发作品，我们却可以感到，其实它的古怪与晦涩倒好像是另外一种情形，即合起来意思并不难把握——可以说这样的诗句就可以概括李金发诗歌的一大半内涵了："我觉得孤寂的只是我。/欢乐如同空气般普遍在人间！"（《幻想》）相反，真正难以理解的要么是他诗行内部的某些意象的组合，要么是他部分词语的取意，前者如"'一领袈裟'不能御南俄之冷气/与深喇叭之战栗"（《给蜂鸣》）。枯寂荒凉的心境不难体味，但这"深喇叭"究竟为何物呢？读者恐怕百思不得其解。这意象给读者的只是一种无意义的梗阻。后者如"深谷之回声，武士之流血，/应在时间大道上之/淡白的光影下，我们蜷伏了手足"（同上），"这不多得的晚景，/更使她们愈加停滞"（《景》），这"应"和"停滞"都属于那种缺乏深意的似是而非之辞，此外也还包括一些随意性很强的语词压缩："生羽么，太多事了呵"（《题自写像》），一些别扭的文言用语："华其涣矣，/奈被时间指挥着"（《松下》）。作为

① ［英］威廉·燕卜荪：《论含混》，见《西方现代诗论》，296页。

② 朱自清：《〈中国新文学大系·诗集〉导言》，见《中国现代诗论》，上编，246页。

对这种古怪与晦涩的印证，人们也提供了不少关于李金发中文、法文水平有限的资料。这便迫使我们不得不面对这样一个问题，晦涩的美学追求会不会成为将所有的诗歌晦涩都引向“优秀”的辩护词？须知，一位现代主义诗人“故意的模糊”是一回事，而另一位诗人因遣词造句能力的缺乏导致词不达意又是一回事，但两种情况又都可能会产生相近的“含混”和晦涩。

当然，李金发也有着“故意的模糊”，特别是在他描述异国他乡的爱情心理之时。不过在这些时候，“模糊”并没有如法国象征主义那样表现出意义的丰富性，而只是让他的诗意变成了一种吞吞吐吐的似暧昧实明确的抒情：“你‘眼角留情’，/像屠夫的宰杀之预示，/唇儿么？何消说！/我宁相信你的臂儿。”（《温柔》）与其说这背后是一种现代主义的“晦涩”精神，还不如说是中国诗歌传统中“致情贵隐”的含蓄、顿挫之法，“顿挫者，横断不即下，欲说又不直说，所谓‘盘马弯弓惜不发’”[①]。虽然西方现代主义的晦涩从中国古典诗歌的这一传统中获益不少，但细细辨析，其实两者仍有微妙的差别，西方现代主义的晦涩是利用暗示和隐语扩充诗歌的内涵，体现的主要不是“曲折”、“顿挫”而是“多义”和“丰富”；而中国古典诗歌的含蓄则主要是对意义的某种遮盖和装饰，力求“意不浅露”，但追根究底，其意义还是相对明确的，故又有云：“诗贵有不尽意，然亦须达意，意达与题清切而不模糊。”[②]

对晦涩与含蓄的这种辨析很自然地让我们想起了戴望舒，想起了中国象征派的其他几位诗人以及现代派的何其芳、卞之琳等人，可以看到，他们所有的这些并不相同的“晦涩”诗歌都不约而同地深得了“含蓄”之三昧。

戴望舒抗战以前的许多抒情诗篇如《不寐》、《烦忧》、《妾薄命》、《山行》、《回了心儿吧》等也同样是吞吞吐吐、欲语还休的，这里不是什么“奇异的复杂”，而是诗人刻意的自我掩饰，而《雨巷》似的朦胧里也并没有包含多少错杂的意义，它更像是对一种情调的烘托，而进入人们感觉的这种情调其实还是相当明确的。杜衡在《〈望舒草〉序》中的那句名言也颇有点耐人寻味：“一个人在梦里泄漏自己底潜意识，在诗作里泄漏隐秘的灵魂，然而也只是像梦一般地朦胧的。”这固然是对现代精神分析学说的一种运用，但“泄

① （清）方东树：《昭昧詹言》。
② （清）方薰：《山静居诗话》。

漏隐秘”一语又实在太让人想起中国古典诗歌的“顿挫”了，所以接下去杜衡便说：“从这种情境，我们体味到诗是一种吞吞吐吐的东西，术语地来说，它底动机是在于表现自己与隐藏自己之间。”穆木天、王独清的诗歌绝没有李金发式的古怪和别扭，他们所追求的颇有音乐感和色彩感的“纯粹诗歌”来自善为妙曲的魏尔伦以及“通灵人”兰波，但好像正因为如此，他们的诗歌境界其实又离中国古典传统近了许多。很明显，魏尔伦和兰波的朦胧在于他们能够透过看似平淡的描述暗示出一种灵魂深处的颤动，而穆木天、王独清正是在择取了那些象征主义的描述话语后，舍弃了通向彼岸的津梁，“水声歌唱在山间/水声歌唱在石隙/水声歌唱在墨柳的荫里/水声歌唱在流藻的梢上”（穆木天《水声》），这一份“若讲出若讲不出的情肠”分明更接近中国意境的含蓄。类似的色彩和情调我们同样能够在何其芳的《预言》中读到。

卞之琳的诗歌最为扑朔迷离，在这里20世纪西方现代主义诗风的痕迹是显而易见的。他的一系列的名篇《断章》、《距离的组织》、《圆宝盒》、《鱼化石》、《白螺壳》等都似乎暗藏了玄机奥秘，等待人们去破解。特别是像《距离的组织》这样布满新旧典故的作品更令人想起了艾略特。但事实上，卞之琳并无意将诗意弄得错综复杂，无意以错综复杂来诱发我们深入的思考。与艾略特诗歌幽邃的玄学思辨不同，卞之琳更看重一种“点到即止”的哲学的趣味，他不是要展开什么复杂的思想，而是要在无数的趣味的世界里流连把玩，自得其乐。当好几位诗学大家面对他的玄妙而一筹莫展之时，卞之琳却微微一笑：“这里涉及存在与觉识的关系。但整诗并非讲哲理，也不是表达什么玄秘思想，而是沿袭我国诗词的传统，表现一种心情或意境。”[①] 只不过这心情这意境他不愿和盘托出罢了。卞之琳说他“安于在人群里默默无闻，更怕公开我的私人感情”[②]，这似乎又让我们听到了杜衡关于戴望舒诗歌的评论，想起了从李金发到戴望舒的吞吞吐吐，也想起了从穆木天、王独清到何其芳的情调和意境。于是我们知道，在中国现代主义诗歌“晦涩”的西方外壳底下其实都包含着中国式的含蓄的内核。

然而穆旦却分明抵达了西方现代主义诗歌的理想深处，在他的诗歌里，我们很难找到穆木天、王独清、何其芳笔下的迷离的情调

① 卞之琳：《距离的组织》注释，见《雕虫纪历》。

② 卞之林：《雕虫纪历·自序》，见《雕虫纪历》，3页。

和意境。“野兽”凄厉的号叫，撕碎夜的宁静，生命的空虚与充实互相纠结，挣扎折腾，历史的轨道上犬牙交错，希望和绝望此伏彼起，无数的矛盾的力扭转在穆旦诗歌当中。这里不存在吞吞吐吐，不存在对个人私情的掩饰，因为穆旦正是要在“抉心自食”中超越苦难，卞之琳式的趣味化哲思似乎已不能满足他的需要，他所追求的正是思想的运动本身，并且他自身的血和肉，他的全部生命的感受都与这滚动的思想融为一体，随它翻转，随它冲荡，随它撕裂或爆炸。面对《诗八首》，面对《从空虚到充实》，面对《控诉》……我们的确也感到深奥难解，但这恰恰是种种丰富（丰富到庞杂）的思想复合运动的结果。阅读穆旦的诗歌你将体会到，一般用来描绘诗歌内涵和情境的种种概括性语言在这里都派不上用场，它起码具有这样几种复杂的意义结构方式：其一是对某一种生存体验的叩问与思考，但却没有明确无误的思想取向，而是不断穿插着自我生存的种种“碎片”，不断呈示自身精神世界的起伏动荡，历史幽灵的徘徊与现实生命的律动互相纠缠，纷繁的思绪、丰富的体验对应着现代生存的万千气象。如《从空虚到充实》、《童年》、《玫瑰之歌》、《诗八首》。其二是对某一种人生经历的复述，但却不是客观的写实，而是包含了诗人诸多超乎常人的想象和感悟。如《还原作用》、《鼠穴》、《控诉》、《出发》、《幻想底乘客》、《活下去》、《线上》、《被围者》。其三是有意识并呈多种意义形态，使其互相映衬互相对照，引发着人们对人生和世界的多方向的猜想。如《五月》。其四是突出某一思想倾向的同时又暗示着诗人更隐秘更深沉的怀疑与困惑。如《旗》。诸如此类的复杂的意义组合，的确如郑敏所分析的那样，构成了一个巨大的磁场，“它充分地表达了他在生命中感受到的磁力的撕裂”，而且这种由“磁力的撕裂”所构成的“晦涩”又可能是深得了西方现代主义的神髓：“一般说来，自从20世纪以来诗人开始对思维的复杂化，情感的线团化，有更多的敏感和自觉。诗中表现的结构感也因此更丰富了。现代主义比起古典主义、浪漫主义更有意识地寻求复杂的多层的结构。”①

意义的扩展、丰富乃至错杂，从中国诗歌发展的高度来看，这又似乎并不属于现代主义“晦涩”诗艺的专利，它本身就是中国新诗突破旧诗固有的单纯的含蓄品格的一个重要走向（只不过现代主

① 郑敏：《诗人与矛盾》，见《一个民族已经起来》，31页、39页。

义的“晦涩”是将它格外突出罢了），也正是在这个取向上，穆旦的选择不仅不与胡适等白话诗人相对立，而且还有一种深层次的沟通。当年的胡适便是将“高深的理想，复杂的感情”作为白话新诗的一大追求，他的《“应该”》就努力建构着旧诗所难以表达的多层含义。[①] 或许我们今天已不满意于《“应该”》的水准，但却不能否认胡适《“应该”》、《一念》，沈尹默《月夜》、《赤裸裸》，负雪《雨》，黄胜白《赠别魏时珍》等作品的确是中国古典诗学的“含蓄”传统所不能概括的。就现代主义追求而言，穆旦当然是属于李金发—穆木天—戴望舒这一线索之上的，但却有着与其他现代主义诗人所不相同的现代观念，穆旦的诗艺是初期白话诗理想的成功实践。在对现代诗歌“意义”的探索和建设上，穆旦无疑更接近胡适而不是李金发、穆木天，他所体现出来的诗歌的现代特征也更容易让人想到“现代性”这个概念，而据说这种对西方式的“现代性”的追求正是“首开风气”的胡适们的缺陷。但问题是穆旦恰恰在“现代性”的追求中取得了巨大的成功。人们经常谈论穆旦所代表的新诗现代化是对戴望舒、卞之琳、冯至诗风的进一步发扬，但事实上，是戴望舒、卞之琳及冯至的部分诗作更为“中国化”，而穆旦却在无所顾忌地“西化”。

● 白话、口语和散文化

让人们议论纷纷的还包括白话、口语及散文化的问题。

在对初期白话新诗的批评当中，白话被认为是追踵西方“现代性”的表征，口语被指摘为割裂了诗歌与文言书面语言的必要联系，据称书面语保留了更多的精神内涵与隐性信息。按照这种说法，穆旦的价值正在于他“完全摆脱了口语的要求”。至于散文化，当然与“诗之为诗”的“纯诗”理想相去甚远。这都是有道理的，但还是在一些关键性的环节上缺乏说明，比如穆旦本人就十分赞赏艾青所主张的诗歌“散文美”及语言的朴素[②]，而且，对初期白话新诗的粗浅白话提出了批评，倡导“纯诗”的中国象征派、现代派诗人，不也同样受到了西方象征主义诗学的牵引，不也同样表现出了另外一种“他者化”的命运么？

于是我们不得不正视诗歌史的这种复杂性：穆旦和被目为认同

---

① 参见胡适：《谈新诗》，见《中国新文学大系·建设理论集》。

② 参见杜运燮：《穆旦著译背后》，见《一个民族已经起来》，115页。

于西方“现代性”的初期白话诗人具有相近的语言取向，而似乎是“拨乱反正”的中国象征派、现代派却依然没有挣脱西方“现代性”的潮流的裹挟。那么，究竟应当如何来甄别这些不同的诗人和诗派？驳杂的事实启发我们，问题的关键很可能根本就不在什么西方式的“现代性”那里，也不仅仅在于对“纯诗”理想的建构上，归根结底，这是中国现代诗人如何审视自身的文学传统，努力发挥自己创造能力的问题。

在文学创作当中，口语和书面语具有不同的意义。书面语是语言长期发展的结果，沉淀了比较丰厚的人文内涵，但也可能因此陷入到机械、僵化的状态；口语则灵活跳动，洋溢着勃勃的生机，不过并不便于凝聚比较隐晦的内涵。以文字为媒介的文人创作其实都运用着书面语，但这种文学书面语欲保持长久的生命力就必须不时从口语中汲取营养。中世纪的西方文学曾有过拉丁文“统一”全欧洲、言文分裂的时候，但自文艺复兴起，它们便走上了复兴民族语言、言文一致的道路。在这以后，书面化的文学语言也还不时向口语学习，浪漫主义诗歌运动就是如此。散文化的问题往往也是应口语学习要求而生的，强调诗的散文化也就是用口语的自然秩序来瓦解书面语的僵硬和造作。在华兹华斯那里，口语和散文化就是联袂而来的，接下去，象征主义尤其是前期象征主义的“纯诗”追求又再次借重了非口语散文化的语言的力量，但后期象征主义的一些诗人和 20 世纪的现代派诗人又强调了口语和散文化的重要性。20 世纪的选择当然是更高了一个层次。纵观整个西方诗歌的语言选择史，我们看到的正是西方诗人审时度势，适时调动口语或书面语的内在潜力，完成创造性贡献的艰苦努力。

反观中国诗歌，几千年的诗史已经形成了言文分裂的格律化传统，这使诗的语言已经在偏执的书面化发展中丧失了最基本的生命力，相反，倒是小说戏曲中所采用的“鄙俗”的白话让人感到亲切。白话，这是一种包容了较多口语元素的书面语。初期白话诗人以白话的力量来反拨古典诗词的僵化，选择“以文为诗”的散文化方向来解构古典诗歌的格律传统，从本质上讲，这并不是什么认同于西方“现代性”的问题，而是出于对中国文学发展境遇、对中国诗歌创造方向的真切把握。我们没有任何证据能够说明胡适等初期白话诗人没有自己的诗歌语言感受能力，尽管这能力可能还不如我们所期望的那么高。如果说西方文化作为“他者”影响过胡适们，那么这种“他者”的影响却是及时的和恰到好处的。在人类各民族文化和文学的交流发展过程中，恐怕都难以避免这种来自“他者”的启示，不仅难以避免，而且还可以说是不必避免。胡适们为中国新诗语言所选择的“现代性”方向，其实是属于现代中国文学自身的“现代性”方向，或者也可以说在胡适们这里，是“西化”推动了中国新诗自我的“现代化”。

但从20世纪20年代的象征派到30年代的现代派，我们却看到了另外一种语言选择，从表面上看，这也是一种追踵西方诗歌发展的“西化”形式，但却具有完全不同的诗学意义。

胡适之后，已经“白话化”的中国新诗语言显然是一步一步地走向了成熟。但人们很快就发觉这种书面语所包含的“文化信息”不如文言文。较之于文言文，白话的干枯浅露反倒给诗人的创作增加了难度，正如俞平伯所说：“我总时时感到用现今白话做诗的苦痛”，“白话诗的难处，正在他的自由上面。他是赤裸裸的，没有固定的形式的，前边没有模范的，但是又不能胡诌的：如果当真随意乱来，还成个什么东西呢！”[①] 俞平伯实际上道出了当时的中国诗人所具有的普遍心理：包含了大量口语的白话文固然缺少“文化信息”，但仍然以“固定的形式”来掂量它，这是不是体现了人们对于古典诗歌那些玲珑剔透的“雅言”的眷恋呢？值得注意的是，决意创立“纯诗”的象征派、现代派就是在这样一种心理氛围内成长起来的。“纯诗”虽是西方象征主义的诗歌理想，但在我们这里，却主要渗透着人们对中国古典诗歌“雅言”传统的美好记忆。观察从象征派到现代派的“纯诗”创作，我们便可知道，他们的许多具体措施都来自中国古典诗歌的语言模式，他们是努力用白话“再塑”近似于中国传统的“雅言”：饱含中国传统文化信息的一些书面语汇被有意识“征用”，如杨柳、红叶、白莲、燕羽、秋思、乡愁、落花、晨钟、暮鼓、古月、残烛、琴瑟、罗衫等；中国古典诗歌中那种典型的超逻辑的句法结构形式和篇章结构形式也得到了有意识的摹拟和仿造，这是为了同古典诗歌一样略去语言的“链锁”，“越过河流并不指点给我们一座桥”[②]。或者就如废名的比喻，诗就是一盘散沙，

① 俞平伯：《社会上对于新诗的各种心理观》，载1919年10月《新潮》第3卷第1号。

② 何其芳：《梦中道路》，见《何其芳文集》，2卷，66页，北京，人民文学出版社，1983。

粒粒沙子都是珠宝，很难拿一根线穿起来。①

西方的象征主义诗歌导引了中国象征派、现代派诗人的“纯诗”理想，但却是一种矛盾重重的“导引”。西方象征主义诗歌的语象的选择、诗句的设置，与中国古诗不无“暗合”，但它们对语句音乐性的近似于神秘主义的理解却是中国诗人很难真正领悟的。于是中国诗人一边重述着西方象征主义的音乐追求，一边又在实践中悄悄转换为中国式的“雅言”理想②，这便造成了一种理论与实践分裂的现实，而分裂本身却似乎证明了这些中国诗人缺少如胡适那样的对中国诗歌语言困境的切肤之感，他们主要是在西方诗歌的新动向中被唤醒了沉睡的传统的记忆，是割舍不掉的传统语言理想在挣扎中复活了。这种复活显然并不出于对中国诗歌语言自身的深远思考——中国的古典诗歌语言辉煌传统的映照同时也构成一种巨大的惰性力量，匆忙地中断口语的冲刷，又匆忙地奔向传统书面语的阵营，这实在不利于充实诗的语言生命力。果然，在30年代后期，中国的现代派诗歌陷入了诗形僵死的窘境，以至于他们自己也不得不大呼“反传统”了：“诗僵化，以过于文明故，必有野蛮大力来始能抗此数千年传统之重压而更进。”③

在这种背景下，我们会发现，穆旦的语言选择根本不能用“完全摆脱了口语的要求”来加以说明。因为试图摆脱口语要求的是中国的象征派和现代派，而穆旦的语言贡献恰恰就是对包括象征派、现代派在内的“纯诗”传统的超越。超越“纯诗”传统使得他事实上再次肯定了胡适所开创的白话口语化及散文化取向，当然这是一种更高层次的肯定，其中凝结了诗人对五四到40年代20年间中国新诗语言成果的全面总结，是新的口语被纳入到书面语的新的层次之上。

在总结以穆旦为代表的九叶诗派的成就时，袁可嘉先生指出：“现代诗人极端重视日常语言及说话节奏的应用，目的显在二者内蓄的丰富，只有变化多，弹性大，新鲜，生动的文字与节奏才能适当地，有效地，表达现代诗人感觉的奇异敏锐，思想的急遽变化，作

---

① 参见冯文炳（废名）：《谈新诗》，北京，人民文学出版社，1984。

② 参见吴晓东：《从“散文化”到“纯诗化”》，载《中国现代文学研究丛刊》，1993(3)。

③ 柯可（金克木）：《杂论新诗》，载1937年1月《新诗》。

为创造最大量意识活动的工具。"① 袁可嘉先生的这一认识与穆旦对艾青语言观的推崇，都表明了一种理性探索的自觉。

穆旦的诗歌全面清除了那些古色古香的诗歌语汇，换之以充满现代生活气息的现代语言，勃朗宁、毛瑟枪、Henry 王、咖啡店、通货膨胀、工业污染、电话机、奖章……没有什么典故，也没有什么"意在言外"的历史文化内容，它们就是普普通通的口耳相传的日常用语，正是这些日常用语为我们编织起了一处处崭新的现代生活场景，迅捷而有效地捕捉了生存变迁的真切感受。已经熟悉了中国象征派、现代派诗歌诸多陈旧语汇的我们，一进入穆旦的语言，的确会感到"莫大的惊异，乃至惊羡"②。与此同时，散文化的句式也取代了"纯诗"式的并呈语句，文法的逻辑性取代了超逻辑超语法的"雅言"。穆旦的诗歌不是让我们流连忘返，在原地来回踱步，而是推动着我们的感受在语流的奔涌中勇往直前："我们做什么？我们做什么？/生命永远诱惑着我们/在苦难里，渴寻安乐的陷阱，/唉，为了它只一次，不再来临"（《控诉》）。散文化造就了诗歌语句的流动感，有如生命的活水一路翻滚，奔腾到海。在中国现代主义诗歌阵营中，这无疑是一种全新的美学效果。

当然，对于口语，对于散文化，穆旦都有着比初期白话诗人深刻得多的理解，他充分利用了口语的鲜活与散文化的清晰明白，但却没有像三四十年代的革命诗人那样口语至上，以至诗歌变成了通俗的民歌民谣或标语口号，散文化也散漫到放纵，失却了必要的精神凝聚。穆旦清醒地意识到，文学创作的语言终归是一种书面语，所有的努力都不过是为了给这种书面语注入新的生命的活力，因而在创作中，他同样开掘着现代汉语的书面语魅力，使之与鲜活的口语、明晰的散文化句式相互配合，以完成最佳的表达。我们看到，大量抽象的书面语汇涌动在穆旦的诗歌文本中，连词、介词、副词，修饰与被修饰，限定与被限定，虚记号的广泛使用连同词汇意义的抽象化一起，将我们带入到一重思辨的空间，从而真正地显示了属于现代汉语的书面语的诗学力量（所有的这些"抽象"都属于现代汉语，与我们古代书面语的"雅言"无干）。同时，书面语与口语又是一组互为消长的力量，现代汉语书面语功能的适当启用又较好地抑制了某些口语的芜杂，修整了散文化可能带来的散漫。袁可嘉先

① 袁可嘉：《新诗现代化》，载 1947 年 3 月 30 日天津《大公报·星期文艺》。

② 唐湜：《忆诗人穆旦》，见《一个民族已经起来》，154 页。

生当年一再强调对口语和散文化也要破除“迷信”，赋予新的理解，这一观点完全可以被视作是对穆旦诗歌成就的某种总结。袁可嘉认为，“即使我们以国语为准，在说话的国语与文学的国语之间也必然仍有一大方选择，洗炼的余地”。而“事实上诗的‘散文化’是一种诗的特殊结构，与散文化的‘散文化’没有什么关系”①。

穆旦的这一番努力可以说充满了对现代口语与现代书面语关系的崭新发现，它并不是对口语要求的简单“摆脱”，而是在一个新的高度重新肯定了口语和散文化，也赋予了书面语以新的形态。也许我们仍然会把穆旦的努力与20世纪西方诗人（如叶芝、艾略特）的语言动向联系在一起，但我认为，比起穆旦本人对中国诗歌传统与中国新诗现状的真切体察和深刻思考来，他对西方诗歌新动向的学习分明要外在得多、次要得多。如果说穆旦接受了西方20世纪诗歌的“现代性”，那么也完全是因为中国新诗发展自身有了创造这种“现代性”的必要，创造才是本质，借鉴接受不过是一种创造方式。较之于初期白话诗，穆旦更能证明这一“现代性”的创造价值。

● 传统：过去、现在与未来

通过以上的讨论，我们似乎可以看出，包括穆旦诗歌在内的中国现代新诗的种种“现代特征”，其实都包含着对西方诗歌现代追求的某种认同。有意思的是，所有对西方诗歌现代追求的认同并没有导致相同的“现代性”，从胡适开始，以中国现代主义诗歌发展最为典型的“现代化”之路却曲曲折折、峰峦起伏，难怪有人会将胡适挤向那粗陋的一端，又把穆旦随心所欲地拉向另外的一端，也难怪有人会在审察胡适的“现代性”之时，有意无意地忽略了胡适的批评者们同样拥有的“现代性”。

现在我们感兴趣的是，为什么同样追踵着西方现代主义诗歌的发展，会有如此不同的效果？在前面的分析中我们已经知道，这其中暗藏着一个更富实质意义的问题，即中国现代诗人如何面对西方的启示，完成自身的创造性贡献，是对既有创作格局的突破，还是有意识的回归？是“他者化”还是“他者的他者化”？

于是，问题又被引到了一个关键性的所在：中国诗人究竟怎样理解自己的“传统”，他们如何处理自己的创作方向与传统的关系？因为正是

① 袁可嘉：《对于诗的迷信》，载1947年《文学杂志》第2卷第11期。

理解和处理的不同，才最终形成了中国新诗各不相同的“现代特征”。

什么是传统？什么是与我们发生着关系的传统？我想可以这样说，传统应当是一种可以进入后人理解范围与精神世界的历史文化形态。这种对传统的描述包含着两个要点：首先，它是一种历史文化形态，只有是一种具有相对稳定性的文化形态，才可以供后人解读和梳理。用T. 艾略特的话讲，就是今天的人“不能把过去当作乱七八糟的一团”。其次，它还必须能有效地进入到后人的理解范围与精神世界，与生存条件发生了变化的人们对话，并随着后人的认知的流动而不断“激活”自己，“展开”自己，否则完全尘封于历史岁月与后人无干的部分也就无所谓什么“传统”了。这两个要点代表了“传统”内部两个方向的力量。前者维护着固定的较少变化的文化成分，属于历史的“过去”，后者洋溢着无限的活力，属于文化中最有生趣和创造力的成分，它经由“现在”的激发，直指未来；前者似乎形成了历史文化中可见的容易把握的显性结构，后者则属于不可见的隐性结构，它需要不断的撞击方能火花四溅；前者总是显示历史的辉煌，令人景仰也给人心理的压力，后者则流转变形融入现实，并构成未来的“新传统”，“历史的意识又含有一种领悟，不但要理解过去的过去性，而且还要理解过去的现存性”，“就是这个意识使一个作家成为传统的”，“现存的艺术经典本身就构成一个理想的秩序，这个秩序由于新的（真正新的）作品被介绍进来而发生变化”①。

但是，在长期以来形成的原道宗经的观念中，中国人似乎更注意对传统的维护而忽略了对它的激发和再造。人们往往不能准确地把握“反传统”与“传统”的有机联系，不能肯定自觉的反传统本身就是对传统结构的挖掘和展开，就是对新的传统的构成，当然也很难继续推动这种“反传统”的“新传统”。我们对胡适等初期白话诗人的批评就是这样，其实胡适们对日益衰落的中国古典诗歌的“革命”本身就是与传统的一种饶有意味的对话，正是在这种别具一格的“反传统”诘问下，传统被扭过来承继着，生长着——汉语诗歌的历史经由胡适的调理继续向前发展。同样穆旦的价值也并未获得准确的肯定，因为如果过分夸大穆旦与胡适的差别，实际上也就不能说明穆旦的全部工作的价值亦在于对传统生命的再激活，更无

① ［美］T. 艾略特：《传统与个人才能》，见《西方现代诗论》，73、74页。

法解释由穆旦的全新的创造所构成的中国新诗的新传统。

相反，我们从感情上似乎更能接受中国新诗的象征派与现代派，因为它们直接将承袭的目标对准了那辉煌的传统本身。只是有一个严峻的事实被我们忽略了，即这种单纯的认同其实并不足以为中国新诗的生长提供强大的动力，因为，每当我们在为历史的辉煌而叹服之时，我们同时也承受了同等分量的心理压力，是中国古典诗歌传统的光荣限制了我们思想的自由展开，掩盖了我们未来的梦想。还是T. 艾略特说得好："如果传统的方式仅限于追随前一代，或仅限于盲目的或胆怯的墨守前一代成功的地方，'传统'自然是不足称道了。我们见过许多这样单纯的潮流一来便在沙里消失了；新颖却比重复好。传统的意义实在要广大得多。它不是承继得到的，你如要得到它，你必须用很大的劳力。"①

穆旦显然是使出了"很大的劳力"。穆旦诗歌的"现代性"之所以有着迄今不衰的价值，正在于他使用"很大的劳力"于诗歌意义的建构，于诗歌语言的选择，从而突破了古典诗歌的固有格局。他在反叛古典的"雅言化"诗歌传统的时候，勘探了现代汉语的诗歌潜力。正是在穆旦这里，我们不无激动地看到，现代汉语承受着较古典式"含蓄"更意味丰厚也层次繁多的"晦涩"；现代汉语的中国诗照样可以在自由奔走的诗句中煽动读者的心灵，照样可以在明白无误的传达中引发人们更深邃的思想，传达的明白和思想的深刻原来竟也可以这样并行不悖；诗也可以写得充满了思辨性，充满了逻辑的张力，甚至抽象。抛开了士大夫的感伤，现代中国的苦难意识方得以生长；抛开了虚静和恬淡，现代中国诗人活得更真实更不造作；抛开了风花雪月的感性抒情，中国诗照样还是中国诗，而且似乎更有了一种少见的生命的力度。总之，穆旦运用现代汉语尝试建立的现代诗模式，已经拓宽了新诗的自由生长的空间，为未来中国新诗的发展创造了一个良好的条件。从这个意义上讲，穆旦的"反传统"不正是中国诗歌传统的新的内涵么！

① ［美］T. 艾略特：《传统与个人才能》，见《西方现代诗论》，73页。

十三、袁可嘉："现代化"与中国意义

我们确已久久等待
沉郁夏夜的霹雳响雷；
青光扫过空星落树摧，
哗啦啦尘封的窗子一齐打开！

——袁可嘉：《号外二章》

袁可嘉"新诗现代化"思想出现于1940年代后期，但为学术界重新认识并为文学史家广泛评述却是在40余年之后的1980年代。在1980年代足以淹没一切社会文化领域的"现代化"浪潮滚滚而来的时刻，其实这样的文学意义的讨论并没有真正敞现出它的丰富内涵与独特价值。进入1990年代以后，"现代性终结"的宣判让曾经理所当然的"现代化"的理想变得有点不尴不尬了，现代化与现代性一样被视作西方文化的固有理念，对它们的认同也就是对西方文化殖民的顺从，而袁可嘉《新诗现代化》一开头也的确表示："要了解这一现代化倾向的实质与意义，我们必先对现代西洋诗的实质与意义有个轮廓认识。"① 在这个时候，新诗与文学的"现代化"的理论意义更失去了从容讨论、深入剖析的可能。

但袁可嘉这一重要诗学思想恰恰是不能混同在这些"时代潮流"中加以衡量的，它有着自己的理路、自己的历史根据。重新研读他的"新诗现代化"论述，不仅可以让我们再次审视中国新诗发展曾经有过的历史贡献，而且也有利于反过来观察我们在20世纪八九十年代的"现代化曲折"，从而在一个新的层面上厘清中国新诗与中国新文学的"现代化"渊源，特别是它与我们津津乐道的民族性、中国性的关系。

● 中国的新诗现代化

"新诗现代化"涉及的是中国新诗的大问题，而在今天，这些关于"现代化"的思考可能正好切中了我们十多年来关于"现代化"、

① 袁可嘉：《新诗现代化》，载1947年3月30日天津《大公报·星期文艺》。

“现代性”种种争议的核心。

为什么提出“新诗现代化”的问题？是否是为了追随西方诗歌与文学的动向？袁可嘉《新诗现代化》的第一句话是：“四十年代以来出现了一种‘现代化’的新诗，引起了读者的关注。”然后才是前文我们引述的那句话：“要了解这一现代化倾向的实质与意义，我们必先对现代西洋诗的实质与意义有个轮廓认识。”① 单纯引用这后一句，自然会给人造成“西方文学指向”先行的印象，但是全面观之，我们就会清晰地知道，在袁可嘉这里，首先根本不是关注和追寻西方诗歌的新动向问题，引发他“现代化”讨论的恰恰是中国新诗自身发展的事实。这多少令我们想起当年胡适的《谈新诗》，《谈新诗》关注和解释的是“八年来一件大事”，因为“这两年来的成绩，国语的散文是已过了辩论的时期，到了多数人实行的时期了。只有国语的韵文——所谓‘新诗’——还脱不了许多人的怀疑”②。也就是说，与中国新诗的草创者一样，袁可嘉首先关注的不是“文化的引进与模仿”，而是如何对当下创作现象的理解和分析，是新的文学的现象激发起了理论家的思考的兴趣和解释的冲动，而这里的理论冲动并不来自“译介学”，而只属于“解释学”。

正因为袁可嘉的诗论在本质上是对中国诗歌创作现象的分析解释，而不是对外来诗学观念的“译介”，所以他引述西方新批评的诗学结论（如瑞恰慈“最大量意识状态”理论），显然立意并不在这些理论本身的完整性，而是目标明确地直接针对着中国新诗发展的最重要的现实：

> ……艺术作品的意义与作用全在它对人生经验的推广加深，及最大可能意识活动的获致，而不在对舍此以外的任何虚幻的（如艺术为艺术的学说）或具体的（如以艺术为政争工具的说法）目的的服役……③

在瑞恰慈的“最大量意识状态”的论述中，能够实现“最大量”的“包含”的诗的特点在于“由平行发展而方向相同的几对冲动构

① 袁可嘉：《新诗现代化》，载 1947 年 3 月 30 日天津《大公报·星期文艺》。
② 胡适：《谈新诗》，见《中国新文学大系·建设理论集》，294～295 页。
③ 袁可嘉：《新诗现代化》，载 1947 年 3 月 30 日天津《大公报·星期文艺》。

成的”，“通过拓宽反应而获得稳定性和条理性的经验”[1]。这是着眼于诗歌内部的若干因素的相互作用，着眼于文本中的语义关系，即所谓的“组织”与“形式”[2]；而袁可嘉则是将之联系到“人生经验的推广加深”，进而提出“强烈的自我意识中的同样强烈的社会意识，现实描写与宗教情绪的结合”等“现实”问题，分明离开了新批评的“文本”世界与语义天地。“经验”一词虽说是瑞恰慈诗歌批评的关键词之一[3]，但将“人生”连接于“经验”之上，则完全是袁可嘉的特殊命意，就像他的诗歌理想——现实、象征、玄学的结合——一样，以“现实”为第一用词同样可以见出袁可嘉诗学思想具有深厚的中国渊源。

至于他对诗歌所追求的“虚幻目的”与“具体目的”的批判，更来自中国新诗发展的重要事实而与新批评的表述有异，甚至也有别于西方现代主义诗歌的旨趣。无论是新批评对艺术自主性与自足性的标举，还是象征主义的“纯诗”理想，都是捍卫而不是怀疑诗歌的“为艺术”之路。只有在现代中国，自新月派开始，历经象征派直到1930年代的现代诗派，其“为艺术而艺术”的追求仅仅是借用了西方象征主义“纯诗”的旗帜，而实际上是陷入脱离复杂现实的作茧自缚的窘境。“诗是生活（或生命）型式表现于语言型式，它的取材既来自广大深沉的生活经验的领域，而现代人生又与现代政治如此变态地密切相关，今日诗作者如果还有摆脱任何政治生活影响的意念，则他不仅自陷于池鱼离水的虚幻祈求，及遭到一旦实现后必随之而来的窒息的威胁，且实无异于缩小自己的感性半径，减少生活的意义，降低生命的价值；因此这一自我限制的欲望不唯影响他作品的价值，而且更严重地损害个别生命的可贵意义。”[4] 在现代中国，“为艺术而艺术”的“纯诗”之路越来越构成了艺术发展的阻力，1930年代现代派诗歌的诗形僵死、诗思太枯竭、未老先衰已经造成了相当的危机，以至有人发出了“要有野蛮、质朴、大胆、粗犷”[5] 的诗歌诉求。

---

① ［英］艾·阿·瑞恰慈：《文学批评原理》，杨自伍译，227、226页，南昌，百花洲文艺出版社，1992。

② 参见上书，223页。

③ 瑞恰慈谈“经验”，侧重于人的“智力”和“情感”，艾略特的《传统与个人才能》也定位于“艺术经验”，将现实“人生”作为“经验”的限定语则是袁可嘉的思想。

④ 袁可嘉：《新诗现代化》，载1947年3月30日天津《大公报·星期文艺》。

⑤ 柯可：《杂论新诗》，载1937年1月《新诗》第2卷3、4合刊。

当然袁可嘉也提醒人们警惕“诗是政治的武器或宣传的工具”，这种对诗歌“具体目的”的批判容易让我们想到新批评对文学“纯度”的打造，不过，对于这些西方诗家而言，将“道德”、“社会”等内容从诗歌“本体”中划分出来首先还是一个努力返回“文本”的艺术世界的问题，在他们看来，总是从“社会历史”的角度来理解文学已经严重地损害了文学本身的“意味”，相反，对于袁可嘉而言，虽然他以此维护了诗歌的独立性，但有意思的在于，他的诗学建设本来就不太着意引导我们陶然于艺术自足的天地里，而是以此推动中国新诗的发展和变革，出于这个目的，袁可嘉显然是有自己的社会使命意识的。或者说，他是以推动诗歌完成“独立性”的方式真正寻找到现代新诗的历史性力量，袁可嘉的“诗歌独立”宣言不是带领我们从此走进了“文本”的封闭，恰恰相反，他最终是让诗歌走进了更广阔的历史过程，让关怀新诗命运的我们同时关怀天下苍生和文学的运行。正如已经有学人指出的那样：“由于对诗歌社会功能的必然关注，新批评的一整套文本批评理论在袁可嘉那里很大程度上演化成了诗歌写作指导——袁可嘉以这套理论召唤在艺术品质上以艾略特、奥登为楷模而又对中国现实有所干预的现代诗。”“袁可嘉将矛头直接指向当时对政治运动简单服从的口号化、概念化的‘政治感伤性’写作大潮，背负沉重的问题意识探索救治之途。新批评家对既存文本的‘回首’由此逐一变而为袁可嘉对未来文本的‘前瞻’。”①

● 现代化不是西洋化

袁可嘉以“新诗现代化”为理想，那么，究竟什么是“现代”呢？

这也是目前争讼纷纭的一个概念。1990年代以后的中国学术界曾经对这一问题进行了认真的“知识考古”，其结论就是，这是一个来自西方文化的概念，在西方的文艺复兴—启蒙运动时期得以全面呈现，后来随着西方文明的全球性扩张而输入到了东方与中国，也就是说，中国文化的“现代”理想其实是西方形态的翻版，至少具有难以自辩的模仿的嫌疑。在中国新诗发展事实基础上探讨“现代化”的袁可嘉相当注意其中的分别，他特别指出，必须在这样一种

① 姜飞：《新批评的中国化与中国诗论的现代化》，载《钦州师范高等专科学校学报》，2003（3）。

阐释活动中辨析表现形式“来源”和实际的艺术成果。一方面，“现代诗的读者接触这类诗作的经验太少，像面对来历不明的敌人，一片慌乱中常常把它看作译过来的舶来品。其实许多欧化的表现形式早已是一般知识群生活的一部分，虽然来自西方却已经不是西方的原来样本”。另外一方面，“现代诗的批评者由于学养的不够，只能就这一改革的来源加以分析说明，还无法明确地指出它与传统诗的关系，因此造成一个普遍的印象，以为现代化即是西洋化”①。

袁可嘉承认了西方诗歌之于中国新诗现代化动向的“来源”意义，但是又特别指出了中国自身的现代化与西洋化的根本区别：中国的“现代”是针对中国的“传统”而言。“现代”是中国传统形态自我演变中的“现代”，而不是什么输入与移植的外来的“现代”。在《新诗戏剧化》一文中，他还有过一段十分精彩的论述：

> 有一个重要的观念早应在一年以前辨正的，却由于笔者的疏忽，一直忘了提起，那即是，我所说的新诗“现代化”并不与新诗“西洋化”同义：新诗一开始就接受西洋诗的影响，使它现代化的要求更与我们研习现代西洋诗及现代西洋文学批评有密切关系，我们却绝无理由把“现代化”与“西洋化”混而为一。从最表面的意义说，“现代化”指时间上的成长，“西洋化”指空间上的变易；新诗之不必或不可能“西洋化”正如这个空间不是也不可能变为那个空间，而新诗之可以或必须现代化正如一件有机生长的事物已接近某一蜕变的自然程序，是向前发展而非连根拔起。②

所以说，袁可嘉的诗学思想尽管与西方的新批评有着显而易见的联系，但是支撑他探讨“现代”的基础却是中国诗歌自己发生的区别于传统形态的种种现象。《新诗现代化》一开篇就宣布：20 世纪“四十年代以来出现了一种‘现代化’的新诗”。“出现”是袁可嘉的关键词，而且是中国的 20 世纪“四十年代”，而非西洋的 19 世纪末 20 世纪初。

正是在这种时间流动、时代演变的意义上，袁可嘉先后使用了一系列的词语：试验、改革、革命、崛起、新旧……作为对走出

---

① 袁可嘉：《新诗戏剧化》，载 1948 年 6 月《诗创造》第 12 期。

② 同上。

"传统"的"现代"的描述，他所理解和呼唤的"现代"就是对我们已经有过的诗歌形态的调整和反动，需要调整的不仅有中国古代诗歌的形态，也有现代出现的在"中西沟通"的新鲜理念中复活的古代传统的选择，所谓"努力舍弃一些古老陈腐，或看来新鲜而实质同样陈腐的思想和习惯"①，例如：

> 他们的试验在一切涵义穷尽以后，有力代表改变旧有感性的革命号召；这一感性革命的萌芽原非始自今日，读过戴望舒、冯至、卞之琳、艾青等诗人作品的人们应该毫无困难地想起它的先例。②
>
> 它不仅代表新的感性的崛起，即说它将颇有分量地改变全面心神活动的方式，似亦不过。③
>
> 读者如能以此与流行作品对比，便易把握这种间接手法的不可比拟的优异；但它与旧诗所说的"含蓄"又略有广狭深浅之别。④
>
> 旧日才子型的文人最容易落于这个自制的圈套，有不少坏的词曲给我们做了证人。见落叶而叹身世就是标准的一型。这类感伤的特质是绝对的虚伪，近乎无耻的虚伪。⑤

在评述、比较现代诗人的种种选择之时，袁可嘉特别甄别了穆旦与"古典理想现代重构"的徐志摩："徐诗底特质是分量轻，感情浓，意象华丽，节奏匀称，多主要情绪的重复，重抒情氛围的造成，换句话说，即是浪漫的好诗；穆旦底诗分量沉重，情理交缠而挣扎着想克服对方，意象突出，节奏突兀而多变，不重氛围而求强烈的集中，即是现代化了的诗。"⑥

卞之琳是获得袁可嘉肯定的代表新诗"现代化"方向的诗人，不过因为他诗歌中尚存不少"过渡性"的特征而常常被一些批评者

---

① 袁可嘉：《新诗戏剧化》，载 1948 年 6 月《诗创造》第 12 期。

② 袁可嘉：《新诗现代化》，载 1947 年 3 月 30 日天津《大公报·星期文艺》。

③ 袁可嘉：《新诗现代化的再分析》，载 1947 年 5 月 18 日天津《大公报·星期文艺》。

④ 同上。

⑤ 袁可嘉：《论现代诗中的政治感伤性》，载 1946 年 10 月 27 日天津《益世报·文学周刊》。

⑥ 袁可嘉：《诗与民主》，载 1948 年 10 月 30 日天津《大公报·星期文艺》。

挖掘出属于中国古典诗歌的气质，这样的理解在总体上又会掩盖和混淆其可贵的“现代”趋向，因此，论及卞之琳的诗歌，袁可嘉都颇为小心，他小心翼翼地挑出卞之琳诗歌中的某些古典情趣放在一边，而将重心放在那些容易被人忽视的“现代”特征上：“读过《十年诗草》的人有充分理由相信，如几位批评者所指出的（如闻家驷先生评语）卞氏是一位感觉的诗人；感觉极度精致灵敏，感情十分纤细柔弱；但我们对他的批评并不应到此为止；为了揭示卞诗真正价值所在，及提起模仿者的警觉，必须进一步指明；卞诗确从感觉出发，却不止于感觉；他的感情的主调，虽极纤细柔弱，但常有辽瀚的宽度及幽冥的深度，而他的诗艺最成功处确不在零碎枝节的意象，文字，节奏的优美表现，而全在感情借感觉而得淋漓渗透！”[①]

袁可嘉特别将逃避“现代”的趋向概括为“原始”的追求，在他看来，那些追求纯朴、自然、乡野、更接近中国古典诗歌的都可以说是“原始”艺术的形态：“因为厌恶现代城市生活的不安和烦嚣，人们走向纯朴，自然；因为不满工业世界的不和谐不安定，人们回忆过去，怀念中古；”“因为资本主义文明底种种流弊使我们感性僵化，生趣一天比一天低落，人民便想到民间歌舞里面寻找新鲜的情致，有力的表现。”“但这里我们必须注意，这样的原始倾向虽然有消极矫正的意义，却不足以积极解决现代文化的难题。我相信，现代人底无辜早已随着世纪的逝去而消失净尽。伊甸园显然已不再是我们的。纵然有不少才人志士想回到原始而使人类得救，是否可能实现，极可怀疑。”[②]“我们尽可从民歌、民谣、民间舞蹈获取一些矫健的活力，必需的粗野，但我们显然不能停止于活力与粗野上面，文化进展的压力将逼迫我们放弃单纯的愿望，而大踏步走向现代。”“现代诗接受了现代文化底复杂性、丰富性而表现了同样的复杂与丰富。”[③] 在这些描述中，我们不难看出袁可嘉的“现代”追求的内涵，那就是面对当下的社会生活的实际形态，不粉饰、不回避，直面问题，解决问题，正视复杂，呈现复杂，这才是艺术的“现代”之途。

无论是就中国诗歌需要变革的古典形态还是就现代诗歌中借“中西交融”之路重返古典诗境的现实而言，袁可嘉这里所理解和呼

---

① 袁可嘉：《诗与主题》，载 1947 年 1 月 14、17、21 日天津《大公报·文学副刊》。

② 袁可嘉：《诗与民主》，载 1948 年 10 月 30 日天津《大公报·星期文艺》。

③ 同上。

唤的“现代”都是十分深刻的。

作为对中国意义的“现代”形态的概述，袁可嘉在中国新诗批评与新文学批评中第一次引人注目地使用了“新传统”一词，第一篇相关论文《新诗现代化》的副标题就是“新传统的寻求”，经过他的反复论述，我们知道就是这样一种非旧诗形态、非民间形态的与人们的“原始”情趣有别的诗歌艺术追求登上了历史的前台，它既不是西洋文化的移植，更不是古代文化的简单延续，但又是包含了异域启示与自身文化血脉的“有机的综合”，一种现代诗人的独立的创造，它的出现，标志着中国诗歌在我们的20世纪具有开创意义的独立形态已经成型。

而袁可嘉则是发现和总结这一现象的最早的理论家。

● 民主诗歌与人民诗歌

如果袁可嘉以上关于“现代”诗歌艺术的建构还都是在“中外文化交流与对话”的大背景中展开的，其中国意义也是在古今中外艺术元素的比照甄别中呈现出来的，那么，他关于现代诗歌的“民主”内涵、“人民”价值的论述，则直接代表了诗家对中国“现代”问题的关注与回应。

中国现代社会文化的一个重要特点便是所有重大的艺术选择都无法掩饰和代替我们现实人生中一系列更为重大的政治问题，而且往往这些社会政治的遭遇还会反过来影响和改变我们的艺术趣味与艺术选择，如此复杂而严峻的社会政治环境显然是西方现代主义诗人与新批评学者都不曾经历过的，属于现代中国自身的社会问题，同时也因为社会政治与艺术相互渗透的现实而同时属于现代中国的艺术问题、诗歌问题。

“近几年来，我们不时读到讨论诗与民主的关系的文章。不论作者们底观点如何歧异，大家似乎都已承认诗与民主之间确有一定的关系可寻。”[①] 这是《诗与民主》的开篇，这样的开篇为我们描绘出了袁可嘉的诗学建设的语境：一个热烈的充满政治议题的时代，并且这样的议题并非外在于我们，它直接切入了我们的生存与生命。对此，袁可嘉的体会是相当深入的，他更愿意将“民主”理解为一种人的文化与意识，而不是外在的政治制度。民主作为“文化”的

① 袁可嘉：《诗与民主》，载1948年10月30日天津《大公报·星期文艺》。

意义可以说是袁可嘉独特的社会发现，而他竟然又能从这一文化中读出与“现代化”诗歌的“直接的，显著的联系”[1]，则更是诗家的智慧了。同样，作为“三十年来的新文学运动”两大不同的趋向，“人的文学”与“人民的文学”也能够在“现代”诗歌的“综合”思维中激荡相生：“我指出了两支潮流的相激相荡的真相，造成矛盾冲突的实际原因，及相容相成的可能途径；个人更诚恳相信，只有通过多方面真实了解所获得的全面和谐，及通过相对修正的真诚合作，才足以保证中国文学的辉煌前途。”[2] 作为个体诗人主观经验的表达，因此也应该包含在“人民的文学”之内，并且符合我们所追求的“民主”原则。这样的论断无疑大大拓展了我们对于“人民”、“民主”的认识：

> 我们大可现实一点，更接近问题一点；我们假定：目前真有一些“落伍”的人们，由于气质及现实生活环境的限制，心中虽向往于大众生活的描写，揭发，歌颂，实际上却确实无法依照某些人的特定模型制造作品，而他们又决不甘心学别人做些空洞姿态；更重要的是，他们（人数多少在这儿应该不发生什么作用，即使只是一个人也毫不影响推论）却确实有特殊的感觉能力，特殊的表现能力，虽写不出订货单上的“人民生活”，却真能创造不合规定的源于现实生活的诗，或比“人民生活”更大的“人类生命”的诗；谁有理由不让他们写，不许他们写？如果有人一定要限制他们，这是推进民主，还是背叛民主？这是扼死生命，还是创造生命？[3]

在中国现代诗歌史上，这突破了所谓自由主义者的作茧自缚的封闭，自然也区别于那些政治家的文学训诫，同时也不是折中主义的讨巧之言，因为相互“综合”的方式获得了现代诗歌经验的有效支持。

抽象观之，将诗歌艺术与政治民主相互联系，在诗歌的走向中探讨“人”与“人民”的不同含义，这在人类诗学思想史上都可谓是颇为特别的，甚至对一些西方学者而言，还多少有些费解，而且

---

① 袁可嘉：《诗与民主》，载 1948 年 10 月 30 日天津《大公报·星期文艺》。

② 袁可嘉：《“人的文学”与“人民的文学”》，载 1947 年 7 月 6 日天津《大公报·星期文艺》。

③ 袁可嘉：《批评漫步》，载 1947 年 6 月 8 日天津《大公报·星期文艺》。

其中的某些论断也不免牵强[1]，不过，如果将这样的思考置放在20世纪中国文化发展与文学艺术发展的独特语境中，我们就应当承认，这恰恰可能是诗家袁可嘉独特而敏锐的现实体验的结果，正是其中产生自中国现实的感受让他有可能在诗歌艺术的边界之外重新发现中国艺术价值的独特构成——一种文学与社会文化共生的基本事实：

> 当我对新文学运动的过去与现在作了一个鸟瞰的观察以后，我觉得它有如此一个与别的文学绝不相同的特质，那即是它的"文化性"确切地超过了它的"文学性"；这就是说，新文学的出现，存在与发展，作为文化运动主环的意义与影响，远胜于它作为纯粹文学的价值。[2]

中国学界再次意识到在文学的意义上讨论这样的事实，已经是近半个世纪以后的事情了。

袁可嘉对诗歌问题的这一发现可以说是他对现代诗学批评的又一重要贡献，一种最能显示现代"中国特色"的诗学追问与思想建构。

● 戏剧化与"经验"

不仅以自己"中国意义"的新诗现代化思想在世界现代诗学中卓然而立，就是在中国现代诗学的探索历程中，袁可嘉的贡献也可谓具有里程碑式的意义。

在艺术本身的层面上建构诗歌的"经验"理论，以及新诗戏剧化思想的完善，这就是袁可嘉之于中国现代诗学的突出贡献。

中国新诗的开拓是在中国古典诗歌高度成熟的困境中开始的，突破旧有的创作模式、寻找崭新的思维空间可谓中国新诗的基本选择。针对业已程式化的创作理路，如何让我们重新发掘新的诗歌灵感，或者说让诗歌如何重新容纳新的人生体验，这就是现代中国诗学思想在一个相当长的时期内的核心问题。新诗创作的"经验"之论，便是在这个背景上提出来的。所谓"经验"，就是要让新诗接受

---

① 例如他认为："写一首我所谓现代化的好诗不仅需植基于民主的习惯，民主的意识（否则他的诗必是非现代化的，如目前的许多政治感伤诗），而且本身创造了民主的价值。"（《诗与民主》）

② 袁可嘉：《我们底难题》，载1948年《文学杂志》第3卷第4期。

和传达全新的人生体验的内容。中国新诗的“经验”之论在初期白话诗歌的时代就产生了，但是直到袁可嘉那里才完全进入到了艺术本身的逻辑。

“经验”成为中国现代诗学的重要语汇最早见于胡适的“经验主义”一说。强调“经验”之于诗歌创作的意义与胡适反对“抽象写法”、倡导“具体的做法”相联系。1920 年，在《梦与诗》的“自跋”里，胡适明确提出：“这是我的‘诗的经验主义’（Poetic empiricism）。简单一句话：做梦尚且要经验做底子，何况做诗？现在人的大毛病就在爱做没有经验做底子的诗。北京一位新诗人说‘棒子面一根一根的往嘴里送’，上海一位诗学大家说：‘昨日蚕一眠，今日蚕二眠，明日蚕三眠，蚕眠人不眠！’吃面养蚕何尝不是最容易的事？但没有这种经验的人，连吃面养蚕都不配说。——何况做诗？”这里的“经验”指向的更像是生活的实感，十年后胡适在《题陆小曼画山水》里依然说的是：“画山要看山，画马要看马。闭门造云岚，终算不得画。”可见此经验尚未进入到更自觉的艺术逻辑的层次。

胡适之后，虽然中国新诗的建设依然渴求新的艺术经验，但长期徘徊于西方/传统二元选择的诗家们似乎更钟爱另外一些艺术的大词，诸如情感、情绪、格律、节奏乃至时代、社会、大众等，“经验”之思反倒零落稀疏，极其有限的“经验”语汇也依然没有超越胡适“生活实感”的层次，例如臧克家的“人生经验”：“我的每一篇诗，都是经验的结晶，都是在不吐不快的情形下写出来的，都是叫苦痛迫着，严冬深宵不成眠，一个人咬着牙齿在冷落的院子里，在吼叫的寒风下，一句句，一字字的磨出来的压榨出来的。没有深湛的人生经验的人是不会完全了解我的诗句的，不肯向深处追求的人，他是不会知道我写诗的甘苦的。”[①] 极少数诗家如梁宗岱、冯至等人在诗论中论及了个人体验的独特意义，也偶尔征引过里尔克等西方诗家的“经验”之说，但都没有在自己的诗论中深入展开过“经验”话语的层面上的讨论。

继胡适的尝试开拓之后，重新启用“经验”话语并将之推至艺术思维高度的是袁可嘉。“经验”是袁可嘉频频使用的诗学词汇。例如“诗篇优劣的鉴别纯粹以它所能引致的经验价值的高度、深度、

① 臧克家：《我的诗生活》，见《臧克家文集》，4 卷，554 页，济南，山东文艺出版社，1994。

广度而定”①，“现代诗人从事创作所遭遇的第一个难题，是如何在种种艺术媒剂的先天限制之中，恰当而有效地传达最大量的经验活动”②，“从事物的深处，本质中转化自己的经验”③ 等。更值得注意的是，袁可嘉的“经验”却完全是艺术本身的概念。在他看来，当时普遍存在的抽象的说教和宣泄般的感伤“自然都是生活经验，可能是但未必即是诗经验，在极多数的例子里，意志只是一串认识的抽象结论，几个短句即足清晰说明；情绪也不外一堆黑热的冲动，几声呐喊即足以宣泄无余的”④。区别于一般“生活经验”的“诗经验”，这是袁可嘉为中国现代诗学贡献的“关键词”。他进一步论述说：

> 诗的经验来自实际生活经验，但并不等于，也并不止于生活经验；二种经验中间必然有一个转化或消化的过程；最后表现于作品中的人生经验不仅是原有经验的提高，推广，加深，而且常常是许多不同经验的综合或结晶；一个作者的综合能力的大小，一方面固然决定于经验范围的广狭，深浅，尤其决定于他吸收经验，消化经验的能力；这种消化的形成一部分根据先天的气质的自然发展，一部分依赖自发的教育与训练；个人的趣味素养在此分野，心灵品质的高低，优劣也就各具模形，这一切都十分自然，丝毫勉强不得也做作不得。⑤

袁可嘉的新诗戏剧化追求就是为了最好地呈现“诗经验”。在1940年代的他看来：“当前新诗的问题既不纯粹是内容的，更不纯粹是技巧的，而是超过二者包括二者的转化问题。那么，如何使这些意志和情感转化为诗的经验？笔者的答复即是本文的题目：《新诗戏剧化》，即是设法使意志与情感都得着戏剧的表现，而闪避说教或感伤的恶劣倾向。”⑥

作为丰富中国诗歌艺术的方式，现代白话诗人对“戏剧元素”

---

① 袁可嘉：《新诗现代化》，载1947年3月30日天津《大公报·星期文艺》。

② 袁可嘉：《新诗现代化的再分析》，载1947年5月18日天津《大公报·星期文艺》。

③ 袁可嘉：《新诗戏剧化》，载1948年6月《诗创造》第12期。

④ 同上。

⑤ 袁可嘉：《批评漫步》，载1947年6月8日天津《大公报·星期文艺》。

⑥ 袁可嘉：《新诗戏剧化》，载1948年6月《诗创造》第12期。

的借用也是由来已久了。1920年代新月派诗人如徐志摩、闻一多等都在自己诗歌当中采用过戏剧独白、对白等形式，闻一多甚至在1943年提出："在一个小说戏剧的时代，诗得尽量采取小说戏剧的态度，利用小说戏剧的技巧，才能获得广大的读众。"① 此刻闻一多的思路是，这样处理就可以最大限度地突破古典诗歌的固有模式："旧诗的生命诚然早已结束，但新诗——这几乎是完全重新再做起的新诗，也没有生命吗？对了，除非它真能放弃传统意识，完全洗心革面，重新做起。但那差不多等于说，要把诗做得不像诗了。也对。说得更确点，不像诗，而像小说戏剧，至少让它多像点小说戏剧，少像点诗。太多'诗'的诗，和所谓'纯诗'者，将来恐怕只能以一种类似解嘲与抱歉的姿态，为极少数人存在着。"② 至于"新诗戏剧化"的种种内在问题，都尚未涉及，就像1920年代的创作一样，闻一多、徐志摩主要还是将"戏剧"作为一种新鲜的手段和技巧加以运用。

1930年代的卞之琳继续使用戏剧元素，并且从中外诗歌艺术渊源的角度对此加以解释："我总喜欢表达我国旧说的'意境'或者西方所说'戏剧性处境'，也可以说是倾向于小说化，典型化，非个人化，甚至偶尔用出戏拟（parody）。"③ 这里已经道出了这一艺术取向之于现代西方诗学的深刻联系，不过，就像当时这些"中外融合"的诗歌理想本身一样，在诗学理念上将传统中国的"意境"与现代西方的"戏剧性处境"相互沟通，虽不乏深刻却也留下了更多的似是而非之处，至少，它说明此时此刻的"戏剧性"概念还不是立足于中国新诗的"现代问题"，还没有从更大的艺术整体的观念上来解读"戏剧"的丰富内涵。

作为现代"诗经验"的新诗戏剧化追求，是袁可嘉第一次对它进行了全面而深刻的解剖与阐述，正是通过袁可嘉的阐述，戏剧化才根本跨越了一般技巧的层面，成为连接思想与形式又不囿于思想与形式的"思维方式"，作为诗歌基本思维方式的"戏剧化"也才具有客观性、间接性、包容性以及富含张力、重视结构等基本特点，并且形成了里尔克、奥登与其他诗剧等三种形态。袁可嘉的论述显

① 闻一多：《文学的历史动向》，见《闻一多全集》，10卷，20页，武汉，湖北人民出版社，1993。

② 同上。

③ 卞之琳：《雕虫纪历·自序》，3页。

然包含了丰富的西方文化资源——包括艾略特、瑞恰慈、肯尼斯·伯克等人的诗学观念及20世纪欧美现代诗歌的创作动向，不过，这些外来资源的运用丝毫不能掩饰其诗学主张的明确的现实针对性："无论想从哪一个方向使诗戏剧化，以为诗只是激情流露的迷信必须击破。没有一种理论危害诗比放任感情更为厉害，不论你旨在意志的说明或热情的表现，不问你控诉的对象是个人或集体，你必须融和思想的成分，从事物的深处，本质中转化自己的经验，否则纵然板起面孔或散发捶胸，都难以引起诗的反应。"① 他甚至说过："照笔者的想法，朗诵诗与秧歌舞应该是很好的诗戏剧化的开始；二者都很接近戏剧和舞蹈，都显然注重动的戏剧的效果。朗诵诗重节奏，语调，表情，秧歌舞也是如此。唯一可虑的是若干人们太迷信热情的一泻无余，而不愿略加节制，把它转化到思想的深潜处，感觉的灵敏处，而一味以原始做标准，单调的反复为满足。这问题显然不是单纯的文学问题，我还须仔细想过，以后有机会再作讨论。"②

在中国现代诗学发展所有的"戏剧化"论述中，袁可嘉的思想具有更为清晰更为具体的"问题意识"，也就是说，无论他借鉴了多少外来的资源，我们都不得不承认，正是这样的论述面对和回应了中国自己的问题，是对中国现代诗学建设的创造性贡献。

袁可嘉不仅针对中国新诗发展的问题提出了"新诗戏剧化"的主张，还努力尝试建立自己的诗学理论概念与批评方式。众所周知，在西方文艺思想的压迫性输入之中，现代中国的文艺理论家与诗学家不得不将相当多的精力放在了应付、消化外来资源方面，由此形成了我们自身理论建设包括概念术语的严重匮乏，现代中国的几部体系完整的"诗学"——包括朱光潜、艾青等人不无贡献的诗学——都未曾在推出新的诗学概念方面作出更多的努力。虽然袁可嘉从不讳言自身诗学观念中所接受的外来痕迹，但他却总能自如地运行于所有这些外来诗学概念之上而予以新的组合和改造，并且形成自己的新的思想形式，除了前述诸多方面的独立创造之外，包括"戏剧"这一外来概念，袁可嘉也试图重新加以整合，成为对个人诗学追求的一种概括，在《谈戏剧主义》一文中，他将戏剧上升为"主义"并以此作为"一个独立的批评系统"③，这可以说是袁可嘉独

① 袁可嘉：《新诗戏剧化》，载1948年6月《诗创造》第12期。

② 同上。

③ 袁可嘉：《谈戏剧主义》，载1948年6月8日天津《大公报·星期文艺》。

具匠心的提炼，这样的提炼既与现代西方的诗学思想形成了对话，又为中国自己的诗学批评概念奠定了基础。如果现代中国的诗家们能够有更多的袁可嘉式的自觉，那么属于我们自己的思想形式也就是大可期待的了。半个世纪之后，同样尝试提出“症候式分析”这一新概念的诗家蓝棣之先生颇为感慨地说：“袁可嘉写成了他全部诗论里最核心、最重要的一篇文章：《谈戏剧主义》（1948 年 6 月 8 日《大公报》）。上文刚才分析过的‘戏剧化’，是袁可嘉对于他所理想、所归纳的现代化新诗的命名，而‘戏剧主义’则是他对于自己批评理论的命名。我自己曾经在 1998 年把自己的文学批评理论命名为‘症候分析理论’（《现代文学经典的症候式分析》，北京，清华大学出版社，1998），把自己的诗歌批评理论命名为‘诗中重要情感分析理论’（《现代诗的情感与形式》，北京，华夏出版社，1995），因此，我想论断说‘戏剧主义’是袁可嘉对于自己批评理论的命名。但在 1948 年他把这些论文结集准备出版时，他用了‘新批评’这个命名，1988 年重新搜集出版时，用了‘论新诗现代化’。这两次他都没有用‘戏剧主义批评理论’这个命名。无论从时代还是个人原因说，都是因为他想融入时代的文学潮流，不大看重个人的标新立异，或者说希望把个人的标新立异隐藏在时代思潮之深处。”[①] 问题就在这里，当所谓的“时代思潮”裹挟着更多的人在单纯的求新逐异中奔驰，就是“现代性质疑”的动力和理论也不得不来自所谓异域思潮的最新动向之时，中国诗家曾经有过的创造也将为历史的尘埃所湮没，中国新诗的传统与中国现代诗学批评的传统都不得不在重返历史中加以捡拾。这或许就是我们的宿命？

十四、任洪渊：当代学院派诗人的选择

黑暗爆炸
辉煌的象形文字　突然击中我
——任洪渊：《我只想走进一个汉字　给生命和死亡反复读写》

面对中国古典诗歌传统，我们看到了徐志摩—戴望舒—何其

① 蓝棣之：《九叶派诗歌批评理论探源》，见《现代诗歌理论：渊源与走势》，52 页，北京，清华大学出版社，2002。

芳—卞之琳式的现代继承，也看到了艾青—穆旦式的现代反叛，除此之外，出现在当代诗坛上的另外一种姿态也值得注意，这就是诗人任洪渊的体验与选择。

“当代诗潮：对西方现代主义与东方古典诗学的双重超越”，这是当代诗人任洪渊在即将进入 20 世纪最后十年之时，对中国新诗现状的描述（原文发表于《文学评论》1988 年 5 期）。在我看来，与其说这是中国新诗潮流总体发展的事实，还不如说是作为诗人的任洪渊对未来中国诗歌理想的呼唤，或者更准确地讲，是置身于高等院校、浸润于精英文化氛围的学院派诗人任洪渊对自身诗歌理想的一次总结。在这里，他将中国新诗的艺术选择纳入中国/西方的文化格局中加以审视，生动地体现了高校知识分子特有的一种思维方式。任洪渊是诗人，但同时也是一位教授中国文学发展史的高校教师，像 20 世纪的其他高级知识分子一样，他从理性的高度思索和关注着中国文化，在文化的层面上梳理中国文学发展的现状和未来的可能。我认为，作为 20 世纪中国学院派知识分子的一员，任洪渊的“双重超越”有助于我们理解和阐释类似的中国诗人的文化选择，包括这种选择的根源及其留下的问题，当然，最终也有利于说明诗人任洪渊本人的诗歌史贡献。

● 中国的学院派诗人

我们所谓的学院派诗人大体包含这样几个特点：接受过严格的学院式教育，或者较长时间任教于高等学府，传道授业与文化研讨是他事业组成的重要部分，对知识、学养的重视构成了他主要的人生追求，而他的诗歌艺术的选择从总体上是从属于这样一种人生旨趣和性格追求的。《红烛》时期的闻一多和 20 世纪 30 年代现代派诗人卞之琳可以说就是现代中国学院派诗人的重要代表。《红烛》时期的闻一多沉稳质朴，修身持心，严于律己，俨然传统儒生，他以自己的刻苦学习和文化研究拒绝着在一般人看来是理所当然的娱乐享受，伴随着他走向诗坛的是他对中西诗歌艺术的严肃思考和对当下诗歌的学术性批评——比如他那著名的对俞平伯《冬夜》和郭沫若《女神》的评论。卞之琳“总倾向于克制，仿佛故意要做‘冷血动物’”①。于是他适合于在四川大学和西南联大教书，或者埋头从事稳

① 卞之琳：《雕虫纪历·自序》，1 页。

定的译著工作。他也曾试着走出书斋，汇入社会运动的潮流，但是最终还是默然而返，1938年的延安没有能够将他留下，以至到了中国历史剧变的重要关头，他还在“英国僻处牛津以西几十公里的科茨渥尔德中世纪山村的迷雾里独自埋头”[①]。对比以上这些学院派诗人，我们所熟悉的另外一些作家似乎另有他途，郭沫若显然是被火热的社会热情煽动得心潮起伏，穆旦所关注的恰恰是“学院”之外的（“从幻想底航线卸下的乘客”）更广大的生存真相和痛苦，深受鲁迅精神影响的他更像是一位走向社会的作家，同样深受鲁迅影响的胡风扶持起了一批学院教育极不规范的七月派诗人，尽管他们与穆旦的艺术旨趣并不相同。

我们发现，在以“学院”疏离于社会的学院派诗人和以走向社会来体验人生的非学院派诗人之间，更重要的差别还在于他们对于艺术的理解。力图在社会中展开自己人生的诗人通常更喜欢捕捉自己周遭的人生事实或心灵的律动，他们对诗歌艺术的理性认识其实也往往是对人生和生存本身的认识，他们当然不是没有文化品位和对文化的追求，但相对来说，这些“文化”不是以知识的形式或者理性指导的意义出现在他们创作实践中的，而是已经融化成了他们心灵感受的一部分，什么中国文化、西方文化，什么新文化、旧文化，他们来不及或并不习惯于以如此清晰的概念辨析来说明自己的艺术创造的冲动。例如，在郭沫若这里，古今中外的诗歌遗产是浑然不分的一个整体：“我唤起周代的雅伯，/我唤起楚国的骚豪，/我唤起唐世的诗宗，/我唤起元室的词曹，/作《吠陀》的印度古诗人哟！/作《神曲》的但丁哟！/作《失乐园》的米尔顿哟！/作《浮士德》悲剧的歌德哟！”（《创造者》）惠特曼的雄壮，泰戈尔的宁静，屈骚的深厚，王维的轻灵，如此不同的诗歌风格席卷而来，而诗人郭沫若却无八方受敌的尴尬，内在的激情冲淡了“文化”的界限，在郭沫若的创作当中，不同品种甚至相去甚远的诗歌遗产都在“为我所用”中并置了起来，由此形成了诗人的“多变”和“驳杂”特征——有意思的是郭沫若根本就没有意识到这种“混合”有什么样的不妥。七月派先导艾青有过自己的理性建构——《诗论》，但他的这一理论与其说是对中外诗学体系研究总结的结果，还不如说是对自身艺术实践的提炼，所以《诗论》的表述是诗人特有的随想式判

① 卞之琳：《雕虫纪历·自序》，3页。

断，它不是以概念的严密而是以极强的现实针对性而享誉诗坛的，艾青本人的创作不是为了调制中外诗艺的精华，而是向生活突进，表现当代生存的感受："如正义的指挥刀之能组织人民的步伐，诗人的笔必须为人民精神的坚固与一致而努力。"① 另一位七月派诗人阿垅的"诗论"也因为关注生存实践的意义而显得"偏激"、充满情绪性，在他看来，"诗是赤芒冲天直起的红信号弹"，诗和诗人的任务就是这么两项："A. 作为抗日民族战争底一弹；B. 作为抗日民族战争底一员。"② 同样，以"反传统"著称的九叶派诗人穆旦也自觉地继承了社会型文学家鲁迅的精神遗产，他对中国古典诗歌传统的某些背弃并不来自他的学术研究而全然是对现实生存真切体察的结果。王佐良说过，穆旦"一方面最善于表达中国知识分子的受折磨而又折磨人的心情，另一方面他的最好的品质却全然是非中国的"③。应当补充的是，这"另一方面"的品质并不是诗人深谋远虑的思想选择，因为"穆旦的胜利却在他对于古代经典的彻底的无知"④。抗日战场上的森森白骨和"被围者"的痛苦已经给穆旦提供了全新的意象和全新的情绪，真诚地呈现这样的艺术感受本身就产生了一种"反传统"的效果，而作为艺术实践者的穆旦显然不必为这奇异的效果找出更多的理由。1940 年，穆旦连续在香港《大公报》上发表了关于艾青和卞之琳的两篇诗评，从这两篇诗人仅有的诗评来看，那种激情式的写作、感性化的语言都让我们联想到艾青、阿垅、胡风等七月派同仁的风格，这说明，穆旦从本质上仍然体现了与社会型诗人的相通之处。

与上述的诗人们不同，我们所谓的学院派诗人更习惯于将艺术的实践与他们的知识探求、文化建设相联系。他们关于文化建设的设想似乎要落实为具体的文学（诗歌）选择，而诗歌创作的特定走向也有必要在更为恢宏的文化知识的背景上加以阐发。对于深受学界影响的学院派诗人来说，诗歌艺术的选择也经常地与文化传统的选择、中西诗艺的选择相联系。1922 年周作人作《论小诗》，其思维方式就是中国如何如何，欧洲如何如何，印度如何如何，这就是学院派知识分子的思维方式。第二年闻一多评《女神》的"地方色

① 艾青：《诗论》，见《艾青全集》，3 卷，8 页。
② 阿垅：《箭头指向》，见《人・诗・现实》，3 页，上海，上海三联书店，1986。
③ 王佐良：《一个中国诗人》，载《生活与文学》（伦敦），1946。
④ 同上。

彩”，更将中国/西方的文化对峙作了最充分的阐发。闻一多当时所提出的关于未来中国新诗的设想并未涉及个人感受的独特性，引起他关注的是中国与西方的“文化”问题：“我总以为新诗径直是‘新’的，不但新于中国固有的诗，而且新于西方固有的诗；换言之，他不要做纯粹的本地诗，但还要保存本地的色彩，他不要做纯粹的外洋诗，但又要尽量地吸收外洋诗底长处；他要做中西艺术结婚后产生的宁馨儿。”① 到了 30 年代，触发另一位学院派诗人卞之琳艺术灵感的也是中西诗艺的相通之处，卞之琳广阔的诗学视野将中国古典与西方现代诗艺的一系列特征——诸如含蓄与非个人化、意境与戏剧性处理等作了新的沟通，并使之成为自己中西交融诗歌理想的重要基础。

在这样一个背景下，我们当不难理解任洪渊的“双重超越”。这种跨文化的考察就是典型的学院派诗人的思维方式。

● 作为“学院派”的任洪渊

在当代诗坛上，任洪渊作为学院派诗人的创作有什么值得注意的呢？

首先，作为一位年届六旬的诗人，任洪渊并无他那个年龄阶层中并不鲜见的迂腐、狭窄和固步自封，他总是以开放的眼光关注着当代诗坛所发生的一切，并试图与时俱进，他诗歌话语的“新锐”和诗学批评的“前卫”都足以使他有资格与“当代先锋”们对话，在这一现象的背后包含着诗人任洪渊所接受过的严格的学院教育，以及一位知识精英对民族历史的深切思考。几十年与诗共进的人生，使他耳闻目睹了太多太多的变幻和灾难，作为一个 20 世纪 60 年代初成长起来的知识分子，他深深地懂得，民族主义的自我封锁就意味着停滞，意味着 20 世纪的中国还得体验“莱蒙托夫 19 世纪俄国的痛苦”②。在“古典＋诗歌”运动最是轰轰烈烈的时代，任洪渊却被 19 世纪的西方浪漫主义文学弄得神魂颠倒：1957 年“我懂得了普希金早春的憧憬和幻灭”，“从 1966 年起，我更懂得了莱蒙托夫在尼古拉一世的黑暗年代里的那种‘悬崖与雷霆和风暴交谈’的语言。还有拜伦写在古希腊罗马废墟上的面对未来的挽歌，雪莱的云、云

① 闻一多：《〈女神〉之地方色彩》，载 1923 年 6 月《创造周报》第 5 号。
② 任洪渊：《我生命中的三个文学世纪》，载《外国文学评论》，1988（4）。

雀、西风翱翔着的自由的精神”[1]。1980 年代初，他四处搜寻柏热拉伊梯斯的《人》，迷醉于惠特曼的《草叶集》，当然，还有庞德、艾略特。虽然他不曾轻易地随波逐流，但对诗歌“横的移植”却是基本赞同的，这就如同他后来又开始了“重认传统”一样。

其次，任洪渊作为学院派诗人的存在也是他拒绝世纪末诗坛浮躁的关键，学院派固有的安宁、稳定、自成一体的生活方式从本质上是与当下诗坛某些“走向社会”的操作方式大相径庭的。

20 世纪末的中国诗坛众声喧哗，沸沸扬扬的诗潮显露着人们在 20 世纪最后的时刻急于“走向世界”的焦灼，而焦灼又加剧了诗歌创作自身的浮躁。在熙熙攘攘的人群中，任洪渊却很有些孤寂：“早我十年的人，在 40 年代的中国，总算听到过现代主义退潮后的隐约的余音；而晚我十年的人，正好赶上又一次来潮汹涌的 80 年代。中间，我两头失落在孤绝中。”[2] 20 世纪是花团锦簇的，而他却真切地感到：“只要一代知识分子的头还不是奥林匹亚的神山，不可亵渎，我们的 19 世纪就还没有走完。”[3] 1956 年的《地平线》，1957 年的《第二重宇宙》，1966 年的《北京古司天台下》，1970 年的《彗星》，1981 年的《帆》，1982 年的《地球，在我肩上转动》，1985 年的《长江》，1987 年的组诗《司马迁的第二创世纪》，1988 年的组诗《汉字，2000》，1989 年的组诗《女娲 11 象》，整整 30 余年的耕耘才给我们汇成了一本薄薄的诗集。更引人注目的是，在这 30 余年的创作生涯中，诗人前后诗风的变化是相当缓慢的。从 1956 年“地平线限制不了我们的视野”到 1989 年“刑天，断头的身躯高高矗立”，我们一眼就可以辨认出其中一以贯之的追求：对个人生命的赞颂。到了喧嚣的世纪末，他的追求愈加坚定起来：“何必模仿着别人，说什么‘垮掉的一代’，‘沉思的一代’，‘愤怒的一代’，我们不过是屈辱的一代。”[4] 对于诗，孤寂是一种幸运，执着是一种难能可贵的品质，任洪渊置身学院高墙的孤寂处境和由来已久的执着决定了他不能一任自己去追新逐异，更不能为了创造的急迫而对跨文化交流的诗学难题视而不见。

最后，同样是对诗歌艺术的真诚，同样是对诗歌探索的执着，任洪渊又与一般的社会派诗人不同，比如穆旦对现实生存的叩问和

① 任洪渊：《我生命中的三个文学世纪》，载《外国文学评论》，1988（4）。
② 同上。
③ 同上。
④ 同上。

开拓就不曾进入任洪渊的艺术世界，诗人的知识分子气质使之更愿意用诗将生存的苦难推至远景状态。虽然他有过半饥半饿的童年，“四川，那荒远的山村，除了祖母的脸，连每天烧红青山的夕阳，都是冷的”。他度过了没有父母的少年时代，“我 13 岁才有父亲，40 岁才有母亲”[①]，在“1966 年可怕的夏天”，“我逃避，但是再没有一个容我逃遁的角落”[②]。1970 年潮白河边的农场里有他作为苦役者的身影，1976 年 4 月 4 日夜，徘徊于警戒线外的他与血腥的镇压仅有一步之遥。我们看到，穆旦是善于将这类生存的苦难加以搅动的，例如，1945 年的通货膨胀成了穆旦的诗材：“在你的光彩下，正义只显得可怜，/你是一面蛛网，居中的只有蛆虫，/如果我们要活，他们必需死去，/天气晴朗，你的统治先得肃清！”（《通货膨胀》）1976 年的都市生活让他感慨：“这是一个不美丽的城，/在它的烟尘笼罩的一角，/像蜘蛛结网在山洞，/一些人的生活蛛丝相交。/我就镌结在那个网上，/左右绊住：不是这个烦恼，/就是那个空洞的希望”（《有别》）。但是在诗人任洪渊那里我们却最多只能一瞥生存的影像，1966 年的可怕只是生成了一个拜访古司天台的孤独的身影（《北京古司天台下》），1970 年的农场生活消逝了，只有一颗遥远的彗星划破天空（《彗星》）。并不是任洪渊对现实苦难视而不见，而是因为他更习惯于将现实的判断推向远方，或者说从现实生存的缠绕中脱身而出，径直展示他理解的生命，呼唤他生命的理想。用他自己的话来说，就是因为“不想再跪在地上”，就总是写天上的诗歌。与之同时，一位在《春江花月夜》的意境中完成文学启蒙的诗人也很难对传统诗学表现出决绝的否定态度，特别是，经过新中国成立后数十年的与古典诗学精神的隔绝，像任洪渊这样的诗人情感上是很希望能重新向传统诗学汲取营养的，较之于穆旦激进中的“西化”痕迹，他们更倾向于努力使中国传统精神在现代复活。

当然，在 1990 年代走向成熟的任洪渊也拥有比二三十年代学院派诗人更深刻的文化思考，那曾为闻一多、卞之琳等人津津乐道的“中西诗艺交融”似乎并不能完全代表诗人的诗学选择了，因为，现代诗史的“中西交融”其实是“无所顾虑的有意接通我国诗的长期传统”[③]，是以中西交融为桥梁最终回归到中国古典诗学的传统中去。

---

① 任洪渊：《我的第二个二十岁》，载《湖南文学》，1992（2）。
② 任洪渊：《我生命中的三个文学世纪》，载《外国文学评论》，1988（4）。
③ 卞之琳：《戴望舒诗集·序》，见《人与诗：忆旧说新》，64 页。

虽然任洪渊也为这样的现实所撼动："当中国诗人与自己的古典传统断裂，目不转睛地盯着西方浪漫派和现代派的时候，在西方，例如庞德的意象派，却正神往于中国的古典诗学，甚至把中国古典诗歌作为他们现代主义的一个传统。""在当代中国诗人空前浩阔的视野里，横的环视必然与纵的反顾纵横交错。于是开始了中国古典诗歌美学的现代发现，就像重新找到了一个失去的世界一样，发现令人惊喜。"[①] 但是，惊喜的任洪渊却忧虑重重，因为他同时又真切地感到了同样来自传统文化的巨大压力："我们只不过在前人的文字中流连忘返。我们越是陶醉，就离自然界的真实和生命本体的真实越远。"[②] 在他看来，项羽自刎乌江已经是传统中国人生命最后的辉煌。"我们的生命开始衰老"，"前人的诗学成就恰恰就是今人的陷阱"，"在屈原抱起昆仑落日以后，你已经很难有自己的日出。在庄子飞起他的鲲鹏之后，你已经很难有自己的天空和飞升。在孔子的泰山下，你已经很难成为山。在李白的黄河苏轼的长江旁，你已经很难成为水。晋代的那丛菊花一开，你生命的花朵都将凋谢"[③]。

显然，这样的文化负重体验来自任洪渊作为学者的历史涵养，是一位学者的历史财富的贮备让他与诗人式的单纯的傲岸拉开了距离，从而更加持重，更加沉着，也更加不得轻松了。与他的诗友江河对远古梦想的毫无疑虑的陶醉不同，任洪渊一再发出怀疑的追问："回到东方远古的超越，始终是现代灵魂一个冒险。也许，江河自己也不清楚，他达到的，到底是一种超越冲突的宁静和俯视苦难的庄严，还是淹没了现代人生命冲动的静止与寂灭呢？"[④] 在所谓的中西交融中，"返回东方"仍然不能代表任洪渊的心声。这可以看作是时代运动、知识发展在学院派诗人那里所造成的观念上的分歧，尽管他们都在使用着中西对峙的思维方式。

●"双重超越"

任洪渊既然不会因为急切的创造而将中西诗学的矛盾悬置不顾，也不是顽固的排外主义者，对单纯的"返回东方"疑虑重重，但又

① 任洪渊：《当代诗潮：对西方现代主义与东方古典诗学的双重超越》，载《文学评论》，1988（5）。

② 任洪渊：《找回女娲的语言》，载《诗潮》，1990（3）、（4）。

③ 同上。

④ 任洪渊：《当代诗潮：对西方现代主义与东方古典诗学的双重超越》，载《文学评论》，1988（5）。

不可能彻底否定传统走“西化”的道路，那么，他又是如何来解析横亘在学院派诗人心中的诗学难题的呢？我认为，任洪渊的新策略是两两兼顾而又双重超越。具体说来，即是对西方保持着一种开放的姿态却又不为之所限，对自身的历史传统勇于批判而又试图有所发掘。他用诗的语言描绘说，这就是长江和太平洋的冲击，而自己应当是大陆的新岸，“背后是几千年长江的源与流，面前是太平洋的浩瀚浪潮。江与海的两面冲击，中国当代诗潮将有希望实现对西方现代主义与东方古典诗学的双重超越”①。

任洪渊是从屠格涅夫、普希金、莱蒙托夫、惠特曼一直走向庞德、埃利蒂斯与艾略特的，值得注意的是，他“从庞德那里重新找回久已湮灭的唐诗‘意象’，并且在埃利蒂斯那里重认传统和回归东方”，在艾略特的“一个同时并存的秩序”里印证了庄子的“瞬间永恒”②。是这些西方诗人（特别是现代西方诗人）推动着任洪渊走向诗歌的成熟，而这种相反相成式的成熟本身就表明，他从来不甘心听从任何一个西方来客的摆布，“我对庞德匆匆一瞥，便夺回我的‘意象’急忙逃回，为了怕再度遗失”。“走进别人的荒原并不能逃脱自己的荒芜”。他甚至大胆质疑：“是不是从艾略特起，诗人们都已才尽？不然，现代诗人怎么肯如此轻易地把诗的灵性抛弃给哲学，而吃力地搬起哲学早就想放下的思辨的沉重？”③ 遍查任洪渊公开发表的诗歌作品，我们可以看到，大多数的意象并非来自西方而是来自中国文化自身，王维的落日，庄子的蝴蝶，陶潜的菊花，李白的月亮，篆、隶、楷、狂草等古老的汉字，司马迁以及他笔下的男男女女，补天的女娲，断头的刑天……一种显然是得之于西方浪漫诗学的生命的昂奋全都贯注在了纯然的中国文化之中，在这时，就连那间或闪过的西方意象（司芬克斯、普罗米修斯）也淹没在了中国意象的汪洋大海之中，成为对中国文化景观的一个说明：

狮身人面
踞在尼罗河岸的金字塔旁
问着这个世界

① 任洪渊：《当代诗潮：对西方现代主义与东方古典诗学的双重超越》，载《文学评论》，1988（5）。

② 任洪渊：《我的第二个二十岁》，载《湖南文学》，1992（2）。

③ 任洪渊：《我生命中的三个文学世纪》，载《外国文学评论》，1988（4）。

　　千古之谜
　　永恒的问
我解答
我用补了的天解答
我用黄土抟成的千万种生命形态解答

——《女娲 11 象》

女娲用气势恢宏的生命创造直观地阐述了“人”，司芬克斯的哲思增添的是东方式实践的文化意义。这就是对西方诗学的超越。

任洪渊之于中国传统文化的反叛也是彰明较著的，在某种意义上，“反文化”是他挣脱历史重负的必然趋向，“在这块土地上，我们生存的困境，不在于走不走得进历史，而在于走不走得出历史”[①]。但是，他分明早就清醒地将自己与第三代诗人的“反文化”区别开来：“人毕竟是‘文化的动物’。没有文化的生命和没有生命的文化同样不属于人的本质。真正的诗，难道不是上升为文化的生命和转化为生命的文化?”[②] 这就是说，任洪渊所要反叛的绝非文化本身，而是借拨开传统的陈旧来激活（或云创造）一种新的生命，一种新的文化。

他是如何激活，如何创造的呢?

任洪渊首先“还原”到“女娲的时代”。那个时候，这段悠久漫长到近于古旧的历史尚未展开，文化的巨大重压还没有降临到一个鲜活的生命身上，世界一片荒芜，历史和文化都是等待我们去尽情开垦的处女地。“从前面涌来　时间/冲倒了今天　冲倒了/我的二十岁　三十岁　四十岁/倒进历史”，“漂过史记最早的纪年/在神话的边缘　还是/第一次月出/第一个秋/第一座南山/第一杯酒”（《时间，从前面涌来》）。“我”成了在所有历史和文化之前的第一个人！“我”成了创造者女娲！到目前为止，他最新的也是最得意的组诗是《女娲 11 象》，这是任洪渊为我们再现的一幅壮丽宏大的创世图景，不，更准确地说是诗人自身生命第一次毫无阻力地展开的图景：“我”的头颅从兽的躯体上探出，就仿佛为世界升起了一轮新太阳，兽的躯体死去，第一道地平线在站立起来的人面前出现。“我与世界一同开

① 任洪渊：《找回女娲的语言》，载《诗潮》，1990（3）、（4）。

② 任洪渊：《当代诗潮：对西方现代主义与东方古典诗学的双重超越》，载《文学评论》，1988（5）。

始”，世界“等我命名”，“我”像上帝创世那样创造着生命和历史，以生命的实践解答了关于人的秘密，甚至还以自己的头盖骨，为50万年以后的21世纪埋藏好了思想。女娲就是拥有自由思想的人自身，“是拥有”第二重宇宙的“我”：“有我头脑中的那一团火/昆仑雪就不再是白色的往事/还原为自天而落的热雨/还原为波浪形的火焰”（《长江》）。“我正年轻呵。我每一天都在接近完成/一个个浑圆的落日，抛在西方/我每一天都在重新开创/转向东方，东方总是迎着一轮/为我升起的新的太阳。”（《地球，在我肩上转动》）“还原”是任洪渊诗歌中反复出现的话语，这是诗人穿越历史烟云所作的精神回溯。“女娲”是诗人自身生命回溯到史前时代的显现，在思想的回溯之中，物质的世界呈现了本来的面目（石头的昆仑还原为水和火）。对于今天之人类，“还原”则意味着一次新的创造和新的出发，所以说，先驱者二号宇宙飞船飞离太阳系也是还原，“还原　还是他和她的第一个象形文字/人　地球说明不了这个字/没有回路的寻找/无名的呼唤”（《人地球说明不了这个字》）。

任洪渊不仅向往在“还原”中进行最自由的创造，也力图以现代的生命重新灌注历史，激活我们古老的传统：“生命只是今天”，“历史是穷尽今天的经历”。“历史在今天重写一次。”“不再是司马迁让我走进他的《史记》，而是我让司马迁和他《史记》中的儿女们走进我的今天。”[①] 实际上，这样的“重认传统”仍然是一种“还原”中的创造。大宁河畔的石头少女与任何传说都无干，“你是我的发现。我创造了你”，“你是我留下的一尊塑像/一个憧憬/一个美的观念/作为我的纪念碑，代表今天”（《巫溪少女》）。司马迁“他走进历史第二次诞生”，“成了男性的创世者”，《史记》成了“永远今天的史记”（《司马迁：阉割，他成了男性的创世者》）。《史记》中的男男女女经过现代精神的点染，在黑暗的历史坟墓中显得生机勃勃，各有其不可代替的生命的意蕴：项羽的乌江自刎保存了心灵的自由，伍子胥“用最黑的一夜辉煌百年”，聂政毁容，因为他有“自己面对自己”的勇气，高渐离因失明而“洞见了一切”，孙膑在断足之后“完全放出了自己”，穷追“天下的男子”……已经逝去的过去终于与现代人的生存发生了联系，历史为我们创造了未来。

诗人对于创造性“还原”及“重认传统”的渴求集中体现在他

① 任洪渊：《找回女娲的语言》，载《诗潮》，1990（3）、（4）。

的语言意识上。任洪渊直接把自己的第一本诗集命名为《女娲的语言》，组诗《汉字，2000》则居于诗集的开篇，格外引人注目。他深深地感到，对于一个文化人（诗人）来说，所有历史的文化的“重负其实就是语言的重负”。《文字一个接一个灿烂成智慧的黑洞》、《天空旧了原子云也原始着那朵云》、《穿越了南极的冰雪也走不出一个秋字的边疆》，这些诗题清清楚楚地表现出任洪渊对语言压力的敏感。正是在这一前提下，“还原”和“重认”都是饶有意味的。任洪渊的“还原”不是简单地返回到古老语言状态，“汉语，哪怕是古汉语，也同样拯救不了当代中国诗人”，“汉语虽然还没有完全死在语法里，但是几千年它已经衰老：名词无名。动词不动。形容词失去形容。数词无数。量词无量。连接词自缚于连结。前置词死在自己的位置上”[①]。他的“还原”是让语言第一次被推动，“让语言随生命还原：还原在第一次命名第一次形容第一次推动中”[②]。一句话，竭力从前人的语言规范中挣脱出来，重新发掘汉语言的潜能，这就仿佛是他的幼女第一次给新月命名：“词语击落词语/第一次命名/你　一个新的主语/孤零零诞生/抗拒死亡　穿过词与词/遥远的光年/追回所有的象形文字”（《词语击落词语第一次命名的新月》）。

当然，所谓“还原”也不可能是返回到没有语言没有文化的时代，“还原”仍然需要而且也只有依托于汉语自身的特点。在这时，汉语天性中的超语法超逻辑的自由性同样为任洪渊所看重：“还没有完全死在语法里的汉语，是中国人自由的天赋。”[③] 在这个意义上，“还原”与“重认”又具有相同的意义，“还原”也就是对我们母语的“重认”，阅读任洪渊的诗歌，我们可以见到大量的新意迭出的语言形式。

例如，抽象的文字直接嵌入诗歌，与具象的文字相互穿插联结，这样的语言结合在任洪渊那里层出不穷：“汉字的边缘”、“秋字的边疆”、“文字的明月”、“我只想走进一个汉字”、“我从不把一个汉字/抛进　行星椭圆的轨道”、“你　一个新的主语”。抽象扩充了诗歌的语义范畴，具象又让抽象有了可供感受的基础。

又如，语词的超常态运用被广泛使用：“青春了的字”、“原子云

---

① 任洪渊：《找回女娲的语言》，载《诗潮》1990（3）、（4）。

② 同上。

③ 任洪渊：《洛夫的诗与现代创世纪的悲剧》，见《诗魔之歌》，160页，广州，花城出版社，1994。

也原始着那朵云”，这是名词的动化，“词语的曹雪芹运动”，这是名词作形容词，“孤独成秋意”、“美丽了每一个女人”、“缠绵在她的一支歌里”、“四十八种弯度，弯曲着我”，这是形容词的动化。

再如，诗人不时对语言文字重新布置，重新排列，构成了前所未有的语言序列：“红楼梦醒”的“梦”嵌在“楼”与“醒”之间，同时包含着承前与续后两种功能，承前指涉着一部名著的本文．续后则指涉着诗人对它的理解，这可以说是对词语的组合。此外还有对语词的拆解，比方“他的每一轮　明月/照　旧圆”（《月亮一个不能解构的圆》），“照旧”被拆了开来，“旧”与“圆”粘在一起，暗示着月亮之圆仍然如故，“照旧”一词的意义空间被大大地扩充了。

还有就是将词语横向排列改为纵向排列：

那么多文字的
明月　压低了我的星空
没有一个
　陨
　蚀

——《词语击落词语第一次命名的新月》

纵向的排列延长着词语在读者处停留的心理时间，排列本身则呈现为一种微妙的对应配合关系。“陨蚀”的较长时间停留，暗示着诗人承受文字压力之重及渴望语言自由的焦虑之感，“陨”与“蚀”分行又分别突出了各自的语义，这都是简单的横向排列无法达到的效果。

对语言的还原和重认构成了词语的“任洪渊运动”，这一运动就是诗人任洪渊对20世纪诗歌语言难题的一种解决方式。

● 生命的与文化的

任洪渊的诗歌理想构建在“对西方现代主义与东方古典诗学的双重超越”中，那么，他这一“双重超越”的根据是什么？我认为，根据就是诗人所一再重述的那个语汇：生命。虽然诗人多次无不痛楚地感叹“我不过在被阅读与被书写，而且在被别人的词语阅读与书写而已”，但他仍然将希望寄托在“改变语言秩序的主语‘我’第二次诞生”，因为，“当所有的词语被主语撼动，追逐，碰击，那是在语言自明中窥破生命黑暗的时刻”。在这里，主语“我”诞生的意义是窥破了生命的黑暗，曹雪芹的文学天才被任洪渊诗化为“词语红移的曹雪芹运动”，在他看来，“曹雪芹不过是回到生命自身反思生命的第一个中国人”[1]。阅读任洪渊的诗歌，我们可以分明地感到，在诗人呼唤的“词语红移的曹雪芹运动”当中，实际为我们展示着的“词语的任洪渊运动”就是一次次挣脱沉滞的历史本文，一次次击碎词语的链条，以新的主语“我”重新召唤词语自由的努力，而所有这些努力——“我”同女娲一起创世，一起为世界“命名”，“我”同司马迁一起诞生，同项羽一起自刎乌江——都最终为我们凸现了诗意世界中的一个个鲜活的生命，是生命的复活与跳荡蓬勃的姿态暂时宣告了西方现代主义本文与东方古典诗学本文的终结，生命永远活在它自己的世界里，在生命的发展轨迹上，什么西方，什么古典，通通都丧失了“形而上”的理论光彩！

是“自己生命的躁动与喧嚣”鼓励着任洪渊的创生的欲望，同样，也是对生命的独立意义的探求让我们的诗人发现了崭新的“东方智慧”。“东方”不再仅仅是情调、韵致与和谐、宁静，而是对人的重新的肯定，诗人感到：“凭借保存在汉语中的东方智慧和先验的遗传，中国诗人很容易完成‘人’的复归。”“东方智慧是中国诗人的天赋。其中心是时间智慧：关于时间的非宗教的，甚至超审美的澄澈明净的生命体验。时间意识是生命的第一意识。生命的意义也就在时间的意义中。”“中国古典诗学‘生命时间’给出的生存意义，要远比海德格尔现代存在哲学的‘此在’（Dasein）澄明得多。”[2]

然而，沉浸于自身生命之光的诗人任洪渊却无时无刻不面对着文化的压力，无时无刻不体验着文化对于生命自由伸展的巨大钳制性力量。在任洪渊的笔下，这种文化的压力经常被描述为作为无数文化印迹堆积物和传承器的语言，人的生命离不开既定文化的形式，诗人的所有感觉也就不得不受制于语言所构织的文化——第二自然：“我们诞生在语言中。一生都是一个字的永远流放者，再也不能从一个词的边境逃亡。我们在语言中重构了自己的第二自然。从此，我们有了穿过语言观照世界的眼睛和穿过语言聆听世界的耳朵。我们的感官生长在语言上。失去语言，我们将是盲者，聋者，并且感官

① 任洪渊：《墨写的黄河》，153、154、157、158、164页，北京，北京师范大学出版社，1998。

② 任洪渊：《洛夫的诗与现代创世纪的悲剧》，见《诗魔之歌》，177、166、168页。

死亡。”[1] 或者用诗的语言讲，就是“鲲/鹏/之后　已经没有我的天空和飞翔/抱起昆仑的落日/便不会有我的第二个日出/在孔子的泰山下/我很难再成为山/在李白的黄河苏轼的长江旁/我很难再成为水/晋代的那丛菊花　一开/我的花朵/都将凋谢”（《我只想走进一个汉字给生命和死亡反复读写》）。

生命与文化（语言）的矛盾就这样刺眼地呈现在了任洪渊那里，并且因他的学院派知识分子的身份而愈加引人注目了。一方面，追求着生命自由的诗人显然格外深刻地体验了文化（包括学院派文化本身）所给予他的挤压和侵蚀，当他对这种挤压不堪忍受的时候，他几乎是自我否定地呐喊了：“我十分厌弃‘书房写作’、‘图书馆写作’。你不觉得由书本产生的书本太多了？我想由……由身体到书本。我只喜欢记下已经变成感觉的汉字。我想试试，把‘观念’变成‘经验’，把‘思索’变为‘经历’，把‘论述’变成‘叙述’，是不是理论的一种可能。”[2] 但是在另一方面，作为学院派知识分子的生存却照旧不得不经常甚至几乎是每时每刻地与“书房”和“图书馆”连在一起，并且，更重要的是他的心灵事实上不得不一再承受着大量的来自“书房”和“图书馆”的文化信息，那些关于女娲、司马迁的历史故事，那些关于巴尔特、德里达的文字都是学院派文化的抹不去的“踪迹”，我们甚至可以发现，如此痴迷于生命澄明的诗人任洪渊经常谈到的话题——诗学的话题与诗的话题都还是文化，较之于他对生命的诸多鲜活而丰富的感悟来说，诗人对文化的阐发似乎更为透彻和精辟。

生命体悟与文化规范的矛盾正是存在于20世纪中国学院派诗人那里的一种普遍性的尴尬。《死水》时期的闻一多就深深地感受到了自己的文化理想和现实感受之间的尖锐矛盾，他最终是以放弃诗歌创作的方式向世人昭示了这种难圆的艺术之梦，而此后的闻一多显然是由一位“学院派”演化成了“社会派”。卞之琳诗歌作为“文化”的参考价值也分明更重于其艺术的冲击力，卞之琳诗歌艺术的文化品位的取得是以诗人有意无意的对现实生存的某种“省略”为代价的。通读任洪渊的诗歌，我们在欣赏他那奇异的“词语运动”和绚丽的文化意象之余，也可能生出一些隐隐的感觉来：诗人任洪渊所追求的“双重超越”与其说是一种大功告成的现实，还不如说是对一种可能性的探寻和尝试。

---

① 任洪渊：《墨写的黄河》，140页。

② 任洪渊：《墨写的黄河》，15页。

让我们继续注目于学院派诗人任洪渊，也注目于其他的当代中国诗人，看他们如何以自己真诚的艺术探索走进21世纪，因为，正如诗人所说：

> 今天，又是一个世纪末了。还从来没有一个世纪末苍茫得如此明亮。已经死在本世纪的上帝，不必到下一个世纪再死一回。已经崩溃在本世纪的文化，也不必到下一个世纪再崩溃一次。[①]

十五、鲁迅：面对传统的“打边鼓”

> 从前好的，自己回去。
> 将来好的，跟我前去。
>
> ——鲁迅：《人与时》

严格说来，鲁迅并不是中国新诗史上的一员，不过，在中国新诗自“古典传统”突围之初，我们却目睹了他“打边鼓”的身影。“打边鼓”是他自己的说法，而事实证明，这“边鼓”并非应景之作，更不是旁观者的百无聊赖的消遣，其中包含了许多耐人寻味的内容，特别是对于后来那些深深浸润于诗歌文体创作而难以自拔的“当局者”来说，鲁迅作为外围观察者的清醒和睿智就值得我们相当的重视了：同样面对“传统”，鲁迅的拒绝性思考与选择不能不说是充满了启示性。至少，这是另外一种转化传统压力，开启新的艺术传统的重要方式。

很显然，鲁迅并不否认自己在现代小说界的地位，也不否认自己的古典文学研究成果，对有些人所不齿的杂文也不乏怜惜之语，甚至还为自己的“硬译”据理力争，但却从来没有承认自己是现代诗人，也从来不曾以一位理论权威的姿态自居于现代新诗研究界；他创作过新诗数首，却又一再申明自己“不喜欢做新诗”，仅仅是“打打边鼓，凑些热闹”[②]；他对现代新诗时有议论，但同样反复强

① 任洪渊：《洛夫的诗与现代创世纪的悲剧》，见《诗魔之歌》，183～184页。

② 鲁迅：《集外集·序言》，见《鲁迅全集》，7卷，4页，北京，人民文学出版社，1981。

调，自己是“外行”人[1]，“素无研究”云云[2]。我认为，所有类似的陈说都最好不要被视为单纯的谦逊之语；在一定的意义上，这恰是诚挚的鲁迅就其艺术境域的真切自述，也可以说，在某些心理的支配下，是鲁迅自悟到自身艺术气质与诗的某些距离感，从而适时地有所避讳。自然，这些偶一为之的创作，这些寥寥数语的评论，也包括这类有意识的疏离行为与事实上的文化价值完完全全是两回事，但它至少可以启发我们，鲁迅与中国诗歌传统的关系别有一种曲折性。它更像是在某种理性控制之下的互相探测、互相对话——如果说艺术家与语言形式本质上都不过是一种对话的关系，那么鲁迅与中国诗歌传统的“对话”则完全是高度自觉的理性使然，鲁迅有距离地有限制性地涉足过中国新诗这一瑰奇的艺术世界，但又将这种涉足当作探索现代中国文化建设这一宏大目标的一部分，将它作为对中国文化进行理性研究的一个样品，将它的成败得失当作中国文化自传统向现代艰难转化的艺术显示。鲁迅主要不是从纯粹“诗的”而是从文化建设的意义上构织他与现代新诗的关系，对中国诗歌传统的问题进行思考与选择，在这种理智的“对话”态势中，鲁迅的新诗创作和新诗评论都别具一格，很难用单一的诗学标准来衡量。

我认为，只有充分肯定了“对话”态势这一逻辑前提，才有可能对鲁迅与中国诗歌传统的真实关系作出新的、有益的阐释。

● 理性与对话

鲁迅的新诗创作主要集中在1918年、1919年两年，这个观点显然是将1928年的《〈而已集〉题辞》及30年代的《好东西歌》等四首“拟民歌”排除在外了。严格清理起来，实际作品仅六七首。这是鲁迅走上文学道路之后的第一个创作高峰，两年中，他还创作了小说五篇，长篇论文两篇，杂感、随笔三十余篇，另有散文诗七篇，及译文、考古学论文数篇。与第一批三首新诗同时见于《新青年》的是彪炳史册的《狂人日记》，此后的《孔乙己》、《药》、《明天》、《一件小事》等也都是深思熟虑、自出机杼的佳作，论文中则有《我之节烈观》、《我们现在怎样做父亲》这样的旷世名篇。从作品的数

① 鲁迅：《集外集拾遗·诗歌之敌》，见《鲁迅全集》，7卷，235页。

② 鲁迅：《致窦隐夫》，见《鲁迅全集》，12卷，556页，北京，人民文学出版社，1981。

量与质量来看，这六首新诗在鲁迅整体创作中的分量显然略逊一筹，更重要的是，这表明，在鲁迅的心理天平上，也一开始就无意将它们置于与小说乃至社会评论同等重要的地位。这种冷热适度的处理方式，用鲁迅的话来说就是“只因为那时诗坛寂寞，所以打打边鼓，凑些热闹；待到称为诗人的一出现，就洗手不作了”①。我认为，这段自述非常形象地描绘了作者介入新诗世界时的理性精神和超越于诗的整体文化观念。一方面，作为新文化建设的重要环节，新诗的实践最能显示在同以诗文化为优势的传统文学相对抗时的现代走向，因此，鲁迅同当时的其他新文学作家一样，都试图以诗的成果、诗的力量“来巩固新文学的地位”②。另一方面，当新诗作为现代文化的一部分开始为世人所接受时（有人被“称为诗人”了），或许也是其他的“有志之士”对新诗这块处女地思慕不已，纷纷以诗人自诩时，鲁迅又再一次明智地脱身而去，急流勇退。一进一出之间，显然不是一位诗人的情绪激荡，心潮澎湃，而是一位审慎、稳健的文化人对历史、未来及自我的理性的思索和缜密的抉择，他时时刻刻都有意把自己安排在这样一个有距离的便于“对话”的地位。

在鲁迅的新诗实践中，这一理性主义和对话姿态的效应是双重的。

首先，形成了鲁迅新诗非常引人注目的“非韵文化”特征，与所谓“诗”的本质发生了分歧。何谓“诗”，这恐怕也是人类文化中诸多难以精确定位的概念之一，这里当然无力阐释，但从修辞学的意义上说，在韵文（verse）和散文（prose）的区分中来理解“诗”则有其世界性的相似，这种区分又尤以中国文学为源远流长和富有决定性的意义。在中国文学中，作为“韵文”的诗的本质就意味着音韵、声律、黏对、节奏等一系列形式上的特征，因有言：“……依此可知格律是诗的必要条件。且至少可以承认形式上的特征是韵文上的一个主要条件。尤其是中国韵文，无论如何必须要依韵律和格式来和散文相区别。”③ 我们看到，出于理性过分执拗的控制，鲁迅新诗在诸多方面都显示出了与这些固有诗学标准大为不同的“非韵文化”特色：

（1）句式的散文化。在鲁迅新诗的句式选用中，比较多地出现

① 鲁迅：《集外集·序言》，见《鲁迅全集》，7卷，4页。

② 王瑶：《中国新文学史稿》（上），68页，上海，上海文艺出版社，1982。

③ ［日］泽田总清：《中国韵文史》（上），2页，北京，商务印书馆，1937。

了叙述性的散文化诗句，诸如“春雨过了，太阳又很好，随便走到园中”。“桃花可是生了气，满面涨作‘杨妃红’。”（《桃花》）“好生拿了回家，映着面庞，分外添出血色。”（《他们的花园》）这与“枯藤老树昏鸦”式的中国诗句有着多大的差别呀。

（2）语义上非常鲜明的逻辑性。如“前梦才挤却大前梦时，后梦又赶走了前梦”（《梦》），来龙去脉相当清晰。《桃花》中有“我说，‘好极了！桃花红，李花白。’（没说，桃花不及李花白。）”，唯恐言不尽意，连括弧都用上了，思维的几个层次都明白无误地显示给读者，“意会”空间很小。

（3）韵脚的“硬”处理。鲁迅新诗比较注意韵脚，或全诗一韵，或中途换韵，不过在韵脚的处理上却比较艰涩，不时显示着理性驾驭过程中的“硬”。比如《爱之神》：

> 一个小娃子，展开翅子在空中，
> 一手搭箭，一手张弓，
> 不知怎么一下，一箭射着前胸。

连续三句均押 ong 韵，中间缺少必要的优游回旋，因而显得干脆利落却相对缺乏必要的诗情跌宕。“硬”有其较多的消极因素。

（4）诗句语调建设的随意性。中国诗的旋律感源于它对字词节拍的有机处理。古典文学多单音词，因而它的节拍总是落在单个的字上，这就是字的平仄；按照这个规律，现代白话文双音词、三音词大量增多，因而它的节拍就自然应当或落在单纯词，或落在合成词上，此时平仄就由“顿”来完成。[①] 相应地，白话新诗的“顿”在相应的两句中一般保持大致的相同，如何其芳《预言》：“你一定来自那温郁的南方！/告诉我那里的月色，那里的日光！”两句皆为五顿；此外同一句中构成各顿的字数最好有所不同，不同句中相对应的顿的字数也要有区别，特别是收尾顿，用卞之琳的说法就是三字顿的“哼唱型”与二字顿的“说话型”错落有致。[②] 比如我们将徐志摩《季候》中的两句分顿如下：第一句“但/春花/早变了/泥”，第

---

① 关于现代诗的节拍单位，尚无统一的称谓，何其芳、卞之琳谓“顿”，闻一多谓“音尺”，孙大雨谓“音组”，等等。

② 参见卞之琳：《哼唱型节奏（吟调）和说话型节奏（诵调）》，见《人与诗：忆旧说新》。

二句“春风/也/不知/去向”，第一句“一二三一”节奏，属哼唱型（单字与三字同），第二句“二一二二”节奏，属说话型，各句自有参差，又互为对应错落。

与中国诗歌这些固有的语调、旋律建设颇不相同，鲁迅新诗不大注意顿数的整一性，如“小娃子，卷螺发，/银黄面庞上还有微红，——看他意思是正要活”（《他们的花园》）。两句间顿数差别实在太大了；当然也较少各句的参差、对应问题。如《人与时》：“从前好的，自己回去。/将来好的，跟我前去。”两句内部全部采用清一色的二字顿。

总而言之，由于鲁迅从涉足新诗创作的那一刻起就保持着一种高度稳健的、有距离的理智态度，所以他并不像此前此后一些诗人那样容易被激荡、被燃烧，他的与众不同的、匪夷所思的理性的东西总是大于那些一拍即合的以至不能自已的感性的冲动。如果说，在文学创作的整体框架中，诗歌艺术的独特性不过就是文体的独特性、语言结构的独特性和语域创造的独特性，能够最终使我们的诗人被燃烧、被沸腾的感性冲动也不过是诗的语言、诗的文体这类“有意味的形式”，那么，鲁迅则显然是一位较难被中国诗歌雅言、中国诗歌固有的文体特质燃烧、沸腾的人。在中国语言文字确定不移的条件下，在中国人的诗歌“期待结构”一如既往的文化气氛中，鲁迅新诗的确与我们的心理要求有距离，他那过分强烈的文化理性主义牵制和拧扭着他对新诗语言的感受力、操纵力，于是，鲁迅确实不能算是一位“真格儿”的现代诗人。

● 与初期白话新诗的差别

强烈的文化理性主义在文化自省、文化比较的意义上“本能”地与中国诗文化拉开了距离，因而也几乎是决定性地导致了它与固有诗歌理想境界的叛逆。于是，我们同样可以看到，早期白话诗人如胡适、刘半农、周作人等大多是一群热衷于文化学的理性主义者，他们的诗歌也都与鲁迅新诗有不少的相似之处。胡适就说：“诗国革命何自始？要须作诗如作文。”（《尝试集·自序》）

不过，应当说明，这种相似只是问题的一面，同为文化理性主义的产品，鲁迅新诗依然有着与其他早期白话新诗的深刻差别。如果说浅明直白是早期新诗的共性，那么鲁迅则显然有共性所不能包容的深沉之处；如果说汲取中古诗歌固有的民间色彩有助于反对僵硬的文人情趣，那么鲁迅又似乎不愿放弃文人的修养与心性；如果说化用古代诗歌作品的意旨是不少创作的惯例，那么鲁迅则不曾为之。尽管我们以一种极不习惯的心境阅读着鲁迅新诗，也可以发现上述诸多的“非韵文化”、“非诗化”因素，但与之同时，我们却总是不能宣判这些作品是浮浅幼稚、不值一提的（类似判语是可以适用于某些早期新诗的），事实上，在每一首鲁迅新诗里，我们都可以感受到为传统诗歌无法包容的情绪内涵、精神境界。《梦》对梦境、混沌的无意识世界作了细腻的、有层次的表现，这在当时的新诗中是绝无仅有的。[①]（有些解诗者竭力从各个方面寻找“梦”的现实主义讽刺意味，恐怕这样就很难理解这首诗的独特之处了。）《爱之神》仿佛是一篇现代爱情的宣言书：“你要是爱谁，便没命的去爱他；/你要是谁也不爱，也可以没命的去自己死掉。”如此“无爱情，毋宁死”的极端主义情绪，显然又是“温柔敦厚”的诗教传统难以接受的。《桃花》是对中国社会忌真诚尚虚伪的人伦关系的暗示，以艳丽的桃花喻刁蛮狭隘的世人，可谓前无古人。《他们的花园》写“小娃子”获“邻家”百合之不易，其中饱含着一代青年移植异域文化的艰难历程。《人与时》阐扬了“过客”式的直面现实、投入生命的刚性人生观。

所有这些新诗，以《他》写得最扑朔迷离，较为难解：第一节“锈铁链子系着”似说明“他”在屋内，但第二节“窗幕开了”却又并不见“他”，为什么呢？第三节求之不得，“回来还是我家”，这又是什么意思？有人以为，“他”是“缥缈虚幻”的事物；“我”是“某些沉溺在痴想中的青年”，而“回来还是我家”则是“应该回到清醒的现实来的规箴”。我认为揭示“他”的存在是“缥缈虚幻”的固然有些道理，但“我”的追求是否就是“痴想”大可商榷，诗中的铁链、粉墙这类意象分明包含着为单纯的幻想所无法解释的些许沉甸甸的内涵。有人认为“他”是传入中国的新思想，全诗三节分写这一新思想在封建中国的不幸命运：被禁锢、被放逐、被埋葬。[②]我认为这种阐释比较符合创作的一般心境，但似乎又将诗意落得太实了。其实，鲁迅这首诗的最大特色就是有意识创作一种目迷五色、莫可名状的氛围：“他”显然是“我”心目中某种美好的有价值的东西（“花一般”），不是没有意义的空想（于是，我们将之理解为西方先进文化、先进思想也未尝不可），但是“他”又并不存在于我们周

---

① 鲁迅很早就关注过弗洛伊德的学说，对人的无意识心理颇感兴趣，也很早就试图将其运用于艺术创作。

② 参见周振甫注释：《鲁迅诗歌集》（修订本），杭州，浙江人民出版社，1980。

遭的现实，而主要是存在于“我”的思想中、感觉中——“他在房中睡着”显然也只是“我”的感觉，“我”认为“他”应该在房中睡着（实则潜意识中的自我安慰），所以终究是秋天启窗不见（或者我们也可以认为，夏天的确在房中，但时过境迁，人去楼空了），这样，仍然痴迷于“他”的“我”踏雪觅踪，不过却很快自我否定了，“他是花一般，这里如何住得!”这其中似乎又包含了“我”自身对荒野严寒的畏缩，最后“不如回去寻他”更说明“他”在何处“我”并不得知，因而倒也可以编织理由回家了！在中国文化中，“家”有其特殊的象征意蕴，从艰辛的离家寻觅到“回来还是我家”的欣慰，这是自“超越”到“认同”的悲剧。《他》就是写“我”为理想中的事物所激动、所召唤，但最终放弃理想的全过程。在比较理想化的意义上，我们也可以将之解读为现代中国与西方文化的一种典型关系。

新诗容纳了如此深厚的理性精神、文化意识，这又是鲁迅的匠心独运之处了。由此我们亦可以理解，在诗固有的文体特征上，鲁迅的犯忌、越轨依旧是理性思索之后的有意为之，他似乎刻意打破诗与叙述性文体的语域界线，寻求诗歌境界的新拓展，比如以叙述性、逻辑性的散文化句式击碎传统诗歌的“意会”空间，探寻诗从空间美走向时间美；运用陌生化的节奏形式击碎回环往复、一唱三叹的固有旋律，以求架设新的形式。类似的文体改造，尽管还不能说成功了，但思路是很可供借鉴参考的，它至少表明，鲁迅对中国现代新诗的发展前程有过深入的思考，而事实上，这一饱含文化反思意味的新诗发展设计在当时和后来都还少有人问津。这也是鲁迅那独特的理性主义、对话意识的第二重效应：文化理性主义不仅是思想的方式，而且是思想发展的自觉的目标，即一切的选择都必须聚合在文化反省、文化比较与文化进步的总体目标下作出新的估量、新的理性的裁决。这就是鲁迅与一般的理性主义者的深刻差别，如胡适等从事早期新诗创作的文化理性主义者，理性对他们的新诗创作主要体现为一种思想形式而并不同时具备深远的文化指向意义，因而在实践中，他们很少将文化反思的成果运用起来，他们的作品中很少有鲁迅式的文化意味，并且是很快地，在理性运行碰壁之后就放弃了“以文为诗”的全部努力，在这个时候，他们思想中出现的新诗理想，就依旧还是古典诗学的东西。

鲁迅不同，他的目标始终如一，他的追求持之以恒，在理性的扭拧所形成的创作困难中，他反倒可能走向更深的思索。于是，即便是失误，也不失为那种深刻的失误。编选《中国新文学大系·诗集》的朱自清坚持认为，“只有鲁迅氏兄弟全然摆脱了旧镣铐”①，连胡适也承认，早期白话诗人“大都是从旧式诗，词，曲里脱胎出来的”，只有“会稽周氏弟兄”除外。② 一位无意成为诗人的文化人，竟然能从这两位行家处获得这样的殊荣，应当说也是别有意味的。

● 鲁迅的新诗批评：一个估价

1924年，鲁迅在《“说不出”》一文中说：“我以为批评家最平稳的是不要兼做创作。假如提起一支屠城的笔，扫荡了文坛上一切野草，那自然是快意的。但扫荡之后，倘以为天下已没有诗，就动手来创作，便每不免做出这样的东西来：宇宙之广大呀，我说不出；/父母之恩呀，我说不出；/爱人的爱呀，我说不出。/阿呀阿呀，我说不出！”③ 这段话固然有它特定的批判意义，时人周灵均有《删诗》一文，将当时诗坛流行的几乎所有诗集都斥为“不佳”、“不是诗”、“未成熟的作品”，但他自己发表的诗作却多是“写不出”一类语句。不过我仍然认为，这种“批判意义”是有限的：结合全文来看，鲁迅并没有推翻周灵均的基本立论（比如对新诗现状的估价），而仅仅是不紧不慢地提炼了一条规律：“我以为批评家……”比较同类杂文的犀利泼辣，此文的态度显然温和多了。这样高屋建瓴式的总结，又理当属于鲁迅对自身文化道路反省之结果。于是，批评家与作家，特别是诗评家与诗人间的“最平稳”的关系，就不仅适用于周灵均，恐怕也同样适用于鲁迅自己。

事实也是如此。1918年、1919年是鲁迅新诗创作的高峰期，此刻他对新诗并无特别的议论批评，而后来出现《诗歌之敌》之类的评论时，他又早就“洗手不作”了。自然，这并非避难就易的取巧，而是审时度势的抉择。或者可以这样认为，当鲁迅发现自己一以贯之的文化理性主义在新诗创作中不便于更自由地舒展时，他随即有意识地转向了新诗批评、新诗理论探索的领域。当然，即便是这个时候，诗、新诗本身也并没有成为他的主要关注对象，新诗的问题仍然是被鲁迅作为旧文化的改造、新文化的建设这一宏大目标的一

① 朱自清：《〈中国新文学大系·诗集〉导言》，见《中国现代诗论》，上编，242页。
② 参见胡适：《谈新诗》，见《中国新文学大系·建设理论集》，300页。
③ 鲁迅：《集外集·“说不出”》，见《鲁迅全集》，7卷，39页。

部分，因而我们前文所述的有距离的理性主义与对话姿态仍然是他进入新诗批评、新诗理论研究的重要方式。基于这样的前提，鲁迅对新诗的议论是零碎的、旁敲侧击的，也并没有如有些鲁迅研究者所说的构成了多么严密的体系，甚至我以为其中的个别议论也有它不够准确、不尽符合现代诗学的地方，但是，与另外一些“诗哲”汪洋恣肆、淹博圆全、或舶来或“学贯中西”的宏论相比，鲁迅的片言只语却自成格局，其独一无二的文化学评论常常一针见血，抓住了新诗发展在文化意义上的关键。在这样的意义上，个别诗学结论值得商榷并不要紧，鲁迅新诗批评、新诗理想的价值是其视角的价值、思维方式的价值和整体文化进步的价值。

进入鲁迅的新诗批评、新诗理论境域，首先有必要辨明鲁迅对中国现代新诗成果的基本估价。

在中国现代新诗史上，徐志摩的出现意义深远，“《女神》是在中国诗史上真正打开一个新局面的，在稍后出版的《志摩的诗》接着巩固了新阵地”[①]。徐志摩诗歌对中国现代新诗的影响在事实上已经超过了郭沫若，“过去许多读书人，习惯于读中国旧诗（词、曲）以至读西方诗而自己不写诗的（例如林语堂等）还是读到了徐志摩的新诗才感到白话新体诗也真像诗”[②]。引人注目的是鲁迅从一开始就对徐志摩所代表的诗风和诗论颇不以为然[③]，1934 年又更加明确地表示：“我更不喜欢徐志摩那样的诗。”[④] 鉴于徐志摩在中国现代诗史上的实际地位和影响，我认为鲁迅的这一好恶也在相当大的程度上决定了他对中国现代新诗整体成就的基本估价。可是，值得我们深思的是，长期以来，出于各种各样的原因，我们对鲁迅的这一基本立场并不十分重视，或者从潜意识的意义上讲可能是难以理解也难以相信鲁迅会作出如此偏执的判断吧！1987 年，鲁迅研究中一份相当重要的资料《鲁迅 1936 年同斯诺谈话》被披露于世，其中有一个问题引起了我们的注意。鲁迅在回答斯诺的提问时认为，即便是最优秀的几个中国现代诗人的作品也“没有什么可以称道的，都属

① 卞之琳：《徐志摩重读志感》，见《人与诗：忆旧说新》，34 页，上海，上海三联书店，1984。

② 卞之琳：《〈徐志摩选集〉序》，见《人与诗：忆旧说新》，25 页，上海，上海三联书店，1984。

③ 参见鲁迅 1924 年《“音乐”?》一文，见《鲁迅全集》，7 卷，53 页。

④ 鲁迅：《集外集·序言》，见《鲁迅全集》，7 卷，4 页。

于创新试验之作”。“到目前为止，中国现代新诗并不成功。”[1] 从我们固有的对新诗发展的阐释出发，面对这些论断而大惑不解是自然的，王瑶先生后来追述说，由于鲁迅对新诗评价如此之低，“这部分材料引起中国文艺界很大的反应”[2]。

我认为，如果说今天的人们依然难以理解和接受鲁迅对中国现代新诗的这类结论，那么倒是说明了我们的思维方式与观察视角与鲁迅有多么大的不同。从传统文化的现代性改造这一向度出发，鲁迅估量现代新诗的价值标准就是它区别于传统诗学的现代性。鲁迅认为，中国现代新诗的成就只能建立在它超越于中国古典诗歌的层面上，就是说，它的价值应该表现在它对古典诗学理想的挣脱，进入“陌生”的艺术境界，自然，它的平庸也就意味着它并没有走出传统文化的怪圈。

由此说来，历史意识是鲁迅新诗批评最主要的思想特质，一切出现于现代社会的诗歌现象都应当放在历史文化发展的长河中重新加以检视，徐志摩诗歌固然是白话新诗走向成熟的标志，但他所代表的新诗“巴那斯主义”又实在不过是传统中国骈赋精神的产品。在超越于传统文化的向度上，其历史局限性就彰明较著了。

人类艺术的生产与接受具有两大基本的趋向。其一是认同，按照荣格的理论，艺术作品之所以能引起千百万人的共鸣、激动就是因为它道出了我们心灵深处世代相承的历史积淀的东西，没有它，艺术就无法进入我们这些“传统人”的心灵，从而失去了存在的基础。但是，反过来说，如若艺术纯然由“认同”驱使，也终将会日益僵硬，丧失掉活力。因而第二种“超越”趋向亦是势所必然。在“超越”中，艺术不断寻求“陌生化”，接受者不断满足着异样的新刺激。优秀的艺术作品都是这样的认同非个人化的传统与反叛传统的个人化的辩证结合，用弗莱的话说，就是“纯粹的传统”与“纯粹的变异性”这两极的“相逢”。[3] 亦如艾略特的分析：“诗不是放纵感情，而是逃避感情，不是表现个性，而是逃避个性。自然，只有有个性和感情的人才会知道要逃避这种东西是什么意义。”[4] 在另一个场合，他又说：“诗歌的最重要的任务就是表达感情和感受。与思

① 载《新文学史料》，1987（3），安危整理。

② 王瑶：《对〈鲁迅同斯诺谈话整理稿〉的几点看法》，载《鲁迅研究年刊》，1990。

③ 参见叶舒宪选编：《神话——原型批评》，56页，西安，陕西师范大学出版社，1987。

④ ［美］艾略特：《传统与个人才能》，见《西方现代诗论》，80页。

想不同，感情和感受是个人的，而思想对于所有的人来说，意义都是相同的。”[①] 可见，二元辩证思维从来都是西方人的基本思维，在所谓“非个人化”、返回传统的现代潮流中也如此。而在原始阴阳互补哲学影响下产生的中国古典诗学则有所不同，中国诗学更看重事物间的相互补充、相互说明、相互利用，在诗歌艺术的发展中则比较多地趋向于对传统的不断认同，视复兴传统诗歌理想为己任，按叶燮的理解，就是“有本必达末”与“循末以返本”的周而复始。“譬诸地之生木然”，从《诗经》至宋诗，“而木之能事方毕，自宋以后之诗，不过花开而谢，花谢而复开。其节次虽层层积累，变换而出，而必不能不从根柢而生者也”（叶燮《原诗·内篇》）。现代诗人、诗评家在“民族化”的道路上向传统诗学回溯，这不也就是“从根柢而生者也”？而在鲁迅看来，如此的“循末以返本”是悲剧性的，因而他认为“一切好诗，到唐已被做完”[②]。于是乎，我们与鲁迅的诗歌文化观拉开了距离，与鲁迅的思想成果产生了隔膜。

● 历史批判与现实观照

那么，在鲁迅眼中，中国诗歌传统究竟有什么样的缺陷呢？

请看鲁迅对中国古典诗歌之源的《诗经》、楚辞的评论：“《诗》三百篇，皆出北方，而以黄河为中心。……其民厚重，故虽直抒胸臆，犹能止乎礼义，忿而不戾，怨而不怒，哀而不伤，乐而不淫，虽诗歌，亦教训也。”[③] 又说：“如中国之诗，舜云言志；而后贤立说，乃云持人性情，三百之旨，无邪所蔽。夫既言志矣，何持之云？强以无邪，即非人志。”[④] 在这里，鲁迅深刻地分析了《诗经》的中和之美，鲁迅认为，就其原初形式而言是“其民厚重”使然，但之所以在古典诗歌史上绵延不绝则纯粹是“历史误会”之结果。屈原的楚辞传统呢，虽“放言无惮，为前人所不敢言。然中亦多芳菲凄

---

① ［美］艾略特：《诗歌的社会功能》，见《西方现代诗论》，87 页。

② 鲁迅：《致杨霁云》，见《鲁迅全集》，12 卷，612 页，北京，人民文学出版社，1981。

③ 鲁迅：《汉文学史纲要》，见《鲁迅全集》，9 卷，356 页，北京，人民文学出版社，1981。

④ 鲁迅：《坟·摩罗诗力说》，见《鲁迅全集》，1 卷，68 页，北京，人民文学出版社，1981。

恻之音，而反抗挑战，则终其篇未能见，感动后世，为力非强”[①]。总而言之，无论就哪一方面的力量而言，都将中国古典诗歌牵引着进入了克制、压抑感情的有限空间当中。

鲁迅提出，要发展中国现代新诗乃至建设整个现代中国文化都必须突破这层美学规则的束缚。1905年的《摩罗诗力说》是鲁迅的第一篇诗歌评论，这篇评论有两个主要的特征：其一是将诗歌发展引入到整体文化建设的框架当中，通过诗学问题的“扩大化”讨论，“欲扬宗邦之真大”。其二即是断言“古源尽者将求方来之泉，将求新源”。即从整体文化精神方面革故扬新，“别求新声于异邦”，以西方的魔鬼精神取代中国固有之“平和为物”。鲁迅说：“平和为物，不见于人间”，“人类既出而后，无时无物，不禀杀机，进化或可停，而生物不能返本”。鉴于此，中国现代诗歌与中国现代文化的建设，首先需要呼唤“立意在反抗，指归在动作”的“精神界之战士”，这样的诗人、文化人都有着“美伟强力”，“而污浊之平和，以之将破”。

既然“平和为物”实“不见于人间”，那么为什么这一诗歌美学追求在中国又如此地深入人心呢？鲁迅认为，这是因为在文明时代，“化定俗移，转为新懦，知前征之至险，则爽然思归其雌，而战场在前，复自知不可避，于是运其神思，创为理想之邦……”就是说，这是“人文化”时代的中国人“新懦”之际“运其神思”的自我欺骗，因而实在是对现实生命的漠视和背叛。

这有两种形式的表现。

其一是故作超脱，即投入自然的怀抱而忘却了作为生命实体的自我。如果说“文以载道”的儒家伦理政治观对中国“文”的影响较大，那么自老庄以降的道家超脱主义则对中国“诗”的影响较大，尤其是在现代中国，自觉自愿地捍卫儒家功利主义文艺观的恐怕寥若晨星，而真诚地沉醉于道家美学情趣的诗人、诗哲则不可胜数。宗白华1920年把新诗定义为：“用一种美的文字——音律的绘画的文字——表写人底情绪中的意境。”而所谓的“诗的意境”就是“诗人的心灵，与自然的神秘互相接触映射时造成的直觉灵感”[②]。这恐怕是开启了中国现代诗论返回道家文化的先河。以后康白情、穆木天、朱湘、周作人、梁宗岱、戴望舒、朱光潜等人都从不同的角度

① 鲁迅：《坟·摩罗诗力说》，见《鲁迅全集》，1卷，69页。

② 宗白华：《新诗略谈》，载1920年《少年中国》第1卷第8期。

和在不同的程度上肯定和发展了投入自然、寻求物我间微妙共振的诗学理论。如果说它们与传统诗论有什么不同，那就是一些现代诗论在表述上引入了西方“神秘主义”的概念，不过，由于他们大都没有真正接受隐含在这一西方诗学概念背后的宗教精神，因而在事实上，“神秘”也绝对中国化了，实则是“天人合一”的另一番描述罢了。徐志摩1924年译介波德莱尔《死尸》时议论道：“诗的真妙处不在他的字义里，却在他的不可捉摸的音节里。他刺戟着也不是你的皮肤（那本来就太粗太厚!）却是你自己一样不可捉摸的魂灵”，又说这种神秘的音乐就是“庄周说的天籁地籁人籁”①。为此，鲁迅特地发表了《“音乐”?》一文予以抨击。文章提笔就是：“夜里睡不着，又计画着明天吃辣子鸡，又怕和前回吃过的那一碟做得不一样，愈加睡不着了。”② 寥寥数语，即点出了人所无法“超脱”的现实性!人既无缘超脱，诗亦如此。现代中国的诗歌应当表现现实生活的“血的蒸气”，我们需要的不是mystic而是“大抵震悚的怪鸱的真的恶声”，摩罗诗力！不理解鲁迅诗论特有的历史意识，就很难接受他对徐志摩的批评。

也是出于同样理由，1936年，鲁迅又在上海《海燕》月刊发表长文，批评朱光潜诗学的“静穆”说。朱光潜广涉中外文学现象，提出静穆（Serenity）是诗的最高理想。鲁迅则反驳说：“古希腊人，也许把和平静穆看作诗的极境的罢，这一点我毫无知识。但以现存的希腊诗歌而论，荷马的史诗，是雄大而活泼的，沙孚的恋歌，是明白而热烈的，都不静穆。我想，立‘静穆’为诗的极境，而此境不见于诗，也许和立蛋形为人体的最高形式，而此形终不见于人一样。”“凡论文艺，虚悬了一个‘极境’，是要陷入‘绝境’的。”③ 回顾中国古代诗论，一个显著的特色就是习惯于把诗引向某种“极境”，朱光潜诗论的无意识承袭性就在这里，而鲁迅机警过人的眼光也在这里。

中国现代诗歌漠视现实生命的第二种表现是诗的贵族化。从灵动活泼到清高自榜，从海阔天空到象牙之塔，这似乎又是中国诗歌“古已有之”、循环不已的梦魇。鲁迅说：“歌，诗，词，曲，我以为

---

① 载1924年12月1日《语丝》。

② 鲁迅：《集外集·“音乐”?》，见《鲁迅全集》，7卷，53页。

③ 鲁迅：《且介亭杂文二集·“题未定草”（六至九）》，见《鲁迅全集》，6卷，427、428页，北京，人民文学出版社，1981。

原是民间物，文人取为己有，越做越难懂，弄得变成僵石，他们就又去取一样，又来慢慢的绞死它。”[①] 果不其然，梁实秋在五四白话新诗的“民歌风”一过就提出：“诗国绝不能建筑在真实普遍的人生上面”，“诗是贵族的”[②]。针对这样的新诗文化心理，鲁迅基本上同意了文艺创作的民间化、大众化趋向：“不识字的作家虽然不及文人的细腻，但他却刚健，清新。”[③]

但是，我又认为，鲁迅在同意“民间化”、“大众化”的同时从来没有放弃过作为一位文化人、一位新文化的启蒙者所应有的思想水准和价值观念——事实上，中国古典诗歌史上同样不乏民间化的追求，“照新的发展旧路，新诗该出于歌谣”[④]。但是无论哪一次的民间化运动，都未能真正改造中国诗歌的本质精神，倒是反过来证明了贵族化的必要性。于是，民间化—贵族化终究构成了生生不息的恶性循环。鲁迅认为这是因为这样的民间化、大众化一味迎合大众的胃口，一意成为“大众的新帮闲”而丧失了作为文化人应有的认知水平。“因为有些见识，他们究竟还在觉悟的读书人之下”，“由历史所指示，凡有改革，最初，总是觉悟的智识者的任务”。鲁迅还深刻地分析道：这样的“大众帮闲”反过来却“常常看轻别人，以为较新，较难的字句，自己能懂，大众却不能懂，所以为大众计，是必须彻底扫荡的；说话作文，越俗，就越好”[⑤]。可见，一味迎合大众胃口的“帮闲”倒是在潜意识里轻看大众，以贵族自居——帮闲化与贵族化原来竟有这样的一致性！

这样，鲁迅不仅仅在所谓的“资产阶级小资产阶级”诗歌中揭露贵族化，也特别注意在一些所谓的无产阶级革命诗歌中开掘出其贵族性的心理：“以为诗人或文学家，现在为劳动大众革命，将来革命成功，劳动阶级一定从丰报酬，特别优待，请他坐特等车，吃特等饭，或者劳动者捧着牛油面包来献他，说：‘我们的诗人，请用吧！’这也是不正确的。”[⑥]

---

① 鲁迅：《致姚克》，见《鲁迅全集》，12 卷，339 页。

② 梁实秋：《读〈诗底进化的还原论〉》，载 1922 年 5 月 27 日《晨报副刊》。

③ 鲁迅：《且介亭杂文·门外文谈》，见《鲁迅全集》，6 卷，95 页。

④ 朱自清：《新诗杂话·真诗》，作家书屋 1947 年版，北京，人民文学出版社，1981。

⑤ 鲁迅：《且介亭杂文·门外文谈》，见《鲁迅全集》，6 卷，101、102 页。

⑥ 鲁迅：《二心集·对于左翼作家联盟的意见》，见《鲁迅全集》，4 卷，234 页，北京，人民文学出版社，1981。

形成中国诗歌漠视现实生命形态的心理因素是传统诗人自觉不自觉的虚伪性，并由这创造者的虚伪弥漫影响了接受者的虚伪。鲁迅曾分析过“瞒”和“骗”的大泽是如何在全社会蔓延开来的：“中国人向来因为不敢正视人生，只好瞒和骗，由此也生出瞒和骗的文艺来，由这文艺，更令中国人更深地陷入瞒和骗的大泽中，甚而至于已经自己不觉得。”① 1925 年，鲁迅向许广平谈到现代诗坛的印象：“先前是虚伪的‘花呀’‘爱呀’的诗，现在是虚伪的‘死呀’‘血呀’的诗。呜呼，头痛极了！”②

由是，“真”成为鲁迅对中国现代新诗的第一要求。“呼唤血和火的，咏叹酒和女人的，赏味幽林和秋月的，都要真的神往的心，否则一样是空洞。”③“只有真的声音，才能感动中国的人和世界的人。”④ 殷夫诗集《孩儿塔》在技巧上算不得精巧圆熟，但鲁迅却为它写下了一生中唯一的一篇现代诗集序言，与其说它的意义在于政治斗争，毋宁说更在于文化品格的跃进。殷夫的诗歌虽然还略显稚拙，但比较起雄踞 20 世纪 20 年代中国诗坛的其他诸流派诗人来，却自有一种发自内心的真诚，是真诚的愤怒、真诚的抗争，“怪鸱的真的恶声”实在要比衰弱无力、“古已有之”的风花雪月好得多！这样的诗路一旦比较健康地走下去，或许就是中国新诗的将来，所以鲁迅强调：“这《孩儿塔》的出世并非要和现在一般的诗人争一日之长，是有别一种意义在。”⑤

对诗的真诚性的呼唤形成了鲁迅前后阶段对现代情诗的不同态度。五四前夕，他赞扬一位少年反抗包办婚姻的散文诗《爱情》是“血的蒸气”，是“醒过来的人的真声音”⑥。1922 年他为汪静之《蕙的风》辩护，抨击所谓“含泪”的批评家。⑦ 后来，当现代情诗堕入空洞无物乃至庸俗无聊的窠臼时，鲁迅又特别惋惜，因而显出一种特别的嫌恶之情，他曾于 1924 年发表了一首“拟古的新打油诗”，有意戏拟当时流行的失恋诗，“开开玩笑”⑧。

---

① 鲁迅：《坟·论睁了眼看》，见《鲁迅全集》，1 卷，240～241 页。

② 鲁迅：《两地书·三四》，见《鲁迅全集》，11 卷，100 页，北京，人民文学出版社，1981。

③ 鲁迅：《集外集拾遗·〈十二个〉后记》，见《鲁迅全集》，7 卷，300 页。

④ 鲁迅：《三闲集·无声的中国》，见《鲁迅全集》，4 卷，15 页。

⑤ 鲁迅：《且介亭杂文末编·白莽作〈孩儿塔〉序》，见《鲁迅全集》，6 卷，494 页。

⑥ 鲁迅：《热风·四十》，见《鲁迅全集》，1 卷，321、322 页。

⑦ 参见鲁迅：《热风·反对“含泪”的批评家》，见《鲁迅全集》，1 卷，403 页。

⑧ 鲁迅：《三闲集·我和〈语丝〉的始终》，见《鲁迅全集》，4 卷，166 页。

关于新诗的文体特征，鲁迅也时有议论。大致说来，鲁迅主张一种不太严格的文体规范。他一方面反对新月派的“方块”诗[①]，另一方面又坚持认为新诗“要有节调，押大致相近的韵”，“须有形式，要易记，易懂，易唱，动听”，“诗歌虽有眼看的和嘴唱的两种，也究以后一种为好”[②]。今天我们冷静地分析起来，应当说执着于“嘴唱”并不一定符合现代诗歌的实际运动趋势，中国新诗的形式革新似乎也主要不是一个“嘴唱”与否的问题，20世纪40年代以穆旦为代表的优秀的现代新诗显然不是“易懂，易唱，动听”的，我们也同样看到鲁迅在诗歌理论上的这一主张与他早期的新诗创作就不尽一致（这是否也可以说明，鲁迅无意掩饰自己的每一条艺术思绪，哪怕某些思想可能会自我冲突，妨碍着诗学体系的完整性、周密性）。但是我认为，鲁迅这一不尽确切的文体论并不值得我们特意地匡正，因为鲁迅从来就没有以现代诗论家自居，也无意通过自己的片言只语去建构多么博大圆融的“鲁迅新诗学”！更重要的是，我们还看到，鲁迅的这一文体论依然出于他改造中国现代诗歌的真挚设想。他认为：“没有节调，没有韵，它唱不来；唱不来，就记不住，记不住，就不能在人们的脑子里将旧诗挤出，占了它的地位。”[③] 由此可见，文化改造、文化进步仍然是鲁迅一以贯之的伟大追求，尽管这种追求在具体的程序上可能产生些许的失误。文化的改革本身就是充满艰难曲折的事业，目标与程序的组合是纷纭复杂的。比如我们也可以观察到一些符合现代诗歌趋势的中国诗论，但其目标却显然不是否定传统诗学，所以倒鲜有文化进步的深远意义。

总而言之，鲁迅与中国现代新诗建立着一种有距离而独特的关系：他不是技艺纯熟的诗人，却以他的短暂实践给我们“别一世界”的启示；他也不是那种体大精深、圆融无隙的诗论家，却又在现代诗论中别具一格，发时人未发之论，贻留给我们的是更有力度的理论冲击。这一切都根源于鲁迅那独一无二的文化理性主义。在现代，感情体悟是现代诗人、诗论家的主要思维方式，恐怕恰恰是在这类饱含着各种无意识心理的感性抒情、感性体悟当中，传统中国的诗

---

① 参见鲁迅：《致姚克》、《准风月谈·重三感旧》，分别见《鲁迅全集》12卷339页、5卷325页，北京，人民文学出版社，1981。

② 鲁迅：《致窦隐夫》、《致蔡斐君》，分别见《鲁迅全集》12卷556页、13卷220页，北京，人民文学出版社，1981。

③ 见《致窦隐夫》，见《鲁迅全集》，12卷，556页。

文化精神隐隐地、柔韧地再生着。特别是，当现代西方诗人诗哲也表现出对中国诗文化的某些倾慕时，更多的人就再难从情志摇荡的适意中陡然惊觉，进入理性的文化反思了，他们再难对中西文化、现代西方诗学与传统中国诗学的内在分别作“有距离”的沉思冥想。

文化，这是任何一个现代中国艺术家都无法逾越的关隘。文化问题是现代中国史的首要问题，它所释放的能量远远大于现代化已经完成的其他国度。传统文化与西方文化艰难的理性对话是磨砺、塑造每一位现代中国艺术家的心灵的炼狱。“肩住了黑暗的闸门，放他们到宽阔光明的地方去。”[①] 这就是鲁迅的胆识和魄力。

① 鲁迅：《坟·我们现在怎样做父亲》，见《鲁迅全集》，1卷，130页。

附录　中国现代诗论的现代特征问题

一

就如同我们对中国现代文学与文化的许多问题所采取的思路那样，中国现代诗论的发生发展也常常被置于中外文化交流的巨大历史背景之中，而且基于这一交流所存在的事实上的不平衡，包括中国现代诗论在内的一系列中国文学的问题也就“理所当然”地被一再描述为西方文化与文学的东移问题。如果按照近些年出现的现代性质疑的思维，那么连同中国现代诗论在内的中国现代文学与文化都不过是西方文化霸权的东移的结果，于是，中国文学的所有现代特征问题在很大程度上就成了西方现代性问题的一种反映；要探讨中国文学的现代特征问题，最重要的工作似乎倒是要厘清西方文化的现代性问题。

充分肯定这一思路的合理性无疑是重要的，因为它的确反映出了决定现代中国文化面貌的一个至关重要的事实，我们迄今为止的主要的学术成果也都得益于这一恢弘的视野，然而，进一步的思考却也昭示了这一思路的某些可疑：文化创造与文学创造的根本动力究竟来自何方？是我们所概括的抽象的各种“传统”还是创造者自己的主体意识？正如王富仁先生所指出的那样：“人是有创造性的，任何文化都是一种人的创造物，中国近、现、当代文化的性质和作用不能仅仅从它的来源上予以确定，因而只在中国固有的文化传统和西方文化的二元对立的模式中无法对它自身的独立性做出卓有成效的研究。”“是中国近、现、当代知识分子为了自己的生存和发展吸取中国古代的文化或西方的文化，而不是相反，因而他们在人类全部的文化成果面前是完全自由的，我们不能漠视他们的这种自由性。”①

---

① 王富仁：《对一种研究模式的置疑》，载《佛山大学学报》，1996（1）。

对于中国现代诗论现代特征问题的认识也是如此。严格说来，在现代的中国诗论发生发展的时候，其实首先并不是这些诗论家必须对古代或者西方的诗论加以继承或者排斥的问题，而应当是这些关注诗歌、思考诗歌的人们究竟如何看待、如何解释正在变化着的诗歌创作状况的问题，最早的中国现代诗论都如同胡适的《谈新诗》一样，关注和解释的是“八年来一件大事”，因为“这两年来的成绩，国语的散文是已过了辩论的时期，到了多数人实行的时期了。只有国语的韵文——所谓‘新诗’——还脱不了许多人的怀疑”[①]。五四时期的诗论的确标举过“进化”的大旗，但显而易见，在它们各自的“进化”概念之下却是关于当下诗歌新变的种种理由，在他们眼里，“自然趋势逐渐实现，不用有意的鼓吹去促进他，那便是自然进化。自然趋势有时被人类的习惯性守旧性所阻碍，到了该实现的时候均不实现，必须用有意的鼓吹去促进他的实现，那便是革命了”[②]。五四时期的诗论家也就是借着西方的进化论的“声音”来“有意的鼓吹”中国新诗的革命。是丰富的文学的事实激发起了理论家的思考的兴趣、解释的冲动和新的理论建构的欲望。中国现代的诗论家首先是为了说明和探讨关于诗歌本身的新话题而不是为了成为或古典或西方的某种诗歌学说的简单的输入者，在这些新的文学事实的感受中，在这些新的理性构架的架设中，我们的理论家同样是“完全自由”的，我们同样“不能漠视他们的这种自由性”。胡适之所以将“文的形式”作为“谈新诗”的主要内容，首先并不是因为他掌握了西方的意象派诗歌理论，而是因为他感到必须让走进死胡同的中国诗歌突破“雅言”的束缚，实现“诗体大解放”，我们完全可以发现胡适诗论与影响过他的西方意象派诗论的若干背离之处，但正是这样的背离才显示了胡适作为中国诗论家的“完全自由”。胡适的诗歌主张遭到了穆木天等人的激烈批评，在把胡适斥责为“中国新诗最大的罪人”之后，穆木天、王独清等从法国引进了“纯诗”的概念，他们这样做的根本原因还在于“中国人现在作诗，非常粗糙，这也是我痛恨的一点”[③]。“中国人近来做诗，也同中国人作社会事业一样，都不肯认真去做，都不肯下最苦的工夫，所以产生出的

---

① 胡适：《谈新诗》，见《中国新文学大系·建设理论集》，294～295页。

② 同上书，299页。

③ 穆木天：《谭诗——寄沫若的一封信》，载1926年3月《创造月刊》第1卷第1期。

诗篇，只就 technique 上说，先是些不伦不类的劣品”[①]。正是这种明确的“中国意识”使得穆木天、王独清等人的“纯诗”充满了他们所“主张的民族彩色”[②]，而与“纯诗”在西方诗学中的本来意义颇有距离。从某种意义上说，胡适的“自由”、“口语”与“诗体解放”代表了中国现代诗论的重要的一极，而自穆木天、王独清开始的对于胡适式主张的质疑、批评，进而力主“为艺术而艺术”的“纯诗”理想，又代表了中国现代诗论的另外一极，但无论是哪一极，其诗歌理论的出发点都是中国现代新诗发展的基本现实，这些理论家是按照各自的实际感受来建构他们的诗歌主张，来摄取、剔除甚至“误读”着西方的一系列诗学概念。

在中国现代诗论中，以袁可嘉为代表的“新诗现代化”理论体现了最自觉的“现代特征”追求。而这样的追求目标，也是被我们的理论家放在解决“当前新诗的问题”中作了相当富有现实意义的表述：“当前新诗的问题既不纯粹是内容的，更不纯粹是技巧的，而是超过二者包括二者的转化问题。那么，如何使这些意志和情感转化为诗的经验？笔者的答复即是本文的题目：‘新诗戏剧化’，即是设法使意志与情感都得着戏剧的表现，而闪避说教或感伤的恶劣倾向。”[③] 袁可嘉还明确指出，所谓的“现代化”是不能够与“西洋化”混为一谈的，“新诗之不必或不可能西洋化正如这个空间不是也不可能变为那个空间，而新诗之可以或必须现代化正如一件有机生长的事物已接近某一蜕变的自然程序，是向前发展而非连根拔起”。“一个中国绅士，不问他外国语说得多么流利，西服穿得多么挺括，甚或他对西洋事物的了解超过他对本国事物的认识，但他很难自信已经是一个外国人或立志要做一个外国人，他给人们的普遍的印象恐怕不是他西洋智识的过多而是本国智识的不足；另一方面，他却可以毫不惭愧的学做现代的中国人，努力舍弃一些古老陈腐，或看来新鲜而实质同样陈腐的思想和习惯。”接下来这几句话好像在半个多世纪以后依然新鲜，而且就像是对某些“现代性”质疑者的特别提示：“现代诗的批评者由于学养的不够，只能就这一改革的来源加以

① 王独清：《再谭诗——寄给木天、伯奇》，载 1926 年 3 月《创造月刊》第 1 卷第 1 期。

② 穆木天：《谭诗——寄沫若的一封信》，载 1926 年 3 月《创造月刊》第 1 卷第 1 期。

③ 袁可嘉：《新诗戏剧化》，载 1948 年 6 月《诗创造》。

分析说明，还无法明确地指出它与传统诗的关系，因此造成一个普遍的印象，以为现代化即是西洋化。”[①]

在这个意义上，我以为要理解和评价中国现代诗论的现代特征，其根本的意义并不在于厘清影响着现代中国文化与文学的西方的现代性究竟为何物（尽管这也仍然是一个重要的问题），而是现代的诗歌环境究竟给诗论家提供了什么，中国现代的诗论家是怎样感受和解释这样的环境的，他们因此而产生了怎样的理论设计，或者说，在中国既有的诗论体系之外，现代的他们又发现了什么样的诗学的趣味、诗学的话题，在表达他们各自的这些看法的过程中，逐渐形成了怎样的一种新的理论话语模式，用袁可嘉先生的话来说，就是要关注诗歌理论在我们这个“空间”内部的有机生长的“蜕变的自然程序”，我以为，这才是真正构成中国现代诗论现代特征的“问题”。

二

要理解和说明中国诗论在20世纪以后所要解决的“问题”在何种意义上是“新”的、“现代”的，还得先回到中国古代的诗论中去，看一看作为这“新”的参照之中国古代诗论的“旧”究竟为何物，它曾经是怎样来发现和理解诗歌的“问题”，又具有什么样的形态，到了20世纪之后，这些固有的“问题”为什么会发生变化，而诗歌“问题”本身的变化又怎样导致了诗学形态的变化。对于这一系列问题的回顾和梳理，实际上就是对中国现代诗论发生的说明。

在中国古典诗歌基本生态环境与中国古代知识分子的特殊文化心态中，中国古代诗论逐渐形成了自己的形态，概括言之，中国古代的诗论家首先面临着的重要“问题”便是中国诗歌（特别是抒情诗）几乎在自己的第一个发展阶段就出现了相当的艺术成熟和相当的社会影响力，闻一多就说：“《三百篇》的时代，确乎是一个伟大的时代，我们的文化大体上是从这一刚开端的时期就定型了。”[②] 值得注意的是，这个“伟大的时代”拥有着早熟的人文品格，也就是

① 袁可嘉：《新诗戏剧化》，载1948年6月《诗创造》。

② 闻一多：《文学的历史动向》，见《闻一多全集》，10卷，17页，武汉，湖北人民出版社，1993。

说，我们的诗歌艺术不是被送上了形而上的神性世界而是更多地承载了现实人生的内容，在这个“现实”的社会里，我们的诗论家也具有了相当实际的诗歌态度。

面对已经足以让人叹为观止的《诗经》文本，广大的批评家、欣赏者与诗歌实际创作过程的分离的心态几乎是本能地产生了，这样的心态鼓励和支持了以孔子儒家为代表的功利主义诗论——在对这些脍炙人口的诗歌“有距离”的观照和审视中，重点思考它的社会作用，“兴于诗，立于礼，成于乐”（《论语·泰伯》），“不学诗，无以言”（《论语·季氏》），“诗可以兴，可以观，可以群，可以怨。迩之事君，远之事父，多识于鸟兽草木之名”（《论语·阳货》），等等，开创了中国古代诗论的学习、运用诗歌的道路，这些功利主义的诗论成了中国古代诗论的第一个发展阶段。到了梁代钟嵘的《诗品》，中国古代的诗论家开始从思想艺术的角度来欣赏、品评诗歌作品，但欣赏和品评的对象无疑是诗人已经完成了的“成品”，这本身就仍然属于艺术创作过程之外的一种感觉活动，于是，那种与诗人实际创作过程的“距离”姿态也继续保留了下来，并在以后的发展中成为中国古代诗话的一个极其重要的特点。中国古代诗歌理论的历史表明：“论诗之著不外二种体制：一种本于钟嵘《诗品》，一种本于欧阳修《六一诗话》，即溯其源，也不出此二种。”①

如果说钟嵘的《诗品》尚且体现了一种比较严肃的理论批评风格，那么北宋欧阳修的《六一诗话》则在“论诗及事”、“以资闲谈”的轻松里更充分地传达了诗论家对于诗歌创作的“有距离”的姿态。这种“有距离”的姿态再一次生动地体现了中国古代的诗论家从事诗歌批评活动的基本艺术环境：中国的诗歌批评总是在创作的高度成熟之后出现，中国古代的诗论家不是与诗歌的生长而是与诗歌的介绍、传播和鉴赏联系在一起的。中国古代诗话的大兴是在有宋一代，而在这个时候，中国的知识分子倍感压力的是唐代诗歌那难以企及的艺术高峰。“读古人诗多，意所喜处，诵忆之久，往往不觉误用为己语。”（叶梦得《石林诗话》）对于崇尚独创性的艺术家来说，无法跳出前人的窠臼这是多么可怕的事啊！“唐人精于诗而诗话少，宋人诗离于唐而诗话乃多。”② 这话移作对宋代文人的无奈心态以及

---

① 郭绍虞：《清诗话·前言》，见丁福宝汇辑《清诗话》，上海，上海古籍出版社，1978。

② 吴乔：《答万季野诗问》，见《清诗话》上册。

无奈中的写作转换的说明，倒也是颇为恰切的。的确，当前人的艺术创造的高峰一时难以逾越之际，诗人何为？诗论家又能何为？恐怕积累知识，积累关于诗歌的五花八门的知识，摸索阅读诗歌的一些经验就成了一件理所当然的事情。

这就是我们的中国古代诗论：它们自始至终都不是以直接思考主体创作规律，揭示艺术创作的奥妙，探讨创作者复杂的精神活动为目标的；关注“成品”的阅读，汇集“成品”的知识，传达个人的鉴赏心得才是其主要的特色。从这个意义上说，中国古代诗论可以被称作是一种读者对于诗歌的“鉴赏论”，或者是特定的读者从“社会需要”出发对于诗歌的“征用论”。我们甚至还可以发现，尽管在我们这样一个巨大的“诗国”当中，文人皆诗人，但是绝大多数有影响的诗歌论著都不是出自创作成就突出的诗人之手，这也有趣地表明了诗论与诗作在“发生学”意义上的分裂。

中国古代诗论的这种实用性与鉴赏性的追求与西方自古希腊以来的诗歌批评传统大相径庭。古希腊人相信诗歌来自神谕，这便有效地阻断了他们对此作中国式的现实“利用”的可能。以古希腊神性的迷狂和理性的光辉为先导，西方诗论家走着一条向往神秘、渴慕智慧、探究精神创造奥妙的道路。从古希腊上古的诗的神性论到亚里士多德将诗视作“个别反映一般”的“技巧”，一直到文艺复兴、浪漫主义、20世纪以来的一些诗论，我们可以相当清楚地发现，诗歌创作者的感受始终是西方诗论所表述的中心，在西方，发展起来的是一整套关于诗歌创作实际体验的“诗学”。亚里士多德的《诗学》讨论的是诗人如何进行成功的“摹仿”，华兹华斯的《〈抒情歌谣集〉再版前言》述说如何“使日常的东西在不平常的状态下呈现在心灵面前”，柯尔律治大谈“想象力”、“天才”和词语的使用，T. S. 艾略特研究“传统”与诗人个人才能的关系，海德格尔追问“诗人何为”。这正如有学者已经指出的那样：西方“无论是技艺学视野中的古典主义诗学还是美学视野中的浪漫主义诗学，都是立足于写作过程并在对作者心性机能的假定中确立起来的。换句话说，它们都是从作者的心理机制出发来思考诗（艺术）的本质的”①。这也可以解释这个现象：在西方诗论的发展史上，出自著名诗人的名

① 余虹：《中国文论与西方诗学》，75、76页，上海，上海三联书店，1999。

篇要明显多于中国。

对人的主体精神世界、创造奥秘的关注、追踪也使得西方的“诗”的理论有机会超越具体的文体批评的层次而继续上升、扩大到那些更具有普遍意义的精神现象的领域，古希腊亚里士多德的“诗学”就是整个文艺活动之“学”，他的“诗”实质上是区别于历史与科学言论的内涵丰富的概念，包括了史诗、悲剧、喜剧、竖琴歌和阿洛斯歌等文体类别。20 世纪的海德格尔也在“诗思”中探讨了“存在”（Sein）的意义，在他看来，意义的最初发生、持存与变异、消失都与“诗性语言”的活动密切相关。与之相反，中国古代的诗家总是在相当具体地用诗、读诗，这实际上将“诗”的言论实在化和确定化了，所以我们所拥有的都是具体的诗歌的评论而没有更加抽象的“诗学”。

中国现代诗论的新变、中国诗论现代特征意义的建立实际上就源于一种诗歌生态环境与知识分子的特殊文化心态的根本变化，也就是说，20 世纪的中国诗论家们再也无法在对固有的经典文本的“有距离”的阅读中表达自己的心得了。因为，所有关于中国古典诗歌的背景知识都已经为前人所道尽，所有经典阅读的体验也不断被古人所阐发，而他们也未必能说得比前人更仔细、更独到，更重要的是，中国诗歌界的现实已经发生了翻天覆地的变化，一种全新的诗歌样式——现代白话新诗占据了历史的舞台，而这一足以唤起人们莫大兴趣的新的韵文文体还正在成长之中，诗论家与它的关系再也不是那种“有距离”的，这些看起来远未成熟的新的文本还不足以以一种“经典”的姿态对他们形成莫大的压力，迫使他们在艺术的仰视中小心翼翼地表述自己的阅读体会。现代诗歌作为中国现代文人集体参与、集体建设的一种文学活动，新的诗歌创造与诗歌发展的命运常常就关联着众多文化人自己的生存与艺术事业的选择，也就是说，在这些现代新诗的批评者提出对他人作品的评论之前，他们本人很可能就首先是一位新诗运动的积极倡导者，是现代新诗写作的那少数的先行者，对于诗歌，他们是休戚与共、命运相关，对于诗歌的评说，自然也就不再是一个超脱的“品味”与“鉴赏”的问题，而是自身的价值和生命的展开的过程与方式。

这样的深刻的历史情景的变化最终决定了中国诗论的现代转换。

三

我认为，这种现代转换的特点至少表现在以下几个方面。

从“读者”诗论向“作者”诗论转换。尽管中国古代诗论的写作者也都可以被称作“诗人”，但是从他们写作诗论的立场来看，却分明属于欣赏诗歌的读者心态，也就是说，这些本也作诗的诗论家不是以创作诗歌而是以阅读诗歌的体会来从事诗论活动的。于是便出现了我们前文所述的那种情形：绝大多数有影响的诗歌论著都不是出自创作成就突出的诗人之手。到了现代，由于新诗的实际创作经验问题成了众多文人普遍关心的问题，而且首先就是诗歌创作者自己需要对此发言和讨论的问题，所以其写作现代诗论的立场和态度也就自然发生了翻天覆地的变化，愈是创作成就突出、创作经验丰富的诗人愈有参与诗论写作的欲望和条件，胡适、郭沫若、康白情、闻一多、穆木天、王独清、戴望舒、梁宗岱、废名、艾青、胡风、田间、袁可嘉等在中国现代诗论发展史上留下名篇杰作的诗论家同时也是卓有成就的诗人。新诗作者们的创作自述构成了中国现代诗论中最主要的部分，此情此景与中国古代相比，已经有了根本的不同。

对于当下创作“问题”的关注成了诗论写作的出发点。“诗话者，以局外身作局内说者也。”（吴秀《龙性堂诗话·序》）中国古代诗论的这一“局外身”的立场决定了它们对于当下创作情景的某些遮蔽，或者干脆说由于它们正在“鉴赏”的往往是前代的名家名篇，所以也常常没有更直接地探讨当前的问题。而对于中国现代诗论家而言，关注诗歌就是观照他们自己，讨论诗歌就是因为他们自己遇到了一系列的“问题”。胡适鉴于八年来的新诗“还脱不了许多人的怀疑”而“谈新诗”。宗白华谈新诗，因为“近来中国文艺界中发生了一个大问题，就是新体诗怎样做法的问题。就是我们怎样才能做出好的真的新体诗”[1]。成仿吾号召展开“诗之防御战”，因为他目睹了“目下的诗的王宫”的问题：“一座腐败了的宫殿，是我们把他推倒了，几年来正在从新建造。然而现在呀，王宫内外遍地都生了野

① 宗白华：《新诗略谈》，载1920年2月《少年中国》第1卷第8期。

草了，可悲的王宫啊！可痛的王宫！”[①] 穆木天倡导“纯诗”，因为他痛感胡适式的创作“给中国造成一种 Prose in Verse 一派的东西。他给散文的思想穿上了韵文的衣裳”[②]。闻一多评论郭沫若的《女神》，提出了一个“地方色彩”的问题，因为他不满意这样的现实：“现在的一般新诗人——新是作时髦解的新——似乎有一种欧化底狂癖，他们的创造中国新诗底鹄的，原来就是要把新诗做成完全的西文诗。”[③] 也正是出于解决这一“问题”的目的，他系统地提出了关于诗的“三美”，关于创建现代格律诗的设想。萧三、王亚平等探讨了诗歌的大众化、民族化，因为他们发现了中国新诗贵族化与欧化的“问题”。袁可嘉言及新诗的“戏剧化”，因为他认为“当前新诗的问题”就是诗人的意志和情感都没有“得着戏剧的表现”[④]。作为中国现代学院派诗论的重要代表，朱光潜的“诗论”与一般的诗人之论应当是有所区别的，但如果与中国古代的“局外身”般的“读者诗论”相比较，本来还算身在“局外”的朱光潜却依然更多地关心着创造者的心态，他的讨论依然属于典型的现代的“作者诗论”。茅盾并不以诗知名，但作为“局外人”的他却照样以“局内人”的眼睛发现着当前创作的“问题”，比如他在 1937 年发现：“这一二年来，中国的新诗有一个新的倾向：从抒情到叙事，从短到长。”具体到作家作品，他说：“我嫌田间太把眼光望远了而臧克家又太管到近处。把两位的两个长篇来同时研究，是一件有意义的事；我们不妨说，长篇叙事诗的前途就在两者的调和。我从没写过诗，不过我想大胆上一个条陈：先布置好全篇的章法，一气呵成，然后再推敲字句，章法不轻动，而一段一行却不轻轻放过，——这样来试验一下如何？”[⑤] 自称“从没写过诗”的评论家，也敢于从创作的内部规律处发现“问题”、解决“问题”，这显然反映出整个现代诗论的独特思维已经形成，对于当下创作“问题”的关注成了所有诗论写作的基本出发点。

对于当下创作“问题”的关注，也就使得探讨和揭示具体创作过程之中的心理状态和写作方法成了现代诗论的主要内容。为了解

① 成仿吾：《诗之防御战》，载 1923 年 5 月 13 日《创造周报》第 1 号。

② 穆木天：《谭诗——寄沫若的一封信》，载 1926 年 3 月《创造月刊》第 1 卷第 1 期。

③ 闻一多：《〈女神〉之地方色彩》，载 1923 年 6 月 3 日《创造周报》第 4 号。

④ 袁可嘉：《新诗戏剧化》，载 1948 年 6 月《诗创造》第 12 期。

⑤ 茅盾：《叙事诗的前途》，载 1937 年 2 月 1 日《文学》第 8 卷第 2 号。

决当下的“问题”，中国现代诗论将最重要的篇幅留给了“怎么办”，胡适详细阐发了新诗如何做到音节和谐，如何“用具体的做法，不可用抽象的做法”，俞平伯提出“增加诗的重量”、“不可放进旧灵魂”等方面的系列建议，宗白华探讨“训练诗艺底途径”、“诗人人格养成的方法”，穆木天论及“诗的思维术”、“诗的思想方法”，梁宗岱论述“象征”如何创造，胡风的著名建议则是：“有志于做诗人者须得同时有志于做一个真正的人。”“一个真正的诗人决不能有‘轻佻地’走近诗的事情。”[①] 所有的这些“怎么办”都在各自不同的方面揭示着艺术创作过程本身的奥妙。与中国古代那些技术性“诗法”入门教材不同，中国现代诗论对于诗歌艺术创作方法的这些探讨主要是从作者的主体意识、创作心态上入手的，这样在事实上也就将中国的诗论引入到了一个前所未有的心理学视阈之中。郭沫若早在1921年就提出“要研究诗的人恐怕当得从心理学方面”[②] 着手，出现在郭沫若、俞平伯、宗白华、穆木天、王独清、梁宗岱、戴望舒、杜衡、朱光潜等人的诗论之中的，是“情绪”、“心境”、“思维”、“潜在意识”、“灵感”之类的字眼，而像俞平伯、朱光潜等诗论家还特别探讨了“社会上对于新诗的各种心理观”、“心理上个别的差异与诗的欣赏”等接受心理学的问题，从这些方面来看，中国现代诗论恐怕更接近西方诗论的传统而与中国古代诗论中那些纯粹技术性意义的“诗法”大相径庭。

诗歌的创造性的价值与时代精神获得了格外的重视。在中国古代，明道、宗经、征圣的文艺思想影响了几乎所有的文学批评，诗论也是如此。一方面，中国古代的诗人与诗论家深刻地感受到了来自前人经典的压力，另一方面，却又始终无法理直气壮地将自己的艺术追求定位在超越前人的创造中，他们的诗歌理想大多只能在形形色色的“复古”口号中表达，是“宗唐”与“宗宋”的相互纠缠与循环，而当下诗歌的求异性却并没有得到有力的肯定与伸张。中国现代诗论在整体上却有了完全不同的价值趋向，对于中国现代诗论家而言，如何证明新诗的“新”、如何发现中国新诗与古代诗歌的区别，如何激发和培育中国新诗的“时代精神”恰恰是他们论述的中心，也是确立自己的研究对象学术价值的基本方式。周作人的《小河》、胡适的《“应该”》如何表达了古典诗词中所没有的“细密

① 胡风：《关于人与诗，关于第二义的诗人》，见《胡风诗全编》，642页。

② 郭沫若：《论诗三札》，见《沫若文集》，10卷，203页。

的观察”和“曲折的理想”，中国新诗如何因为“诗体的大解放”而获得了与中国古典诗歌所“不同”的精神，这是胡适“谈新诗”的重要内容，胡适所开启的在“差异”、“不同”中认定诗歌现代价值的思路可以说贯穿了整个中国现代诗论的发展，尽管像周作人这样以“旧人”自居的诗论家也“相信传统之力是不可轻侮的”，但他们都还是首先承认：“中国的诗向来模仿束缚得太过了，当然不免发生剧变，自由与豪华的确是新的发展上重要的原素，新诗的趋向所以可以说是很不错的。”① 20 世纪 20 年代初期的闻一多在批评《女神》缺少“地方色彩”的同时还是满怀激情地赞叹道：“若讲新诗，郭沫若君底诗才配称新呢，不独艺术上他的作品与旧诗词相去最远，最要紧的是他的精神完全是时代的精神——二十世纪底时代的精神。有人讲文艺作品是时代底产儿。《女神》真不愧为时代底一个肖子。”②

中国现代诗论在超越古代诗论的鉴赏传统，转而借助心理学、哲学为自己开拓道路的选择中逐渐建立起了一套更具有思辨性和严密性的理论体系，从而也与中国古代诗论的概念的模糊含混有了很大的不同。这种理论体系的建立既得益于现代文人对于精密思维的自觉追求——如像胡适将观察的“细密”和理想的“曲折”作为现代白话诗的时代特征那样——也是一系列西方哲学社会科学术语概念输入的必然，值得注意的是，这些输入的外来术语都最终服从了中国诗论家的极具个体性的理论建构的需要，也就是说，它们往往都失去了其固有的含义，因具体的语境的不同而呈现出新的丰富多彩的意义，诸如郭沫若诗论中的“泛神论”，梁宗岱诗论中的“象征”，朱光潜诗论中的“意象”与“意境”，杜衡、李金发诗论中的“潜意识”等，这样的个体差异性，也反映出了中国现代诗论家们建构“自己的”诗论体系的努力。

四

超越古代诗论的读者点评式传统，建立新的作者式思辨化理论体系，中国现代诗论的这一“现代特征”追求并不是畅通无阻的。

---

① 周作人：《〈扬鞭集〉序》，载 1926 年《语丝》第 82 期。

② 闻一多：《〈女神〉之时代精神》，载 1923 年 6 月《创造周报》第 5 号。

这首先就体现在中国现代并没有建立起一个成熟的属于现代文化的哲学思想体系，甚至我们也没有一个近似于西方文艺复兴那样的思想认同的平台，也就是说，真正能够支持中国现代诗论又具有普遍认同意义的思想与概念我们实在还是相当的匮乏，于是中国现代诗论家更可能由个体的意义的差异而走向某种“不可通约”的现实，中国现代的诗论会反反复复地重复和纠缠着一系列的基本问题而难以自拔，如“平民化”与“贵族化”的争论，“民族化”与“西化”的分歧，“个人化”与“大众化”的对立，“格律化”与“自由化”的歧义，“浪漫主义”与“现实主义”、“现代主义”的取舍，“知识分子写作”与“民间写作”的论剑等。中国现代诗论的这些基本认知体系的不统一使得我们失去了继续升华思想直达形而上境界的可能，在现代中国，我们有了自己理论化的“诗论”，却没有出现过类似于海德格尔的关于人的存在的“诗学”。中国现代诗论家常常在各自的概念范围内自言自语，尚未给我们展现彼此思想连接、共同构建“诗与思”、“存在与诗”的辉煌境界。

不仅如此，随着中国社会政治意识形态的日益强化，一种非艺术的政治性概念体系完成了对于个人化的诗论话语的代替，这样的代替从表面上看是暂时达成了我们所梦寐以求的那种概念语汇的认同，但是这样的认同却是以否定和删除艺术的基本感知为前提的，这样一来，我们的诗论就不仅进一步中断了走向“诗学”的可能，而且甚至也失去了像中国古代诗论那样精细地感受诗歌文本的能力。如果说我们中国现代诗论在进入当代后有什么失落的话，那么这失落就是双重的：我们既失落了西方探究作者心理机制的深刻与严谨（因为除了执行“将令”，我们已经不需要关注作家个人的创造才华与心理状态了），也失落了中国传统诗论阅读艺术作品的“兴味”（对所有作品的解释都必须纳入既定的政治思想模式中）。“文革”结束之后的很长一段时间里，我们都不得不面对这一现实。虚幻的话语同一性分崩离析了，新的思想的认同平台仍然没有建立起来，与此同时我们又丧失了艺术感受的能力与习惯，这是多么糟糕的局面啊！新时期以后中国诗论的重建绝对不仅仅是一个西方理论的引进问题，我们欠缺的东西其实还有很多，新时期中国诗论的热闹与喧嚣中也实在飘忽着太多的“无根”的语汇，它们要么是来自作者的自言自语，因为缺乏一系列基本的思想认同的基础而很难像20世纪前半叶那样形成声势浩大的“作者诗论”的繁盛，要么就是在丧失了对具体艺术的感受能力之后的概念的游戏，在这里，游戏于外来的时髦概念和顽固地坚持那些陈旧的政治意识形态的语汇其实又是十分相似的，因为他们都同时丧失了鲜活的艺术悟性，中国现代诗论在“现代转换”中的窘境至此达到了极致!

在新世纪到来的时候，中国现代诗论的重建任务应当说是相当繁重的，它不仅需要恢复诗论家们的文本感受能力，也需要我们建立起更广泛的思想认同的平台，我们既需要继续输入西方诗学的精神，也需要恢复古典诗论的艺术悟性。这样一来，我们的诗论就不会是西方或者中国古代的翻版与重复了，中国现代诗论的“现代特征”继续来自中国现代诗论家自己的人生艺术之思，来自他们自己的复杂选择。

初版后记

进入新诗的本体研究，这仅仅是一个构想。本书又只是这一构想的初步尝试。因为，显而易见的是，单纯从中国古典传统的现代演化这一角度出发，仍然不足以完全展示中国新诗在多种文化交会下的“立体形象”，至少，我们应当从中国与西方两个方向同时出发，才可能进一步接近对象的“真实”。只是，由于中国诗歌传统对现代的影响过分芜杂，非详尽讨论不能呈现其丰富的细节，这便“先期”诞生了本书的选题，诞生了一些还嫌单薄的分析，其中的偏颇性大约只有留待于下一个课题“中国现代新诗的现代化”来加以救正了。

一些前辈专家关心着本书的写作。其中，特别值得一提的是北京大学的钱理群先生、山东师范大学的吕家乡先生以及聊城师范学院的宋益乔先生。他们不弃后学，对我的研究鼓励再三，又以学者的睿智提醒我注意有关的问题。吕家乡先生提醒我慎用“原型”一词，宋益乔先生在一封长达数千言的来信中就新诗“尚未定型”的问题作了相当精彩的阐述，并切中肯綮地提出：“就你这个选题而言，我觉得须避免的一点是，莫把本土根源和外来影响过分搞得壁垒严明，特别是对前者的肯定程度须有点分寸。”还是在本书的构想之初，钱理群先生就给予了很大的支持，并始终关心着本书的写作进程，其间，又直言不讳地提出了许多重要的批评意见，特别要求我注意避免“历史决定论”的陷阱。今天，在全书完成，即将付梓的时候，我重读着这一封封来信，心情颇为复杂，或许现在的成稿仍然没有很好地融化诸位师长的悉心指导，以致留下许许多多的错失、遗憾，那么，就把这些真知灼见作为我下一步思考的新的基础吧。

1987 年，我怀着惴惴不安的心情把一篇《李金发片论》投给了《中国现代文学研究丛刊》。大约正是从这一时刻开始，我那灿烂一时的“作家梦”逐渐淡远了，另一条所谓的“学术之路”开始在脚下延伸（我至今也说不清这是一种幸运还是不幸）。在这显然是分外寂寞的旅途中，我先后得到了许多师长的关怀。那些远在北京的师长给了我最初的也是最无私的帮助，他们是侯玉珍、王信、卢济恩、王世家、高远东、吴福辉、钱理群、刘纳、黄侯兴、童庆炳、王一川、王超冰。《中国现代文学研究丛刊》、《文学评论》、《名作欣赏》、《鲁迅研究月刊》、《西南师大学报》、《中州学刊》诸编辑也长期支持着我的研究。值得一提的是，其中的不少师长、朋友都还未曾谋面，仅仅只有一点淡淡的文字之交。在《李金发片论》已经发表了五年之后，我才偶然知道，该文的发稿编辑就是钱理群老师，而且五年来他竟然还一直在关心着我的发展。或许，这就是“中国现代文学精神”吧，那是一种聚合在共同的思想信念之下的人生态度和学术态度，是对于数千年实利主义原则的背弃。在世纪之末，在物质文明迅速发展的强大漩涡里，当我们的生存再次陷入实利主义的泥淖，而“虚无党”们做戏不已的时候，“中国现代文学精神”乃学术之幸，历史之幸！

北京师范大学王富仁老师和蓝棣之老师的谆谆教诲尤其令人难忘。

蓝棣之老师直接影响了我对新诗的兴趣，在我好些篇论文的写作之中，他都给予了指导。他的新诗专论《正统的与异端的》一书是我阅读次数最多的著作之一，每读一遍，我都能从字里行间中获得新的感受和启发。

我的学术研究之门是由王富仁老师领着进入的，他对我的教导和影响自不待言。但是，今日思之，我又深深感到，我从他那里所获得的东西又远在学术之外，这似乎更值得珍惜。从 1985 年到现在已经将近十年了，在我人生旅程的每一个重要时刻，都可以感到来自他的巨大的意志力量和情感力量，那是一种在我们这个古老的文明之国、“礼仪之邦”里所不可多得的真诚的人际友爱。在我们所熟悉的那张张面孔（复杂的冷脸与夸张的热脸）之外，它昭示了另一种人格境界。如今，在我的第一本小书即将问世之际，我很难用语言来表达我的感情。当世界“爬行在懦弱的，人和人的关系间/化无数的恶意为自己营养”（穆旦），还有什么比真诚更宝贵的呢？

李怡

1994 年农历新年于西南师范大学龙江村

再版后记

这是我的第一本学术著作，写作于 1993 年，出版于 1994 年。它的出版，在当时还赢得了一些好评，然而今日读之却颇有些惶恐和不安。我既惭愧于书中的粗疏和浅薄，更为其中的那种“偏颇”的勇气而惊觉。我曾想找个机会将本书“重写”一遍，以对得起“中国现代新诗与古典诗歌传统”这个宏富的论题，只是，直到现在“再版”，这个“机会”也没有出现。这一方面是因为我自己转入了关于新诗史的其他课题的研究，另一方面也是对这本旧作的“改头换面”心存疑虑。或者，就让它保持原貌，也不失为一种学术的真诚，何况，在那些“偏颇”背后的年轻的勇气与锐气，说不定会在人生岁月的流逝中逐渐消逝，保留它们，也算是一种生命的记忆吧。至于对于它的学术“救正”，我想只能通过我以后的学术发展来完成。

于是便有了这个“再版本”。所谓“修订”主要是指校正了初版的一些校对错误，对“导论”和某些章节的部分概念或词句作了一些微调，以求“自圆其说”而已。

李怡

1999 年 6 月于西南师范大学新房子

台湾新版后记

这是一个充满矛盾的与纠缠不清的现实：

一方面，中国现代新诗在思想、语言及审美形态上都与中国古典诗歌有了很大的差异，在过去，我们习惯于将这样的差异视作现代中国诗人反叛古典传统的结果。于是，百年来中国现代新诗的历史被阐述成一段不断反叛自己传统的历史。

另外一方面，在历史旋转的每一个瞬间，如果不怀有任何偏见的话，我们也能够感受到：所谓的“传统”又不是可以被我们任意否定和背叛的东西，“传统”其实就是根植在我们骨髓、流淌在我们血液中的元素，它不是情绪化的反叛所能够真正清除的。

中国新诗，从“西化”的胡适之于“宋诗运动”的密切联系开始，中间经过了新月派、象征派、现代派之于晚唐五代诸传统的吸收，直到最“现代化”的中国新诗派，我们可以清理出一条相当清晰的中国古典精神的印记。发掘这样的古今联系，当为我们理解新诗与新文学的现代处境提供新的思路。

1994 年，就是出于这样的目的，我写作出版了《中国现代新诗与古典诗歌传统》，算是对中国现代新诗发生发展过程中的古今文化联系作了一比较系统的梳理。著作问世之后，正遇上了 1990 年代初的“文化保守主义”浪潮：中国新诗与中国新文学的“反传统”形象，遭遇到了空前的质疑，五四文学家们的思维方式被贬为“非此即彼”的荒谬逻辑，而他们反叛古典“传统”、模仿西方诗歌的选择更被宣判为“臣服于西方文化霸权”，是导致中国新诗的种种缺陷的根本原因。我个人认为，拙作的内容正好可以构成对这一浪潮的响应与对话。不过，在著作后来的传播过程中，我却意外地发现，在一些读者的理解当中，拙作同样成了某种古典传统永恒魅力的证明。这便提醒我不得不重新重视“现代”与“传统”关系的另外一面的事实，即漫长的“传统”流变过程中“现代”本身的价值或意义。或者也可以说是“传统”自身的存在与发展方式问题，“旧传统”的存在与“新传统”的生长问题。我以为，“文化保守主义”本身固然有它的价值，然而，一旦与国家主义与政治意识形态相结合，“文化保守主义”同样会构成他们所批判的那种文化霸权，在这个时候，我们的任何言行都可能被旋入这一话语的圈套。于是，我一直想对著作进行适当的增补，有意识突出“现代”与“传统”关系的另外一面，我认为，只有同时描述了中国现代新诗与古典诗歌的矛盾纠缠的种种情形，才是对这一命题的比较丰富的展开。

今天，借助在台湾出版拙作新版的机会，我终于可以对书稿进行适当的补充了。在关于诗人梁宗岱与穆旦的阐述中，我们当更能够见出“传统”的繁复与流动。

关于“新传统”的话题本来还有很多，限于篇幅的关系，也只增补了部分章节，有兴趣的读者可以参看我的其他相关论述。

李怡

2006 年 7 月于四川大学桃林村

增订二版后记

终于有机会对这本书做一个比较完整的修订了。这得首先感谢北京大学出版社及中坤学术基金的支持。

本书初版于 1994 年 4 月，那是一个刚刚清算了“西化派”的年代，“传统文化”开始“回潮”了，尽管我的写作仅仅是为了能够在诗歌艺术的内部演变上说明中国新诗的基本特征，但还是身不由己地被卷入了某种时代的旋涡中，有好几次，我都获得了来自学界同人的“弘扬传统文化”的赞许，在我看来，这些赞许真是一种“错爱”!

第二次再版时，我特意在书后收录了叶世祥学兄的一篇书评，想借助叶兄之口来替我辩白辩白，以后我又写有《传统：百年中国新诗发展的一个关键词》一文，算是一种自我的检讨：

> 如果我们能够不怀有任何先验的偏见，心平气和地解读中国现代新诗，那么就不难发现其中大量存在的与中国古典诗歌的联系，这种联系从情感、趣味到语言形态等全方位地建立着，甚至在“反传统”的中国新诗中，也可以找出中国古典诗歌以宋诗为典型的“反传统”模式的潜在影响。在《中国现代新诗与古典诗歌传统》一书中，笔者曾经极力证明着这样的古今联系，然而，在今天看来，单方向地“证明”依然不利于我们对于“问题”的真正深入，因为，任何证明都会给人留下一种自我“辩诬”的印象，它继续落入了接受/否定的简单思维，却往往在不知不觉中遗忘了对中国新诗“问题”本身的探究。实际上，关于中国新诗存在的合法性，我们既不需要以古典诗歌“传统”的存在来加以“证明”，也不能以这一“传统”的丧失来“证伪”，这就好像西方诗歌的艺术经验之于我们的关系一样。中国新诗的合法性只能由它自己的艺术实践来自我表达。

在今天的修订过程中，我试图将这样的思路表达得更加明确一些，并且在内容上增加了对李金发、梁宗岱、艾青、穆旦、任洪渊、鲁迅六位诗人的研究，同时附录了对中国现代诗论的一篇论述，这样做的目的，无非就是想揭示出“传统”与“现代”的另外的一面，只有将两方面的意义综合起来，只有同时把握中国新诗的“两种传统”，才能够完整清晰地阐述中国新诗的一系列追求。

最后，要再次感谢洪子诚老师对本书出版的大力支持，感谢张雅秋女士为本书的修订再版所付出的辛勤劳动！

李怡

2007 年 3 月于北京—成都之旅中

增订三版补记

中国人民大学出版社“当代中国人文大系”集中展示改革开放以来中国当代学术的发展，蒙编辑刘汀博士美意，打算收录拙作，在我当然心怀感激，因为拙作虽然经过多次印刷、修订，如今在市面上还是难以见到，不时有新朋旧友索求，我却无书可赠，实在惭愧。

借再版机会，我对原书再作修订，除了少数文字上的校正外，主要是增添了关于冯至与袁可嘉的两部分内容，这两位现代诗家，于中国现代诗歌贡献甚大，早应该着墨，如今终于有机会将他们也纳入到古典—现代的关系中予以观察，总算是完成了一桩心愿，至此，“中国现代新诗与古典诗歌传统”的框架才可以说是大体完整了。本书初版于 20 年前，这 20 年一路走来，目睹中国学术的波诡云谲，也经历了自我思想的发展变化，种种酸甜苦辣伴随着中国新诗的品读经验，实在令人难忘。

感谢中国人民大学出版社特别是刘汀博士和本书责编骆骁女士为拙作出版所付出的辛勤劳动！

李怡

2014 年 8 月于北京师范大学励耘居

当代中国人文大系

文学

论二十世纪中国文学　谢　冕

新世纪的太阳

——二十世纪中国诗潮　谢　冕

中国反封建思想革命的一面镜子

——《呐喊》《彷徨》综论　王富仁

嬗变

——辛亥革命时期至五四时期的中国文学（修订版）　刘　纳

性格组合论　刘再复

中华古代文论的现代阐释　童庆炳

维纳斯的腰带

——创作美学　童庆炳

中西比较诗学（修订版）　曹顺庆

文学的维度　南　帆

修辞论美学

——文化语境中的20世纪中国文艺　王一川

众神狂欢

——世纪之交的中国文化现象（最新版）　孟繁华

楚辞与原始宗教　过常宝

中国现代新诗与古典诗歌传统　李　怡

历史学

古文献丛论　李学勤

楚史　张正明

夏商西周的社会变迁　晁福林

《周礼》主体思想与成书年代研究（增订版）　彭　林

简帛数术文献探论（修订版）　刘乐贤

秦史稿　林剑鸣

秦汉交通史稿（增订版）　王子今

汉代婚姻形态　彭　卫

察举制度变迁史稿　阎步克

唐、吐蕃、大食政治关系史　王小甫
唐代藩镇研究（增订版）　张国刚
唐五代敦煌寺户制度（增订版）　姜伯勤
宋朝阶级结构（增订版）　王曾瑜
宋代地方财政史研究　包伟民
宋夏关系史　李华瑞
元代大都上都研究　陈高华　史卫民
明清土地契约文书研究（修订版）　杨国桢
在国家与社会之间
——明清广东地区里甲赋役制度与乡村社会　刘志伟
市场机制与社会变迁
——18 世纪广东米价分析　陈春声
明清福建家族组织与社会变迁　郑振满
近五百年来福建的家族社会与文化　陈支平
清代社会的贱民等级　经君健
江南的早期工业化（1550—1850）（增订本）　李伯重
中国的社与会（增订本）　陈宝良
近代中国社会的新陈代谢　陈旭麓
十九世纪后半期的中国财政与经济　彭泽益
太平天国的历史和思想　王庆成
离异与回归
——传统文化与近代化关系试析（增订版）　章开沅
二十世纪初中国政治改革风潮
——清末立宪运动史　侯宜杰
中国近代会党史研究（增订版）　蔡少卿
章太炎思想研究　姜义华
寻求历史的谜底
——近代中国的政治与人物　杨天石
胡适新论　耿云志
国学与汉学
——近代中外学界交往录　桑　兵
西学东渐与晚清社会（修订版）　熊月之
晚清政治革命新论（增订版）　郭世佑

美国的奠基时代（1585—1775）（修订版） 李剑鸣

哲学

哲学与主体自我意识 高清海

走向历史的深处
——马克思历史观研究 陈先达

理论思维的前提批判
——论辩证法的批判本性 孙正聿

为马克思辩护
——对马克思哲学的一种新解读 杨 耕

论黑格尔的逻辑学（第3版） 张世英

海德格尔思想与中国天道 张祥龙

走进分析哲学 王 路

现象学的始基
——对胡塞尔《逻辑研究》的理解与思考 倪梁康

论可能生活（第2版） 赵汀阳

寻求普世伦理 万俊人

激动人心的年代 李醒民

现代科学与伦理世界
——道德哲学的探索与反思 张华夏

希腊空间概念的发展 吴国盛

中国佛教与传统文化 方立天

中国伊斯兰探秘
——刘智研究 金宜久

多元化的上帝观
——20世纪西方宗教哲学概览 何光沪

宗教哲学研究
——当代观念、关键环节及其方法论批判（增订本） 张志刚

心学之思
——王阳明哲学的阐释 杨国荣

孟子性善论研究（修订版） 杨泽波

情感与理性 蒙培元

从物质实体到关系实在 罗嘉昌

因果观念与休谟问题 张志林

图书在版编目（CIP）数据

中国现代新诗与古典诗歌传统/李怡著．—增订本．—北京：中国人民大学出版社，2014.7
（当代中国人文大系）
ISBN 978-7-300-19624-4

Ⅰ.①中… Ⅱ.①李… Ⅲ.①新诗-诗歌研究-中国 ②古典诗歌-诗歌研究-中国 Ⅳ.①I207.2

中国版本图书馆 CIP 数据核字（2014）第 154150 号

当代中国人文大系
中国现代新诗与古典诗歌传统（增订三版）
李 怡 著
Zhongguo Xiandai Xinshi yu Gudian Shige Chuantong

出版发行	中国人民大学出版社		
社　　址	北京中关村大街 31 号	**邮政编码**	100080
电　　话	010－62511242（总编室）		010－62511770（质管部）
	010－82501766（邮购部）		010－62514148（门市部）
	010－62515195（发行公司）		010－62515275（盗版举报）
网　　址	http://www.crup.com.cn		
	http://www.ttrnet.com(人大教研网)		
经　　销	新华书店		
印　　刷	北京东君印刷有限公司		
规　　格	155mm×235mm 16 开本	**版　　次**	2015 年 1 月第 1 版
印　　张	22.5 插页 2	**印　　次**	2018 年 7 月第 2 次印刷
字　　数	464 000	**定　　价**	75.00 元